Judith Lennox

Der Garten von Schloß Marigny

SERIE PIPER

Zu diesem Buch

Die schöne, ungebändigte Joanna Zulian, ein Mädchen aus dem Volk, wächst im Haushalt eines der angesehensten Maler des 16. Jahrhunderts heran – ohne Eltern, hochbegabt und unabhängig, eine außergewöhnliche Frau in dieser Zeit. Bald ist ihr Talent als Künstlerin unbestritten, und ihr einziger Wunsch besteht darin, den italienischen Garten des Schlosses Marigny zu entwerfen. Zwei Adlige, Hamon de Bohun und Guillaume du Chantonnay, begehren Joanna leidenschaftlich. Um ihr näher sein zu können, möchten beide das Schloß Marigny in ihren Besitz bringen. Doch Joanna will unabhängig bleiben und von niemandem besessen werden ... »Der Garten von Schloß Marigny« ist eine fesselnde und romantische Geschichte um Liebe, Macht und Besessenheit.

Judith Lennox wurde in Salisbury im Südwesten Englands geboren. Nach ihrem Englischstudium in Lancester arbeitete sie unter anderem als Pianistin in einer Ballettschule, bevor sie sich ganz aufs Schreiben verlegte und zur Bestsellerautorin avancierte. Sie lebt mit ihrem Mann und dem jüngsten ihrer drei Söhne auf dem Land bei Cambridge. Auf deutsch liegen von ihr außerdem vor: »Serafinas später Sieg«, »Das Winterhaus«, »Tildas Geheimnis«, »Picknick im Schatten« und »Am Strand von Deauville«.

Judith Lennox
Der Garten von Schloß Marigny

Roman

Aus dem Englischen von
Georgia Sommerfeld

Piper München Zürich

Von Judith Lennox liegen in der Serie Piper außerdem vor:
Das Winterhaus (2962)
Serafinas später Sieg (3391)
Picknick im Schatten (3463)
Tildas Geheimnis (3481)
Am Strand von Deauville (Piper Original, 7019)

Taschenbuchsonderausgabe
Februar 2002

Titel der englischen Originalausgabe:
»The Italian Garden«, Hamish Hamilton, London 1993

Umschlag: Büro Hamburg und ZERO, München
Umschlagabbildung: Joseph van Aken
Foto Umschlagrückseite: Peter von Felbert
Satz: MPM, Wasserburg
Druck und Bindung: Clausen & Bosse, Leck
Printed in Germany ISBN 3-492-26024-1

www.piper.de

ERSTER TEIL

1500–1509

Der Garten der eifersüchtigen Liebe

Die Gartenrose wird mit der gleichen Sorgfalt gepflanzt, gehegt und gepflegt wie ein Rebstock. Und wenn sie vernachlässigt und nicht beschnitten und von etwaigen Schößlingen befreit wird, schlägt sie aus der Art und verwandelt sich in eine Wildrose.

Bartholomaeus Anglicus, *De herbis*

Erstes Kapitel

In Kastilien verkauften sie bei einem Mysterienspiel, das fünfundzwanzig Tage dauerte, Antimonpulver und Quecksilbersalz. Unter den Zuschauern brach eine Schweißfieberepidemie aus. Donato murmelte lateinische Verse, Sanchia braute Heiltränke aus Mutterkraut. Das Kind Joanna schaute, sich fest in ihr zerfetztes Samtcape hüllend, zu, wie *Der Tod und Die Schönheit, Die Fünf Sinne* und *Die Seele* sich auf dem ockergelben Sand zur Schau stellten.

Das Jahrhundert näherte sich seinem Ende. Es regnete Blut aus den Wolken, und in Frankreich verfluchte ein dreifacher Mond den Nachthimmel. Ein Blitzstrahl fuhr durch den Vatikan und schleuderte den Papst von seinem Thron. Es gab Seuchen und Epidemien, aber sie waren notwendig für Donato Zulians Broterwerb.

In Navarra lehrte Sanchia Joanna das Schreiben und die Namen und charakteristischen Eigenschaften von Pflanzen. Donato stand auf dem Marktplatz auf einem Podium, brüllte in die Menschenmenge, schlug mit der Faust in die Handfläche, und sein beschwörend durch die Luft stechender Zeigefinger und sein wilder Blick zogen die Kranken magnetisch an. Ein Musiker spielte Geige, ein anderer Tamburin, und Joanna tanzte. Ihr kastanienbraunes Haar flog in der staubigen Hitze, ihre leuchtenden Röcke wirbelten um ihren Körper. Wenn der Tanz zu Ende war, klatschten die Leute und warfen ihr Münzen zu.

Im Sommer des Jahres 1502 führten sie in geflochtenen Weidenkörben zusammengerollt liegende Giftschlangen zur

Heilung von Schlangenbissen mit sich. Donato verkaufte all seine Öle und Salben, und ein vornehmer Herr bezahlte mit Gold für ein Mittel gegen Syphilis. Sie speisten in der Küche des Palastes des feinen Herrn, und Joanna atmete den Duft des Schilfrohrs auf dem Fußboden ein und hörte aus der Ferne den Klang einer Laute. Von Dankbarkeit erfüllt, schenkte der Herr Sanchia ein Paar schwarze Samtärmel und Joanna ein pelzbesetztes Cape. Später an diesem Abend trank Donato Flasche auf Flasche guten Rotweins, und Sanchia kaufte ihrer Tochter einen Federkiel und ein Tintenfaß aus Horn. Sie hatten kein Papier, und so zeichneten sie Buchstaben und Gesichter auf die Rückseite von Donato Zulians Panier, und als Donato aus dem Gasthaus zurückkam, lachte er und nannte Joanna sein Schätzchen, sein Kätzchen.

In Lissabon kauften sie Ingwer und Rhabarber aus China und von der Malabar-Küste Zitwerwurzel zum Magenwärmen. Die Gewürze und Arzneien waren auf dem Seeweg aus Ostindien gekommen. Erneut eine Weinflasche öffnend, sagte Donato, die Reisen der portugiesischen Seeleute würden Venedig zum Verhängnis werden. Sanchia, die die Schiffe mit graugrünen, besorgten Augen betrachtete, hielt ihre Tochter bei der Hand und schwieg.

In jenem Herbst wurde das Getreide von einer dunkelroten Trockenfäule befallen, die die Menschen um den Verstand brachte. Manchmal warfen hungrige Horden Steine auf die Juden, manchmal auf die Zigeuner, und andere Male schleuderten sie sie dem fahrenden Arzt mit seinen nutzlosen Arzneien und hohlen Versprechungen auf ewiges Leben hinterher. Donato versorgte fachkundig die Platzwunde auf Sanchias Stirn, und seine Hände zitterten kaum. Joanna, die nun fast elf Jahre alt war, machte Feuer, kochte das Essen und beschwerte die Ränder des Zeltes mit großen Steinen, damit ihre Mutter, die darin schlief, den kalten Wind nicht zu spüren bekäme. Joanna aß allein, weil Donato nicht hungrig war – nur durstig –, und Sanchia, durch einen der Zaubertränke ihres Mannes eingeschlafen, wachte nicht auf. Während ihrer einsamen Mahlzeit erinnerte sie sich an die Gesichter derer, die die Steine geworfen hatten. »Quacksalber«, hatten sie gerufen. »Hanswurst«, schleuderte ein Junge ihr ins Gesicht, und sie hob selbst einen Stein auf. Er traf ihn an der Stirn, und er fiel auf das Pflaster und blieb reglos liegen.

Im Frühling, als Sanchias Husten sich gebessert hatte, zogen sie nordwärts nach Frankreich. Auf dem Jahrmarkt in Lyon baute Donato seinen Stand und seine Bude auf und verkaufte Mittel gegen Zahnschmerzen. Um die Würmer zu töten, die sich vom Kopf abwärts wanden und in die Zähne hineinfraßen, brannte Donato mit Bilsenkrautsamen bestreute Wachskerzen ab. Das Bilsenkraut hatte Sanchia am Meer gesammelt. Joanna nahm das Geld der Patienten entgegen, wenn sie aus der Bude taumelten. Einer von ihnen kniff sie im Bilsenkrautrausch ins Kinn und bat sie um einen Kuß. Sanchia, die in einer Ecke kauerte, beschimpfte ihn auf Spanisch und warf ihn hinaus.

In den sanften Loiretälern reiften die Trauben im dunstigen Sonnenlicht, und Eidechsen huschten zwischen den Steinen umher, die ihnen Schutz vor der Hitze gewährten. Abends schauten sie zu, wie die Flammen der Johannisfeuer gen Himmel loderten und leuchtende Farben auf die Leinwand aus Dunkelheit malten. Das Licht tauchte die Felder und Wiesen in Gold, vergoldete den Blumenteppich und bronzierte die Kornfelder und Weinberge. Vor Joannas halbgeschlossenen Augen vermischten sich Funken und Flammen mit den Sternen am Himmel. Bald, sagte Donato, wäre die Saturn-Jupiter-Konjunktion vorüber – dann fänden die schlimmen Zeiten ein Ende.

Am folgenden Tag wurden sie in das Schloß eines bekannten Adligen gerufen, dessen Tochter an der roten Ruhr erkrankt war. Donato stärkte sich mit Wein und erzählte von der Universität

in Bologna und davon, wie er in den Hörsälen von Padua der Sezierung von Leichen beigewohnt hatte. Sanchia, die die schmuddeligen und zerknitterten Kleidungsstücke ausschüttelte und säuberte, lächelte und gab ihrem Mann einen Kuß.
Während sie allein in dem kalten Vestibül des Schlosses wartete, betrachtete Joanna den großen Gobelin an der Wand. Da waren ein Löwe und ein Einhorn und Kaninchen und Hermeline und Affen und Hunde und überall Blumen – im Gras, am Himmel und als Verzierung an den grazilen, filigranen Bäumen. Vor dem einzigen schmalen Fenster, das den Raum erhellte, leuchteten Tausende von Blumen der Täler: Klatschmohn und Konrade, Rittersporn, Butterblume und Apfelrose.
Die Tochter des Edelmannes starb, und Donato verließ eines Nachts in aller Stille mit Weib und Kind die Stadt. Um ihren Vater aufzuheitern, fertigte Joanna aus einem alten Unterrock ein neues Panier, beschriftete es mit dem Namen Zulian und schmückte es mit einem herrlichen Garten, den sie mit den Farben malte, die Sanchia aus den Blumen am Wegesrand gewann. Es gefiel Joanna, Blumen aus Blumen zu erschaffen, und Donato betrachtete ihr Werk und nahm sie lächelnd in den Arm.
Der Winter kam früh. Am Allerseelentag standen sie an der grauen Felsenküste der Bretagne und schauten auf eine rauhe See hinaus. Das Zelt hatte Löcher, und keiner von ihnen war der bretonischen Sprache mächtig. »Wir werden nach England segeln«, erklärte Donato und kniff die Augen zusammen, als könne er die Küstenlinie Englands am Horizont ausmachen. Ein neues Land – ein neuer Anfang ...
Sanchia hatte Flecken auf den Wangen, rot wie zerdrückte Klatschmohnblütenblätter. Joanna beobachtete, wie ihre Mutter die Hand auf den Unterarm ihres Vaters legte und mit ihm über den weißen Sand bis dorthin ging, wo die Gischt Spitzenmuster auf das Ufer malte. Die Schreie der Möwen, die über ihren

Köpfen kreisten, waren ebenso unverständlich wie das Geplapper der Bretonen. Sanchia lehnte sich an Donatos Schulter, während sie sprach. Ihre Worte wurden vom Wind fortgetragen, in Stücke gerissen, aber als ihre Eltern zurückkamen, bemerkte Joanna, daß die Augen ihres Vaters naß waren – als wäre er von der Gischt getroffen worden. »Wir gehen nach Spanien zurück«, sagte er.

Sanchia starb, als sie bis auf Sichtweite an Aragon herangekommen waren. Joanna, die neben dem Nachtlager ihrer Mutter zusammengekauert eingeschlafen war, wurde von Donatos furchtbarem, von Zorn und Gram erfüllten Schrei aus ihren Träumen gerissen.

Am folgenden Tag gingen sie zu der nächstgelegenen Kirche. Donato trug Sanchia, in Joannas pelzbesetztes Cape gehüllt, auf den Armen, und Joanna führte das Muli, das mit dem Zelt, dem Panier, ihren Töpfen und Pfannen, Krügen und Salbentiegeln beladen war. Der scharfe Wind riß an den Haaren des Mädchens und zerrte an den zerlumpten Kleidungsstücken, die Sanchia Zulians Leichnam bedeckten. Donato sagte dem Priester, seiner Frau sei die Absolution erteilt worden. Hätte der Priester die Wahrheit gekannt, hätte er gesagt, daß Donato lüge – doch Donato hatte keine Bedenken: Er wußte, daß Sanchia nichts zu beichten gehabt hätte.

Donato trank sich durch den Frühling. Joanna verkaufte Heilkräuter und Salben, schrieb Briefe für die Ängstlichen und Analphabeten, lehnte Angebote, leichtes Geld zu verdienen, mit einer Verwünschung oder einem drohend gezückten, scharfen, schmalschneidigen Messer ab. Im Sommer zwang Donato seinen zitternden, durch Alkoholmißbrauch geschädigten Körper auf die Füße und teilte Joanna mit, sie würden nach Venedig zurückgehen und eine Weile bei seinem Bruder Taddeo bleiben. Sie kauften ein zweites Muli, und Joanna nähte Flicken auf die Löcher im Zelt. Für sie war Venedig ein ebenso unbekanntes

Land wie England oder Amerika. Donatos alter Widerwillen, zu seiner Familie in seine Heimat zurückzukehren, wuchs beständig, während sie von Toulouse nach Avignon reisten, von Savoyen nach Genua. Donato ritt auf dem neuen Maultier, Joanna ging nebenher. Sie verabreichte ihm Mutterkraut, wenn sein Kopf schmerzte, Efeu und Tausendgüldenkraut, wenn sein Magen rebellierte. Als er sich besser fühlte, erzählte er von seinem Bruder Taddeo und seiner Schwägerin Isotta. Als er versuchte, über Sanchia zu sprechen, brach er in Tränen aus.

In Genua nahm Donato seine Tochter beiseite. Er müsse nach Spanien zurück, erklärte er – in die Stadt, in der er seine geliebte Sanchia kennengelernt habe. In der Nähe gebe es ein Mönchskloster, wo seine Fähigkeiten sehr geschätzt worden seien. Die Brüder würden sich um ihn kümmern, bis er genesen sei.

Aber Joanna könne ihn nicht begleiten, sie sei jetzt eine junge Frau – Donatos Stimme zitterte, und wieder strömten Tränen aus seinen Augen –, und eine junge Frau brauche die Fürsorge einer Mutter, Isotta Zulian werde ihre Mutter sein, Taddeo ihr Vater. Vielleicht gäbe es mit Gottes Willen auch Schwestern und Brüder für sie. Sein wertvollster Schatz müsse allein nach Venedig reisen, und wenn er wiederhergestellt sei, werde er zu ihr kommen.

Er hatte seinem Bruder einen Brief geschrieben. Die Enden der Buchstaben sahen aus wie Spinnenbeine, die bis zum Rand hinaus und in die darunter stehenden Wörter krochen. Er werde sie, setzte Donato stolz hinzu, nicht ohne Mitgift zu seinem Bruder schicken. Schwer atmend kramte er in einer verbeulten Satteltasche herum und brachte ein Buch, eine Geldbörse und eine Kette zum Vorschein. Das Buch war »Dioscorides' Kräuterbuch«, die Börse enthielt zwei Genueser Dukaten, einen französischen Gold-Ecu und eine venetianische Zechine. Die Kette aus Jade und schwarzen Perlen hatte Sanchia gehört. Donato begann wieder zu weinen.

Als er seine Tränen getrocknet hatte, teilte er Joanna mit, sie werde am nächsten Tag aufbrechen; er habe eine verläßliche Begleitperson für sie engagiert. Er werde Ende des folgenden Sommers nach Venedig nachkommen.

Der Maler Taddeo, sein Atelier und seine Familie waren in einem Haus untergebracht, das an demselben Platz stand wie die Kirche von San Giovanni e San Paolo. Das große Ziegelschiff der Kirche mit der noch unfertigen Fassade ragte mit wohlwollender, wohlgeordneter Autorität am Rande der Piazza auf.

Es war Spätherbst, und ein dünner grauer Nebel hatte sich über die Stadt zu legen begonnen, ließ die Umrisse der Kirche und der nahe gelegenen Scuola di San Marco verschwimmen und verwischte die Gesichter der Leute, die durch die Straßen eilten. Am Fenster seiner Werkstatt hielt Taddeo inne und schaute auf den gepflasterten Platz hinaus. Bruchstücke von Unterhaltungen drangen an sein Ohr, die Schreie der Straßenhändler, Bekräftigungen von Geschäftsabschlüssen und Anfänge von Streitigkeiten. Griechisch und Spanisch, Türkisch und Slawisch trieb durch die feuchte Luft und löste sich in der stillen Geschäftigkeit von Taddeos Atelier in nichts auf. Kaufleute und Seeleute, Söldner und Kurtisanen überquerten den Platz, begrüßten lauthals Freunde, trugen Einkaufskörbe am Arm. Taddeos Lippen kräuselten sich angesichts der Anmaßung der Kurtisanen verächtlich, die tief dekolletierte, übertrieben verzierte Kleider trugen und das weiße Stirnband der Braut. Fünf Kronen für einen Kuß, hundert Kronen für weitergehendes Entgegenkommen, hatte sein Schwager Gaetano ihm berichtet. Taddeo zog mißbilligend die Luft durch die Nase ein.

Doch als er sich umdrehte und den Blick durch sein Atelier schweifen ließ, kehrte sein Lächeln zurück. Die Werkstatt war der größte Raum im Haus, geräumig und ordentlich, alle Leinwand- und Stoffrollen, die Krüge mit Farben, Leim und

Farbstoffen befanden sich am richtigen Platz. Taddeo Zulian betrieb ein erfolgreiches Geschäft und ein ordentlichen Haus – mit der Hilfe von nur zwei Lehrlingen und einem Gehilfen. Und natürlich Isotta, und Lena in der Küche, und Matteo für Botengänge. Er verschwendete seinen Verdienst nicht für modische Kleidung oder schwarze Sklaven. Er neidete den Bessergestellten diese Dinge nicht – sein Lebensunterhalt hing von den Bedürfnissen der Contarini, Querini und Malipieri nach Fresken, Porträts und Aussteuertruhen ab.

Und er neidete und ersehnte auch nicht die Verantwortung, die das Los der Familien des Großen Rates waren, jener Familien, deren Namen im Libro d'Oro aufgeführt waren. Politik – die Machenschaften von Papst Julius II. (bürgerlich Giuliano Rovere), die Gelüste nach allem Italienischen des französischen Königs Louis XII. – interessierte ihn einfach nicht. Taddeos Interesse galt seiner Familie, seinem Haus und seiner Zunft.

Taddeo Zulian war von mittlerer Größe, grauhaarig, sein erschlaffender Bauch unter schwarzen Roben verborgen. Er hatte sich eine Frau erwählt, die weder nörgelte noch anderen Männern schöne Augen machte, und er nahm nur hart arbeitende, vernünftige Jungen als Lehrlinge an. Er lehnte sowohl bei seiner Arbeit als auch im Privatleben Neuerungen ab, denn er war der Überzeugung, daß ein Abweichen von den bestehenden Regeln sich unweigerlich als töricht erwiese. Sein einziger Kummer war, daß seine Frau sich als unfruchtbar herausgestellt hatte, ihm keine gesunden Söhne schenken konnte, die den Fortbestand seines Namens sicherten. Er rechnete es sich selbst hoch an, daß er sich vor Jahren, als Isottas Unvermögen offenbar wurde, hochherzig und verzeihend gezeigt hatte. Ihre Mitgift war beträchtlich gewesen, und außerdem war Isotta im übrigen eine gute, pflichtgetreue Ehefrau – fleißig, fügsam und aus guter Familie. Im Falle von Taddeos Ableben würden Haus und Werkstatt an Isottas Bruder, Gaetano, fallen – ein Arrangement,

mit dem Taddeo vollkommen zufrieden war: Gaetano war ein charakterfester, tüchtiger Mann, ein guter Gesellschafter, und es fehlten ihm die typisch weiblichen Schwächen seiner Schwester: Verschwendungssucht und Wankelmütigkeit.
Taddeo kehrte dem Fenster den Rücken und vergewisserte sich des Arbeitseifers seiner Lehrlinge, Marin und Alessandro. Seine immer schlechter werdende Sehkraft verfluchend, inspizierte er die Fortschritte an dem Altarbild, der Aussteuertruhe und den Tabletts. Er hörte, daß es unten an der Haustür klopfte, nahm jedoch Palette und Pinsel zur Hand, anstatt hinunterzugehen und den Besucher zu empfangen: Er war beschäftigt – Isotta würde es ihm schon sagen, wenn der Gast seiner Aufmerksamkeit wert war.

Italienisch hatte sie von ihrem Vater gelernt, Spanisch und Französisch von ihrer Mutter, und auf ihren Reisen hatte sie flämische, englische und portugiesische Brocken aufgeschnappt – doch das so fremdartig verzerrt gesprochene Venetianisch machte ihr ernsthaft Probleme. Der Akzent ihres Vaters hatte sich im Laufe der Zeit durch den Gebrauch anderer Sprachen gemildert.
Joanna saß mit hocherhobenem Kopf, zusammengepreßten Lippen und ungewöhnlich schnell klopfendem Herzen auf der Sitzbank, während die Gondel an Palästen, Lagerhäusern, Wasserstraßen und Brücken vorüberglitt.
Sie hatte sich in Cremona von ihrer »verläßlichen Begleitperson« getrennt, nachdem der Mann einer Nachts versucht hatte, zu ihr ins Bett zu steigen. Danach war sie allein durch die Po-Ebene gereist und hatte sich jeweils Gruppen von Pilgern, Kaufleuten oder Handwerksburschen angeschlossen. Sie verbarg ihr rotbraunes Haar unter einem schwarzen Tuch und hielt ihr Messer stets griffbereit im Ärmel versteckt. Sie sah Wölfe die Hochebene von Mantua durchstreifen und Dunst das Marschland von Ferrara verschleiern. In Chioggia verkaufte sie ihr Pferd und

setzte die Reise per Flachboot fort, das sie durch die Sümpfe und Lagunen die Küste entlang nach Venedig brachte.
Als sie Venedigs ansichtig wurde, erschien es ihr unwirklich, als hinge es freischwebend zwischen dem grauen Wasser und dem grauen Himmel. Auf dem Canal Grande wechselte Joanna von dem Flachboot zu einer Gondel. Der Gondoliere hatte über ihren Akzent gelacht, doch er nahm ihre Münze und steuerte durch den der Dunkelheit entgegenstrebenden Nachmittag auf Taddeo Zulians Haus zu. Die hohen, dicht gedrängt stehenden Gebäude ragten, um Platz rangelnd, am Rande des Wassers auf. Nun lag keine Straße mehr vor ihr, nur das glänzende, schwarze, von turmhohen Häusern flankierte Wasser.
Wie sie herausfand, stand das Haus ihres Onkels an einer Ecke eines kleinen Platzes. Joanna wartete in der Halle, während das Dienstmädchen davoneilte, um die Herrin zu holen.
Taddeo schätzte es gar nicht, bei der Arbeit gestört zu werden, und das hatte er seiner Frau unmißverständlich klargemacht. Isotta murmelte etwas von einem Mädchen, und dann fiel der Name Donato. Taddeo brauchte eine ganze Weile, um dahinterzukommen, daß ihr Wortschwall sich auf Donato Zulian, seinen Bruder, bezog. Als er es begriffen hatte, fragte er stirnrunzelnd und – wegen der Lehrlinge – mit gedämpfter Stimme: »Donato? Ist eine Nachricht eingetroffen? Ein Brief?«
Isotta schüttelte den Kopf. Für einen Moment überstrahlte ein Ausdruck des Triumphs ihre welken Züge. »Kein Brief – seine Tochter!«
Die Lehrlinge hatten die Ohren gespitzt und starrten mit offenen Mündern herüber, doch dieses eine Mal ermahnte Taddeo sie nicht, an die Arbeit zurückzukehren. Er legte Pinsel und Palette beiseite.
»Donato hat eine Tochter?«
Isotta nickte mit großen, blaßblauen Augen. »Sie ist hier, Gatte. Unten. Ihr Name ist Joanna.«

Untypischerweise verspürte Taddeo den Drang, seine Frau zu schütteln, ihre rührende Freude daran, die Überbringerin einer so unerwarteten Neuigkeit zu sein, zu zerstören. Für gewöhnlich löste Isotta in ihm kein stärkeres Gefühl aus als milde Verärgerung. Taddeo gestand sich ein, daß er aufgeregt war.
»Du mußt dich beruhigen, Isotta«, sagte er unfreundlich. »Ein derartiger Überschwang ziemt sich nicht.«
Dieses eine Mal errötete sie nicht und fing auch nicht an zu weinen. Statt dessen zupfte sie ihn am Ärmel und sagte: »Du mußt mitkommen, Taddeo. Sie ist unten.«
Taddeo stand auf. Seine Neugier überwog seine Verstimmung. Er war zwar fast überzeugt, daß die närrische Frau alles falsch verstanden hatte, daß Donato und die Spanierin noch immer kinderlos und auf Reisen waren, doch er folgte Isotta zur Tür, aus der Werkstatt und zu der kleinen Kammer, die seine Frau als Näh- und Handarbeitszimmer benutzte. Das Licht war schlecht, denn das einzige Fenster ging auf die Rückwand des dahinter stehenden Hauses hinaus. Der Raum roch nach dem Kanal, nach den Kräutern, die Isotta verstreute, um dem Gestank entgegenzuwirken, nach Wachskerzen, Ambrakugeln und parfümierten Taschentüchern, die sie sammelte.
Diesmal machte er keine Bemerkung über ihre Verschwendungssucht. Sie hatte sich an ihm vorbeigedrängt, um eine Gestalt aus dem Schatten zu geleiten. Eine Frau – nein, ein Mädchen: Nach einem kurzen Blick schätzte Taddeo, daß sie nicht älter als zwölf, dreizehn Jahre sein konnte. Donato hatte Venedig 1490 verlassen, 1491 die Nachricht von seiner Verheiratung mit der Spanierin geschickt.
»Dies ist Joanna«, erklärte Isotta stolz. »Donatos und Sanchias Tochter.«
Das Mädchen knickste. Ihre Kleidung war lächerlich, sie sah aus wie eine Zigeunerin, dachte Taddeo. Ihr Gesicht – als sie sich nach ihrem Knicks aufrichtete und zu ihm aufschaute, erkannte

er, daß sie schön war. Es war der Künstler, der ihm das sagte, nicht der Mann. Taddeo bevorzugte die Art Schönheit, die Isotta einst besessen hatte: rotbraune Locken, runde, rosige Wangen. Joannas lange Haare waren von einem hellen Kastanienbraun, die Augen grau, in einem blassen, ovalen Gesicht. Sie war groß für eine Frau, nur ein paar Zoll kleiner als Taddeo.
Das Mädchen wirkte völlig ruhig, als sie sagte: »Es tut mir leid, so unerwartet zu erscheinen, Onkel Taddeo – aber wenn ich einen Brief gesandt hätte, wäre es gut möglich gewesen, daß er erst nach meiner Ankunft eingetroffen wäre.«
Sie trug einen mit Borten besetzten, roten Rock, ein grünes Mieder und schwarze Ärmel. Die Sachen waren verschmutzt von der Reise und in einem Ausmaß geflickt, das nicht einmal mehr Taddeo als wirtschaftlich betrachtete. Ihre bloßen Füße waren mit einer Staubschicht überzogen.
»Ist er tot?« fragte Taddeo unvermittelt. »Ist Donato tot?«
Er empfand keinen Gram bei dem Gedanken: Er erinnerte sich kaum noch an seinen Bruder, hatte ihn seit fünfzehn Jahren nicht gesehen. Und Donato war ein solcher Narr gewesen.
Aber Joanna schüttelte den Kopf. »Mein Vater ist noch am Leben, Onkel Taddeo. Er ist nach Kastilien gegangen, in das Kloster-Hospital in Valladolid. Meine Mutter ist tot. Sie starb letzten Winter.«
»Aha.« Mit einem Anflug brüderlicher Ablehnung, die er für längst begraben gehalten hatte, begriff Taddeo. Er lachte freudlos. »Und unversehens sah mein Bruder sich mit einer mitgiftlosen Tochter belastet.« Er betrachtete Joanna Zulians zierlichen Körper, die schweren Lider, den kleinen, geschwungenen Mund. »Und keine Ehefrau zu ihrem Schutz. Eine Verpflichtung, wahrlich – genug, um jedem Mann Unbehagen zu bereiten.«
»Taddeo!« rief Isotta, doch Joanna, die sich auf den Boden gekauert hatte, um in einer Tasche herumzukramen, antwortete

ruhig: »Ich bin nicht mitgiftlos, Onkel Taddeo. Ich werde dir keine Last sein.«
Sie stand auf und präsentierte ihnen ihr kärgliches Vermögen mit so viel Stolz, daß sogar Taddeo – durch den für seinen Bruder typischen Mangel an Fürsorge an den Rand seiner Beherrschung getrieben – nichts zu sagen wußte: eine wertlose Kette, ein ebenso wertloses Buch und ein paar Münzen in einer alten Seidenbörse.
»Joanna kann nähen und kochen, Taddeo – und schreiben. Ihre Mutter hat es sie gelehrt«, sagte Isotta zögernd.
Isotta konnte nicht mehr als ihren Namen schreiben. Isotta nannte dieses zerlumpte, attraktive Strandgut bereits Joanna. Doch er hörte auf das, was seine Frau sagte: Es bestand immer Bedarf an einer weiteren Köchin, einer weiteren Näherin, einer weiteren Schreibkraft – und einer Nichte brauchte man keinen Lohn zu bezahlen. Und außerdem hatte er gar keine Wahl: Das Mädchen trug seinen Namen, den Namen Zulian, und er konnte nicht zulassen, daß Taddeo Zulians Nichte ihr Brot auf der Straße verdiente oder ihre Waren auf dem Marktplatz anpries wie dieser Quacksalber, ihr Vater.

Nach einer Woche war Joanna klar, daß sie für Isotta Zulian die Tochter war, die das Schicksal ihr verwehrt hatte, und für Taddeo Zulian ein zusätzliches Paar helfender Hände in dem reibungslos funktionierenden Haushalt des Künstlers. Sie hatte gegen keine der beiden Rollen etwas einzuwenden, hatte stets vorausgesetzt, für Kost und Logis arbeiten zu müssen. Arbeiten lenkte sie vom Nachdenken ab. Und außerdem würde sie nicht lange in Venedig bleiben – innerhalb eines Jahres würde ihr Vater kommen und sie holen.
Hinten in »Dioscorides' Kräuterbuch« notierte Joanna den Tag, an dem sie sich von Donato getrennt hatte. Sie war am letzten Julitag 1504 aus Genua fortgeritten – und ihr Vater

hatte ihr versprochen, Ende des nächsten Sommers in Venedig zu sein.
In der Zwischenzeit bemühte sie sich, sich an das Leben in Taddeo Zulians Haus zu gewöhnen, an einem Tisch zu essen, in einem Bett zu schlafen. Das Bett erschien ihr beengend und gefährlich, schrecklich hoch und schmal. Während der ersten Woche in Venedig wickelte sie sich in eine Decke und schlief unter dem Fenster auf dem Fußboden. Doch eines Morgens entdeckte Lena, die Köchin, sie dort und lachte, bis ihr die Tränen übers Gesicht liefen. Von da an schlief Joanna im Bett: Ihre Angst, noch einmal ausgelacht zu werden, war stärker als die Furcht, aus dem Bett zu fallen.
Auch die Mahlzeiten waren eine Qual: wie man das Besteck hielt, und wozu die Serviette benutzt wurde. Überzeugt davon, daß es zerbräche, wenn sie es ergriffe, wagte sie anfangs nicht, das zarte Muranoglas zu berühren, das ihren Wein enthielt. Zwei Tage lang stand sie durstig vom Tisch auf, bis sie sich schließlich gezwungen sah, den langstieligen Kelch hochzuheben. Und dann erschien es ihr wie ein Wunder, daß dieses schöne Ding, das wie aus Eis oder Kristall gemacht wirkte, stabil genug war, um von ihr berührt, festgehalten und zum Munde geführt zu werden.
Das schwierigste war, zu lernen, wann sie sprechen und wann schweigen sollte. Isotta, die mit ihrer neuen Nichte bei Bekannten angeben wollte, die zu Besuch ins Zulian-Haus kamen, errötete entsetzt, als Joanna die ihr fremden Erwachsenen mit einem Kuß, einer Frage nach ihrem Befinden und einem Kommentar zu ihrer prächtigen Kleidung begrüßte. Später, als Isotta sich von ihrer Verlegenheit erholt hatte, erklärte sie ihr freundlich, daß sie nur sprechen dürfe, wenn sie angesprochen werde, knicksen müsse und ausschließlich Fragen beantworten dürfe, die direkt an sie gerichtet würden – und dann auch nur kurz, wie ein achtbares venetianischen Mädchen.

Als sie an jenem Abend im Bett lag, trieb die Erinnerung an Isottas sanfte Ermahnungen ihr die Schamröte ins Gesicht – aber sie schämte sich noch viel mehr nach dem Tag, an dem sie auf dem Platz getanzt hatte. Sie waren auf dem Heimweg von der Kirche gewesen – sie und Isotta und Taddeo –, und an einer Ecke des Platzes hatte ein Blinder Geige gespielt. Joanna hatte Musik schon immer gemocht: Sie glaubte, etwa hundert Lieder zu kennen – in einem Dutzend verschiedener Sprachen. Und sie wußte, daß sie gut tanzte: Ihre Mutter hatte es ihr gesagt, und die paar Münzen, die sie damit verdient hatte, waren stets eine nützliche Ergänzung zu Donatos Einkünften gewesen. Und so hatte Joanna, während Isotta und Taddeo nach einer respektvollen Begrüßung mit einem von Taddeos Kunden sprachen, zu der Geigenmusik getanzt. Nicht um für sich selbst Geld zu verdienen, wie sie Taddeo hastig erklärte, als er sie vom Platz gezerrt hatte – nein, für den Geiger, dessen Hut leer gewesen war, bis sie zu tanzen begann. Daraufhin fehlten Taddeo die Worte, doch sein Gesichtsausdruck sprach Bände.
Danach wurde sie vorsichtiger. Sie hörte Isotta und Taddeo zu, beobachtete die farblosen Töchter von Bekannten, und ahmte sie nach, achtete darauf, daß ihr Benehmen die engen Grenzen, die die venetianische Gesellschaft gezogen hatte, nicht sprengte. Manchmal kam es ihr vor, als wirke sie in einer Pantomime mit, und sie war versucht, über sich zu lachen – oder zu weinen –, während sie die Rolle spielte, die Sanchias Tod und Donatos Abwesenheit ihr aufgezwungen hatten. Sie war nicht an Häuser gewöhnt, an Wände und Fußböden und Zimmerdecken. Sie war an ein Zelt gewöhnt, das mit allen möglichen Stoffarten in allen möglichen Farben geflickt war, und daran, daß die Nacht und die Sterne durch die Löcher im Dach hereinblinzelten. Sie war es gewöhnt, die offene Landstraße vor sich zu haben, nicht die langweiligen, dunklen Wasserstraßen und übervölkerten Plätze von Venedig. Manchmal, wenn die Wände ihres Schlaf-

zimmers auf sie zuzukommen schienen und das Fenster kleiner und kleiner wurde, mußte Joanna die Hände zu Fäusten ballen und unter ihre Ellbogen klemmen, um sie daran zu hindern, an die Gipswände zu trommeln und die Fenstergitter zu packen und daran zu rütteln.

Ebenso wie sie lernte, sich wie ein achtbares venetianisches Mädchen zu benehmen, lernte sie die Namen der Bediensteten des Zulianschen Haushalts und deren Funktionen kennen. Da war die dicke Lena in der Küche, die einen Bruder hatte, der im Arsenal arbeitete und über einen reichen Schatz an Seemannsgeschichten verfügte. Joanna, die mehr von der Welt gesehen hatte als Lena, konnte ihrerseits mit Geschichten aufwarten. Bei einigen von Joannas Erzählungen wurden Lenas runde, dunkle Augen noch dunkler, und sie bekreuzigte sich mehrere Male.

Dann war da der alte Matteo, der Laufbursche, der sie ins Kinn zwickte und seinen Pfirsich nannte. Wenn er Joanna ansah, wurden Matteos Augen feucht, und er murmelte etwas über die kleine Schwester, die vor mehr als dreißig Jahren gestorben war – und dann lächelte Joanna und erbot sich, seine Botengänge zu übernehmen, denn Matteo war alt und langsam geworden. Und außerdem war es hart, auch nur einen einzigen ganzen Tag in Taddeo Zulians übervölkertem Haus eingesperrt zu sein.

In Taddeos Werkstatt waren die Lehrlinge Alessandro und Marin und der Gehilfe Benedetto. Alessandro und Marin waren etwa in Joannas Alter, aber mit unreiner Haut – und ständig stritten sie um die »Vorherrschaft«. Benedetto, der Gehilfe, trug ein scharlachrotes Wams und eine Strumpfhose mit verschiedenfarbigen Beinen und versuchte, Joanna in den Po zu kneifen, wenn Taddeo nicht hinschaute. Benedetto half Taddeo bei der Fertigstellung eines Altarbildes für die Scuola di San Giovanni Evangelista. Er ließ die von Taddeo mit strenger, akkurater

Hand vorgezeichneten Szenen aus dem Leben des Evangelisten in leuchtenden Farben lebendig werden.

Um auch größeren Aufträgen Platz zu bieten, hatte die Werkstatt eine hohe Decke. An den Wänden zogen sich Regale entlang, auf denen sich Krüge und Flaschen, Pinsel und Paletten drängten. Es roch nach Öl und Spiritus und Leinwand, und der Boden war mit Hobelspänen und farbfleckigen Lappen übersät.

Joanna hatte noch nie einen solchen Raum gesehen. Sprachlos und in atemlosem Staunen stand sie da, und fasziniert huschte ihr Blick zwischen den Entwürfen, Staffeleien und farbenprächtigen Gemälden hin und her.

Die Vormittage verbrachte sie mit Isotta in dem finsteren, beklemmend kleinen Zimmer mit Ausbessern, Leintüchersäumen und Garnspinnen. Isotta sorgte dafür, daß das Feuer im Kamin nicht ausging, und erzählte von ihrer Familie in Padua, die sie verlassen hatte, um Taddeo zu heiraten, und von den Schwestern, die sie seit dem Tage ihrer Hochzeit kaum mehr gesehen hatte. Sie sprach auch über Gaetano, ihren jüngeren Bruder, der, wie Taddeo, Künstler war. Gaetano würde ein berühmter Mann werden, erklärte sie stolz.

Isotta schneiderte Joanna ein den Regeln entsprechendes venetianisches Kleid: aus schwarzem Samt, mit weitem Ausschnitt und schwarzen Überziehärmeln. Joanna dankte Isotta mit einem Kuß, doch insgeheim sehnte sie sich nach ihren Farben und ihrer Borte. Ihre Füße waren von den feinen, neuen Schuhen voller Blasen. Isotta erzählte von Kleidern, Schmuck und Hochzeitsgeschenken, von den Karnevalsfesten und Banketten in ihrer Jugend. Mittlerweile verließ sie das Haus kaum noch, zog die heiße, sichere Düsternis des Nähzimmers vor.

Nachmittags, sobald Isotta mit offenem Mund am Feuer eingeschlafen war, stahl Joanna sich fort. Am Rialto wimmelte es auf dem Kanal von Schiffen und Schaluppen aus aller Herren Länder. Seeleute verständigten sich durch Zurufe miteinander,

Kaufleute drängten sich auf dem Kai, schafften Waren in die Lagerhäuser. Die Flachboote waren mit Korn und Seide, Früchten und Gewürzen beladen. Die Gerüche der Früchte und Gewürze beschworen ebenso viele Erinnerungen herauf wie die Sprachen: den scharfen Geruch von Zimt, der aus einem Faß auf dem Dock von Lissabon aufstieg ... den süßen Duft der Melonen, die sie einmal in einem Garten in Madrid gegessen hatten ... Donato hatte Melonensaft von Sanchias Lippen geleckt, Joannas Finger waren an dem staubigen Rock ihres Kleides festgeklebt.
Jeden Tag erwartete sie, daß eine der Gestalten, die aus einer Schaluppe oder einer Karavelle stiegen, Donato Zulian wäre, der hochgewachsene und gutaussehende Heilpraktiker, in seinem besten, gesteppten Wams und dem pelzbesetzten Cape. Und jeden Tag, an dem Donato nicht kam, kehrte Joanna dem Wasser den Rücken und wanderte durch die Stadt, bis der Schmerz aus ihrem Herzen gewichen war.
Dann stand sie in der Basilica di San Marco und schaute zu den exquisiten Mosaikdarstellungen der Propheten und den goldflügeligen Engeln mit den unergründlichen Gesichtern hinauf. Einmal hörte sie den Chor singen, der für einen feierlichen Anlaß probte. Die Stimmen stiegen auf und wurden von den fünf goldenen Kuppeln zurückgeworfen. Als sie die Augen schloß, hatte sie das Gefühl, Engel singen zu hören.
Als der Herbst in den Winter überging, wurde die Luft feuchter und kälter, und der Nebel hob sich nicht mehr. Joanna war froh: Der Wechsel der Jahreszeiten zeigte ihr, daß die Zeit nicht stehengeblieben war, für immer gefangen in der Stille der Lagune. Sie wanderte durch das Campo-di-Rialto-Viertel mit seinem Fisch- und Fleischmarkt und den Geldwechslern und betrachtete die Kunstwerke der Silberschmiede und Elfenbeinschnitzer. Sie lernte sich der Annäherungsversuche der jungen Männer mit ihren schwarz-roten Strumpfhosen, schulterlangen

Haaren, Samtkappen und Wamsen mit geschlitzten Ärmeln zu erwehren. Sie sah zu, wie die in die Farben ihres Besitzers gekleideten Negersklaven schwarzgestrichene Gondeln unter Brücken hindurch und an den Palazzi berühmter Familien vorbei steuerten. Die Sklaven waren noch weiter gereist als sie – und saßen jetzt auf ewig in Venedig fest. Der Gedanke ließ sie erschaudern. Durch die Durchgänge der Palazzi konnte sie die Innenhöfe sehen, die gepflasterten, welken Gärten mit ihren Bäumen, Springbrunnen und Fresken an den Wänden. Manchmal erhaschte sie einen Blick auf Edelfrauen, die von ihren Gärten in ihre Gondeln hinabstiegen. Die golddurchwirkten Gewänder spiegelten sich im Wasser, die runden Brüste waren nur von hauchdünnen Schleiern verdeckt.

Manchmal schlug sie auch eine andere Richtung ein, auf die San-Cassiano-Kirche zu. Bettler kauerten im Schutz von Hauseingängen, in zerlumpte Kleidungsstücke gehüllt, um die Kälte und den Nebel abzuhalten. Viertel wie diese gab es in jeder Stadt, die Viertel der Kranken, der Schwachen, der Glücklosen. Auf den Plätzen boten Huren ihre Dienste an, viele sichtbar von Syphilis gezeichnet. Sie hatte kein Geld, das sie den Bettlern hätte geben, keine Arznei, mit der sie den Huren hätte helfen können.

An den Abenden notierte Joanna im Anhang von »Dioscorides' Kräuterbuch« die einheimischen Namen der Pflanzen und ihre Anwendungsmöglichkeiten und fügte als Gedächtnisstütze winzige Zeichnungen hinzu. Sie durfte nichts vergessen, was sie gelernt hatte: Da es Sanchia nicht mehr gab, wäre sie Donatos einzige Hilfe. Bis zur Jahreswende hatte sie über hundert Eintragungen mit entsprechenden Illustrationen vorgenommen.

In Februar, während der letzten Tage des Karnevals, kam Isottas Bruder, Gaetano, zu Besuch ins Haus der Zulians.

Er war ein großer Mann, dunkelhaarig und muskulös – das Gegenteil seiner verwelkten Schwester. Gaetano kniff Isotta zur Begrüßung in die Wange und erkundigte sich nach ihrem Befinden. Dann riß er die Ateliertür auf, rief Taddeos Namen und schlug seinem Schwager auf den Rücken. Kritisch ließ er den Blick durch die Werkstatt wandern und erkannte, daß Taddeo zwar reichlich Arbeit hatte, daß das bißchen schöpferische Begabung, das er besaß, jedoch in Vergessenheit geraten war. Er fertigte noch immer die Wappenschilde, Tabletts und Aussteuertruhen, die sein Handelskapital waren, routiniert und gewissenhaft – aber verglichen mit der Art und Weise, in der Gaetano zu arbeiten begonnen hatte, sehr konservativ. Gaetano, der erst Anfang Dreißig war, beabsichtigte, einen bleibenden Eindruck zu hinterlassen, aber Wappenschilde und Aussteuertruhen verhalfen einem nicht dazu.

Im Augenblick hatte er allerdings einen größeren Auftrag: ein Fresko, das die gesamte Wand des Innenhofs eines der Palazzi am Canal Grande einnehmen sollte. Er bat Gaetano um Hilfe, um Rat. Gaetano nahm einen Pinsel und fing in einer Ecke einer leeren Leinwand zu skizzieren an. Bäume, Grotten, Blumen und Nymphen entstanden aus dem Nichts.

Taddeo betrachtete Gaetanos Motiv-Vorschlag mit zweifelndem Blick – doch er würde sich damit anfreunden. Wie immer. Gaetano würde Taddeo zeigen, wie dieser ein Fresko malen konnte, durch das er in Venedig von sich reden machte. Er bot Taddeo an, ihm bei dem Auftrag zu helfen: Er würde sich die Maße der Wand notieren, damit er nach seiner Rückkehr nach Padua in seinem eigenen Atelier an den Entwürfen arbeiten könnte. Schließlich würde die Werkstatt eines Tages ihm gehören.

An dem erleichterten Gesichtsausdruck seines Schwagers erkannte er, daß er genau den Vorschlag gemacht hatte, auf den Taddeo gehofft hatte. Benedetto, der Gehilfe, würde sehr verstimmt sein, doch das kümmerte Gaetano keinen Deut. Schließlich legte er den Pinsel beiseite und zeigte dem jüngeren der beiden Lehrlinge, wie er genau den richtigen Farbton für den Umhang der Heiligen Jungfrau mischte. Dann erregte etwas in seinen Augenwinkeln seine Aufmerksamkeit, und er schaute durch das Fenster auf den Platz hinaus.

Ein Mädchen überquerte das schneefleckige Pflaster. Sie war hochgewachsen und schlank, und ihr langes, rötliches Haar war mit Perlen aus Schnee geschmückt. Sie hatte, dachte Gaetano, genau die Art Gesicht, wie er es schon immer zu malen versucht hatte. Der Gedanke schmerzte ihn seltsamerweise. Als sie auf das Haus der Zulians zusteuerte, sagte Gaetano neugierig: »Es kommt eine Besucherin für dich, Taddeo.«

Taddeo, dessen Lebenssaft, sollte er je aufgestiegen sein, vor langer Zeit eingetrocknet war, warf einen flüchtigen Blick aus dem Fenster und korrigierte: »Keine Besucherin. Das ist meine Nichte Joanna.«

»Nichte?« fragte Gaetano. »Was für eine Nichte, Schwager?«

»Donatos Tochter. Du erinnerst dich doch noch an Donato, Gaetano.«

Er tat es, aber nur mit Mühe. Donato Zulian war Taddeos jüngerer Bruder – derjenige, der Venedig verlassen hatte, um etwas Unziemliches zu tun. Ein Söldner ... ein Seemann ...

»Ein Heilpraktiker«, fiel Gaetano schließlich ein.

»Ein Quacksalber«, verbesserte Taddeo Zulian ihn verächtlich.

Noch während er sprach, öffnete sich die Tür der Werkstatt. Gaetano hatte registriert, daß die Haustür sich geöffnet und und geschlossen hatte, und leichte Schritte und über die Stufen schleifende Röcke wahrgenommen. Als er in Joannas vollkommenes Gesicht blickte, dachte er wieder, daß sie das war, was er schon immer zu malen versucht hatte – und er erkannte, daß sie die Worte ihres Onkels gehört hatte und daß sie sie kränkten.

Er sah, wie sehr sie sich bemühte, ihren Zorn zu verbergen. Sie sagte nichts, aber ihre Augen blitzten, und ihre Wangen hatten sich gerötet. Er fragte sich, weshalb sie sich verstellte, und mißtraute ihr, weil sie es tat. Gaetano wußte, daß Frauen arglistige Geschöpfe waren, für die Betrug fast ebenso natürlich war wie das Atmen.
Jetzt, da er Taddeos Nichte aus der Nähe sah, erkannte er, daß sie viel jünger war, als er zunächst vermutet hatte – fast noch ein Kind. Und es wurde ihm auch klar, daß er Taddeo Zulians kleines, überheiztes Haus heute abend würde verlassen und Trost bei den etwa elftausend Schönen der Nacht suchen müssen, die wie liebreizende, mittellose Gespenster durch Venedig geisterten.

Der Karneval brachte natürlich eine Reihe ganz besonderer Erinnerungen an die Oberfläche. Donato hatte im Karneval oft recht gut verdient: Die Leute machten sich mit zu vielem Essen und zu vielem Trinken krank, brauchten Mittel gegen die Folgen einer unbedachten Nacht. Karneval in Spanien, Frankreich, Portugal, Navarra und Savoyen ... Jeder hatte sich ihr durch verschiedene Eigenarten eingeprägt: In Lissabon war es der Geruch des Meeres gewesen; in Kastilien die schwarze, mit Sternen besetzte Kuppel des Nachthimmels; in Frankreich die Reihe mit Fahnen und Fackeln geschmückter Schiffe, die hintereinander die Loire hinunterglitten.
Und nun Venedig. Joanna trug das schwarze Kleid, das Isotta für sie geschneidert hatte, und eine dazu passende, schwarze Maske. Vor gar nicht langer Zeit hatte Sanchia ihr Bänder ins Haar geflochten und ihre Tochter mit Glasperlen und allerlei Tand geschmückt. Die Maske weckte ein seltsames Gefühl in ihr – als sei sie eine andere. Wann immer die Zulian-Gondel an anderen Gondeln vorbeiglitt, grüßten die jungen Männer sie mit Verbeugungen und warfen ihr Kußhände und Papierrosen zu.

»Bella, bella!« riefen sie, als sei sie eine erwachsene Dame und kein Kind.
Isotta hatte ausnahmsweise den Mut aufgebracht, das ihr Sicherheit vermittelnde Haus zu verlassen, und war mitgekommen. Joanna saß neben ihr, hatte sich bei ihrer Tante eingehakt. Auch Isotta trug eine Maske. Sie fummelte ständig nervös daran herum, weil sie drohte, von der Spitze ihrer kleinen Himmelfahrtsnase zu rutschen. Ihnen gegenüber saßen die beiden Lehrlinge, Alessandro und Marin, und hinter diesen Taddeo Zulian und der Gehilfe Benedetto. Isottas Bruder, Gaetano, stand am Heck der Gondel am Ruder und steuerte sie durch das Gewimmel hell erleuchteter, schwer beladener Boote. Alle Männer trugen Masken, mit langen Nasen, mit Tierohren, mit Spitze verziert ... Wenn sie die Augen halb schloß, verschwammen die Gestalten ihr gegenüber und wurden unkenntlich: Wesen aus einem Bestiarium, einem mittelalterlichen, mystisch-symbolischen Tierbuch.
Am Ziel wurde die Gondel an einem Pfosten vertäut, und die Passagiere stiegen aus. Isotta klammerte sich an Joannas Arm, während sie sich in der Menge voranbewegten. Die Flammen des Freudenfeuers in der Mitte des Platzes loderten bis zur Höhe der Dächer der umliegenden Gebäude hinauf. Wenn sie gen Himmel schaute, konnte Joanna die fliegenden Funken nicht von den herabsinkenden Schneeflocken unterscheiden, die durch die Reflektierung des Lichts golden glitzerten. Die Flammen vergoldeten die Pflastersteine und die herrlichen Mosaiken auf der Basilika. Venedig war nicht länger grau und von Nebel bedeckt, sondern ein Zauberland.
Joanna begann, sich wieder lebendig zu fühlen, etwas von der Sicherheit und der Freude zurückzugewinnen, die seit Sanchias Tod und Donatos Trennung von seiner Tochter beständig geschwunden waren. Bald, dachte sie, würde sie wieder frei sein. Donato würde sie am Ende des Sommers holen, und dann

würden sie die Welt bereisen. Die Namen von Donato Zulian, dem Heilpraktiker, und seiner Tochter, Joanna, würden am Hofe jeden Landes bekannt sein. Niemand würde sie Quacksalber oder Hanswurst schimpfen, niemand würde Steine nach ihnen werfen.
Eine Musikkapelle – Trompeter, Flöten- und Viole-Spieler – stand auf den Stufen vor der Basilika. Die Leute hatten zu tanzen begonnen, umrundeten das Feuer, wodurch ihre Körper farblich geteilt wurden wie die Narrenkleider der jungen Männer – scharlachrot durch den Schein des Feuers, schwarz durch die Dunkelheit der Nacht. Isotta beschwerte sich abwechselnd über die Hitze und die Kälte. Die Musik übte ihren alten Zauber aus, und Joanna fing an, sich im Takt zu wiegen und zu lachen. Und dann nahm sie die widerstrebenden Hände ihrer Tante in die ihren und begann zu tanzen, zuerst langsam, während Isotta lachte und protestierte, und dann wirbelte sie sie, die Lehrlinge, den Gehilfen und Taddeo mit offenen Mündern zurücklassend, um das Feuer herum.

Er trank noch immer Glühwein aus dem Deckelkrug, machte noch immer artige Konversation mit den Nachbarn, die Taddeo ihm vorgestellt hatte – doch seine Augen und Gedanken waren ausschließlich mit der Gestalt beschäftigt, die wie ein Irrwisch um das Feuer tanzte.
Früher an diesem Abend hatte er sich ausführlich mit Isotta, seiner blassen, verwelkten Schwester, unterhalten. Isotta, die ihm in schwesterlicher Zuneigung zugetan war, hatte zumindest, was Joanna Zulian betraf, Interessantes und Informatives zu berichten gewußt. Ihr Vater war Donato Zulian (Trunkenbold, Heilpraktiker, Quacksalber – wie man wollte), ihre Mutter war Spanierin gewesen, in Valladolid beheimatet. Die Mutter, Sanchia, war tot, der Vater lebte – laut Joannas Aussage – noch. Taddeos Nachbar hatte vier reizlose Töchter, und Gaetano

entzog sich der vor ihm liegenden, langweiligen Pflichtübung elegant, indem er wartete, bis Isotta und Joanna das Feuer ein weiteres Mal umtanzt hatten, und dann die atemlose und lachende Isotta abfing. Danach brauchte er sie nur an Taddeo weiterzureichen und Joanna Zulians lange, schlanke Finger mit seinen Händen zu umschließen.

Ihr Fuß tippte noch immer im Rhythmus der Musik auf den Boden, die grauen Augen leuchteten so strahlend wie das Feuer aus der schwarzen Maske. Der Platz war jetzt voller Menschen, es war einfacher, zu tanzen, als stehenzubleiben, und so ließen sie sich in die Menschenmenge hineinsaugen. Neben den Musikern tanzte Gluttoni, ein fetter Mann mit federgeschmückter Kappe, dessen prächtige Gewänder mit Ketten aus Würsten und Speckseiten behängt waren, mit Lent, einer dürren, alten, in Lumpen gekleideten Frau. Über der Menge wirbelten Funken und Schneeflocken unter den wenigen sichtbaren, blassen Sternen durcheinander.

Nach einer Weile schaute Gaetano auf Joanna hinunter. Sie war groß für ihr Alter und gut entwickelt – er hatte nicht das Gefühl, mit einem Kind zu tanzen. Die schwarze Samtmaske betonte die sanft geschwungenen Wangen, ließ sie hohl erscheinen. Schneeflocken hingen an ihrem offen herabfließenden Haar, glitzerten wie facettenreiche Juwelen in Gold, Rosa, Purpur, Smaragdgrün – Farben, die sie aus dem Feuer zogen. Er war froh, daß sie ihm die Langeweile erspart hatte, mit einer nichtssagenden Frau zu tanzen, doch plötzlich stieg Mitleid mit dem Mann in ihm auf, der Joanna Zulian einmal heiraten würde: ein Kind in einem häßlichen, altmodischen Kleid – aber jeder Mann auf dem Platz starrte sie an, wenn sie vorbeitanzte.

Während der Tanz mit einer Folge von Tonschnörkeln seinem Ende zuging, dachte Gaetano darüber nach, was für ein Leben Taddeos Nichte wohl geführt haben mochte. Ein ständig betrunkener Vater, ein exotisches Flittchen als Mutter ... Er schwitzte. Als er sich am Schluß des Tanzes verbeugte, rann Schweiß an seinem Nacken herunter und befeuchtete die Innenseite seiner Maske. Er sah die Lehrlinge und Benedetto, aber Taddeo und Isotta waren nirgends zu entdecken. »Wir sollen bei Signor Capponi zu Abend essen«, sagte Joanna plötzlich, als sie sich nach dem Knicks aufrichtete, und Gaetano nickte lächelnd und folgte ihr, als sie die Piazza in Richtung des Capponi-Hauses verließ.

Die Straße wurde schmal, die hohen Häuser auf beiden Seiten schlossen abrupt das Gelächter und die Musik aus. Gaetano konnte die Hitze des Feuers nicht mehr spüren, es war wieder Winter geworden – eine eisige, mit Schneeflocken gesprenkelte venetianische Nacht. Die Gasse war nicht beleuchtet, aber das durch die dünne Wolkendecke scheinende Mondlicht reichte aus, das Mädchen zu beobachten, das vor ihm herging.

Sie hatten fast den Kanal erreicht, als sie eine Hand hob, um ihn zum Stehenbleiben zu veranlassen, und den Zeigefinger der anderen auf die Lippen legte. Er schlich lautlos über das Pflaster zu ihr, den Griff seines Messers fest in der Hand.

Im Schein des Mondes und der Fackeln, die das Ufer das Kanals beleuchteten, sah er die Silhouetten von vier jugendlichen Gestalten, die etwas auf das Wasser zu zerrten: ein formloses Bündel schmutziger Lumpen, wie es schien. Nein – das Bündel war lebendig, es bewegte sich und stöhnte. Ein Hund, dachte Gaetano – bis er das gelbe Viereck auf den zerfetzten, schmutzigen Kleidern sah.

Selbst wenn er gewollt hätte – er hätte nichts tun können. Sie waren zu viert, allesamt tückisch durch Alkohol, jeder mit einem Messer in der Hand. Gaetano hörte das Mädchen nach Luft schnappen, als der Körper in den Kanal gestürzt und der Kopf unter Wasser gedrückt wurde. Er bemerkte gerade noch rechtzeitig, daß Joanna losstürmen wollte, und packte sie an der Schulter. »Nein!« flüsterte er.

Sie fügte sich. Sie wäre tatsächlich hingelaufen, hätte protestiert, dachte Gaetano verwundert, als der Mann im Kanal aufhörte, sich zu wehren, und keine Luftblasen mehr aufstiegen. Gaetano erkannte, daß Joanna Zulian ihn gleichermaßen faszinierte und beunruhigte.
Als die Jugendlichen lachend am Kanalufer entlang und in den Schutz einer Gasse gelaufen und verschwunden waren, schaute er auf das Mädchen hinunter. Sie stand still neben ihm und starrte auf den Kanal hinaus, während seine Hand noch immer ihre Schulter umfaßt hielt. Ihre grauen Augen waren auf die letzten Kräuselwellen gerichtet, die langsam auf den Rand des Kanals zustrebten. Sie hatte ihre Maske abgenommen – sie lag zerknittert neben ihr auf dem Boden.
»Er war ein Geldverleiher«, sagte Gaetano brüsk. »Ein Jude.«
Er nahm sie bei der Hand und zog sie in Richtung der Casa Capponi fort.

Der Schnee blieb nicht mehr liegen, die Fastenzeit ging vorbei, und plötzlich war Frühling. Jeden Nachmittag ging Joanna zum Canal Grande und beobachtete, wie die Passagiere die Schiffe verließen – doch Donato war nie darunter. Es war ein langer Weg von Spanien hierher, erinnerte sie sich. Joanna dachte an die Orte, durch die Donato reisen, die Flüsse, die er überqueren, die Berge, die er bezwingen mußte – und das alles ganz allein, ohne die Hilfe seiner Tochter oder seiner Frau.
An den Vormittagen lehrte Isotta sie das Sticken: winzige Seidenblumen auf einem gewebten Untergrund, Verzierungen für Tisch- und Bettwäsche, Kragen, Mieder und Manschetten. Joanna erinnerte sich an die Blumen, die sie auf Donatos Panier gemalt hatte, und an die Blumen im Loiretal. Wenn sie Botengänge für die Werkstatt zu erledigen hatte, betrachtete sie verstohlen die Skizzen für das Fresko, die Gaetano Cavazza aus Padua geschickt hatte. Sie waren völlig anders als alle Bilder, die

Joanna bisher gesehen hatte. Sie glaubte, wenn sie diese Hügel, diese Bäche berührte, würde sie Gras oder reines Quellwasser fühlen.

Im Frühsommer bekam Isotta Fieber. Joanna bereitete Heiltränke aus Gerstenschleim und legte ihr Breiumschläge auf. Der Himmel draußen war tiefblau, doch Isotta bestand darauf, daß die Fensterläden geschlossen wurden und ständig Feuer im Kamin brannte. Sie hustete und weinte, und Joanna trocknete ihr die schweißnasse Stirn, fütterte sie mit Suppe und verscheuchte die Fliegen, die irgendwie den Weg durch die Fensterläden gefunden hatten. Sie hielt Isottas Hand, bis sie, erschöpft von Hustenanfällen, eingeschlafen war. Manchmal hustete Isotta Blut, und dagegen kannte Joanna kein Mittel.

Als sie sich zu erholen begann, erzählte Isotta Joanna von den Kindern, die sie tot geboren hatte. Zwillinge – ein Junge und ein Mädchen. Danach war sie nie wieder schwanger geworden. Sie weinte, während sie sprach. Joanna müsse jung heiraten, schluchzte Isotta, und viele Kinder bekommen, und niemals sollte sie eine leere Wiege anschauen müssen, wie sie, Isotta, es getan habe.

Erschöpft schlief Isotta ein. Sie würde nicht heiraten, dachte Joanna, sie würde nie Kinder bekommen. Sie würde sich um Donato kümmern, neue Städte kennenlernen und Geld verdienen. Donato würde bald hier sein, und sie würde Venedig für immer verlassen. Sie machte sich Sorgen, weil Isotta dann wieder sich selbst überlassen wäre, und überlegte, welche Arzneien sie für ihre Tante zurücklassen würde. Sie hatte alles im Kopf: die Mittel gegen Wechselfieber, gegen die Pest und das Schweißfieber; wie man das Eitern einer Wunde verhinderte; die wichtigsten Organe des Körpers und ihre Funktionen, welche Adern man zum Aderlaß benutzte; die Namen der vier Säfte des Körpers und ihre Eigenschaften; die Sternkreiszeichen und ihre Einflüsse; Liebestränke, Zauberformeln gegen Hexenkraft;

Schöterich gegen Geburtsschmerzen; die Frucht des Pfirsichbaumes gegen Impotenz; Nachtschatten, Schierling, Stechapfel und Wasserschierling – die dunkleren Geheimnisse der Giftküche.

Das Himmelfahrtsfest im Mai dauerte fünfzehn Tage. Da Isotta ans Bett gefesselt war, ging Joanna allein die dicht bevölkerte Merceria hinunter, um Bänder und Nadeln, Faden und Leinengarn zu kaufen.

Bahnen von golddurchwirktem Stoff, Brokat und besticktem Damast hingen, in der Hitze sanft schwingend, aus den Fenstern im ersten Stock der Geschäfte. Die Verkaufsstände waren mit frischen und mit Seidenblumen geschmückt. Es war, dachte Joanna, als ginge sie durch einen goldenen, schimmernden Wald, wo der Vogelgesang von den Nachtigallen kam, die in Käfigen eingesperrt waren, und die Blumen nach dem Rosenwasser und Sandelholz der Parfümeriehändler dufteten. Wieder einmal war Venedig verwandelt – das Land eines Zauberers.

Sie sah ihn, als sie neben dem Glasbläserstand stehenblieb. Auf dem Tisch vor ihr waren bauchige, durchsichtige Krüge und langstielige Weingläser, zerbrechliche gold-, rosa- und türkisfarbene Kugeln ausgestellt – und als sie aufschaute, fiel ihr Blick auf Donato.

Er war etwa fünfzehn Meter vor ihr und ging die Merceria in Richtung Rialto hinunter. Sie sah ihn nur von hinten, doch sie erkannte ihn sofort an seiner Schulterlinie, dem abgetragenen Cape und dem schulterlangen, ergrauenden Haar, auf dem ein mit einer auffallenden Feder geschmückter Hut saß. Als sie losrannte, rief der Glasbläser ihr nach, sie habe ihre Geldbörse liegenlassen, aber sie machte nicht kehrt.

Auf der Straße wimmelte es von Menschen, die den Markt besuchten – Mütter mit ihren Kindern, Seeleute mit ihren Liebsten, alte Leute, die sich mit Hilfe eines Krückstocks dahinschleppten. Joanna bemühte sich verzweifelt, Donato in der Menge nicht aus den Augen zu verlieren, den Blick auf die Gestalt mit der charakteristischen, hüpfenden Gehweise gerichtet, und auf die alte, wie üblich in einem verwegen schiefen Winkel sitzende Samtkappe. Ihr Herz fühlte sich an, als wolle es zerspringen, und die Kehle wurde ihr eng.

Sie holte ihn ein, als er um die letzte Ecke bog und der Rialto in Sicht kam. Als die Straße sich erweiterte und Sonnenlicht hereinströmte, berührte Joanna die Schulter ihres Vaters.

»Donato. Papa.«

Der Mann drehte sich langsam um – und sie wußte, noch bevor sie sein Gesicht sah und ihn sprechen hörte, daß sie sich geirrt hatte. Sie war nicht Donato Zulian gefolgt, der endlich nach Venedig gekommen war, um seine Tochter zurückzuholen – sie war einem Fremden gefolgt.

»Signorina! Ich wünsche Ihnen einen guten Tag.«

Sein Italienisch war schlecht, der Akzent deutsch, dachte sie – vielleicht auch flämisch. Sie spürte, wie ihr Lächeln auf ihren Lippen verwelkte, das Trommeln ihres Herzschlags nachließ.

»Es tut mir leid ... ich dachte ...«

Ihre Stimme war schwach, kaum mehr als ein Flüstern. Ihre Augen brannten, Tränen standen darin. Der Fremde ergriff ihre Hand, hob sie an die Lippen, fragte etwas.

Zuerst verstand sie sein unbeholfenes Italienisch nicht – doch dann begriff sie plötzlich: Er hatte sie nach ihrem Preis gefragt. Trotz der bedrückenden Hitze in der belebten Straße begann sie zu zittern.

Die Gesichtszüge des Fremden waren ungeschlacht, die Augen farblos, die Lippen wulstig – so ganz anders als Donatos.

Etwas in ihr, seit Sanchias Tod zerbrechlich, zerbrach. Und dann beschimpfte sie den Mann auf Deutsch, auf Flämisch – und für alle Fälle auch noch auf Englisch. Sie hob die Hand, die die ihre noch immer festhielt, und biß, blutige Wunden wie Nadelstiche verursachend, hinein. Dann lief sie durch die Merceria zurück, vorbei an den Waffenschmieden, den Goldschmieden und Schuhmachern. Der Fremde blieb vor Schmerz heulend zurück.

Allmählich begann sie zu zweifeln. Zum ersten Mal in ihrem kurzen Leben begann Joanna an Donato Zulian, ihrem Vater, zu zweifeln.

Ihr Vater – ein Mann von großer Leidenschaft und Großzügigkeit. Ein guter Heilpraktiker, ein geschickter Chirurg. Sanchias mutiger und gutaussehender Liebhaber. Joannas Vorbild und Mentor: ihr Kindheitsidol.

Oder ein Trunkenbold und ein Aufschneider. Ein Tunichtgut. Ein Mann, der seine kränkliche Ehefrau und kleine Tochter gezwungen hatte, zu Fuß Europa zu durchqueren – ohne Rücksicht auf ihre Gesundheit und Kraft. Ein Mann, der die Erziehung mit Füßen trat, die er genossen hatte, der der Stadt den Rücken gekehrt hatte, in der er seine Begabungen hätte kultivieren können. Ein Mann, dessen Wohlstand und Status im Laufe von Joannas Kindheit schnell und unausweichlich geschwunden waren.

Ein Kurpfuscher, ein Straßenhändler, der nutzlose Arzneien verhökerte, ein Zigeuner, ein Vagabund. Ein Schwindler, der aus der Leichtgläubigkeit und den Schmerzen von Menschen Kapital schlug.

Ein Quacksalber. Ein Mann, der seine Frau auf dem Gewissen und seine Tochter im Stich gelassen hatte. In Venedig wartete die Tochter des Quacksalbers noch immer auf ihn.

Der Sommer neigte sich seinem Ende zu. Das Sonnenlicht, das den Canal Grande hatte glitzern lassen, verblaßte ein wenig, so daß das Wasser nicht mehr wie mit Saphiren und Brillanten besetzt wirkte. Die grazilen, mondsichelförmigen Gondeln, die die Sonne in goldene Schiffe verwandelt hatte, wurden dunkler

und waren keine durch Zauberkraft vergoldeten Triumphwagen mehr, sondern wieder schwarz gestrichene Boote, die Menschen zu ganz alltäglichen Zielen transportierten.
Ende September begriff Joanna, daß sie nicht mehr zu warten brauchte. Sie stand bei Tagesanbruch auf, schlüpfte aus Taddeos Haus und ging nicht zum Rialto, um die ankommenden Passagiere in Augenschein zu nehmen, sondern den Riva degli Schiavoni entlang.
Sie raffte ihre Röcke zusammen und setzte sich, das Kinn auf die Knie gestützt, auf den Rand der Kaimauer. In der Ferne, hinter dem Bacino di San Marco, schimmerte dunstverhangen das weite adriatische Meer, in dem sich die schwache Frühmorgensonne spiegelte. Venedig war still: Die Geräusche waren in der Stadt zurückgeblieben, und die Sonne hing schwer über dem Horizont, malte die See gold- und lilafarben, karmesin- und scharlachrot. Eine kalte Brise wehte über das Wasser, kräuselte es in tausend kleinen Wellen.
Der Sommer war vorüber, und Donato war nicht gekommen, um sie zu holen. Das ganze letzte Jahr über hatte Joanna sich immer wieder eine Litanei vorgesagt – daß Donato heute kommen würde, morgen, nächste Woche. Daß er bereits zu seiner langen Reise aus Spanien hierher aufgebrochen sei, daß er vielleicht just an diesem Abend auf einem weit entfernten Marktplatz stehe, Heilmittel gegen Schlangenbisse verkaufe und sich anbiete, gebrochene Knochen einzurichten.
Doch jetzt war ihr Glaube daran gestorben. Es war etwas Schreckliches, den Glauben zu verlieren. Eine Stimme in ihrem Kopf sagte »Quacksalber!«, und vor ihrem geistigen Augen sah sie ein Kind einen Stein aufheben und ihn in die schreiende Menge schleudern. Sie fragte sich, wie sie sich schon so oft zuvor gefragt hatte, ob der Junge, den sie getroffen hatte, gestorben war. Früher hatte der Gedanke sie verfolgt, jetzt stellte sie fest, daß es sie kaum noch kümmerte.

Und als sie so auf der Kaimauer saß, begriff Joanna, daß Taddeo Zulians Heim nunmehr ihr Heim war, daß Taddeo Zulians Familie nunmehr ihre Familie war. Daß sie für den Rest ihrer Tage in einem Bett schlafen, an einem Tisch essen und Schuhe tragen würde. Daß sie nie mehr allein auf irgendeinem staubigen Marktplatz tanzen oder den Sonnwendfeuern auf einem Feld in Frankreich zusehen würde.

Der Kanal zu ihren Füßen wirkte unendlich tief, dunkel und unergründlich. In dem leicht bewegten Wasser sah sie ihr Spiegelbild: das blasse, ovale Gesicht, das lange offene Haar. Ihre Züge wirkten durch die Bewegung des Wassers verzerrt und verschwommen. Sie war kein Kind mehr und noch keine Frau. Etwas dazwischen – vergessen, im Stich gelassen.

Nach einer Weile stand sie auf, steif und ungelenk durch die lange Reglosigkeit und die Kälte. Ihre schwarzen Röcke fielen zerknittert an ihr herab. Von einem Gefühl grenzenloser Verlassenheit erfüllt, machte sie sich auf den langen Rückweg zum Haus der Zulians.

Später an diesem Tag kam Isottas Bruder, Gaetano, von Padua nach Venedig zurück. Er brachte die letzten Entwürfe für das Fresko mit.

Die fünf – Taddeo, Isotta, Gaetano, Joanna und der Gehilfe Benedetto – speisten an diesem Abend zur Feier von Gaetanos Besuch aufwendiger als gewöhnlich. Das Mahl dauerte lange und war opulent: Lamm und Kalbfleisch, Krabben und Austern, Rebhühner und Perlhuhn. Nach dem Diner nahm Isotta ihre Stickarbeit zur Hand. Der Gehilfe, der am Kamin auf dem Boden saß, machte Joanna schöne Augen, und Gaetano und Taddeo sprachen über die Ziele der Könige von Frankreich und Spanien, des Kaisers und des Papstes.

»Bologna wird es zuerst treffen«, sagte Gaetano, der dabei war, eine Orange zu vierteln. »Und Perugia. Papst Julius II. wird die

Bentivoglio und die Baglioni aus dem Kirchenstaat vertreiben. Und dann wird er seine Aufmerksamkeit auf Venedig richten.«
Sie saßen am offenen Fenster. Der gepflasterte Platz draußen schimmerte im schwindenden Herbstlicht.
»Der Papst ist Venedigs Verbündeter«, erwiderte Taddeo zuversichtlich. »Er wird uns nicht bedrohen. Und außerdem ist Venedig uneinnehmbar.«
Noch verärgerte seine Selbstzufriedenheit Gaetano nicht, der voll des guten Essens und Weines und demzufolge träge war. »Der Papst ist ein Soldat.« Gaetano füllte erneut sein Glas. »Und Venedig mag uneinnehmbar sein – aber was ist mit den Städten auf dem Festland, Taddeo? Was ist mit Verona? Was ist mit Padua?«
Er wußte, daß das Schicksal der Festlandstädte Taddeo nicht in seinen selbstsüchtigen, venetianischen Sinn gekommen war – doch Gaetanos Haus und Werkstatt befanden sich in Padua, und dort gab es keine zweckdienliche Meeresbarriere gegen jene Herrscher, die nach Landbesitz und Macht gierten oder einfach ungeduldig darauf harrten, Rache an dem arroganten, habsüchtigen Venedig nehmen zu können.
Taddeo zuckte gleichgültig die Schultern. Auf der anderen Seite des Raumes beugte der Gehilfe sich vor, um den Garnstrang aufzuheben, der Isotta heruntergefallen war, und streifte dabei mit der Hand Joannas Fessel. In Gaetano stieg der Wunsch auf, Taddeo zu schütteln, ihn aus seiner Selbstzufriedenheit herauszureißen, doch er beherrschte sich und sagte brüsk: »Venedig hängt, was Nahrungsmittel und Steuern betrifft, vom Festland ab – in Isolation wird es nicht überleben können.«
»Es wird nicht in Isolation überleben müssen«, erwiderte Taddeo starrsinnig. »Die Franzosen sind seit jeher unsere Verbündeten.«
Gaetano war an diesem Tag aus Padua herübergeritten, und obwohl er sich gewaschen und umgezogen hatte, fühlte er sich,

als sei er immer noch von einer Staubschicht bedeckt. Im Aufstehen lockerte er die Schnürung seines ärmellosen Wamses und starrte aus dem offenen Fenster. Der Platz unten war auch zu dieser späten Stunde noch belebt: Kinder stritten um ein Spielzeug, Seeleute mit Weinflaschen in der Hand riefen den vorübergehenden Kurtisanen anzügliche Bemerkungen zu.
Er wandte sich wieder Taddeo zu. »Du sagst, mein Schwager, daß die Franzosen seit jeher unsere Verbündeten sind, daß sie nur Mailand haben wollen. Aber vor zwei Jahren haben die Franzosen einen Bündnisvertrag mit Papst Julius und Kaiser Maximilian unterzeichnet. Eine furchterregende Kombination, meinst du nicht?«
»Wie du weißt«, antwortete Taddeo verächtlich, »war der Vertrag von Blois nicht von Dauer. Beim Tod der spanischen Königin traten die Vertragspartner davon zurück. Nein, Gaetano – die Franzosen sind Venedigs Freunde, und sie werden immer Venedigs Freunde bleiben. Wegen des Gewürzhandels, weißt du – sie brauchen Venedig für den Gewürzhandel.«
»Und wir brauchen die Franzosen wegen der Messe in Lyon. Sie sind nicht von uns abhängig – wir sind voneinander abhängig.«
Isotta hustete, hielt sich ein Taschentuch vor den Mund. Eine Wespe summte heran und ließ sich dann auf Gaetanos Orangenschalen nieder.
»Diese Dinge sind Sache des Großen Rates«, versetzte Taddeo. »Sie gehen uns nichts an.«
Der Gehilfe Benedetto hatte begonnen, Taddeos Nichte Joanna zu skizzieren. Gaetano spürte Zorn in sich aufsteigen: Benedetto hatte nicht das Talent dazu. Eines Tages würde er, Gaetano Cavazza, Joanna Zulian zeichnen. Wenn sie älter wäre, wenn er die geeignete Kulisse für sie gefunden hätte. Benedetto trug eine orange-schwarze Strumpfhose. Das eine Bein war gestreift, das andere kariert. Seine weichen Stiefel liefen vorne lächerlich lang

und spitz zu. Das Mädchen Joanna beachtete ihn nicht – sie beachtete überhaupt niemanden, bemerkte Gaetano. Wenn Isotta hustetete, hielt Joanna die Stickarbeit ihrer Tante und gab sie ihr zurück, wenn der Anfall vorüber war – doch ihre Bewegungen waren mechanisch, sie wirkte geistesabwesend. Gaetano fragte sich, ob sie sich vielleicht nicht wohl fühle: Es war ihre Lebhaftigkeit und ihre Vitalität gewesen, die ihn auf sie aufmerksam gemacht hatten – und natürlich ihr gutes Aussehen.

Seinen Ärger unterdrückend, wandte Gaetano sich wieder an Taddeo. »Bedenke die Möglichkeit, mein lieber Freund«, sagte er geduldig, »daß der Papst, nachdem er die Bentivoglio und die Baglioni aus dem Kirchenstaat vertrieben hat, beschließt, gegen die Städte der Romagna zu Felde zu ziehen, die Venedig sich erst kürzlich angeeignet hat. Bedenke außerdem, daß sowohl der französische König als auch der Kaiser Italien als eine Schachtel Konfekt betrachten, um die man sich streiten kann wie habgierige Kinder, die man wegen ihrer Städte, Schätze und Kunstwerke verteilen kann. Bedenke ferner, wie viele andere italienische Staaten – beispielsweise Florenz, Mailand, Genua und Neapel – Venedig eher als einen Gegenstand des Neides betrachten denn als Verbündeten.«

Eine kurze Stille folgte, und dann fügte Gaetano hinzu: »Es wird geschehen, Taddeo: Bologna und Perugia werden innerhalb eines Jahres fallen – allerhöchstens in zweien.«

Taddeo runzelte die Stirn. »Möglicherweise fallen Bologna und Perugia auch nicht. Die Bentivoglio sind ebenfalls Soldaten. Giovanni Bentivoglio wird Bologna nicht kampflos aufgeben.«

Draußen war es dunkel geworden, und der Lärm, der von dem Platz hereindrang, hatte nachgelassen. »Giovanni Bentivoglio«, erwiderte Gaetano langsam, »besitzt nicht einen Bruchteil des Vermögens von Julius, Taddeo, aber Bologna wird sehr viel Geld brauchen, wenn es Söldner anheuern muß.«

»Venedig hat Geld«, entgegnete Taddeo stur. »Venedig ist die bedeutendste Stadt der christlichen Welt.«
Gaetano wußte, daß sein Schwager die Wahrheit sagte. Draußen, jenseits des Platzes, lagen die Kanäle und Häfen, die großen Lagerhäuser, die die Reichtümer verschiedenster Nationen beherbergten, und das Arsenal, die größte Schiffswerft der Welt. Venedigs Reichtum gründete sich auf den Gewinnen durch den Handel – auf die Seidenstoffe und Gewürze und Weine, die in seinen Schaluppen und Karavellen die Adria herauf transportiert wurden. Wenn eine Stadt sich verteidigen konnte, dann war es Venedig. Es war durch die natürlichen Gegebenheiten geschützt, durch die Geschichte. Es war die Eifersucht, die diese Art von Wohlstand erweckte, die Gaetano Sorgen machte – sie und der Verdacht, daß Venedig weder den Wunsch noch die Fähigkeit hätte, seine Kampfkraft und Entschlossenheit auf das Festland auszudehnen.
Aber vielleicht hatte Taddeo recht – vielleicht waren die Franzosen ihre Verbündeten, und Julius würde sich mit Bologna zufriedengeben und Padua nicht ungeschützt gelassen. Und außerdem war ihm klar, daß es müßig wäre, weiter mit Taddeo zu diskutieren, der mehr getrunken hatte, als er gewöhnt war, und nicht die Phantasie besaß, sich die Zukunft auszumalen, die Gaetano befürchtete.
Er beugte sich vor und schenkte Taddeo Wein nach. »Reden wir lieber über das Fresko, Schwager. Wird es den Namen Zulian und Cavazza zu landesweiter Bekanntheit verhelfen?«
Er sah Taddeos Augen aufleuchten und Benedettos Miene sich verfinstern. Wenn er eines Tages Besitzer der venetianischen Werkstätte wäre, dachte Gaetano, gäb es keinen Platz mehr für Benedetto. Der Gehilfe beschränkte sich auf komplizierte perspektivische, mathematisch exakte, künstlerische Wiedergaben von Kirchen und Brücken. Benedetto hatte gelacht, als er Gaetanos erste Skizzen für das Fresko sah. Wenn Gaetano erst

einmal Herr über die Werkstatt wäre, würde er nicht mehr lachen.
»Wir haben angefangen, die Bilder auf den Wänden zu skizzieren«, berichtete Taddeo. »Es wäre das beste, wenn wir vor dem Wintereinbruch mit der Arbeit fertig würden.«
Gaetano lachte. »Ja – es würde dir bestimmt keine Freude machen, bei Schneetreiben zu malen. Der Pinsel würde dir an den Fingern festfrieren.«
Auch Taddeo lachte, doch gleich darauf wurde er wieder ernst. »Ich werde mich nach einem weiteren Lehrling umsehen müssen, Gaetano. Wir werden zu zweit an dem Fresko arbeiten müssen, um bis zum Winter fertig zu sein, und dann wären nur noch zwei Leute in der Werkstatt. Aber zwei genügen nicht, um die übrigen Aufträge zu erledigen.«
»Die übrigen Aufträge« waren, wie Gaetano wußte, Taddeos jämmerliche Aussteuertruhen und Waffenschilde. Gaetano lächelte. »Du wirst genug Geld für einen zusätzlichen Lehrling haben, Schwager«, sagte er. »Das Fresko wird dir zweihundertfünfzig Dukaten einbringen – wenn nicht gar dreihundert.«
Taddeo nickte. »Wir werden quadratmeterweise bezahlt – falls wir den Auftrag rechtzeitig zu Ende bringen. Aber meine Ausgaben sind gewachsen, Schwager. Der Preis für Blattgold ist in schwindelnde Höhen gestiegen – und für einige der selteneren Farben muß man ein Vermögen hinlegen. Und dann ist da noch das Mädchen, Donatos Tochter. Wir werden Donato nicht wiedersehen, dessen bin ich sicher, und so muß ich ihr eine Mitgift stellen, wenn sie nicht ins Kloster gehen soll. Und wenn sie nach ihrem Vater gerät, wird ein Kloster kaum nach ihrem Geschmack sein ...«
Der alte Narr hatte vergessen, daß das Mädchen anwesend war. Gaetanos Haut kribbelte, er schaute zur anderen Seite des Raumes hinüber.
Isotta blickte von ihrer Stickarbeit auf. »Taddeo! Du solltest in

Joannas Gegenwart nicht über derlei Dinge sprechen – sie ist zu jung dazu.«
Gaetano konnte nicht beurteilen, ob Taddeos schockierter Gesichtsausdruck daher resultierte, daß Isotta ihn zum ersten Mal in ihrer Ehe tadelte, oder daher, daß er sich daran erinnerte, daß seine Nichte im Zimmer war. Joanna war aufgestanden, hatte den Raum durchquert und sich vor ihrem Onkel aufgebaut. Ihre Finger krallten sich so fest in die Falten ihres Kleides, daß die Knöchel weiß hervortraten.
»Ich besitze eine Mitgift, Onkel – ich habe sie dir gezeigt.«
Taddeo, der zuviel getrunken hatte, entgegnete: »Wer, glaubst du, wird sich mit einem alten Buch und einer halb leeren Geldbörse zufriedengeben?«
Gaetano sah etwas in Joanna Zulians schönen Augen aufblitzen. Er hatte diesen Ausdruck schon einmal darin gesehen – nach dem Karnevalstanz, als sie beobachtet hatten, wie die Jugendlichen den alten Juden ertränkten. Sie hatte ihn seinerzeit beunruhigt: Er hatte plötzlich begriffen, daß ihr solche Szenen nicht neu waren, daß das Leben, das sie geführt hatte, sie an derlei willkürliche Gewaltakte gewöhnt hatte. Er hörte Joanna flüstern: »Tante Isotta, Signor Cavazza ...«, und dann drehte sie sich auf dem Absatz um und verließ das Zimmer.
»Taddeo!« sagte Isotta wieder. Tränen standen in ihren Augen. »Sie ist doch noch ein Kind ...«
Hier irrte sie natürlich. Gaetano hatte erkannt, daß Joanna Zulian kein Kind war, sondern von Geburt an eine kleine, wissende Erwachsene gewesen war. Auch er erhob sich und entschuldigte sich: Plötzlich erschien ihm der Raum zu voll und zu heiß, und sein Bedürfnis nach einer anderen Art von Gesellschaft war unvermittelt überwältigend geworden.

Joanna ging nicht in ihr kleines, dunkles, bedrückend enges Schlafzimmer, sondern in die Werkstatt, den größten Raum des

Hauses. Durch das Fenster dort konnte sie den Platz sehen, die Kirche, den Himmel – und sich vorstellen, daß jenseits des die Bewegungsfreiheit einschränkenden Meeres andere Städte, andere Länder lagen.

Aber heute konnte sie nicht, wie sie es schon so viele Male getan hatte, einfach dastehen und schauen. Sie war unfähig, still zu stehen, wanderte mit geballten Fäusten durch das Atelier und ließ den Blick über die Gemälde und Skizzen auf den Staffeleien gleiten. Der lange, scheinbar endlose Tag fand nun doch endlich seinen Abschluß. Und sie hatte nicht geweint, sie hatte nicht um das Leben geweint, das sie einmal gehabt, oder um die Familie, die sie verloren hatte – bis Taddeo diese unbedachten Worte sagte.

Jetzt hatte sie Mühe, nicht die Hände vors Gesicht zu schlagen und zu weinen. Würdenträger mit Kappen und prächtigen Gewändern erwiderten von den Leinwänden gleichgültig ihren Blick, die perfekten Pinselstriche verschwammen vor ihren tränengefüllten Augen. Städter spazierten uninteressiert vorbei, winzig klein gegen Türme und Brücken. In präziser Perspektive ausgeführte Bogengänge, prächtig in ihrer eindrucksvollen mathematischen Exaktheit, zogen sie an. Pompöse Männer posierten vor pompösen Häusern, die die Palazzi widerspiegelten, die den Canal Grande säumten. All die echte und falsche Größe Venedigs war hier eingefangen, in Taddeo Zulians Atelier.

Joanna atmete tief und zittrig durch und wischte sich mit dem Ärmel die Tränen ab. Jetzt waren ihre Augen wieder klar, die Linien und Farben nicht länger verschwommen. Sie sah, daß das Bild vor ihr unvollendet war, in Schwarz skizziert, die Farben nur mit ein paar Pinselstrichen angedeutet. Wälder und Ebenen, Seen und Wasserfälle, aus der kerzenbeleuchteten Leere heraus erstanden. Das Atmen wurde ihr schwer, ihr Herz hämmerte schmerzhaft heftig. Dieses Bild war anders als die anderen in der Werkstatt: Sie wußte, wenn sie es länger ansähe, wäre sie nicht mehr in Venedig, sondern irgendwo, wo sie durch die Löcher in der Decke ihres Zeltes die Sterne am Himmel sehen könnte. Die Wände und die See wichen, gaben den Weg frei: Sie befand sich in einem anderen Land.

Neben dem Gemälde stand ein Krug mit Pinseln, und daneben lag eine Muschel, die noch die Reste des heute gemischten Ultramarins enthielt. Joanna Zulian tauchte den Pinsel in die Muschel und begann zu malen.

Zweites Kapitel

Sie waren zu dritt: Der erste ein riesiger Kerl mit einem dünnen Zopf, der die Schultern seines Lederwamses streifte; der zweite in ein Sammelsurium aus schmuddeliger Seide und Satin gekleidet; der dritte dunkelhaarig und gutaussehend. Ein schlecht zusammenpassendes Trio – und doch verband sie einiges: Sie waren jung, sie waren Soldaten, und sie waren sinnlos betrunken.

Martin Gefroy ritt hinter den drei bezechten Söldnern her, weil Martin Gefroy sich verirrt hatte. Auf dem Weg von Rom nach Padua hatte er sich, wie er es stets tat, einer Gruppe von Kaufleuten angeschlossen. Doch dann war er von einer faszinierenden Krankheit aufgehalten worden, auf die er nahe Pistóia gestoßen war, und die Kaufleute setzten ihre Reise ohne ihn fort, ließen Martin mit Pusteln und Blutgeschwüren und Auswüchsen zurück, die einer Untersuchung bedurften, und mit einem erschütternd schlechten Orientierungssinn. Er hatte versucht, sich auf eigene Faust zurechtzufinden, sagte sich, daß man sich Geographie, wie alles andere, durch Gewissenhaftigkeit aneignen könne – und war irgendwann an einem bewaldeten Flußufer gelandet, einsam und allein im schwindenden Licht eines grauen, regnerischen Novembertages. Er kannte weder den Namen des Waldes noch den des Flusses, und in nicht allzu großer Ferne heulten Wölfe.

Dann, als er gerade die Möglichkeit erwog, auf einem Baum zu schlafen – konnten Wölfe klettern? Würde er von seinem Ast fallen, wenn er einschliefe? –, waren die drei Soldaten dahergeritten gekommen. Er hörte sie bereits, als sie noch eine Viertelmeile entfernt waren: Ihre Lieder und ihr heiseres Gelächter übertönten die Geräusche des Waldes, das Rauschen des Flusses. Er hatte sie beobachtet und abgewartet, und als die drei schließlich ein gutes Stück weit an ihm vorbei waren, war Martin auf sein Pferd gestiegen und ihnen vorsichtig gefolgt.

An den Schwertern, die sie an der Seite trugen, den Brustharnischen und Schallern, die sie an ihren Satteltaschen festgebunden hatten, erkannte er, daß es sich bei den Männern um Söldner handelte. Wäre das eine nicht gewesen, hätte Martin sich, wohl wissend, daß sie ebenso gefährlich waren, vor ihnen versteckt wie vor den Wölfen. Er besaß vielleicht nicht viel Geld, aber ein recht anständiges Cape, ein gutes Pferd und eine Tasche mit medizinischer Ausrüstung, womit sich auf jedem beliebigen Marktplatz ein gutes Geschäft machen ließe. Arbeitslose Soldaten hatten bekanntermaßen schon für wesentlich weniger gemordet.

Es waren die Sprachen gewesen, die sie gesprochen hatten, die Martin, der sein Pferd bereits im Gebüsch versteckt hatte, davon abhielten, eiligst auf einen Baum zu klettern. Die drei sprachen ein Kauderwelsch aus verschiedenen Dialekten, doch der Mann mit dem Zopf war Engländer – wie Martin. Die beiden anderen waren vielleicht Franzosen – oder Italiener. Martin folgte ihnen hoffnungsvoll im Vertrauen darauf, daß ihr dem seinen überlegener Orientierungssinn ihn bis zum Einbruch der Nacht zu einer warmen Mahlzeit und einem sauberen Bett führen würde.

Bruchstücke von Liedern – italienischen, französischen, englischen, allesamt schlüpfrig und keines mit komplettem Text – drangen durch den Regen und die Schatten zu ihm, während er sein Pferd durch den Wald lenkte. Die Stimme des Engländers übertönte das Flüstern der Bäume und das Rauschen des Regens mit einem Rätsel:

»Ich habe ein Loch über meinem Knie,
Und es wird hineingestochen und hineingestochen ...«

Seine Freunde reagierten mit einer Mischung aus Aufheulen und mißbilligendem Pfeifen. Der Mann in der schmutzigen Seide ließ sich nach vorne auf dem Hals seines Pferdes sinken und gab vor, sich zu übergeben, und der dunkelhaarige Soldat stöhnte: »Laß mal was Neues hören, Penniless – *bitte!*«
»Ich war doch noch gar nicht fertig, Toby«, entgegnete Penniless gekränkt. Die Worte übertrieben deutlich aussprechend, wiederholte er:

»Und es wird hineingestochen und hineingestochen,
Und doch ist es nicht wund ...«

Mit einem Wutgeheul stürzte sich der blonde Mann auf ihn, und beide glitten in einem Durcheinander aus Zügeln und Steigbügeln aus dem Sattel und landeten auf dem Teppich aus faulenden Blättern. »Mistkerl!« schrie Penniless. »Du bist ein verdammter Mistkerl, Gilles!«
Martin, der im Schutz der Bäume angehalten hatte, seufzte: Seine Hoffnung auf eine warme Mahlzeit und ein sauberes Bett schwanden dahin, während im Laufe der Rauferei Erde und herausgerissene Seidenfetzen durch die Luft flogen. Er beobachtete, wie Toby sein Pferd in sicherem Abstand von seinen streitenden Kumpanen anhielt. Es war zu dunkel, als daß Martin seinen Gesichtsausdruck hätte erkennen können.
Dann hörte Martin das unverwechselbare Geräusch von Stahl, gegen Stahl, das Scharren, mit dem ein Schwert aus seiner Scheide gerissen wurde. Voller Abscheu, aber nicht überrascht, bemühte Martin sich, sein Pferd zu wenden, und verfing sich mit dem Tier in einem Gewirr aus Dornen und Weidenzweigen. Erneut wurden ihm der Regen, die Kälte und seine Einsamkeit

bewußt. Er fragte sich, welcher der drei Soldaten beabsichtigte, seinem Kumpanen die Kehle durchzuschneiden.
Doch unmittelbar nach dem Zischen des Schwertes hörte er eine Stimme rufen: »Penniless! Gilles! Um Himmels willen ...«, und als er sich daraufhin umdrehte, sah er, daß die Situation nicht ganz so war, wie er sie sich vorgestellt hatte.
Er, Penniless, Gilles und Toby waren von Wölfen umringt – doch die Wölfe, die sie umkreisten, hatten kein graues Fell und keine gelben Augen, sondern Menschengestalt, waren in Lumpen gehüllt, und Hunger überschattete ihre ausgemergelten Gesichter. Und sie waren mit einem einschüchternden Sortiment von Stöcken, Messern und Knüppeln bewaffnet.
Martins Mund war trocken geworden. Er konnte nicht genau erkennen, wie viele es waren. Dann begriff er, daß die Räuber ihn in seinem Unterholzversteck nicht entdeckt, sondern es nur auf die Söldner mit ihren verführerischen, gut verkäuflichen Kleidern und von Waffenschmieden hergestellten Schwertern abgesehen hatten.
Ein Knüppel krachte auf den Hinterkopf von Penniless hinunter, der sich noch immer mit Gilles auf dem Boden wälzte. Für einen Moment betäubt, ließ er seinen Widersacher los. Dann schüttelte er sich und und stieß ein wütendes Gebrüll aus.
Die schlechten Lichtverhältnisse, der Nieselregen, der Lärm und das Durcheinander machten es Martin unmöglich, dem nun Stattfindenden in allen Einzelheiten zu folgen. Zweimal griff er nach seinem Messer, zog die Hand jedoch beide Male wieder zurück, und mehrmals war er drauf und dran, die Zügel zu packen, umzudrehen und sich mit seinem Pferd durch das Dornendickicht zu kämpfen und in Richtung der Hügel davonzureiten. Doch eine Mischung aus Bewunderung und Entsetzen hielt ihn davon ab: Entsetzen über das Gemetzel – obwohl es einer der Hauptbestandteile seines Berufes war – und Bewunde-

rung für die Körperbeherrschung der drei Soldaten. Ohne seine Phiolen und Zaubertränke hoffnungslos unbeholfen, bewunderte Martin körperliche Koordination, Schnelligkeit und Beweglichkeit.

Sehr bald waren die meisten der Straßenräuber geflohen oder lagen wie aufgeschlitzte Getreidesäcke zwischen den Farnen im Schlamm. Penniless und Gilles kauerten auf dem Waldboden und durchsuchten die Taschen der Toten. Nur Toby kämpfte noch immer. Der bleiche Stahl seines Schwertes wirbelte durch die Düsternis, sein wirres, dunkles Haar war regennaß. Einzig Martin sah ihn die Rechnung für einen Krug Bier zuviel bezahlen, als er auf einer Baumwurzel ausrutschte, rückwärts taumelte und mit dem Kopf gegen den Stamm einer Buche knallte. Einzig Martin sah das Schimmern von Stahl in der Dämmerung, die Grimasse des Triumphs auf dem Gesicht des Wegelagerers. Und dann hörte er sich aufschreien.

Das Messer des Briganten grub sich jedoch nicht in das Herz des Mannes, wie Martin erwartet hatte. Statt dessen zog es eine tiefe Rinne in den Unterarm – den rechten Unterarm. Ein Schwert fiel klappernd auf den steinigen Boden, als die Finger des Söldners, plötzlich bar jeder Kraft, den Griff losließen.

Dann war plötzlich Penniless da, legte seine muskulösen Arme in einer lieblosen Umarmung um einen dürren Hals. Und auf einmal wurde Martin die Stille gewahr, das leise Rauschen des Flusses und der Bäume – und Gilles, der mit funkensprühenden, blauen Augen und einer auf ihn gerichteten Schwertspitze vor ihm stand.

Sehr, sehr vorsichtig hob Martin mit gespreizten Fingern und offenen Handflächen die Hände. »Ich bin ein Gelehrter«, erklärte er besänftigend. »Auf dem Weg nach Padua – um Medizin und Naturwissenschaften zu studieren.« Er sagte es zuerst auf Französisch, dann auf Englisch, und für alle Fälle auch noch auf Italienisch. Er wollte es gerade auf Lateinisch versuchen, als das Schwert ein wenig schwankte, gesenkt und in die Scheide zurückgesteckt wurde.

»Medizin?« fragte Gilles.

Martin glitt von seinem Pferd und machte sich auf unsicheren Beinen auf den Weg durch das Wäldchen. Penniless war bereits von der Dämmerung verschluckt worden, hackte sich seinen Weg durch das Unterholz und verlangte heulend nach Rache. Als Martin sich neben den verwundeten Mann kniete, sah er Gilles leicht den Kopf schütteln. Gilles' Augen waren auf den stetigen Blutstrom gerichtet, der aus Tobys rechtem Arm floß.

»Eine Meile flußaufwärts ist ein Gasthaus«, sagte Gilles leise zu Martin. »Könnten Sie ...«

Könnten Sie ihn, über Ihren Sattelbaum geworfen, in die Zivilisation zurückbringen? Könnten Sie versuchen, das Irreparable wiederherzustellen? Könnten Sie einen Priester suchen, damit er ihm die letzte Ölung gibt?

Und doch war der Verletzte noch bei Bewußtsein. Martin sah Tobys Augen, deren Farbe das dunkle Blaugrau des Zwielichts hatte, zuerst ihn anstarren und dann fast ungläubig auf die Wunde hinunterschauen, die in seinem Unterarm klaffte und das Grau des Knochens durch die Schichten von Haut und Muskeln sehen ließ.

Martin Gefroy bekundete mit einem Nicken seine Zustimmung. Dann legte er den verletzten Mann mit Gilles' Hilfe über sein Pferd und ritt in Richtung des Gasthauses los.

Sorgfältig, sehr sorgfältig auf den Weg achtend.

Toby träumte.

Die Träume beschäftigten sich mit lange zurückliegenden Zeiten – vor seinen vier Jahren als Söldner, vor dem Schulmeister und seiner Frau. Sein Vater hatte ihn an den Haaren gepackt und verprügelte ihn, und obwohl er strampelte und spuckte, konnte er sich nicht befreien. Ein Klammergriff umspannte

seinen Arm zunehmend fester, der Schmerz war unerträglich. Durch den Schmerznebel hindurch roch er neues Leder und Bienenwachs und sah die Hämmer, Nägel und Leisten einer Schusterei. Alles schmerzte: sein Kopf, sein Arm, sein Rücken. Er rang nach Luft, versuchte zu schreien.
Etwas Kühles berührte seine Stirn, eine fremde Stimme murmelte beruhigende Worte – und plötzlich war sein Blick klar. Zitternd und keuchend nahm Toby als erstes das Fenster wahr und dann die flackernden Flammen des Kaminfeuers. Schließlich fanden seine Augen die Gestalt, die an seinem Bett stand. Er blinzelte, aber auch danach kam ihm das Gesicht nicht bekannt vor.
»Sie sind also wieder bei uns«, sagte der Fremde sanft, und eine Hand hielt Toby einen Becher an die Lippen. Er konnte den Wein nicht schlucken, er verbrannte seine Kehle, machte ihn husten.
Die Becher wurde weggenommen. Toby schloß erschöpft die Augen, doch er gestattete sich nicht, einzuschlafen. Er wollte nicht schlafen: Wenn er schliefe, wäre er wieder ein Kind, würde sich mit dem Blasebalg abmühen, um das Feuer am Brennen zu halten, mit eiskalten, wunden Händen Wasser vom Brunnen ins Haus schleppen.
»Sie ritten durch den Wald, Monsieur. Sie wurden von Wegelagerern angegriffen. Erinnern Sie sich?«
Die Stimme war angenehm, das Französisch wies einen leichten Akzent auf. Doch auch als Toby die Augen wieder öffnete, erkannte er das Gesicht nicht.
»Mein Name ist Martin Gefroy. Ich bin Engländer. Ihr Freund Gilles bat mich, Sie in dieses Gasthaus zu bringen und mich um Sie zu kümmern.«
Aber Martin Gefroy sagte nicht die Wahrheit: Ganz so war es nicht gewesen. Gilles hatte erwartet, daß Toby stürbe. Plötzlich stieg der Wunsch in Toby auf, Gilles zu enttäuschen. Gilles war ein eingebildeter Schnösel.

Die Erinnerung an Gilles löste noch eine andere aus: daran, wie er irgendwo zwischen Pistóia und Bologna im Schlamm lag und auf seinen Arm hinunterschaute. Toby raffte die kärglichen Reste seiner Tapferkeit zusammen und schaute erneut seinen Arm an. Er war in Verbände gehüllt. Sein rechter Arm, sein Schwertarm. Panik ergriff ihn.

»Es sieht leider nicht besonders ordentlich aus«, hörte er Martin Gefroy sagen, »aber ich fand einen fachkundigen Bader, und ich selbst tat ebenfalls, was ich konnte, und so blutet die Wunde nun sehr viel weniger.«

Ein Priester, ein Schulmeister, ein Notariatsschreiber ... eine Reihe ähnlich wenig zusammenpassender Berufe ratterte unbarmherzig durch Tobys schmerzenden Kopf. Er versuchte seine Finger zu bewegen. Es war nicht möglich.

Er war zu müde zum Denken. Seine Augen schlossen sich wieder und sperrten die Gegenwart aus.

Von Träumen gebeutelt, schlief er unruhig bis zum nächsten Morgen, als Gilles ihn mit in Wein schwimmenden Brotbrocken und einem gekochten Huhn weckte.

Gilles sah selbstzufrieden aus. Penniless stand mit unbehaglicher Miene und von einem Fuß auf den anderen tretend hinter ihm in dem kleinen Zimmer. Der Regen hatte irgendwann in der Nacht aufgehört, und Sonnenlicht strömte durch das Fenster herein und reduzierte Gilles zur Silhouette. Unter Schmerzen setzte Toby sich auf.

»Wir dachten, wir müßten dich begraben«, sagte Gilles im Konversationston und zupfte die Spitzenrüschen an seinen Manschetten zurecht. Er trug ein protziges Wams, das er, wie Toby sich erinnerte, bei der Schlacht von Gaeta einem seiner Landsleute entwendet hatte. »Ganz hier in der Nähe gibt es einen hübschen kleinen Friedhof. Penniless bestand darauf, Blumen für dich zu kaufen. Tut es weh?«

Penniless hielt einen zerrupft aussehenden Strauß Gänseblümchen umklammert. »Ja«, antwortete Toby knapp. Gilles ließ sich neben dem Bett nieder und machte sich über Tobys Huhn her. Penniless stopfte die arg mitgenommenen Gänseblümchen in einen Becher und meinte kummervoll: »Armer Crow.«*

Der Arm tat höllisch weh, ebenso sein Kopf. Er wußte nicht, ob er einen Kater oder Fieber hatte. Wieder versuchte er seine Finger zu bewegen, und Schweißperlen traten auf seine Stirn.

Gilles nahm das Huhn mit langen, eleganten Fingern auseinander. »Einer dieser Mistkerle hatte etwas Geld«, sagte er. »Wenn wir den Totengräber nicht bezahlen müssen ...«

Eine Geldbörse wurde auf den Nachttisch gelegt. Gilles' Satz hing unvollendet in der Luft – doch Toby kannte die Fortsetzung: ... haben wir Geld genug, damit du Essen im Bauch und ein Dach über dem Kopf hast und um dich so lange über Wasser zu halten, bis es dir wieder gut genug geht, um Priester zu werden, Schulmeister, Notariatsschreiber ... Armer Crow, weiß Gott.

Dennoch zwang er sich zu lächeln. Gilles hatte das Huhn aufgegessen, stand auf und setzte sich seinen Hut, ein extravagantes, mit Federn und Bändern geschmücktes Modell, auf seine blonden Locken.

»Wir werden nach dir Ausschau halten.« Gilles lächelte. »Und benimm dich, Toby, der Gastwirt hat eine sehr hübsche Tochter.«

Die Tür schloß sich hinter ihnen. Das Lächeln auf Tobys Gesicht verblaßte und erlosch. Er wischte sich mit dem gesunden Unterarm den Schweiß von der Stirn und starrte aus dem Fenster.

Eine Schar Krähen zankte draußen in den Baumwipfeln. Armer Crow – Penniless hatte ihm diesen Spitznamen gegeben, weil

* crow = Krähe (Anm. d. Ü.)

seine Haare so schwarz waren wie Krähenschwingen – echote es trostlos durch den Raum, eine Grabschrift für ein Leben, mit dem er abgeschlossen hatte. Eine bodenlose Leere tat sich vor ihm auf. Erinnerungen, denen er jahrelang zu entfliehen versucht hatte, drängten heran, schnappten nach seinen Fersen. Er hörte nicht, daß sich die Tür öffnete, und sah Martin Gefroy nicht hereinkommen.

»Sie sind fort«, sagte der Engländer. »Ihre Freunde, meine ich. Ach, übrigens – ich weiß noch gar nicht, wie Sie mit Nachnamen heißen, Monsieur.«

»Dubreton«, antwortete Toby, der aus seinem Tagtraum erwacht war, als er angesprochen wurde. »Toby Dubreton.« Dann fügte er hinzu: »Wird es wieder zusammenwachsen?«

Martin setzte sich auf den Hocker neben dem Bett. »Ich weiß es nicht«, gestand er kleinlaut. »Es tut mir leid. Ich wünschte, ich könnte Ihnen eine eindeutige Antwort geben, aber ich kann es nicht. Wenn Sie sich schonen und die Wunde gut verheilt, wäre es möglich, daß Sie den Arm wieder benutzen können. Ich habe schon Schlimmeres gesehen – aber nicht oft.«

Toby starrte aus dem Fenster. Die Krähen waren weggeflogen. Nach ihrem lärmenden Krächzen wirkte die Stille besonders bedrückend.

»Ich werde eine Weile hierbleiben«, fuhr Martin Gefroy fort. »Wie es scheint, wird in Kürze eine Gruppe Getreidehändler nach Padua reisen, und denen werde ich mich anschließen. Ich bin Gelehrter«, erklärte er Toby. »Ich habe an den Universitäten von Paris und Rom studiert und wollte von Rom nach Padua reiten, ich verirrte mich – und so folgte ich Ihnen und Ihren Begleitern.«

Das Sprechen kostete Toby Überwindung. »Warum Padua?«

Martin strich ihm das wirre Haar aus der Stirn und zog einen zerrissenen Hemdsärmel aus dem Teller, in den er versehentlich geraten war. Seine hellblauen Augen leuchteten. »Wegen der

Naturwissenschaften, mein Freund. Wegen der Medizin. Die Universität von Padua lehrt die Aristotelische Wissenschaft, wie sie von Aristoteles im alten Griechenland gelehrt wurde.«

»Dann sind Sie also Arzt, Master Gefroy?«

»Ich werde Arzt sein, wenn ich meine Studien beendet habe.« Und dann fügte der Engländer nüchtern hinzu: »Aber ich glaube, daß selbst ein Arzt mit fünfundzwanzigjähriger Berufserfahrung Ihnen nicht sagen könnte, ob ihr Arm wieder völlig in Ordnung kommt. Die Zeit wird es zeigen. Man kann nur versuchen, die gefährlichen Folgen zu verhindern, die sich aus einer solchen Verletzung ergeben können.«

Toby lehnte sich in die Kissen zurück. Vier Jahre zuvor hatte er gedacht, die Frage nach der Gestaltung seiner Zukunft sei gelöst. Der Dienst an der Waffe hatte all seine Bedürfnisse befriedigt, gleichermaßen seinen Kopf und seinen Körper auf Trab gehalten. Jetzt – vorausgesetzt, es kam nicht zu der Infektion und dem Wundbrand, die der Gelehrte angedeutet hatte – klaffte die Zukunft wieder vor ihm wie eine weitere offene Wunde. Ein Priester, ein Schulmeister, ein Notariatsschreiber ... Alle drei Möglichkeiten würden ihm viel zuviel Zeit zum Nachdenken geben – aber er wollte nicht nachdenken. Er wollte schlafen, sich nicht der Realität der ihm von dem Wegelagerer beigebrachten Schnittwunde stellen. Doch der Schlaf hatte gestern, verdammt noch mal, Träume von der Vergangenheit mit sich gebracht. Ihm wurde klar, daß er sich davor fürchtete, die Augen zu schließen, die alten Alpträume wieder zum Leben zu erwecken, die auf ihn lauerten, ihn mit rauhen, drängenden Stimmen riefen, ihm keine Ruhe ließen.

Als Toby endlich fähig war, nach Frankreich zurückzureiten, war der Frühling ins Land gezogen.

Von dem Engländer hatte er sich ein paar Monate zuvor verabschiedet, als Martin Gefroy sich einer Gruppe gut bewaffneter Kaufleute mit dem Ziel Treviso anschloß, in deren Begleitung er bis Padua reisen wollte. Obwohl Toby noch kein Schwert handhaben konnte, war er doch wenigstens in der Lage, die Zügel des Pferdes zu halten. Sein Brustharnisch und sein Schallern befanden sich in seiner Satteltasche, und er benutzte belebtere Straßen – ein Bürger auf der Suche nach einem ordentlichen Gasthaus und dem am wenigsten gefährlichen Heimweg.

Seine Reise wurde durch sein eingeschränktes Durchhaltevermögen und die ärgerliche Tatsache, daß er seiner nur sehr begrenzten Fähigkeit, sich zu verteidigen, Rechnung tragen mußte, derart in die Länge gezogen, daß er das Dorf erst Ende Mai erreichte, als lange Wolkenstreifen auf die Hügel und Täler malten und die aus Erdwülsten in die Höhe ragenden Reihen von Rebstöcken vergoldeten. Toby war müde. Er brauchte eine Weile, um auszurechnen, wie lange er nicht zu Hause gewesen war. Fast fünf Jahre, lautete das Ergebnis. Er wußte nicht, weshalb er so lange weggeblieben war.

Seine Adoptivmutter sah ihn, als er an der Ecke der schmalen, gepflasterten Straße vom Pferd stieg. Sie war dabei, in dem kleinen Vorgarten des Schulmeisterhauses Unkraut zu jäten. Sie hatte Blumen schon immer geliebt. Toby hielt einen Strauß Frühlingsblumen in der Hand seines noch immer beeinträchtigten rechten Arms, den er auf dem Weg auf einer Wiese gepflückt hatte: Glockenblumen, Schlüsselblumen und Narzissen.

Er sah, wie sie einen flüchtigen Blick in seine Richtung warf, ihn dann genauer anschaute und erstarrte. Nach ein paar Sekunden stand sie langsam auf, stützte sich mit einer Hand an der verputzten Hausmauer ab. Und dann rannte er so schnell die Straße hinunter, daß das Pferd, das er am Führzügel hielt, Mühe hatte, Schritt zu halten.

Der Name seiner Adoptivmutter war Agnès Dubreton, sein Adoptivvater hieß Paul. Das Verhältnis der beiden zu ihm war nie ein Geheimnis gewesen – konnte es nicht sein, denn er erinnerte sich an die Zeit, bevor er zu ihnen gekommen war. Er erinnerte sich daran, aber er sprach nicht darüber, und die Dubretons hatten sein Schweigen stets respektiert.

Agnès schnalzte mitfühlend mit der Zunge, als sie seinen Arm sah, schüttelte bei der Betrachtung der gezackten, roten Narbe den Kopf. Paul holte seinen besten Cognac heraus und schenkte ihm einen Doppelten ein. Die Blumen wurden in einer Vase auf die Kommode gestellt und der Tisch gedeckt. Und dann wurde Toby mit Hühnchen, Brot und weichem Butterkäse vollgestopft, bis er glaubte, jeden Moment zu platzen. In der Nacht schlief er in seinem kleinen Kinderbett, in dem Zimmer, wo er mit den Soldaten spielte, die Paul für ihn geschnitzt hatte, und aus Binsen Festungsanlangen auf dem Steinboden entwarf.

Er hatte gedacht, er könne hier, wo er vorübergehend eine Art Glück gefunden hatte, erholsamen Schlaf finden, doch er hatte sich geirrt: Jede Nacht träumte er die gleichen Träume, jene Träume, die im letzten Herbst durch Fieber, Furcht und Schmerz geweckt worden waren – von der Schuhmacherei mit ihrem Feuer und dem Blasebalg, den Leisten und Messern, von Blutergüssen auf dem Rücken und schmerzhaft leerem Magen.

Seine Erschöpfung machte ihn empfindlich, verschlossen. Im Laufe der Tage wurden die Gespräche immer mühsamer und gezwungener. Er war zu lange fort gewesen. Er wußte, daß er ein Verfolgter war, von Gespenstern heimgesucht. Wie sollte er darüber sprechen, was der Krieg Männern, Frauen und Kindern antat? Wie sollte er darüber sprechen, was Hakenbüchsen und Kanonen Gliedmaßen und Körpern antaten? Und was das schlimmste war – wie sollte er seiner Kindheit entfliehen, die wie ein schwarzer Hund an seinem Bett die Zähne fletschte, sobald er die Augen schloß?

Schließlich war es Paul, der ihn – zum zweiten Mal in seinem Leben – in die Zivilisation zurücklockte. Eines Morgens gab er Toby einen Hammer und ein paar Nägel in die Hand und beorderte ihn in das Schulzimmer neben der Kirche.

Zu dieser Zeit waren keine Kinder da: Sie waren alle mit ihren Eltern draußen und halfen dabei, die Vögel von den Johannisbeersträuchern zu verscheuchen oder zwischen den Reihen von Rebstöcken Unkraut zu jäten. Die durch einen Mittelpfosten geteilten Fenster waren hoch, der Raum wirkte düster und war ungemütlich kühl.

Paul deutete auf die in einer Ecke aufgestapelten Bänke. »Sie haben das Jahr nur mit Müh und Not überstanden. Jedes Bein wackelt.«

Toby hob den Hammer, während Paul die Bank festhielt. Tobys Arm war zornerregend schwach, der erste Nagel fuhr schief in das Holz. Als er auf den zweiten Nagel einschlug, stieg Wut in ihm auf, Wut darüber, daß ein verfluchter, habgieriger Strolch ihn aus dem Leben herausgerissen hatte, das ihm so gut gefiel. Ein unglücklich verletzter Arm, und Toby war nicht mehr nützlich und stürzte Nacht für Nacht in eine Hölle zurück, die er niemals hatte wiedersehen wollen.

Schweißperlen standen auf seiner Stirn, sein Arm schmerzte. Er würde nur wieder ein Schwert führen können, wenn er seine Muskeln zwang, hart zu arbeiten, verdammt hart. Und außerdem ...

»Halt!« sagte Paul. Er legte seine Hand auf Tobys, bis die Muskeln seiner Finger sich entspannten und der Hammer zu Boden fiel. Toby starrte ihn aufgebracht an. »Wenn du darüber sprechen würdest, hülfe dir das vielleicht, weißt du. Manchmal tut es das.«

Toby stand auf und wischte sich mit der Rückseite seines Hemdsärmels den Schweiß vom Gesicht.

Paul ließ nicht locker. »Du schläfst nicht und kannst nicht stillsitzen. Du warst zwar nie ein nachdenklicher Mensch, Toby, aber . . .«

Der Rest des Satzes ging im Summen einer Biene und dem Scharren von Tobys Stiefelsohlen unter, der ruhelos auf und ab ging.

»Erzähle mir, was du gesehen hast«, forderte Paul ihn auf. »Was dir widerfahren ist.«

Toby blieb an der Tür stehen und hörte Paul ruhig hinzufügen: »Ich weiß, daß ich nur ein Dorfschullehrer bin, ich weiß, daß ich nicht weitgereist bin, daß die Abenteuer, die ich erlebte, sich samt und sonders zwischen den Deckeln von Büchern ereigneten – aber ich bin nicht ohne Phantasie.«

Toby zwang sich, sich umzudrehen und zu lächeln. Sein Lächeln, das wußte er, war so schief wie der erste Nagel, den er in die Bank geschlagen hatte. »Ich weiß, Papa«, sagte er leise. »Ich weiß.«

Paul war quer durch den Raum auf ihn zugekommen. Toby wußte, daß er auf eine wie auch immer geartete Erklärung wartete – aber er konnte nicht sprechen. Er hatte den glücklichen Teil seiner Kindheit – den Teil mit den Dubretons – durchlebt, indem er sich wehrte, an die Vergangenheit zu denken, indem er – beinahe – eine andere Person schuf: Aus Toby Lescot, dem Schusterlehrling, wurde Toby Dubreton, der Schulmeistersohn. Mit sechzehn, als ihm das Dorf zu klein wurde und er sich selbst gut genug kannte, um die möglichen Folgen dieser Enge zu erkennen, war er fortgeritten, bevor sich seine Ruhelosigkeit in Mißgunst verwandeln, seine Langeweile zu etwas führen konnte, das er später bereuen würde. Und als er Soldat war, hatten der Schlachtenlärm und die ständig wechselnden Kameraden ihn wiederum zu einem anderen Menschen gemacht: zu einem, der für die Gegenwart lebte, und der nur das eine Ziel hatte: am Leben zu bleiben und

unverletzt, und der alle Freuden und Schrecken seines neuen Lebens voll auskostete.
Doch jetzt schien die ferne Vergangenheit in das Vakuum der Gegenwart eingedrungen zu sein. Als er Paul sagen hörte: »Krieg ist etwas Schreckliches, Toby, und du hast uns noch gar nicht erzählt, wie es zu deiner Armverletzung gekommen ist«, hätte er fast laut aufgelacht.
»Nicht in einem ruhmreichen Kampf, Papa. Wir wurden von Wegelagerern überfallen, und ich war zu betrunken, um mich richtig zu verteidigen. Aber das ist es nicht ...«
Er schüttelte den Kopf, seine Heiterkeit war ebenso schnell verflogen, wie sie gekommen war. Als er verzweifelt durch die offene Tür hinausschaute, sah er den leuchtend blauen Himmel, die Wildrosen, die sich an den Wänden des Schulraums emporrankten. Seine Erinnerungen erschienen ihm hier fehl am Platz, beinahe unschicklich.
»Es ist mein Vater«, sagte er unvermittelt. »Ich denke fortwährend an meinen Vater. Ich träume von ihm.«
Paul schwieg.
Einen kurzen Blick auf sein Gesicht werfend, fügte Toby hinzu: »Ich meine den Schuster. Schließlich war er mein richtiger Vater.« Er hatte nicht so brüsk, so brutal sein wollen.
Aber Paul erwiderte nur: »Natürlich. Vielleicht.«
In dem Schweigen, das folgte, wurde Toby sich der kleinen Geräusche des Dorfes bewußt: des Klapperns der Holzschuhe auf dem Pflaster, mit denen die Frauen zum Bach gingen, wo sie die Wäsche wuschen, des Knurrens und Kläffens von Hunden, die sich um einen Knochen im Rinnstein stritten ...
»Ich meinte«, sagte Toby sehr behutsam, »daß das Blut des Schusters in meinen Adern fließt, Papa, ich meinte nicht, daß du nicht ...«
Er brach ab. Noch immer fiel es ihm schwer, die richtigen Worte zu finden. Etwas war in seiner Kindheit aus ihm herausgeprügelt

worden, das er niemals wieder zurückgewonnen hatte. Aber es stand kein Schmerz in Pauls Gesicht geschrieben, und als sein Blick den von Toby traf, waren seine Augen ruhig.
»Und *ich* meinte, Toby, daß Monsieur Lescot *vielleicht* dein Vater war – ich war nie sicher.«
Toby starrte Paul an und rührte sich nicht. Er, der von Natur aus ruhelos war, stellte fest, daß seine Füße mit dem Fußboden wie verschmolzen waren, seine Glieder reglos wie die einer Statue.
»Hilft dir das?« Paul sah ihn fragend an. »Als du ein Kind warst, habe ich nicht mit dir darüber gesprochen, weil du es vorzuziehen schienst, zu vergessen. Hilft es dir?«
Toby schüttelte verwirrt den Kopf. »Ich weiß es nicht, Papa.«
»Ich fand dich in Chinon«, fuhr Paul fort. »In der Werkstatt eines Schusters. Ich nehme an, du erinnerst dich daran.«
Das tat Toby. Und an vom Zuschneiden des Leders stets aufgerissene Finger und einen von den Schlägen des Schusters ständig blutunterlaufenen Rücken.
»Du warst der Botenjunge des Schuhmachers – und sein Lehrling. Du warst sieben oder acht Jahre alt, als ich dich dort entdeckte, vielleicht auch älter – du warst ein halbverhungerter, kleiner Bursche.« Er legte Toby für einen Moment die Hand auf die Schulter. »Ich wußte nie, an wieviel du dich erinnertest. Manche Dinge vergißt man am besten, stimmt's?«
»Manche Dinge vergißt man nie«, antwortete Toby. »Ich erinnere mich an den Laden, an den Hof. Daran, daß ich fror und hungrig war.« In seinem Zorn hatte er die Hände zu Fäusten geballt. Er las Mitleid in Pauls Augen und rückte von ihm ab, beobachtete, wie Paul durch den Raum ging und sich auf eine der wackeligen Bänke setzte.
Paul hatte die Augen zugekniffen und die Stirn in Falten gelegt. Er erinnerte sich. »Ich wollte mir in Chinon einige Bücher kaufen. Als ich auf dem Weg an einer Schusterei vorbeikam, hörte ich ein Kind in höchster Not schreien. Ich ging hinein

und sah den Schuhmacher – deinen Vater. Mit der einen Hand hielt er dich fest, in der anderen hatte er einen Hammer. Ich glaube, er hätte dich umgebracht, wenn ich nicht hereingekommen wäre. Er war ein ungeschlachtes Untier, gebaut wie ein Bulle.«

Die Vorstellung von dem sanften Paul Dubreton, der es mit einem Buch in der Hand mit einem Mann aufnahm, der wie ein Bulle gebaut war, hätte Toby beinahe lächeln lassen. »Erzähl weiter«, bat er, äußerlich gelassen.

»Ich ließ Maß für ein Paar Schuhe nehmen, die ich nicht brauchte, was seine Laune besserte. Als er nicht hinschaute, gelang es mir, dir eine Münze zuzustecken. Ich kehrte in den Gasthof zurück, wo ich Quartier genommen hatte, aber du gingst mir nicht aus dem Kopf. Wie du weißt, hatten wir keine Kinder, Agnès und ich, und es erschien mir eine solche Verschwendung. Am nächsten Tag suchte ich den Schuster wieder auf und kaufte dich.« Paul lächelte. »Ich machte mir Gedanken darüber, was Agnès wohl sagen würde, wenn ich sie mit einem körperlich unterentwickelten Kind überraschte, dessen jedes zweite Wort ein Fluch war – doch natürlich zeigte sie sich der Lage gewachsen, badete dich in einem Pferdetrog und hatte dich innerhalb von vierzehn Tagen so weit erzogen, daß du mit Messer und Löffel aßest.«

»Warum ich?« fragte er seinen Adoptivvater, der ein Paar Schuhe, die er nicht brauchte, mit einem Sohn gekauft hatte, der schmutzige Reden führte. »Ich nehme an, du hattest damals schon hundert halbverhungerte Kinder gesehen, und die Hälfte davon in den Straßen von Chinon. Zweifellos hättest du sie gerne alle gerettet, aber du wußtest, daß du das nicht konntest. Warum also mich?«

Paul schüttelte den Kopf. »Es gab keinen logischen Grund dafür. Du hattest einfach etwas an dir – eine Intelligenz, eine Halsstarrigkeit –, die mich bei einem so jungen Menschen überraschte.

Und an einem solchen Ort. Du hättest dich eigentlich ängstlich ducken, vor deinem Peiniger kriechen müssen, aber du tatest es nicht. Doch ich wußte, wenn du bei ihm bliebest, würde er dich schlagen, bis nichts mehr von dem übrig wäre, was dich ausmachte – und so kaufte ich dich.«

Es half ihm nicht, dachte Toby. An vieles davon konnte er sich erinnern: an die Münze des Fremden in seiner Hand, die Reise von Chinon nach Bourges, auf der er die meiste Zeit strampelte und sich wehrte, weil er natürlich kein Wort glaubte, das Paul zu ihm gesagt hatte. Er hatte bisher nur schlimme Erfahrungen gemacht und war nicht fähig, die Möglichkeit in Betracht zu ziehen, daß ein Fremder ihm wohlgesonnen sein könnte.

Paul fuhr fort: »Ich hatte Nachforschungen angestellt, weißt du, Toby, für den Fall, daß du eine Familie in der Stadt hättest, die vielleicht dagegen protestiert hätte, daß ich dich mitnehmen wollte. Aber es gab niemanden. Ich sprach mit den Nachbarn von Monsieur Lescot. Er hatte nie geheiratet, und sie dachten, du seist erst seit drei oder vier Jahren in deines Vaters ... Obhut – falls man dieses Wort dafür anwenden will. Es erschien mir seltsam, warum sollte ein solcher Mann ein kleines Kind zu sich nehmen? Du kannst ihm nicht von großem Nutzen gewesen sein, und es fiel mir schwer, zu glauben, daß er es aus Herzensgüte getan hatte. Und wenn zum Beispiel eine Geliebte ihr ungewolltes Kind im Stich gelassen hätte – nun, für solche Fälle gab es schließlich Waisenhäuser.«

Die Sonne malte diamantene Lichtklekse auf den Boden, und die Biene war einer Spinne in ihr zwischen den Dachsparren gesponnenes Netz gegangen und summte laut in Todesangst. Unzusammenhängende Gedanken flatterten durch Tobys Kopf, ergaben keinen Sinn.

»Und mein Vater – der Schuster? Hast du ihn gefragt?«

»Das habe ich. Er sagte, du seist sein Sohn – aber ...«

Toby sah ihn mit großen Augen an. »Aber ... du glaubtest ihm nicht?«
»Ich war nicht sicher. Hätte er mir seinen Sohn verkauft? Vielleicht.« Paul zuckte die Schultern. »Ich nahm an, er besäße nicht die Fähigkeit, die Wahrheit zu sagen, sagte, was ihm unter den gegebenen Umständen am günstigsten erschien. Er erzählte mir, du seist sein unehelicher Sohn, den er mit einem Mädchen aus Bourgueil habe.« Nach einer kleinen Pause setzte der Schulmeister in ruhigem Ton hinzu: »Es besteht die Möglichkeit, Toby, daß, obwohl er bezüglich der Details log, der Kern dessen, was er sagte, der Wahrheit entsprach. Das mußt du bedenken.«
Danach war es still. Sogar die Biene, von der Spinne erwürgt, hatte aufgehört zu summen. Toby trat durch die Tür nach draußen in den Sonnenschein und füllte seine Lungen mit warmer Sommerluft.

Toby blieb noch ein paar Wochen bei Paul und Agnès Dubreton und machte sich nützlich. Er holte für Agnès Wasser aus dem Brunnen, fütterte ihre Hühner und hielt zappelnde Schafe fest, während sie sie nach Zecken absuchte. Im Schulzimmer reparierte er Tische und Bänke und strich die von Kreide und schmutzigen Kinderfingern verschmierten Wände. Er arbeitete von Tagesanbruch bis zur Dämmerung bis zur Erschöpfung, so daß er nachts tief schlafen konnte. Nach vierzehn Tagen hätte er ein Schwert oder eine geladene Pistole handhaben können – wenn auch noch sehr langsam.
Eines Abends wartete er, bis Agnès ins Bett gegangen war, und sprach dann mit Paul, der bei seinen Büchern, Federkielen und Papieren in seinem Arbeitszimmer saß.
»Der Nachname des Schusters lautete Lescot, aber ich kann mich nicht an seinen Vornamen erinnern – und auch nicht an die Straße, in der ich wohnte.«
Paul blickte von seinem Schreibtisch auf. »Du willst ihn

aufsuchen?« fragte er ruhig. »Toby, vielleicht ist er längst tot. Er trank zu viel, prügelte sich zu viel ...«
»Ich weiß.« Er hatte Zeit gehabt, all das zu bedenken, und auch in Betracht zu ziehen, daß er ganz einfach der Sohn des brutalen Schuhmachers war, der das kriegerische Wesen seines Vaters als Söldner ein wenig besser nutzte. »Sag mir seinen Vornamen – bitte.«
Pauls zustimmendes Nicken war kaum wahrnehmbar. »Pernet. Sein voller Name war Pernet Lescot – und der Laden lag in einer Seitengasse der Rue Haute Saint-Maurice im Zentrum von Chinon. In einem kleinen Hinterhof, wo es auch einen Bäcker und eine Wäscherei gab. Du dürftest keine Probleme haben, ihn zu finden.«
Er stand auf, kam um den Schreibtisch herum und hielt Toby auf, bevor er die Tür erreichte. »Hast du darüber nachgedacht, mein Sohn?« Schmerz lag in seiner Stimme. »Hast du darüber nachgedacht, was du zu tun beabsichtigst?«
»Ich beabsichtige, meine Neugier zu befriedigen – das ist alles.« Doch das war eine Lüge. Im Gegensatz zu Paul konnte Toby ausgezeichnet lügen, hatte diese Fertigkeit vor langer Zeit erlernt. Es war keine harmlose Regung wie Neugier, die ihn nach Chinon trieb – es war etwas sehr viel Ernsteres. Exorzismus, dachte er. Das Bedürfnis, ein besonders hartnäckiges Gespenst aus seinem Leben zu verbannen.
Toby sah die Furcht in Pauls Gesicht. In dem Versuch, ihn zu beruhigen, sagte er: »Ich werde ihn nicht töten, Vater, ich muß einfach nur Bescheid wissen.«
Der Schulmeister lächelte, aber seine Augen waren traurig. »Ich weiß, daß du ihn niemals töten würdest – zumindest nicht kaltblütig. Doch ich weiß auch, daß du nicht nach Chinon reiten, deine Fragen stellen, dir Monsieur Lescots Antworten anhören und dann zufrieden davonreiten wirst. Ich kenne dich gut, mein Sohn, dazu bist du nicht imstande.«

Für Paul Dubreton war er von Anfang an ein offenes Buch gewesen. Vierzehn Jahre zuvor hatte er durch die Schichten von Schmutz und an den Schlagverletzungen und Läusen vorbeigeschaut und etwas Besseres entdeckt – etwas, das es wert war, erhalten zu werden.

Wäre Toby ein anderer Mensch gewesen, hätte er vielleicht seine Meinung geändert, wäre noch ein paar Monate geblieben, bis er wieder mit der ursprünglichen Geschicklichkeit mit Schwert und Pistole hätte umgehen können, wäre irgendwann nach Italien zurückgeritten, um, in welchem Krieg auch immer, zu kämpfen, den irgend jemand als nächstes zu führen beabsichtigte, doch er war das Produkt seiner Vergangenheit. Und dieselbe nagende Unruhe, die ihn vor Jahren veranlaßt hatte, dieses Dorf zu verlassen, zwang ihn nun dazu, am folgenden Tag nach Chinon zu reiten.

Chinon litt unter der Hitze. Das Sonnenlicht ließ die Türme der Burg glitzern und fing die Wimpel ein, die an den Masten der Rahsegel führenden Boote flatterten, die die Vienne hinunterglitten. Der Fluß war grün und trübe, von Sandbänken gesäumt. Die riesigen Festungswälle der Burg ließen die Stadt winzig erscheinen. Weniger als zehn Jahre zuvor war Cesare Borgia, der Sohn des Vorgängers von Papst Julius, Alexander VI., nach Chinon geritten, um König Louis XII. die Annullierung seiner Ehe mit der verkrüppelten Jeanne de France zu überbringen. Louis hatte anschließend Anne de Bretagne geheiratet, die Witwe von Charles III., und sich somit ihr riesiges Vermögen gesichert. Danach war der Blick von Louis XII. ein wenig weiter in die Ferne geschweift – nach Italien. Alle wollten Italien haben – wegen seines Reichtums, seiner Schätze, seiner Kultur und seines Nutzens.

Toby erinnerte sich an die Brücke, und er erinnerte sich an die Schiffe. Er erinnerte sich ebenfalls an die Burg: In einer seiner von Phantastereien geprägten Stimmungen hatte Pernet Lescot ihm gedroht, ihn in das dortige Verlies zu werfen. Toby ritt durch das Stadttor. Er hatte keine Mühe, die Rue Haute Saint-Maurice zu finden. Rechter Hand zweigte der Grand Carroi ab, wand sich an in den Felsen gehauenen Weinkellern vorbei steil zur Burg hinauf. Die Straße war belebt – es war Markttag. Am Straßenrand waren Stände aufgebaut, Hausfrauen drängten sich darum, die Säume ihrer Kleider schleiften über das staubige Stroh. Ein hübsches Mädchen bot ihm einen Rosenstrauß »für seine Liebste« an, doch Toby schüttelte lächelnd den Kopf.

Er fand die Schusterwerkstatt versteckt hinter einem Gasthaus. Er erinnerte sich auch an das Gasthaus – oft genug war er dorthin geschickt worden, um Bier oder Wein zu holen. Die Bäckerei daneben gab es nicht mehr, doch vor der Wäscherei standen noch immer Körbe, in denen sich schmutzige Wäsche türmte. Toby war froh, daß der Bäcker fort war: Der Geruch des frischen Brotes war früher stets eine Qual für ihn gewesen.

Er stieg vom Pferd und schlang die Zügel um den Pfosten vor der Schusterei. Dann stieß er die Tür auf und rief den Namen des Schuhmachers. Der Raum war leer, was seinen Augen Zeit gab, sich an das Dämmerlicht zu gewöhnen und die Leisten, Messer und gegerbten Tierhäute wahrzunehmen. Nichts hatte sich verändert – die Dinge sahen nur ein wenig älter aus, ein wenig schmutziger. Dann hörte er schlurfende Schritte und grollendes Gemurmel, und gleich darauf wurde der zerlumpte Vorhang im hinteren Teil des Verkaufsraumes aufgerissen.

Toby roch Pernet Lescots Weinatem, sah die dunklen Flecken auf der Lederschürze. Jäh stieg beinahe überwältigende Furcht in ihm auf. Der Impuls, fortzurennen, sich hinter den Fässern vor dem Gasthaus zu verstecken oder in der Schmutzwäsche zu vergraben, war fast übermächtig. Noch immer hatte er die Zeugnisse der Temperamentsausbrüche dieses Mannes auf dem Rücken.

Doch er gewann seine Fassung sofort wieder. Er war nicht mehr acht Jahre alt und Eigentum des Schusters, er war ein erwachsener Mann mit einem Schwert an der Seite und fünfjähriger Kriegserfahrung – und außerdem hatte Lescot ein widerwärtig schmeichlerisches Lächeln aufgesetzt, nötigte ihn bereits zu dem Hocker und musterte prüfend den Zustand seiner Stiefel.

Toby setzte sich nicht. »Ich bin nicht wegen neuen Schuhwerks hier oder wegen einer Reparatur, Monsieur Lescot«, erklärte er. »Sie erkennen mich nicht, nicht wahr? Ich bin Ihr ehemaliger Lehrling – der, den Sie an den Schulmeister Paul Dubreton verkauft haben.«

Verwirrung, Schock und Furcht flackerten in rascher Folge in den blutunterlaufenen Augen des Schusters auf – und dann begann Pernet Lescot zu lachen. Das heisere, ekelhafte Gekicher ließ die Haut von Tobys Rücken eiskalt werden.

»Er hat zehn Gold-Ecu für dich bezahlt«, keuchte der Schuhmacher. »Der alte Narr!« Das Kichern erstarb. Mit pfeifendem Atem stützte der Schuster sich mit den Händen auf dem Tisch ab und beugte sich vor. »Und was willst du von mir, Junge?«

Zorn war an die Stelle der Furcht getreten. »Eine kleine Information, sonst nichts. Ich möchte wissen, woher ich kam.«

Weiteres Gekicher und ein Kraftausdruck. Auf dem Wandbrett stand neben der Reihe fertiggestellter Schuhe eine halbleere Weinflasche. Lescot trank einen Schluck daraus. »Ich brauchte Hilfe im Laden.« Er musterte Toby abschätzend mit Augen, aus denen unverhohlener Spott sprach. »Du bist mein Sohn, Junge – das Ergebnis eines kleinen Mißverständnisses zwischen mir und einem Mädchen in Bourgueil. Sie dachte, ich würde sie heiraten, aber ich dachte nicht im Traum daran. Sie hätte dich gleich nach der Geburt ertränken können – bist du nicht dankbar, daß ich den Anstand besaß, dich zu mir zu nehmen und für dich zu sorgen?«

In dem friedlichen Schulzimmer hatte Paul Dubreton gesagt:

»Er erzählte mir, du seist sein unehelicher Sohn, den er mit einem Mädchen aus Bourgueil habe. Es besteht die Möglichkeit, daß, obwohl er bezüglich der Details log, der Kern dessen, was er sagte, der Wahrheit entsprach.«

Toby hatte Zeit gehabt, die Variationen, die diese Aussage zuließ, zu überlegen – daß er der Sohn des Schusters und einer verheirateten Frau war, oder seiner Kusine ersten Grades, oder seiner Schwester ... Der Gedanke machte ihn krank.

Lescot hatte die Flasche gesenkt, wischte sich mit dem Handrücken den Wein vom Kinn und grinste. »Was für ein eleganter Bursche du jetzt bist. Was hat der alte Narr aus dir gemacht? Einen Priester, einen Bauern – oder seinen Lustknaben? Das war es meiner Meinung nach, was er wollte: einen kleinen ...«

Er kam nicht dazu, den Satz zu beenden: Im Bruchteil einer Sekunde hatte sich Tobys Arm um seinen Hals gelegt und drückte zu, und ein Messer blitzte in seiner Hand. In diesem Augenblick schmerzte Tobys Schwertarm nicht im geringsten. Er zischte mit heiserer Stimme: »Er hat einen Soldaten aus mir gemacht, Lescot. Einen Söldner. Jemanden, der für Geld tötet.«

Pernet wand sich, versuchte sich zu befreien, doch die früher festen Muskeln hatten sich in Fett verwandelt, Alter und Alkohol die ehemals kraftvollen Bewegungen unbeholfen werden lassen. Toby wußte, daß er lediglich die Messerklinge durch Lescots Kehle zu ziehen, Haut, Sehnen und Luftröhre zu durchschneiden brauchte, um für all die Grausamkeiten und Demütigungen in seiner Kindheit Rache zu nehmen, doch plötzlich bewegte sich der zerrissene Vorhang im Hintergrund des Raumes, und eine Stimme flüsterte: »Herr?«

Blaue Augen, rund vor Furcht, starrten zuerst ihn an, dann das Messer in seiner Hand. Das Kind war nicht sein früheres Ich, das gekommen war, um ihn heimzusuchen, sagte Toby sich, sondern nur der neue Lehrling des Schusters.

Das Messer entglitt seiner Hand, Tobys Griff lockerte sich, und der Schuhmacher fiel nach vorne, stützte sich auf dem Tisch ab, hustete und würgte. Aus der Dunkelheit stieg Tobys eigene Stimme empor, und das Versprechen, das er Paul Dubreton gegeben hatte, hallte durch seinen Kopf: »Ich werde ihn nicht töten.«

Plötzlich von dem schalen Atem und dem fettigen Haar abgestoßen, brachte er Abstand zwischen sich und den Schuster. Pernet Lescot hatte sich weit genug erholt, um das Kind anzuherrschen, es solle verschwinden. Wieder eine leichte Bewegung, dann das Geräusch nackter Füße, die über den gepflasterten Hof rannten.

Toby hielt wieder das Messer in der Hand. Die Augen des Schusters fixierten angstvoll die lange, schmale Klinge. Sein Atem pfiff wie der Blasebalg, den Toby als Kind benutzt hatte, um das Feuer in diesem Raum anzufachen.

Toby setzte sich auf die Tischkante. »Versuchen wir's noch einmal, Schuhmacher. Ich will wissen, wie alt ich war, als ich zu Ihnen kam, woher ich kam, und warum Sie sich bereit erklärten, mich zu behalten. Die letzte Frage ist leicht zu beantworten, denke ich, es muß Geld im Spiel gewesen sein. Eine beträchtliche Summe, nehme ich an. Was die Vermutung nahelegt, daß ich aus einem Hause stamme, das vermögender ist als Sie, nicht wahr?«

Pernet Lescot nickte langsam, als seine Hand nach der Weinflasche griff.

»Nun denn – von wem? Und warum?«

Tobys Hand legte sich um die Flasche. Die ausgestreckten Finger des Schuhmachers hielten zuckend inne.

Kopfschütteln. »Ich weiß es nicht. Habe es nie erfahren.«

»Ich habe das Messer«, erwiderte Toby leise. »Und hier im Laden ist eine Menge Stroh, das hübsch brennen würde.«

Der Schuster schwieg. Die Flasche an die Brust drückend, fuhr

Toby träumerisch fort: »Sie sollten meine Worte lieber ernst nehmen – ich habe ein gutes Gedächtnis.«
Die Worte hingen in der warmen Nachmittagsluft, hallten durch den vertrauten Raum. Pernet Lescot murmelte etwas, und Toby senkte die Flasche und ließ den Wein langsam auf den schmutzigen Boden tropfen.
»Sprechen Sie deutlich, Schuhmacher.«
»Du warst drei oder vier Jahre alt«, antwortete Lescot verzweifelt. »Ich weiß es nicht mehr genau. Zu jung, um von irgendwelchem Nutzen sein zu können. Und störrisch. Mein letzter Junge war gestorben, aber ich wollte einen älteren Burschen ...«
»Doch man bot Ihnen Geld, damit Sie mich zu sich nähmen?«
Der Schuster nickte, die geröteten Augen starr auf den tropfenden Wein gerichtet.
»Vermutlich eine Menge Geld, um Sie dazu zu bewegen, sich eines Kindes anzunehmen, das noch einige Jahre kaum von Nutzen sein könnte.«
»Sie sagten mir, du würdest das Jahr nicht überleben. Wenn du dich daran gehalten hättest, wärst du das beste Geschäft gewesen, das ich je gemacht hatte. Aber du überlebtest, du Mistkerl.«
Toby fühlte sich seltsam unbeteiligt, als spreche Lescot von einer anderen Person. »Und mein Name? Wie war mein Name?«
Qualen malten sich auf Lescots Gesicht. »Toby – das war alles. Deinen Nachnamen haben sie mir nicht gesagt.«
Die Flasche wurde ein wenig steiler gehalten. Das Gewirr aus Stroh und Lederresten auf dem Boden war mit roten Flecken übersät.
»Und wer waren *sie,* Schuhmacher? Wer waren *sie?*«
»Sie waren ... sie waren Bedienstete des Seigneur de Marigny. Ich sah die Farben ihrer Uniformen unter ihren Capes. Natürlich sagte ich nichts, aber ich dachte, darum also – das Gör ist

ein du-Chantonnay-Bastard. Das ist alles, was ich weiß. Um Gottes willen, geben Sie mir den Wein!«
Toby reichte Pernet Lescot die Flasche. Plötzlich waren seine eigenen Bewegungen unbeholfen. Nüchterne Überlegungen und Verwirrung kämpften in seinem Kopf um die Vorherrschaft. Seine Lungen schienen nach Luft zu ringen, als sei er es und nicht der Schuster, dem fast der Hals zugedrückt worden wäre.

Der Junge schlief, in einem Wäschekorb zusammengerollt wie ein erschöpftes kleines Tier, draußen in der Sonne. Durch die Risse in seinem Hemd konnte Toby die Striemen und Blutergüsse auf dem Rücken des Kindes sehen. Er bückte sich und schob dem Kind eine Münze in die halb geschlossene Hand. Groß und von einem viel helleren Blau als die seinen öffneten sich die Augen und starrten ihn ungläubig an.
»Wenn er nüchtern ist, sag deinem Herrn, daß ich wiederkommen werde«, bat Toby. »Und sag ihm, wenn du dann nicht warm angezogen, gut genährt und unverletzt bist, werde ich mir nehmen, was er mir schuldet. Kannst du dir das merken?«
Der Junge nickte. Toby richtete sich auf, machte die Zügel von dem Pfosten los und führte sein Pferd aus dem Hinterhof und durch die Rue Haute Saint-Maurice.
Er schaute sich nicht um.

Es bereitete ihm keine Schwierigkeiten, herauszufinden, daß der du-Chantonnay-Besitz Marigny zwischen Chinon und Tours lag. Am späten Vormittag des folgenden Tages erreichte er das von einer Mauer umgebene Anwesen. Dichter Wald verwehrte den Blick auf das Château.
Es war heiß, er ritt ohne Hut, in Hemdsärmeln und Reithosen, Cape und Wams hatte er in die Satteltaschen gestopft. Der Fluß neben dem Weg, smaragdgrün durch Laichkraut, war von

Schilfgras und Kardendisteln gesäumt. Toby hielt sein Pferd an und betrachtete den Fluß, die Felder in der Ferne und das umschließende Waldgebiet, über dem die Luft in der mittäglichen Hitze flimmerte. Es war niemand zu sehen, und so schwang er sich vom Pferd, schlang die Zügel um einen Ast und ließ das Tier im Schatten des Baumes stehen, wo es zufrieden das spärliche Gras abweidete. Dann sprang er schwungvoll über die Mauer, und nur der aufwirbelnde Staub verriet, welchen Weg er genommen hatte.

Der Wald innerhalb der Mauer war wie eine Höhle, kühl und grün und dämmrig. Über Tobys Kopf waren die Äste zu einem Dach verflochten, unter seinen Füßen lag ein Teppich aus verfaulten Blättern, frisch sprossenden Farnen und blassen Pilzen. Kein Lüftchen bewegte die Blätter, und Tobys Füße verursachten kein Geräusch auf der weichen Erde. Er wollte das Château sehen, ohne gesehen zu werden. Er wollte Marignys Stärke abschätzen.

Plötzlich war der Wald zu Ende, und vor ihm, jenseits einer ausgedehnten Blumenwiese, lag das Château de Marigny. Tief beeindruckt musterte Toby die gen Himmel ragenden Türmchen, die majestätischen Mauern, die sich schimmernd und glitzernd im Wasser des Burggrabens spiegelten, auf dem hoheitsvoll Schwäne dahinglitten. Die Wimpel an den Türmchen hingen in der reglosen Luft schlaff herab. Bisher hatte Toby das Wort »schön« nur bei hübschen Mädchen oder teuren Pferden benutzt, doch er begriff augenblicklich, daß es auch diesen Anblick beschrieb.

Die Kehle wurde ihm eng. Voller Schmerz dachte er an die Schusterwerkstatt, in der er seine Kindheit zugebracht hatte. Er wußte, daß er die Blumenwiese niemals überqueren könnte, die zwischen ihm und dem Portal von Marigny lag. Ebenso wie die Zugbrücke und der Burggraben ihn ausschlossen, taten es die seine Herkunft betreffende Unwissenheit und die Jahre, die er in einem schmuddeligen Laden verbrachte, wo er dafür zu sorgen hatte, daß das qualmende Feuer nicht ausging. Einen Besitz wie Marigny erlangte man durch Geburt oder durch eine gesellschaftlich privilegierte Position, und er hatte keines von beiden vorzuweisen. Zwar mochte das Blut der du Chantonnays in seinen Adern fließen, doch es war verunreinigt, trübe. Er war für immer ausgeschlossen, konnte niemals der Gesellschaftsschicht angehören, der die Bewohner dieser hohen Türme entstammten.

Toby übernachtete in einem Gasthof in einem nahe gelegenen Dorf. Er fand keinen Schlaf, und als er es satt hatte, wach zu liegen, machte er sich auf die Suche nach der Serviererin, die sich ihm früher am Abend angeboten hatte. Sie hieß Sophie, und sie war dick, dumm und entgegenkommend. Mit ihr gelang es ihm, für eine Weile das ihn verspottende schöne Haus zu vergessen. Aber eben nur für eine Weile.

Als sie schließlich still in seinen Armen lag und ihr blondes Haar sich in einer wirren Flut über seine Schulter ergoß, fragte er sie nach Marigny.

Sophie gähnte. »Es heißt«, ihre Augen waren halb geschlossen, ihre Stimme klang verträumt, »daß es tausend Zimmer dort gibt und tausend Bedienstete – und daß die Herrin für jeden Tag des Jahres ein Kleid besitzt.«

»Der Seigneur de Marigny ist verheiratet?«

Sophie nickte. »Ja, petit. Der Vorname von Madame de Marigny ist Eleanor. Meine Schwägerin hat in der Küche von Marigny gearbeitet. Krieg ich einen Kuß?«

Er küßte sie und dachte an Eleanor du Chantonnay, die ein Kleid für jeden Tag des Jahres besaß. Sophies abgetragene Röcke lagen in einem unordentlichen Haufen auf dem Boden; das schäbige Mieder war aufgegangen und hatte ihre vollen Brüste enthüllt. Geistesabwesend streichelte er ihre weiche Haut und fragte: »Haben sie Kinder? Die du Chantonnays, meine ich.«

»Ja – eines. Einen Jungen namens François. Ein kränklicher Bursche, sagt meine Schwägerin.« Sophie drehte sich auf den Bauch und lächelte Toby an. Ihre Hand strich über seinen Schenkel und begann dann, seine harten Bauchmuskeln zu kneten. »Warum fragst du nach den Herrschaften, chérie? Willst du für den Seigneur arbeiten?«

Das Mondlicht schien auf ihr kleines Doppelkinn, ihre zerzausten, ungewaschenen Haare. Toby zwang sich, seinerseits zu lächeln. »Vielleicht. Ja – möglicherweise.«

Als er sie auf den Rücken drehte und anfing, sie wieder zu küssen, wurde ihm klar, daß Sophie die Idee ausgesprochen hatte, die er seit dem Nachmittag im Kopf gehabt hatte. Vielleicht würde er für den Seigneur de Marigny arbeiten. Vielleicht hatten die du Chantonnays, deren einen der Schuster für seinen, Tobys, Erzeuger gehalten hatte, Verwendung für einen Söldner mit einem Schwert, einem Brustharnisch und einem verwünscht guten Gedächtnis.

Das Bild des Châteaus stand noch immer deutlich vor Tobys Augen, als er am nächsten Tag nach Marigny zurückkehrte. Im Schutz der Bäume ging er an der Wiese entlang. Wann immer er aufblickte, sah er das Schloß vor sich, blaßgrau und makellos präsentierte es sich ihm hochmütig in seiner ganzen Pracht.

Am vorangegangenen Tag hatte das Château unbewohnt und verzaubert gewirkt, und es war ihm in den Sinn gekommen, daß er, wenn er sich aus dem Wald herauswagte, der die Wiese umgab, von einem unsichtbaren Zauberstab berührt, ebenfalls zur Regungslosigkeit erstarren würde. Doch das war natürlich Unsinn. Es war Mittagszeit gewesen, und jeder vernünftige Mensch hatte sich selbstverständlich nach drinnen zurückgezogen, um der Hitze zu entfliehen. Nur Bettler und Landstreicher trieben sich zu dieser Stunde mit Schweiß zwischen den Schulterblättern und feucht an der Stirn klebenden Haaren draußen herum. Sogar seine Namensvettern, die Krähen, hatten sich in den Baumwipfeln niedergelassen und die Suche nach Aas unterbrochen.

Plötzlich wurde Hufgetrappel laut. Tobys Herz begann zu hämmern, und seine Hand zuckte zum Griff seines Schwerts. Doch als er durch das Blattwerk der tiefhängenden Äste schaute, sah er, daß es nur ein Junge war, der im gestreckten Galopp über die Wiese preschte. Gleich darauf verschwanden Pferd und Reiter zwischen den Bäumen vor ihm, und er hörte Zweige unter den Hufen brechen und Äste die Flanken des Tieres peitschen. Der Reiter war etwa dreizehn oder vierzehn Jahre alt, und er ritt ungeschickt, steif, ohne Gefühl.

Von seinem Platz aus, im Schatten eines Baumes, hörte Toby Rufe, die von einem zweiten Reiter stammten, der sich noch auf der Wiese befand. Direkt vor ihm stieß der Junge ein schrilles, nervöses Lachen aus und wischte sich mit einer schnellen Bewegung seines in einem weiten Seidenärmel steckenden Armes die fahlen, langen Haare aus dem Gesicht. Der Bursche war gut angezogen, das Pferd ein Prachtexemplar, wurde allerdings geritten wie ein Karrengaul. Ohne sich um das dichte Unterholz und aus dem Boden ragende Wurzeln zu kümmern, trieb er das Tier durch den Wald. Draußen auf der Wiese hielt der andere Reiter sein Pferd an, wendete und rief wieder. Jetzt konnte Toby den Namen verstehen, den er rief: François. Der Junge hieß François.

Unvermittelt verstummte das Klappern der Hufe, Blätter und Zweige rissen ab, dann ein Aufschrei, dicht gefolgt von dem Geräusch eines Aufpralls. Toby rannte los, folgte dem Pfad, den das Pferd durch den Wald gebahnt hatte. Er sah es reiterlos an Bingelkraut knabbern, das in einem flachen Bachbett wuchs, drehte sich um und entdeckte den Jungen. Er trieb mit dem Gesicht nach unten auf einem schwarz wirkenden, stillen Teich. Die hellen Haare waren auf einer Seite rot verfärbt. Morsche,

gezackt abgebrochene Äste lagen an dem schlammigen Ufer. Der Junge drehte sich, Arme und Beine weit von sich gestreckt, in dem dunklen Wasser langsam im Kreis.
Der Seigneur de Marigny habe einen Sohn, hatte Sophie letzte Nacht gesagt, der beinahe erwachsen sei. »François!« rief die Stimme von der Wiese herüber. »François!« Der Junge, der dort auf dem Teich trieb, war der einzige Sohn des Seigneur de Marigny. Nein, dachte Toby – der einzige *legitime* Sohn.
Toby trat an den Teich heran und hielt einen Moment lang inne, als stehe er am Rande eines Abgrunds. Dann watete er durch den Schlamm, packte das nasse Hemd und zog François du Chantonnay aus dem Wasser. Zu einfach, dachte Toby – zu einfach. Der Junge war bleich und schwächlich. Ihn ertrinken zu lassen, hätte Toby keinen befriedigenden Ausgleich geboten. Plötzlich wurde ihm klar, daß er mehr wollte. Entschädigung, vielleicht, Wiedergutmachung. Einen Anteil dessen, was ihm unter anderen Umständen zugestanden wäre.
Er legte den Jungen bäuchlings zwischen faulige Blätter und Waldameisen auf den Boden und preßte das Wasser aus seinen Lungen. François du Chantonnay öffnete die Augen, hustete, würgte und übergab sich schließlich. Und dann brach er in Tränen aus, wischte sich mit einem schlammigen Seidenärmel über die Augen.
Toby hörte Hufschlag näher kommen, und der Klang verriet, daß dieser Reiter sein Handwerk besser verstand. »François!« rief der Leibwächter erneut. Gleich darauf hatte er die beiden erreicht, sprang vom Pferd, warf einen Blick auf den zitternden Jungen, zog sein Schwert und richtete die Spitze auf Tobys Kehle. Dessen Schwert steckte noch in der schlammverklebten Scheide. Der Leibwächter war einen Meter achtzig groß und neunzig Zentimeter breit. Die Schwertspitze drückte auf Tobys Luftröhre.
Der Junge rappelte sich hoch und sagte: »Das verfluchte Pferd

hat mich abgeworfen, Meraud. Ich wäre fast ertrunken. *Dem* sollten Sie die Kehle durchschneiden!«
Meraud ließ den Blick über das noch immer friedlich grasende Tier und zu den schlammigen Fußspuren gleiten, die von dem Teich herführten. Seine Augen trafen sich mit denen von Toby.
Sorgfältig jede Bewegung vermeidend, sagte dieser: »Das Pferd warf den Jungen ab – er ritt zu schnell. Er muß mit dem Kopf auf einen der herumliegenden Äste geschlagen sein. Ich fand ihn mit dem Gesicht nach unten im Wasser treiben.«
Das Mißtrauen in Merauds Blick minderte sich ein wenig, und die Schwertspitze verringerte ihren Druck. Toby sah Verachtung über die Züge des Leibwächters flackern, als dieser den zitternden Jungen musterte. François griff nach Merauds ausgestrecktem Arm, zog sich daran auf die Füße.
Toby lächelte freundlich. »Wenn Sie es wünschen, führe ich das Pferd des Jungen für Sie nach Hause, Monsieur Meraud.«
François du Chantonnays Leibwächter warf Toby einen letzten abschätzenden Blick zu und antwortete dann: »In Ordnung – das können Sie tun. Und dann können Sie das Vergnügen genießen, meinem Herrn zu erklären, was, zum Teufel, Sie auf seinem Land zu suchen hatten.«

Toby führte François du Chantonnays Grauen aus dem Wald und über die Wiese. Blumen in allen Farben umgaben ihn. Er zerdrückte ihre Blätter mit seinen Stiefeln, und ihr intensiver, berauschender Duft schwangerte die Luft. Der Leibwächter Meraud führte seinen großen Braunen am Zügel, auf dessen Sattel zusammengesunken, blaß und naß der Junge hockte. Plötzlich schien das Château de Marigny Wirklichkeit zu sein, nicht länger ein unerreichbares Märchenschloß. Tobys Hemd und Reithosen begannen in der heißen Sonne zu trocken, während das Haus und sein sich im Burggraben zitternd spiegelndes Abbild stetig größer zu werden schienen, je näher sie kamen.

Sie überquerten die Zugbrücke und erhielten die Erlaubnis, durch den Hauptturm einzutreten. Überall prangte das Familienwappen der du Chantonnays – ein Leopard unter drei Mondsicheln: gemeißelt über den Türen und Fenstern, gestickt auf den Bannern und Wimpeln an den Spitztürmen, und das Motto »Garde ta foy« wiederholte sich immer und immer wieder vor Tobys Augen, als er zu den Mauern und Türmen hinaufschaute, die den Innenhof umgaben.
Die Pferde wurden in die Obhut eines Stallburschen gegeben, der junge François einer aufgeregten Haushälterin überantwortet. Toby wurde eine gewundene Steintreppe hinaufgeführt, an Türen und hohen, schmalen Fenstern vorbei, und schließlich angewiesen, in einem kleinen Vestibül zu warten.
»Bleiben Sie hier. Ich werde Sie von zwei Dutzend bewaffneter Männer suchen lassen, wenn Sie bei meiner Rückkehr nicht mehr da sind.«
Toby nickte. Männer wie Meraud kannte er von den Schlachtfeldern Italiens. Meraud hinkte leicht, was, wie Toby annahm, eine erfolgreiche, militärische Karriere vereitelt hatte. Der Leibwächter klopfte an die Tür des angrenzenden Raumes, trat ein und schloß die Tür hinter sich.
Die Wände des Vestibüls bestanden aus nackten Steinquadern, der Boden war mit Schilfgras bestreut. Toby kratzte an der obersten Stufe der Treppe etwas von dem Schlamm an seinen Stiefeln ab und richtete, so gut es ging, seine feuchte, schmutzige Kleidung her. Durch das schmale Fenster konnte er die Wiese und den Wald sehen. Er fühlte sich wie betäubt, war nicht überzeugt, daß er dies wirklich erlebte, hielt es für möglich, daß sich, wenn er das steinerne Fensterbrett berührte, alles in Nichts auflösen würde, daß das Schloß mit seinem Innenhof und dem Burggraben verschwände und er allein in unberührter Landschaft stünde.
Die Tür ging auf. »Der Seigneur empfängt Sie jetzt, mein Junge«, sagte Meraud. »Benehmen Sie sich.«

Toby betrat den angrenzenden Raum – und wieder war er tief beeindruckt, als er sich mit einem weiteren, überwältigenden Beispiel dafür konfrontiert sah, welchen Rahmen man sich mit dem zu vornehmer Abstammung gehörenden Vermögen zu schaffen vermochte. Toby wurde förmlich von Licht und Farben überschwemmt. An der Decke entlang zogen sich riesige Balken, Orientteppiche bedeckten den Steinboden. Und die Wände ... Die Wände waren kaum zu sehen. Sie waren hinter dreieinhalb Meter hohen, bunten Wandteppichen verborgen. Er hatte fast den Eindruck, sich auf der Wiese vor dem Schloß zu befinden, denn auf jedem Wandteppich leuchtete ein Blumenmeer, dessen einzelne Blüten farbenprächtig und exakt ausgearbeitet waren. Er konnte sie beinahe riechen. Zwischen den Blumen schauten ihn Tiere an: Jagdhunde, Löwinnen, Kaninchen, Ginsterkatzen – und Einhörner. Tobys herumwandernder Blick hielt fasziniert bei dem letzten Wandteppich inne, auf dem ein Einhorn innerhalb eines niedrigen Zaunes sein stolzes Haupt erhob.

Er hatte völlig vergessen, daß er nicht allein war, und schrak auf, als eine Stimme sagte: »Sie sind exquisit, nicht wahr? Soll ich Ihnen ihre Geschichte erzählen?«

Toby wurde bewußt, daß er sich wie ein ungebildetes Landei benahm, das mit offenem Mund die Schätze eines reichen Mannes anstarrte. Er brachte eine angemessene Verbeugung zustande.

Der Seigneur de Marigny war überdurchschnittlich groß, etwa so wie Toby, und von stattlicher Statur. Seine Überjacke aus hochrotem kostbarem Stoff war mit Brokatlitze besetzt, und auf breiten, wattierten Schultern ruhte eine goldene Kette. Ein grauer Bart akzentuierte sein energisches Kinn und spiegelte die Farbe seiner kurzgeschnittenen Haare wieder. Das Alter hatte begonnen, Furchen von der Nase zum Kinn zu ziehen, doch das Fleisch war fest und prall. Toby schätzte den Seigneur auf einen

guten Fünfziger, der sich dank Vermögen, gutem Essen und einem Leben in Sicherheit gut gehalten hatte. Seine Augen waren schmal, scharfsichtig und farblos. Fischaugen – glasig und gierig. Der Blick dieser Augen, die ihn abschätzend musterten, sandte eine Gänsehaut über Tobys Körper. Du Chantonnay, befürchtete er, würde ihn durchschauen.
Doch er wurde noch nicht aus dem Paradies gejagt, als Betrüger, als Bastard, als Ausgestoßener gebrandmarkt. Als der Seigneur auf ihn zukam, bemerkte Toby, daß sein Gang unbeholfen war und die Kraft und Männlichkeit des ersten Eindrucks vermissen ließ.
Als er bei ihm angekommen war, zeigte du Chantonnay zu dem ersten Wandteppich hinauf. »Schauen Sie: Die Jäger sammeln sich. Sie sind mit Pfeil und Bogen bewaffnet, ihre Hunde zerren an den Leinen. Sie wollen das Einhorn jagen.«
Er schlurfte ein paar Schritte weiter. Toby folgte ihm. »Hier, auf dem zweiten Wandteppich, beugt das Einhorn den Kopf, um sein Horn in den Bach zu tauchen – um das Wasser zu reinigen, damit die anderen wilden Tiere es trinken können.«
Das Horn stieß in das farblose, glasklare Wasser. Ein Rothirsch, ein Löwe, ein Panther und eine Hyäne standen abwartend am Ufer.
»Und hier«, der Seigneur deutete auf den dritten Wandteppich, »die Jagd. Die Jäger umzingeln das Einhorn mit ihren Speeren. Sie glauben, daß es ihnen nicht entkommen kann.«
Noch ein paar humpelnde Schritte. »Doch das Einhorn wehrt sich. Es schlägt aus und stößt mit seinem Horn nach den Angreifern. Die Jäger erinnern sich, daß es so nicht zu fangen ist. Dies kann nur auf eine einzige Weise gelingen.«
Toby fand seine Stimme wieder. »Es muß von einer Jungfrau gezähmt werden, votre seigneurie.«
Du Chantonnay nickte lächelnd. »Natürlich, das Einhorn muß von einer Jungfrau überlistet werden. Sehen Sie – wie hier.«

Toby schaute hinauf. Die Vorderbeine des Einhorns ruhten auf dem Schoß eines Mädchens. Eine Hand streichelte seine weiße Kehle, die andere hielt einen Spiegel hoch, der das Abbild des Einhorns zeigte.
»Jetzt«, sagte der Seigneur ruhig, »können die Jäger es töten.«
Speere durchbohrten das weiße Fell, besudelten es mit Blut. Ein Hund grub seine Zähne in das lebendige Fleisch des Geschöpfes, die Augen des Einhorns waren weit aufgerissen im Todeskampf. Als Toby es erschüttert betrachtete, mußte er sich ins Gedächtnis rufen, daß er weit schlimmere Dinge als dies gesehen hatte, daß dieser Tod nur Phantasie war, in Seide auf wollenen Untergrund gestickt.
Dennoch war er froh, als er sich dem letzten Wandteppich zuwenden konnte, auf dem das Einhorn – auf wunderbare Weise wieder zum Leben erweckt – auf einer Wiese herumtollte. Einer blumenübersäten Wiese, dem Ebenbild derjenigen vor dem Château de Marigny.
»Eine faszinierende und lehrreiche Geschichte.« Der Seigneur kehrte den Wandteppichen den Rücken und ließ sich in einem Sessel nieder. »Finden Sie nicht auch, Monsieur ...«
Toby warf einen Blick aus dem Fenster. Auf der Wiese vor dem Château de Marigny stolzierte eine Krähe herum, verunzierte die Blumenpracht wie ein schwarzer Fleck. Er lächelte. Vielleicht wäre es unklug, sich als ein Dubreton vorzustellen – er würde sich lieber des Namens bedienen, den Penniless ihm auf einem Schlachtfeld im fernen Italien gegeben hatte.
»Crow. Toby Crow. Der Nachname ist zwar englisch, aber ich bin Franzose – aus der Gegend von Bourges.«
»Nun, Monsieur Crow«, der Seigneur streckte ein Bein von sich, und Toby bemerkte jetzt, daß es von der Fessel bis zum Oberschenkel bandagiert war, »ich glaube, ich stehe in Ihrer Schuld. Meraud sagte mir, Sie hätten meinen Sohn vor dem Ertrinken bewahrt.«

»Reines Glück, Herr«, erwiderte Toby leichthin. »Ich war zur rechten Zeit am rechten Ort.«
»Ja. Ein großes Glück: François ist mein einziger Sohn, Monsieur, und deshalb müssen wir streben, ihn am Leben zu erhalten. Unglücklicherweise ist er ebenso halsstarrig wie unfähig – eine ungünstige Kombination, die unsere Aufgabe zu einer sehr schwierigen macht.« Du Chantonnay wandte sich dem Fenster zu und fragte, den Blick auf die Landschaft draußen gerichtet: »Was für einer Beschäftigung gehen Sie nach, Monsieur?«
Diese Antwort war einfach. »Ich bin Soldat, votre seigneurie. Ich habe die letzten fünf Jahre als Soldat gekämpft.«
»Für Ihr Land?«
»Für jedes Land, das mich dafür bezahlte. Hauptsächlich in Italien.«
Du Chantonnays Lächeln erreichte seine Augen nicht. »Wenn Sie Italien kennen, Monsieur, dann sagen Sie mir, was wird der Papst als nächstes tun?«
Toby ließ seine Gedanken nach Italien zurückschweifen. »Papst Julius würde Venedig gerne demütigen«, erklärte er.
Du Chantonnay nickte. »Das ist auch meine Meinung.« Sein Blick wanderte zu den Wandteppichen. »Diese schönen Kunstwerke waren ein Teil der Mitgift meiner zweiten Frau – und der Grund, daß ich sie geheiratet habe.« Du Chantonnays Gesicht legte sich in Falten, als er lachte, und sein ganzer Körper bebte. »Ich besitze sowohl Gemälde als auch Wandteppiche, Monsieur Crow, und viele davon kommen aus Venedig. Und ich habe Geld in venetianische Banken investiert. Es ist viel bequemer, wenn Sie verstehen, was ich meine.«
Toby murmelte mit Mühe eine passende Entgegnung. Er spürte das Gewicht von Macht, von Einfluß: Es senkte sich auf ihn, erdrückte ihn beinahe, wie es ihn am vorangegangenen Tag beinahe erdrückt hatte, als er das Château de Marigny zum

ersten Mal sah. Verglichen damit, war er nichts. Er existierte nicht einmal.

»Es wäre nicht in meinem Sinn, wenn Venedig zerstört würde«, setzte der Seigneur hinzu. »Begreifen Sie das, Monsieur?«

Er begriff es – und plötzlich erkannte er, daß der Seigneur de Marigny eine ebensolche Leidenschaft für alles Italienische empfand wie sein Lehensherr, König Louis von Frankreich. Beide wollten sie ein Stück von dem reichen, sonnigen Land haben – dem Land, in dem Toby vier Jahre seines Lebens zugebracht hatte.

»Die Umstände gestatteten mir seit einiger Zeit nicht, nach Italien zu reisen«, fuhr du Chantonnay fort. »Meine Gesundheit, wissen Sie.« Er warf einen vielsagenden Blick auf sein Bein. »Kein Arzt in Frankreich kennt ein Heilmittel für mich. Es ist vereitert – ein widerliches Leiden. Und so wäre mir daran gelegen, daß Sie mir schilderten, was Sie gesehen haben, Monsieur Crow.«

Für einen Augenblick war er wieder in Italien, wo die größten Armeen der Welt um Besitz und Macht kämpften. »Einige der Stadtstaaten – Bologna und Perugia – sind nervös«, sagte er langsam. »Aber Venedig ist überzeugt, daß es die Städte der Romagna wird behalten können, votre seigneurie. Es glaubt, daß Papst Julius weder die Geldmittel noch die Truppen besitzt, um sie an sich zu bringen, und außerdem betrachtet es Frankreich als Freund. Venedig hegt keinen Zweifel daran, genügend Soldaten und Mittel zu haben, um Kaiser Maximilian, sollte er allein marschieren, in Schach halten zu können.«

»Und Sie, Monsieur«, du Chantonnay lächelte wieder, aber seine kleinen, irritierend farblosen Augen blieben auch diesmal kalt, »wie denken Sie, ein einfacher Soldat, darüber?«

Die Wandteppiche bewegten sich leicht in dem warmen Luftzug, der durch das offene Fenster hereinströmte. Das verwundete Einhorn starrte mit gequälten Augen auf ihn herunter. »Ich glaube«,

antwortete Toby, »daß die ganze Welt Venedig beneidet – um seinen Wohlstand, um seine Sicherheit.«
»Würden Sie für Venedig kämpfen?«
Er zuckte die Schultern. »Wenn man mir genug bezahlte. Aber erst in einiger Zeit. Ich wurde letzten Herbst verwundet.« Er hob den Arm, zeigte dem Seigneur die Narbe, die sich über seinen Unterarm schlängelte. »Darum war ich hier, Seigneur, in Ihrem Wald.« Tobys Augen waren weit geöffnet und blickten den Gesprächspartner entwaffnend an. »Ich hatte vor, mich zu erkundigen, ob Marigny Verwendung für einen Söldner hätte, der im Augenblick nicht den Wunsch verspürt, in den Krieg zu ziehen.«
Er bemühte sich, so ehrlich wie möglich dreinzuschauen, und wich Seigneur de Marignys beunruhigend prüfendem Blick nicht aus.
Du Chantonnay sagte langsam: »Ein Kind könnte die Geschichte oberflächlich verstehen, die meine Wandteppiche erzählen – die Jagd, die List der Jungfrau, das Erlegen des Opfers – aber es steckt so viel mehr darin, Monsieur Crow, so viel, was ein Kind niemals bemerken würde. Wußten Sie zum Beispiel, daß die Distel am Ufer des Baches, aus dem das Einhorn trinkt, die Dornenkrone symbolisiert? Wußten Sie, daß die rote Rose sinnliches Vergnügen versinnbildlicht, daß die Ringelblumen und Mispeln Mittel gegen Vergiftungen sind? Nichts ist ganz das, was es scheint.« Er lächelte. »Und Sie, Monsieur, sind Sie auch feinsinnig? Sehen Sie – oder *konstruieren* Sie das, was nicht offensichtlich ist?«
Toby rührte sich nicht. Sein Herz hämmerte, und in seinem Kopf hallte unaufhörlich der Gedanke wider, den er seit dem Beginn dieser Unterhaltung zu unterdrücken versucht hatte: Dieser Mann kann mein Vater sein.
Du Chantonnay wartete seine Antwort nicht ab, sondern fuhr fort: »Was den Unfall meines Sohnes betrifft, so sagten Sie, Sie seien zufällig zugegen gewesen, Monsieur. Wüßte ich nicht, wie

entsetzlich schlecht François reitet, wäre ich beinahe versucht zu glauben, daß sie den Vorfall inszenierten. Dem dummen Jungen auflauerten, ihn auf den Kopf schlugen, in den Teich trugen und warteten, bis Monsieur Meraud kam. Ein durchtriebenes Vorgehen, das Ihnen, wie Sie vielleicht hofften, als Belohnung Anerkennung bescheren würde. Und natürlich Geld – ein Söldner mit einem unbrauchbaren Waffenarm kann bestimmt jeden Sous brauchen.«

Toby sagte nichts. Kalter Schweiß rann seinen Nacken entlang.

»Hätten Sie das getan, Monsieur, hätte ich Sie respektiert – ja, sogar bewundert: wegen Ihres Unternehmungsgeistes, Ihrer Phantasie. Nichtsdestotrotz hätte ich Sie vom Leben zum Tode befördert. Sie dürfen mich nicht falsch verstehen: Daß ich François' Wesensart und Mangel an Talent verabscheue, bedeutet nicht, daß ich es begrüßen würde, wenn ihm auch nur das Geringste zustieße. Wie ich schon sagte, ist er mein einziger Sohn. Marigny muß eines Tages ihm gehören. Ich würde es Stein für Stein abtragen, ehe ich es in die Hände eines Fremden – oder eines Feindes – übergäbe.«

Der kalte Schweiß gefror. Plötzlich bemerkte Toby, daß die Sonne, die hinter dem baumbestandenen Horizont versank, nicht länger den Steinboden vergoldete, und er bemerkte auch – zum ersten Mal –, daß ein anderer Geruch den süßen Duft des Schilfgrases, den Duft von gemähtem Gras und Blumen in den Hintergrund drängte: Es war ein Geruch, den er mit dem Schlachtfeld und seinen Verletzten assoziierte. Er schauderte.

Hinter ihm wurde die Tür geöffnet, und eine Stimme sagte: »Das Kind hat keinen Schaden genommen, Reynaud, und Clemente hat ihm ein Schlafmittel gegeben. Oh ...« Toby drehte sich um. Mit raschelnden Röcken näherte sich eine Frau. »Ich dachte, du wärst allein, Reynaud.« Sie war hochgewachsen, anmutig und trug ein Kleid mit hochangesetzter Taille im Empire-Stil aus kostbarem Brokat. Und sie war jung.

»Eleanor – du störst uns«, rügte der Seigneur de Marigny ärgerlich. Er wischte sich mit seinem Taschentuch den Schweiß von der Stirn und setzte, die junge Frau kaum eines Blickes würdigend, hinzu: »Dies ist der junge Mann, der meinem Sohn das Leben gerettet hat. Sein Name ist Toby Crow, er ist Soldat und stammt aus Bourges. Ich denke über eine angemessene Belohnung für Monsieur Crow nach. Monsieur – dies ist meine Frau Eleanor.«
Toby verbeugte sich vor Eleanor du Chantonnay. Er hatte graues Haar und faltige Haut erwartet und brauchte einen Moment, um sich an dieses so ganz andere Bild zu gewöhnen. Eleanor du Chantonnay war fast ebensogroß wie ihr Mann, hatte dunkle, wohlgeformte Augen, und von ihrem Haar sah man nur zwei schwarze, schmale Bänder – wie eine Borte – unter einem rostroten Kopfputz aus Samt. Und Toby wurde klar, daß sie nicht viele Jahre älter als er selbst war – zu jung, schätzte er, um die Mutter des Jungen zu sein, den er aus dem Teich gezogen hatte.
Madame de Marigny wandte sich an Toby und sagte: »François ist seit jeher ein empfindliches Kind, Monsieur. Wir haben ihn schon so oft beinahe verloren. Wir könnten einen solchen Verlust nicht ertragen.«
Reynaud du Chantonnay hatte für seinen Sohn jedoch nichts als Verachtung gezeigt. Reynaud du Chantonnays Interesse am Leben seines Erben gründete sich natürlich nur auf Besitz- und Machtdenken.
Tobys Gedanken mußten sich auf seinem Gesicht gezeigt haben, denn Eleanor du Chantonnay sagte: »Er ist alles, was wir haben.« Sie schüttelte den Kopf. Überrascht sah Toby Tränen in ihren Wimpern glitzern. Madame de Marignys lebhafte, dunkle Augen zeigten, daß sie unter großer Anspannung stand, ihr Gesicht war blaß.
»Madame – ich habe keine große Leistung vollbracht«, sagte er

sanft. »Ich zog einen bewußtlosen Jungen aus dem Wasser und brachte ihn ins Trockene – das ist alles. Wenn ich mehr für Sie tun könnte, täte ich es und würde es als die größte Ehre betrachten.«

Die dunklen Augen sahen ihn jetzt unverwandt an, die kräftigen weißen Hände zitterten. *Mein* Sohn, hatte der Seigneur gesagt – nicht *unser* Sohn. Demnach mußte François der ersten Ehe entstammen – und Eleanor du Chantonnay war trotz ihrer Jugend, Gesundheit und Schönheit bisher nicht in der Lage gewesen, ihrem Gatten weitere Söhne zu schenken.

Und wenn der Junge gestorben wäre, wurde Toby abrupt klar, hätte diese stolze, anmutige Frau sich unversehens in einem Nonnenkloster wiedergefunden, denn Reynaud du Chantonnay war kein Mann, der sich von Sentimentalität daran hindern ließe, sich einer unfruchtbaren Ehefrau zu entledigen. In dieser Ehe gab es keine Zuneigung, nur Macht und Furcht. Madame de Marignys Besitz und Status hingen vom Überleben des kränklichen Kindes ihrer Vorgängerin ab.

»Ich habe drei Dutzend Männer zu meinem Schutz zur Verfügung, Monsieur, aber ich werden Ihres Angebotes in Dankbarkeit gedenken.«

Einen Sekundenbruchteil berührte ihre Hand die seine. Dann wandte sie sich wieder an ihren Mann: »Laß mich diesem armen Mann trockene Kleider bringen, Reynaud.«

»Später«, schob Reynaud du Chantonnay dieses Thema beiseite. »Ich bin froh zu hören, daß es meinem Sohn gutgeht. Nun geh – ich habe eine Angelegenheit zum Abschluß zu bringen. Nein – warte draußen: Du mußt mir dieses verwünschte Bein neu verbinden.«

Als sie sich zum Gehen wandte, erkannte Toby die Quelle des Friedhofsgeruchs: Der Seigneur war aufgestanden und kam auf ihn zu. Toby sah den Eiter, der durch den Verband gesickert war und das weiße Leinen befleckte.

Reynaud du Chantonnay sprach sein Angebot aus, sobald die Tür sich hinter seiner Frau geschlossen hatte: eine Stellung im Schloß, zunächst eine untergeordnete Position, doch mit der Möglichkeit, falls Toby sich als tüchtig und vertrauenswürdig erwiese, eine interessantere und seinen Begabungen entsprechende Aufgabe zu übernehmen. Die kleinen, farblosen Augen starrten ihn an, warteten auf seine Antwort.

Selbstverständlich nahm er an. Toby verließ den Raum, blieb am Kopf der Treppe stehen und schaute auf die Wiese und den Wald hinaus.

Er fühlte sich wie neu geboren. Er hatte einen neuen Namen, einen neuen Beruf.

Er war Toby Crow, und er hatte Zutritt zum Paradies erlangt.

Drittes Kapitel

In der Werkstätte von Taddeo Zulian in Venedig wurde gefeiert. Taddeo hatte einen neuen Kunden und einen neuen Auftrag. Um auf die strahlende Zukunft anzustoßen, kredenzte Taddeo Wein (aber nicht zu viel – schließlich lag noch Arbeit vor ihnen) in zarten Murano-Gläsern. Sechs Gläser – eines für Benedetto und Alessandro, der neuerdings zum Gehilfen aufgestiegen war, zwei weitere für Marin und den neuen Lehrling Vittore – und natürlich eines für Taddeo selbst.
Und eines für seine Nichte Joanna.

Sie arbeitete nunmehr seit zwei Jahren im Atelier des Malers – seit jener Nacht, als Gaetano Cavazza sie bei dem Versuch ertappte, seinen eigenen, unfertigen Entwurf zu komplettieren. Zuerst hatte Gaetano über ihre Bemühungen gelacht, doch dann brachte er ihr den Umgang mit den feinen Pinseln bei und wie man die erstklassigen Farben und Öle, die es in Taddeos Werkstatt gab, optimal nutzte.
Und dann hatte er Taddeo gerufen, und der hatte zugestimmt, daß er ein paar zusätzliche hilfreiche Hände brauchen könne, und schließlich seinen angeborenen Konservativismus überwunden und erlaubt, daß Joanna in den nächsten arbeitsreichen Monaten in der Werkstatt helfen durfte. Irgendwie waren aus den Monaten Jahre geworden, und sie war immer noch in der Zulian-Werkstatt und malte eine Blumenbordüre auf den Dekkel einer Malipieri-Aussteuertruhe.
Das Fresko, das Taddeo und Benedetto nach Gaetanos Entwür-

fen ausgeführt hatten, war ein großer Erfolg geworden. Der Auftrag war termingerecht erledigt, das Ergebnis bewundert und allenthalben in Venedig kopiert worden. Sie waren mit Aufträgen überhäuft worden und arbeiteten manchmal zwölf Stunden am Tag – einschließlich der Feiertage, denn Taddeo lehnte grundsätzlich keinen Auftrag ab. Er mußte einen neuen Lehrling einstellen – Vittore – und ebenso mit Joannas Ausbildung fortfahren.

Sie stellte fest, daß sie beim Malen ohne Schmerz an Donato und Sanchia denken und sich mit Freuden an die endlosen, staubigen Straßen erinnern konnte, die ihre Kindheit kennzeichneten. Das Malen vertrieb das Gefühl des Eingesperrtseins und der Verzweiflung, mit dem die Tatsache, daß Donato sie im Stich ließ, sie erfüllt hatte. Den Verlust akzeptierend, war Joanna – zumindest äußerlich – zu einer achtbaren jungen Venetianerin geworden. Sie bewahrte ihre Erinnerungen für ihre Malerei auf, zeichnete Blumen, die Taddeo noch nie gesehen hatte, Landschaften aus Ländern, die viele Meilen von Venedig entfernt lagen. Der Trost, den Joanna in jener ersten Nacht gefunden hatte, als sie ungelenk Gaetano Cavazzas Entwürfe kolorierte, war ihr seitdem erhalten geblieben. Sie brauchte nur ihre Farben auszuwählen, ihre Pinsel vorzubereiten und sich an die Staffelei zu setzen, und schon stellte sich ein gewisses Gefühl des Trostes ein. Wenn sie malen konnte, brauchte sie nicht unglücklich zu sein.

Joanna machte Isotta und Taddeo alle Ehre. In der Kirche bedeckte sie ihr Haar mit einem Tuch, verbarg ihre Augen hinter einem Schleier und betrachtete die herrlichen Mosaiken und hoch aufragenden steinernen Engel. Sie tanzte nicht länger für den blinden Fiedler auf dem Platz, doch wenn Taddeo nicht hinschaute, warf sie hastig ein paar Münzen in seinen Hut. Wenn sie ihren Onkel zu Kunden begleitete, achtete sie darauf, mit gesenktem Blick zu schweigen, sich nur begierig in den

imposanten Palazzi umzuschauen, wenn sie sicher war, daß niemand es bemerkte.
Zu Anfang hatte Taddeo ihr nur niedrigste Dienste übertragen: die Reinigung und Vorbereitung von Paletten, die Herstellung von Pinseln aus Schweinsborsten, die Zubereitung des Leimwassers für die Leinwände, das Zerstoßen von Farbstoffen für die Farben. Joanna war stolz, einen Beitrag zum Zulian-Haushalt leisten zu können, und erledigte diese Aufgaben mit großer Freude. Sie hatte ja auch früher stets gearbeitet: Für ihren Vater hatte sie Salben angerührt, Kräuter getrocknet, Transparente gemalt und getanzt.
Als die Arbeitsbelastung in der Werkstatt größer wurde, begann Taddeo jedoch, ihr Schritt für Schritt das Zeichnen und Farbenmischen beizubringen, die weiche Pracht von Samt zu erklären, das Schimmern von Satin. Joanna malte Bäume, Landschaften, Blumen – aber keine Gebäude: Taddeo hatte sie noch nicht mit der komplizierten Wissenschaft der Perspektive vertraut gemacht, und so waren die Kirchen und Plätze Benedetto und Alessandro überlassen, dem frischgebackenen Gehilfen. »Das brauchst du nicht zu können«, wischte Taddeo das Thema vom Tisch. »Viele Leute sind glücklich mit Blumen und Früchten.« Joanna gab sich mit ihren Aprikosen und Gänseblümchen zufrieden, doch manchmal beobachtete sie verstohlen, wie Benedetto mit der quadratischen Reißschiene arbeitete, die ihm half, perspektivisch korrekte Zeichnungen anzufertigen. Und sie malte auch keine Personen. Dazu hätte sie das Sezieren von Leichen beobachten und vom lebenden Objekt Abzeichnen lernen müssen. Benedetto, Alessandro und Marin zeichneten von den Modellen ab, die – je nach dem – bekleidet oder unbekleidet im Atelier saßen. Das würde ihr nächster Schritt sein, sagte Joanna sich – sie war inzwischen immerhin bereits fünfzehn. Während die anderen das jeweilige Modell zeichneten, verbannte Taddeo sie in das kleine Nebenzimmer, wo sie in

einem Mörser mit dem Stößel Farbstoffe zerstampfte, mit Ölen mischte und mit einem Löffel in eine mit einem Stöpsel verschließbare Tierblase füllte.
Nachmittags saß sie etwa eine Stunde mit Isotta zusammen, aber sie übernahm keine Botengänge mehr für Matteo, der seine alten Pflichten nun wieder übernehmen mußte und über seine Gicht und das Wetter schimpfte, während Joanna ins Atelier zu ihren Farben zurückkehrte. Tante Isotta schlief mehr und mehr, und Taddeo tadelte sie nicht mehr wegen ihrer Untätigkeit, denn er hatte begriffen, daß ihre Schwäche auf ihre angeschlagene Gesundheit zurückzuführen war. Joanna gab Isotta Mohntee gegen ihren Husten und ließ sie Zehrkrautdampf inhalieren.
Abends saß sie mit Isotta und Taddeo im Salon. Sie machte nach wie vor Eintragungen in ihr Kräuterbuch, zeichnete Pflanzen und notierte deren medizinischen Zweck. Taddeo hatte seine ablehnende Haltung ihr gegenüber abgelegt, sie arbeitete für ihren Unterhalt, und sie war zuversichtlich, daß Taddeo ihr bald erlauben würde, bei den Altarbildern und Fresken mitzuarbeiten, die seine gewinnbringenderen Aufträge waren.

Toby Crow, der Kurier des Seigneur de Marigny, kam im November 1507 in Venedig an.
Dies war die Aufgabe, mit der der Schloßherr ihn schließlich betraut hatte. Reynaud du Chantonnay stellte Kuriere ein, die für ihn Aufträge in Frankreich und Italien ausführten: Kuriere, die bestellte Waren abholten, neue Bestellungen tätigten und ihn über die zunehmend gespannte politische Situation auf dem laufenden hielten; Kuriere, die des Italienischen mächtig waren, die Italien kannten und den Mund halten und sich, falls nötig, aus einer schwierigen Lage freikämpfen konnten.
Toby war innerhalb von achtzehn Monaten vom Stalljungen zum Botenjungen und vom Botenjungen zum Kurier aufgestiegen. Während dieser Zeit hatte er behutsam versucht, etwas

über seine Herkunft zu erfahren, doch seine vorsichtigen Anläufe, Dienstboten oder Nachbarn zu befragen, waren gleichermaßen auf Unwissen und Desinteresse gestoßen. Und so wußte er jetzt kaum mehr als am Tage seiner Ankunft in Marigny. Er hatte erfahren, daß die du Chantonnays aus der Bretagne stammten und daß Reynaud einen Cousin hatte, der noch immer dort lebte, und eine jüngere Schwester, die längst verstorben war. Die Schwester hatte Izabel geheißen. Der Name des Cousins lautete Guillaume, und er war in den Dreißigern.

Toby wußte nun auch, daß Reynauds erste Frau, Blanche, das Château de Marigny mit in die Ehe brachte, und die zweite, Eleanor, die Einhornwandteppiche, und daß keine der beiden Frauen ihm den von ihm ersehnten, gesunden Sohn geschenkt hatte. Aber falls Reynaud du Chantonnay sich jemals eine Geliebte gehalten hatte, mit der er einen ungewollten Bastard zeugte – einen Sohn, den er später als Lehrling bei dem Schuhmacher in Chinon unterbrachte –, so war das ein bestens gehütetes Geheimnis, denn Toby hatte niemals auch nur eine Andeutung über die Existenz einer solchen Frau gehört.

Es war Abend, und die untergehende Sonne malte violette und rosafarbene Streifen auf die Wasserstraßen. Toby sah Venedig zum ersten Mal eingehüllt in die Farben des Zwielichts, aus dem Meer aufsteigend wie ein wiederentdecktes Atlantis. Er war nach Florenz gereist, nach Rom und nach Siena, doch nichts – nichts – hatte ihn auf Venedig vorbereitet.

Er mietete eine Gondel und fragte nach dem Weg zu dem Maler Arlotto Attavanti. Das Haus war hoch und dunkel und lehnte so gefährlich schräg über einem schmalen Kanal, daß man den Eindruck gewann, es werde jede Sekunde in das schwarze Wasser stürzen. Das Innere des Gebäudes war feucht, in den unteren Stockwerken erinnerten Wasserränder an das Hochwasser des letzten Winters. Die Treppe wand sich windschief aufwärts, und in jeder Ecke lagen Staubflocken.

»Er ist Maler«, hatte Reynaud du Chantonnay Toby am Abend vor dessen Aufbruch von Frankreich nach Italien erklärt. »Ein unfähiger Maler, der wertloses Zeug herstellt – ich habe den Verdacht, daß er Arbeiten anderer kopiert –, aber er hat einen Blick für Qualität, für Antiquitäten. Und dafür bediene ich mich seiner. Sagen Sie Arlotto Attavanti, daß der Seigneur de Marigny Arbeit für ihn hat. Aber seien Sie vorsichtig mit dem, was Sie kaufen – überprüfen Sie die Herkunft.«
Über seine eigene Herkunft hatte er in der Zeit in Marigny nichts erfahren können, dachte Toby, als er die Stufen zur obersten Etage hinaufstieg. Er konnte inzwischen ein florentinisches Gemälde von einem aus der venetianischen Schule unterscheiden, eine Pietà von einer Misericordia, hatte also einiges gelernt, aber über Toby Crow – oder Toby Dubreton oder Toby Lescot – wußte er noch immer nicht mehr als an jenem Tag, da er zum ersten Mal die Zugbrücke des Châteaus überquert hatte.
Doch er hatte etwas anderes in Marigny gefunden. Sein anfänglicher Eindruck, sich in einem Märchen zu befinden, sein Gefühl des Ausgeschlossenseins, waren geschwunden: Dieser Ort erforderte Unterwürfigkeit, und der Seigneur de Marigny war bestenfalls schwierig und schlimmstenfalls abscheulich, aber dennoch verspürte Toby jedesmal, wenn er die Wiese überquerte und in den Schloßhof ritt, ein Gefühl des Heimkehrens, merkte, daß die Ruhelosigkeit verschwunden war, die ihn all die Jahre seines Lebens gequält hatte. Er war nicht so töricht, diese Empfindung des Heimkehrens einer Erinnerung zuzuschreiben oder einem instinktiven Wissen, das ihm im Blut lag – sie beruhte einfach nur darauf, daß er Marigny schön fand und als eine Insel des Friedens in einer kriegsgeschüttelten Welt betrachtete.
Doch sein weiteres Verbleiben dort hing von dem Erfolg dieser Reise ab. Er klopfte an die Tür der Wohnung in dem Haus am Kanal. Nach einer Weile hörte er schlurfende Schritte und eine

schimpfende Stimme, und dann öffnete sich die Tür einen Spalt.
Braune, mißlaunige Augen unter wirren, braunen Haaren blickten den Besucher prüfend an.
»Signor Attavanti?« fragte Toby. »Ich bin ein Bediensteter des Seigneur de Marigny. Mein Name ist Crow. Ich bringe Ihnen einen Brief des Seigneur.«
Die finstere Miene wurde noch finsterer, entspannte sich plötzlich und wurde von einem breiten Grinsen abgelöst. »Ich dachte, Sie wären ein Gläubiger – oder einer von diesen verdammten Steuereintreibern. Kommen Sie herein, mein Freund.«
Er riß einladend die Tür auf. Arlotto Attavanti trug ein nicht zugeschnürtes Leinenhemd über seinem zerknitterten Beinkleid. Das Atelier war klein und unordentlich, überall lagen Papiere und Malutensilien herum. Auf dem Sofa, das an einer Wand stand, saß ein Mädchen, dessen Bekleidung sich in einer Brokatbahn erschöpfte. Arlotto hustete.
»Maria ...?«
Das Mädchen stand mit schmollend vorgeschobener Unterlippe auf, ließ den Stoff fallen und schlüpfte ohne Eile in Hemd, Strümpfe und Kleid. »Maria ist mein Modell«, erklärte Arlotto Attavanti ohne jede Verlegenheit, während er Reynaud du Chantonnays Brief las. »Für Bathsheba.«
Bathsheba ruhte im Kreise bereits fertiggestellter Diener mit Turbanen und schwarzhäutigen Dienerinnen unvollendet auf der Leinwand, die auf der Staffelei stand. Arlotto drückte Maria eine Münze in die Hand, schloß die Tür hinter ihr und zog Wams und Kniehosen an.
»Ein liebes Mädchen, aber nicht allzu helle. Sie wollte *Federn* tragen. Im Haar! Können Sie sich das vorstellen?« Arlotto lächelte strahlend, verschwand hinter einem Vorhang und kam gleich darauf mit einer Flasche und zwei Gläsern zurück. »Damit wir auf Ihr Wohl trinken können, Signor Crow, und auf

das Wohl des Seigneur. Ich dachte, er hätte mich vergessen.«
Arlotto Attavanti war klein, stämmig und etwa Mitte Vierzig. Toby nahm das Weinglas entgegen und prostete ihm zu.
»Reynaud du Chantonnay hat Sie mir empfohlen, Signor Attavanti.«
»Ach, tatsächlich?« Arlotto leerte sein Glas und machte einen halbherzigen Versuch, das Durcheinander von Messern, Flaschen, Paletten und Lappen auf dem Tisch zu ordnen. »Der alte Mistkerl! Er hat nie etwas von mir gekauft. Allerdings ...« Er zuckte die Schultern und seufzte dann. »Er ist nicht knapp an Geld – warum sollte er Sackleinwand kaufen, wenn er sich Seide leisten kann?«
Arlotto schenkte sich Wein nach. Seine leuchtend braunen Augen musterten Toby. »Für gewöhnlich schickt der Seigneur seine Abfallsammler paarweise«, sagte er nachdenklich. »Damit einer auf die Ehrlichkeit des anderen achtet, dachte ich immer.«
Tobys Mund verzog sich zu einem angedeuteten Lächeln. »Mein Begleiter erkrankte in Florenz und starb in Ferrara«, erklärte er. »Doch ich fühlte mich verpflichtet, meine Reise trotz dieses traurigen Vorfalls fortzusetzen – um dem Seigneur eine Enttäuschung zu ersparen.«
Als sein Mitbeauftragter schließlich dem Fieber erlag, das er sich in Florenz durch das faulige Wasser zugezogen hatte, dachte Toby zunächst daran, nach Marigny zurückzukehren – doch dann erkannte er, daß der Tod des Mannes eine Chance für ihn bedeutete: Marigny bot jemandem mit Ehrgeiz große Möglichkeiten. Wenn er Reynaud du Chantonnay etwas Schönes mitbrächte, etwas Außergewöhnliches, das die Vollkommenheit Marignys bereicherte, würde er vielleicht belohnt – indem er zu einem unentbehrlichen Teil Marignys würde. Manchmal hatte er das Gefühl, daß ihm das von Geburts wegen zustehe, und es gefiel ihm, sich unmerklich und unerkannt etwas von dem

anzueignen, was Reynaud du Chantonnay ihm vorenthalten hatte.

Und so kaufte Toby in Florenz ein Triptychon der Jungfrau Maria und in Ferrara eine exquisite kleine Holzplastik der Daphne, deren Finger mit Lorbeerblättern spielten. Außerdem hatte er Veröffentlichungen gesammelt und hinter vorgehaltener Hand Geäußertes notiert. Dies war seine zweite Reise als Kurier des Seigneur de Marigny. Wenn er Erfolg hätte, könnte er sich in Samt kleiden und ein prächtiges Pferd reiten. Dann hätte er seinen festen Platz in der exklusiven Welt der du Chantonnays.

Arlotto fegte Pinsel und Kammuschelschalen von einem Hokker. »Hat er sich verändert – oder hat er noch immer Fischaugen und den Humor einer Schlange?«

Toby schüttelte grinsend den Kopf. Obwohl er eine Arbeit gefunden hatte, die die Tätigkeit ersetzte, deren Fortsetzung die Verletzung durch das Messer des Wegelagerers vereitelt hatte, wußte er genau, daß er das Vertrauen seines Herrn noch nicht besaß. Der Seigneur überwachte seine Bediensteten stets mit Argusaugen, überprüfte Rechnungen und Quittungen mit der für die besonders Reichen typischen, fanatischen Gründlichkeit. Sobald er sich des fahrlässigen Umgangs mit dem Geld oder Besitz des Seigneurs schuldig machte, würde Toby, das war ihm klar, aus den Mauern des Schlosses Marigny verbannt.

»Wie lange kennen Sie den Seigneur schon?«

Arlotto lehnte sich zurück, rieb sich sein stoppeliges Kinn. »Es ist schon sehr lange her, daß ich ihn kennenlernte. Ich war noch nicht zwanzig damals. Er war mit seiner Frau nach Venedig gekommen.«

Toby begriff beinahe augenblicklich, daß der Maler damit natürlich nicht Eleanor du Chantonnay meinte. Er sprach von ihrer Vorgängerin, Reynauds erster Frau, der Mutter seines Sohnes.

»Blanche«, sagte Toby, »wie war Blanche du Chantonnay, Signor Attavanti?«
Arlotto kniff die Augen zusammen, als könne er sich so besser erinnern. »Dünn, blond, bleich. Sie war eine reiche Erbin, wissen Sie. Brachte Reynaud das Château und den Grundbesitz. Ihre Vorfahren hatten allesamt Vettern und Basen ersten Grades geheiratet, um der Familie den Besitz zu erhalten, was natürlich zu schwachsinnigen und unfruchtbaren Nachkommen führte.«
Arlotto hob die Flasche an die Lippen und trank den Rest aus. »Blanche für ihren Teil war ziemlich kränklich, hatte stets irgendein Leiden. Aber immerhin schenkte sie Reynaud einen Erben – allerdings erst nach vielen Ehejahren.« Er kicherte. »Reynaud muß sich die Haare gerauft haben, während er darauf wartete, daß seine Frau endlich ihre Pflicht täte.«
Blanche, dachte Toby, hatte offenbar François geähnelt: bleich, nervös und schwächlich. Die dunkelhaarige, lebensvolle Eleanor du Chantonnay war das krasse Gegenteil, und doch war es dem Seigneur de Marigny nicht gelungen, mit einer seiner Gattinnen einen gesunden Sohn zu zeugen.
»Der Seigneur«, fuhr der Maler fort, »war damals in Venedig, um ein Hochzeitsgeschenk für seine Schwester zu suchen. Wie war doch gleich ihr Name? Ach ja – Izabel. Sie stand vor ihrer Verehelichung mit einem Engländer. Mandeville hieß er, glaube ich. Reynaud kaufte eine Aussteuertruhe für sie, ein paar Kleinigkeiten, Seide für ihr Hochzeitskleid – nichts von Qualität. Er denke nicht daran, Qualität an den Engländer zu verschwenden, sagte er. Der alte Teufel.« Er schüttelte den Kopf in Erinnerung an die Bösartigkeit des Seigneurs. »Wie ich hörte, hat er wieder geheiratet, aber ich weiß nicht, wen.«
»Sie heißt Eleanor«, berichtete Toby. »Dunkelhaarig, dunkeläugig, viel jünger als ihr Mann.«
»Ah – ha!« Arlottos Augen blitzten, als er Toby mit einem schmutzigen Zeigefinger drohte. »Seien Sie vorsichtig. Der

Seigneur läßt Ihnen bei lebendigem Leibe die Haut abziehen und Sie an seinem höchsten Fahnenmast aufhängen, wenn Sie Hand an seinen Besitz legen sollten. Spielen Sie erst gar nicht mit dem Gedanken. Venedig hat ebensoviel zu bieten – bei bedeutend geringerem Risiko.«

Arlotto rannte mit seiner Warnung offene Türen ein: Toby wußte sehr wohl, daß bei Reynaud du Chantonnay sein Grundbesitz, seine Frau und sein Sohn unangetastet bleiben mußten. Nicht, weil er gefühlsmäßig daran hing, sondern weil all das ihm gehörte und notwendiges Beiwerk zu seiner Macht war.

»Ich bin nicht hergekommen, um etwas zu erleben, Signor Attavanti – ich bin auf der Suche nach verschiedenen Kostbarkeiten: Gemälden, Skulpturen, Wandteppichen. Oh – und ich brauche Informationen darüber, wer sich mit wem verbündet, wer plant, bei wem einzumarschieren ... derlei Dinge. Der Seigneur de Marigny hat Geld bei venetianischen Banken liegen.« Sein Lächeln wurde breiter. »Das ist sicherer. Denken Sie nur, wieviel Gold er mir andernfalls hätte anvertrauen müssen ... Aber der Seigneur wird sein Geld nicht in Venedig lassen wollen, wenn seine Landsleute vorhaben, die Stadt fallenzulassen.«

Arlotto Attavanti rieb sich nachdenklich das Kinn. Dann stand er auf und warf die Flasche weg. Sie landete in einem Haufen aus der Kommode gerissener Kleidungsstücke. Er griff sich sein Cape.

»Geben Sie mir ein, zwei Tage Zeit – dann werde ich eine Zusammenkunft für Sie arrangieren. Ich habe einige nützliche Bekannte. Was die anderen Dinge betrifft – wir werden sehen, was die Schiffe bringen. Und wir werden die Werkstätten von Signor Bellini und – lassen Sie mich überlegen – ja, dem lieben Gianbattista Cima besuchen. Ich bin sicher, Sie finden dort etwas Passendes. Oh«, Arlotto drehte sich mit einem Lachen in den Augen zu Toby um, »wir gehen auch zu Signor Zulian. Taddeo Zulian ist ein alter Narr, und seine Arbeiten sind langweilig, aber es gibt einen höchst erfreulichen Schatz in seinem Atelier.«

Im Atelier Zulian wurde von Morgengrauen an bis zu dem Moment gearbeitet, da die Sonne in einem Gleißen kupferfarbenen und karminroten Lichts im Meer versank. Taddeo, Benedetto und Alessandro arbeiteten an den Altarbildern, Joanna, Marin und Vittore an den kleineren Aufträgen.

Joanna beeilte sich, eine Girlande aus Klatschmohnblüten fertigzustellen, die den Deckel der Malipieri-Aussteuertruhe zierte. An diesem Morgen hatte Taddeo ihr wegen der Zeitnot gestattet, an dem Wettbewerbsstück für die Scuola di Santa Ursula zu arbeiten. Gaetano Cavazza, Taddeos Schwager, hatte das Thema – »Die Flucht nach Ägypten« – eine Wochen zuvor vorgezeichnet und Alessandro den Entwurf auf die gewünschte Größe übertragen. Kleine Details der Figuren waren vervollständigt worden: Hände und Füße, der Faltenwurf des Capes der Jungfrau Maria, als die Heilige Familie gegen den Wind ankämpfte. Dann war das Bild weggestellt und wegen der eiligen Aufträge für Fresken, Tabletts und Portraits vergessen worden. Und heute früh hatte Taddeo es hinter einem Stapel Leinwände wiederentdeckt.

Neben ihm stehend, schaute Joanna auf Joseph, Maria und das Jesuskind hinunter, die sich durch eine bruchstückhafte Landschaft mit Bäumen, Seen, Bergen und Wolken darüber dahinschleppten. Taddeo hatte mißbilligend mit der Zunge geschnalzt, Joanna hatte ihn besänftigt und Vorschläge gemacht. Taddeo hatte zunächst den Kopf geschüttelt, sich dann nervös in der überfüllten Werkstatt umgesehen und schließlich widerstrebend seine Zustimmung gegeben: Joanna dürfe am Hintergrund des Bildes arbeiten, Alessandro werde die Figuren komplettieren, sobald er Zeit dazu finde.

Joanna legte letzte Hand an das letzte Mohnblütenblatt des Kranzes und schob die Aussteuertruhe vorsichtig zur Seite zum Trocknen. Dann reinigte sie die Pinsel mit einem Lappen und hob das Bild »Die Flucht nach Ägypten« auf eine Staffelei. Wenn es weiterhin so hektisch in der Werkstatt zuginge, dachte sie, bekäme sie vielleicht die Erlaubnis, das Bild fertigzustellen. Sie wollte für ihr Leben gerne all diese im Wind schwankenden Bäume malen, jede dieser prallen Wattewolken, den glasklaren, blassen See, in dem sich der flatternde Umhang der Jungfrau Maria spiegeln würde, und die hohe Bergkette. Bilder aus ihrer Kindheit schossen ihr durch den Kopf: Flüsse und Seen und Hügel.
Taddeo mußte bald beginnen, sie das perspektivische Zeichnen zu lehren, ihr erlauben, am lebenden Objekt zu lernen. Dann, wenn sie hart arbeitete, könnte sie vom Lehrling zum Gehilfen aufsteigen und irgendwann vom Gehilfen zum Meister. Dann wäre sie nicht länger die Tochter von Taddeos nichtsnutzigem Bruder, dem Quacksalber. Statt dessen hätte sie eine Position, einen Platz in der Gesellschaft und Ansehen. Sie könnte für den Rest ihres Lebens etwas tun, das sie mit Freuden tat, etwas, das sie glücklich machte. Und eines Tages wäre sie in der Lage, Venedig zu verlassen, und zu den endlosen Straßen und Hügeln des Festlands zurückkehren. Maler reisten durch die Welt, besuchten Königshäuser und Paläste.
Joanna begann die Farbstoffe zu zerstampfen, die sie benutzen würde, um den Himmel zu malen. Mühsam seine Überforderung verbergend, begrüßte Taddeo zwei Besucher, die gerade hereinkamen. Der eine war der Maler Arlotto Attavanti, ein alter Bekannter Taddeos.
Den anderen kannte sie nicht. Er war jünger als Signor Attavanti, schwarzhaarig und gut gekleidet. Er wirkte ... gefährlich, dachte Joanna – und schalt sich gleich darauf eine Närrin. Und doch stimmte es – sie konnte kein anderes Wort finden. Sie

musterte die hohe, gutgewachsene Gestalt, das schwarze, bis auf die Schultern des samtenen Wamses herabfallende Haar, die dunklen Augen. Sie konnte die Farbe nicht genau erkennen, doch sie glaubte nicht, daß es ein warmes, freundliches Braun sein würde.

Joanna traf ihre Wahl unter den Farben und Ölen auf dem Tisch neben sich. Sorgfältig mischte sie den ersten Ton, den sie für den Himmel verwenden würde: eine Portion dunkles Schiefergrau mit einer winzigen Spur Blau. Die weiße Leinwand mit ihren nüchternen schwarzen Linien, die Möglichkeit des Erfolges oder Versagens, versetzten sie einen Moment lang in Panik. Aber nur einen Moment lang. Mit einer Mischung aus Furcht und Erregung hob sie ihren Pinsel.

»Signorina?«

Sie schrak zusammen, der Pinsel machte einen Strich auf die Leinwand. Sic blickte auf.

»Ich bitte um Verzeihung, Signorina Zulian, ich wollte Ihnen nur meine Aufwartung machen.«

Arlotto Attavanti stand neben ihr. Joanna legte den Pinsel weg, der Maler küßte ihr die Hand und betrachtete mit zur Seite geneigtem Kopf das Gemälde.

»Hmm ... nicht Onkel Taddeos Werk, denke ich ...« Arlotto kniff die Augen zusammen. »Nein – Signor Cavazzas Handschrift, würde ich sagen.«

Joanna lächelte. »Gaetano Cavazza hat den Entwurf gezeichnet, aber ich werde das Bild malen, Signor Attavanti. Es ist für den Wettbewerb für die Scuola di Santa Ursula bestimmt.«

Arlotto strahlte. »Dann bin ich sicher, daß es den Wettbewerb gewinnen wird, Signorina Joanna.«

Er drehte sich um und winkte den Mann heran, der immer noch in der Mitte der Werkstatt stand und sich mit Taddeo unterhielt. »Signorina – gestatten Sie, daß ich Ihnen Signor Crow vorstelle. Er ist aus Frankreich nach Venedig gekommen, um Gemälde zu erwerben. Toby, dies ist Signorina Joanna Zulian, Signor Zulians Nichte.«

Der zweite Mann hatte sich zwischen den Staffeleien und Hockern hindurchgezwängt, und nun riß er sich schwungvoll die federgeschmückte, schwarze Kappe von den dunklen Haaren und verbeugte sich vor Joanna.

Sie sah, daß Toby Crows Augen beinahe die Farbe hatten, die sie für »Die Flucht nach Ägypten« gemischt hatte: ein dunkles Schiefergrau. Die Spur von Blau, die sie beigegeben hatte, fehlte. Vielleicht lag es aber auch nur am Licht.

Drei Tage später wurde Toby mit einem von Arlottos »nützlichen Bekannten« konfrontiert. Sein Name war Pasquale Gennari, und er wartete in Arlottos Atelier, als sie aus der Werkstätte von Gianbattista Cima zurückkehrten. Signor Gennari riß sein Schwert aus der Scheide, als er des Fremden ansichtig wurde, aber Arlotto beruhigte ihn und wischte Papiere, Pinsel, Totenschädel und Kreiden vom Tisch, damit Signor Gennari und Toby Crow daran Platz nehmen konnten. Signor Gennari sei, wie Arlotto erklärte, während er das Atelier nach einer Flasche Wein durchsuchte, ein Sekretär der Familie Venier. Signor Venier wiederum sei ein Mitglied der »Case Grandi« und gehörte demzufolge der exklusiven Gruppe venezianischer Patrizier an, aus der der Doge ausgewählt werde.

Folglich erfahre Pasquale *alles.* Es bestehe eine Vereinbarung zwischen ihm und Pasquale, gestand Arlotto freimütig, während er drei Gläser Wein einschenkte: Pasquale berichte ihm, wenn der Große Rat Interesse an seinen, Arlottos, Aktivitäten bekunde, und er zeige sich dafür erkenntlich, indem er ihm einen Anteil an einigen seiner Gewinne überließe. Toby fiel ein, daß Reynaud du Chantonnay gesagt hatte: »Er kopiert Arbeiten anderer.«

Arlotto strahlte, als er dem Sekretär dessen Glas reichte. »Signor

Crow ist in Venedig, um Gemälde und Informationen zu kaufen, Pasquale. Er kommt aus Frankreich.«

Pasquale Gennari hatte ein schmales, spitzes Gesicht und kurze dunkle Haare. Seine kleinen, dunklen Augen blickten zwischendurch immer wieder nervös zur Tür, und er trank den Wein in einem Zug. Sein Gruß erschöpfte sich in einem knappen Nicken. »Ich habe nicht viel Zeit. An welcher Art von Informationen ist Ihnen gelegen, Signor Crow?«

Toby nahm sein Weinglas von Arlotto entgegen. »Mein Arbeitgeber hat Geld in italienische Banken und italienische Betrieben investiert, Signor Gennari. Er ist um die Sicherheit seiner Investitionen besorgt – besonders um die Sicherheit seiner Investitionen hier in Venedig. Er hörte, daß Kanonen über den Boden Italiens gezogen werden. Er fragt sich, ob Venedigs Einstellung auf Versöhnung ausgerichtet ist oder auf Angriff. Ob Venedig zum Beispiel in Erwägung zieht, Papst Julius die Städte der Romagna zurückzugeben.«

Arlotto gähnte und schenkte sich Wein nach. »Der Papst hat weder das Geld noch die Truppen, um gegen Venedig vorzugehen, mein lieber Toby – das weiß sogar ich.«

Pasquale legte seinen dünnen Finger um den Stiel seines leeren Glases. »Ich bezweifle, daß die Sorge von Signor Crows Arbeitgeber den Plänen des Kirchenstaates gilt – des Kirchenstaates *allein,* meine ich.«

Toby fragte sich, was einen intelligenten, gebildeten Mann wie Pasquale Gennari dazu veranlaßt haben mochte, sich mit einem Halunken wie Arlotto Attavanti einzulassen. »Ferdinand von Spanien, Kaiser Maximilian, König Louis von Frankreich – was, wenn sie Venedig im Stich lassen, Signor Gennari?« wollte er wissen.

Pasquale Gennari lächelte, doch das Lächeln erreichte seine schmalen, dunklen Augen nicht. »Wenn Sie Franzose sind, Signor, dann wird Ihnen bekannt sein, daß Venedig Frankreich als Freund betrachtet. Wenn diese Freundschaft bestehenbleibt, hat Venedig nichts zu befürchten.« Ein Moment der Stille folgte. Die Wohnungstür war zugesperrt, die Fenster waren geschlossen, die Geräusche der Stadt ausgesperrt. Der Sekretär fuhr leise fort: »Und um Ihre vorherige Frage zu beantworten, Signor Crow: Venedig hat dem Papst bereits einige Städte der Romagna angeboten – aber nicht die, die er haben will.«

Papst Julius, erklärte Gennari, wolle Rimini, Faenza und Cervia zurückhaben, die Venedig erst ein paar Jahre zuvor besetzt hatte. Sich der Gefahren bewußt, die es mit sich bringen würde, seine Basis auf dem Festland zu verlieren, war Venedig bestrebt, so lange wie möglich an den Städten der Romagna festzuhalten. »Venedig spielt ein riskantes Spiel. Während es darauf wartet, daß der Papst das Interesse verliert – oder an den Pocken stirbt –, hat Julius Zeit, seine Truppen aufzubauen und Bündnisse mit anderen Mächten einzugehen, die einen Angriff auf Venedig begrüßen würden. Es ist keine Situation, die lange stabil bleiben kann.«

Pasquale stellte sein Glas ab. Seine Nägel, bemerkte Toby, waren bis zum Fleisch abgekaut. »Kaiser Maximilian reist nächstes Jahr zu seiner Krönung nach Rom. Wir haben ihm mitgeteilt, daß er nicht durch venetianisches Territorium marschieren dürfe. Höflich, natürlich – aber es wird ihm nicht gefallen.«

Arlotto schenkte dem Sekretär Wein nach. Er hob die Brauen. »Dann glauben Sie nicht, daß Maximilian die Reise allein machen wird, nur begleitet von ein paar herausgeputzten Bediensteten, Pasquale?«

Pasquales dunkles, schmales Gesicht war ausdruckslos. »Ich vermute, daß der Kaiser die Terra firma an der Spitze einer sehr großen Armee durchqueren wird – natürlich erst, nachdem er alle etwaigen Ansprüche auf venetianisches Gebiet ausgegraben hat.«

Also hatte Venedig sich nicht nur mit dem Papsttum angelegt, sondern auch mit dem Heiligen Römischen Reich. Mächtige Gegner, dachte Toby. Kein Wunder, daß die Serenissima solchen Wert auf die Fortsetzung der Freundschaft mit Frankreich legte. Nun hatte er nur noch eine Frage zu stellen. »Und angesichts der erwarteten großen Armee – wie wird Venedig sich verteidigen, Signor Gennari?«

Eine Sekunde lang traf ihn Pasquales Blick, dann glitt er weiter zu Arlotto.

»Er ist in Ordnung, wirklich, alter Freund«, beantwortete dieser gelassen die unausgesprochene Frage. »Ich kenne seinen Arbeitgeber. Er ist nur wegen des Geldes interessiert. *Wirklich.*«

Pasquale fuhr sich mit den Händen durch die kurzen Haare. Er atmete tief durch. »Venedig hat sich mit den Orsinis ins Benehmen gesetzt.«

Draußen auf der Treppe wurden Schritte laut. Tobys Hand legte sich um den Griff seines Schwertes. Er bemerkte Schweißperlen auf Pasquale Gennaris Stirn. Arlotto öffnete die Tür einen Spalt und spähte hinaus.

»Die nette Alte von nebenan und ihre üppige Enkelin«, flüsterte er. »Erst dreizehn Jahre alt, aber schon so enorme ...« Seine Hände beschrieben eine sehnsuchtsvolle Geste. Dann schloß er die Tür leise wieder. »Wer sind die Orsinis?«

»Nicolò di Pitigliano und Bartolomeo d'Alviano«, erklärte Toby. »*Condottieri* – Söldnerführer. Ich habe einmal für Nicolò gekämpft.«

»Ah.« Arlotto setzte sich und lächelte. »Das habe ich mir gedacht, sah Sie auch nicht als Reynauds Schoßhündchen. Aber ich wunderte mich auch. Ich meine – warum sollten Sie den angenehmen Broterwerb des Raubens und Plünderns aufgeben, um für diesen alten Saukerl zu arbeiten?«

Aus Neugier, hätte Toby ihm antworten können – oder weil er sich die Chance erhoffte, etwas zu erlangen, das ihm vorenthalten worden war.

Arlotto grinste noch immer. »Wenn Sie nicht doch hinter der schönen Eleanor her sind, natürlich. Geiler Bock.« Er wandte sich an Pasquale. »Ich habe Signor Crow zu Taddeo Zulian mitgenommen. Er war höchst beeindruckt von Signor Zulians Besitz.«

Vor Tobys geistigem Auge erschien Joanna Zulian, in einer Ecke des Ateliers versteckt, mit einer farbenbekleckstem Schürze. Als sei sie etwas, dessen man sich schämen müsse, hatte er bei ihrem Anblick gedacht – etwas, das man verborgen halten müsse.

Er runzelte die Stirn. »Wie lange arbeitet sie schon dort? Es ist ungewöhnlich, nicht wahr? Ich meine, eine Frau . . .«

»Allerdings«, erwiderte Pasquale. »Joanna Zulian hilft seit ein, zwei Jahren in der Werkstätte ihres Onkels mit, wenn ich mich nicht irre.« Er stand auf und hängte sich sein Cape um. »Natürlich werden sie das Mädchen nicht in die Gilde eintreten lassen. Taddeo Zulian macht sich lächerlich. Jedermann weiß, daß er nur Geld zu sparen versucht.«

»Er wird sie bald verheiraten«, ergänzte Arlotto. Er ging zur Tür und öffnete sie einen Spalt. »Onkel Taddeo traut ihr nicht über den Weg – er fürchtet, daß sie ihrem Vater zu ähnlich ist und Schande über das Haus Zulian bringen wird. Armes Ding. Sie ist erst fünfzehn, wissen Sie. Sieht älter aus. Sie könnte eine beachtliche Künstlerin werden, wenn man sie ließe. Im Augenblick ist es ihre Aufgabe, sich um Isotta Zulian zu kümmern, aber wenn seine Frau stirbt, wird Taddeo für Joanna einen Mann suchen. Glückspilz«, fügte er mit einem Seufzer hinzu. »Ich wäre fast versucht, mich als Gatte anzubieten – aber ich fürchte, es gibt keine nennenswerte Mitgift.« Er spähte den Korridor hinunter. »In Ordnung, Pasquale, die Luft ist rein.«

Sie sahen dem Sekretär nach, wie er, in sein Cape gehüllt und den Hut tief ins Gesicht gezogen, die Treppe hinunterging. Arlotto schüttelte seinen Lockenkopf.

»Armer Kerl. Er hat zwei Frauen – eine in Venedig, eine in

Verona. Würde man ihm nicht zutrauen, stimmt's? Er sieht nicht so aus, als habe er genug Lebenskraft, um diesen Anforderungen gewachsen zu sein. Aber er braucht das Geld, wissen Sie.«

Joanna legte all ihre Schaffenskraft in das Bild »Die Flucht nach Ägypten«. Es herrschte noch rege Geschäftigkeit in der Werkstätte, und sie arbeitete beinahe vergessen in ihrer Ecke, malte mit peinlicher Sorgfalt Unwetterwolken und windgepeitschte Felder, zeichnete winzige Blumen – Lilien, Narzissen und Rosen – entlang des Weges, auf dem die Heilige Familie dahinzog. Bald kündeten purpurrote Flecken an dem gemalten Himmel vom Einsetzen des Winters, und am fernen Ufer des Sees hatte sich Eis zu bilden begonnen.

Die Figuren ließ sie unangetastet. Sie wußte, welche Gesichter sie ihnen gegeben hätte, hätte sie die Geschicklichkeit und das Wissen besessen, sie zu malen. Sie hatten die Köpfe gesenkt, um sich gegen das unwirtliche Wetter zu schützen. Donato hätte sein geflicktes, pelzbesetztes Cape getragen, Sanchias dunkle Haare hätten sich um ihren Nacken geschmiegt, ein Ausdruck heiterer Gelassenheit hätte ihre Züge gekennzeichnet. Während Joanna die weißen, gesichtslosen Gestalten vor dem stürmischen Hintergrund betrachtete, wuchs das Gefühl des Unbehagens, das sie seit Anfang der Woche erfüllte.

Zwei Tage zuvor hatte Taddeo den Lehrling Vittore angewiesen, mit Marin und Alessandro am Zeichenunterricht am lebenden Modell teilzunehmen. Voller Freude hatte Joanna darauf gewartet, daß ihr Onkel auch sie dazu aufforderte – doch er hatte es nicht getan. Er hatte überhaupt nicht mit ihr gesprochen, schien sich kaum ihrer Gegenwart bewußt zu sein.

Als Taddeo gegangen war, war Joanna verwirrt und beunruhigt. Vittore war vierzehn, der jüngste Lehrling. Sie war fünfzehn, würde bald sechzehn sein. Vittore arbeitete erst seit achtzehn

Monaten für Taddeo – sie hatte die Küche und das Nähzimmer vor mehr als zwei Jahren verlassen. Und Joanna wußte – nicht erst, nachdem sie einen Blick auf das Wappen geworfen hatte, mit dem Vittore sich abmühte –, daß sie gut malte: Die Blumen, die um die Heilige Familie herum sprossen, waren so naturgetreu, daß es schien, als könne man sie pflücken. Vittores Greifvogel schielte.

Außerdem arbeitete sie hart, manchmal von Tagesanbruch bis zum Einbruch der Dunkelheit. Oft schmerzten Arme und Kopf am Ende des Tages, und ihre Augen waren rotgerändert. Gelegentlich belohnte Taddeo ihre Arbeit an dem Bild »Die Flucht nach Ägypten« sogar mit einem anerkennenden Grunzen.

Joanna sagte sich, daß ihr Onkel alt werde, daß er vergessen habe, wie alt *sie* sei, und sich nicht über ihr wachsendes Können im klaren war. Sie würde bald mit ihm sprechen, wenn er nicht so beschäftigt wäre – und dann könnte sie sich den anderen angehenden Künstlern anschließen, wenn das Modell zu der allwöchentlichen Sitzung ins Atelier käme, anstatt sich allein und ausgeschlossen in die Farbenkammer zurückziehen zu müssen.

In der Zwischenzeit zeichnete sie die groben Umrisse der Heiligen Familie mit Hilfe der Puppen, die als Anschauungsmaterial dienten, wenn keine lebenden Modelle verfügbar waren. Die Puppen hatten keine Gesichtszüge, sie waren aus Holz, die Glieder steif und leblos – aber manchmal, spät am Abend, wenn die Lehrlinge das Studio verlassen hatten und sie einsam in dem spärlich beleuchteten Raum zurückblieb, gaukelten ihre überanstrengten Augen ihr vor, daß die Körper unter den schweren, weißen Stoffbahnen zuckten.

Gaetano Cavazza stattete Venedig jetzt regelmäßige Besuche ab – einerseits, weil seine Schwester Isotta im Sterben lag, andererseits – und das war der wichtigere Grund für ihn –, weil er einen reichen, venetianischen Auftraggeber gefunden hatte. Außerdem legte er Wert darauf, sich gut mit Taddeo zu stellen: Das Mädchen Joanna war beinahe erwachsen, und es bestand das, wenn auch geringe, Risiko, daß Taddeo sich entschloß, sein Haus und die Werkstätte ihrem künftigen Gatten zu vermachen.

Aber Joanna war, das gestand Gaetano sich ein, selbst zu einer der Freuden seiner Venedig-Besuche geworden. Die Schönheit, die er vor langer Zeit an ihr bemerkt hatte, war im Laufe ihres Reifeprozesses nicht geschwunden, die Entwicklung hatte Joannas hohe Wangenknochen, die gerade Nase, den geschwungenen Mund und die herrlichen, grauen Augen lediglich akzentuiert. Es amüsierte Gaetano, sie zu beobachten, wenn sie in einer schattenerfüllten Ecke des Ateliers auf einem Hocker vor ihrer Staffelei saß und sich mit gerunzelter Stirn über ihr Gemälde beugte. Es amüsierte ihn, sich vorzustellen, wie er sie malen würde, wenn sie älter wäre und nicht mehr in Taddeos Werkstätte arbeitete. Vielleicht, wenn sie verheiratet wäre – mit irgend einem niederen Adligen, der aufgrund ihrer Schönheit bereit gewesen war, über das Fehlen einer Mitgift hinwegzusehen. Der Besagte würde, davon war Gaetano überzeugt, den Wunsch hegen, seine entzückende Frau von dem Maler Gaetano Cavazza porträtieren zu lassen.

Er war sich jedoch noch nicht sicher, wie er sie malen würde, wenn es soweit wäre. Es verwirrte Gaetano, daß er es nicht wußte. Im Augenblick arbeitete Joanna mit gerunzelter Stirn an dem Bild, das er für den Wettbewerb der Scuola di Santa Ursula entworfen hatte. Ihre weite, faltenreiche Schürze verlieh ihr ein klassisches Aussehen, ihr Haar lag geflochten um ihren Kopf. Als Diana, beobachtet von Actaeon, überlegte Gaetano. Als Io, verfolgt von Zeus in Gestalt eines Stieres. Beide Versionen hatten ihren Reiz, erschienen ihm jedoch nicht ganz passend. Sie waren zu geschlechtslos, zu passiv. Joanna mochte mit dem vollkommenen Oval ihres Gesichts und den gelassenen grauen Augen heiter und unschuldig wirken – doch Gaetano hatte vor Jahren einen Blick hinter diese klug gewählte Maske werfen können. Wäre er Taddeo, er hätte bereits einen Ehemann für sie gesucht.

In der Zwischenzeit erfreute er sich bei seinen Besuchen bei Taddeo an ihrem Anblick. Sie leistete gute Arbeit an dem Bild für die Scuola. Joanna hatte Talent, das gab Gaetano zu – aber natürlich war sie nicht genial. Frauen waren grundsätzlich nicht genial. Sie zeichnete hübsche Blumen und ordentliche Landschaften, aber sie würde niemals Portraits malen oder große heroische Szenen, wie sie Kirchen und Schlösser schmückten. Was sie malte, war reizvoll, ja sogar bezaubernd, aber es würde nie mehr als das sein. Eine Frau besaß weder die Tatkraft noch die Konzentrationsfähigkeit eines Mannes: Frauen waren unbeständig und leicht ablenkbar.

Heute suchte Gaetano in Taddeos Atelier Hilfe für seine neueste Aufgabe, mit der ihn Signor Venier, sein venetianischer Auftraggeber, betraut hatte. Wie üblich herrschte rege Geschäftigkeit in der Werkstätte, doch Taddeo erklärte sich bereit, ihm einen Lehrling an die Hand zu geben, der ihm helfen würde, den Innenhof des Venier-Palazzos für ein Fresko auszumessen. Gaetanos Blick glitt von Alessandro zu Marin und weiter zu Vittore. Und dann – wie magisch angezogen – zurück zu Joanna.

Der Herbsthimmel war blau, die Luft klar und frisch. Die Gondel war mit den Venier-Farben und -Insignien geschmückt, und ein Diener des Hauses Venier stand am Ruder. Gaetano, der Notizbuch, Zollstock und Bleistifte neben sich liegen hatte, betrachtete Joanna, die ihm gegenüber auf der gepolsterten Bank saß und eine Hand in das kalte, schwarze Wasser hängen ließ, wodurch eine Miniaturausgabe des V-förmigen Kielwassers der Gondel entstand. Das Mädchen trug weder Hut noch Schleier, und Gaetano sah, wie die Männer sie im Vorübergleiten anstarrten. Joanna bemerkte sie nicht, ihre Augen blickten verträumt, geistesabwesend, aber Gaetano genoß die Blicke der anderen Männer, genoß es, von ihnen beneidet zu werden.

Am Venier-Palazzo angekommen, half Gaetano ihr aus dem Boot und die flachen, von Wasser überspülten Stufen hinauf – und er ließ sie auch nicht los, als sie durch das Tor traten.

Die Hand an ihrem Ellbogen, führte er sie in den Innenhof. Ihr Arm fühlte sich warm und fest an, der leichte Wind spielte mit ihren kastanienbraunen Haaren, formte ein Kunstwerk aus Löckchen und Locken daraus, das ihr Gesicht umrankte. Signor Venier erschien höchstpersönlich, um ihn zu begrüßen. Gaetano registrierte diese Höflichkeit wohlwollend: Einige andere Männer aus Signor Veniers Kreisen hätten nur einen Diener geschickt. Am anderen Ende des offenen Durchgangs, der ins Haus führte, hielten sich, wie Gaetano sehen konnte, drei weitere Personen auf. Kerzenlicht vervielfältigte ihre Schatten auf dem Fliesenboden.

Er hörte aufmerksam zu, als Signor Venier seine Wünsche erläuterte. Nebenher stellte er Joanna vor. »Die Nichte meines Schwagers Taddeo«, erklärte er und bemerkte voller Stolz das aufflackernde Interesse in Signor Veniers Augen, das mit einer Straffung seiner Schultern einherging.

Eine Meerszenerie, schlug Gaetano vor, während sein erfahrener Blick über die kahlen Wände des Innenhofs wanderte. Neptun, Sirenen, Nixen und dergleichen. Eine Einfassung aus Kammuscheln, und in der Mitte des Gartens vielleicht ein mit Schneckenmuscheln und Korallen verzierter Springbrunnen. Den Brunnen würde er einem Kunsthandwerker überlassen, das Fresko jedoch selbst malen und seine Arbeit nicht wie Taddeo auf Lehrlinge, Gehilfen und Nichten verteilen.

Signor Venier nickte begeistert. Später würde er um den Preis schachern, das wußte Gaetano, aber er wußte auch, daß Marcantonio Venier am Ende die geforderte Summe bezahlen würde. Sowohl Gaetano als auch Signor Venier kannten Gaetanos Wert. Signor Veniers finanzielle Probleme – allgemein bekannt in Venedig – waren ebensogroß wie seine Erwerbslust. Gaetano sah Joanna davonschlendern, um durch den Säulengang auf den Kanal hinauszuschauen. Übertrieben geschäftig, die Macht auskostend, die er über sie besaß, rief er sie zur Arbeit zurück.

»Ein Wichtigtuer«, urteilte Arlotto Attavanti ziemlich laut, durch den Durchgang in den Innenhof hinausblickend. »Kann ihn nicht ausstehen.«
»Gaetano Cavazza?« Pasquale Gennaris dunkles Gesicht verzog sich zu einem säuerlichen Grinsen. »Er wird bald zwei Werkstätten besitzen, Arlotto: seine eigene in Padua – und die Zuliansche in Venedig.«
Arlotto schnaubte und spuckte auf den Fliesenboden. Toby, der neben ihm stand, schaute hinaus, wo Joanna mit Bleistift und Notizbuch in der Hand neben dem Maler stand.
Er war jetzt seit sechs Wochen in Venedig, hatte den Ateliers von Giorgio da Castelfranco und Gianbattista Cima Aufträge erteilt, zahllose Werkstätten, Lagerhäuser und Wohnungen besucht, eine griechische, mit silhouettierten Gestalten verzierte Amphore und einen marmornen Kinderkopf gekauft. Arlotto begutachtete jedes Stück bezüglich seiner künstlerischen Qualität und seines materiellen Wertes – Tobys Augenmerk galt der Ehrlichkeit (oder Unehrlichkeit) des Verkäufers.
Bei Marcantonio Venier war das Verkaufsobjekt eine aus Kirschbaumholz geschnitzte Jungfrau mit Kind. Französisch, etwa zweihundert Jahre alt, sagte Arlotto, der die Skulptur vorsichtig in den Händen hielt. Die heiteren Holzgesichter von Mutter und Kind waren altersbedingt nachgedunkelt, der Faltenwurf

des Stoffes umschmeichelte die Figuren in unveränderbarer Anmut. Arlotto hatte das Kunstwerk mit sanfter, ehrfurchtsvoller Stimme kommentiert, der übliche Zynismus war aus seinem Blick verschwunden.

Die Jungfrau mit Kind stand in Samt gebettet auf dem Tisch, wartete darauf, verpackt zu werden, darauf, daß Signor Venier sich von seinem Fresko-Maler losreißen und einem Kaufpreis zustimmen würde.

»Aber Cavazza versteht sein Handwerk«, gab Arlotto widerstrebend zu und schaute wieder in den Innenhof hinaus, wo Signor Venier und der Maler Gaetano Cavazza miteinander sprachen. »Teuer – weiß, was er wert ist.« Arlottos Lippen kräuselten sich. »Apropos Geld: Mein lieber Toby, Sie müssen es *mir* überlassen, diesen Preis festzusetzen: Ich hoffe, daß der gute, alte Marcantonio keine Ahnung von dem Wert dieses Stückes hat.« Arlottos Augen richteten sich wieder auf die Kirschbaum-Madonna. Signor Venier kam ins Haus zurück. Pasquale schenkte Wein ein, verteilte die Gläser in der Runde und brachte eines dem Künstler im Innenhof. Toby unterdrückte ein Gähnen. Er überließ Arlotto wunschgemäß die Verhandlung mit Signor Venier und beobachtete durch den Durchgang den Maler und das Zulian-Mädchen.

Die schwache Nachmittagssonne war verschwunden, und Joannas lange, offene Haare wehten in dem kalten Novemberwind. Ihr Gesichtsausdruck war ernst, konzentriert. Sie trug ein schwarzes, strenges Kleid mit eckigem Halsausschnitt und einen Fransenschal um die Schultern. Ihr Gesicht, dachte Toby, erinnerte an das der hölzernen Muttergottes, um die sie schacherten. »Zweihundert Dukaten«, lautete Arlottos Angebot. »Dreihundert«, forderte Signor Venier mit finsterer Miene. Toby beobachtete, wie Joanna Zulian Zahlen in ein Notizbuch schrieb und Maße für Cavazza nahm. Er war ein hochgewachsener, gut gebauter Mann. Wann immer er in Joannas Nähe kam, berührte er sie, umfaßte ihren Ellbogen, legte besitzergreifend seine langen, schlanken Finger auf ihre Schulter. Toby begann eine Abneigung gegen ihn zu entwickeln.

Gaetano Cavazza drückte den Arm des Mädchens und ging dann mit dem Notizbuch in der Hand auf das Haus zu. Das Mädchen blieb draußen und schlenderte wieder in Richtung Kanal. Arlotto trank ein zweites Glas von Signor Veniers superbem Wein auf den erfolgreichen Abschluß ihres Geschäfts; Gaetano Cavazza breitete mit selbstzufriedenem Lächeln Unterlagen und Zeichnungen zu Signor Veniers Begutachtung auf dem Tisch aus. Toby, gelangweilt von Geld, Kunst und Habgier, verließ das Haus und trat in den Innenhof hinaus, wo ihn erfrischend kalte Luft empfing.

Und dann geschah alles so schnell, daß er sich einen Moment lang fragte, ob er es sich vielleicht nur eingebildet habe. Das Mädchen stand eingerahmt in dem Durchgang, der zum Kanal führte, und er sah eine mit einem halbem Dutzend Jugendlichen besetzte Gondel vor ihr vorbeigleiten. Die Jungen lachten und johlten und warfen immer wieder ein Bündel hoch in die Luft. Und dann wurde das Bündel ein letztes Mal hochgeworfen und landete klatschend in dem kalten, dunklen Wasser. Die Gondel war verschwunden, das Lärmen der jungen Leute verstummt.

Die Nichte des Malers schüttelte ihre Schuhe von den Füßen, ließ ihren Schal von den Schultern gleiten, lief zu der Treppe, die am Ende des Durchgangs zum Kanal führte, sprang die Stufen hinunter, ließ sich auch nicht aufhalten, als sie das schwarze Wasser erreichte, das zuerst an ihren ebenfalls schwarzen Röcken leckte und sie dann durchweichte.

Toby rannte los.

Stolz auf ihre saubere Handschrift, die Sanchia sie gelehrt hatte, schrieb Joanna die Zahlen in das Notizbuch. Sie hielt den Zollstock für Gaetano und notierte nach seinen Angaben die

Abmessungen der Wände des Venierschen Innenhofs. Der Nachmittag wurde sehr schnell kälter – sie war froh, einen Schal mitgenommen zu haben. Als sie fertig waren, tätschelte Gaetano ihren Arm und strebte auf das Haus zu, ließ Joanna allein zurück.

Sie sah das Fresko vor sich, das Gaetano für Signor Venier malen würde, Seepferdchen und Seeungeheuer, Strudel und Wasserfälle ... Das reale Wasser des Kanals, das man durch den Durchgang sehen konnte, würde von zwei Seiten durch das gemalte Wasser an den Wänden eingerahmt. Joanna schlenderte zu dem Durchgang hinüber, zog den Schal um ihre Schultern zusammen.

Sie hörte die Jungen, bevor sie sie sah. Zu sechst tollten sie in einer für so viele Personen nicht vorgesehenen Gondel umher. Sie machten einen Höllenspektakel, und die Gondel schwankte bedenklich. Joanna beobachtete das Schauspiel amüsiert, fragte sich, ob das Boot wohl kentern würde.

Und dann schwand ihre Erheiterung abrupt. Die Jugendlichen begannen etwas in die Luft zu werfen, johlten dabei übermütig. Sie erkannte, um was es sich handelte: Sie konnte das Schreien hören. Zorn und Mitleid ergriffen sie. Sie grub die Fingernägel in ihre Handflächen. Und dann warfen sie das Bündel ein letztes Mal in die Luft, doch diesmal fingen sie es nicht wieder auf. Es schlug klatschend auf dem Wasser auf, die Gondel verschwand außer Sicht.

Joanna kickte ihre Schuhe weg, ließ ihren Schal auf die Pflastersteine fallen. Ohne nachzudenken, lief sie die Stufen hinunter ins Wasser. Sie sah das schwarz-orange-weiße Etwas von der Mitte des Kanals auf die Treppe des Venier-Palazzos zutreiben. Als das kalte Wasser ihre Fesseln umspülte, schnappte sie unwillkürlich nach Luft, ließ sich jedoch nicht beirren.

Plötzlich waren die Stufen zu Ende, ihre Füße fanden keinen Halt mehr. Aber sie konnte schwimmen: Donato hatte es ihr beigebracht. Als Kind war sie nackt und ungeniert in Frankreich und Spanien in Teichen und Flüssen geschwommen. Donato hatte ihr lachend zugeschaut, sie seine kleine Meerjungfrau genannt.

Jetzt jedoch zogen sie ihre schweren Röcke nach unten, das eisige Wasser lähmte ihre Muskelkraft. Wasser drang in ihre Augen, ihren Mund, schmeckte salzig und faulig. Aber sie streckte die Hand aus und packte das kleine Geschöpf, das auf sie zutrieb, umschloß den Körper mit steifen Fingern.

Sie war nur ein paar Meter von den Stufen entfernt, doch die Kälte lähmte sie. Sie rang nach Luft und kämpfte gegen die Panik an, während Wasser in ihre Nase und ihren Mund drang, über ihrem Kopf zusammenschlug. Plötzlich hörte sie eine Stimme rufen: »Geben Sie mir Ihre Hand, Joanna.« Sie streckte die freie Hand aus, und jemand zog sie aus dem Wasser auf die sichere Treppe.

Sie konnte sich nicht auf den Beinen halten. Wasser strömte aus ihren Röcken, aus ihren Haaren. Ihre Beine zitterten vor Kälte und Erschöpfung, und so setzte sie sich unvermittelt hin.

Dann schaute sie auf das Geschöpf hinunter, das sie aus dem Wasser geholt hatte. Es war ein junges Kätzchen, ein Schildpattkätzchen, der winzige Körper in perfekten schwarzen, orangefarbenen und weißen Streifen gemustert. Es war warm, sie spürte seine Wärme an ihrer Haut – aber es rührte sich nicht. Sie hatte sich beeilt, es war höchstens ein, zwei Minuten im Wasser gewesen, und dennoch rührte es sich nicht. Joanna fuhr mit den Fingern vorsichtig über den kleinen Körper. Sie registrierte, daß sich jemand neben sie gehockt hatte – der Jemand, der sie aus dem Wasser gerettet hatte –, doch sie schaute ihn nicht an. Stattdessen schob sie die Handflächen unter das Kätzchen, hob es hoch, murmelte beschwörend auf das Tierchen ein, versuchte, es ins Leben zurückzuholen.

Doch es ließ sich nicht zurückholen. Die Augen, rund und blau, starrten sie blicklos an, der Kopf fiel zur Seite. Das Genick war gebrochen. Sie erinnerte sich an die leichte Drehbewegung der Hände des Jungen, der es als letzter aufgefangen hatte. Eine Stimme sagte: »Geben Sie es mir.« Und das tote Kätzchen wurde hochgehoben und in ein Cape gewickelt.

Joanna schlug die Hände vors Gesicht. Sie zitterte heftig. Ihr war, als sei das eisige Wasser des Kanals bis in ihre Knochen gedrungen. Plötzlich fühlte sie einen warmen Arm um ihre Schultern. Jemand half ihr auf die Füße. Sie kam sich töricht vor, hilflos. Als sie aufrecht stand, hob sie den Kopf – und blickte in die dunklen, schiefergrauen Augen von Arlottos Freund Toby Crow.

Es hätte sie nicht überrascht, wenn er sie ausgelacht hätte – sie hatte sich weiß Gott nicht wie eine wohlerzogene Venetianerin benommen –, doch sein Gesicht war ernst. Er hielt sie noch immer im Arm, stützte sie, wärmte sie. Sie wollte nicht, daß er sie losließ. »Er hat ihm den Hals umgedreht«, sagte sie mit zitternder Stimme.

Er nickte. »Ich weiß. Sie haben getan, was Sie konnten. Sie sollten jetzt mit ins Haus kommen, Joanna, ich bin sicher, daß Signora Venier trockene Sachen für Sie finden wird.«

Joanna ließ sich von ihm die Stufen zum Haus hinaufhelfen. Es stand kein Lachen in seinen dunklen Augen – sie drückten etwas aus, das Respekt sehr nahe kam.

Gaetano, der mit Signor Venier die letzten Einzelheiten des Auftrages besprach, schaute in den Innenhof hinaus und sah Joanna im Arm des jungen Franzosen, der Marcantonios Kirschbaum-Madonna gekauft hatte. Sie wurden von dem Durchgang umrahmt, der zum Kanal führte. Obwohl das Licht bereits im Schwinden begriffen war, konnte er sie deutlich sehen. Plötzlich befiel ihn Atemnot, er war nicht mehr in der Lage, sich auf das Gespräch zu konzentrieren. Als Joannas schöne Augen in die des

Franzosen schauten, machten die beiden den Eindruck, als fühlten sie sich wie die einzigen Menschen auf der Welt. Ihre Blicke waren ineinander versunken, schlossen alle anderen Personen aus. Unvermittelt empfand Gaetano den Anblick eines anderen Mannes, der Joanna Zulian anschaute, als beleidigend, ja sogar als ungeheuerlich. Er konnte nicht sprechen, doch offenbar mußte irgendein Geräusch aus seiner Kehle gedrungen sein, denn plötzlich drehten alle im Raum Anwesenden sich um und folgten seinem Blick. Arlotto Attavanti, Pasquale Gennari und Signor Venier, alle starrten in den Innenhof hinaus, starrten Joanna an – und er haßte die Männer dafür. Gaetano spürte, wie seine Haut sich rötete, seine Muskeln zitterten. Er hörte Arlotto Attavanti in anzüglichem Ton sagen: »Wie ich sehe, hat der junge Toby eine Möglichkeit gefunden, sich die Zeit zu vertreiben«, und schon stürmte Gaetano an Signor Venier vorbei aus dem Haus und durchquerte mit großen Schritten den Innenhof. Wenn er gewohnheitsmäßig ein Schwert an der Seite getragen hätte, hätte seine Hand bereits dessen Griff umfaßt. Als er bei dem Paar ankam, sah er, daß Joannas Kleider durchweicht waren. Wasser tropfte von ihrem Rocksaum, lief in Rinnsalen über die Pflastersteine. Der nasse Stoff klebte an ihrem Körper, hob die Konturen ihrer Brüste und ihrer Hüften hervor. Ihre Füße waren nackt. Der Arm des Franzosen lag noch immer um ihre Schulter – Gaetanos Nahen hatte ihn nicht dazu veranlaßt, auf Distanz zu gehen.
Joanna hatte sich die triefenden Haare aus dem Gesicht gestrichen und straffte sich. »Ich bin in den Kanal gefallen, Gaetano«, brach sie das angespannte Schweigen. »Ich war ans Wasser gegangen und rutschte auf den nassen Stufen aus. Signor Crow hat mich herausgezogen.«
Ihre Stimme klang abgehackt und verkrampft, ihre Augen leuchteten und waren rotgerändert. Gaetanos Blick glitt von Joannas Gesicht zu dem des Franzosen.

Gaetano sah keine Furcht in den Augen des anderen, keine Spur von Verlegenheit – nur einen Anflug von Spott.
»Sie friert, Signor Cavazza.« Das Italienisch des Franzosen war gut, sein Tonfall gelassen. Gaetano bemerkte, daß er ein Schwert trug. »Sie sollten Signorina Zulian mit ins Haus nehmen und dafür sorgen, daß sie etwas Trockenes zum Anziehen bekommt.«
Er brauchte, weiß Gott, keine Anweisungen von diesem unverschämten jungen Schnösel! Gaetano nahm Joannas Hand und zog sie mit einem Ruck von dem Franzosen weg. Dann zerrte er sie in Signor Veniers Haus.
Joanna wußte sehr wohl, warum Gaetano ungehalten über sie war. Sie hatte sich nicht wie eine achtbare junge Venetianerin benommen, wie Isotta sagen würde. Achtbare Venetianerinnen schwammen nicht, und sie sprangen auch nicht in Kanäle, um Tiere zu retten. Sie dachte an das Kätzchen mit seinem nassen, weichen Fell, und ihre Augen füllten sich mit Tränen, und sie kniff sie fest zu.
Auf dem Heimweg, in der Venier-Gondel, gekleidet in eines von Signora Veniers zu großen Gewändern, mied Joanna es, Gaetano anzusehen oder anzusprechen. Seine Mißbilligung erfreute sie nicht gerade, aber sie wußte, daß sie nichts zu ihrer Rechtfertigung vorbringen könnte. In den Augen Venedigs hatte sie sich ungehörig verhalten – sogar schockierend. In ihren eigenen Augen hatte sie sich töricht verhalten, kindisch.
Die Sonne war untergegangen, und trotz der trockenen Kleider war es Joanna schrecklich kalt. Ihre feuchten Haare klebten an ihrem Gesicht, ihr Körper war mit Gänsehaut überzogen. Sie begann unkontrolliert zu zittern, als sie sich wieder an das Kätzchen erinnerte, an die kleine Drehbewegung der Hände des jungen Burschen, als er dem Tier das Genick brach, und an das entsetzliche, erstickende Panikgefühl, das in dem Kanal von ihr Besitz ergriffen hatte.

Einige Tage später kam Gaetano zu Taddeo in die Werkstätte. Es herrschte rege Betriebsamkeit im Atelier. Gemälde in verschiedenen Entwicklungsstadien lehnten an den Wänden oder lagen, auf beiden Seiten überstehend, auf Gestellen. Benedetto und Alessandro hockten auf einem Arbeitsgerüst und skizzierten mit Hilfe eines Zeichenrahmens auf einer großen Leinwand den Hintergrund für eine erzählende Darstellung. Marin und Vittore bereiteten Holztafeln zum Bemalen vor, schnitten Leinwände zu, legten Zeichenkohlen und Kreiden zurecht. In einer Ecke des Raumes, hinter einem mit hauchdünnem, weißem Stoff bespannten Wandschirm, löste eine dicke Frau ihr Haar und begann dann, die Verschlüsse ihrer Jacke zu öffnen.

»Wir malen heute vor dem lebenden Objekt«, erklärte Taddeo, nachdem er Gaetano begrüßt hatte. »Ich fand es an der Zeit, Vittore an dem Unterricht teilnehmen zu lassen, aber er erweist sich leider nicht als besonders vielversprechend.«

Gaetano würdigte weder Marin und Vittore noch Benedetto und Alessandro eines Blickes. Er hielt wie immer Ausschau nach Joanna, als erwarte er, sie in ihrer gewohnten Ecke, über eine Staffelei gebeugt, vorzufinden. Aber natürlich war sie nicht da. Er nahm als selbstverständlich an, daß Taddeo sie für die Dauer der Lehrstunde anstandshalber zu Isotta geschickt habe – doch dann entdeckte er sie in der kleinen Kammer, wo die Farbstoffe hergestellt wurden. Die Tür stand offen, und Gaetano betrachtete sie heimlich.

Er bemerkte, daß das reine Vergnügen, das ihr Anblick ihm bisher bereitet hatte, seltsamerweise geschwunden war. Sein Blick huschte durch die Werkstatt, vergewisserte sich, daß Benedetto, Marin, Alessandro und der kleine Vittore sie nicht ebenfalls beobachteten. Taddeo hätte Joanna wegschicken sollen, dachte er zornig. Er hätte sie niemals in seinem Atelier arbeiten lassen dürfen. Es war nicht richtig. Es war nicht

schicklich. Plötzlich bedauerte er seinen Anteil an diesem Arrangement aus tiefster Seele.
Das Modell hatte sich inzwischen aller Kleidung entledigt und drapierte sich hinter dem Wandschirm auf ein Sofa. Sie war eine häßliche Frau mit großporiger Haut und einem formlosen Körper. Gaetano musterte sie nur einen Moment lang und schaute dann wieder zu der Kammer hinüber. Joanna hatte sie verlassen und kam mit Papier und Zeichenkohle in der Hand auf Taddeo zu. Das Modell war nur ein paar Meter von ihr entfernt. Gaetano spürte, daß sein Gesicht sich rötete, seine Kleidung kam ihm auf einmal eng und unbehaglich warm vor.
Taddeo bemerkte Joanna nicht sofort. Er schalt gerade Vittore, der mit den farbgefüllten Blasen gespielt und den Fußboden mit karminroten Flecken bekleckst hatte.
Gaetano beobachtete, wie Joanna zu ihrem Onkel trat, seinen Arm berührte und etwas fragte. Gaetano konnte nicht hören, was sie sagte, doch er sah den Ausdruck des Entsetzens und der Empörung auf Taddeos Gesicht, das heftige Schütteln seines Kopfes. Taddeo packte Joanna am Arm und zerrte sie regelrecht aus dem Atelier. Gaetano folgte den beiden und hörte seinen Schwager, als er die Werkstatt-Tür hinter sich schloß, aufgebracht sagen: »Sei nicht albern, Mädchen, die Frau ist *nackt!*«
Gaetano hätte beinahe aufgelacht: Taddeo sprach das Wort »nackt« aus, als verbrenne es ihm die Lippen. Doch als er Joanna anschaute, verging ihm das Lachen: Er sah, wie ihr Gesicht sich veränderte, sah die Maske verrutschen. Zuerst begriff er nicht, weshalb, doch dann verstand er plötzlich alles: Das Mädchen hatte Taddeo gebeten, an dem Malunterricht teilnehmen zu dürfen, und ihr Onkel hatte es ihr verweigert. Wie konnte sie erwartet haben, die Erlaubnis zu bekommen, gemeinsam mit den Lehrlingen und Gehilfen Taddeo Zulians häßliches Modell zu zeichnen? Sie mußte sich doch im klaren darüber sein, daß der Zeitraum ihres Verbleibens in Taddeos Atelier, die Arbeit,

die zu tun ihr gestattet würde, die Position, die sie erlangen könnte, naturbedingt durch ihr Geschlecht begrenzt war. Sie konnte doch nicht so dumm sein, zu glauben, sie könne den gleichen Pfad beschreiten wie die männlichen Lehrlinge.
Und doch war es so, verdammt noch mal, es war so. Oder war es Naivität? Plötzlich erinnerte Gaetano sich, wie er das Mädchen in dem Durchgang des Venier-Hauses im Arm des verwünschten Franzosen gesehen hatte, an das nasse Kleid, das an ihrem herrlichen Körper klebte, an den unschuldigen, arglosen Ausdruck in ihren Augen. Es kam ihm in den Sinn, daß Joanna Zulian nach drei Jahren in Venedig möglicherweise noch immer nicht wußte, wie eine Frau sich zu benehmen hatte, noch immer an ihren eigenen, seltsamen, fragwürdigen Regeln festhielt.
Gaetanos Fingernägel gruben sich tief in seine Handflächen, seine Kehle war wie zugeschnürt. Er rechnete damit, daß Joanna schreien würde, weinen, eine Szene machen – aber natürlich tat sie das nicht. Statt dessen glitt die Maske wieder an ihren Platz, und Gaetano erkannte, daß er der einzige war, der die Veränderung ihres Gesichtsausdrucks bemerkt hatte.

Nach ihrer Unterredung mit Taddeo ging Joanna in ihr Zimmer. Es war später Nachmittag, der Himmel schon fast dunkel, lange Schatten malten Streifen auf den Boden und die Wände. Sie setzte sich aufs Bett, stützte das Kinn in die Hände.
Zum erstenmal wurde ihr klar, wie andere Frauen lebten: hinter geschlossenen Fenstern, das Haus nur dicht verschleiert zum Kirchenbesuch verlassend. Isottas Leben war nicht außergewöhnlich – es war allgemeingültig. Isottas abstumpfendes, erstickendes Dahinvegetieren entsprach dem Los der meisten venetianischen Ehefrauen.

Joanna begriff, daß die Zukunft, die sie sich ausgemalt hatte, ein Luftschloß war, ohne Aussicht auf Verwirklichung. Taddeo würde ihr niemals erlauben, vom lebenden Modell zu zeichnen, weil es bedeuten würde, daß sie einen nackten Körper anschauen müßte – und er würde ihr auch niemals perspektivisches Zeichnen beibringen, denn das würde auch mathematische Kenntnisse erfordern, und es hatte keinen Sinn, eine Frau Mathematik zu lehren. Wie kompetent sie auch sein mochte, wie hart sie auch arbeiten mochte – Taddeo würde ihr niemals eine Zukunft als Künstlerin gestatten. Vittore, der ungeschickte, talentlose Vittore, hatte eine bessere Zukunft vor sich als sie.

Der Kummer, das Gefühl der Nutzlosigkeit, das sie seit dem Vorfall am Kanal erfüllte, drohte sie zu überwältigen. Sie hatte sich töricht benommen, als sie sich in den Kanal wagte, um ein totes Tier herauszuholen – und nun hatte sie sich wiederum töricht benommen. Noch tausendmal törichter war es gewesen, nicht zu erkennen, was sie deutlich vor Augen gehabt hatte. Sie verachtete sich dafür, so lange in der Illusion gelebt zu haben, Künstlerin werden zu können. Welche Dummheit, welche Ignoranz! Sie brauchte doch nur an all die anderen Ateliers in Venedig zu denken, um zu wissen, daß in keinem davon eine Frau arbeitete – außer als Sklavin oder als Modell. Joanna haßte sich dafür, so lange Zeit so blind gewesen zu sein.

Als es zögernd klopfte und die Köchin den Kopf zur Tür hereinstreckte, erklärte sie ihr, sie habe Kopfschmerzen und werde zu Bett gehen. Es stimmte, daß sie Kopfschmerzen hatte – sie hämmerten, drohten ihren Schädel zu sprengen –, aber sie ging nicht zu Bett: Sie wußte, daß sie keinen Schlaf finden würde.

Als sie gehört hatte, daß Taddeo und Isotta sich in ihre Zimmer zurückgezogen hatten und es still im Haus war, öffnete Joanna ihre Tür und lief die Treppe hinunter. Wie schon einmal, ging sie in die Werkstätte. Es war Winter, nicht Hochsommer, und nur die kleine Flamme ihrer Kerze beleuchtete die Korbflaschen und Glaskolben, die Pinsel und Paletten, die Puppen mit ihren leeren, ausdruckslosen Gesichtern.

Doch jetzt war alles anders – es faszinierte sie nicht mehr. Sie wußte, daß sie nicht länger ein Teil dieser magischen Welt war: Allein aufgrund ihres Geschlechts war sie ihr auf ewig verschlossen. Was sie geliebt hatte, was Venedig für sie erträglich, ja sogar erfreulich gemacht hatte, wurde ihr vorenthalten, man gestattete ihr nicht einmal den kleinsten Anteil an seinem Zauber. Durch das Fenster sah sie, beleuchtet von Binsenlichtern und Laternen, die Stadt Venedig liegen – die Häuser und Plätze, die Kanäle, die Lagunen, die die Stadt umschlossen, und sie, Joanna, von den Ländern fernhielten, die sie früher gekannt hatte. Sie gehörte nicht nach Venedig, sie würde niemals nach Venedig gehören – das war ihr plötzlich absolut klar.

Joanna blieb vor ihrem Bild stehen, stellte die Kerze vorsichtig auf das Ablagebrett der Staffelei. Das blasse Licht erhellte den winterlichen Himmel, die knorrigen, blattlosen Bäume, die mit peinlicher Sorgfalt ausgeführten Blumen zu beiden Seiten des schmalen Weges. In Wahrheit war es natürlich nicht *ihr* Bild. »Die Flucht nach Ägypten« war niemals ihr Bild gewesen, würde niemals *ihr* Bild sein. Ein Mann würde es signieren, ein Mann würde als Urheber genannt werden, wenn es den Wettbewerb der Scuola gewönne. Der Gedanke war unerträglich. Joanna hatte das Gefühl, es werde ihr etwas weggenommen, etwas Unersetzliches – und auf einmal wußte sie, daß sie damit nicht leben könnte.

Tränen schossen ihr in die Augen, ihr Atem ging stoßweise und mühsam. Auf dem Tisch neben der Staffelei befanden sich Pinsel, Farben und Messer. Joanna dachte nicht nach, als sie den Griff des Messers umschloß – doch als sie zum Angriff ausholte, zielte sie sehr genau.

Gaetano hatte sich am frühen Abend aus dem Haus fortgestohlen. Er brauchte Gesellschaft und hatte den Rialto, die Piazzetta und sogar das Campo die San Cassiano durchstreift, jedoch nicht gefunden, was er wollte – und womit er sich schließlich begnügte, stillte zwar seine unmittelbaren körperlichen Bedürfnisse, erwies sich darüber hinaus jedoch als letztlich unbefriedigend. Als er sich ausgezogen hatte, stellte Gaetano sich Joanna nackt hinter dem hauchdünnen Vorhang in Taddeos Atelier vor. Als er sich in dem kleinen, schmutzigen Zimmer zu der Hure legte, machte er sich vor, ihre blonden Haare seien rötlichbraun, ihre blauen Augen von einem klaren, durchscheinenden Grau. Als er die Augen öffnete, enttäuschte ihn ihr Gesicht. Als er fertig war, stieg Zorn auf das Mädchen in ihm auf, Verachtung für die Schlampe, die sie zweifellos war. Er gab ihr nur die Hälfte des Geldes, das sie verlangte. Sie konnte von Glück sagen, dachte Gaetano, als er das Campo di Santi Giovanni e Paolo erreichte, daß er sie nicht geschlagen hatte. Als er über den Platz auf das Haus zuging, bemerkte er Licht im Atelier, blaß und flackernd in der Dunkelheit. Leise ging er die Stufen hinauf, trat ein und sah, daß die Werkstattür offen war.

Joanna stand mit hochgereckter Faust vor dem Bild, und er kam gerade noch rechtzeitig, um ihr Handgelenk zu packen, so daß die Spitze des Messers die Leinwand nur ritzte, eine haarfeine Linie durch die Farbe zog.

Aufschluchzend versuchte sie sich loszureißen. Für eine Frau hatte sie erstaunlich viel Kraft, aber Gaetano war stärker. Er ließ sie nicht los, nicht einmal, als ihre Finger sich entspannten und das Messer zu Boden fiel.

»Es ist ein gutes Bild«, flüsterte er an ihrem Ohr. »Du darfst es nicht zerstören.«

Sie schien unfähig, zu sprechen oder den Blick von dem Bild zu wenden. Ihr Atem ging ruckartig und schnell. Er sah den Kummer in ihren geweiteten Augen und sagte sanft: »Taddeo hatte recht, Joanna – du wärst nicht geeignet, der Gilde beizutreten. Du verläßt die Werkstatt jetzt besser.«

Gaetano legte seinen freien Arm um ihre Taille, seine Hand lag flach auf ihrem Leib. Er spürte ihr Ein- und Ausatmen, das schnelle, regelmäßige Schlagen ihres Herzens. Sie starrte noch immer unverwandt auf das Bild. Und dann schloß sie unvermittelt die Augen, und er sah die Tränen, die wie Perlen an ihren Wimpern hingen.

Taddeo und Isotta hatten sie nicht erziehen können, dachte er. Sie war wie ein wildes Pony, das man zähmen mußte. Man mußte ihr beibringen, was sie zu tun, wie sie sich zu benehmen hatte. Sie brauchte eine ältere, stärkere Person, die wußte, wie sie sie zu nehmen hatte. Sie war noch jung genug, erst fünfzehn.

Seine Gedanken erschreckten ihn. Seine Finger begannen ihr weiches Samtmieder zu streicheln. Die Bewegung war rhythmisch, beruhigend: Joanna versuchte nicht länger, sich zu befreien. Gaetano hörte sie nach Luft schnappen, sah, wie sich ihr Mund leicht öffnete. Den schweren Vorhang aus Haaren beiseite schiebend, begann er, ihren Nacken zu küssen. Seine Lippen folgten der Linie ihrer Schulter, des zarten Halses mit der Höhlung am Ansatz. Sie war Wachs in seinen Händen. Er wurde sich bewußt, daß er der erste Mann für Joanna Zulian sein wollte, der erste, der sie besäße. Sie gebot ihm keinen Einhalt, nicht einmal, als er die Schnürung ihres Mieders löste, um die runden, weißen Brüste berühren zu können. Er begehrte sie, doch ihre Bereitwilligkeit kränkte ihn. Gaetano kam der Gedanke, daß sie vielleicht auch anderen Männern gestattete, sich derlei Freiheiten herauszunehmen. Sein Verlangen wurde urplötzlich von Furcht erstickt, und wieder sah er den Arm des Franzosen um Joannas Schultern liegen.

Es gab nur eine Möglichkeit, seinen Hunger zu stillen und seine Angst zu beruhigen. Gaetano stellte die Frage, ohne sich Zeit zu nehmen, die Konsequenzen zu bedenken. Sie lehnte nicht ab. Ihre Einwilligung äußerte sich in einem angedeuteten Nicken und einem Schleier, der sich über ihre Augen legte, als sie von ihm abrückte und ihr Mieder wieder zuschnürte.

Er erlaubte sich nicht, seinen Impuls zu bedauern. Plötzlich wußte er, wie er sie malen würde. Als er sie aus dem Atelier führte und ihr nachschaute, wie sie die Treppe zu ihrem Zimmer hinaufstieg, sah er im Geiste das Gemälde vor sich – vollständig bis in jede Einzelheit.

Viertes Kapitel

Sobald die eiligen Vorbereitungen abgeschlossen waren, heirateten sie. Gaetano war in Venedig geblieben. Nach den Feierlichkeiten würde er seine junge Frau nach Padua heimführen. Dann hätten seine klatschsüchtigen, alten Schwestern etwas zum Schwatzen, dachte er.

Nach dem Hochzeitsfest führte Gaetano Joanna in das Schlafgemach, das Isotta und Taddeo dem Paar abgetreten hatten. Die Tür war geschlossen, die Fensterläden waren fest zugezogen. Isotta hatte das Bett mit neuen Vorhängen geschmückt und süß duftende Kräuter auf die Laken gestreut. Das Haus war kalt und still, die Flammen der Kerzen flackerten, tanzten in der Zugluft. Joanna trug ein mit gelbem Seidenband besetztes, rotes Samtkleid. Mit Goldstickerei verzierte Gaze blitzte durch die Schlitze in den weiten Überärmeln. Der Samt paßte farblich zu ihren Haaren, die offen über ihren Rücken fielen. Sie trug noch Gaetanos Hochzeitsgeschenke: Er hatte ihr Perlen in die Haare geflochten und eine Kette aus Silber und Lapislazuli um den Hals geschlungen. In jeden der blauen Steine waren seine Initialen eingeritzt – ebenso wie in die goldene Spange an ihrer Schulter.

Gaetano begann den Schmuck zu entfernen – die Spange und die Ketten. Er legte alles behutsam auf die Kommode, wo die eingravierten Buchstaben in den Steinen im Kerzenlicht noch tiefer wirkten. Es war richtig, daß er den Schmuck entfernte, mit dem er sie erst ein paar Stunden zuvor geschmückt hatte: Schließlich gehörte er ihm. Joanna hatte nur ein paar wertlose

Dinge ihres Vaters mit in die Ehe gebracht – und eine recht ansehnliche Summe von Taddeo. Wie Gaetano erwartet hatte, war Taddeo über die Verbindung erfreut. Isotta hatte ein wenig geschmollt, weil sie ihre Nichte nun verlieren würde, doch jeder konnte sehen, daß Isotta das Ende des Jahres nicht mehr erleben würde.

Die Perlen ließ Gaetano in ihrem Haar. Das Bild, das er gleich nach ihrer Ankunft in Padua malen würde, stand lebhaft vor seinem geistigen Auge. Als er ihr Mieder aufschnürte, glaubte er einen Moment lang Furcht in ihren Augen zu sehen, doch er wußte, daß er sich irren mußte: Joanna Zulian fürchtete sich vor nichts. Dieser Mangel an Angst faszinierte und erschreckte ihn gleichermaßen. Bei einer Frau war Furchtlosigkeit etwas Gefährliches. Frauen waren Sklaven ihrer Sehnsüchte, ihrer Gelüste. Furcht war ebenso natürlich wie notwendig für Frauen – sie hielt sie im Zaum.

Joanna hatte noch kein Wort gesprochen, seit sie das Schlafzimmer betreten hatten. Ihr Blick lag nicht auf Gaetano, sondern auf der getäfelten Wand hinter ihm. Gaetano schätzte ihre Demonstration von Schüchternheit, doch seine Augen, scharfe Künstleraugen, bemerkten, daß ihre Hände zitterten – und auch das schnelle Schlagen ihres Herzens unter der weißen Wölbung ihrer Brust. Er hatte den Eindruck, daß es ihr schwerfiel zu warten.

Er band ihre Ärmel auf, öffnete ihr Mieder, bückte sich, um die dünnen Seidenstrümpfe von ihren Füßen zu ziehen. Als er den roten Samtrock neben die Ärmel legte, spürte Gaetano, wie sein eigenes Herz zu hämmern anfing. Sie war jetzt nackt. Ihre weiße Haut war makellos, die Linien und Bögen ihres Körpers hätte kein Künstler vollkommener erdenken können. Ihre einzige Bekleidung bestand in ihrem langen, rostroten Haar, die einzige Beleuchtung in dem flackernden Kerzenlicht und der Glut des Kaminfeuers. Einen Moment lang stand er regungslos da und starrte sie an. Ihre Vollkommenheit erschreckte ihn beinahe – er wagte noch nicht, sie zu berühren. In diesem Augenblick fürchtete *er* sich – vor ihrer Veränderlichkeit, vor ihrer Jugend, vor der Macht, die ihre Schönheit ihr verlieh.

Doch gleich darauf wurde seine Furcht von einer Art Empörung abgelöst – darüber, daß dieses Mädchen, dieses fünfzehnjährige Kind, ihn einzuschüchtern vermochte! Es war absurd. Es war unerträglich. Er riß sie in seine Arme, seine Finger gruben sich in die weiche, weiße Haut, während sein Mund suchte, küßte, saugte, biß. Er stieß sie aufs Bett und nahm sich sofort, was er wollte – ohne jegliches Vorspiel. Er war ihr Gatte, ihr Körper gehörte ihm.

Danach ließ er sich auf den Rücken fallen, rang nach Luft. Zu dem herrlichen Gefühl der Entspannung gesellte sich Triumph. Zu seiner Erleichterung war Donato Zulians Tochter noch Jungfrau gewesen. Er war der erste Mann, dem sie gehört, der sie besessen hatte.

Zwei Tage später traten sie die Reise nach Padua an. Als Joanna aus dem Boot stieg und zum ersten Mal seit mehr als drei Jahren den Fuß auf das Festland setzte, wallte Erregung in ihr auf. Sie schaute nicht zurück, wo Venedig in der Ferne verblaßte, in dem Dunst versank, der über dem Meer lag, das es umgab. Ihr einziges Bedauern galt Isotta, die nun wieder Taddeo überlassen war – und der Isolation und Einsamkeit. Sie hatte der Köchin Instruktionen für Isottas künftige medizinische Versorgung gegeben, und Joanna wußte, daß ihre Anweisungen treulich befolgt werden würden. Aber sie wußte auch, daß Isottas Verfassung sich verschlechtern würde, wenn der Frühling Venedigs Sümpfen und seichten Lagunen seine üblichen Fieberkrankheiten bescherte.

Auf dem Weg von Venedig nach Padua war sie glücklicher als seit Wochen – aber nicht wegen ihres neuen Status. Sie mußte die Erinnerung an die schreckliche Hochzeitsnacht aus ihrem Gedächtnis verbannen. Natürlich hatte sie gewußt, was auf sie zukommen würde. Die von Isotta mit vor Verlegenheit hochrotem Kopf undeutlich gemurmelten Erläuterungen der Pflichten einer Ehefrau hätten niemandem Aufschluß gegeben, aber Joannas Mutter hatte ihre Tochter aufgeklärt, nachdem diese zur Frau herangereift war. Doch einige Punkte von Sanchias Ausführungen entsprachen nicht Joannas Erleben der Ehe. Da war zum Beispiel die Liebe. Sanchia hatte Donato unzweifelhaft geliebt – und er sie. Das tiefste – wenn nicht gar einzige – Gefühl, das Joanna Gaetano entgegenbrachte, war Dankbarkeit, weil er sie aus Venedig fortgebracht hatte. Sie wußte, daß da etwas im argen lag: Eine Frau sollte ihren Ehemann *lieben.*

Sie ritten am frühen Abend in das von einer Mauer umgebene Padua ein: Joanna, Gaetano und ein Gefolge von Bediensteten, die Gepäckstücke, Künstlerutensilien, zusammengerollte Skizzen und Leinwände schleppten. Noch viele Monate später war die Erinnerung an diese Reise in Joanna lebendig: Die Himmelskuppel, die sich über Land spannte, nicht über Meer, die flachen, rollenden Hügel, der sanfte Schwung der grünen Wiesen – und vor allem die Straße, die unendlich in die Ferne zu führen schien. Sie hatte sich wieder frei gefühlt.

Erst als Gaetano sie in sein Haus und hinauf in den Salon führte, begriff sie, daß ihr Mann seine älteren Schwestern, die mit ihm unter einem Dach wohnten, nur mit ein paar knappen Worten über seine Verheiratung informiert hatte. Er war für ein paar Tage nach Padua zurückgeritten, um Geld und einige persönliche Dinge zu holen, doch er hatte weder Caterina noch Nannina gegenüber ausführliche Erklärungen abgegeben. Es bestand keine Notwendigkeit, ihnen etwas zu erklären. Er war ihr Bruder, stand über ihnen.

Und so starrten die Schwestern Joanna bei ihrer Ankunft mit

großen Augen und offenen Mündern wortlos an. Gaetano, bemerkte Joanna, fand die Situation offenbar amüsant. Joanna lächelte, knickste und küßte nacheinander zwei trockene, blasse Wangenpaare.

»Madonna Caterina. Madonna Nannina.«

Sie trug ihr Hochzeitskleid aus rotem Samt, hatte den Saum mit grüner und cremefarbener Borte besetzt: So erinnerte der Rock an einen, den Sanchia einmal für sie genäht hatte. Sie hatte Isotta mit Engelszungen bedrängt, ein farbiges Kleid tragen zu dürfen, und schließlich hatte diese lächelnd nachgegeben. Joanna hatte es genossen, endlich von dem Schwarz erlöst zu sein, das Isotta als schicklich für eine junge Venetianerin erachtet hatte.

Der Salon in Gaetanos Haus war geräumiger als bei Taddeo, die Fenster waren größer und zahlreicher. Der Raum war behaglich mit Kissen, Vorhängen und Decken ausgestattet, die sicherlich Caterina und Nannina genäht hatten. Wie Gaetano ihr vorher erklärt hatte, waren sie beide verwitwet, ihre Ehemänner so spät verstorben, daß keine von ihnen darauf hoffen konnte, noch einmal zu heiraten. Deshalb hatte er sie wieder zu Hause aufgenommen. Schließlich waren sie Blutsverwandte, und außerdem ziemte es sich nicht für Frauen, allein zu leben. Sie waren beide einige Jahre älter als Isotta und viele Jahre älter als er selbst.

»Gaetano«, wandte Madonna Caterina sich nach Beendigung ihrer Musterung Joannas an ihren Bruder, »sie ist sehr jung.« Caterina war wie er ein dunkler Typ, hochgewachsen und grobknochig.

Gaetano ließ sich lächelnd in einen Sessel sinken. »Sie ist alt genug. Joanna ist weit gereist, hat die Welt gesehen – nicht wahr, meine Liebe?«

Joanna nickte. Caterina starrte sie wieder an und zog mißbilligend die Luft durch die Nase ein. »Dieses Kleid ist recht tief

ausgeschnitten! Und die Farbe! In Venedig mag das ja Mode sein, aber in Padua kannst du so etwas nicht tragen. Und da du jetzt verheiratet bist, Kind, solltest du dein Haar hochstecken.«
Nannina entwickelte nervöse Geschäftigkeit, goß Wein in vier Gläser. Gaetano gähnte. »Schwester«, sagte er zu Caterina, »ich überlasse es dir, aus Joanna eine respektable, paduanische Ehefrau zu machen. Aber mäste sie nicht und verwandle sie nicht in eine graue Maus: Ich habe sie geheiratet, weil sie schön anzusehen ist – wie eines meiner Gemälde.«
Caterina runzelte die waagerechten Brauen, so daß sie zu einem schwarzen Balken verschmolzen. Nannina, die Isottas weiche, hübsche Züge besaß, reichte Gaetano sein Glas, stellte das Tablett weg und kniete sich vor ihren Bruder auf den Boden, um ihm beim Ausziehen seiner schweren Reitstiefel zu helfen. Nanninas steife, schwarze Röcke schabten über die Dielen, ihr kleiner, molliger Körper schwankte, als sie um ihr Gleichgewicht kämpfte.
»Nein«, protestierte Gaetano plötzlich, als Nanninas kurze Finger sich mit den Schnallen abmühten. »Vergiß nicht – ich bin jetzt verheiratet.«
Sein in tadelndem Ton geäußerter Hinweis war an seine Schwester gerichtet, doch sein Blick ruhte auf Joanna. Als sie Nanninas Platz einnahm, begann die Freude, die sie früher an diesem Tag empfunden hatte, langsam, aber stetig zu schwinden. Brennende Tränen traten in ihre Augen, als sie die Stiefel öffnete und ihrem Gatten von den Füßen zog.
Es war ihr nur zum Weinen zumute, weil sie müde war, sagte sie sich – weil der Ritt so weit gewesen war und sie sich wieder einmal unter Fremden befand.

Am folgenden Abend nahm Gaetano sie in sein Atelier mit. Die Werkstätte war kleiner als Taddeos und lag im Parterre. Im Unterschied zu Taddeo hatte er nur einen Lehrling und einen Laufburschen als Helfer.

Sie sah zu, wie er die Kerzen in dem Leuchter auf dem Tisch anzündete. An einer Seitenwand stand eine Staffelei, und auf dem Tisch lag ein Berg Stoffbahnen. Es war ein seltsames Gefühl, wieder in einer Künstlerwerkstätte zu sein, die intensiven Gerüche der dickflüssigen Öle, der Lösungsmittel und Farbstoffe wahrzunehmen, die Pinselstriche auf den Leinwänden zu sehen, die die Dunkelheit ihrer Farbe beraubte. Unvermittelt sah sie sich wieder in Taddeos Atelier, mit einem Pinsel in der Hand Lilien, Rosen und Narzissen malen. Erst sechs Wochen waren seitdem vergangen, sechs lange Wochen.
Gaetano hatte Skizzenpapier an der Staffelei befestigt und brach Holzkohlenstücke von einer langen Stange ab. »Ich werde nicht immer abends an dem Bild arbeiten«, mit einer Handbewegung wies er auf die Kerzen und die Dunkelheit zwischen den Ritzen der Fensterladenlamellen, »ich werde dich auch manchmal bei Tageslicht sehen müssen, um die Details korrekt wiedergeben zu können.«
Joanna starrte ihn an. »Du hast die Absicht, *mich* zu malen?«
»Natürlich.« Er warf mit der Holzkohle ein paar breite Striche auf das Papier. Seine Augen musterten sie emotionslos. Ungeduldig sagte er: »Zieh hinter dem Wandschirm dein Kleid aus, Joanna.«
Im ersten Augenblick war sie nicht fähig zu sprechen oder sich zu rühren. Wenn sie gesprochen hätte – davon war sie überzeugt –, hätte er es nicht gehört. Sie verknotete die Finger ineinander. Ihr Herz hämmerte. Hätte sie ihrem Impuls entsprechend gehandelt, wäre sie aus dem Atelier geflohen, aus dem Haus, aus der Straße, aus Padua.
Streng ermahnte Joanna sich, nicht albern zu sein. Sie war jetzt eine verheiratete Frau, kein Kind mehr, das auf staubigen Landstraßen durch Europa zog. Es war gedanken- und rücksichtslos von Gaetano, ihr nicht anzukündigen, was er vorhatte, aber er war Künstler – und es war nur natürlich, daß ein

Künstler den Wunsch hatte, seine Frau zu malen. Und außerdem war es ihre Pflicht, ihm zu gehorchen, diesen Aspekt der Ehe hatte sogar Isotta ihr verständlich zu erklären vermocht.
Schließlich hatte sie sich wieder so weit unter Kontrolle, daß sie es schaffte, hinter den Paravent zu gehen, wo ein kleiner Tisch und ein Hocker standen. Ihr war klar, daß sie ihre Kleider für ihn ablegen müßte – so wie Taddeos Modelle, jene Frauen von der Straße, die für ein paar leichtverdiente Skudi pro Stunde nackt posierten. Mit ungeschickten Fingern öffnete sie die Verschnürung ihres Kleides, wobei sie sich vor Augen hielt, daß sie immerhin nur wenige der anderen für Ehefrauen übliche Pflichten hatte: Caterina war für die Küche zuständig, und Nannina erledigte die Näharbeiten und ging auf den Markt. Sie, Joanna, sollte diese Gelegenheit begrüßen, etwas für ihren Mann tun zu können.
Als Joanna aufblickte, stand Gaetano mit einer Bahn bronzefarbener Seide über dem Arm neben ihr. Den Stoff um sie schlingend, machte er einen Rock daraus, so daß das schwere Material in gefällige Falten fiel. Ihr Oberkörper blieb unverhüllt. Perlen wurden in ihr Haar geflochten, Reifen auf ihre Arme geschoben, eine Silberkette um ihren Hals gelegt. Zwischendurch hielt Gaetano immer wieder inne, trat ein paar Schritte zurück, um sein Werk zu begutachten, und rückte dann hier eine Falte zurecht, dort ein Schmuckstück ... Aus den Tiefen des Hauses drangen die Abendgeräusche herüber: das Klappern von Töpfen und Pfannen in der Küche, Caterinas langsame, schwere Schritte, als sie sich neuen Faden für ihre Stickarbeit holte ... Die Geräusche erschienen Joanna unreal, wie aus einer anderen Welt. Gaetano schlang Strähnen rostroter Haare um die Perlen auf Joannas Schulter, hinter ihre Ohren. Er arrangierte ihre Gliedmaßen: beide Arme ausgestreckt, die Hände zu Fäusten geballt, als hielte sie etwas fest.
»Du mußt lächeln«, sagte er.

Sie konnte nicht lächeln. Sie versuchte es, doch ihre Lippen verweigerten ihr den Gehorsam, zuckten und verzerrten sich. Gaetano, dachte Joanna, betrachtete sie jetzt nicht wie damals, in ihrer Hochzeitsnacht, mit jener seltsamen Mischung aus Ablehnung, Begierde und Triumph, die sie so beunruhigt hatte. Nein, jetzt musterte er sie abschätzend, beinahe kalt, als sei sie nicht die Frau, die er erst vor kurzem geheiratet hatte.

Zum ersten Mal erwachte die Angst in ihr, er sei unzufrieden mit ihr.

»Finde ich deine Billigung, Gatte?« flüsterte sie mit zitternder Stimme.

Er nickte, aber sie spürte, daß er mit seinen Gedanken bereits bei seinem Zeichenpapier und der Holzkohle war. Er stand an der Staffelei und hatte zu zeichnen begonnen. Seine Hand, in der er die Holzkohle hielt, vollführte großzügige Schwünge, dann betrachtete Gaetano Joanna mit zusammengekniffenen Augen und wandte sich anschließend wieder der Staffelei zu. Es war still im Atelier – abgesehen von dem schabenden Geräusch der Holzkohle und dem gelegentlichen Rascheln, wenn Gaetano mit einem Lappen über das Papier rieb. Der Raum erschien Joanna riesig. Sie hatte das Gefühl, hinter jeder Staffelei, hinter jedem geschlossenen Fensterladen lauerten Augen, die sie beobachteten. Sie fror und fühlte sich zur Schau gestellt, verraten. Ihre Arme schmerzten. Und wieder brannten Tränen in ihren Augen. Aber sie würde ihnen nicht gestatten, über die Ufer zu treten.

Irgendwann sagte sie: »Als *was* finde ich deine Billigung, Gatte?«, und ihre Stimme klang brüchig. »Was bin ich?«

Gaetano fuhr zu ihr herum, seine Hand hielt einen Moment lang inne. »Du bist natürlich Judith, meine Liebe, nachdem sie Holofernes getötet hat.«

Joanna bemühte sich redlich, eine gute Ehefrau zu sein. Im Dezember, als sie Gaetanos unerwarteten Antrag annahm, hatte sie keine Alternative gesehen. Sie fühlte sich nicht zu Hause in Venedig, sie hatte das Leben aufgeben müssen, das sie früher führte, und keine dauerhafte Lösung gefunden. Wenn in den Wochen zwischen ihrer Verlobung und ihrer Hochzeit Zweifel an ihrer Entscheidung wach geworden waren, so hatte sie diese verdrängt. Sie hatte sich auf Gaetano eingelassen, und sie würde die Versprechen halten, die sie gegeben hatte. Sie würde eine gute Ehefrau sein – das verlangte schon ihr Stolz.

Zum ersten Mal bereute Joanna in der Hochzeitsnacht ihre Entscheidung. Bis in die frühen Morgenstunden lag sie wach, mit trockenen Augen, sorgsam darauf bedacht, keine Bewegung zu machen, die ihren schlafenden Mann stören könnte. Sie fühlte sich wund, sie fühlte sich schmutzig – und, was am schlimmsten war, sie empfand Furcht. Sie hatte geglaubt, die Heirat mit Gaetano würde ihr Angst ersparen – Angst vor dem Verlassenwerden, dem Ausgeschlossensein, womit sie bereits vertraut war. Sie konnte die Furcht nicht benennen, die sie in der ersten Nacht ihrer Ehe verspürte – sie war gesichtslos, schwarz, erstickend. Aber als der Morgen graute, hatte sie all ihren Mut zusammengenommen und beschlossen, Gaetano von Nutzen zu sein, da er sie von Venedig erlösen würde. Zu oft davor hatte sie sich von einer Illusion blenden lassen – von Donato, von ihrer eigenen Geschicklichkeit im Umgang mit dem Pinsel –, aber nun war sie klug geworden. Sie war jetzt erwachsen, eine Ehefrau.

Doch bereits nach nur zwei Monaten Ehe geriet ihre Entschlossenheit ins Wanken. Joanna war sich klar darüber, daß sie Gaetano nicht liebte, ja, sie mochte ihn nicht einmal. In jener Nacht in Taddeos Atelier hatte er Gefühle in ihr geweckt, aber sie hatten sich schnell verflüchtigt, waren seitdem niemals wiedergekehrt. Er hatte sie nie mehr so geküßt wie damals, so liebkost. Gaetanos nächtliche Aktivitäten erschienen Joanna kalt und lieblos.

Darüber hinaus fand sie den Mangel an Privatsphäre kaum zu ertragen. Trotz der beengten Wohnverhältnisse hatte sie bei Taddeo ein eigenes Zimmer gehabt, in das sie sich zurückziehen konnte, wenn sie allein sein wollte. Obwohl in Taddeos Atelier rege Geschäftigkeit herrschte, hatte sie meist unbemerkt dort gearbeitet. Sie durfte allein auf den Markt gehen, und zur Messe begleitete sie lediglich der desinteressierte Taddeo. Nun teilte sie ihr Schlafzimmer natürlich mit Gaetano. Manchmal stieg das Gefühl in ihr auf, daß ihr Mann ihren Verstand gerne ebenso in Besitz nehmen würde wie ihren Körper. Angesichts dessen, was Joanna bisher von Padua gesehen hatte, hätte die Stadt sich auf die unmittelbare Umgebung des Cavazza-Hauses beschränken können.
Die engen Grenzen ihres Lebens waren, das wußte Joanna, unwesentlich und den meisten jungen Ehefrauen auferlegt, doch sie lehnte sich innerlich mit einer Erbitterung dagegen auf, die sie manchmal nur schwer bezähmen konnte. Sie durfte nicht auf dem Balkon des Hauses stehen, sie durfte nicht unverschleiert zur Kirche gehen. Das Gesinde oder Nannina gingen für sie zum Markt. Die einzige Möglichkeit, frische Luft zu schöpfen, bot ihr das winzige, von einer Mauer umgebene Viereck hinter dem Haus. Nachts träumte sie von dem mit schwarzen Felsen gesäumten Meeresufer oder von sanften Tälern und waldigen Hügeln, die sich in der Ferne verloren – und wenn sie am Morgen erwachte, sah sie die mit Läden verbarrikadierten Fenster und hörte schwach die Geräusche von Straßenhändlern und Kindern, die auf der Piazza herumtollten.
Was Joannas Einschränkungen betraf, ging Caterina völlig konform mit Gaetano, denn wie er genoß auch sie die Macht – jegliche Art von Macht –, da sie als alternde Witwe von dem Wohlwollen ihres Bruders abhing. Wenn Caterina nicht gewesen wäre, hätte Nannina sich vielleicht als Freundin erwiesen, aber sie war wie Isotta: freundlich, sanft, schrecklich unterwürfig und voller Furcht vor Gaetano und Caterina.

Viele Abende wurden im Atelier verbracht. Die ersten paar Wochen hatte Gaetano mit Holzkohleskizzen und ihrer anschließend in der richtigen Größe ausgeführten Übertragung auf Leinwand zugebracht. Jetzt hatte er angefangen, mit Öl zu malen. Wenn Joanna, mit Seide und Perlen geschmückt, Modell stand, verbannte sie alle Gedanken aus ihrem Kopf. Sie wußte, ihre Gedanken würden sie in Angst und Schrecken versetzen, wenn sie sich zu denken gestattete. Denn die Ehe war unauflösbar bindend, und das Gefängnis, das sie freiwillig betreten hatte, würde seine Tore niemals öffnen.
Manchmal sprachen Gaetano und Caterina über sie, als sei sie nicht anwesend oder taub. »Sie stand lange am Fenster«, berichtete Caterina beispielsweise, »und so schloß ich schließlich die Läden.« Worauf Gaetano, Joanna fixierend, erwiderte: »Das hast du gut gemacht, Schwester.« Sie gaben ihr das Gefühl, unsichtbar zu sein, eigentlich gar nicht mehr zu existieren. Sie war sich darüber im klaren, daß sie nicht länger das Kind war, das mit wehenden, kastanienbraunen Haaren auf einem Platz in Spanien tanzte. Sie war sich darüber im klaren, daß sie nicht länger Joanna Zulian war, die Tochter des Heilpraktikers, der Hanswurst des Scharlatans. Sie war jetzt Joanna Cavazza, ein zum Schweigen verurteiltes, eingesperrtes Geschöpf, das niemals allein war, niemals unter Freunden. Die Beschränkungen und der Mangel an Privatsphäre machten sie gereizt und ängstlich. Sie, die Furcht kaum gekannt hatte, sah sich nun in steigendem Maße von ihr beherrscht.
In der rechten Hand werde sie das blutige Messer halten, hatte Gaetano ihr erklärt, in der linken – an den Haaren – den abgetrennten Kopf des Holofernes. Er habe noch kein geeignetes Messer gefunden und werde sich wahrscheinlich mit einem künstlichen Kopf begnügen müssen, aber das seien Details, um die er sich auch noch später kümmern könne.
Wenn er malte, vertrug er es nicht, daß sie mit ihm sprach. Ein

Künstlermodell hatte zu schweigen. Manche schmollten, beschwerten sich, daß er ihnen zu anstrengende Posen aufzwinge, andere schäkerten schüchtern mit ihm, boten ihm mit flatternden Wimpern und einem verheißungsvollen Lächeln weit mehr an als nur einen Blick. Er war dankbar dafür, daß Joanna nicht geschwätzig war. Ihre gelegentlichen Fragen beantwortete er kurz und knapp – wenn überhaupt.

Er arbeitete an fast allen Abenden im Atelier, sah zu, wie die Gestalt der Judith auf der Leinwand dank seiner geschickten und geduldigen Finger zum Leben erwachte. Aber auch wenn er nicht daran arbeitete, dachte er ständig an das Gemälde. Er war besessen davon, es ängstigte ihn, die widersprüchliche Darstellung von Gewalttätigkeit und Schönheit geisterte durch seine Träume. Mehr als einmal wachte er mitten in der Nacht schweißgebadet auf, erwartete, Joanna mit gezücktem Messer über sich gebeugt zu sehen. Erst wenn seine Augen sich an die Dunkelheit gewöhnt hatten, das Hämmern seines Herzens nachließ, drehte er sich zu ihr um und sah sie – so weit wie möglich von ihm entfernt –, mit geschlossenen Lidern und wie ein kleines Kind zusammengerollt, in der anderen Hälfte des Bettes liegen.

Eines Abends holte er Joanna zu sich, um ihr das halbfertige Bild zu zeigen: die bleiche, rachsüchtige Gestalt, die aus der Dunkelheit erstand, die ferne, hügelige Landschaft und den Himmel jenseits eines halbgeschlossenen Vorhangs, das stolze, triumphierende Gesicht der Frau, den abgeschnittenen Kopf des Mannes, dessen zum Schweigen gebrachter Mund sich im Augenblick des Todes zu einem stummen Angstschrei geöffnet hatte. In dem herrschenden Dämmerlicht wirkten Joannas Augen, als sie das Gemälde betrachtete, tiefdunkel, und die Flamme der Kerze spiegelte sich als heller Punkt darin. Ihre weißen, vollen Brüste hoben und senkten sich. Sie hätte sich etwas überwerfen sollen, dachte Gaetano plötzlich zornig. Jede andere Frau hätte sich in einen Schal gehüllt.

Wieder stieg die vertraute Angst vor der Zukunft in ihm auf. Er mochte Joanna als Modell benutzen, aber sie war keine der Huren, die er sich für Geld in sein Atelier holte. Sie war seine Ehefrau, und sie sollte sich wie eine Ehefrau benehmen. Er erinnerte sich daran, wie andere Männer sie betrachtet hatten – mit unverhohlener Begierde in den Augen. Er erinnerte sich daran, wie er mit ihr in Venedig in der Gondel gefahren war, beim Karneval mit ihr getanzt hatte. Sie reizte Männer unwissentlich, machte sie willenlos. Ihr Mangel an Scham und an Angepaßtheit zog die Blicke an. Ein Mann konnte nicht für die Folgen seines Verlangens verantwortlich gemacht werden; es war die Pflicht einer Frau, ihren Körper zu bedecken, ihr Gesicht zu verschleiern, sich der allgemeinen Betrachtung zu entziehen.

Gaetanos Phantasie beschwor das Bild von Joanna im Atelier eines anderen Künstlers herauf – mit entblößten Brüsten und Lüsternheit auf ihrem schönen Gesicht. Andere Männer schauten sie an, andere Männer berührten sie, und sie ließ sie willig gewähren. Sie gehörte nicht länger ihm. Wut und Furcht brandeten in ihm auf – gemischt mit unsäglichem Verlangen. Die Heftigkeit seines Verlangens erschreckte ihn, steigerte seine Wut noch.

Alle Frauen waren treulos veranlagt, und Joanna, halsstarrig und verführerisch schön, war vielleicht noch treuloser als die meisten anderen. Er konnte sich Joannas nur erfreuen, wenn er keine Furcht empfand, wenn er auf ihre Treue vertraute. Er brauchte sie ebenso als edles Künstlermodell wie als Ehefrau.

Plötzlich wurde ihm bewußt, daß er sowohl die Neigung als auch die Fähigkeit besaß, sie hier und jetzt an ihre ehelichen Pflichten zu gemahnen. Arbeiten könnte er später auch noch. Seine holzkohlegeschwärzten Finger begannen die nackten, weißen Brüste zu liebkosen, den Rock aus bronzefarbener Seide von ihrer Taille zu lösen.

Im April fanden sich die wohlhabenderen Bürger von Padua im Cavazza-Haus ein, um der jungen Ehefrau ihre Aufwartung zu machen. Gaetano hatte die Einladung so lange wie möglich aufgeschoben, hin und her gerissen von der Furcht vor Joannas möglicher Treulosigkeit und der Freude am Neid anderer Männer. Einmal hatte er Octavio, seinen Lehrling, dabei ertappt, wie dieser die es tagsüber vor Staub schützenden Tücher des Gemäldes der »Judith« angehoben hatte. Gaetano hatte zugeschlagen, und der Junge floh, nach seiner Mutter heulend, aus dem Atelier.

Doch jetzt, als er das Speisezimmer betrachtete, seine Schwestern und seine Frau, alle in ihren schönsten Gewändern, empfand er nichts als Stolz. Weiße Damastservietten standen gefaltet an jedem Platz, Kerzen flackerten in vielarmigen Leuchtern, die Flammen spiegelten sich in dem polierten Holz. Caterina und Nannina wirkten in ihrem mit Steifleinen gefütterten schwarzen Taft wie in Rüstungen. Schwere Jett-Broschen schmückten Caterinas ausladenden Matronenbusen, auf Nanninas kleinem, rundem Kopf saß wackelig ein Rüschenhäubchen. Von einer Ecke des Zimmers aus begutachtete Caterina, als Gaetano seine Gäste begrüßte, mißbilligend die Aufmachung der Damen, und Nannina spielte nervös mit ihrem Fächer.

Joanna trug das rote Samtkleid von ihrem Hochzeitstag, und Gaetano hatte ihr wieder Perlenschnüre ins Haar geflochten. Er hatte darauf bestanden, daß sie die Perlen trug: Es erinnerte ihn daran, daß nur er sie in seinem Atelier nackt sah, und es bereitete ihm Vergnügen, daß die anderen Männer sich mit Phantasien begnügen mußten und ihn beneideten. Sie würden Joanna niemals so kennen, wie er sie kannte, würden sie niemals besitzen, wie er sie besaß. Die Begierde stand unverhüllt in den Augen dieser Narren, doch noch wurde Gaetano nicht wütend auf das Mädchen. Er war der einzige, der das Recht hatte, sie als

Judith zu sehen – von der Taille abwärts in bronzefarbene Seide gehüllt, die zu ihrer ungewöhnlichen Haarfarbe paßte, mit langen Flechten, die sich auf ihrer blassen Haut dahinschlängelten. Gaetano arbeitete fast jeden Abend an dem Bild. Er wußte, es war das beste, das er je gemalt hatte. Es war eine Arbeit, die er gerne tat, eine Arbeit, die ihn mit Freude erfüllte – eine fixe Idee. Tagsüber war er gezwungen, sich mit seinen Aufträgen zu befassen, aber er konnte es kaum erwarten, zu »Judith und Holofernes« zurückzukehren. Wenn das Gemälde fertig wäre, würde er einen hohen Preis dafür verlangen. Signor Venier hatte bereits sein Interesse daran bekundet.

Das Diner bestand aus Tauben und Teigwaren, Trockenfrüchten und verschiedenen Gelees. Das Essen war ausgezeichnet. Caterina hatte die Planung übernommen. Caterina mochte so unansehnlich wie eine Ziege sein, aber Gaetano konnte sicher sein, daß sie ihn niemals vor anderen blamierte. Caterina war für die Küche und das Gesinde zuständig, Nannina ging auf den Markt, und wenn sie keine Einkäufe zu erledigen hatte, nähte sie unaufhörlich. Gaetano hielt sie für eine törichte, schwächliche Person, erkannte jedoch ihren Nutzen für das Haus an. Die Tatsache, daß seine Schwestern dageblieben waren, führte dazu, daß der Cavazza-Haushalt ebenso reibungslos funktionierte wie vor seiner Heirat, was er sehr begrüßte: Er war daran gewöhnt, ungestört arbeiten zu können, seine Mahlzeiten pünktlich auf dem Tisch zu haben und seine Kleidung gewaschen und gegebenenfalls ausgebessert zu bekommen.

Immer wieder schaute Gaetano zu Joanna hinüber, die am anderen Ende der Tafel saß – um zu prüfen, ob sie sich verhielt, wie sie sollte, um sich zu bestätigen, daß er mit der schönsten Frau im Raum verheiratet war, der schönsten Frau in Padua. Gaetano sah, wie die Männer zu ihren Seiten sie wie hypnotisiert anstarrten, und verspürte wieder einen Anflug von Furcht. Doch er rief sich zur Ordnung, trank einen Schluck Wein und

gemahnte sich daran, daß es sein Ring war, der an ihrem Finger steckte, daß es seine Perlen waren, die in ihrem schönen Haar schimmerten. Er hatte, sagte er sich, keinen Grund zur Furcht.
Als das Geschirr abgeräumt worden war, stand Gaetano auf und bat die Gesellschaft in den Salon. Ein Lautenspieler war engagiert worden: Lieder und Tänze perlten durch den Raum. Eine unnötige Ausgabe, hatte Gaetano gefunden, doch Nannina hatte ihrem Bruder aufgeregt versichert, daß ein Musiker unabdingbar für den Erfolg des Abends sei – und die Musik war angenehm und beruhigend, gab Gaetano insgeheim zu, während er sich mit einem Künstlerkollegen über den unverschämten Preis von blauem Azurit unterhielt.
Plötzlich hörte er sich seinem Kollegen das Portrait der »Judith« beschreiben, die Technik, die er für den Übergang des dunklen Hintergrundes in den hellen Vordergrund angewendet hatte, die sanften, runden Formen, die dem Bild Tiefe und Leuchtkraft verliehen – und am Ende konnte er nicht umhin, den Mann ins Atelier hinunterzuführen und das Gemälde zu enthüllen. Voller Genugtuung beobachtete er, wie sich Bewunderung und eine besondere Art von Ablehnung – das Eingeständnis eines, dem seinen überlegenen Könnens – auf dem Gesicht seines Gastes zeigte.
Doch sein Triumph war von kürzerer Dauer als erwartet: Indem er sein Kunstwerk enthüllte, enthüllte er zwangsläufig auch eine Joanna, wie eigentlich nur *er* sie sehen sollte: halbnackt in bronzefarbener Seide, eine Mischung aus Brutalität und Begierde in den edlen Zügen. Der andere Mann machte eine anzügliche Bemerkung, und Gaetano hätte ihn liebend gerne geschlagen – aber es gelang ihm, seine Fäuste zu öffnen und, gefolgt von seinem Gast, in den Salon zurückzukehren.
Dort angekommen, konnte er Joanna im ersten Moment nicht entdecken. Der Salon war nicht groß. Gäste standen an den Wänden und in den Ecken beieinander. Die Kerzen in den

Wandleuchtern malten Lichtkreise in die Dunkelheit, die Klänge der Laute perlten wie auf Goldfaden aufgefädelte Wassertropfen durch das Schwatzen und Lachen. Gaetanos Stirn war schweißfeucht, sein hämmernder Herzschlag kündete von seiner Angst.
Und dann sah er sie: am anderen Ende des Raumes, bei dem Lautenspieler – und sie tanzte. Ihr Körper strahlte Stolz aus, die ineinander verschlungenen Haare und Juwelen fingen den flackernden Schein des Feuers ein. Das gleiche goldfarbene Licht ließ ihr besticktes Mieder glitzern, züngelte über den schweren Saum ihres Kleides mit dem Besatz aus Borten und Bändern. Joanna tanzte wie im Traum, als höre nur sie die Musik, als werde sie nicht hingerissen von zwanzig Augenpaaren beobachtet.
Plötzlich fühlte Gaetano sich viele Jahre zurückversetzt – nach Venedig, zur Karnevalszeit. Seine Schwester Isotta wirbelte um das Feuer herum, als sei sie wieder ein Kind. Joanna hielt ihre Hände umfaßt, und sie lachte. Und Gaetano erinnerte sich daran, daß er gedacht hatte: »Der arme Mann, der einmal Joanna Zulian heiratet.«
Und nun war er es, der sie geheiratet hatte – und in diesem Augenblick begriff er mit schrecklicher Gewißheit, daß er einen Fehler gemacht hatte, daß er sie verlieren würde, daß sie ihm alles rauben würde: seine Selbstachtung, seine Reputation, ja sogar seine Männlichkeit. Als er sich durch die Menge zu ihr hindurchdrängte, war er von abgrundtiefer Verzweiflung erfüllt. Er zog sie von ihrem Partner weg, und einen Moment lang sah sie ihn an, als erkenne sie ihn nicht, als sei er irgendein Fremder. Und dann stellte er fest, daß es seinen Schmerz linderte, ihr weh zu tun. Als er sie durch den Raum zerrte, grub er seine Finger durch die Schichten von Musselin und Samt in ihren Arm, bis er Tränen in ihren Augen glänzen sah.
Aber sie schrie nicht – und er hatte gewollt, daß sie aufschrie.

Caterina holte sich eine Erkältung, die sich auf ihre Brust legte. Nannina pflegte sie, flatterte um das Bett herum, bemühte sich, ihre widerspenstige ältere Schwester dazu zu bewegen, ein paar Löffel Brühe zu schlucken oder einen Drehwurzaufguß.

Joanna stand im Salon am Fenster. Zum ersten Mal seit ihrer Ankunft hier war niemand da, der sie schalt, fortzog oder knallend die Läden schloß. Gaetano war in seinem Atelier, die Schwestern befanden sich in ihrem Zimmer. Vorsichtig öffnete sie die Fenstertür und trat auf den Balkon hinaus. Tief atmete sie die kalte, frische Luft ein, die wie Wein schmeckte.

Sie schaute auf die Piazza hinunter. Ein paar zerlumpte Kinder stritten sich um ein Spielzeug, während ihre Mütter mit Holzeimern in der Hand am Brunnen schwatzten. Ein Geistlicher warf eine Münze in den Hut eines Fiedlers. Die Arme voller Bücher und Federkiele, riefen zwei Studenten einander Grußworte zu. Die von dem Fiedler mit kratzendem Bogen gespielte Gigue klang zu Joanna hoch, und sie begann mit dem Fuß auf den Boden zu tippen. Nach Gesellschaft hungernd, merkte sie, daß sie lächelte, als ihr Blick von dem Fiedler zu einem Hund glitt, der seinen Knochen in einem Blumentopf zu vergraben versuchte, und dann weiter zu einem Straßenhändler, der dubiose Heilmittel gegen die Pest feilbot.

Sie hörte eine Stimme »Buon giorno, Madonna!« rufen, und blickte dorthin, wo ein Mann, zu ihr herauflächelnd, schwungvoll eine ziemlich ramponierte Samtkappe von seinem Kopf riß. Er trug eine lange Robe, deren einer Ärmel in eine Pfütze hing, als er sich verbeugte. Sein Italienisch hatte einen leichten Akzent, sein Gesicht war nett und freundlich, Haare und Augen hell. Ein Student, dachte Joanna, aus den Niederlanden – oder vielleicht aus England. Sie lächelte unwillkürlich zurück, als er seinen schmutzigen, durchweichten Ärmel auswrang und in gespielter Verzweiflung den Kopf schüttelte. Ein Winken, und dann war er fort, untergegangen im geschäftigen Treiben des

Markttages, den Saum seiner Robe durch den Schmutz schleifend. Joanna stützte die Ellbogen auf das Geländer und das Kinn auf die Handflächen. Ein Gefühl des Friedens, der Zufriedenheit erfüllte sie.

Plötzlich hörte sie eine Stimme rufen: »He, Madonna – fangen Sie!«, und da war der Student wieder, stand unter ihrem Balkon und warf etwas zu ihr herauf. Ein grün-weißes Bündel wirbelte durch die Luft. Joanna streckte die Hand aus und fing auf, was er ihr zugeworfen hatte.

Es war ein Maiglöckchenstrauß, mit einem Band zusammengebunden. Die Blumen waren klein und vollkommen, die Blätter und Blüten noch mit Tauperlen benetzt, die zarten weißen und blaßgrünen Knospen halb erblüht. Joanna hatte das Gefühl, den Beginn des Sommers in den Händen zu halten. Sie hob die Blumen ans Gesicht, schloß, bezaubert von ihrer weichen Zerbrechlichkeit, die Augen.

»Sie sind wunderschön, Signor . . .?«

»Gefroy. Martin Gefroy.« Der Student verbeugte sich ein zweites Mal.

»Sind Sie Holländer, Signor Gefroy? Oder Engländer?«

Martin stand unter dem Balkon und blinzelte in die schwache Frühlingssonne. »Engländer, Madonna. Es ist allerdings viele Jahre her, daß ich in England war.«

Joannas Englischkenntnisse waren sowohl eingerostet als auch begrenzt, aber sie tat ihr Bestes. »Dann guten Tag, Mr. Gefroy – und ich danke Ihnen für . . .«

Sie kam nicht dazu, den Satz zu beenden. Eine Hand packte sie an der Schulter und riß sie grob herum, eine Stimme rief dem Mann auf der Straße Verwünschungen zu. Gaetanos Augen waren dunkel vor Wut, seine Fingernägel gruben sich in ihr Fleisch. »Hure! Schlampe! Stellst dich zur Schau, wenn niemand da ist, um auf dich aufzupassen!« Er zerrte sie vom Balkon in den Salon, entriß ihr die Blumen und warf sie zu Boden.

Sie versuchte ihn zu besänftigen. »Gaetano – ich habe mich nicht ...«
Seine flache Hand traf sie so hart ins Gesicht, daß sie gegen die Wand fiel.
Als sie die Augen öffnete und zu ihm aufschaute, starrte er auf sie herunter. Sie konnte sich nicht bewegen, blieb zusammengesunken an der Wand kauern. Sie vermochte seinen Gesichtsausdruck nicht zu deuten. Wie Espenlaub zitternd, wartete sie auf den nächsten Schlag.
Er trat vor, und sie zuckte zurück – aber er hatte nur die Fensterläden schließen wollen. Sich neben sie kniend, so daß sein Atem ihr heiß ins Gesicht schlug, sagte er heiser: »Du wirst die Läden geschlossen lassen. Du wirst dich nicht ans Fenster stellen. Du wirst nie wieder ohne meine Erlaubnis mit einem anderen Mann sprechen. Hast du verstanden?«
Alle Farbe war aus ihrem Gesicht gewichen. Joanna nickte langsam. Sie hatte Blut im Mund, und ihr rechtes Auge begann zuzuschwellen.
Nachdem er gegangen war, versuchte sie die auf dem Boden verstreuten Maiglöckchen aufzuheben, aber sie waren alle abgebrochen, und ihre zitternden Finger zerdrückten die zerbrechlichen Überreste.

Der Himmel über der Piazza hatte sich bewölkt, das schwache Frühlingssonnenlicht war Gewitterwolken gewichen. Martin Gefroy hatte die an ihn gerichteten Verwünschungen gehört, die Beschimpfungen, das Zuschlagen der Fensterläden. Und dann glaubte er – und er betete, daß er sich irrte – das Klatschen eines Schlages zu hören. Als er so dastand und ihm kalt ums Herz wurde, hatte er mit dem Gedanken gespielt, das Schwert zu holen, das er nie bei sich trug, an die Tür zu trommeln, sich den Zutritt zu dem Haus zu erzwingen. Aber dann erkannte er die Sinnlosigkeit eines solchen Vorgehens. Er kannte seine Ungeschicklichkeit im Umgang mit dem Schwert, wußte um seine Machtlosigkeit, wenn er dem zornigen Gatten dieser Frau – und zweifellos einigen kräftig gebauten Bediensteten – gegenüberstünde.

Realistisch betrachtet, mußte er einsehen, daß jeder Versuch, den er machen würde, unweigerlich dazu führte, daß man ihn in eine unwirtliche, paduanische Gefängniszelle würfe – und was noch wichtiger war, er würde die Dinge für das schöne Mädchen, das er auf dem Balkon erspäht hatte, nur noch schlimmer machen. Denn in den Augen der Stadtbevölkerung hatte ihr Mann nichts Unrechtes getan: Er hatte seine Frau lediglich daran gehindert, sich wie eine Hure zu benehmen.

Martin hatte einen schlechten Geschmack im Mund, als er schließlich den Platz verließ. Er begab sich in den Hörsaal und wohnte einer Sektion bei, doch diesmal schöpfte er nicht die übliche Freude aus der faszinierenden Anordnung von Knochen, Sehnen, Adern und Muskeln, die vor ihm freigelegt wurden.

Gaetano ließ sie an diesem Abend Modell sitzen – aber er malte nicht ihr Gesicht.

Er wählte die Pigmente aus, während Joanna hinter dem Wandschirm ungeschickt die bronzefarbene Seide um die Taille knotete und mit zitternden Händen die Perlen in ihr Haar flocht. Das Haus war still, das Atelier dunkel, nur von den Kerzen auf dem Tisch erhellt.

Und in diesem Moment begann sie ihn zu hassen. Als sie dastand, mit dem Messer in der einen und dem Pappmachékopf in der anderen Hand, konnte Joanna ihre Gedanken nicht länger verdrängen. An diesem Morgen hatte Gaetano sie gelehrt, ihn zu fürchten, Gaetano, der große, muskulöse Gaetano, hatte sie geschlagen, und sie hatte auf dem Boden gekauert, voller Angst vor seiner Kraft, seiner Autorität. Er hatte ihr Gesicht verletzt, er hatte ihre Seele verletzt – und langsam verwandelte ihre Furcht sich in Haß, in einen Haß, der den Wunsch in ihr weckte, ihn ebenso zu beschimpfen, wie er sie beschimpft hatte, das Messer, das sie in der Hand hielt, in seinen Körper zu stoßen. Aber sie würde warten, den richtigen Augenblick abpassen. Sie würde keine weiteren Blutergüsse, keine weiteren Demütigungen heraufbeschwören. Ihre Gedanken schrillten durch ihren schmerzenden Kopf, so bezwingend und unentrinnbar wie die Melodie des Fiedlers.

Vor gar nicht langer Zeit hatte sie auf der anderen Seite einer Leinwand gestanden, sich ihrer Fähigkeit gefreut, Blumen und Bäume, Vögel und Schmetterlinge darauf erstehen lassen zu können. Jetzt war sie machtlos, schwach. Als Gaetano zu ihr kam, die Falten ihres provisorischen Rockes und ihre nackten Glieder zurechtrückte, hätte sie ihn am liebsten angespuckt. Jetzt begriff sie, daß sie nicht einmal ein menschliches Wesen für ihn war. Sie war nicht mehr als eine hölzerne Künstlerpuppe, ein lebloses, hirnloses, stummes Ding, das man ganz nach Wunsch bewegen und benutzen konnte.

Die Nachricht von dem fehlgeschlagenen Annexionsversuch venetianischer Territorien erreichte das Château de Marigny im Frühsommer.

Vorkommnisse im fernen Venedig betrafen Eleanor du Chantonnay nur dann, wenn sie sich nachteilig auf die Laune ihres Gatten auswirkten. Im Laufe des letzten Jahres hatte sich Reynaud de Chantonnays Gemütsverfassung parallel zu seiner körperlichen entwickelt, die sich rapide verschlechterte. Eleanor hörte ihn drei Zimmer weit entfernt ihren Namen bellen. Seine Stimme wurde von den hohen Steinmauern zurückgeworfen, ließ die Wandteppiche und Vorhänge in der windstillen Luft des späten Frühlingstages zittern.

Nachdem sie einen Diener zur Wäschekammer um Bandagen,

Salben und Wasser geschickt hatte, ging sie zu ihrem Mann. Reynaud saß halb angezogen, das verbundene Bein von sich gestreckt, auf seinem Bett. Die Vorhänge waren zugezogen, ein übelkeiterregender Gestank hing in der Luft. Ein Diener kauerte in einer Ecke. Das Zeugnis des Zornes seines Herrn leuchtete noch scharlachrot auf seiner Wange. Cousin Guillaume lümmelte am Kamin. Sein gutgeschnittenes Gesicht zeigte keine Regung.

Eleanor schickte den Diener hinaus und zog die Vorhänge auf. Sonnenlicht strömte durch die Fenster herein, vergoldete die kostbaren Möbel und Ornamente. Sie griff hinauf und öffnete eines der Fenster, genoß die Düfte der frischen Frühlingsluft. Die Blumen blühten bereits, sprenkelten den Rasen mit Gold, Weiß und Rosa. Junge grüne Blätter entrollten sich an den Bäumen in der Ferne, und der Himmel war von einem klaren Kobaltblau. Eleanor hatte das Gefühl, an dem schönsten Platz auf Gottes Erde zu leben, und sie war dankbar dafür. Ihre ineinander verkrampften Finger lösten sich, ihr angespanntes Gesicht entspannte sich. Sie schaute zu den Tennisspielern auf der Wiese hinüber.

Ihr Stiefsohn spielte nicht, wie sie angenommen hatte, mit seiner Leibwache, sondern mit Reynauds Kurier, dem dunkelhaarigen, jungen Toby Crow. Eine kleine Weile beobachtete Eleanor François, seinen unbeholfenen Gang, die rudernden Arme, die kleinen Unmutsanfälle, wann immer er den Ball verfehlte. François hatte nichts von seinem Vater geerbt, dachte Eleanor – außer seinem cholerischen Temperament. Blanches letzter Racheakt für die Jahre voller Kummer, die Reynaud ihr beschert haben mußte.

Ihr Blick glitt zu dem anderen Spieler. Toby war vor mehr als einem Monat nach der erfolgreichen Erledigung seines jüngsten Auftrages aus Italien nach Marigny zurückgekehrt. In den vergangenen Wochen hatte sie ihn häufig gesehen. Er hatte

seinen Hut gezogen und sich verbeugt, wenn sie ihm auf der Treppe begegnete, er hatte ihr zugewinkt, wenn er mit François und dem Leibwächter über die Zugbrücke zurückgeritten kam. Er war stets von unaufdringlicher Höflichkeit, auf zurückhaltende Weise galant. Sie musterte ihn einen Moment lang aufmerksam: die vollen, etwas ausgefransten, schwarzen Haare, die schrägstehenden, dunklen Augen ... Seine Bewegungen waren kraftvoll und anmutig, sein Körper war wohlgeformt und gut proportioniert. Welch ein Unterschied zu dem armen François.
Auf Reynauds heftige Beschwerde über den Sonnenschein antwortete sie milde: »Ich kann dich nicht verbinden, wenn ich nichts sehe, Gatte – ich brauche Licht dazu.«
Eleanor setzte sich auf die Bettkante und begann ein Laken in Streifen zu reißen. Neben Reynaud lag Post – Briefe, die Cousin Guillaume an diesem Morgen nach Marigny mitgebracht hatte. Die Siegel waren brutal erbrochen, die Seiten zu kleinen Kugeln zusammengeknüllt. Im Zorn, dachte sie, denn Reynaud hatte schlechte Nachrichten noch nie gelassen aufgenommen.
»Hol mir etwas zu essen – mein Magen knurrt«, befahl Reynaud. Sein Gesicht war vor Wut dunkelrot. »Und schaff mir meinen Kurier her. Schaff mir Toby Crow her.«
Eleanor sagte leise etwas zu der Kammerfrau, die ängstlich an der Tür stand. Die Leinenstreifen wurden sorgfältig aufgerollt, dem heißen Wasser waren schmerzlindernde Kräuter beigemischt worden. Durch das offene Fenster hörte Eleanor noch immer das Klacken des Tennisballs und François' Freuden- und Wutschreie und Lachen, und dann Stimmen, die von dem dunklen Wasser des Burggrabens und den fernen Bäumen widerhallten.
Ein Diener brachte ein Tablett mit kaltem Wildbret, Wein und Süßigkeiten. Reynauds fette Grübchenfinger gruben sich augenblicklich in das Quittengelee und die Marmeladen, die kandierten Früchte und den Pudding. Eleanor bemerkte den angewi-

derten Ausdruck auf Cousin Guillaumes Gesicht, das kurze Kopfschütteln, mit dem er Reynauds Einladung zum Zugreifen ausschlug. Guillaume war ein überempfindlicher Mensch.
Es klopfte, Reynaud blickte auf. Rinnsale von Pudding liefen zwischen seinen Fingern hindurch, Wangen und Kinn waren mit Zucker von den Geleebonbons bestäubt. Intelligenz und Gehässigkeit leuchteten aus den kleinen, farblosen Augen.
»Ah, mein lieber Crow, Sie sollten sich stets zu meiner Verfügung halten und nicht mit meinem Sohn spielen. Ich bezahle Meraud für die Erfüllung dieser lästigen Aufgabe.«
Eleanors Kopf schmerzte vor Anspannung. Toby Crow deutete eine Verbeugung an und sagte: »Votre seigneurie – haben Sie Arbeit für mich?«
Zuckerige Finger packten die Papierkugeln auf dem Bett und schleuderten sie zu Boden. »Lesen Sie die, Crow! Sie sind aus Italien gekommen – von Ihrem Freund, dem Maler Arlotto Attavanti.«
Eleanor machte sich daran, vorsichtig die stinkenden Verbände von Reynauds Bein zu schälen. Aus dem Augenwinkel sah sie, wie Toby Crow sich bückte und eine Papierkugel vor dem Kamin aufhob und eine andere unter dem Tisch hervorholte. Wieder fiel ihr die Anmut seiner Bewegungen auf, das nicht zu bändigende, schwarze Haar, das ihm ins Gesicht fiel und ungeduldig nach hinten geworfen wurde. Sie beobachtete, wie er sich aufrichtete, das zerknitterte Papier glattstrich und zu lesen begann.
Als er schließlich aufblickte, sagte er: »Es ist, wie wir es vorausgesehen haben, votre seigneurie: Maximilian hat seine Krönung zum Kaiser als Gelegenheit für den Versuch genutzt, die Venetianer aus Verona und Vicenza zu vertreiben. Wie wir ebenfalls vorausgesehen hatten, ist er gescheitert.«
Eleanor war dabei, die letzte der besudelten Bandagen abzuwickeln. Vom anderen Ende des Zimmers her sagte Guillaume

du Chantonnay: »Die Orsini-Vettern haben alle venetianischen Territorien zurückerobert, Reynaud. Kaiser Maximilian mußte einem Waffenstillstand zustimmen. Weiß Gott, gute Neuigkeiten.«
Reynauds geballte Faust schlug auf den Nachttisch, versetzte das Wasser in der Schüssel in so heftige Bewegung, das es bis zum Rand hinaufschwappte. »Gute Neuigkeiten? Auch du, Guillaume? Du und dieser *Narr«* – Reynauds klebrige Finger gestikulierten wild in Richtung der Briefe, die Toby in der Hand hielt –, »ihr findet, daß wir frohlocken sollten!«
»Arlotto ist Künstler, votre seigneurie«, gab Toby milde zu bedenken, »kein Soldat.«
Reynaud schäumte vor Wut. Guillaume preßte ein kleines Spitzentaschentuch an seine Nase, um den Gestank der offenen Wunde nicht einatmen zu müssen. Reynauds Verwünschungen galten Arlotto Attavanti, Papst Julius – und Eleanor, die die Geschwüre mit flinken, behutsamen Händen abtupfte.
»Papst Julius wird den Waffenstillstand zweifellos als persönliche Beleidigung auffassen. Er wird meinen, Madame, daß das gewagte Unternehmen des Kaisers lediglich dazu geführt hat, Venedigs Arroganz noch zu vergrößern.«
Eleanor erkannte zu ihrer Überraschung, daß Reynauds Kurier das Wort an sie gerichtet hatte. Sie war daran gewöhnt, bei solchen Gelegenheiten ausgeschlossen zu sein. Frauen waren unfähig, politische Zusammenhänge zu begreifen, also war es nicht der Mühe wert, ihnen etwas zu erklären zu versuchen. Amüsiert quittierte sie Tobys Erklärung mit einem flüchtigen Lächeln und einem kurzen Nicken. Dann wandte sie sich wieder ihrer Tätigkeit zu. Ihre kräftigen Hände waren sanft, kannten die schmerzhaftesten Stellen von Reynauds mit Geschwüren bedecktem Bein. Sie hatte es schon immer verstanden, die Schmerzen anderer Menschen zu lindern. Auch mit kranken oder verletzten Tieren wußte sie gut umzugehen. Wenn einer

der Jagdhunde mit der Pfote in eine Falle geraten war, wenn eines von François' zahmen Eichhörnchen ein Leiden hatte, dann wurde das kranke Tier stets zu ihr gebracht.

Sie ließ die letzte Kompresse in den Eimer fallen und begann, Salbe auf die offenen, nässenden Wunden zu streichen. Die Salbe enthielt Braunheil, das äußerliche Verletzungen reinigte. Sie wußte, daß es kein Heilmittel für ihren Mann gab, aber sie konnte zumindest etwas zu seiner Bequemlichkeit beitragen – und je wohler er sich fühlte, um so leichter war das Leben für jeden in Marigny. Als aktive Persönlichkeit, die es gewohnt war, in jeder Hinsicht ungehindert schalten und walten zu können, waren ihm die Beschränkungen, die sein kranker Körper ihm auferlegte, zutiefst zuwider. Er ließ seinen Zorn an den Bediensteten aus, an seinen Pferden, seinem Sohn – und natürlich an Eleanor. Diese war daran allerdings inzwischen gewöhnt – meistens bemerkte sie es gar nicht.

Aber Reynaud wußte genau, wie er sie treffen konnte, wenn er es darauf anlegte. Als Eleanors Finger, die die Salbe auf die offenen Wunden strichen, den geröteten Rand einer Schwäre berührten, heulte er auf und fegte mit einer Armbewegung die Schüssel, die Stoffstreifen und die Salbe quer durch den Raum. Wieder zu Atem gekommen, zischte er: »Willst du dich hier und jetzt von mir befreien? Hast du beschlossen, daß ich heute sterben soll?« Er packte sie an den Armen. Seine Fingernägel gruben sich durch die weiten Ärmel in ihr Fleisch.

Mit zitternder Stimme sagte Eleanor: »Mein Gott ... es tut mir leid. Aber die Salbe wird die Schmerzen lindern und zur Heilung der Wunden beitragen.«

Schweißperlen rannen von Reynauds Stirn, mischten sich mit dem Zucker, der noch immer wie Puder auf seinen Wangen lag. Trotz und Berechnung standen in seinem Blick, als er Eleanor zuflüsterte: »Wenn du getan hättest, was jede andere Frau getan hätte, und mir etwas anderes geschenkt hättest als

diesen schwächlichen Tölpel da draußen, dann könnte ich heute in aller Ruhe sterben. Mit Freuden. Aber wie die Dinge liegen ...«
Er beendete den Satz nicht. Seine Augen glitzerten, als er seinen Klammergriff löste. Eleanor biß sich auf die Unterlippe. Dunkle Schamröte überzog ihr Gesicht. Sie fand es entsetzlich, daß Reynaud so etwas in Gegenwart von Cousin Guillaume und in Gegenwart des Gesindes gesagt hatte. Eleanors Hände zitterten, ein stechender Schmerz in den Augen kündete von aufsteigenden Tränen. Sie hörte, daß François wieder Tennis spielte. Diesmal wahrscheinlich mit Meraud.
Aber sie war sich durchaus bewußt, daß die Grausamkeit ihres Mannes völlig gerechtfertigt war. Er hatte sie geheiratet, weil sie jung und kräftig gewesen war, und trotzdem hatte sie ihm nicht den Sohn schenken können, den er so verzweifelt brauchte. Sie war nicht einmal schwanger geworden. Sie war ein unfruchtbares, nutzloses Geschöpf, nur eine halbe Frau. Noch immer teilte sie, wenn Reynauds Gesundheitszustand es zuließ, das Bett mit ihm, doch nach zehn Jahren Ehe war die Hoffnung auf ein Kind verschwinden, gering. Sie hatte dem Seigneur de Marigny Geld und Schätze gebracht, ihm jedoch nicht den Schatz schenken können, den er am nötigsten brauchte, und den sie ebenfalls gebraucht hätte. Manchmal schmerzten ihre Arme vor Leere. Sie wußte, daß ihre verständnisvolle und liebevolle Fürsorge für ihren Stiefsohn, ihre unendliche Geduld mit Vögeln, deren Flügel gebrochen war, und anderem krankem Getier, ihre Umarmungen und Küsse für die kleinen und größeren Kinder der Bediensteten nur vergebliche Versuche waren, die Leere auszufüllen, die sie wegen ihrer Kinderlosigkeit empfand.
»Madame?« sagte eine sanfte Stimme. Sie blickte auf – und in das Gesicht von Toby Crow. Er hatte die zusammengerollten Bandagen, das Zupfleinen und den Salbentiegel aufgesammelt. »Ich habe Ihre Kammerfrau nach neuem Wasser geschickt,

Madame«, erklärte er. »Und nach jemandem, der den Boden aufwischt.«
Seine Worte waren sachlich, spendeten keinen offensichtlichen Trost, und doch entdeckte sie Mitleid in seinen Augen. In Marigny war Freundlichkeit ein kostbares Gut. Ihr war zum Weinen zumute, und eine Träne rollte über ihre Wange. Als ein Diener eine neue Schüssel mit Wasser brachte, senkte Eleanor den Kopf und beendete rasch die Versorgung von Reynauds krankem Bein. Sobald der Seigneur sie entließ, floh sie in die stille Zuflucht ihrer Gemächer.

Im Gegensatz zu den meisten Bewohnern des Château de Marigny fürchtete Toby sich nicht vor den Wutausbrüchen des Seigneur. Haustyrannen von Reynaud du Chantonnays Sorte attackierten nur die ihnen Unterlegenen. Reynaud mochte seine Frau ängstigen und seinen Sohn und seine Dienerschaft – aber Toby Crow konnte er nicht ängstigen. Und außerdem hätte Reynaud ihm ohnehin nichts antun können, was schlimmer gewesen wäre als damals, als er den kleinen Toby als »Lehrling« zu dem Schuster Pernet Lescot gab. Er kannte seinen Arbeitgeber inzwischen gut genug, um ihn einer solchen Tat für fähig zu halten – doch über die Motive, die ihn zu dieser Grausamkeit veranlaßt hatten, war Toby sich noch nicht ganz im klaren. Vielleicht war es Wut gewesen – über sein Unvermögen, einen Sohn zu zeugen, der sowohl legitim als auch gesund war.
Es machte ihn krank, wie der Seigneur seine Frau behandelte. In Anwesenheit von Bediensteten und in Anwesenheit von Guillaume du Chantonnay hatte Reynaud seine Frau gedemütigt. Eleanor zu quälen, war, dachte Toby, als quäle man ein kleines, wehrloses Tier – oder ein Kind. Es war einfach, machte keine Mühe. Eleanor verfügte lediglich über die dünne Schutzhülle ihrer guten Erziehung und Würde, und diese Schutzhülle vermochte Reynaud mit Leichtigkeit zu durchbohren.

Toby verbarg seinen Abscheu, doch für einen kurzen Moment erschien ihm die Schönheit Marignys als eine Fassade, hinter der sich etwas Häßliches verbarg, und es erwachte der Wunsch in ihm, Marigny zu verlassen, über Hügel und durch Wälder zurück nach Italien zu reiten.

Doch nachdem Eleanor das Zimmer verlassen hatte, sagte er, ohne sich etwas anmerken zu lassen: »Wir haben eine Atempause, votre seigneurie. Jetzt kann ich die Bilder aus Venedig holen – Arlotto schreibt, daß sie fertig sind.«

Guillaume du Chantonnay hatte sich in einem Sessel niedergelassen, die langen, gestiefelten Beine weit von sich gestreckt. »Der Papst kann sich noch nicht in Marsch setzen. Er muß noch Verträge abschließen, Allianzen eingehen. Nach wie vor buhlen Julius und Venedig gleichermaßen um Frankreich. Du hast Zeit, Reynaud. Noch.«

Das Schachbrett lag bereit, doch die Figuren standen noch nicht alle auf ihren Plätzen. Venedig konnte seinen Reichtum und seine Unabhängigkeit noch ein paar Monate lang genießen, vielleicht sogar noch ein Jahr.

Der Zorn war aus Reynaud du Chantonnays Augen verschwunden. Jetzt waren sie halb geschlossen, blickten nachdenklich. »Sie sollten sich vielleicht ein paar Männer mitnehmen, Crow ... Es könnte diesmal ratsam sein.«

Der Seigneur löste mit seinen dicken Fingern das Fleisch der kalten, gebratenen Sumpfschnepfe vom Knochen. »Ich besuchte Italien, als ich fünfzehn war – im Alter meines Sohnes. Ich überlege, ob ich ihn Ihnen nicht mitgeben soll – damit er sieht, was ich gesehen habe ...« Seine Stimme verlor sich in der Stille. Durch das offene Fenster hörte man noch immer die Geräusche des Tennisspiels, Meraud, der den Spielstand verkündete, und François, der daraufhin mit Protestgeheul reagierte.

»Das Erlebnis könnte sich vorteilhaft auf seine Entwicklung auswirken, Reynaud«, meinte Guillaume. »Eine schöne, lange

Reise, die Berge, das Meer ... Vielleicht ...« Er schaute mit offenem, unschuldigem Blick zu Toby auf. »Sie würden sich doch über die Gesellschaft des Jungen freuen, nicht wahr, Monsieur Crow?«

Toby war beinahe versucht, François du Chantonnay tatsächlich mitzunehmen – um ihn für ein paar Monate aus der Tyrannei seines Vaters zu befreien, ihm den Spott seines Cousins zu ersparen, zu ergründen, ob unter der Launenhaftigkeit und Großtuerei etwas schlummerte, das es wert wäre, erweckt zu werden. Manchmal erinnerte François ihn an den Jungen, den er bei dem Schuhmacher in Chinon gesehen hatte – an den Jungen, der er selbst gewesen war. Aber das war lächerlich: François du Chantonnay mangelte es an nichts. Toby entdeckte einen Anflug spöttischen Amüsements auf Guillaumes gutgeschnittenem Gesicht.

»Es wäre zu riskant, votre seigneurie – zu gefährlich. Es herrscht eine zu große Zwietracht in Italien, zu viele arbeitslose Söldner suchen den Kampf. Und außerdem würde ich lieber allein reiten, wenn Sie gestatten; es würde weniger Aufmerksamkeit erregen, wäre sicherer.«

Reynaud du Chantonnay musterte ihn aufmerksam. Toby unterdrückte ein Grinsen – er wußte, welche Überlegungen dem mißtrauischen Seigneur durch den Kopf schossen: daß er sich mit Geld oder Schätzen absetzen könnte, daß er Gold oder Wertgegenstände beiseite brächte, behauptete, überhöhte Preise für Gemälde und Kunstwerke bezahlt zu haben. Toby nahm Reynaud seine Erwägungen nicht übel: Er erwartete weder bedingungsloses Vertrauen, noch wünschte er es sich, denn er persönlich hielt Vertrauen für eine Sache von zweifelhaftem Wert.

»Oh.« Guillaume hatte sich aus seinem Sessel erhoben und lehnte lässig am Fensterbrett. »Etwas, das dich vielleicht interessiert, Reynaud: Ich hörte – nur gerüchteweise, ich kann nicht

sagen, ob es wirklich zutrifft –, daß ein Freund von dir in die Bretagne zurückgekehrt sei.«
Reynaud blickte von der zerlegten Sumpfente auf. »Ein Freund?«
»Nun«, Guillaumes Lippen verzogen sich zu einem kleinen Lächeln, »vielleicht kein *Freund*, Cousin – eher ein Bekannter. Ein alter Bekannter.«
Reynaud wischte sich finster dreinblickend mit dem Handrücken den Mund ab.
»Hamon de Bohun«, erklärte Guillaume fröhlich. »Du erinnerst dich doch an den Sieur de Bohun, nicht wahr, Reynaud? Er war ein Verwandter deiner ersten Frau, wenn ich nicht irre. Jedenfalls scheint es, als habe er England den Rücken gekehrt. Er ist in Roscoff gesehen worden – das heißt, es glaubt jemand, ihn in Roscoff gesehen zu haben. Es ist schwer zu sagen, wenn ein Mann – laß mich nachrechnen – an die zwanzig Jahre außer Landes war.«
Das Tablett mit Süßigkeiten, Geschirr und Besteck schlitterte zu Boden, Rotwein rann über die Bettdecke und tropfte auf die Binsen. Reynaud hielt noch das zur Hälfte abgenagte Skelett der Sumpfschnepfe in der Hand. »Hamon de Bohun?« fragte er leise.
Guillaume nickte. »Es heißt, der alte Tudorkönig liege im Sterben. De Bohun war Henry Tudors Freund. Vielleicht möchte er nicht am Hof des Sohnes bleiben.«
»Hamon de Bohun war der Vormund meiner ersten Frau.« Reynaud warf einen schnellen Blick zu Toby hinüber. Boshaftigkeit glitzerte in den kleinen, farblosen Augen. »Ich heiratete sie ohne die Erlaubnis von de Bohun.«
Schwerfällig und langsam kam Reynaud du Chantonnay in einem wüsten Durcheinander aus Bettzeug und Tafelgeschirr auf die Füße. Lächelnd sagte er: »Aber es gibt hier nichts für ihn zu holen, nicht wahr, Cousin? Absolut nichts.« Und dann

begann er zu zittern – nicht vor Wut oder vor Schwäche, sondern vor Lachen.
»Gerüchte«, sagte Guillaume sanft. »Nur Gerüchte.«

Das Mittagessen nahmen Gaetano, Caterina, Nannina und Joanna stets gemeinsam ein. Es war August, die Luft heiß und schwül. Die Hitze und der Anblick des Essens verursachten Joanna Übelkeit. Länger als eine Woche hatte sie die anderen über ihren mangelnden Appetit getäuscht, doch nun, mit Rinderzunge und gekochtem Schweinefleisch konfrontiert, drehte es ihr den Magen um, und ihr Herz hämmerte. Ohne das Essen angerührt zu haben, schob sie den Teller weg.
»Was ficht dich an, Mädchen? Du solltest das gute Essen nicht verschmähen«, rügte Caterina ungehalten.
Joanna hatte schon längere Zeit vermutet, wo der Grund für ihre ständige Unpäßlichkeit zu finden sei, und nun war sie sicher. Zumindest, dachte sie, benebelt von Übelkeit und Mattigkeit, müßte sie nun vorerst nicht mehr Gaetanos Bett teilen. Vielleicht. Sie ignorierte Caterina und wandte sich an Gaetano, der an einem Lammknochen herumnagte. »Ich bin nicht unpäßlich, Gaetano, ich bin schwanger. Ich trage dein Kind unter dem Herzen.«
Aus den Augenwinkeln sah sie Caterinas empörten Blick, hörte Nanninas begeistertes Plappern. »Ein Baby! Ein *Baby*, Schwester! Wie wundervoll!«
Gaetano legte den Lammknochen auf den Teller. »*Mein* Kind? Ist das wahr, Joanna? Bist du sicher?«
Joanna erwiderte gelassen: »Das Kind ist von dir, Gaetano. Es könnte natürlich auch von deinem Lehrling sein – oder von der Amsel, die Krumen von meinem Fensterbrett aufpickt. Glaubst du das?«
Er blickte einen Moment lang zweifelnd drein, als hielte er es tatsächlich für möglich, daß der zwölfjährige Octavio das Kind gezeugt haben könnte.

»Ein Baby!« seufzte Nannina hingerissen. »Wie wundervoll, Gaetano!«
»Wenn es am Leben bleibt«, äußerte Caterina in verächtlichem Ton ihre Bedenken. »Sie ist zu jung, um ein gesundes Kind zu gebären. Sie wird ein schwächliches Balg bekommen, das innerhalb einer Woche stirbt.«
Gaetano schüttelte langsam den Kopf. »Joanna wird mir einen Sohn schenken«, widersprach er leise. »Ich werde viele Söhne haben. Ich bin nicht schwach oder impotent wie Schwager Taddeo.«
Die Erschöpfung der Schwangerschaft machte Joanna sogar zu müde, um ihn zu hassen. Sie stand vom Tisch auf. Sie entschuldigte sich nicht dafür, daß sie vorzeitig den Raum verließ, noch reagierte sie, als Gaetano hinter ihr her rief. Er würde sie nicht noch einmal schlagen und seinen Sohn – den lebenden Beweis für seine Manneskraft – gefährden. Sie hörte Nannina hastig sagen: »Sie geht in den Garten, Gaetano – es wird ihr guttun, im Garten zu sitzen. Sie geht oft dorthin«, und dann lief Joanna die Treppe hinunter und durch die Küche hinaus zu dem kleinen Fleckchen Erde hinter dem Haus.
Sie hatte zu Frühlingsbeginn auf diese Zufluchtsstätte Anspruch erhoben, und manchmal dachte sie, daß sie sie befähigt hatte, bei Verstand zu bleiben. Damals war der Garten verwildert, niemand hatte die Büsche beschnitten oder das wuchernde Unkraut ausgerissen. Efeu bedeckte die Blumenbeete, wand sich um Terrakotta-Töpfe. Aber es waren auch Blumen da, allerdings halb erstickt von Gestrüpp: wohlriechende Veilchen, Jungfer im Grünen und Schlüsselblumen. Später im Jahr kamen Rosen, Geißblatt und Lavendel dazu. Im Laufe der Zeit hatte sie das Unkraut entfernt und Samen, Schößlingen und Zwiebeln neues Leben entlockt. In der Mitte des Areals hatte sie einen Kräutergarten angelegt, eine ausgeklügelte Kombination von Thymian und Rosmarin, Kerbel und Gartenraute.

Joanna setzte sich auf die Steinbank und genoß den Schatten, den die dichtbelaubten Bäume spendeten. Die Beschränkungen und Demütigungen, die ihr neuer Lebensabschnitt mit sich bringen würde, störten sie nicht so sehr wie diejenigen, die sie durch Gaetano erfuhr. Ein Baby – selbst Gaetanos Baby – verkörperte neues Leben, neue Hoffnung, eine neue Zuversicht, was die Zukunft betraf. Sie würde mit dem Kind doch noch etwas Positives aus der Farce machen können, zu der ihre Ehe geworden war.
Der Duft von Nelken und Jasmin lag in der Luft, besänftigte ihren Magen. Jetzt würde ihr nicht mehr übel werden, dachte Joanna dankbar. Im Herbst würde sie Goldlack pflanzen – Goldlack zur Linderung der Geburtsschmerzen.

Es dauerte einige Wochen, bis Eleanor du Chantonnay begriffen hatte, daß sie sich in Toby Crow, den Kurier ihres Mannes, verliebt hatte. Sie befand sich in dem Raum, den sie als Nähzimmer benutzte, und war dabei, einem von François' Eichhörnchen einen Splitter aus dem Pfötchen zu ziehen. François sollte das Tier festhalten, während sie den Eingriff durchführte, aber es wand sich und protestierte lautstark – und plötzlich stieß der Junge einen Schmerzensschrei aus.
Laut heulend sprang er auf. Das Eichhörnchen hetzte quer durch das Zimmer, kletterte am Vorhang hinauf und kauerte sich oben auf die Stange. »Es hat mich gebissen, Maman! Das böse Ding hat mich gebissen!«
»Ich hatte dir doch gesagt, du solltest seinen Kopf festhalten.« Bemüht, die Geduld nicht zu verlieren, begann sie François' Hand mit dem Wasser und dem Zupfleinen zu behandeln, die eigentlich für das Tierchen gedacht gewesen waren.
»Bösartiges Ding! Ich sollte ihm den Hals umdrehen lassen.« Tränen glänzten in François' Augen. Eleanor seufzte. Später würden Gäste ins Schloß kommen, wichtige Gäste. Heute war

ein denkbar ungünstiger Zeitpunkt für einen von François' Unmutsausbrüchen oder Fieberanfällen. Schon leuchteten hochrote Flecken auf seinen bleichen Wangen, und sein Atem ging stoßweise und mühsam. Eleanor handelte schnell, um das Unheil abzuwenden.

»Setz dich hin, mein Lieber, und trinke einen Schluck Wein. Das Eichhörnchen hatte Angst, das war alles. Schau her.«

Sie nahm eine Handvoll Haselnüsse aus der Schüssel auf dem Tisch und ging zum Fenster hinüber. Ein paar Sekunden Zungenschnalzen und schöne Worte, und schon hatte sie das Tierchen wieder im Arm, drückte es an ihr rotes Seidenmieder. Sie streichelte es, während sie mit François sprach, ihn sanft darauf hinwies, wie wichtig das bevorstehende Bankett war.

»Die Generalstaaten werden ihren Weg nach Tours für einen Besuch in Marigny unterbrechen. Es ist wichtig für Reynaud – wichtig für uns alle –, daß dieser Besuch durch nichts beeinträchtigt wird.«

François drückte noch immer ein Stück Zupfleinen auf seine verletzte Hand. »Der König ist so langweilig«, sagte er mürrisch. »Er ißt nur gekochtes Rindfleisch – stell dir das vor!«

Eleanor zog den Splitter heraus, und das Eichhörnchen zuckte nicht einmal zusammen. »Dann werden wir die Küche anweisen, eine große Menge gekochten Rindfleischs bereitzuhalten«, antwortete sie gelassen. »Außerdem wird Louis von Frankreich nicht unser einziger Gast sein – es kommen noch viele andere Herrscher. Und Cousin Guillaume wird auch hier sein.«

François schnitt eine Grimasse. »Ich kann Guillaume nicht leiden. Er lacht über mich. Er macht mich lächerlich.«

Eleanors Ärger begann sich wieder zu melden. »Dann gib Guillaume einfach keinen Grund, über dich zu lachen«, erwiderte sie so geduldig wie möglich. »Wenn dir nichts Kluges zu sagen einfällt, dann schweige. Wenn du beim Quintain-Rennen oder beim Schach nicht gewinnen kannst,

so kannst du dich doch zumindest höflich und wohlerzogen benehmen.«
François ging zum Fenster, lehnte sich mit hängenden Schultern an das Sims. »Ich wünschte, Toby wäre zurück«, sagte er unglücklich. Der Himmel draußen war wolkig und grau. »Er gab mir Tennisunterricht. Er sagte, ich mache gute Fortschritte.«
Einen Augenblick lang empfand Eleanor tiefes Mitgefühl für François. Wäre er der Sohn eines anderen Vaters, wäre er in seiner Mittelmäßigkeit vielleicht ganz zufrieden gewesen – doch er war Reynaud du Chantonnays Sohn, und er trug die ganze Bürde dieses Namens, dieses prächtigen Hauses und Landbesitzes auf seinen dafür völlig ungeeigneten Schultern.
»Monsieur Crow wird noch ein paar Monate fort sein«, erwiderte Eleanor und setzte dann in dem Bemühen, dem Jungen ein wenig Trost zu spenden, hinzu: »Aber ich bin sicher, wenn er wieder da ist, wird er wieder mit dir Tennis spielen, François.«
Sie erinnerte sich daran, wie sie in Reynauds Schlafzimmer am Fenster gestanden und François und Toby Crow beim Tennisspielen im Garten zugesehen hatte – und plötzlich wurde ihr bewußt, daß sie damals glücklich gewesen war, eine wilde, zerbrechliche Art der Freude empfand, die ihr durch den restlichen Sommer geholfen hatte, die Jahreszeit kostbarer für sie machte, als es die zehn trostlosen Sommer davor gewesen waren. Als sie jetzt aus dem Fenster des Nähzimmers blickte, sah sie nur den Küchengarten hinter dem Haus, der mit dem Jahreszeitenwechsel dahinwelkte.
»Du magst ihn, nicht wahr, Maman?« fragte François unvermittelt.
Eleanor spürte, wie ihr die Röte ins Gesicht schoß. Die Hand, mit der sie das auf ihrem Schoß schlafende Eichhörnchen streichelte, begann zu zittern. Aber als sie in das Gesicht ihres Stiefsohnes blickte, stand kein Arg darin, nur eine unverhohlene Heldenverehrung, die sie fast zu Tränen rührte. Und dann hörte

sie sich sagen: »Ja, François, ich mag ihn sehr.« Es entsprach zwar der Wahrheit, aber sie war sich sofort der schrecklichen Gefahr und der schrecklichen Schönheit dieses Eingeständnisses bewußt. Als sei Reynaud im Zimmer und nicht nur ihr törichter Stiefsohn und ein schlafendes Eichhörnchen, setzte Eleanor hastig hinzu: »Er ist ein ehrlicher Bediensteter. Monsieur Crow ist intelligent, zuverlässig – wir sollten solche Bediensteten wertschätzen, François.«

»Er zeigte mir, wie man eine Hakenbüchse lädt.« François' Stimme klang aufgeregt, seine blassen Augen leuchteten. »Meraud hat mir das nie gezeigt.«

Sie wünschte sich, er würde gehen, damit sie noch ein paar Augenblicke für sich hätte, bevor sie in die Küche eilen müßte, um die letzten Vorbereitungen für das abendliche Bankett zu überwachen. Sie wollte allein sein und sich jede Gelegenheit ins Gedächtnis zurückrufen, bei der sie Toby Crow gesehen hatte – von dem Nachmittag, als sie ihm für die Rettung ihres Stiefsohnes gedankt hatte, bis zu dem Morgen vor einigen Wochen, an dem er Marigny verlassen hatte, um nach Italien zurückzureiten. Aber auch in François' Augen stand Liebe – eine Liebe, die, obzwar von anderer Art als die ihre, ebenso schmerzhaft war, ebenso belastet von den Möglichkeiten des Verlassenwerdens und der Enttäuschung.

»Monsieur Crow wird im Winter wieder nach Marigny zurückkehren«, sagte sie und stand auf, das Eichhörnchen noch immer im Arm. »Und jetzt laß uns dieses arme Geschöpf wieder in seinen Käfig setzen und dann entscheiden, was du heute abend tragen wirst, François. Wir werden dich so prächtig ausstaffieren, daß sogar Cousin Guillaume sich neben dir unscheinbar vorkommen wird.«

Im Frühherbst starb Isotta. Taddeo schrieb es Gaetano, ein paar Tage später kam ein an Joanna gerichteter Brief von Lena,

Taddeos Köchin, die einen Schreiber dafür bezahlt hatte, daß er ihn für sie schrieb. Gaetano öffnete das Kuvert und warf es Joanna in den Schoß, nachdem er den Inhalt überflogen hatte.

»Ich weiß nicht, weshalb diese Dienstbotin dir schreibt – schließlich hat uns Taddeo in seinem Brief alles Wissenswerte mitgeteilt.«

Joanna ging in den Garten hinaus, um den Brief ungestört lesen zu können. Die Luft war kalt und feucht, rote und goldgelbe Blätter tanzten zu Boden, bedeckten die Blumen. Wenn sie sich gut genug fühlte, was nicht oft der Fall war, sammelte Joanna die trockenen Blätter und verbrannte sie, wärmte sich die Hände an dem Feuer. Jetzt setzte sie sich, in ein Umschlagtuch gewickelt, auf die Bank.

Der eine halbe Seite umfassende Brief informierte Joanna darüber, daß Lena ihre medizinischen Anweisungen gewissenhaft befolgt und Isotta nur sehr wenig gelitten hatte. Isotta hatte Lena gesagt, daß ihr gesamter Schmuck – der, den sie im Rahmen ihrer Mitgift mit in die Ehe gebracht hatte – an Joanna gehen solle. Lena freute sich darauf, Joanna wiederzusehen, wenn diese zur Beerdigung nach Venedig kommen würde. Der Brief war mit einem wackeligen Kreuz unterzeichnet.

Joanna faltete ihn sorgfältig zusammen und steckte ihn wieder in die Tasche. Die Finger ineinander verflechtend, ließ sie den Blick über ihren dahinwelkenden Garten wandern.

Sie hatte schon um Isotta geweint, als Taddeos Brief gekommen war – nicht wegen der Art ihres Todes, sondern wegen ihres verschwendeten Lebens. Isotta hatte die Fähigkeit zu lieben besessen, doch es war niemand dagewesen, bei dem sie diese Fähigkeit hätte anwenden können – bis sie, Joanna, die nicht einmal blutsverwandt mit ihr war, auf Isottas Schwelle gestanden hatte.

Joannas verschlungene Hände lagen auf ihrem leicht gewölbten Leib. Würde sie dieses Kind lieben – Gaetanos Kind? Obwohl es sich bereits in ihr zu bewegen begonnen hatte, erschien es ihr noch nicht wie ein lebendiges Wesen, ein Baby, das sie in nur wenigen Monaten im Arm halten würde. Bis jetzt war es nur etwas, das ihr Übelkeit verursachte, bewirkte, daß sie ständig müde war, sie sogar des Wunsches beraubte, spazierenzugehen oder auszureiten.

Sie würde nicht zu der Beerdigung nach Venedig reisen: Sowohl Gaetano als auch Caterina hatten erklärt, für eine Frau in ihrem Zustand sei es nicht schicklich, sich in der Öffentlichkeit zu zeigen. Sie hatte sich nicht mit ihnen gestritten, nicht darauf hingewiesen, daß das Baby noch so klein war, daß niemand ihr die Schwangerschaft ansehen würde. Sie hatte weder die Kraft zu dieser Auseinandersetzung noch das Bedürfnis. Ihre Hände und Füße schwollen an, sobald sie Treppen stieg, sie schlief morgens lange und ebenfalls den größten Teil des Nachmittags. Wenn sie sich kräftig genug fühlte, darüber nachzudenken, wurde ihr klar, daß diese Schwangerschaft nicht gut verlief. Vielleicht hatte Caterina recht – vielleicht war sie wirklich zu jung, um ein gesundes Kind zu gebären. Gaetano lachte jetzt über sie, sagte, sie sei mit ihrer aus der Form laufenden Taille und dem bleichen Gesicht eine richtige paduanische Matrone geworden.

Joanna fielen die Augen zu. Nannina entdeckte sie später in ihr Umschlagtuch gewickelt, zusammengesunken auf der Steinbank, die Hände weiß vor Kälte. Mit besorgtem Zungenschnalzen führte sie sie ins Haus.

Fünftes Kapitel

Zwei schwarze, afrikanische Sklaven ruderten die ebenfalls schwarze Gondel mit Signor Marcantonios Gästen durch düsteren Nebel. Entlang des Canal Grande bewegte sich eine Prozession der Mönche der Scuola di San Giovanni Evangelista durch die Stadt. Sie führten ein Kreuz und brennende Kerzen mit. Die Flammen waren von bernsteinfarbenen Aureolen umgeben.

»Früher pflegten sie sich zu peitschen«, flüsterte der Maler Arlotto Attavanti. »Sie wissen schon – Geißeln auf nackten Schultern und dergleichen.«

Glitzernde Nebelperlen hingen in Arlottos Locken, seine Augen glänzten. Die Fackeln an den Hauswänden warfen zuckendes Licht auf das Gesicht seines Begleiters – die Augen mit den gesenkten Lidern, das schwarze, feuchte, durch die wirbelnden Nebelschwaden leicht gekräuselte Haar, das angedeutete Lächeln in den Winkeln des breiten Mundes.

»Nicht nach meinem Geschmack«, antwortete Toby Crow. »Tut mir leid, Arlotto.« Er war nun schon seit über einem Monat in Venedig, nachdem er durch die Touraine, Burgund und über die Alpen nach Italien geritten war. Begleitet hatte ihn eine Handvoll bewaffneter Männer und ein neues und irritierend ambivalentes Gefühl, was de Marigny betraf. Er hatte erlebt, welche Grausamkeit, welche Habgier zur Erlangung eines Besitzes wie Marigny notwendig waren. Er hatte durch die Haut die Hirnschale gesehen.

In Venedig hatte Toby, um seine innere Unruhe zu betäuben, Glaswaren, Gemälde und Skulpturen gekauft. Die größeren

Objekte waren bereits, sorgfältig in Stroh und Sackleinwand gehüllt, mit Reynaud du Chantonnays bewaffneten Gefolgsleuten auf dem Wege nach Marigny. Toby selbst hatte vorgehabt, Venedig eine Woche zuvor zu verlassen, das mit Schätzen beladene Flußboot auf seiner Fahrt den Po hinunter zu begleiten – doch dann hatte Pasquale Gennari, Marcantonio Veniers ergebener Sekretär, ihm die Einladung zu dem Bankett am heutigen Abend übermittelt. »Es gibt dort etwas, das Ihnen gefallen könnte, Signor Crow«, hatte er gesagt. »Etwas Besonderes.«

Mehr sagte er nicht. Tobys Neugier war geweckt, und er blieb, obwohl er so riskierte, beim Rückweg über die Alpen schlechtes Wetter zu haben und sich überdies Reynaud du Chantonnays Zorn zuzuziehen. Er war im Besitz von Quittungen und Rechnungen – in zweifacher Ausführung und unterzeichnet und besiegelt –, die jeden seiner Käufe in Venedig belegten. Er hatte ausgegeben, was der Seigneur de Marigny ihm auszugeben gestattet hatte – keine Zechine mehr. Bis jetzt.

Die Gondel hielt vor der Casa Venier. Die Lorbeerbäume und Rosenbüsche im Innenhof waren mit einem zarten Flitterwerk aus Nebel überzogen, der Schein der Fackeln ließ die winzigen Wasserperlen goldfarben, türkis und rosa glitzern. Die Feuchtigkeit hatte Tobys Hemd durchdrungen und lag auf seiner Haut. An den Wänden des Innenhofs balgten sich Poseidon und seine Nixen in gemalten Meeresfluten unter einem gemalten Himmel, der mit Muscheln und Korallen eingefaßt war. Es war, als schwämmen sie mit verlangsamten und unentschlossenen Bewegungen in einer fremdartigen, dunklen Unterseewelt.

Danach trafen Toby die strahlende Helligkeit, der Lärm und die Farbenpracht im Innern des Palazzo beinahe wie ein Schlag. Sein Blick wurde zu den Fenstern geleitet, die mit Wappen und mythologischen Szenen verziert waren, dann zu den intarsiengeschmückten Türen und mit leuchtend rotem Damast behängten Wänden, weiter zu den Statuen, die zurückhaltend in ihren Alkoven standen, und den dominierenden Wandteppichen, deren Goldfäden im flackernden Fackellicht glänzten. Säulen aus jadegrünem Jaspis, die aus dem gefliesten Boden zu wachsen schienen wie versteinerte Bäume, stützten die bemalte Täfelung der Decken. In der bildlichen Darstellung erkannte Toby die Geschichte von Zeus und Danaë. Die Wolke, in der Zeus sich verbarg, war, wie Toby erkannte, aus echtem Gold.

In dem riesigen Bankettsaal waren Trüffel aus Friaul, Wachteln aus der Lombardei und winzige Drosseln aus der Romagna aufgetischt, Krabben lagen mit nach innen gekrümmten, terrakottafarbenen Scheren auf silbernen Platten, Austern schimmerten grau, blau und opalisierend im Kerzenlicht. Zwischen den einzelnen Gängen wuschen die Gäste von Signor Marcantonio Venier ihre Hände in parfümiertem Wasser und trockneten sie an bestickten Damastservietten, die zu Pyramiden, Turbanen und Galeonen gefaltet waren. Die Teller waren aus Majolika, die Zahnstocher aus Gold, die Glaswaren glitzerten mit dem Schmuck der Damen um die Wette. Entlang der Seitenwände des Raumes schwammen bunte Fische – blau und grün und karmesinrot – in Zierbecken, in der Mitte der Tafel waren die Zweige eines Orangenbaumes mit vergoldeten Körben behängt, die mit Süßigkeiten und dekorativen Früchten gefüllt waren. Mit Bändern waren ein Star, eine Drossel und ein zitternder junger Hase an den Stamm gebunden.

»Das ist alles Großtuerei, wissen Sie«, flüsterte Arlotto, den Mund voller Vanillecremetörtchen, vernehmlich. »Signor Venier ist bestürzend knapp an Bargeld, besitzt keinen Dukaten.« Arlotto leerte den Inhalt einer Schüssel mit Pflaumengelee auf sein Törtchen. »Jedesmal, wenn Signor Venier etwas Neues kaufen will, muß er erst etwas verkaufen. Ich nehme an, dieses Bankett wird ihn ein, zwei Wandteppiche kosten.«

Einer der beiden Vögel an dem Orangenbaum hatte sich mit

einem Füßchen in seiner Fessel verheddert. Der Gast, der Toby gegenüber saß, meinte: »Signor Venier sollte darüber nachdenken, ob solcher Pomp«, er umfaßte mit einer Geste angewidert die üppig beladene Tafel und die Gäste, »in Zeiten wie diesen wirklich angebracht ist.«

Arlotto kratzte den letzten Löffel Gelee von seinem Teller. »Die Zeiten sind nicht besser – und nicht schlechter –, als sie es immer gewesen sind, Signor Giustinian.«

Giustinian hatte streng geschnittene, schulterlange, schwarze Haare, einen kleinen Bart und Schnurrbart. »Venedigs Zügellosigkeit und Unmoral werden sein Untergang sein. Haben Sie die Gemälde im Zwischenstock dieses Hauses gesehen?« Sein bläßliches Gesicht verzog sich zu einem Ausdruck des Ekels. »›Die Schändung der Europa‹ – bis in jede Einzelheit dargestellt.«

Arlotto lehnte sich zurück und schnippte einen Klecks Gelee von seinem Wams. »Ich fand sie ziemlich gut, Signor Giustinian. Die Europa war allerdings entschieden zu dick für meinen Geschmack.«

»Sie machen sich über mich lustig, Arlotto Attavanti.«

Ein Gast auf der anderen Seite der Tafel mischte sich besänftigend ein: »Ich bin sicher, daß er nicht die Absicht hatte, Sie zu beleidigen, Antonio. Signor Attavanti hat nur sein Urteil als Künstler abgegeben, das ist alles.«

Arlotto strahlte. »Sie haben recht, Signor Gritti – ich hatte absolut nicht die Absicht, Sie zu beleidigen, Signor Giustinian. Schließlich liegt die Schönheit einer Frau im Auge des Betrachters, nicht wahr?«

Gritti lächelte. Toby kannte ihn dem Namen nach: Andrea Gritti, ein hochgewachsener, gutaussehender Mann in den frühen Fünfzigern, war Diplomat und Soldat. Seit seiner Jugend ein Diener Venedigs, war er nun Providetor von Treviso. Im Laufe einer spektakulären Karriere hatte er – Gerüchten zufolge –

während einer diplomatischen Mission in der Türkei drei Bastarde gezeugt.
Antonio Giustinian hatte sich Toby zugewandt: »Ich glaube, Sie sind Franzose, Signor Crow. Sagen Sie – kann man sich darauf verlassen, daß Ihr Land Venedig die Treue hält?«
In Frankreich wartete Louis XII. gierig auf italienische Schätze.
Langsam schüttelte Toby den Kopf.
Giustinians verächtlicher Blick verharrte einen Moment lang auf Tobys Gesicht und glitt dann an der Längsseite der Tafel entlang. »Schauen Sie sich die an«, zischte er. »Schauen Sie sich die adligen Damen an, die ihre Körper wie Straßenmädchen zur Schau stellen, die jungen Männer, die Juwelen im Haar und Parfüm auf der Haut tragen. Wird Venedig von Menschen wie diesen beschützt werden? Ich glaube nicht. Gott persönlich wird uns strafen.«
Auf der anderen Seite des Tisches huschte ein Lächeln über Andrea Grittis Gesicht. »Wir brauchen nicht auf Gott zu warten, Antonio – der Papst wird Seine Arbeit tun. Mit Hilfe von Kaiser Maximilian, zweifellos. Und«, er nickte in Tobys Richtung, »mit der des Königs von Frankreich, vermute ich.«
Arlotto nahm eine Handvoll kandierter Früchte aus einer silbernen Schüssel, »Venedig ist uneinnehmbar, Signor Gritti«, sagte er sorglos. »War es immer. Nicht einmal Papst Julius kann über Wasser gehen.«
Einige der Gäste lachten.
»Sie lästern Gott, Arlotto Attavanti!« zürnte Antonio Giustinian. »Sie sollten Ihren eigenen Anteil an der Schändlichkeit unserer Stadt bedenken: Auch Sie malen schmuckbehängte Huren und geschminkte junge Männer.«
»Ich male«, erwiderte Arlotto, gelassen eine kandierte Damaszenerpflaume entkernend, »was ich sehe.«
Ein Schweigen entstand. In der Mitte der Tafel lag der angebundene Star erschöpft auf dem polierten Holz. Die kleine Brust

hob und senkte sich im Takt des rasenden Herzschlags, der Fuß hing noch immer in dem rosafarbenen Band fest.
Die Leute hatten begonnen aufzustehen, in Richtung der Tanzmusik zu streben. Toby sah ihnen nach. Schließlich saß nur noch Andrea Gritti mit ihm am Tisch. »Und die Terra firma, Signor Gritti?« fragte er leise. »Ist die Terra firma ebenfalls uneinnehmbar? Ich habe gehört, daß Venedig nur die am weitesten außen liegenden Städte befestigt hat – daß Verona, Vicenza und Padua mit dem ersten Kanonenschuß fallen werden.«
Der Venetianer antwortete nicht sofort. Seine Augen trafen sich mit Tobys, und schließlich sagte er: »Signor Giustinian und viele andere Mitglieder des Rates der Zehn würden Ihnen erwidern, daß es möglicherweise Opfer geben wird. Notwendige Opfer, natürlich. Um Venedig zu retten.«
Plötzlich sah Toby vor sich, wie es geschehen würde. Die Städte der Terra firma würden eine nach der anderen fallen – wie ein schlecht ausbalanciertes Kartenhaus. Es bedurfte nur einer weithin hörbaren Niederwerfung, und schon würden die Armeen des französischen Königs von Westen her und der Kaiser von Osten her das Gebiet des Veneto überrennen. Diese Verschwendung, diese Unsinnigkeit machten ihn zornig.
»Eine kurzsichtige Politik, finde ich, Signor Gritti. Wie lange kann Venedig ohne die Städte auf dem Festland überleben? Wie lange kann es sich ernähren?«
Der Venetianer stand vom Tisch auf. Andrea Grittis Geste umfaßte die verlassene Tafel, die Teller mit den Essensresten, die Gläser mit den Weinflecken. »Wenn ich Antonios Ansichten auch nicht vollinhaltlich teile, so ist doch vieles von dem, was er sagt, einleuchtend. Wir sollten unsere Armeen für das Unvermeidliche vorbereiten. Wir sollten Getreidevorräte anlegen. Aber wir tun es nicht, Signor Crow, wir tun es nicht. Und warum?« Er schüttelte betrübt den Kopf. »Weil meine Landsleute Venedig für unbesiegbar halten.«

»Keine Stadt – kein Mensch – ist unbesiegbar.« Das Schwatzen der Gäste und die Musik waren nicht mehr zu hören – die Türen des fernen Ballsaales waren geschlossen worden. Der prächtige Palazzo von Signor Venier lag still da, wartete auf eine unsichere Zukunft.

Gritti blickte Toby an. »Ich sage Ihnen dies trotz Ihrer Nationalität, Signor Crow. Venedigs Unvorbereitetsein und Venedigs Hochmut sind bei unseren Feinden hinlänglich bekannt. Papst Julius wird uns für unseren Hochmut bestrafen.«

Nun erhob sich auch Toby. Er begriff die Unvermeidlichkeit eines Krieges – und plötzlich verspürte er den Drang, daran teilzunehmen. Krieg war eine simple Sache: Man suchte sich eine Seite aus, man überlebte oder fiel. Sein Elend und Schmutz waren augenfällig, nicht verborgen. Das schöne Château de Marigny verbarg eine andere Art von Elend und Schmutz – zusammengesetzt aus Geheimnissen, Heuchelei und Lügen.

Er atmete tief durch. »Bevor ich in den Dienst eines reichen Mannes trat, Signor Gritti, war ich Söldner. Als Soldat sehe ich jetzt, daß Venedig unvorbereitet ist – selbstzufrieden. Sie sollten ihre Festlandsstädte bewaffnen. Die venetianischen Adligen und ihre Söhne sollten sich auf den Krieg vorbereiten. Statt dessen ... statt dessen tanzen sie!«

Wieder das betrübte anziehende Lächeln, das Mitschuld und Verständnis ausdrückte – und Hoffnungslosigkeit. »Ich weiß«, sagte der Venetianer schlicht. »Eine Tragödie, nicht wahr?«

Gritti öffnete die große Doppeltür des Bankettsaales. »Sie sollten vielleicht erwägen, in Ihren alten Beruf zurückzukehren, Signor Crow – es wird bald großer Bedarf an Söldnern bestehen.«

Die Tür schloß sich hinter ihm. Grittis letzte Worte hingen über den Resten des Festmahls. Nach einer Weile beugte Toby sich über den Tisch und durchschnitt das Band, mit dem der Fuß des Stars an den Orangenbaum gefesselt war. Aber das Geschöpf war tot, lag schlaff in seiner Hand. Der kleine Körper war bereits kalt.

Toby schloß sich nicht gleich den anderen Gästen und der venetianischen Selbstzufriedenheit, dem venetianischen Vergehen, an. Statt dessen wanderte er auf der Suche nach frischer Luft allein durch den Zwischenstock des Hauses. Als er zu einem Balkon kam, hielt er inne und starrte in die Nacht hinaus. Venedig, die prachtvolle, unbesiegbare Stadt, erschien ihm plötzlich sehr klein, sehr verwundbar. Sie war nicht mehr als ein schwacher Hafen an der Spitze eines riesigen Meeres, der auf die Wogen wartete, die ihn bald überspülen würden. Und diese Wogen würden kommen, das wußte Toby jetzt.
Er hörte Schritte hinter sich und drehte sich um. Pasquale Gennari, Signor Veniers Sekretär, trat zu ihm. Pasquales zynisches Gesicht war zu einem Grinsen verzogen. »Bewundern Sie die Aussicht, Signor Crow? Kommen Sie – ich zeige Ihnen etwas, das weit erfreulicher anzusehen ist.«
Noch mehr Treppen, noch mehr gold- und juwelenglitzernde, mit Sesseln, Betpulten und Majolikatischen vollgestopfte Räume. Schließlich landeten sie im Vorraum von Signor Veniers Schlafzimmer.
»Sehen Sie her«, flüsterte Pasquale Gennari. »Ich bin sicher, Signor Venier wird verkaufen – wenn der Preis hoch genug ist.«
Toby schaute zu dem Gemälde an der Wand hinauf. »Judith«, erklärte Pasquale neben ihm, doch das hatte er natürlich sofort erkannt. Judith, die Holofernes ermordet hatte. Und Judiths Gesicht war Toby bereits bekannt: Die Frau, die das Messer in der einen und den abgetrennten Kopf in der anderen Hand hielt, war keine biblische Heldin – von der Leinwand blickte stolz Joanna Zulian herab, die Nichte des Malers Taddeo Zulian.
»Sie ist superb«, sagte er nach einer Weile.
Er war sich nicht ganz im klaren darüber, ob er damit die Frau auf dem Gemälde meinte oder das Mädchen, dem er vor einem Jahr vor diesem Haus aus dem Kanal geholfen hatte.
Die Frau auf dem Bild war nur mit einer Bahn bronzefarbener

Seide bekleidet. Plötzlich stieg Verlangen in ihm auf – nach der halbnackten Frau auf dem Gemälde, nach der nassen Nixe aus seinen Erinnerungen. Er betrachtete die Wölbung ihrer Brüste, die schmale Taille, ihre zarte Haut. Die langen, rotbraunen Haare waren von Perlenschnüren durchzogen. Er hatte diese Haare gestreichelt, hatte sie weich und naß und fein an seiner Handfläche gespürt. Ihr Gesicht war exquisit, die ausgeprägten, edlen Züge, der schlanke Hals. Aber ihre Augen, diese herrlichen, grauen Augen, waren anders, als er sie in Erinnerung gehabt hatte.

Als er sie aus dem Wasser zog, hatte er eine Mischung aus Verzweiflung und Sehnsucht in jenen Augen gesehen, doch in den Augen der gemalten Frau stand nichts, nicht das Geringste. Sie waren leer und starr. Zuerst dachte er, es liege am mangelnden Können des Künstlers, doch plötzlich erkannte er, daß es nicht so war.

»Achthundert Dukaten«, murmelte Pasquale. »Es herrscht allgemein die Ansicht, daß es Gaetano Cavazzas bestes Werk sei. Cavazza ist der Schwager von Taddeo Zulian – und er hat vor einem Jahr dessen Nichte geheiratet. Sie ist schwanger. Das Paar lebt in Padua. Hat Arlotto es Ihnen erzählt?«

Toby schüttelte den Kopf. Natürlich erinnerte er sich an Gaetano Cavazza, dem aufgeblasenen, besitzergreifenden, talentierten Gaetano – und wieder sah er Joanna Zulian vor sich, wie sie, zitternd vor Kälte und Kummer, das tote Kätzchen auf ihrem Schoß umfaßt hielt. Was für ein gegensätzliches Paar.

»Wenn Sie Geld haben«, setzte Pasquale hinzu, »genauer gesagt, *viel* Geld, Signor Crow, könnten Sie auch etwas anderes kaufen: Informationen.« Die Augen des Sekretärs glänzten.

»Die Mitglieder des Rates der Zehn sind schreckliche Schwätzer.«

Natürlich hatte er Geld – Reynaud du Chantonnays Geld, das sicher auf venetianischen Banken lag –, und außerdem eine

Promesse, welche die Unterschrift des Seigneur de Marigny trug. Er spielte mit dem Gedanken, morgen mehr als achthundert Dukaten zu Reynauds Lasten abzuheben, um ein Bild zu kaufen, das Reynaud nicht in Auftrag gegeben hatte, und er verspürte nicht den Hauch eines schlechten Gewissens.
Tobys Blicke hingen unverwandt an dem Bild. Er hörte Pasquale sagen: »Venedig hat sich geweigert, Signor Bentivoglio und seine Anhänger dem Papsttum auszuliefern, worüber Julius, wie es scheint, nicht sonderlich erfreut ist. An Ihrer Stelle würde ich meine Geschäfte abschließen und schleunigst nach Frankreich zurückkehren, Signor Crow: Die Terra firma – Italien – wird bald kein sicheres Durchreiseland mehr sein.« Mit ausdruckslosem Gesicht fügte er hinzu: »Der Papst hat Abgesandte nach Frankreich und Spanien, ins Kaiserreich und die Niederlande, nach Ungarn und Mailand geschickt, Signor Crow, mit dem Vorschlag, daß die christliche Welt sich gegen die venetianische Republik verbünden und sie gemeinsam Stück für Stück zerstören solle.«

Der Schmerz weckte Joanna an einem trüben Januarmorgen – ein dumpfer, rhythmischer Schmerz im Rücken, der sie am Schlafen hinderte. Zuerst begriff sie nicht, worum es sich handelte – aber sie begriff, als sie da in der Dunkelheit lag, daß sich etwas verändert hatte, etwas anders war. Gaetano neben ihr schnarchte, und das Haus war still.
Darauf bedacht, ihren Mann nicht zu wecken, verließ Joanna vorsichtig das Bett. Es war kalt, und sie war froh um den Schal, den sie sich um die Schultern gelegt hatte. Ihre Bewegungen waren unbeholfen geworden, ihr Körper erschien ihr entstellt, doch es gelang ihr, leise zum Fenster zu gehen und den Laden einen Spalt zu öffnen. Der Garten unten war mit einer dünnen, weißen Decke zugedeckt. Der Schnee, der in der Nacht gefallen war, verbarg all die kleinen, im Winterschlaf liegenden Pflanzen,

die sie so sorgfältig gehegt und gepflegt hatte, und drückte mit seinem Gewicht die Blätter des Immergrüns nach unten. Winzige Flocken tanzten von dem schweren, weißen Himmel herab.
Joannas Hände ruhten auf ihrem gewölbten Leib. Sie bemerkte, daß sich entsprechend dem wellenartigen Schmerz in ihrem Rücken ihr Bauch anspannte – und da begriff sie, was mit ihr geschah. Sie wußte, daß es zu früh war, viel zu früh. Zwei ganze Monate zu früh.
Sie kehrte ins Bett zurück, hoffte, daß, wenn sie ganz still läge, der Schmerz vergehen würde. Statt dessen wurde er stetig stärker. Es tat weh, sich zu bewegen, es tat weh, still zu liegen. Das Licht, das durch die Fensterläden hereindrang, war unheilvoll. Die orangefarbenen Streifen fixierend, bemühte Joanna sich, nicht in Panik zu geraten. Sie wollte dieses Baby. Sie wollte es im Arm halten, klein und warm und weich, sie wollte, daß es sie anschaute, nur sie, und lächelte. Sie wünschte sich jemanden, den sie lieben könnte. Zu früh, dachte sie, die Fingernägel in die Handflächen grabend, zu früh.
Nach einer Weile stöhnte sie laut auf und weckte damit Gaetano. Als er erkannte, daß sie in den Wehen lag, brüllte er nach seinen Schwestern. Caterina und Nannina kamen in mit Bändern verzierten Nachthemden und mit langen, rattenschwänzigen Zöpfen angerannt. Nannina war völlig durcheinander. Caterina wies lautstark darauf hin, daß das Kind viel zu früh käme. Schließlich verlor Gaetano die Geduld mit seinen Schwestern, schickte einen Bediensteten nach der Hebamme und floh in sein Atelier.
Joanna verlor jedes Gefühl für Raum und Zeit. Je stärker die Schmerzen wurden, um so schwächer wurde ihre Angst vor der Zukunft, ja sogar ihre Sehnsucht nach dem Kind. Das einzige, was sie in diesen Stunden beschäftigte, war der Wunsch, zu überleben und sie selbst zu bleiben, Joanna Zulian, in einem Stück zu bleiben und nicht von diesen schrecklichen Wogen

des Schmerzes zerrissen zu werden, die in immer kürzeren Abständen durch ihren Leib brandeten. In ihrer Phantasie verwandelte das Schlafzimmer sich in ein kleines Zelt, sah sie die wirbelnden Schneeflocken durch einen Riß in der Leinwand. Die Schneeflocken wurden zu Sternen, die ihren endlosen Tanz an einem eintönigen Himmel tanzten. Sie glaubte, ihr Baby sei geboren worden und gestorben, und sie hatte nicht einmal Tränen, um es zu beweinen. Sie hörte Stimmen in der Dunkelheit: Nanninas Stimme, die Stimme der Hebamme, Sanchias Stimme. Manchmal flüsterten sie, manchmal hallten sie wie in einer Höhle.

Paolo kam am Abend zur Welt, als die Glocke der Kirche von Carmine zur siebten Stunde schlug. Die Hebamme zog das Kind aus der Mutter, dessen Körper noch in die glitschige Glückshaube gehüllt war. Joanna konnte nicht sprechen, konnte die Arme nicht heben, um ihr Baby zu nehmen.

Die Stimme der Hebamme rief unnatürlich laut zu Nannina hinüber: »Das arme Ding! Sie ist ja selbst fast noch ein Kind.«

Sie stopften ihr Kissen in den Rücken und legten ihr das Baby in die Armbeuge. Ihre Gedanken bewegten sich langsam, wirr, in einer Welt zwischen Schlafen und Wachen.

Auch Nanninas Stimme dröhnte: »Ein Junge! Gaetano wird begeistert sein!«

Sie spürte das Gewicht des Babys, seine Wärme an ihrem Arm. Joannas Blick wanderte zum Fenster. Die geschlossenen Läden verwehrten ihr die Aussicht, doch sie erkannte an der Stille, die das Haus umgab, daß es noch immer schneite. Schließlich schaffte sie es, den Kopf zu drehen, ihr Baby anzuschauen. Und dann begann sie zu weinen, langsam rollten Tränen über ihre vor Erschöpfung eingefallenen Wangen. Während der langen, schmerzvollen Wehen hatte sie nicht geweint, doch als sie jetzt ihren winzigen Siebenmonatssohn betrachtete, mußte sie weinen – weil sie noch nie etwas so Schönes gesehen hatte. Seinen

Kopf krönten schwarze Kringellocken, die dunkelblauen Augen waren mandelförmig. Eine sternförmig geöffnete Hand fuhr ziellos durch die Luft.
Als Gaetano und Caterina hereinkamen, sagte Nannina: »Siehst du, meine Liebe: Sein Atem ist kräftig. Und Gaetano wird eine gute Amme für ihn finden.«
Aber die letzten Worte, die sie hörte, bevor sie in den Schlaf hinüberglitt, kamen von Caterina: »Ein Siebenmonatskind! Es wird keine Woche leben, Gaetano.«

Tobys Reise von Venedig nach Frankreich war ausgesprochen strapaziös: wegen des schlechten Wetters, wegen der Unhandlichkeit und des Wertes der Stücke, die er zu transportieren hatte, und wegen der Glücksritter, die unaufhaltsam mit gezückten Schwertern gen Italien zogen.
Er hatte so lange wie möglich den Wasserweg genutzt, war an Bord eines Flußbootes gegangen, das auf dem Po nach Alessandria fuhr. Er holte das Boot nicht ein, das er zuvor unter dem Schutz von Reynaud du Chantonnays Soldaten vorausgeschickt hatte. Als er Alessandria erreichte, war der Winter auf seinem Höhepunkt und das Wetter viel zu schlecht, um ein Überqueren der Alpen angeraten sein zu lassen. Also ritt er nach Genua und segelte auf einer Karavelle dicht an der Küste entlang über bewegtes, graues Wasser bis in den Golf von Lyon. Von Marseille aus ritt er nordwärts – und in den schlimmsten Winter, den er je erlebt hatte.
Der Schnee hatte Frankreich auf eine Farbe reduziert, die Farbflecken der Felder und Dörfer ausradiert, die Landschaft, die er gut kannte, in eine unvertraute Schwarzweißzeichnung verwandelt. Diesmal ging es nicht darum, so schnell wie möglich das Loiretal zu erreichen – die Reise geriet zum Überlebenskampf. Es waren nicht wie sonst Wegelagerer und arbeitslose Söldner die größte Bedrohung – er mußte gegen

etwas kämpfen, das viel mächtiger, viel stärker war als die schwache Menschheit: die Kälte, die sich in seine Kraftreserven fraß, die freilebenden Tiere erfrieren ließ, die Erde hart wie Eisen machte.

Am zwölften Abend suchte er Schutz im Haus eines Edelmannes, genoß die Unterhaltung durch Komödianten, Narren und Lautenspieler und speiste Wildschweinkopf und Gänsebraten. Danach war er wegen des wütenden Schneesturms gezwungen, eine Woche in einem Dorf zu verweilen. Einmal fand er Zuflucht in einem Stall, wurde nur durch die Wärme der Flanken seines Pferdes und einer Horde stinkender Schweine vor dem Tode bewahrt.

Auf seiner langsamen Reise nach Norden sah er die Opfer des Winters: die Bettler, die Kinder, die Alten, die Vögel, die festgefroren auf Zweigen hockten wie ausgestopfte Geschöpfe in der Werkstatt eines Präparators. Einem Bauern, dessen Getreidespeicher leer war, gab er etwas von Reynaud du Chantonnays Gold, eine Mutter und ihr neugeborenes Kind, erfroren wie die Vögel, begrub er am Rhôneufer unter flachen Steinen.

Die Schätze des Seigneur de Marigny versteckte er von Fall zu Fall unter Stroh auf einem Karren oder auf einem Boot, das Mist geladen hatte. Er verirrte sich, gesellte sich zu einem Hirten und seiner Herde schnatternder Gänse, bis sie wieder an den winterlichen Fluß kamen. Mehrere Male änderte er sein Erscheinungsbild – immer entsprechend den Gegebenheiten der jewei ligen Orte, durch die er kam, trat je nach Bedarf als Soldat, Bauer oder Student auf – aber niemals als Kurier eines reichen Mannes, der ein Vermögen, das dem Lösegeld für einen König gleichkam, in venetianischem Glas und ein exquisites Ölgemälde mit sich führte.

In einem Gasthaus in Avignon mußte er sich durch eine Rauferei den Weg nach draußen erkämpfen; er sah sich gezwungen, einem Herrn die Kehle durchzuschneiden, den er eines

Nachts, die Taschen voller Gold, mit einem Dolch in der Hand über sich gebeugt fand. Mit dem Schellfisch, den er in Lyon aß, verdarb er sich den Magen, erbrach sich drei Tage und drei Nächte lang und schlief anschließend ebenso lange – aber erst, nachdem er die Glaswaren in eine Decke gewickelt und die Leinwand unter seine Matratze geschoben hatte.
Auf dem Weg durch das Land schloß er sich einer Gruppe von Seidenwebern an, die nach Chinon unterwegs waren. Als er in die Stadt einritt, wurde der Schneefall dichter, hüllte die Türmchen und die Brustwehr der Burg in einen weißen Schleier. Auf der Brücke, die sich über die Vienne spannte, waren die Flaggen an ihren Masten festgefroren. Die kleinen Einlaßöffnungen am Rand des Flusses waren mit einer Eiskruste überzogen. Die Leinwand war in Decken und Strohmatten eingerollt und hinten an Tobys Sattel festgezurrt, die Glaswaren steckten, in Leinen gewickelt und in Wattiermaterial gebettet, in seinen Satteltaschen. Zwischen den Stoffschichten seines Wamses lagen Briefe: Briefe von den gut unterrichteten Herren der Casa d'Oro, Briefe, die im Detail die Überlegungen des Großen Rates von Venedig beschrieben.
Er aß in einem Wirtshaus am Grand Carroi, die Satteltaschen neben sich. Er sah den Würfelspielern zu, die in einer Ecke des Gastraumes ihre Einsätze machten, und dachte daran, daß für ihn das größte Glücksspiel Gaetano Cavazzas Gemälde war: Wenn Reynaud die Eigenmächtigkeit verurteilte, mit der sein Kurier ohne Auftrag ein Bild gekauft hatte, würde Toby aus Marigny hinausgeworfen, stünde wieder ohne Arbeit und Position da – aber wenn Reynaud in der schönen, gewalttätigen Gestalt das sehen könnte, was er, Toby, darin gesehen hatte, würde sein brennender Wunsch vielleicht endlich erfüllt. Ein kleines Lächeln erschien in seinen Mundwinkeln: Die Ironie war, daß er sich vor kurzem zu fragen begonnen hatte, ob dieser Wunsch wirklich seiner Einstellung entsprach, ob ein

kleiner Anteil an Marigny tatsächlich alles war, wonach er strebte.
Wonach er jedenfalls dringend strebte, dachte er, während der Schnee auf seinen Schultern zu schmelzen begann und sich, auf den Boden tropfend, zu kleinen Pfützen sammelte, war die Befriedigung seiner Neugier. Er mußte Bescheid wissen, wissen, ob Reynaud du Chantonnay sein Vater war; erfahren, warum er, falls es sich so verhielt, seinen unehelichen Sohn als Lehrling zu dem Schuhmacher nach Chinon gegeben hatte. Wissen, ob Pernet Lescot ihn vor zweieinhalb Jahren angelogen hatte.
Toby erinnerte sich, daß die Schusterei sich nur etwa hundert Meter weit die Straße hinauf befand. Ein letztes Mal, dachte er. Er würde den Schuhmacher nur noch dieses eine Mal aufsuchen und befragen. Es konnte doch sein, daß der Mann ihm irgend etwas, irgend ein kleines Detail zu erzählen versäumt hatte. Er stand auf, nahm seine Satteltaschen und schüttelte die Schmelzwasserrinnsale von seinem Umhang. Sein Körper schmerzte nach der langen Reise vor Müdigkeit. Er glaubte nicht, daß ihm jemals wieder warm sein würde. Als er aus der Tür des Gasthauses trat, überlegte er, ob Pernet Lescot ihm diesmal andere Lügen auftischen würde.
Und natürlich hatte er noch einen zweiten Grund dafür, seinem ehemaligen Arbeitgeber einen Besuch abzustatten: Seine eigene Stimme, die durch die Jahre widerhallte, wiederholte, was er zu Pernet Lescots damaligem Lehrling gesagt hatte: Wenn er nüchtern ist, sag deinem Herrn, daß ich wiederkommen werde. Und doch war er seitdem nicht mehr in Chinon gewesen: Marigny, Ehrgeiz, Neugier – all das hatte ihn davon abgehalten.
Sein Mißtrauen erwachte, als er den Hinterhof an der Rue Haute Saint-Maurice betrat. Dampf quoll aus der Wäscherei, bildete bauchige Wolken in der Luft, schmolz Löcher in den Schnee. Aber hinter dem Fenster der Schusterei war kein Kerzenschein zu sehen – nur das Licht aus der Wäscherei ließ

die Eiskristalle wie bernsteinfarbene und jadegrüne Juwelen glitzern.
Toby schwang sich vom Pferd und schlang die Zügel um den Pfosten. Als er die Tür zur Schusterwerkstatt öffnen wollte, stellte er fest, daß sie verschlossen war. Ein Blick durchs Fenster zeigte ihm eine dünne Staubschicht auf den Lederabfällen, Werkzeugen und Leisten. Im Kamin lag ein Berg schwarz gewordener Asche, der Blasebalg hing aufgeräumt an einem Wandhaken. Er rief den Namen des Schuhmachers, und seine eigene Stimme wurde zurückgeworfen, verspottete ihn.
Wieder einmal wurde sich Toby der Kälte bewußt, des Schnees, der seinen Weg unter seinen Kragen fand und unter die Manschetten. Er kehrte der Schusterei den Rücken und klopfte an die Tür der Wäscherei. Ein Mann, der ihm unbekannt war, öffnete, und Toby fragte mit trockener Kehle: »Der Schuster, Pernet Lescot – ist er krank? Oder betrunken?«
Der Mann starrte ihn einen Augenblick lang schweigend an, dann spuckte er auf den Boden. »Nur, wenn sie in der Hölle Wein anbauen.« Er lachte über seinen eigenen Witz.
Toby brauchte eine Ewigkeit, um seine nächste Frage zu stellen. »Demnach ist er *tot?*«
Der Mann von der Wäscherei nickte. Dampf quoll aus der offenen Tür, streifte kochendheiß Tobys Gesicht. »Wurde vor vierzehn Tagen aufgehängt. Ein Segen, finde ich – abgesehen davon, daß sich die Sohlen von meinen Stiefeln lösen.«
Der Mann wandte sich zum Gehen. Toby umfaßte seinen Ellbogen, hielt ihn auf. »Warum? Warum haben sie ihn gehängt?«
Er erriet die Antwort, bevor er sie hörte. Die Worte des Wäschers sprangen zwischen den Wänden des Innenhofs hin und her, wurden vom Schnee der Resonanz beraubt. In diesem Augenblick mußte Mordlust in Tobys Gesicht stehen, denn der Mann versuchte sich loszureißen, hob besänftigend die Hände.

Doch Toby ließ ihn nicht gehen – nicht, ehe er die ganze Geschichte gehört hatte. Erst danach löste sich seine geballte Faust von dem schmierigen Wams des Wäschers, und er ging zu seiner Stute zurück und führte sie durch die verschneiten Straßen von Chinon.

Lescot sperrte seinen Lehrling in den Holzschuppen hinter der Werkstatt. Sie fanden ihn erfroren. Sie sagten, der Junge hätte Holz gegessen und Schweewasser getrunken.

Toby war nicht bewußt, daß er durch das Stadttor von Chinon hinausritt, die Brücke überquerte, die Straße wählte, die in Richtung Marigny führte. Er sah nur einen kleinen Jungen, dessen Augen manchmal von einem strahlenden, klaren Blau waren, und manchmal von dem dunklen Schiefergrau seiner eigenen. Er hörte nur seine Stimme sagen: Sag deinem Herrn, daß ich wiederkommen werde.

Aber er war nicht früh genug zurückgekommen. Er war nicht zurückgekommen, weil er die letzten paar Jahre wie sein Namensvetter, die Aaskrähe, damit verbracht hatte, an den gutgepolsterten Knochen eines reichen Mannes herumzupicken. Er hatte versucht, die Erinnerung an seine ersten Jahre auszulöschen, den üblen Geruch von Armut und Brutalität in den duftenden Hallen des Château de Marigny zu verlieren. Doch man konnte diesen Gestank niemals loswerden: Er klebte an einem, die Haut war damit durchtränkt – bis ans Lebensende.

Toby riß in seinem Zorn an den Zügeln. Sein Pferd warf den Kopf hoch, wieherte protestierend. Der Weg vor ihm war schmaler geworden, befestigt durch Bäume und den Schnee. Der wolkenverhangene Himmel war ambragrau, der Horizont hinter einem Vorhang aus taumelnden, dicken Flocken verschwunden. Er hätte in Chinon bleiben sollen, er hätte sich ein Zimmer suchen sollen – aber Toby wußte, daß er nicht einmal die Höflichkeit hätte aufbringen können, die die Frage nach einem Zimmer erfordert hätte. In der verschneiten Landschaft herrschte vollkommene Stille – er glaubte nicht, daß er in seinem Gemütszustand das sinnlose Geplapper seiner Mitmenschen ertragen könnte.

Als plötzlich durch den Schnee gedämpfter Hufschlag und das Klimpern von Zaumzeug und Zügeln laut wurde, erkannte er, daß er unvorsichtig gewesen war. Während all der langen Wochen seit seinem Aufbruch von Venedig war er wachsam gewesen, doch heute abend hatte er, abgelenkt durch seinen Zorn, nicht die gebotene Achtsamkeit walten lassen. Unwillkürlich vergewisserte er sich, daß die Glaswaren und das Gemälde sicher untergebracht waren. Dann wendete er, das Schwert in der Hand, seine Stute und spähte mit zusammengekniffenen Augen in die Dämmerung.

Drei Männer versperrten den Weg vor ihm. Das Metall von Schwertern und Messern schimmerte matt im Zwielicht. Die Gesichter der Reiter wurden durch die Vorsprünge an den spitzen Helmen und die tiefen Schatten verborgen, die die schneebeladenen Bäume warfen. Drei edle, spanische Schwerter wurden auf Toby gerichtet, drei ebenso edle Pferde umkreisten ihn, lösten dabei den Schnee von den Ästen, so daß er wie weißer Puder zu Boden sank.

Ein vernünftiger Mann hätte sein verbliebenes Gold auf den Boden geworfen, seinem Pferd die Sporen in die Flanken gerammt und wäre um sein Leben geritten – aber Toby hatte seine Vernunft in Chinon verloren. Und außerdem wollte er töten!

Er hörte seine Stimme die Stille durchbrechen, als er auf den ersten Mann zuritt, das Klirren von Stahl auf Stahl. Schneewolken stiegen um die Hufe der Pferde auf. Er hatte nichts aus seinen Jahren als Soldat vergessen – und sein rechter Arm war kräftig wie eh und je. Die alte, vertraute Freude flammte in ihm auf, als er sein Schwert mit einer blitzschnellen Bewegung gegen die Schulter seines Feindes führte und gleich darauf dunkelrote Blutstropfen den Schnee sprenkelten. Ein Lächeln lag auf seinem Gesicht.

Er kämpfte gut, vielleicht besser als jemals zuvor, aber sie waren zu dritt, und sie waren gut. Schließlich schlugen sie ihn von seinem Pferd, doch er kämpfte weiter, obwohl er sein Schwert verloren hatte. Er benutzte seine Fäuste und seine Füße, doch er war sich im klaren darüber, daß er mit Fäusten und Füßen nichts gegen die Schwertklinge ausrichten könnte, die bald in Richtung seines Herzens geschwungen würde. Er wollte nicht sterben, aber durch einen roten Nebel aus Wut und Schmerz erkannte er, daß eine gewisse Gerechtigkeit darin läge.

Doch der Schwertstoß kam nicht. Statt dessen schoben sie ihre Waffen in die Scheiden und setzten wie er ihre Fäuste ein. Sie prügelten auf ihn ein, bis er sich nicht mehr wehrte und nach Atem ringend zusammengekrümmt im Schnee lag. Dann zerrten sie ihn auf die Füße, warfen ihn über eines der Pferde und ritten durch die Nacht davon.

Ein Feuer brannte, die Flammen tanzten scharlachrot und orangefarben, violett und rosa in einem Kamin, wo Scheite knackten, glühten und Funken sprühten. Der Fußboden des Raumes war gefliest, das Holz der Möbel dunkel, mit dickem Samt gepolstert.

Toby trieb zwischen Bewußtsein und Ohnmacht hin und her. Da war der Wald gewesen, ein Pfad, eine Tür, der fallende Schnee. Dann, später, das Innere eines Hauses. Einen Moment lang glaubte er verwirrt, in Marigny zu sein. Er sah flüchtig Wandbehänge, eine geschnitzte Holztreppe und die hellen, gelb leuchtenden Kerzen an den narbigen Steinwänden. Er wurde durch eine Reihe von Räumen geschleift, allesamt warm und kostbar eingerichtet – und dann stand er, noch immer in der

Gewalt zweier seiner Angreifer, auf einem exquisiten Orientteppich, und geschmolzener Schnee rann von seiner Kleidung und tropfte auf das schöne Muster.
Zuerst dachte Toby, er sei allein – abgesehen von den beiden neben ihm –, aber dann sagte eine Stimme: »Haben Sie sich gut amüsiert, meine Herren?«
Der Mann, der immer noch seinen Arm gepackt hielt, antwortete: »Er wollte einen Kampf, Herr – und so taten wir ihm den Gefallen.«
»Das sehe ich.« Der Sprecher trat vor. Die Augen zusammenkneifend, konnte Toby die durch den Feuerschein nur als Silhouette erkennbare Gestalt eines Mannes ausmachen, der den Eindruck einer hochgestellten Persönlichkeit, von Reichtum und Macht vermittelte. Wie Reynaud, dachte Toby benommen. Eine Hand kam auf ihn zu und drehte sein Gesicht in Richtung Feuer. »Ich hoffe, er kann noch sprechen, meine Herren.« Die Stimme war leise und sarkastisch, die Augen, die Toby musterten, waren dunkel, ausdruckslos und grausam. Tobys Kleider waren durchweicht und noch immer mit schmutzigem Schnee überzogen. Er zitterte.
Die Hand glitt von Tobys Gesicht, und die Stimme flüsterte: »Können Sie sprechen, mein Bester? Können Sie eine Botschaft für mich überbringen?«
Tobys Lippen waren aufgesprungen, und einer seiner Zähne wackelte. »Eine Botschaft an wen?« krächzte er.
Eine Handbewegung, und die Wachen waren fort, ließen Toby in dem Raum mit dem Feuer, den Fliesen und den Samtkissen zurück. Der Edelmann sagte: »An Ihren Arbeitgeber, natürlich – an den Seigneur de Marigny.«
Toby riß den Kopf hoch. Er zwang seine Muskeln, nicht zu vibrieren. Der Munde seines Gegenübers hatte sich zur Andeutung eines Lächelns verzogen, doch die Augen blickten noch immer kalt und reptiliengleich.

»Sie sind doch der Kurier des Seigneurs, oder nicht?« Der eisige Blick wanderte noch einmal über Toby, verweilte bei seinen zerrissenen, durchnäßten Kleidern, den von Blutergüssen entstellten Gesichtszügen und Händen. Wieder diese leise, leblose Stimme. »Sie hätten nicht kämpfen müssen, mein Bester – es war mir nicht daran gelegen, dem lieben Reynaud sein Eigentum beschädigt zurückzugeben.«

Jeder Knochen in Tobys Körper schmerzte, und das Atmen tat ihm weh. Er war sich bewußt, daß sein Verstand nur langsam arbeitete, betäubt von den Schlägen einiger panzerbehandschuhter Fäuste – doch er empfand noch immer Furcht und nahm auf fast animalische Weise eine Bedrohung wahr, die Schlimmeres verhieß als körperliche Mißhandlungen. Er fühlte sich, als sei er wieder sieben Jahre alt, das Spielzeug von jemandem, der viel größer, viel mächtiger war als er.

Der Edelmann lächelte. »Ich habe auf Ihre Rückkehr gewartet, Monsieur. Ich wollte mit Ihnen sprechen, weil ich gehört habe, daß Ihr Arbeitgeber leidend ist – und daß er nur einen tölpelhaften Sohn hat.«

Die dunklen, leeren Augen hielten ihn noch immer fest. Toby dachte an François, den unbeholfenen, törichten François, aus dem er im letzten Sommer einen für dessen Verhältnisse recht ordentlichen Tennisspieler gemacht hatte. Er war müde, er hatte Schmerzen, und es fehlten ihm die Worte, um den plötzlich aufsteigenden Abscheu gegen seinen namenlosen Befrager auszudrücken. Statt etwas zu sagen, spuckte er ihn an. Die kleine Speichelkugel landete mitten auf dem pelzbesetzten Gewand des Mannes.

Der Blick der starren Augen wurde durch keinen Lidschlag unterbrochen, aber eine Hand griff in den gebauschten Stoff seines gefütterten Wamses – direkt unterhalb der Kehle. Und plötzlich spürte er die kalte Klinge eines Dolches an seiner Wange. »Aber, aber – was für ein hitziges Temperament. Ein

Glück, daß ich nicht ebenso heißblütig bin, sonst würden Sie sich in irgendeinem Straßengraben wiederfinden, mein Bester, abzüglich einiger der nützlicheren kleinen Anhängsel Ihres Körpers.«

Die Spitze der Waffe wurde gegen Tobys Haut gedrückt. Flüsternd brachte er die Frage hervor: »Wer sind Sie?«

Der Dolch wurde langsam abwärts gezogen, ritzte Tobys Haut. Und dann kam die Antwort: »Mein Name ist Hamon de Bohun.«

Tobys Gedanken schleppten sich durch sein Gedächtnis, um den Namen ausfindig zu machen – und schließlich flüsterte Guillaume de Chantonnays Stimme: »Du erinnerst dich doch an den Sieur de Bohun, nicht wahr, Reynaud? Er war ein Verwandter deiner ersten Frau.«

De Bohun war etwa in Reynauds Alter. Die Spitze des Dolches liebkoste jetzt Tobys Kinnlinie, und er fand, eingemeißelt in das Gesicht dieses Mannes, jede der weniger sympathischen Charaktereigenschaften des Seigneur de Marigny wieder: Rücksichtslosigkeit, Grausamkeit, Habgier. Und doch besaß de Bohun etwas, das sogar Reynaud fehlte – etwas, das Tobys Haut kribbeln ließ.

Der Dolch glitt langsam in seine Scheide zurück, und Hamon de Bohun entfernte sich von Toby und ging zum Tisch hinüber. »Ihre Manieren lassen sehr zu wünschen übrig, Monsieur, eines Tages werde ich Sie bessere lehren. Aber noch fasse ich mich in Geduld. Und nun – die Botschaft.«

Toby schaute auf und sah vor de Bohun – zusammengerollt, aber der schützenden Hüllen beraubt – das Gemälde liegen, das er aus Venedig mitgebracht hatte.

»Richten Sie Ihrem Herrn aus«, befahl Hamon de Bohun mit gewohnt leiser Stimme, »daß ich gekommen bin, um mir zu holen, was er mir schuldet. Sagen Sie ihm, daß ich dies«, vorsichtig entrollte er das Bild, »als Anzahlung behalte. Ja – als Anzahlung.«

Toby trat ein paar Schritte vor und starrte auf die Leinwand hinunter. Zwei Monate zuvor hatte er das Gemälde an der Wand eines prächtigen, venetianischen Palazzo entdeckt. Den abgetrennten Kopf des Holofernes in der Hand, blickte Judith mit Joanna Zulians grauen Augen zu Toby auf – und zum ersten Mal sah er, als er zu ihm hinüberschaute, eine Regung in den Augen von Hamon de Bohun. Aber er wußte nicht, was es war.

Joanna schlug Gaetanos Angebot, eine Amme anzustellen, aus und stillte Paolo selbst, zwang ihren schmerzenden Körper, sich tags wie nachts alle paar Stunden aus dem Bett zu erheben. Ihre Liebe zu ihrem Baby veränderte alles. Der Zorn, das schreckliche Gefühl des Eingesperrtseins, das ihre Ehe in steigendem Maße mit sich gebracht hatte, trat in den Hintergrund und wurde unwichtig. Gaetano, Caterina und Nannina waren lediglich Schattengestalten: Es gab nur eine Person, die für Joanna eine Rolle spielte, und das war das kleine, ums Überleben kämpfende Geschöpf in der Wege.

Paolo verwandelte ihr Leben, gab ihm Bedeutung und ein Ziel. Die Zärtlichkeit, die sie befähigt hatte, grüne Schößlinge aus nackter Erde zu locken oder Blumen auf Leinwände zu zaubern, war verzehnfacht und ihrem Baby geweiht. Wenn sie es im Arm hielt, wenn sie es stillte, war sie vollkommen glücklich. Nichts anderes zählte.

Doch ihr Glück wurde durch Angst beeinträchtigt. Immer wieder echoten Caterinas Worte durch ihren Kopf: »Ein Siebenmonatskind! Es wird keine Woche leben.« Joanna durchwachte Paolos siebte Nacht, hielt ihn im Arm, spürte das Gesichtchen warm an ihrer Brust. Während der Stunden der Dunkelheit beobachtete sie die Bewegungen, die über seine Züge zuckten, spürte das schnelle Heben und Senken seines Brustkorbs. Sie dachte, wenn sie schliefe, stürbe er vielleicht. Er war noch immer ein Teil von ihr, und sie war fest davon

überzeugt, daß ihre Wachsamkeit sein Weiterleben gewährleisten würde.
Paolo überlebte seine erste Woche und auch seine zweite. Allerdings gewann er das Gewicht nicht zurück, das er nach der Geburt verloren hatte: Seine Glieder schienen Joannas ängstlichen Augen langsam, aber stetig dünner zu werden. Wenn sie ihn in ihre Wiege legte, schlief er stundenlang. Er weinte wenig, und seine Forderung nach Nahrung wurde zunehmend zögernder. Ein braves Kind, meinten die zu Besuch kommenden Nachbarn, wenn sie sich gurrend über den friedlichen Säugling beugten, und Joanna nickte und versuchte, daran zu glauben. Alle Babys schliefen viel, sagte sie sich, und Paolo schlief besonders viel, weil er sich von der Qual der Geburt erholen mußte.
Trotzdem wachte sie nachts bei ihm. Doch oft fielen ihr erschöpft die Augen zu, und dann fuhr sie irgendwann, geweckt von Paolos leisem Krähen, mit einem Ruck aus dem Schlaf auf und zitterte vor Schuldgefühlen und Angst, wenn sie ihn an ihre Brust legte.
Manchmal, wenn sie ihm beim Baden oder Stillen ins Gesicht sah, öffneten seine runden, blauen Augen sich weit, und sein Blick traf sich mit dem ihren. Joanna hatte den Eindruck, als läge unendliche Weisheit darin, unendliche Geduld.

Später stießen sie Toby unsanft aus der Tür, in Richtung seines Pferdes. Er konnte gar nicht schnell genug in den Sattel kommen. Seine Stute spürte seine Ungeduld, von diesem Haus und von diesem Mann wegzukommen, an der brutalen Führung der Zügel, als ihr Reiter sie wendete. Er ritt durch die Nacht, durch dicht fallenden Schnee, hielt nur kurz an, um ein paar Schlucke Wein zu trinken, nachdem er einige Meilen zwischen sich und Hamon de Bohun gebracht hatte.
Das Château de Marigny glitzerte schneebedeckt im schwinden-

den Sonnenlicht, als Toby am Nachmittag des folgenden Tages ankam. Der Schneesturm hatte sich gelegt, nur noch vereinzelt schwebten daunengleiche Flocken träge in der kalten Luft. Die untergehende Sonne färbte die schlanken, hoch aufragenden Türmchen und Zinnen goldfarben, indigo, rubinrot, und jeder Halm des Schilfrohrs, das den Schloßgraben säumte, war mit klöppelspitzengleichen Mustern aus silbrigem Eis überzogen. Noch immer hatte er den Eindruck von Frieden, von einer Zuflucht, die ihm gewährt wurde, wenn er in das Sicherheit vermittelnde Rund der farblosen Mauern eintrat und die prächtigen Wimpel sah, deren jeder das Wappen mit dem Leoparden und den drei Mondsicheln trug.

Die Spuren, die Hamon de Bohuns Häscher auf Tobys Gesicht hinterlassen hatten, veranlaßten den Wächter, zweimal hinzusehen, bevor er einen Gruß rief und das Fallgatter öffnete. Als Toby bei den Stallungen angekommen war, glitt er aus dem Sattel und blieb, die Augen geschlossen und die Stirn an die Flanke seiner Stute gelehnt, einen Moment stehen, versuchte, wieder zu Atem zu kommen. Erst dann war er in der Lage, den Sattel abzunehmen und dem Stallburschen zu übergeben, erst dann war er in der Lage, die Satteltaschen mit ihrer wertvollen Fracht aus venetianischem Glas von dem Pferderücken zu heben.

In der Eingangshalle loderten die Flammen bis hinauf in die Mündung des riesigen, gemeißelten Kamins. Toby stellte sich mit ausgestreckten Händen davor. Dampf stieg von seinen durchnäßten Kleidern auf. In den Stein über dem Kamin waren der Leopard und die Monde eingemeißelt – und der Wahlspruch der du Chantonnays: *Garde ta foy.* Benommen von Zorn, Schmerz und Erschöpfung, nahm Toby Abschied von Marigny. Er hatte gespielt, und er hatte verloren.

Reynaud du Chantonnay empfing ihn in dem Raum mit den Einhorn-Wandteppichen. Die ausdruckslosen, edlen Augen des

Tieres blickten auf ihn herunter – unkritisch, mitleidlos. Reynaud war nicht allein: Guillaume du Chantonnay, elegant gekleidet in ein blaßblaues Satinwams und ein spitzenbesetztes Hemd, lehnte lässig am Fensterbrett. Reynaud saß in einem Sessel mit überkreuzten Beinen. Auf dem Tisch neben ihm stand eine Schachtel mit Süßigkeiten. Seine Hände und seine Gewänder waren zuckerbestäubt.

Guillaume du Chantonnays Blick wanderte langsam über Tobys schmutzige, zerfetzte Kleider und das entstellte Gesicht. Aufgrund seiner schmerzenden Knochen eine Verbeugung nur andeutend, kostete es Toby nur einen kurzen Blick, zu erkennen, wie auffällig sich der Gesundheitszustand des Seigneur de Marigny in den sechs Monaten seiner Abwesenheit verschlechtert hatte. Reynauds Gesicht war aufgedunsen, die farblosen Augen wirkten wie zwei Löcher in der fahlen Fleischmasse, die Haut auf den Handrücken wies an den Knöcheln Grübchen auf. Reynauds dicke Finger scharrten in der Schachtel nach einem Stück rosafarbenen Zuckerzeugs, als er sagte: »Sie kommen spät, Monsieur.«

Toby spürte die Glut des Zorns, die am vorangegangenen Tag so gründlich angefacht worden war, wieder aufflackern, doch er hielt jede Empfindung aus seiner Stimme und seinen Zügen fern, als er antwortete: »Das Wetter war schlecht.« Das Atmen schmerzte, das Sprechen schmerzte. Er spürte noch immer den Abdruck der Stiefel auf seinen Rippen – und, was noch schlimmer war, er hatte noch immer diese gespenstisch sanfte Stimme im Ohr: »Sie hätten nicht kämpfen müssen, mein Bester.«

Reynaud murmelte mit vollem Mund: »Es war bereits der Verdacht in mir erwacht, Crow, daß Sie mich verlassen hätten.«

Guillaume verfolgte die Unterhaltung schweigend. Ein Rubin leuchtete an seinem Ohr. Mit einem Wedeln seiner langen Finger lehnte er Reynauds Angebot, Süßigkeiten zu nehmen, ab.

»Und was haben Sie nun für mich, Crow?« Reynaud beugte sich in seinem Sessel vor. Toby sah nackte, nur mühsam bezähmte Wut in den tief in Fleischwülste eingebetteten Augen lodern. »Ich erwarte als Ausgleich für Ihre unbillige Verspätung etwas Wundervolles, etwas Großartiges.«
Toby öffnete die Satteltaschen. »Ein wenig Glas. Ein paar Briefe.«
Sein Mangel an Höflichkeit war Absicht. Seine Lippen weigerten sich, die Worte »votre seigneurie« zu formen. Er würde Reynaud du Chantonnay nicht anspucken, wie er den Sieur de Bohun angespuckt hatte, aber er sah sich außerstande, die erwarteten Artigkeiten auszusprechen oder zu katzbuckeln, um Reynauds Anerkennung zurückzugewinnen. Er plazierte die Glaswaren und die Briefe auf einen großen Tisch am Fenster. Keine abgeschlagene Ecke, kein Kratzer verunstaltete die bunten Oberflächen. Rosa, bernsteinfarben und jadegrün schimmerten sie wie Schnee im Mondlicht. Reynaud stemmte sich aus seinem Sessel hoch und liebkoste die Trinkgefäße mit seinen großen, geschwollenen Händen. Toby sah die Freude und den Besitzerstolz auf den schwammigen Zügen. Er selbst konnte keinen Stolz auf die Kunstgegenstände empfinden, die er auf dem Tisch arrangiert hatte: Der Preis, den er für sie bezahlt hatte, war zu hoch gewesen. Er wollte nur die Erlaubnis bekommen, sich zurückziehen zu dürfen, damit er schlafen könnte, bis sein Kopf und seine Rippen zu schmerzen aufhörten, damit er nicht länger das Bild eines zwischen Holzscheiten erfrorenen Kindes sähe oder Hamon de Bohuns flüsternde Stimme im Ohr hätte. Aber er konnte noch nicht gehen – er hatte schließlich eine Botschaft zu überbringen.
Reynaud du Chantonnay hatte die Siegel erbrochen und war dabei, die Briefe zu lesen. Er blickte auf. »Wie ich schon sagte – Sie kommen spät, Monsieur.« Seine Stimme war angespannt vor Zorn, und er stach immer wieder mit einem dicken Finger auf

die Papiere ein. »Ich bin bereits im Besitz dieser Information: Mein Cousin Guillaume kam heute früh nach Marigny geritten, um mir zu berichten, daß das Schicksal Venedigs bereits besiegelt, das Todesurteil für Venedig in Cambrai von Margarethe von Österreich, stellvertretend für ihren Vater, Kaiser Maximilian, unterzeichnet worden ist – und von Kardinal Georges d'Amboise, stellvertretend für Louis XII., den König von Frankreich, Crow.« Reynaud schlug mit der Faust auf den Tisch.

Guillaume du Chantonnay lehnte noch immer an dem Sims und genoß die Szene sichtlich. Jetzt sagte er: »Ich zitiere aus der Präambel für den Vertrag von Cambrai, Messieurs.« Seine leicht schleppende Stimme echote durch den Raum. »›Und so haben wir es nicht nur für ratsam und ehrenhaft, sondern sogar für notwendig befunden, alle Leute aufzufordern, ihre gerechtfertigte Rache zu nehmen und wie ein großes Feuer die unersättliche Habgier der Venetianer und ihren Durst nach Macht zu vernichten.‹« Guillaume lächelte, seine Augen leuchteten. »Das bedeutet Krieg, nicht wahr?«

Reynaud du Chantonnay zischte: »Louis von Frankreich und Kaiser Maximilian haben sich bereits beide mit dem Papsttum gegen die Republik verbündet. Gegen eine solche Koalition kann Venedig nicht bestehen. Sie waren zu lange unterwegs, Crow. Sie haben getrödelt. Ich werde das Geld verlieren, das ich auf den venetianischen Banken liegen habe.« Reynaud fegte die Briefe vom Tisch. »Die sind nutzlos – alle nutzlos. Sie haben sich den Lohn nicht verdient, den Ich Ihnen bezahle.«

Toby dachte an den Ritt von Venedig nach Frankreich, an die Kälte, an das Elend, das er gesehen hatte, an seinen überfälligen und schockierenden Abstecher nach Chinon. Wieder spürte er, wie sein Temperament mit ihm durchzugehen drohte. Er sagte leise: »Dann bezahlen Sie mich nicht länger. Suchen Sie sich einen anderen Laufburschen. Suchen Sie sich einen anderen

Dummkopf, der für Sie tut, wozu Sie nicht in der Lage sind.« Reynaud zischte wütend, und hinter Toby stieß Guillaume du Chantonnay ein halbersticktes Kichern aus.

»Sie sind unverschämt, Monsieur!« Reynaud war mit wutverzerrtem Gesicht ein paar Schritte vorgetreten, doch er zog nicht, wie Hamon de Bohun, seinen Dolch. Noch nicht. »Sie vergessen, wer Sie sind.«

Toby war versucht zu sagen: Aber ich weiß doch gar nicht, wer ich bin – Sie haben es mir nicht gesagt. Und dann hörte er sich lachen und stellte fest, daß er nicht aufhören konnte. Die Handfläche Reynauds, die klatschend in seinem Gesicht landete, brachte ihn wieder zur Vernunft. Durch einen Nebel aus Schmerz und Zorn und den brennenden Wunsch nach Wiedergutmachung wurde er gewahr, daß seine Hand sich um den Griff seines Schwertes gelegt hatte.

»Reynaud«, sagte Guillaume in gelangweiltem Ton, »der Mann hat eine weite Reise unter üblen Bedingungen hinter sich. Er ist erschöpft, vielleicht sogar krank. Laß ihn gehen. Sprich morgen mit ihm, wenn er wieder bei sich ist.«

Sein Schwert in diesem Zimmer zu ziehen, wäre verhängnisvoll für ihn. Irgendwie schaffte Toby es, seine Finger zu öffnen und die Hand sinken zu lassen. Reynaud war zu seinem Sessel zurückgekehrt, aber da war immer noch diese verwünschte Botschaft ...

Toby schickte sich an, die Quittungen, Rechnungen und Verkaufsbestätigungen, die er in Venedig gesammelt hatte, aus dem Innern seines Wamses zu ziehen. »Sie haben einen noch besseren Grund für meine Entlassung als meine schlechten Manieren und meine Langsamkeit. Ich habe ein Gemälde ... verloren.« Er fand die Verkaufsrechnung aus der Casa Venier und legte sie in Reynaud du Chantonnays ausgestreckte, klebrige Hände. »Sie bezieht sich auf ein Gemälde des Paduaners Gaetano Cavazza – ein Portrait von Judith und Holofernes. Ein exquisites Kunstwerk. Superb. Ich habe achthundert Dukaten dafür bezahlt – und irgendwo zwischen Chinon und Marigny habe ich es verloren.«

Reynauds Finger knüllten das Papier zusammen. Zorn verdunkelte seine fleischigen Züge.

»Verloren?« fragte Guillaume scharf. »Was soll das heißen, Mann?«

»Nun ...«, Toby lächelte mühsam, »genauer gesagt, wurde es mir abgenommen, mit Gewalt. Im Auftrage eines Ihrer Bekannten, Herr.«

Reynaud du Chantonnay starrte ihn an. Seine Finger, mit denen er ein Stück Zuckerzeug zum Munde hatte führen wollen, verhielten auf halbem Wege in der Luft.

Tobys Stimme war sanft, unbekümmert. Er stellte fest, daß er sich – zum ersten Mal seit Wochen – amüsierte. »Sein Name ist Hamon de Bohun. Er gab mir eine Botschaft für Sie mit, Seigneur. Er sagte, er habe gehört, daß Sie leidend seien, und er sei gekommen, um sich zu holen, was Sie ihm schulden. Und er nahm das Gemälde an sich – als Anzahlung, wie er sagte.«

Es war stets eine undankbare Aufgabe, schlechte Nachrichten überbringen zu müssen – und ganz besonders im Falle von Reynaud du Chantonnay. Toby wurden jedoch handgreifliche Folgen von Reynauds Zorn erspart – durch Guillaume, der ihn aus dem Zimmer schob und seinen Cousin, die aufgerissene Süßigkeitenschachtel mit ihrem vielfarbigen Inhalt beiseite fegend, in seinen Sessel zurückdrückte. Als Toby die Tür hinter sich schloß, hörte er Reynaud brüllen: »Sie reiten morgen nach Venedig zurück! Crow! Sie werden mir das Geld erstatten, bis auf den letzten Sou – oder ich bringe Sie an den Galgen!«

Draußen, wo die Stimme seines Arbeitgebers auf ein Flüstern reduziert war, setzte Toby sich auf die oberste Treppenstufe und barg das Gesicht in den Händen. Sein Zorn war verraucht, und

er erkannte die schreckliche Sinnlosigkeit seines Aufbegehrens und seiner Unverschämtheit. Er wußte nicht, wie lange er so dagesessen hatte, die Finger in die Haare geflochten und die Stirn auf den Knien, als er plötzlich Schritte hörte und das leise Rauschen, mit dem Seide über Steinstufen glitt. Er hob den Kopf und sah, halb verborgen in der im Schatten liegenden Windung der Treppe, Eleanor du Chantonnay stehen. Ihr Gesicht war in dem schlechten Licht nur undeutlich zu erkennen, schwarze Schlagschatten betonten ihre Wangenknochen und lagen um ihre tiefbraunen Augen. Er machte Anstalten, sich aufzurappeln, doch sie hinderte ihn mit einer Geste daran. Sie stieg noch ein paar Stufen herauf und berührte sein zerschundenes Gesicht mit den Fingerspitzen.
»Wer hat Ihnen das angetan?« Ihre Stimme zitterte leicht. »War es Reynaud?«
Ihre Besorgnis überraschte ihn – er hatte sie nicht für so zart besaitet gehalten. Er versuchte zu lächeln. »Nein – nicht Reynaud. Es war eine strapaziöse Reise, Madame, das ist alles.«
Er betrachtete ihr Gesicht. Es war merkwürdig, dachte er, wie noch immer Flämmchen aus der Glut seiner Neugier züngelten, obwohl er genau wußte, daß er sein Spiel verloren hatte. Aber er hatte einiges über Marignys Vergangenheit erfahren: Blanche, vaterlos und unverheiratet, besaß das Château und die Ländereien. Hamon de Bohun und Reynaud du Chantonnay umkreisten sie wie Geier …
»Es ist nicht so schlimm, wie es aussieht, Madame«, fügte er hinzu. »Ich bedauere, Sie erschreckt zu haben.«
»Erschreckt?« Eleanor du Chantonnay wirkte plötzlich hochmütig und reserviert. »Ich habe weit Schlimmeres gesehen, Monsieur Crow – ich falle beim Anblick von Blut nicht in Ohnmacht.«
Toby kam auf die Füße und senkte den Kopf in einer angedeuteten Verbeugung. »Dann versichere ich Sie ein zweites Mal meines Bedauerns – dafür, daß ich Sie falsch beurteilt habe.«

Eleanor entspannte sich ein wenig. »Es ist nicht von Bedeutung. Ich wollte Sie nur fragen, Monsieur, ob Sie mir gestatten würden, Ihnen eine medizinische Behandlung angedeihen zu lassen. Nein – suchen Sie keine Ausreden. Ich bin eine ausgezeichnete Ärztin. Ich entferne Dornen aus Eichhörnchenpfoten, ich behandle Reynauds Jagdhunde gegen Räude ... Ich bin sicher, daß ich auch bei einem blaugeschlagenen Auge und einer aufgeplatzten Lippe eine Besserung bewirken kann.«

Eleanor brachte ihm Brot und Suppe und eine Flasche guten Claret und holte dann Wasser, Salbe und saubere Tücher. Sie entließ die Dienstmagd aus der Wäschekammer und legte selbst Holz im Kamin nach. Etwas von der Anspannung der letzten Monate fiel von ihm ab, und zum ersten Mal seit, wie es ihm schien, einer Ewigkeit begann ihm richtig warm zu werden.
Der Wein wärmte ihm ebenfalls, ließ seine Lage nicht mehr so verzweifelt erscheinen. Er stellte fest, daß er es genoß, Eleanors lange, weiße Hände dabei zu beobachten, wie sie Kräuter zerrieb und mit Wasser aufgoß, den mitgebrachten Stoff in Stücke der erforderlichen Größe zerriß. Und endlich begann Toby sich zu entspannen, die Echos seines Gewaltrittes und dessen Nachwehen wurden schwächer und schwächer.
Sie war, wie sie gesagt hatte, eine gute Ärztin. Sie betupfte sein blaues Auge, seine aufgeplatzte Lippe und den Kratzer, den Hamon de Bohuns Dolch an seinem Kiefer hinterlassen hatte, mit einem angefeuchteten Tuch. Das duftende Wasser wirkte beruhigend, die Berührung ihrer sanften Finger noch mehr.
Als sie fertig war, öffnete er die Augen, doch sie hatte sich bereits abgewendet. Ihre Stimme klang geschäftsmäßig, doch noch immer schwang die leichte Schärfe mit, die er zuvor irrtümlich als Abscheu gedeutet hatte. »Für Ihr armes Gesicht habe ich getan, was ich konnte, Monsieur, haben Sie noch andere Verletzungen?«

Seine Kleider trockneten allmählich. Sie half ihm sein nun nur noch etwas feuchtes Wams auszuziehen und breitete es über einer Stuhllehne aus. »Das kann man nur noch ins Feuer werfen.« Ihre Finger strichen über die Risse auf der Rückseite des Wamses, ihre dunklen Augen musterten den zerfetzten Ärmel. »Ich werde etwas Besseres für Sie finden.«
Er mühte sich damit ab, sich sein Hemd über den Kopf zu ziehen. Es schmerzte, wenn er die Arme hob: Wenn er tief einatmete, schienen seine Lungen gegen seine Rippen zu drükken. Schweiß bildete sich auf seiner Stirn und seinem Nacken. Er sah, daß Eleanor du Chantonnay ihn anstarrte, die breiten, dunkelroten Striemen, die sich quer über seine Brust zogen. Ihre Augen verengten sich. Einen Moment lang glaubte Toby, Tränen darin zu erkennen, doch er sagte sich, daß er sich irren müsse.
»Es wird heilen«, meinte er fröhlich. »Wie Sie, so habe auch ich schon Schlimmeres gesehen.«
Eleanor sagte nichts. Sie nahm wieder die Lappen und die Salbe zur Hand und begann die Schürfwunden über den Rippen zu betupfen. Ihre Haut war, wie er bemerkte, als sie den Kopf senkte, zart und blaß. Ihr Haar, von dem nur zwei Halbkreise unter der Kopfbedeckung hervorschauten, war von derselben dunklen Farbe wie ihre Augen. Die Flammen des Feuers züngelten hoch hinauf. Es war sehr warm in dem kleinen Zimmer geworden.
Eleanor hielt inne, richtete sich auf, nahm jedoch ihre Hand nicht weg. Statt dessen zogen ihre schlanken Finger die Narbe nach, die sich von seinem Handgelenk bis zum Ellbogen schlängelte, die Narbe, die die Verwundung durch das Messer eines Wegelagerers vor mehr als drei Jahren zurückgelassen hatte.
»*Das* war schlimmer«, sagte er, zu ihr aufblickend. »Dafür hatte ich auch einen guten Arzt – allerdings keinen so schönen.« Er hatte nicht vorgehabt, das zu sagen. Es lag am Wein, an seiner

Erschöpfung und an der betäubenden Hitze in dem engen Raum.
Doch Eleanor du Chantonnays Finger ließen nicht von ihm ab. Nein – sie folgten dem Pfad, der an seinem Arm hinauf und über Schulter und Hals zu seinem Gesicht führte. Dann beugte sie sich über ihn und küßte ihn auf die Stirn – und dann, weil er wieder zu ihr aufblickte, küßte sie ihn auf den Mund. Sehr vorsichtig, damit sie ihm nicht weh tat. Es war kein anderes Geräusch zu hören als das Knacken des Feuers und ihr schnelles, leises Atmen. Toby bemerkte die Verzweiflung in ihren Augen – und die Angst. Er stand auf und wischte mit den Daumen die Tränen aus ihren Augenwinkeln.
Sie war groß für eine Frau, ihr Kopf reichte bis über seine Schulter. Ihre Hände umfaßten sein Gesicht, zogen seinen Mund dem ihren entgegen. Die Tränen flossen nun stetig, und so küßte er sie fort, sobald sie über ihre glatten Wangen liefen. Und weil ihre Lippen zitterten, küßte er diese ebenfalls. Er erinnerte sich nicht länger an Venedig, seine Reise, Chinon – er verspürte nur einen Schmerz, einen Hunger, etwas, das diese Art von körperlichem Kontakt stets zu bannen geholfen hatte. Der Duft ihrer Haut und die Berührung ihrer kräftigen, kühnen Finger auf seinem nackten Rücken waren berauschend. Er vergaß, wer er war, wo sie sich befanden. Sie war willig, ungeduldig, half ihm, die Schichten ihrer dicken Winterkleidung wegzureißen.
Stimmen ertönten aus der Küche, Schritte klapperten jenseits der Tür. Er spürte, wie ihr Körper sich versteifte, hörte, wie sie angstvoll Atem holte, als sie sich von ihm löste. In diesem Augenblick fühlte er sich, als habe ihn jemand in eiskaltes Wasser gestoßen oder ihn in den Magen geboxt. Er, ein namenloser Bastard und Dienstbote des Seigneur de Marigny, liebte in der Wäschekammer des Château de Marigny die schöne Frau des Seigneurs. Es war unwirklich, und es war ungeheuerlich.

Von draußen war das Klappern von Töpfen und Pfannen zu hören, als das Küchenpersonal mit den Vorbereitungen für das Abendessen begann. Hastig stopfte Eleanor ihr Haar wieder unter ihre Kopfbedeckung und strich ihre in Unordnung geratene Kleidung glatt.
Und endlich sah er klar und deutlich, was er tun mußte. Das kurze, berauschende Verlangen, der Zorn, der Wunsch nach Rache – alles war verflogen. Er sah Marigny als das, was es war: eine Belohnung für Habgier, Brutalität und Härte. Jetzt wußte er, wie seine Zukunft aussehen sollte.
Toby zog sein Hemd wieder an, zwang sich, seinen verletzten Arm in sein zerfetztes Wams zu stecken, und sagte: »Ich kehre nach Italien zurück. Gleich morgen früh, wenn es geht.«
Eleanor drehte sich zu ihm um. Zwei scharlachrote Flecken brannten auf ihren Wangen. »Für Reynaud?«
Toby schüttelte den Kopf. »Nein – nicht um sein verdammtes Geld von den verdammten Banken zu holen. Um meinetwillen. Um zu kämpfen.«
Er sah die Trauer in ihren Augen, ihre bebenden Lippen, bekam einen kurzen Eindruck von der schrecklichen Isolation, in der sie lebte. Er hatte das Gefühl, ihr eine Erklärung zu schulden. Zögernd sagte er: »Ich denke, daß, in welcher Beziehung ich auch immer zu dem Seigneur de Marigny stand, diese nun beendet ist.« Er drückte sich absichtlich so unklar aus. Er wußte jetzt, daß Marigny ein Traum war, eine Illusion, daß er Jahre seines Lebens damit vergeudet hatte, nach etwas Unerreichbarem zu streben. »Wie könnte ich jetzt noch hierbleiben, Madame? Wie könnte ich bleiben?«
Sie war über die Tränen hinaus, begann heftig den Kopf zu schütteln und drückte ihre Handflächen gegen ihre weißen Wangen. Ihr plötzlicher Mangel an Beherrschung irritierte ihn.
»Aber du wirst doch zurückkommen, ja?« Ihre heisere Stimme klang brüchig. »Wirst du zurückkommen?« Ihre Augen waren

schwarz, weit geöffnet, ihre Finger zerrten unbeholfen an seinem Ärmel.
Er hörte sich ausweichend murmeln: »Ich weiß es nicht ... wenn ich kann ...« Und dann nahm er seine Satteltaschen, verließ das Zimmer und schloß die Tür hinter sich.
Aber er hatte sie angelogen, das wurde ihm bewußt, als er schnellen Schrittes den Küchentrakt durchschritt. Er hatte seine Entscheidung schon getroffen, bevor er die einsame Gattin des Seigneur de Marigny auch nur berührte, vielleicht sogar bereits, bevor er durch das Tor des Schlosses hereingeritten war. Für eine kurze Zeit hatte er in dem herrlichen Traum verweilt, der Marigny war, doch sein Traum gehörte einem anderen – er spielte nicht wirklich eine Rolle darin.

Joanna schlief tief und traumlos. Als sie erwachte, bemerkte sie als erstes den Streifen von Sonnenlicht um die Fensterläden und dann die Stille – die Stille in der Wiege. Sie begriff, daß sie die Nacht durchgeschlafen, daß Paolos Schreien sie nicht geweckt hatte. Von Schuldgefühlen gepeinigt, beugte sie sich über ihren Sohn, flüsterte seinen Namen. Seine Augen blieben geschlossen. Sie berührte seine Wange. Seine Haut war bereits kalt, schimmerte bläulich. Er war kein Kind mehr, sondern eine aus Stein gemeißelte Skulptur – wie die marmornen Amoretten, die die Gräber auf venetianischen Friedhöfen umgaben.
Jemand schrie. Es war ein dünner, hoher Klagelaut, der alle anderen Morgengeräusche übertönte. Sie nahm Paolo auf den Schoß, küßte ihn, rieb seine eisigen Händchen. Sie saß über ihn gebeugt, starrte ihn mit weit geöffneten Augen beschwörend an, als könne sie ihn dadurch dazu bringen, die Augen zu öffnen. Und dann merkte sie plötzlich, daß andere Menschen im Zimmer waren. Eine Hand schlug sie ins Gesicht, und das Schreien brach ab. Doch die Stille war noch schlimmer. Jemand versuchte, ihr das Baby wegzunehmen, aber sie drückte es an

ihre Brust, wiegte es, versuchte seinen winzigen Körper zu wärmen. Ihre schmerzenden Brüste weinten weiße Tränen.

Sie mußten ihre Arme mit Gewalt auseinanderbiegen, um ihr den Jungen zu entreißen. Sie versuchte sie daran zu hindern, ihn wegzubringen, schlug mit den Fäusten auf Caterina ein, riß Gaetano an den Haaren, beschimpfte die schluchzende Nannina. Caterina wickelte das Baby in eines seiner kleinen Laken und bedeckte sein Gesicht.

Schließlich sperrten sie sie mit der leeren Wiege in ihrem Schlafzimmer ein. Sie schlug mit den Fäusten gegen die Tür, bis sie bluteten. Als niemand kam, verschränkte sie die Arme über ihren geschwollenen Brüsten und wiegte sich hin und her, weil kein Baby mehr zum Wiegen da war.

Lange Zeit später kam Nannina mit einem Tablett herein. Joanna schlug sie nicht, und sie hatte keine Tränen mehr. Sie ließ es zu, daß Nannina ihr ins Bett zurückhalf, denn sie besaß keine Willenskraft mehr, keine Entscheidungskraft. Sie konnte nicht essen, sie konnte nicht schlafen. Sobald sie die Augen schloß, sah sie Paolo in das weiße Laken gewickelt vor sich.

Die Stunden verrannen, wurden zu Tagen, die Tage zu Wochen, nebelhaft, ohne Bedeutung. Schon bald sah sie nur noch Dunkelheit, wenn sie die Augen schloß. Als sie versuchte, sich das Gesicht ihres Sohnes vorzustellen, bemerkte sie, daß sie sich nicht mehr an die Form seiner Augen oder die weichen Linien seines Mundes erinnern konnte.

Sechstes Kapitel

Auf Marigny fand eine Hasenjagd statt. Mit Hunden und schnellen Pferden schlugen sie die Richtung ein, die der Signalgeber für sie auswählte. Das Klingeln der Glöckchen an den Fußriemen der Falken, der Klang der Hörner und das gierige Bellen der Hunde schallten durch den Wald. Zwischen dem hellgrünen Frühlingsblätterkleid der Bäume blitzten leuchtende Farben: Karmesinrot, Kobaltblau, Scharlachrot und Smaragdgrün. Die Schabracken der Pferde und Livreen der Diener waren mit den Insignien der du Chantonnays bestickt, das goldfädige Motto »Garde ta foy« glitzerte im Licht. In der Ferne war flüchtig ein graues Pony zu sehen, einen verzauberten Sekundenbruchteil lang dem Einhorn auf den prächtigen Wandbehängen im Schloß ähnelnd.

Der Hase war nicht das einzige Opfer der Jagd. An jenem Abend trugen sechs Diener den Seigneur de Marigny durch Feld und Wald nach Hause. Sein massiger, noch lebendiger Körper lag auf einer stabilen Holztür. Reynaud war bewußtlos, sein Atem schnell und mühsam, Blut rann aus einer Wunde an seinem Hinterkopf. Er hatte versucht, über die Begrenzungsmauer zu setzen, und sein Pferd war mit der zu schweren Last gestolpert.

Sie führten Reynauds schwarzes Streitroß zum Château zurück, hinter seinem bewegungslosen Reiter her. Von einem Pferd wurde erwartet, daß es beim Tod seines Herrn Tränen vergoß – als ein Zeichen der Treue. Als Eleanor auf ihren sterbenden Gatten hinunterschaute, konnte sie keine einzige Träne um ihn weinen.

Gerüchte über Krieg, Gerüchte über letzte, verzweifelte Verhandlungen Venedigs mit dem della-Rovere-Papst erreichten Padua, doch bei der jungen Frau des Malers Gaetano Cavazza stießen sie auf keinerlei Interesse. Nach Paolos Tod vergingen zwei Monate, bis Joanna zum ersten Mal wieder ihr Schlafzimmer verließ. Zuerst saß sie, von Nannina in ein Umschlagtuch gehüllt, im Salon einfach nur so da, starrte ins Leere. Sie war das geworden, als was Gaetano und Caterina sie sich immer gewünscht hatten: ein fügsames, passives, schweigendes Geschöpf. Wenn Caterina ihr, verärgert über ihre Nutzlosigkeit, befahl, zu nähen, dann nähte sie – mit ungleichmäßigen, schiefen Stichen, die Nannina später heimlich auftrennte und neu nähte. Wenn Nannina sie bat, zu essen, dann aß Joanna. Wenn sie ihr sagten, sie solle ihr Haar kämmen, dann zog sie mit ungeschickten, zitternden Händen einen Kamm durch die dicken, verfilzten Flechten. Und wenn sie verlangt hätten, daß sie sich vom obersten Balkon auf den Platz hinunterstürzte, hätte sie auch das getan.

Doch mit dem Fortschreiten der Jahreszeiten vom Winter zum Frühling und weiter zum Frühsommer begann Joanna sich langsam zu erholen. Als erstes erholte sich ihr Körper, ungewollt, aber unaufhaltsam. Sie hatte wieder Appetit, der Weg vom Salon in ihr Schlafzimmer hinauf erschöpfte sie nicht mehr.

Die Erholung ihres Verstandes ging langsamer vonstatten. Zuerst hatte sie sich geweigert zu denken, und sich zu erinnern, erschien ihr unerträglich – doch im Laufe der Zeit begann sie nicht nur über ihr Baby und ihre Ehe nachzudenken, sondern sich auch mit ihren Jahren in Venedig zu beschäftigen. Und mit dem Leben davor, als sie mit Donato und Sanchia durch die Welt reiste – mit den Dingen, die sie gesehen hatte, mit dem Kind, das sie einmal gewesen war. Etwas Kostbares war ihr genommen worden. Sie hatte sich mit dem Verlust abgefunden und dadurch beinahe aufgehört zu existieren. Und eines Tages, als sie in den frühen Morgenstunden allein erwachte, wurde ihr klar, daß sie so nicht weiterleben konnte, daß etwas Wichtiges, etwas, das Joanna Zulian ausmachte, Gefahr lief, unwiederbringlich zerstört zu werden.

Sie war monatelang unpäßlich gewesen, und obwohl die Gesellschaft von Huren seine unmittelbaren, körperlichen Bedürfnisse befriedigt hatten, war Gaetano unbehaglich bewußt geworden, daß sein Verlangen nach Joanna – und nur nach Joanna – nicht schwächer geworden war. Er hatte sich geduldig gezeigt, als guter Ehemann. Viele andere Männer, sagte Gaetano sich, wären nicht so geduldig gewesen. Er hatte getrennt von ihr geschlafen, während sie sich von der Geburt erholte, und hatte nach dem Tod des Kindes weiterhin getrennt von ihr geschlafen, während jener Wochen, da sie im Bett gelegen, an die Decke gestarrt und kaum ein Wort gesprochen hatte. Er hatte seinen Sohn begraben und ihn betrauert – in dem Wissen, daß andere ihn ersetzen würden, daß Joanna, wie Caterina gesagt hatte, noch zu jung gewesen war.
Aber es würden keine Söhne nachkommen, wenn sie nicht wieder das Bett miteinander teilten. Joanna war wieder gesund – sie hatte zugenommen, und der Anflug von Wahnsinn, der ihn so beunruhigt hatte, war aus ihren Augen verschwunden. Es war an der Zeit, daß sie sich wieder der Erfüllung ihrer ehelichen Pflichten unterzog und für das Wohlbefinden ihres Mannes sorgte.
Als Gaetano die Schlafzimmertür öffnete, fiel sein Blick auf Joanna, die sich mit einer Haarbürste in der Hand auf ihrem Stuhl zu ihm herumdrehte. Sie hatte ihre Ausstrahlung verloren, dachte er: obwohl Joanna Zulian immer etwas Besonderes bleiben würde, aber sie hatte ihre Lebendigkeit verloren, ihren Zauber, der ihn fast gegen seinen Willen in ihren Bann gezogen hatte. Ein Teil von ihm hoffte, daß sie diesen Zauber niemals

wiedergewänne – der Teil, der sich daran erinnerte, wie begehrlich andere Männer sie angesehen hatten.
Und doch erinnerte er sich so lebhaft an das Portrait, an »Judith und Holofernes«. Nichts, was er seitdem gemalt hatte, konnte sich mit diesem Werk messen. Tief im Innern wußte er, daß die Vollkommenheit des Bildes Joanna zu verdanken war, daß nur Joanna auf eine geheimnisvolle Weise vermochte, sein Talent und seinen Fleiß in Größe umzuwandeln. Er mußte sie wieder malen. Bald. Als Diana, als Io, als Jael ... Als jede biblische oder klassische Schönheit, als jede Heldin, als jede Verführerin. Indem er sie malte, würde er sich von den Ketten befreien, mit denen sie ihn gefesselt hatte. Indem er sie malte, könnte er sie beherrschen.
Gaetano nahm ihr die Bürste aus der Hand und begann sie durch die langen, rostroten Locken zu ziehen. Die Haare reichten bis über ihre Taille herab. Kurze Locken kringelten sich auf ihrer Stirn und rahmten das Gesicht mit den hohen Backenknochen ein. Ihr Haar war wie schwere Seide. Gaetano mischte im Geiste die Farben, mit denen er es malen würde: Ambra und Kokkusrot – und vielleicht eine Spur Ocker. Seine Hände waren behutsam, darauf bedacht, ihr nicht weh zu tun, während er die Knoten entwirrte. Als er aufblickte, sah er in der nachtdunklen Fensterscheibe gegenüber, daß ihre Augen geschlossen waren. Die Höhlen waren von Schatten umgeben, ließen die Knochen unter der Haut erkennen.
Einen Moment lang spielte er mit dem Gedanken, sich zu entfernen und sich mit der Erinnerung an den herrlichen Vorhang aus Haaren, der ihren Rücken bedeckte, und an die Wärme ihrer Haut unter seinen Händen zu begnügen. Er spielte mit dem Gedanken, sie auf den Scheitel zu küssen, das Zimmer zu verlassen und auf sie zu warten.
Aber er tat es nicht. Gaetano malte sich aus, wie seine Bekannten ihn auslachen würden, wenn sie wüßten, daß er seine Frau mehr

als drei Monate lang nicht berührt hatte. Er stellte sich vor, wie sie ihn verspotten würden, wenn sie wüßten, daß er Angst davor hatte, dieses zerbrechliche, exquisite Geschöpf zu berühren – und wenn keine Söhne nachkämen, *würden* sie es wissen. Er brauchte einen Sohn, um das Kind zu ersetzen, das er begraben hatte. Er brauchte einen Sohn, um ihn als Maler auszubilden, um ihm die Werkstätten in Padua und Venedig vererben zu können. Wenn er keinen Sohn hätte, würden die Leute ihn auslachen, wie sie Taddeo Zulian auslachten, würden ihn für einen schwächlichen, impotenten alten Narren halten.

Seine Liebkosungen wurden drängender, zweckbezogener. Sie rührte sich nicht. Als er das nächste Mal aufblickte, sah er an Joannas Spiegelbild, daß ihre Augen offen waren, doch er konnte ihren Gesichtsausdruck nicht erkennen: Das unebene Glas verzerrte ihre Züge. Sie stand nicht auf, also hob er sie von ihrem Stuhl und trug sie zum Bett. Sie wog leicht auf seinen Armen, erinnerte ihn an das Kind, mit dem er beim Karneval in Venedig einst getanzt hatte. Er schaute ihr nicht ins Gesicht, bis er in ihr war. Dann hielt er inne, beugte sich über sie, um sie zu küssen – und sah, daß ihre Augen wie Steine aussahen. Zwei graue Steine. Als sie schließlich den Blick auf ihn richtete, lag kein Haß darin, kein Zorn, nur eine schreckliche Verachtung. Eine Verachtung, die stolz und unbarmherzig war, und ohne eine Spur von Zuneigung oder Respekt.

Er schaffte es, den Akt zu Ende zu bringen. Als er aus dem Bett aufstand, zog sie die Decke über sich, und er spürte, wie diese verächtlichen Augen ihm folgten, sich in ihn hineinbohrten, als er den Raum verließ. Seine Knie zitterten, und Übelkeit quälte ihn.

Danach war es immer so. Einmal schlug er sie, versuchte, auf diese Weise eine Gefühlsregung bei ihr auszulösen, doch es half nichts. Sie sprach nie, zeigte ihre Verachtung jedoch sehr beredt, indem sie spöttisch die Lippen verzog – und mit ihrem

steinernen Blick. Nach einer Weile stellte Gaetano fest, daß er nicht mehr mit ihr schlafen wollte.
Schließlich stellte er fest, daß er nicht mehr mit ihr schlafen *konnte.*

Ein dutzendmal stand Martin Gefroy in jenem Jahr vor der Tür des Cavazza-Hauses, die Faust zum Anklopfen erhoben. Ein dutzendmal hatte er sie wieder sinken lassen und sich abgewandt, die Lippen zusammengepreßt, die blaugrauen Augen so winterkalt wie der paduanische Himmel. Er war ein liebenswerter, intelligenter Mann. Nachdem er herausgefunden hatte, wem das Haus gehörte, hatte er sich Freunde in Paduas Künstlerkreisen gesucht. Von ihnen erfuhr er von der Geburt und dem nachfolgenden Tod von Gaetano Cavazzas Sohn und von der langen Krankheit seiner Frau. Er erfuhr auch, daß Joanna Cavazza die Nichte eines venetianischen Malers war. Eine Schönheit, berichteten die paduanischen Maler ihm, aber das wußte Martin Gefroy bereits.
Er hätte ihr gerne wieder Blumen geschenkt oder Mittel verschrieben, die ihr geholfen hätten, zu Kräften zu kommen, er hätte gerne Gaetano Cavazza niedergeschlagen, der ein plumper, prahlerischer Hohlkopf war. Aber er tat nichts von alledem – weil er wußte, daß es keine Hilfe für Joanna wäre. Manchmal, spät abends, wenn seine Augen vom Studieren schmerzten und der Rest Wein in seinem Glas dickflüssig und sauer geworden war, sagte Martin sich, daß er sich töricht benahm: Es stand ihm nicht zu, die Beschimpfung und Züchtigung, deren Zeuge er nach seinem Blumengeschenk indirekt geworden war, zu verurteilen – immerhin war Madonna Cavazza die Frau eines anderen Mannes. Aber wenn er morgens aufwachte, mit schmerzendem Kopf und am Gaumen klebender Zunge, setzte er seine scheinbar nur auf höflichem Interesse beruhenden Erkundigungen in Paduas Künstlerwelt fort.

Während der wechselhafte Frühling allmählich in den Sommer überging, quälte Martin Gefroy eine neue Sorge: Im April hatte der französische König Venedig den Krieg erklärt, und als die französischen Soldaten in venetianisches Territorium einmarschierten, fanden die ersten Scharmützel statt. Papst Julius II. hatte Venedig exkommuniziert und drohte, die Vettern Orsini, Venedigs Condottieri, ebenfalls zu exkommunizieren. In Padua herrschte eine angespannte Atmosphäre, und die Menschen waren ungewöhnlich reizbar. Mütter schimpften auf der Straße mit ihren Kindern, und die jungen Männer trugen Schwerter. Martin war sich bewußt, daß er die Universität verlassen sollte, an der er seit drei Jahren studierte. Es gab andere Universitäten an weit sichereren Orten. Er hatte niemals Freude am Verlust des Lebens gehabt – nur an seiner Verlängerung. Er war Engländer, und die Kämpfe der italienischen Staaten, Frankreichs, Venedigs und des Kaiserreiches gingen ihn nichts an.
Aber er reiste dennoch nicht ab. Er hatte ihr einmal Blumen gekauft, und sie hatte seinen Überschwang büßen müssen – er schuldete ihr etwas: Schutz in irgendeiner Form, oder Freundschaft, sollte sie je Bedarf daran haben. Martin blieb, weil die Freude, die er in ihren Augen sah, als er ihr das Sträußchen hinaufwarf, unauslöschlich in seine Seele geschrieben war.
Mitte April marschierte die französische Armee in Norditalien ein, eine prunkende, geräuschvolle Kavalkade aus Rüstungen, Federschmuck, Wimpeln und Streitrössern. An der Spitze ritt König Louis XII. Wochen nichts entscheidender Scharmützel folgten – kleine, sinnlose Gefechte um einen Wald, eine Brücke, ein Gehöft.
Es war zwei Monate her, daß Toby Marigny verlassen hatte, zwei Monate, in denen er gereist war, für den Krieg geübt und versucht hatte, Anschluß an sein früheres Leben zu finden. Erkundigungen bei anderen Soldaten hatten dazu geführt, daß er Gilles und Penniless ein dutzendmal *beinahe* fand – und dann

traf er ganz zufällig in Treviglio auf sie, als sein einziger Gedanke gewesen war, die Orsini-Armee vor dem Vormarsch zu warnen. Er war wieder in Italien, kämpfte für Venedig, weil Gilles und Penniless ebenfalls für Venedig kämpften, und weil er, wenn es darauf ankam, kein Vaterlandsgefühl besaß. Die vergangenen drei Jahre hatten daran nichts geändert.

Nach dem Aufbruch aus Treviglio kamen sie auf ihrem Weg nach Süden nur langsam voran, weil sie immer wieder durch Bewässerungskanäle und Reihen knospender Rebstöcke behindert wurden. Obwohl es noch nicht Mittag war, verdunkelte sich der Himmel. Dicke Wolken plusterten sich am Horizont auf, und die Bäume zitterten in der auffrischenden Brise. Gilles murmelte, es sei unmöglich, daß französische Truppen die Adda überquert hätten. Toby ignorierte ihn.

Von dem Verdienst der drei Jahre im Dienste des Seigneur de Marigny hatte Toby sich eine Hakenbüchse und reichlich Pulver gekauft. Den während seiner Kuriertätigkeit sorgsam verwahrten Helm und Brustharnisch trug er, seit er über die Alpen nach Italien hereingekommen war. Auch Penniless war derart gerüstet. Auf Gilles' Kopf saß ein scheußlicher, purpurroter Hut, aber immerhin trug er einen Harnisch über seinem prächtigen Wams. Als sie sich dem Fluß näherten, sagte Gilles überheblich: »Ich habe es dir gesagt. Taktisches Denken war nie deine starke Seite. Du bist ein guter Kämpfer, aber du mußt dich in die Lage deines Feindes versetzen. Die Franzosen sind nicht ...«

Gilles hielt abrupt sein Pferd an. Sein Unterkiefer klappte nach unten. Die ersten Regentropfen klatschten auf die Krempe seines Hutes. Die drei hatten den Kamm des letzten Hügels erklommen und blickten auf das Adda-Tal hinunter, in Richtung des Dorfes Agnadello – und sie sahen die Armee des venetianischen Söldnerhauptmanns Bartolomeo d'Alviano den Truppen des französischen Vizekönigs von Mailand gegenüberstehen, nur getrennt durch Weinstöcke und Bohnenstangen.

Tobys Blick glitt über die Infanterie, Kavallerie, die Pikeniere mit ihren Piken, die Arkebusier mit ihren Hakenbüchsen und die Musketiere, über die Fahnen, die in der zusehends feuchter werdenden Luft flatterten, und über die Abzeichen an den Schultern und Kopfbedeckungen der Soldaten. Er sprach als erster.

»Wo ist Nicolò Orsini?«

Penniless schaute angestrengt nach unten und schüttelte den Kopf. Gilles' Augen streiften über den Horizont. Er fluchte. »Reitet südwärts, hat jemand gesagt. Alviano wird Boten ausschicken.«

Toby befestigte seine Abzeichen an seinen Schultern, als sie den Hang hinunterritten. Er blickte kurz auf. »Er täte gut daran – Boten auszuschicken, meine ich. Denn das da unten ist weniger als die Hälfte der französischen Armee – und ich nehme stark an, daß Louis von Frankreich irgendwo in der Nähe ist und die Klinge seines Schwertes schärft.«

Es wurden Boten zu Nicolò Orsini, den Grafen Pitigliano, geschickt, der nach Süden unterwegs und bereits ein, zwei Meilen vom Schlachtfeld bei Agnadello entfernt war. In der Zwischenzeit verteilte Nicolòs Cousin, Bartolomeo d'Alviano, seine Truppen auf dem Hang über den Weinfeldern – eine gute Position, von der aus sie die ersten schweren Regentropfen auf die Rebstöcke fallen und den Boden der Bewässerungsgräben befeuchten sehen konnten. Das tiefer liegende Gelände nahe des Flusses Adda war sumpfig, mit Schilfgras und gelbem, knolligem Hahnenfuß gesprenkelt und von Schlammlöchern durchsetzt. Als Alvianos Artillerie die erste Salve abfeuerte, machte Charles d'Amboise, Seigneur de Chaumont, der französische Vizekönig von Mailand, seine Kavallerie zum Angriff bereit.

Anfangs war es einfach. Toby, der am Hang seine Hakenbüchse lud und abfeuerte, empfand sogar ein gewisses Vergnügen daran. Das Krachen der Schüsse, das Donnern der Pferdehufe, der

Klang von Flöten und Trommeln hinderten ihn daran, an etwas anderes zu denken als an die augenblickliche Situation. Die Bilder, die Toby seit seinem Aufbruch in Frankreich verfolgt hatten – der Seigneur de Marigny und seine begehrenswerte Frau, Hamon de Bohun, das Kind, das mit erfrorenen Fingern zwischen den Holzscheiten herumkroch –, wurden unwichtig.

Im Moment war allein wichtig, daß er durch den Rückschlag der Hakenbüchse nicht das Gleichgewicht verlor. Vor jedem Schuß schickte er ein Stoßgebet gen Himmel, daß die Waffe ordnungsgemäß feuern und nicht am Griff explodieren und sein Gesicht in Fetzen reißen würde. Er brauchte flinke Finger und ein ebenso flinkes Auge, und das Pulver mußte vor dem immer stärker werdenden Regen geschützt werden, sonst wäre die Hakenbüchse nicht mehr von Nutzen.

Zu Anfang lief die Schlacht gut für die Venetianer. Besser positioniert als die Franzosen, wehrten Bartolomeos Truppen zuerst die französische Kavallerie-Attacke ab und dann das Regiment von Schweizer Pikenieren, deren Waffen so zahlreich waren wie die Stacheln auf einem Igelrücken. Die Bewässerungskanäle und die in kurzen Abständen voneinander und ineinander verwobenen Rebstockzeilen hatten die gleiche Wirkung wie Palisaden und Feldschanzen. Das Marschland, durch den heftigen Regen zu trittunsicherem Sumpfboden geworden, ließ die Pikeniere immer wieder ausrutschen, wobei ihre Waffen ziel- und wirkungslos durch die Luft fuhren. Der Himmel war von einem dunklen Stahlgrau, das erste Donnergrollen lauter als der Schlachtenlärm.

Hätten Alvianos Boten den Grafen Pitigliano erreicht, hätte die Armee von König Louis XII. von Frankreich nicht in der Nähe auf den geeigneten Zeitpunkt zum Angriff gewartet, wäre vielleicht weiterhin alles gut für Venedig gelaufen, dann hätten die Unterzeichner des Bündnisses von Cambrai – jenes Paktes, mittels dessen der Papst ausländische Armeen ins Land geholt

hatte, um einen italienischen Staat zu unterwerfen – die erste reguläre Schlacht vielleicht verloren, hätten noch einmal über das Unterfangen nachgedacht und wären dann heimwärts gezogen.
Als Toby seine Hakenbüchse absetzte und auf sein Pferd stieg, sah er die riesige Armee des französischen Königs, mit wehenden Fahnen und von Trommelrhythmen begleitet, von Westen herankommen – zur Unterstützung des Seigneur de Chaumont. Und im gleichen Moment erschien, im Rücken von Bartolomeo d'Alvianos Armee, auf den Abhang des Hügels zureitend, die französische Nachhut. Womit die Venetianer auf drei Seiten eingeschlossen waren.

Für Guillaume de Chantonnay, der in der Vorhut des französischen Königs ritt, war das Kriegshandwerk eine Pflicht, die ihm seine Herkunft auferlegt hatte. Eine nicht unerfreuliche Pflicht – es bereitete Guillaume ein gewisses Vergnügen, den Hügel hinunter auf zwanzigtausend ratlose venetianische Infanteriesoldaten zuzustürmen –, aber es war trotzdem eine Pflicht. Guillaume, der im Grunde seines Herzens ein Rebell war, hatte Autorität stets verabscheut, und auch die Pflichten, die ihm diese Autorität aufzwang. Er ließ sich niemals – wie der törichte Kurier seines Cousins, Toby Crow – zu Unverschämtheit hinreißen. Wobei er zugeben mußte, daß die Möglichkeiten eines Bediensteten, sich gegen Autorität aufzulehnen, begrenzt waren. Guillaume hatte gelacht (allerdings nicht in Reynauds Hörweite), als er erfuhr, daß der Kurier Marigny an dem Abend nach der Auseinandersetzung mit Reynaud verlassen hatte. Mit dem Familiensilber und einem halben Dutzend der besten Pferde aus den Stallungen, hatte Guillaume vermutet, und war später überrascht, zu hören, daß er sich geirrt hatte. An Toby Crows Stelle hätte Guillaume eine brennende Kerze an Reynauds kostbare Wandteppiche gehalten.

Als er Toby nun plötzlich auf dem Schlachtfeld bei Agnadello entdeckte, nur ein paar Meter von sich entfernt, glaubte er im ersten Moment, seine Phantasie spiele ihm einen Streich. Die Züge waren schlamm- und pulverrauchverschmiert, doch Guillaume erkannte ihn sofort. Toby Crows Schallern besaß, im Gegensatz zu Guillaumes Helm, kein Visier. Plötzlich verspürte Guillaume, mitten auf dem Schlachtfeld, mit dem Schwert in der einen und den Zügeln in der anderen Hand, den unbändigen Wunsch, zu lachen. Guillaume bemerkte, daß Toby die Abzeichen des venetianischen Condottiere, Bartolomeo d'Alviano, trug. Einen Moment lang spielte er mit dem Gedanken, sich mit Reynauds Diener anzulegen, doch dann fiel ihm ein, daß Reynaud sich freuen würde, wenn er ihn tötete. Es war klüger, ihn sich selbst zu überlassen, als lebenden Dorn in Reynaud du Chantonnays fettem Fleisch. Schließlich besaß Reynaud das, wonach es Guillaume gelüstete.

Die Boten waren nie bei Nicolò Orsini angekommen, schlußfolgerte Toby, als er einen Augenblick Zeit zum Nachdenken hatte: Irgendein schlauer Franzosen hatte ihnen die Kehle durchgeschnitten, und der Graf Pitigliano und seine ganze riesige Armee waren munter weiter nach Süden marschiert.

Für einen kurzen Moment sah Toby Bartolomeo d'Alviano, Nicolòs Cousin, mußte sich allerdings an Bartolomeos prächtiger Rüstung und an dem mit herrlicher Schabracke geschmückten Pferd orientieren, um ihn zu erkennen. Nicht einmal Bartolomeos eigene Mutter hätte ihren Sohn erkannt: Sein Gesicht hing in blutigen Fetzen, und er hatte ein Auge verloren – doch er kämpfte wie ein Besessener, schwang unermüdlich sein Schwert durch den Regen. Blut und Wasser strömten von seinen Epauletten und dem verzierten Brustharnisch.

Toby sah, wie ein ganzes Pikeniere-Regiment aus der Romagna eingekreist und niedergemetzelt wurde, und war unfähig, etwas

dagegen zu tun. Er sah, wie die venetianische Infanterie – ungenügend bewaffnete Bauern – umgemäht wurde, absolut chancenlos gegen die Übermacht der französischen Kavallerie. Er sah, wie die Regentropfen plötzlich zu Hagelkörnern wurden, große, harte Klumpen, die wie Gewehrkugeln von Harnischen und Schallern abprallten. Er sah, wie die Rebstöcke ihrer Blätter und Früchte beraubt, von den Kämpfenden zu unfruchtbaren Stöcken gemacht wurden, wie der purpurrote Saft der zertretenen Trauben sich mit Schlamm und Blut vermischte.
Er hörte das Signal zum Rückzug, als er gerade um sein Leben kämpfte, sein Schwert gegen die Rippen eines Franzosen führte, der ihn angegriffen hatte. Es gelang ihm, Blickkontakt zu Gilles herzustellen, und Gilles nickte und brüllte durch das Inferno nach Penniless.
Als Toby seinem Pferd die Sporen gab und sich geduckt im Zickzack vom Schlachtfeld entfernte, dachte er an Venedig. Der Krieg würde Venedig zerstören, das unvergleichliche Venedig mit seinen vergoldeten Palästen, langsam fließenden, dunklen Kanälen und herrlichen byzantinischen Kirchen, das Venedig von Arlotto Attavanti und Pasquale Gennari, von Vittore Carpaccio und Gentile Bellini, das Venedig von Joanna Zulian, die den schwarzen Wassern des Kanals entstiegen war.
Papst Julius ließ Venedig einen furchtbaren Preis für seinen Hochmut bezahlen, dachte Toby, als er durch Sturm und Regen galoppierte.

Die Nachricht von der venetianischen Niederlage bei Agnadello erreichte Venedig am Abend des fünfzehnten Mai. Zuerst legte sich eine schreckliche Stille wie ein Leichentuch über die Stadt, und dann stürmten die Menschen zum Dogenpalast, um sich nach Söhnen, Brüdern, Vätern und Gatten zu erkundigen. Viertausend venetianische Soldaten waren auf dem Schlachtfeld gefallen. Der verwundete Bartolomeo d'Alviano war gefangengenommen worden. Viele der Söldner des Grafen Pitigliano waren desertiert.

Am neunundzwanzigsten Mai erklärte Kaiser Maximilian Venedig den Krieg. Die Serenissima überließ Padua, Vicenza, Verona und Rovereto ihrem Schicksal, berief ihre Festlandstatthalter ab und bereitete sich auf eine Belagerung oder bedingungslose Kapitulation vor.

Sobald Gaetano Cavazza von dem Desaster bei Agnadello und der Kriegserklärung des Kaisers erfuhr, beschloß er, seine Geburtsstadt Padua zu verlassen und zu Taddeo Zulian nach Venedig zu ziehen. Die Lagunen, die Venedig umgaben, mochten seicht sein, aber Padua war fast völlig wehrlos. Gaetano war Maler, kein Soldat.

Joanna hörte schweigend zu, während Gaetano der Familie und dem Gesinde Befehle gab. Sie half sogar beim Packen. Gold, Schmuck, Kleidung, Bücher, Malereizubehör wurden auf Mulis und Karren geladen. Viele Familien in der ganzen Stadt taten das gleiche. Am Ende wies Gaetano die Mitglieder seines Haushalts an, sich in Reisekleidung auf dem Platz zu versammeln.

Joanna ging in ihr Schlafzimmer, legte jedoch weder Hut noch Cape an. Sie schaute durch das Fenster auf den kleinen Garten hinunter, den sie im vorangegangenen Sommer angelegt hatte. In diesem Jahr hatte sie sich nicht darum gekümmert, doch sie sah, daß zwischen dem Unkraut trotzdem einige Blumen ums Überleben kämpften – Alpenveilchen, Nelken und Maiglöckchen – und sich an dem Gerüst, das sie an der Hauswand befestigt hatte, eine wilde Rose emporrankte. Der kleine Teich am Rand des Areals war voller letztjähriger Blätter und Algen. Sie würde ihn ausleeren, putzen und mit frischem Wasser aus dem Brunnen füllen – und vielleicht eines Tages einen Springbrunnen daraus machen. Die schmalen Reihen von Buchs und Lavendel, die den geometrisch angelegten Kräutergarten einfriedeten, sahen unordentlich aus, ihre unbeschnittenen Zweige ragten in die Majoran-, Kerbel- und Rauke-Anpflanzung. Sie würde sie stutzen und den Kräutergarten erweitern, um den leeren Raum an der Mauer zu füllen. Es gab so viele Kräuter, die sie noch einpflanzen mußte: all diejenigen, die sie so gewissenhaft im Anhang ihres Dioscorides-Kräuterbuches aufgelistet hatte.

Sie hörte Gaetanos schwere Schritte auf der Treppe und wußte, daß er kam, um sie zu holen – aber sie wußte auch, was sie zu ihm sagen würde. Als er eintrat, drehte sie sich zu ihm um. Sie hatte das Fenster geöffnet, und der Duft der Blumen aus dem Garten unten lag in der Luft.

»Joanna.« Gaetano war für die Reise gekleidet, sein Gesicht erhitzt und gerötet. »Du mußt dich beeilen – ich will bei Anbruch der Dunkelheit in Venedig sein.«

Sie schüttelte langsam den Kopf. »Ich komme nicht mit, Gaetano.«

Er fuhr sich mit den Fingern durch die Haare und schaute durch das Seitenfenster auf die kleine Karawane hinunter, die sich unten im Hof versammelt hatte. »Bist du wieder krank, Joanna? Wenn du dich nicht wohl fühlst, werden wir einen der Karren leeren, dann kannst du darin reisen. Aber beeil dich – es heißt, daß die Franzosen bereits den Adige überquert haben.«

»Ich bin nicht krank«, erklärte sie gelassen. »Ich komme nicht mit, Gaetano, ich bleibe hier in Padua.«

Er starrte sie an. Langsam öffnete sich sein Mund. Noch vor ein paar Wochen hätte sie vielleicht über ihn lachen mögen – jetzt stellte sie fest, daß sie ihn beinahe bemitleidete.

»Ich werde nicht mit dir gehen, Gaetano. Du müßtest mich schon an das Pferd binden – aber dann würde ich den ganzen Weg über strampeln und schreien. Wenn es dir gelänge, mich nach Venedig zu bringen, müßtest du mich dort an mein Bett ketten, sonst würde ich durch die Lagunen zurückschwimmen.«

Ihre Stimme war ruhig. Obwohl sie ihre Hände ineinander verschlingen mußte, um sie am Zittern zu hindern, hatte sie das Gefühl, daß sie begonnen hatte, sich wieder in Joanna Zulian zu verwandeln, die Reisende, die Malerin von Panieren und Brauerin von Heiltränken. Sie wußte, daß sie nicht nach Venedig zurückgehen durfte, daß Venedig sie wieder an den Rand des Wahnsinns brächte, wo sie nach Paolos Tod so lange verharrt hatte. Sie war nicht bereit, an diesen Abgrund zurückzukehren.

»Du bist meine Frau«, sagte Gaetano heiser und verzweifelt. Er hatte in den vergangenen Wochen seine Selbstsicherheit verloren, und jetzt brachte er es nicht einmal fertig, die Hand gegen seine Frau zu erheben. »Du bist meine *Frau.*«

»Wenn der Papst Venedig wohlgesonnen ist, kannst du aufgrund böswilligen Verlassens eine Annullierung der Ehe beantragen. Ich werde deinen Namen jedenfalls nicht länger tragen.« Während sie sprach, zog sie den Ring von ihrem Finger und die Perlen von ihren Ohren und löste die Achatkette von ihrem Hals. »Der Rest ist in dem Kästchen auf dem Bett. Es ist dein gesamter Schmuck darin, Gaetano. Ich werde nichts von dir behalten. Nur meine Mitgift und die Schmuckstücke, die Isotta mir hinterlassen hat.«

Er machte den Versuch, zu lachen. »Bis auf einen nehme ich sämtliche Bedienstete mit. Wie könntest du, eine junge Frau allein, zurechtkommen? Wie willst du Wasser vom Brunnen holen, Holz hacken? Wie willst du dich ernähren?«

»Bevor ich nach Venedig kam, bin ich auch allein zurechtgekommen, Gaetano«, erwiderte sie gelassen. »Und außerdem – wir würden einander zerstören.«

Sie sah Tränen in seinen Augenwinkeln. »Und wenn die Soldaten kommen?« flüsterte er.

Sie wußte, worauf er anspielte. Sie wußte, daß die Zukunft für sie alle ungewiß war, gefährlich, aber sie wußte auch, daß sie alles riskieren mußte, um ihre Freiheit zu sichern. »Padua wird nicht kämpfen – das wissen wir beide«, antwortete sie sanft. »Die Truppen des Kaisers werden keine Stadt verwüsten, die sich freiwillig ergibt.« Sie stand ganz still, wartete darauf, daß er ginge. Von dem Platz vor dem Haus klangen die Stimmen der reisefertigen Bediensteten herauf, die Stimmen von Caterina und Nannina. Gaetanos Arme hingen an den Seiten herab, die Hände waren zu Fäusten geballt. »Du bist eine Verrückte«, flüsterte er schließlich. »Eine Hexe. Ich hätte auf sie hören sollen – ich hätte auf mich selbst hören sollen. Du hast mir alles genommen.« Damit drehte er sich auf dem Absatz um und verließ das Zimmer. Joanna wandte sich wieder ihrem Garten zu.

Auf dem Weg von dem Schlachtfeld bei Agnadello nach Osten stritten sie sich. Toby, der früher ein umgänglicher, einigermaßen angenehmer Gesellschafter gewesen war, hatte sich zu einem eisenharten Sturkopf entwickelt.
»Die Franzosen werden *gewinnen«,* rief Gilles Toby zu, der vor ihm herritt. »Wir haben den Rest unserer Kompanie eingebüßt, die meisten von Pitiglianos Söldnern sind desertiert, also würde niemand erfahren ...« Er ließ den Satz unbeendet. Gilles drängte schon auf einen unauffälligen Seitenwechsel, seit sie geschlagen und blutig vom Schlachtfeld geritten waren. Jetzt gab er seinem Pferd die Sporen und trieb das erschöpfte Tier vorwärts, bis er auf Tobys Höhe war. »Venedig hat keine Chance!« sagte er aufgebracht. »Das mußt du doch einsehen.«
Als Toby ihn nicht einmal eines Blickes würdigte, packte er dessen Zügel, so daß sie beide in einer Wolke aus Staub und Flüchen schlitternd zum Stehen kamen.
Jetzt sah Toby ihn doch an. »Der Teufel soll dich holen, Gilles.« Dem riß der Geduldsfaden. Er schleuderte seinen zweitbesten Hut auf den Boden. »Du halsstarriger Mistkerl! Du bist doch nicht einmal Venetianer! Und ich gewinne nun mal gerne.«
»Dann geh.« Tobys Gesicht war mit einer grauen Staubschicht

überzogen, die vom Rand seines Helmes beschatteten Augen waren hart. »Geh, Gilles – ich halte dich nicht.«
Früher einmal, dachte Gilles bekümmert, war *er* es gewesen, der über ihre nächste Unternehmung, ihre nächste Schlacht entschieden hatte. In den Jahren von Tobys Abwesenheit hatte sich etwas verändert.
Penniless hatte sie eingeholt und hinter ihnen angehalten. Im Westen verunstalteten Rauchwolken den blauen Horizont: Die Truppen des französischen Königs verbrannten Felder und Dörfer.
»Penniless?« fragte Gilles unsicher.
Die Antwort kam wie aus der Pistole geschossen: »Venedig.«
Aufstöhnend barg Gilles das Gesicht in den Händen. Penniless hatte nahtlos da weitergemacht, wo er vor Jahren aufgehört hatte: Bedingungslos ergeben, folgte er Toby auf Schritt und Tritt wie ein großer, unbeholfener Bluthund.
»Schwachköpfe«, stieß Gilles leise hervor und trieb sein Pferd in Richtung Veneto an.

Das Gerücht erreichte den Engländer Martin Gefroy in der von Gerüchten brodelnden Stadt innerhalb eines Tages. Es besagte, daß der unbeliebte Gaetano Cavazza mit seinen Schwestern, seinen Bediensteten und Sack und Pack abgereist sei. Es besagte auch, daß er seine Frau, Joanna, nicht mitgenommen habe.
Und wieder stand Martin vor dem Cavazza-Haus. Im ersten Moment war er – wie schon so oft – gelähmt, unfähig zu klopfen. Dann faßte er sich ein Herz und klopfte an die polierte Holztür.
Die Dienstmagd, ein altes, zahnloses Weib, teilte ihm mit, daß Madonna Cavazza im Garten sei. Er ließ die Vettel stehen, die etwas von Brotbacken und fehlendem Feuerholz murmelte, und suchte sich den Weg allein.
Er sah sie schon vom Durchgang aus: Sie kauerte in einer Ecke

des kleinen Gevierts und holte eimerweise Wasser aus einem Becken. Martin hüstelte.
Joanna stand auf. Sie hatte die Ärmel ihres Kleides bis über die Ellbogen hochgeschoben, den Saum ihres langen, weiten Rockes in ihren Gürtel geklemmt, und die Unterröcke waren voller grüner Flecken. Doch sogar in dem schmutzigen Kleid sah sie schön aus. Allerdings bemerkte Martin, der Arzt, sofort, daß sie Gewicht und ihre gesunde Gesichtsfarbe verloren hatte. Zu seiner ungeheuren Freude erkannte sie ihn. Nach einem ersten, fragenden Blick erhellte ein strahlendes Lächeln ihre Züge. Es war, als sei eine zweite Sonne aufgegangen, dachte Martin, ebenso leuchtend wie die, die hoch am vormittäglichen Himmel stand.
»Der Student«, sagte sie, zur Begrüßung auf ihn zutretend. »Sie haben mir Blumen geschenkt.«
»Was vielleicht nicht sehr klug war.« Seine Worte waren sanft, aber er sah den verletzten Ausdruck in ihren Augen, das leichte Verblassen ihres Lächelns.
»Es war *freundlich«,* sagte sie. »Sie waren freundlich *gedacht,* Signor Gefroy.«
Einen Moment lang sprach keiner von beiden, dann sagte Joanna: »Ich muß mich für mein Aussehen entschuldigen, Signor Gefroy – ich bin dabei, den Teich zu reinigen.«
An einer Seite des Gartens befand sich ein bereits zur Hälfte geleertes, rundes Becken. Martins erfahrene Augen musterten die Blumen, die an seinem Rand wuchsen. »Knabenkraut, Hahnenfuß, Schachtelhalm. Sie haben ja eine ganze Arzneisammlung hier, Madonna Cavazza.«
»Madonna Zulian«, korrigierte sie sanft. »Mein Name ist Joanna Zulian.«
Er fragte sie nicht, warum sie ihren Ehenamen abgelegt hatte. Er wußte, daß er nicht das Recht hatte, sie danach zu fragen, und akzeptierte stillschweigend und wohlwollend die sich aus ihrer

Maßnahme ergebenden Folgen. Er ging an dem Teich auf die Knie und begann, das stinkende, grüne Wasser mit einem Eimer herauszuschöpfen.

»Ich habe den Garten dieses Jahr sträflich vernachlässigt«, gestand Joanna und fing an, Unkraut auszureißen. »Ich habe die Veilchen verloren, die gelben Stiefmütterchen ...«

Sie hatte auch ihr Kind verloren, doch er sprach sie nicht darauf an. Wenn sie den Wunsch hätte, darüber zu reden, würde er zuhören, aber er wollte nicht in sie dringen. Eine Weile arbeiteten sie schweigend, leerte Martin Eimer um Eimer schmutzigen Wassers aus, während Joanna die Pflanzen am Teich von dem sie einengenden Unkraut befreite. Er hätte ihr jede Pflanze aus den Gärten der Universität von Padua geholt, wenn sie es gewollt hätte. Nachdem Joanna den leeren Teich mit Lappen ausgewischt und Martin das Becken mit sauberem Wasser gefüllt hatte, konnten sie die Kieselsteine auf dem Grund deutlich sehen.

Für einen Moment vergaß er die bedrohliche Zukunft, die schon beinahe vor der Tür stand. Aber wenn Joanna sich nicht klar darüber war, welches Schicksal Padua ereilen könnte – und auch sie selbst –, dann mußte er sie warnen. Aufstehend sagte er: »Sie hätten Padua verlassen sollen, Madonna. Die Truppen des Kaisers können jeden Tag hier eintreffen. Alle, die dann noch in der Stadt sind, werden Gefangene sein – Geiseln.«

Auch sie stand auf, wischte sich die Hände an ihrer Schürze ab. Er sah, daß ihre Augen von einem klaren, hellen Grau waren – und so ruhig wie das Wasser im Teich. »Ich bin eine Gefangene *gewesen*, Signor Gefroy«, erwiderte sie. »Jetzt habe ich meinen eigenen Namen wieder und schlafe in meinem eigenen Bett. Ich kann meine eigenen Pflanzen züchten und meinen eigenen Garten pflegen. Vielleicht kann ich meinen Sohn irgendwann einmal ohne Bitterkeit betrauern. Das ist Freiheit.«

Martin sagte nichts. Er wandte sich zum Gehen, winkte ihr zum

Abschied zu. Er mußte Vorkehrungen treffen, Wertsachen verstecken, bevor die Soldaten des Kaisers über die Stadt herfielen. Es war ein sonniger Tag, der Himmel saphirblau, aber die leeren Häuser und verlassen daliegenden Plätze kündeten von drohendem Unheil.

Anfang Juni ergaben sich die Städte Padua, Vicenza, Verona, Cittadella, Riva und Rovereto den Vertretern des Kaiserreiches, und deutsche Soldaten marschierten in die Terra firma ein. Die Neuigkeit wurde von einem gedemütigten, ängstlichen Venedig mit Schweigen quittiert. Die Städte der Romagna, die Städte, an denen Venedig für einen so hohen Preis festzuhalten versucht hatte, waren bereits gefallen. In weniger als einem Monat hatte der größte Seehafen der Welt all seine Besitzungen auf dem Festland verloren – außer Treviso. Venedigs Feinde sammelten sich an den salzigen Ufern der Lagunen. Nur drei Meilen seichten Wassers lagen zwischen ihnen und der Stadt Venedig.

Der Diener brachte Eleanor den Brief, als sie in der Küche dabei half, Zucker zum Einkochen abzuwiegen. Der Brief war an den Seigneur de Marigny gerichtet. François stand neben Eleanor, fummelte an dem Korb mit den Walnüssen herum und nieste. Eleanor spielte einen Moment mit dem Gedanken, den Brief François zu geben, doch nach einem Blick auf seine gerötete Nase und die geschwollenen Augen entschied sie sich dagegen. Sie würde ihn ihm vorlesen: Trotz aller Bemühungen seines Lehrers hatte François noch immer Schwierigkeiten mit dem Lesen von Schriften, die nicht gestochen scharf geschrieben waren. Sie erkannte an dem Siegel, daß der Brief von Guillaume kam. Er war seit dem Frühling mit der französischen Armee in Italien und wußte noch nichts von Reynauds Krankheit. Sie hätte es ihm schreiben sollen, dachte sie.
Seit seinem Jagdunfall hatte Reynaud weder gesprochen noch

sein Bett verlassen. Haferschleim, mit dem Eleanor ihn geduldig fütterte, tröpfelte auf das Bettzeug. Aber er atmete noch immer, halsstarrig bis zuletzt. Das Château de Marigny wartete auf seinen Tod. Alle sprachen mit gedämpften Stimmen, gingen auf Zehenspitzen. Eleanor für ihren Teil lebte in einem namenlosen Zwischenstadium – weder war sie Ehefrau noch Witwe. François wartete, das wußte Eleanor, auf Freiheit und Respekt. Der Junge schien zu glauben, dachte sie mitleidig, daß er mit dem Titel und der Erbschaft der Ländereien auch gutes Aussehen, Intelligenz und Würde erwerben würde.
François begann erneut zu niesen. Eleanor tätschelte tröstend seine Schulter und erbrach das Siegel. Dann überflog sie Guillaumes schwungvolle, ausladende Handschrift.
Am Tisch rührte eine Dienstmagd den Sirup aus Rosenwasser und Zucker, bis er durchsichtig und blaßrosa war. »Er ist jetzt soweit, Madame.«
Eleanor blickte lächelnd auf. »Ich helfe Ihnen gleich mit den Walnüssen, Berthe«, sagte sie und wandte sich wieder dem Brief zu. Sie drehte das Blatt Papier um, und ihr stockte der Atem, als sie den Namen sah. Ihr Herz begann wild zu schlagen. Der Brief zitterte in ihren Händen, als fege ein heftiger Wind durch Marignys überheizte Küche.
»Geht es Ihnen nicht gut?«
Sie schrak auf. Die Köchin musterte sie besorgt.
»Schlechte Neuigkeiten, Madame?«
Sie wußte nicht, ob die Neuigkeiten gut oder schlecht waren – sie hatte den Namen entdeckt und war unfähig, weiterzulesen. Neben ihr schniefte François und putzte sich die Nase an seinem Ärmel ab. Mit für die anderen unmerklicher Anstrengung schaffte Eleanor es, den Brief zusammenzufalten und zu lächeln.
»Nein – keine schlechten Neuigkeiten, Berthe. Ich fühle mich nur ein wenig schwach, das ist alles. Das Wetter, die Hitze von

den Herden ... ich werde eine Weile in den Garten hinausgehen.«
Eleanor hörte François' ärgerliches Aufstöhnen, doch dieses eine Mal nahm sie keine Rücksicht auf ihn. Sie überquerte den Innenhof, die Zugbrücke, die Wiese und ging weiter bis zum Wald. Dort ließ sie sich zwischen Mohnblumen und Konraden unter den hängenden Zweigen der samtblättrigen Birken auf dem Boden nieder.
Sie las den Brief zu Ende und konnte noch immer nicht weinen, obwohl der Schmerz schlimmer war als jeder, den sie bisher empfunden hatte. Sie hatte Reynauds Hohn und Vorwürfe und den nicht enden wollenden Schmerz ertragen, den ihre Kinderlosigkeit ihr bereitete, doch diesen Schmerz glaubte sie nicht überleben zu können. Am liebsten hätte sie ihn in die idyllische Landschaft hinausgeschrien. Törichterweise hatte sie gedacht, es könne nichts Schlimmeres für sie geben als seine Abwesenheit, seine fortgesetzte Weigerung, zu ihr zurückzukehren – jetzt wußte sie, daß es etwas noch viel, viel Schlimmeres gab: Es bestand die Möglichkeit, daß er nicht mehr am Leben war, daß sie beide nicht mehr in derselben Welt weilten.
Der Brief entglitt Eleanors kraftlosen Fingern und flatterte in der Brise ein paar Meter weiter, bevor er auf das blumengesprenkelte Gras niedersank.
»Rate mal, mein lieber Reynaud, wen ich in Agnadello gesehen habe«, hatte Guillaume geschrieben. »Deinen ehemaligen Kurier, Toby Crow. Er kämpfte auf der Seite der glücklosen Venetianer. Ist das nicht amüsant? Es kann sein, daß es sich für Dich erübrigt, an ihm Rache zu nehmen – es ist wahrscheinlich, daß er unter den etwa viertausend Mann von d'Alvianos Armee war, die auf dem Schlachtfeld blieben ...«

Padua hatte sich verändert. Besetzt von den Soldaten des Kaisers, atmeten die Straßen und Plätze Gereiztheit und Gefahr.

Die Stadt war an den Kaiser gefallen, ohne daß ein einziger Tropfen Blut floß, doch es lag eine ständige Spannung in der Luft. Hunde rauften auf dem Pflaster, Frauen ohrfeigten ihre Kinder, entnervt durch die Hitze, die Stille und die Demütigung. Wenn Joanna das Haus verließ, verhüllte sie ihren Kopf tunlichst mit einem Schleier und ihren Körper mit einem Umschlagtuch, um nicht die Aufmerksamkeit der Soldaten auf sich zu ziehen – und auch nicht die ihrer Mitbürger. Einmal hatte eine Frau sie auf der Straße angespuckt, ein anderes Mal ein Mann sie am Arm gepackt und beschimpft, weil sie ihren Gatten verlassen hatte.

Deshalb blieb sie die meiste Zeit im Haus oder kümmerte sich um ihren Garten. Der Engländer Martin Gefroy besuchte sie häufig, und sie war dankbar für seine Gesellschaft. Andererseits war sie auch gerne allein, genoß es, zu spüren, daß sie nach dem Verlust ihrer Kraft – und beinahe auch ihres Verstandes – zu Beginn des Jahres allmählich gesundete. Sie gestattete es sich nicht, an die Zukunft zu denken, an die unausbleibliche Rückkehr Gaetanos nach Padua – sie wollte lange davor fortgehen –, aber sie dachte viel an die Vergangenheit, an die Reisen in ihrer Kindheit durch Savoyen, Navarra, Spanien und Frankreich. Sie erinnerte sich an die Johannisfeuer, die das Loiretal erhellt hatten. Sie erinnerte sich an die bewaldeten Hügel und ausgedehnten blumenübersäten Wiesen der Touraine. Sie wußte, daß sie Italien verlassen mußte – sie sehnte sich danach, wieder zu reisen.

Die Tage schleppten sich dahin, einer heißer und bedrückender als der vorangegangene. Die Lebensmittel begannen knapp zu werden: Sie konnte jedesmal nur gerade so viel kaufen, daß sie und ihre Dienstmagd über den Tag kamen. Die Soldaten verbrannten die Ernten, flüsterten die Leute, und oft sah Joanna in der Ferne dünne Rauchfahnen in den saphirblauen Himmel steigen. Die Soldaten des Kaisers aßen natürlich reichlich – und tranken reichlich. Gerüchte summten durch die Stadt wie die Wolken von Fliegen und Mücken: Die kaiserlichen Truppen hätten die gesamte Bevölkerung von Friaul abgeschlachtet ... Die Venetianer hätten die Türken gebeten, ihnen zu Hilfe zu kommen ... Das venetianische Volk hätte sich erhoben und den Dogen und den Rat der Zehn als Strafe dafür, daß sie die Städte der Terra firma im Stich gelassen hatten, niedergemetzelt ...

Martin fing an, ihr Lebensmittel zu bringen, und riet ihr dringend, im Haus zu bleiben. Joanna wußte, daß er sie liebte, und so erklärte sie ihm auf sanfte und ehrliche Weise, warum sie seine Warnung nicht beherzigen konnte: Sie war nicht bereit, noch einmal wie eine Gefangene zu leben. Sie würde vorsichtig sein. Sie würde einen Schleier tragen und ein Messer mit sich führen und sich nicht weit entfernen – aber sie würde nicht wieder wie eine Gefangene leben. Martin hatte Verständnis dafür, aber er schaute von da an zweimal täglich nach ihr.

Als das Desaster schließlich passierte, geschah es mit der unausweichlichen Brutalität eines losbrechenden Gewitters. Die Soldaten mochten nicht nach Essen hungern, aber sie hungerten nach den Frauen, die sie zurückgelassen hatten, und nach dem Kampf, den Paduas durch Venedigs fehlende Unterstützung bedingte Hilflosigkeit ihnen verwehrt hatte. Eines Tages sah Joanna auf dem Markt, wie Soldaten einen Jugendlichen zusammenschlugen. Der Junge war etwa dreizehn oder vierzehn Jahre alt, ein hochaufgeschossener, magerer Bursche, kein ebenbürtiger Gegner für die bulligen Soldaten mit ihren schweren Stiefeln und panzerhandschuhbewehrten Fäusten. Er hatte in die falsche Richtung geschaut, etwas Falsches gesagt.

Natürlich konnte sie ihm nicht helfen. Niemand konnte ihm helfen. Sie fühlte sich ebenso nutzlos wie damals in Venedig, als sie mitansah, wie Jugendliche in einem überfüllten Boot ein Kätzchen in die Luft warfen. Der Platz war von alten Männern, Frauen und Kindern bevölkert. Die Soldaten waren bewaffnet, benutzten ihre Schwerter jedoch nicht. Ungestört ließen sie ihr Heimweh und ihre Unzufriedenheit an einem halbwüchsigen Jungen aus.

Joanna wußte, daß sie sich still entfernen, nach Hause gehen und die Türen verriegeln sollte – aber sie stellte fest, daß sie sich nicht bewegen konnte. Wie angewurzelt stand sie in einer Ecke des Marktplatzes neben den halbleeren Gemüseständen und schaute zu. Nach kurzer Zeit hörte der Junge auf, sich zu wehren, und er schrie auch nicht mehr. Joannas Kehle schmerzte, in ihren starren Augen standen keine Tränen. Der Junge war regungslos ausgestreckt auf dem Boden liegengeblieben, seine zerfetzte Kleidung staubfleckig, blutbesudelt. Der Marktplatz lag jetzt fast leer im Licht der hochstehenden, mitleidlosen Sonne. Einer der Soldaten spuckte auf den leblosen Körper des Jungen und blickte auf.

Ihr Schleier war von ihrem Gesicht geglitten, und ihre Augen, das wußte sie, sprachen Bände. Sie sah ein unangenehmes Lächeln über das Gesicht des Soldaten kriechen, und ihre Angst befähigte sie nun endlich, sich zu bewegen, ihren Korb aufzunehmen und, immer wieder stolpernd, zum Cavazza-Haus zurückzurennen. Sie stürzte hinein, verriegelte die schwere Eingangstür und lehnte sich dann mit wild klopfendem Herzen einen Moment lang daneben an die Wand. Sie fühlte sich beschmutzt durch die Hitze und die panische Flucht, beschmutzt durch das, was sie gesehen hatte. Die Nadeln waren aus ihrem Haar gefallen, feucht und wirr hing es offen herab. Sie begann mit einer Ecke ihres Schleiers ihr Gesicht und ihre Hände abzuwischen, versuchte, den Staub zu beseitigen – und die Erinnerung.

Ein Geräusch von der Küche her veranlaßte Joanna, sich umzudrehen. Sie erwartete Beatrice, ihre Dienstmagd, zu sehen – aber statt Beatrices alten, mißbilligenden Zügen sah sie ein anderes Gesicht, auf dem noch immer das furchteinflößende Lächeln

lag. Der Soldat war ihr vom Marktplatz gefolgt und hatte das Haus durch die Küchentür betreten. Joanna flüsterte: »Beatrice«, erhielt jedoch keine Antwort. Es war nichts zu hören außer dem fernen Klappen, das die hin und her schwingende Tür verursachte. Beatrice war entweder nicht da – oder tot.
Leise lachend, schob der Soldat sein Messer in seinen Gürtel. Auf seiner Bluse war Blut, aber Joanna wußte nicht, ob es Beatrices war oder das des Jungen auf dem Marktplatz. In ihrem Kopf überschlugen sich die Gedanken, suchten verzweifelt nach einer Möglichkeit zu entkommen. Die Eingangstür hinter ihr war zu, und es würde viel zu lange dauern, die Riegel zurückzuschieben, und selbst wenn sie es schaffte, das Haus zu verlassen – er würde ihr folgen. Wer würde die Bestrafung durch die Kameraden dieses Mannes riskieren, um einer alleinstehenden Frau zu helfen – schlimmer noch, einer Frau, die die Erfüllung der ehelichen Pflichten verweigert hatte?
Der Soldat sprach sie an, sagte mit leiser, gutturaler Stimme ein paar Worte. Er war dick und unrasiert, seine Kleidung zerfetzt und fleckig. Er rechnete nicht mit Widerstand: Seiner Überzeugung nach hatte sie nur zwei Möglichkeiten – Einwilligung oder Tod. Joanna zwang sich zu lächeln, ihr herrliches langes Haar zurückzuwerfen und durch den Raum auf den Soldaten zuzugehen. Sein Gesichtsausdruck wurde hungrig, verlangend – wie sie es hundertmal bei Gaetano erlebt hatte. Sie sagte leise etwas in einem deutschen Dialekt, und auch wenn er sie nicht verstand, so betrachtete er sie doch wie hypnotisiert. Sie hob ihm die Lippen zum Kuß entgegen und gestattete ihm, die Arme um sie zu legen.
In dem Augenblick, als sein Mund den ihren fand, zog Joanna das Messer aus ihrem Ärmel – und dann, als sein Atem schneller wurde und seine Zunge sich zwischen ihre Lippen drängte, stieß sie ihm den Dolch in den Rücken.
Er hielt sie noch immer fest umfangen, doch sein Mund löste

sich von dem ihren. Sie hörte den Soldaten nach Luft schnappen. Sein Gesicht war nur ein paar Zentimeter von ihr entfernt. Die Haut hatte eine aschgraue Färbung und war aufgedunsen, blutunterlaufene Augen starrten sie an, zuerst ungläubig, dann rachedurstig. Hände legten sich um ihren Hals, drückten ihr die Luft ab. Doch gerade als sie glaubte, ihre Lungen würden platzen, sank er zu Boden, kraftlose Finger glitten an der Vorderseite ihres Kleides herab, im Rhythmus seiner rasselnden Atemstöße quoll Blut aus seinem Mund.

Plötzlich wurde Joanna bewußt, daß – außer dem Hämmern ihres Herzschlages und den letzten Atemzügen des Soldaten – noch ein anderes Geräusch gewesen war: ein hartnäckiges Klopfen, das aufgehört hatte, als sie ihren Rock von den toten Händen des Soldaten weggezogen hatte. Seine ausgestreckten, schmutzigen Finger hatten sie fasziniert. Dann hörte sie, wie die Küchentür geschlossen wurde, blickte auf – und sah Martin Gefroy.

Er starrte zuerst den Soldaten an und dann sie. Einen Moment lang war er sprachlos. Dann sagte er: »Ziehen Sie sich um, Joanna. Packen Sie eine Tasche.«

Seine Stimme war brüsk, barsch. Sie schaute zu Boden und bemerkte das Blut, das unter der Küchentür hindurchlief. »Beatrice?« flüsterte sie.

»Ist tot.« Er breitete die Arme aus, um sie daran zu hindern, in die Küche zu gehen. »Sie können nicht hierbleiben, Madonna«, fügte er hinzu. »Jemandem wird sein Verschwinden auffallen – vielleicht weiß jemand, wohin er gegangen ist.«

Sie schaute wieder auf die Leiche hinunter, auf das Messer, das noch immer aus dem Rücken ragte, und schauderte. Martin durchquerte den Raum und nahm ihre zitternden Hände in die seinen.

»Sie werden mir doch nicht umfallen, oder?« fragte er in sanfterem Ton, und als sie den Kopf schüttelte, sagte er noch einmal: »Ziehen Sie sich um. Ich kümmere mich um das hier.« Seine Geste schloß den toten Soldaten und die Leiche von Beatrice in der Küche ein. »Packen Sie ein paar Sachen zusammen – ich werde einen sicheren Platz finden, wo Sie vorerst bleiben können. Sobald es geht, bringe ich Sie aus Padua fort. Beeilen Sie sich, Joanna.«

Oben zog sie das blutbefleckte Kleid aus und schlüpfte in das schwarze, das Isotta ihr vor langer, langer Zeit in Venedig geschneidert hatte. An den Geräuschen, die aus dem Garten heraufdrangen, erkannte sie, daß Martin ein Loch grub. Ihre Hyazinthen, ihr Goldlack, ihre Rosen mußten einem nicht gekennzeichneten Grab für die Dienstmagd ihres Gatten und einen unbekannten deutschen Soldaten weichen. Wenn sie die Worte hätte finden können, hätte sie die ergebene Beatrice um Verzeihung dafür gebeten, daß sie so unfeierlich in die Erde gesenkt wurde, daß kein Priester sie auf die Reise schickte. Sie holte eine Tasche und legte einige Kleidungsstücke, Isottas Schmuck, ihr Exemplar des Dioscorides-Kräuterbuches und die Kette ihrer Mutter hinein. Dann steckte sie ein paar Münzen in eine alte seidene Börse: eine venetianische Zechine, zwei Genueser Dukaten und einen französischen Gold-Ecu.

ZWEITER TEIL

1509–1510

Der Garten der leidenschaftlichen Liebe

Die ganze Nacht bei der Rose, bei der Rose,
Die ganze Nacht lag ich bei der Rose,
Wagte nicht, die Rose zu stehlen
Und trug sie doch fort.

Anonymus, vierzehntes Jahrhundert

Siebtes Kapitel

Am sechzehnten Juli brach eine Schiffsflotte von Venedig zum Festland auf. Nach ihrer Abfahrt patrouillierten andere Schiffe in den Lagunen, um sicherzustellen, daß keine weiteren Fahrzeuge die Stadt verließen.

Früh am nächsten Morgen, bevor die Sonne ganz aufgegangen war, sammelte sich eine Gruppe von Reitern im Wald bei Padua. Die Bäume waren dicht belaubt, und die Männer, ihre Pferde und ihre Waffen wurden durch das Zweiggewirr der Weiden und Erlen gut verdeckt.

Drei mit Getreide beladene Karren traten die Reise von dem Wald zum Codalunga-Tor Paduas an. Bei jedem Karren befanden sich zwei Männer, alle sechs offenbar unbewaffnet und mit nichts anderem im Sinn als dem Kornpreis und der unerträglichen Sommerhitze.

Die ersten beiden Karren hielten am Tor, die Pferdelenker wurden von deutschen Landsknechten befragt, die anschließend die Ladungen untersuchten. Danach wurde die Zugbrücke heruntergelassen, und die Karren, die Nahrung für die hungrigen Soldaten der Garnison von Kaiser Maximilian brachten, durften passieren. Doch der dritte Karren blieb auf halbem Weg zurück; ein Rad war abgerutscht und hatte sich verklemmt. Einer der Fuhrleute, ein großer Mann mit dem Schädel und den Schultern eines Bullen, kletterte gemächlich vom Kutschbock, um das Rad zu befreien. Doch seine Bemühungen schienen nichts zu fruchten: Der zweite Fuhrmann, ein blonder Junge, lächelte die Wachen an und hob entschuldigend die Hand.

Die Wachtposten wollten sich gerade daran machen, den Fuhrleuten zu helfen, als plötzlich Hufgetrappel und Rufe aus hundert Kehlen laut wurden. »Marco! Marco!« schrien die Männer, als sie durch das Tor brandeten, das durch den verunglückten Karren weit offengehalten wurde. Venetianische Banner wehten in der frühmorgendlichen Hitze, Schwertklingen blitzten im Sonnenlicht, und der Löwe von San Marco hob sich leuchtend rot und goldfarben gegen den paduanischen Himmel ab.

Der erste Mensch, den Toby sah, nachdem das Schlimmste vorüber war, war der Engländer Martin Gefroy.

Das Gefecht war kurz und blutig, eine Reihe von Mann-gegen-Mann-Kämpfen auf dem Hauptplatz der Stadt. Die Deutschen machten ihre Sache gut, doch die Venetianer – möglicherweise durch die Neuigkeit, daß Venedig auf der Terra firma Unterstützung erhielte, und vielleicht dankbar dafür, nach Wochen der Demütigung in Aktion treten zu können – machten ihre Sache besser.

Toby war gerade zu Atem gekommen – vergewisserte sich, daß Gilles und Penniless nichts geschehen war, daß nun der Löwe von San Marco über Paduas Türmen und Toren flatterte –, und als er sich mit dem Handrücken den Schweiß von der Stirn wischte, entdeckte er den Engländer.

Er erkannte ihn sofort – immerhin hatte er seinerzeit fast zwei Monate in der Gesellschaft von Martin Gefroy zugebracht. Sein rechter Arm, den er heute so erfolgreich eingesetzt hatte, legte noch immer Zeugnis von der Geschicklichkeit des Arztes ab. Der Engländer, erinnerte er sich, war damals auf dem Weg nach Padua gewesen, um an der hiesigen Universität Medizin zu studieren.

Martin Gefroy kniete neben einem der Verwundeten, die auf dem Platz lagen. Die offene Tasche neben ihm gab den Blick auf

das darin enthaltene Verbandsmaterial, Salben und Balsame frei. Toby schob sein Schwert in die Scheide und überquerte den Platz.
»Wird er am Leben bleiben?« fragte er leise.
Martin schüttelte den Kopf. »Nein.« Behutsam schloß er die Lider der blicklosen Augen mit der Hand und stand auf.
Ein Teil des Hochgefühls, das Toby bei der Zurückeroberung Paduas empfunden hatte, wurde von der Müdigkeit und Verzweiflung ausgelöscht, die sich in den Augen des Engländers widerspiegelten. Der junge Mann, der da auf dem Pflaster lag, hätte ein Kaufmann, ein Politiker, ein Bankier werden sollen – aber nicht mit achtzehn Jahren auf einem paduanischen Platz niedergemetzelt werden.
»Was für eine Verschwendung«, murmelte Martin vor sich hin, und dann richtete er schließlich den Blick auf Toby und runzelte die Stirn. »Toby ...? Toby Dubreton?« Zuerst klang seine Stimme unsicher, doch dann sagte er entschiedener: »Toby!«, und ein strahlendes Lächeln erhellte seine Züge. Martin packte Toby an den Ärmeln und schlug ihm dann auf den Rücken. »Dann hat meine Wiederherstellungsarbeit also etwas getaugt. Und heute ...?« Martins blaugraue Augen – Medizineraugen – überflogen Toby auf der Suche nach einer Verletzung und blieben an dem geröteten Ärmel seines Wamses hängen.
Toby schüttelte den Kopf. »Das stammt von einem anderen – ich habe nur ein paar Schnittwunden und blaue Flecken. Ich habe dieses Jahr Glück gehabt – ebenso wie Penniless und Gilles.«
Er sah das Lächeln des Engländers erlöschen, als dieser den Blick über die Toten und Sterbenden auf dem Platz schweifen ließ. Toby konnte den Anblick plötzlich nicht mehr ertragen und wandte sich ab. Auch für ihn gab es Arbeit: Straßen und Gassen mußten nach verbliebenen deutschen Soldaten durchsucht, die

Überprüfung und Instandsetzung der Verteidigungsanlagen der Stadt in die Wege geleitet werden. Kaiser Maximilians Armee konnte nicht mehr weit sein.
Martin kniete bereits neben dem nächsten Patienten – doch als Toby Anstalten machte, sich zu entfernen, drehte der Engländer sich um und rief: »Ich muß später mit Ihnen reden, Toby: Ich möchte Sie um einen Gefallen bitten.«

Die Stadt Padua wurde nach Schreinern, Hilfskräften und Maurern durchsucht. Vor den Toren wurden Schanzgräben ausgehoben, Bombarden und Mörser an den Schießscharten in Stellung gebracht. Sie gruben den ganzen brütend heißen Tag hindurch bis in die Nacht hinein, Erde, Schweiß und Sonne färbten ihre halbnackten Körper mahagonibraun. Wolken von Fliegen und Mücken aus den Lagunen umschwärmten sie an den Abenden, quälten sie, bedeckten ihre aufgeheizte Haut mit juckenden Pusteln. Schon bald starrten die Mauern der Stadt von Hakenbüchsen und Musketen, hinter denen jeweils ein wachsames Augenpaar Ausschau hielt. Die letzten paar Deutschen wurden aus ihren Verstecken geholt und die Verteidigungsanlagen der Stadt zweimal täglich auf Kundschafter oder Spione von Kaiser Maximilian überprüft. Beim Waffenarsenal und dem Kornspeicher wurden Posten aufgestellt. Die Stadt Padua hatte sich endlich besonnen, sich von ihren Besatzern befreit, und sie bereitete sich auf die Belagerung vor.
Es dauerte drei Tage, bis Toby den Arzt wiedersah – Tage der Anspannung, Tage des Wartens, als könnten sie die Querpfeifen und Trommeln von Maximilians Armee bereits hören. Schließlich wurde die Ausgangssperre aufgehoben, und die Bewohner von Padua erhielten die Möglichkeit, die Befreiung ihrer Stadt zu feiern.
Die Luft in der Taverne war stickig und summte von den allgegenwärtigen Fliegen. Alle Ecken waren von Soldaten und

ihren Liebsten besetzt. Gilles hatte Gesellschaft gefunden: Ein recht hübsches Mädchen spielte mit den Elfenbeinknöpfen seines Brokatwamses und fuhr mit den Fingern durch seine Locken.
Penniless war betrunken. »Ich weiß ein Rätsel«, verkündete er, nach seinem sechsten Krug Bier von Schluckauf geplagt.
Toby stöhnte. Gilles hob den Blick von dem Mädchen auf seinen Knien und beschwerte sich: »Als du uns das letzte Mal ein Rätsel aufgegeben hast, Penniless, mußte ich den halben Weg nach Neapel und wieder zurück reiten und einen verdammten Blumenstrauß für Toby besorgen – und er war nicht einmal tot!«
»Das war nicht meine Schuld.« Penniless, dessen massiger Oberkörper nur mit einem ärmellosen Lederwams bekleidet war, blickte gekränkt drein. »Oder, Toby?«
Toby schüttelte den Kopf. Glücklich runzelte Penniless angestrengt nachdenkend die Stirn. »Also dann – hört zu.

Ich habe ein Loch über meinem Knie,
Und es wird hineingestochen und hineingestochen,
Und doch ist es nicht wund,
Und doch soll noch weiter hineingestochen werden ...«

Penniless' Stimme ging in Gilles' wütendem Aufbrüllen und dem schrillen Quieken unter, mit dem das Mädchen von Gilles' Schoß rutschte. Es gab ein Handgemenge, Möbel stürzten um, und dann lag Gilles am Boden. Penniless hatte ihm seinen prächtigen Hut mit einem Ruck weit über die blonden Locken herabgezogen und saß auf seiner Brust.
Martin Gefroys Stimme drang durch den Lärm: »Eine Schwertscheide, stimmt's, Penniless? Hallo, Toby. Gilles.«
Der Arzt sah erschöpft aus, dachte Toby. Martin Gefroys Augen waren rotgerändert. Müdigkeit hatte Furchen durch das blasse

Gesicht gezogen. Er wirkte, als habe er eine Woche nicht geschlafen. Nicht überraschend, denn schließlich fing Martins Arbeit dort an, wo Tobys endete.

Penniless begrüßte ihn lautstark, während Gilles, dessen Lungen noch immer von Penniless' riesigen Hinterbacken plattgedrückt wurden, es nur schaffte, eine Hand zu heben.

Martin schlug alle Einladungen, etwas zu trinken, aus. »Ich muß mit Ihnen reden, Toby«, sagte er. »Jetzt gleich.« Als Toby ihn aufforderte, auf der Bank Platz zu nehmen, schüttelte er den Kopf. »Nicht hier.«

Die Piazza draußen lag still im Mondlicht. Martin lehnte sich an die niedrige Mauer, die den Springbrunnen umgab, und erklärte: »Ich brauche Ihre Hilfe, Toby. Ich möchte Sie bitten, mir zu helfen, Padua zu verlassen, mich aus Italien hinauszubringen. Es wäre mir am liebsten, wenn wir noch heute abend aufbrechen könnten.«

Toby hätte beinahe gelacht. Martin hatte keine Ahnung, worum er da bat. Dem Arzt in das von Strapazen gezeichnete Gesicht blickend, antwortete er: »Ich kann nicht. Unmöglich. Ich werde hier gebraucht.«

Martin fuhr sich mit den Händen durch die wirren Haare und blinzelte nervös. »Es sind doch noch andere Soldaten in Padua. Gilles, Penniless ...«

Toby verscheuchte eine aufdringliche Mücke und fragte: »Was haben Sie getan, Martin? Die Frau des venetianischen Stadtverwalters verführt? Ein paar deutsche Landsknechte zuviel geheilt?«

Die Luft war noch immer heiß. Martin, in seinen schmutzigen, zerfetzten Kleidern und mit den von Überanstrengung kündenden Gesichtszügen ein Bild des Jammers, setzte sich auf die Brunnenbrüstung und ließ eine Hand in das trübe Wasser hängen. »Ich trete nicht meinetwegen an Sie heran – es geht um eine Bekannte. Sie hat einen deutschen Soldaten getötet.«

Er schaute auf. Toby sah die Aufrichtigkeit in den Augen des Engländers – und die Furcht.
»Der Strolch war drauf und dran, sie zu vergewaltigen. Sie stieß ihm ein Messer in den Rücken. Ich habe die Leiche in ihrem Garten vergraben, die Spuren im Haus beseitigt und sie mitgenommen und in meiner Unterkunft versteckt. Das war vor vier Tagen. Am nächsten Tag durchsuchten die Landsknechte ihr Haus, besser gesagt, sie verwüsteten es. Ich versuchte sie dazu zu überreden, sich von mir nach Venedig bringen zu lassen, aber sie weigerte sich. Sie ist nicht bereit, sich der Stadt auch nur zu nähern. Sie ist entschlossen, Italien zu verlassen.«
Martins Liebste? dachte Toby. Martins Geliebte? »Venedig ist abgeriegelt«, sagte er. »Außerdem sind die Deutschen jetzt weg, Martin.«
»Sie wissen genau, daß sie wiederkommen, man hebt keine Schützengräben aus, um Steckrüben anzubauen.« Verachtung lag in seiner Stimme. Sein Blick glitt zu den fernen Mauern, den Toren und Türmen von Padua, die sich schwarz gegen den indigoblauen Himmel abhoben. »Der Kaiser wird Padua wiederhaben wollen, oder etwa nicht, Toby?«
Die schwüle Abendluft trieb Toby den Schweiß auf die Stirn – als sei er noch dort draußen, jenseits der Stadttore, fünfzig Zivilarbeiter dazu antreibend, die Art von Befestigungen anzulegen, die Padua helfen würden, den Bombarden des Feindes zu trotzen. »Natürlich wird Maximilian uns belagern«, entgegnete er gelassen, »und genau das ist der Grund, warum ich hierbleiben muß.«
»Genau das ist der Grund dafür, daß *sie nicht* hierbleiben kann. Wenn die kaiserlichen Truppen die Stadt zurückerobern, gerät sie in Lebensgefahr. Padua wird geplündert, das wissen Sie – und selbst, wenn es durchhält und der Kaiser sich zurückzieht«, Martin schüttelte hoffnungslos den Kopf, »dann ist da immer noch ihr Ehemann, der wiederkommt.«

»Ehemann?« echote Toby. »Sie ist verheiratet, Martin?«
»Ja.« Martin schlug mit der Faust auf seine andere Hand. »Ihr Mann schlägt sie, ich habe es mit angehört.«
Jetzt lag Zorn in Martins Stimme – und aus den Tiefen von Tobys Gedächtnis stieg das Bild eines Kindes mit roten Striemen auf dem Rücken empor, das in einer Schusterei den Blasebalg betätigte. Die letzten sechs Monate hatte er alle Gedanken an Chinon und Marigny energisch verdrängt, und nun schob er das Bild wütend weg. »Es tut mir leid, Martin – ich kann Ihnen nicht helfen. Ich wünschte, ich könnte es, aber es geht nicht: Ich werde hier gebraucht.« Damit machte er sich mit schnellen Schritten auf den Rückweg zu der Taverne.
»Sie sind es mir schuldig«, sagte der Arzt, und Toby blieb auf halbem Wege wie angewurzelt stehen, grub die Stiefelabsätze in die staubige, festgebackene Erde. »Ich fordere Ihre Schuld ein, Toby«, erklärte Martin ruhig.
Es war heiß, kein Lüftchen regte sich, und Tobys Hemdsärmel waren bis über die Ellbogen aufgekrempelt. Im Schein des Mondes und im Licht der Taverne zog sich die dunkle, gezackte Narbe über seinen ganzen Unterarm. Ohne Martin wäre er jetzt nicht hier, dachte Toby. Martin hatte ihm zwei Monate seines Lebens geopfert – einem Fremden.
Vom Brunnen her sagte Martin: »Ich hatte nicht vor, darauf zurückzukommen, aber wie ich schon sagte – ich brauche Sie. Ich würde die Frau ja selbst außer Landes bringen, aber ich wäre bereits verloren, bevor wir Verona erreichten. Mit Ihnen werden wir uns nicht verirren.«
Toby drehte sich auf dem Absatz um. Er machte einen letzten Versuch. »Es wird in Vergessenheit geraten, Martin. Niemand wird sich Gedanken um eine einzelne paduanische Frau machen, wenn der Belagerungszustand herrscht. Niemand wird sich an sie erinnern.«
Martin verließ seinen Platz am Brunnen und ging auf Toby zu.

Dicht vor ihm blieb er stehen. »Niemand könnte sie vergessen«, erwiderte er schlicht. »Kommen Sie mit, dann werden Sie es verstehen.«

Er hatte Joanna Zulian mit in sein Quartier hinter der Universität genommen, sie in das Haus geschmuggelt, als niemand hinschaute. Er bewohnte zwei Zimmer dort, und die letzten vier Nächte hatte Martin in einem davon auf dem Boden geschlafen und Joanna in dem anderen im Bett. Er hätte seine Seele dafür verkauft, das Bett mit ihr teilen zu dürfen, doch er wußte, daß sie nicht auf diese Weise an ihn dachte. Er steigerte sich nicht in diese Überlegung hinein, sonst hätte er sein Unglück wie ein verrückter Hund hinausgeheult. Er genoß den Vorzug ihrer Gesellschaft, und im Augenblick mußte ihm das genügen.

Joanna sprach nicht über den Soldaten, den sie getötet hatte – und auch nicht über ihren Ehemann. Sie flickte einige Kleidungsstücke von Martin und machte seine Wohnung sauber. Als das Gefecht im Zentrum von Padua tobte, riß sie Laken für Verbände in Streifen, zermalte Kräuter und mischte Salben. Martin wußte, daß sie ihm geholfen hätte, sich um die Verwundeten da draußen auf dem Platz zu kümmern, doch er wagte nicht, sie ins Freie zu lassen.

Martin führte Toby durch die Stadt und über eine Wendeltreppe zu seiner Wohnung im obersten Stockwerk hinauf. Normalerweise neigte er nicht zu Vorausahnungen, aber seit nun schon mehreren Tagen quälte ihn ein Gefühl nahenden Unheils. Seine Ängste konzentrierten sich auf Joanna, und er sagte sich, daß jetzt alles gut würde, daß Toby Dubreton, der praktisch denkende Toby Dubreton, sie sicher aus Padua fortbringen werde. Eine überwältigende Erleichterung machte sich in ihm breit: Der seit vier Tagen andauernde Alptraum fände endlich ein Ende. Er bereute nicht, Toby gezwungen zu haben, ihnen zu helfen – er hatte keine Wahl gehabt.

Joanna war noch wach, als sie ankamen. Sie saß am Tisch und flickte Martins einzigen alten Umhang. Der Anblick ließ jäh den Stolz eines Ehemanns in Martin aufflackern. Dann sah er, daß Joanna Toby anstarrte.

»Toby«, sagte sie. »Toby Crow.«

Diesmal war *Martin* verwirrt. Er fühlte sich plötzlich ausgeschlossen – aus einer Vergangenheit, über die er nichts wußte. Er las Überraschung in beider Blicke – aber auch noch etwas anderes. Wissen. Seelenverwandtschaft, vielleicht.

»Wir haben uns in Venedig kennengelernt«, erklärte Toby.

»Toby *Crow?*« fragte Martin.

Schweigend wartete er auf eine Antwort. Die schiefergrauen Augen hatten einen nachdenklichen Ausdruck angenommen, und Martin starrte hinein, als könne er sein Gegenüber dadurch zwingen, die Wahrheit zu sagen. Er spürte irgendwie, daß diese Wahrheit wichtig war, daß Toby jedoch nicht gerne damit herausrückte – daß er überhaupt ein Mann war, der Geheimnisse hatte.

Nach einer Weile antwortete Toby: »Ich habe in den vergangenen drei Jahren für einen Franzosen gearbeitet, und da war der Name Dubreton nicht angebracht.«

Martin wußte, daß er nur die halbe Wahrheit erfahren hatte.

Joanna stand vom Tisch auf. »Ich lernte Signor Crow vor zwei Jahren in Venedig kennen, Martin, ich war in den Kanal gefallen, und Signor Crow half mir heraus.«

Sie hatte sich wieder gefaßt, ihre schönen, grauen Augen blickten beinahe gelassen. Aber als Martin die beiden so beieinanderstehen sah, erwachte wieder das beunruhigende Gefühl drohenden Unheils in ihm. Es war, als habe er dadurch, daß er Joanna Zulian beschützte, dadurch, daß er Toby zwang, ihnen zu helfen, etwas Unberechenbares ausgelöst, etwas Zerstörerisches.

Schließlich schaffte Toby es, den Blick von ihr zu wenden.
»Ich dachte, ich könnte Madonna Zulian nach England mitnehmen«, meinte Martin. »Oder sie nach Frankreich bringen. Ich weiß nicht recht.«
Toby achtete nicht auf ihn. »Das Baby«, sagte er zu Joanna. »Der Sekretär von Signor Venier erzählte mir, Sie erwarteten ein Kind.«
Das Gesicht, das Toby so gut im Gedächtnis behalten hatte, errötete. »Mein Sohn starb, Signor Crow, er kam zu früh zur Welt.«
Er erinnerte sich daran, wie er damals im Venier-Palast aufschaute und sah, wie dieses Mädchen – diese Frau – ins Wasser ging, als trete sie auf die Straße hinaus. Er erinnerte sich daran, wie er den Arm um sie gelegt und sie in den Innenhof zurückgeführt hatte – und er erinnerte sich an Gaetano Cavazza, den Joanna Zulian geheiratet hatte.
»Nun?« fragte der Engländer ungeduldig. »Werden Sie uns helfen?«
Toby wußte, daß er keine Wahl hatte. Als er seine Zustimmung gab, lebte der Arzt sichtlich auf und entspannte sich ein wenig. Plötzlich wurde er von Bitterkeit überwältigt, von der Erkenntnis, daß dieses Mädchen, der Engländer und die Tatsache, daß er letzterem etwas schuldete, dazu führten, daß er sich wieder von seinem eigentlichen Beruf abwenden mußte – dem Kriegshandwerk.

Sie verließen Padua zwei Tage später. Die Erinnerung an das Gespräch mit Antonio Giustinian gehörte nicht zu denen, die Toby lieb waren. »Wenn ich Ihnen die Erlaubnis verweigere, werden Sie desertieren, nehme ich an«, hatte Giustinian mit Verachtung in seinen dunklen, harten Augen gesagt, und Toby hatte – durch diesen Blick und den Respekt, den er für die Entschlußkraft des Venetianers empfand, zur Ehrlichkeit gezwungen – genickt.

Andrea Gritti, der Sensualist, hatte mehr Verständnis aufgebracht. »Ist sie hübsch?« hatte der Proveditor gefragt, und als Toby bejahte, erteilte er ihm die Genehmigung, die Stadt zu verlassen und den Dienst bei den venetianischen Streitkräften zu quittieren. Sich von Gilles und Penniless zu trennen, war ihm noch schwerer gefallen. Gilles hatte lediglich die Augen gen Himmel verdreht und geseufzt, aber Penniless trug seine Dienste als Leibwächter an – bis ans Ende der Welt und zurück, falls nötig. Toby hatte das Angebot abgelehnt, denn im Norden Italiens trieben sich eine Menge – zumeist feindlich gesonnener – Soldaten herum, und er beabsichtigte, jegliches Aufsehen zu vermeiden. Mit Penniless wäre dies jedoch nicht möglich. Er war außerstande gewesen, die richtigen Worte für ihn zu finden, und hatte die Erklärung Martin überlassen, dem Landsmann des Cockneys.
Sie verließen die Stadt bei Morgengrauen – durch dasselbe Tor, das Penniless' Karren nur eine Woche zuvor offengehalten hatte. Die aufgehende Sonne malte goldfarbene und violette Streifen auf den Horizont, das Tor schlug hinter ihnen zu, und sie führten die Pferde durch das Gewirr von Verschanzungen, bei deren Bau Toby selbst mitgeholfen hatte. Als er sich umdrehte, um sich zu vergewissern, daß seine Mitreisenden nicht den Anschluß verloren hatten, sah er, daß Joanna Zulian ihr Gesicht der Sonne entgegengehoben hatte. Sie lächelte, und das Sonnenlicht verwandelte ihr offen herabfallendes Haar in flüssiges Gold.

Entgegen seiner Befürchtung erwies sich Joanna nicht als Belastung. Sie ritt unermüdlich und ausgezeichnet. Wenn das Terrain ungeeignet zum Reiten war, schwang sie sich vom Pferd und ging, den Rock bis zur Taille gerafft, während die Unterröcke durch den Staub schleiften, Meile um Meile zu Fuß. Nicht ein einziges Mal klagte sie über Müdigkeit, nicht ein einziges

Mal beschwerte sie sich über die unregelmäßigen Mahlzeiten, den Schmutz, die Hitze oder die Fliegen.
Sie ritten westwärts, in Richtung Mailand und der Alpen, weg von den sich nähernden kaiserlichen Truppen. Die geplünderten Städte und Dörfer des Veneto waren kaum noch zu erkennen, veränderten das Gesicht des Landes, durch das Toby vor nur zwei Monaten nach der Schlacht bei Agnadello gereist war. Der gesamte Norden Italiens schien zum Schlachtfeld geworden zu sein. Häuser, ja, ganze Dörfer, waren niedergebrannt worden, Ernten zerstört. Die Soldaten des französischen Königs und des Kaisers – und von Mantua und Ferrara – hatten Norditalien verwüstet wie ein Schwarm unzählbarer, unersättlicher Wanderheuschrecken.
Sie reisten frühmorgens und abends, um der heißen Sonne und gleichermaßen den täglichen Scharmützeln und Truppenbewegungen zu entgehen. Toby hielt jeden Menschen erst einmal für einen Feind. In den Ebenen wimmelte es von Söldnern und Deserteuren, von Kriegsgewinnlern und -opfern, während die Wälder und Hügel Zufluchtsstätten für Banditen waren.
Und noch ein anderer Feind begann die Städte und Dörfer zu terrorisieren. Der Hochsommer war seit jeher die Zeit für allerlei Leiden, doch in diesem Jahr, dem Jahr des Hungers und der Gewalt, war es noch schlimmer als sonst. Als sie in eine Ortschaft einritten, fiel Toby die Stille auf. Ein paar Hunde waren am Dorfbrunnen versammelt, einige magere Hühner scharrten im Staub nach Nahrung, doch nirgends war ein Mensch zu sehen. Und dann drang aus einem der Häuser das Schreien eines Babys. Er sah Joanna vom Pferd gleiten, einen Moment auf dem Platz stehenbleiben und dann in Richtung des Geschreis eilen. Der Arzt lief hinter ihr her, packte sie am Arm und hielt sie auf. Als er mit ihr zurückkam, flüsterte Martin Gefroy Toby zu: »Pest!«, und dieser spürte, wie eiskalte Furcht an seinem Rücken hinabperlte.
Danach waren sie noch vorsichtiger. Die ständigen Bemühun-

gen, etwas zu essen zu finden, beherrschten ihr Leben. Toby schoß mit Pfeil und Bogen Kaninchen und Feldhasen. Manchmal fanden ein durch die Pferdehufe aus dem Unterholz aufgeschreckter Fasan oder ein Rebhuhn den Weg in ihren Kochtopf. Einmal, als Toby aus einem Schläfchen am Ufer eines Baches erwachte, sah er Joanna bis zu den Knien im Wasser stehen, während eine zuckende Forelle versuchte, sich ihrem Griff zu entwinden. In den Heckenreihen gab es, durch die trockene Sommerhitze zusammengeschrumpelt, Himbeeren und wilde Erdbeeren. Sie pflückten die Beeren, sammelten sie in der Kapuze von Joannas Cape und aßen sie später im Schutz eines Olivenhains. Die Bäume waren lange zuvor von marodierenden Soldaten und hungrigen Bauern abgeerntet worden.

Eines Tages stießen sie in einer tiefen, farnbewachsenen Schlucht auf eine Horde zerlumpter Soldaten. Einer von ihnen trug noch Reste des Löwen von San Marco auf dem Ärmel, doch in seinen Augen brannte Gier nach den Pferden und Besitztümern der Reisenden. Diese retteten die Schnelligkeit ihrer Pferde und Tobys Geschicklichkeit mit dem Schwert, das zwei seiner ausgezehrten, ehemaligen Verbündeten innerhalb von Minuten zum Verhängnis wurde. Danach machte Toby sich daran, den Engländer im Umgang mit dem Schwert zu unterweisen. Martin hatte keine Begabung dafür – er war ungeschickt, als benutze er fremde Hände –, aber er ließ nicht locker, übte hart, zwang sich geduldig, etwas zu lernen, das seiner Natur zuwider war. Joanna sah ihnen zu. Toby wußte, daß sie ein Stilett in einem der große Falten werfenden Ärmel bei sich trug.

Wenn das Glück ihnen hold war, schliefen sie in Tavernen oder Scheunen. Wenn sie weniger Glück hatten, rollten sie sich unter Bäumen oder in Straßengräben zusammen. Joanna beherrschte ebenso viele Sprachen wie Toby, und er gewöhnte sich an, sie als Vorhut in Gasthäuser zu schicken, um nach Zimmern zu fragen, wobei er jeweils bestimmte, welche Mundart die sicherste war.

Eine Frau war keine Bedrohung. Sie war eine mantuanische Madonna oder ein Florentiner Edelfräulein auf dem Weg in die Abgeschiedenheit eines deutschen Nonnenklosters. Einmal traten Toby und Joanna als Mann und Frau auf, und Martin als ihr Diener. In dieser Nacht schliefen sie in dem überbelegten Wirtshaus zu dritt in einem Bett, zu müde, um sich um Schicklichkeit zu scheren oder Verlangen zu empfinden. Ihre Körper berührten einander unter den geflickten Laken, und auf dem Boden schnarchte die Dienstmagd eines anderen Gastes.

Doch sie erlebten auch gute Zeiten, Zeiten, die Joanna später wie einen Schatz hütete, so wie sie auch die Erinnerungen an ihre Kindheit hütete.

Da waren die Zigeunerinnen, die ehrfurchteinflößend abgegriffene Tarotkarten betrachteten und unerwartete Reisen und die Begegnung mit geheimnisvollen Fremden prophezeiten. Da war der fliegende Händler, der Joanna die bunte Borte verkaufte, die sie auf den Saum ihres schwarzen Kleides nähte. Da war das Mysterienspiel, dem sie am Straßenrand beiwohnten: drei Schauspieler und ein Drachenkopf aus Pappmaché, mit den Hügeln und Hecken als Kulisse. Da war der Teich, in dem sie eines Abends schwammen, Staub, Kummer und Schmerzen in dem klaren kalten Wasser abwuschen.

Joanna spürte, daß sie auf dem Weg war, ihre alte Persönlichkeit wiederzufinden. Der erste Schritt war getan: Sie war wieder Joanna Zulian, und sie war unterwegs – nicht mehr die leb- und rechtlose Malerpuppe, zu der Gaetano sie gemacht hatte. Sie begann sich wieder des Lebens zu erfreuen, die schreckliche Gefühllosigkeit abzuschütteln, die ihre Ehe und der Tod ihres Kindes verursacht hatten.

Eines Abends kehrten sie in einem Gasthaus nahe Asola ein. Es war, als hätte es die Jahre dazwischen nie gegeben. Padua und Venedig hatten keinerlei Bedeutung mehr für sie – sie hatte niemals aufgehört, die staubigen Straßen Europas entlangzuziehen. Das Wirtshaus war voll, der Gastraum dämmerig und behaglich. Toby machte sich auf die Suche nach Essen und Wein, während Martin und Joanna sich an einen Tisch in der Nähe der Tür setzten. Das Dorf schien völlig unberührt von den Kriegswirren: Joannas Blick glitt über klatschmohngesäumte Kornfelder und einen kleinen Kräutergarten, dessen Pflanzen in der Spätsommerhitze dahinwelkten.

Tiefe Linien um Martins Augen und Mund zeugten von seiner Müdigkeit. Er schnitt eine Grimasse und rieb sich den Fuß. »Ich habe eine hühnereigroße Blase an der Ferse.«

Toby bahnte sich mit dem Ellbogen den Weg durch das Gedränge und stellte einen Krug Wein und drei Becher auf den Tisch.

»Wenn Sie das getrunken haben«, sagte er zu Martin, »würden Sie es nicht einmal mehr spüren, wenn Sie ein gebrochenes Bein hätten.«

Toby schenkte ein. Joanna wußte, daß er die Aufgabe, ein Mädchen ohne Gatten und einen reisenden Studenten aus Italien herauszubringen, nur sehr ungern übernommen hatte, doch nichtsdestoweniger hatte sein Unmut sich bereits am allerersten Tag gelegt, als sie durch das Adige-Tal ritten. Die anfängliche Spannung, die sie zwischen Toby und Martin Gefroy bemerkt hatte, begann nachzulassen und legte sich schließlich ganz. Joanna hatte bei Toby etwas erkannt, das sie auch bei sich selbst zu realisieren angefangen hatte: das Bedürfnis nach Veränderung, nach Bewegung. Wenn er gezwungen war, zu lange an einem Ort zu bleiben, wirkte er wie ein Tier im Käfig.

Toby setzte sich neben Martin. »In dieser Gegend ist es ruhig«, sagte er leise. »Aber zwischen hier und Mailand hat es offenbar umfangreiche Truppenbewegungen gegeben. Ernten wurden verbrannt, Menschen aus ihren Häusern vertrieben und dergleichen mehr. Wir werden uns also vorsehen und unauffällig bleiben.«

Die Gerüchte, die sie alle gehört hatten, erwähnte er nicht: von Dörfern, die dem Erdboden gleichgemacht wurden, von Männer, Frauen und Kindern, die abgeschlachtet wurden, weil sie sich auf die falsche Seite geschlagen hatten, in die falsche Richtung geschaut, das Falsche gesagt. Die Schakale durchstreiften das norditalienische Flachland und stritten sich um die Überbleibsel.

Der Wein war ein Labsal für ausgedörrte Kehlen und schmerzende Glieder. In der Mitte der Gaststube hatte ein Trio zu musizieren begonnen. Die von einer Querflöte und einer Drehleier intonierte Melodie fing zaghaft an, zögernd, kaum hörbar bei den lauten Gesprächen und dem Gelächter in dem überfüllten Raum. Dann wurde sie lauter, setzte sich durch, und die Trommel steuerte ihren zwingenden Rhythmus bei. Alle Gedanken an Krieg, an Zerstörung und Gemetzel wurden von dem Rhythmus des Trommelschlages und dem tiefen Brummton der Bauernleier vertrieben. Joannas Fuß begann auf den Boden zu tippen, und sie ergriff Martins Hand.

»Ich zeige Ihnen ein Mittel gegen Blasen.«

Es hatte sich ein Kreis gebildet. Martin leerte mit freudig leuchtenden Augen seinen Becher und stand auf. Und dann waren sie Teil des Kreises, bewegten sich nach rechts, nach links, drehten und wiegten sich. Martin allerdings war ein hoffnungsloser Fall. Ständig brachte er seine Füße durcheinander, trat Joanna dreimal auf die Zehen – doch er lauschte aufmerksam ihren Instruktionen. Genau so muß er seinen Lehrern an der Universität zugehört haben, dachte Joanna – mit vor angestrengter Konzentration gerunzelter Stirn und einem ernsthaften Ausdruck in den hellen Augen.

»Dreimal nach rechts und dreimal nach links. Halten Sie meine Hand, Martin, dann ist alles ganz einfach. Schauen Sie nicht auf Ihre Füße, achten Sie nur auf die Musik.«

Die Drehleier spielte einen Jig, und die Hälfte der Gäste machte mit. Die Musiker hatten sich an eine Wand zurückgezogen. Ihre verbeulten Hüte beschatteten ihre Gesichter, ihre geflickten, farbenprächtigen Gewänder leuchteten im Licht der Abendsonne, das durch die offene Tür hereinströmte. Der Schlag der Trommel wurde lauter und schneller, endete mit einem Wirbel. Joanna wurde hochgehoben, im Kreis herumgeschwungen und auf die Stirn geküßt.

»Sie sind eine Zauberin, Joanna, eine Hexe. Bis heute bin ich beim Tanzen immer auf die Nase gefallen.«

Sie humpelten zu ihrem Tisch zurück, auf dem Essen stand und noch mehr Wein. Das Trampeln von Füßen auf dem Holzboden, das Rascheln, mit dem die Röcke der Frauen über den Boden schleiften, übertönten die Flötenmusik beinahe, doch die Trommel war überall, ließ den Tisch vibrieren, hallte durch den Gastraum, ließ das Haus in seinen Grundfesten erzittern.

Martin hatte drei Becher Wein getrunken. Seine Augen fielen zu, er sank auf der Bank seitwärts, bis sein Kopf an Tobys Schulter ruhte. Joanna verschränkte behutsam seine Arme auf der Tischplatte und drückte seinen Kopf sanft darauf nieder.

Die Musikanten hatten wieder zu spielen begonnen. Toby war schon auf den Füßen. Er nahm Joannas Hand in seine. Sie fanden einen Platz in dem inneren Kreis. Vier Schritte nach rechts, drehen, vier nach links, drehen. Verbeugen und knicksen, nimm den Partner bei den Händen. Zweimal drehen. Wieder und wieder trennten sie sich und kamen zusammen, wobei Joanna ihr Spiegelbild in seinen Augen sah. Der Raum drehte sich um seine Achse wie die geschäftige Welt. Sie war die Achse, die Gaststube die Welt, die sie brauchte. Der Rhythmus wurde schneller, die Musik lauter, füllte die Taverne aus. Die Trommel trieb sie an. Lichter, Gesichter, nur halb beleuchtete Züge huschten kaum wahrgenommen vorbei, während die Kreise sich entgegengesetzt zueinander hin bewegten. Es gab nichts anderes mehr als die Musik und den Tanz und Toby. Sein schwarzes Haar klebte feucht an seiner Stirn, sein Körper bewegte sich in vollkommenem Einklang mit der Melodie. Es gab nichts anderes mehr als seine Hände, ausgestreckt, um die ihren zu fassen, und das Lächeln auf seinen Lippen, in seinen Augen.

Dann lächelte er auf einmal nicht mehr. Der Tanz hatte mit einer Salve von Trommelschlägen geendet. Die Tänzer johlten und lachten und sanken erschöpft zu Boden. Und Toby hatte sie in die Arme genommen und küßte sie.

Er küßte sie nicht, wie Martin sie geküßt hatte – dessen Kuß war ein Akt der Freundschaft gewesen. Es hatte Liebe darin gelegen – sie war nicht blind –, doch eine Liebe, die gewußt hatte, daß sie nicht erwidert wurde. Aber Tobys Küsse war hungrig, drängend – und sie wollte sie. So wie sie sich damals in Venedig, als sie in tropfnassen Kleidern mit ihm an dem Kanal stand, gewünscht hatte, daß er sie nie mehr loslassen würde.

Doch natürlich ließ er sie los. Er trat einen Schritt zurück, ihre Hände noch immer fest in den seinen, und starrte sie an. Er sagte nichts, aber in seinem Blick lag verzehrendes Verlangen.

Um sie herum sah Joanna andere, engumschlungene Paare, der Welt entrückt in dem dunklen Gastraum, ineinander versunken. Die Musiker fingen wieder zu spielen an, diesmal eine langsame, schwermütige Melodie, und Toby und Joanna tanzten zum letzten Mal, bewegten sich vorsichtig zwischen den Tischen, den umgekippten Stühlen und umschlungenen Paaren.

Martin erwachte, als der Trommler seinen letzten Wirbel schlug. Blinzelnd rieb er sich die Augen und hob den Kopf vom Tisch. Er wußte nicht, wo er sich befand – er hatte zuviel getrunken, war zu müde. Die Augen mit den Fingern aufhaltend, spähte er durch den Raum. Als er die beiden sah, glaubte er es zuerst nicht: Toby und Joanna in der Mitte des Gastzimmers – in inniger Umarmung! Er dachte, er sei in einem Alptraum gefangen, den seine Eifersucht und das Bewußtsein seiner eigenen Unzulänglichkeit verursacht hätten – doch dann begann die Musik erneut, eine Melodie, die ihn zu Tränen rührte, und Martin beobachtete sie, während sie tanzten, im völligen Einklang mit der Musik und den Schritten und Bewegungen des Partners, den Blick unverwandt aufeinander gerichtet.

Sie verließen das Dorf am nächsten Morgen bei Tagesanbruch und setzten ihren langen Ritt nach Westen fort. Je weiter die Ortschaft zurückblieb, um so häufiger waren die Zeichen des Krieges zu sehen. Überall entdeckten sie Spuren von Flucht und von Hetzjagd: einen Pfad durch ein Kornfeld, getrampelt von den Füßen eines Menschen, der in Panik davonrannte; ein Trauer erweckendes, fortgeworfenes Bündel von Töpfen und Pfannen unter einer Heckenreihe ...

Sie ritten schweigend dahin, jeder behielt seine Gedanken für sich. Toby hielt in einer Hand die Zügel, die andere lag auf dem Griff seines Schwertes. Es war brütend heiß, kein Lüftchen regte sich, Schweiß rann über sein Gesicht und ließ sein Hemd am Körper kleben. Bei jedem Hufschlag der Pferde stiegen Staubwolken auf. Er dachte an Joanna Zulian, mit der er am vergangenen Abend getanzt hatte, die er geküßt hatte. Martin hatte recht: Niemand könnte sie je vergessen. Nach Padua konnte sie nicht zurück, und nach Venedig wollte sie nicht zurück. Sie wollte nach Frankreich. Nun, dann würde er sie eben nach Frankreich bringen. Aber – zum ersten Mal in seinem Leben stellte er sich diese Frage – was dann? Wohin würde Joanna Zulian dann gehen?

Er sprach mit ihr, als sie, atemlos von der Mittagshitze, im Schatten eines staubigen Eukalyptusbaumes saßen und gierig mit Wasser gemischten Wein tranken. »Wir werden in ein paar Tagen in Mailand sein, und dann geht es weiter in Richtung

Alpen. Ich denke, daß wir gegen Ende Oktober in Frankreich ankommen.«
Joanna nickte lächelnd. Martin saß neben ihnen, mit dem Rücken an den Stamm gelehnt, die Augen geschlossen, die Beine ausgestreckt.
»Wohin wirst du dann gehen, Joanna? Hast du Familie?«
Sie senkte den Blick, ihr Lächeln verblaßte. Er sah das kaum wahrnehmbare Kopfschütteln, und plötzlich begriff er, daß sie so nach Frankreich ging, wie sie damals in den Kanal gegangen war: einem Impuls folgend, ohne die Konsequenzen zu bedenken.
Nervös stand Toby auf und ging zu den Pferden hinüber, die das spärliche Gras abweideten. Fliegen summten um die Köpfe der Pferde, ein Hitzeschild flimmerte vor dem blauen Horizont.
»Überhaupt niemanden?« fragte er. »Dann bleibt dir wohl nur das Kloster, Joanna – oder nimmt man dort keine verheirateten Frauen auf?«
Er bemerkte, daß Martin die Augen geöffnet hatte und sie beide anstarrte, doch er konnte den Ausdruck darin nicht deuten. Joanna war bei Tobys letzten Worten aufgestanden. Ihre Wangen waren leicht gerötet, aber ihre Stimme klang gelassen.
»Ich kann schreiben«, sagte sie ruhig, »und ich kann malen. Außerdem kann ich kochen und nähen und verstehe mich auf die Versorgung von Kranken. Ich werde schon eine Beschäftigung finden, die mich ernährt.«
Ein Schweigen entstand. Ihr Blick hielt den seinen fest, und Toby las Stolz und den Geist der Unabhängigkeit darin.
»Ich werde dich nach Bourges bringen«, sagte er schließlich. Plötzlich war ihm wie durch ein Wunder eine Lösung eingefallen. Er begann die Zaumzeuge und Sattelgurte der Pferde zu überprüfen. »Meine Familie lebt dort in der Nähe. Sie werden dich gerne für eine Weile aufnehmen. Dann sehen wir weiter.«
Er rechnete mit Protest, doch es kam keiner. Er nahm ihr Pferd

an den Zügeln und streckte ihr die Hand hin. »Wir sollten aufbrechen«, meinte er. »Die Landschaft bietet hier zu wenig Schutz.« Gehorsam ließ sie sich von ihm in den Sattel helfen.

Es wurde noch heißer. Dem gelegentlichen unheildrohenden Donnergrollen folgten nur einige wirkungslose Regentropfen. Flammen flackerten auf den verbrannten Feldern, Aaskrähen kreisten hoch über den vernichteten Ernten und zerstörten Häusern. Stücke verkohlter Ähren schwebten in der Luft, schwärzten ihre Gesichter und Kleider. Ihre Trinkwassersituation spitzte sich bedenklich zu, denn die Hitze hatte die Bäche ausgetrocknet.

Die Silhouette eines Bauernhofs hob sich gegen den Horizont ab, dünne Rauchfahnen stiegen von den verkohlten Dächern auf. Auf einem Bauernhof gab es natürlich einen Brunnen, doch Toby war sich der Gefahr bewußt, die sie fast greifbar umgab, allgegenwärtig und erstickend wie die hitzeschwere Luft. Er stieg vom Pferd, lehnte Martins Angebot ab, ihn zu begleiten, ging, in einer Hand die Wasserflaschen, in der anderen das Schwert, allein über das offene, niedergebrannte Kornfeld.

Die Gebäude lagen still und verlassen da. Die Soldaten hatten sogar die Tiere getötet: Die mageren Kadaver der Kühe und Schweine lagen zwischen den Olivenbäumen, und der Gestank war entsetzlich, das einzige Geräusch war das Summen der Fliegen.

Tobys Nackenhaare sträubten sich in der Atmosphäre von Tod und Zerstörung. Als er eine der Steinmauern des Hauptgebäudes berührte, stellte er fest, daß sie noch heiß war. Rauch drang langsam durch die scheibenlosen Fenster nach draußen und vernebelte den Hof.

Er schaute nicht ins Haus, sondern steuerte, sich der Gegenwart des Todes bewußt, mit schnellen Schritten auf den Brunnen zu. Und dann, als er gerade den Eimer hinunterließ, sah er aus dem

Augenwinkel etwas auf dem schmutzigen Stroh des Schweinestalls liegen.
Er zog sein Schwert, als er den gepflasterten Hof überquerte, schob es jedoch in die Scheide zurück, als er den Stall erreichte: Eine junge Frau lag ausgestreckt auf dem Stroh. Rock und Mieder waren mit einem Messer zerfetzt worden. Sie mußte etwa in Joannas Alter sein, dachte er, und sie war tot. Schon hatten sich Fliegen auf ihrem runden, jungen Gesicht niedergelassen. Würgend ordnete er ihre Kleider, so gut es ging, und bedeckte den geschändeten Körper mit Stroh. Dann ging er zum Brunnen zurück, füllte die Wasserflaschen und machte sich eilends auf den Weg zu seinen beiden Schützlingen.
Joanna hatte Ausschau nach ihm gehalten, winkte ihm zu, als er sich näherte. Sie war so liebreizend, so unberührt. Als er das verbrannte Kornfeld überquerte, hatte er noch immer das Bild der anderen Frau vor Augen. Toby dachte, wieviel Freude es ihm machte, Joanna einfach nur anzuschauen – und er dachte an jenes tote, von Blut entstellte Gesicht.
Er gab ihnen das Wasser und befahl ihnen, aufzusitzen. Sie würden nach Norden reiten, erklärte er, in den Hügeln wäre es sicherer.

Zwei Tagesreisen vor Mailand verlor Joannas Pferd ein Eisen, als sie bei Einbruch der Dämmerung einen steinigen Abhang hinunterritten. Sie glitt aus dem Sattel, lehnte die Hilfsangebote beider Männer ab und führte das Tier am Zügel. Immer wieder rutschte sie auf den lockeren Steinen aus. Die Sohlen ihrer Schuhe waren durchlöchert. Zum ersten Mal seit der Abreise aus Padua fühlte sie sich erschöpft. Das anstrengende Abwärtsgehen ließ ihre Muskeln schmerzen, das Reiben der Zügel ließ auf ihren Handflächen Blasen entstehen und aufplatzen. Am liebsten hätte sie den Kopf an die warme Flanke des Pferdes gelehnt und geschlafen.

»Sei nicht albern – laß mich das machen«, sagte eine Stimme neben ihr, und dann faßte Toby Crow sie um die Taille und hob sie in seinen Sattel. Joanna blickte auf das vor ihr liegende Tal, das mit seinen Feldern, Bächen, Heckenreihen und Baumgruppen wie ein Wandteppich wirkte.

Die Finger um die Zügel geschlungen, im Sattel sitzend wie ein Mann, wie ein Zigeuner, schlief sie ein. Jedesmal wenn sie aufwachte, war Toby neben ihr, führte ihr Pferd und das seine, unfehlbar den sichersten Weg findend, den schiefergrauen Hang hinunter, den Blick auf das Tal unten gerichtet. Im Halbschlaf hörte sie Martins Pferd hinter ihnen, und wenn sie die Augen öffnete, sah sie die Staubwolken und abwärts klappernden Steine, die ihren Abstieg begleiteten. Immer wieder sank sie nach vorne, bis ihr Gesicht die Mähne des Pferdes berührte, und dann wurde sie jedesmal mit einem Ruck wach.

Durch wirre Träume hindurch hörte sie Martin fragen: »Ist es ungefährlich?« und Toby antworten: »Es ist verlassen. Sehen Sie hin, Martin – es ist ausgebrannt.«

Sie schlug die Augen auf. Die Schatten waren lang und indigoblau. Vor ihnen, am Ende einer Stechpalmenallee, stand ein Haus. Joanna rieb sich die Augen und musterte die leeren Fensterhöhlen, die Rauchflecken, die die Vorderseite sprenkelten wie schwarze Tränen, die halbverbrannte Tür, die schief in den Angeln hing.

»Irgendein venetianischer Pechvogel wird um seinen Sommersitz trauern«, sagte Toby. Sein Ton war spöttisch, doch sein Gesichtsausdruck grimmig. »Aber vielleicht sind ein, zwei Zimmer noch benutzbar.«

Die Küche war mehr oder weniger unbeschädigt. Ein Sack Mehl und ein ganzer Käse waren der Aufmerksamkeit der plündernden Soldaten wie durch ein Wunder entgangen. Die drei Reisenden aßen besser, als sie seit Wochen gegessen hatten, genossen das ungesäuerte Brot und den trockenen Käse.

Danach streckte Martin sich auf der Bank neben dem kalten Kamin aus. Er murmelte im Schlaf vor sich hin und kratzte sich. Joanna schlängelte sich vorsichtig durch zerbrochene Türen und zwischen den Überbleibseln der ehemals kostbaren Ausstattung des Hauses eines reichen Mannes hindurch und zwängte sich schließlich durch einen verkohlten Türrahmen auf die dahinter liegende Terrasse hinaus. Die Stille, die Vollkommenheit dessen, was sie sah, erschien ihr wie ein Wunder. Es war Nacht geworden, doch die Mondsichel und tausend leuchtende Sterne am samtschwarzen Himmel erhellten die Szene. Der beißende Geruch des verbrannten Hauses – der Geruch von Tod, Zerstörung und Hoffnungslosigkeit – wurde von dem intensiven Duft von Thymian, Zitronenmelisse und Rosen überlagert.
Die Soldaten hatten das Haus zerstört, aber sie hatten den Garten nicht entweiht, lediglich die wochenlange Vernachlässigung machte sich bemerkbar. Die Dunkelheit raubte den Blumen die Farbe: Steinklee, Nelken und Flammende Herzen schimmerten in verschiedenen Grauschattierungen, die wächsernen Lilien wirkten wie aus Stein gemeißelt, an den Obstbäumen hingen schwarz und schwer, im Mondlicht glänzend, Granatäpfel, Damaszenerpflaumen und Kirschen. Von Kuppelpergolen überdachte Wege führten strahlenförmig von der Terrasse weg.
Joanna hörte Schritte hinter sich und drehte sich um. Sie hatte gewußt, daß er ihr folgen würde. Toby trug eine Laterne in der Hand, und das bernsteinfarbene Licht zeichnete die Konturen seiner Züge nach, vertiefte die Spuren der Müdigkeit unter seinen Augen.
Sie berührte sein Gesicht, als wolle sie die schwarzen Schatten wegwischen, und er fing ihre Hand ein und küßte sie, so daß ihre Finger nur seine Wange streiften. Der Duft der Rosen, mit denen die Pergola bewachsen war, begleitete sie, als sie einen der Pfade entlangschlenderten. Auf den Rasenflächen sprudelten

noch immer die Springbrunnen, gemahnten mit ihren silbrig schimmernden Fontänen geisterhaft an glücklichere Zeiten. Jenseits der Pergola waren die Buchs-, Lorbeer- und Lavendelhecken zu komplizierten Mustern stilisiert worden, stellten Herzen, Rauten und Sicheln dar, die Inseln aus zarten Blumen umgaben, deren Blüten jetzt in der Nacht geschlossen und nur undeutlich zu erkennen waren. Joanna stellte sich vor, daß die zum Labyrinth verschlungenen Buchshecken Worte bildeten, ganze Sätze, und müde, und dennoch voller Freude, kam ihr der Gedanke, daß, wenn sie sie entziffern könnte, alles einen Sinn bekäme: der Krieg, ihre Ehe, der Tod ihres Babys, der Verlust ihrer Eltern.

In der Mitte des Gartens liefen die Pergolen zu einem Raum zusammen. Üppig bewachsen mit Winden, Geißblatt und Jasmin bildeten die Kuppelgerüste ein grünes Zimmer, ein geheimes Zimmer. Als Joanna den Blick über das Blättermeer gleiten ließ, stellte sie fest, daß sie weder das Haus noch den Mond oder die Sterne sehen konnte. Sie und Toby waren vollkommen eingeschlossen, abgeschnitten von der geschäftigen Welt.

Toby hatte die Laterne auf den Boden gestellt. Motten umflatterten, vom Lichtschein angelockt, die Flamme. Joanna hob ihm ihr Gesicht entgegen, und er küßte sie. Sie sah das Verlangen in seinen Augen und spürte das Verlangen nach ihm in sich. Sie wollte die Erinnerung an den Krieg, an Krankheit, Tod und Zerstörung auslöschen, jede Erinnerung an Gaetano, an ihre verheerende Ehe, an die Jahre in Venedig. Sie wollte wieder anfangen zu leben. Es kümmerte sie nicht, daß sie schmutzig war, ihr Haar ungewaschen und verfilzt. Es kümmerte sie nicht, daß sie mit einem anderen verheiratet war. Sie fühlte die Wärme seines Körpers, der sich an den ihren preßte, die drängenden Liebkosungen seiner Hände und Lippen, und sie wußte, daß dies unvermeidlich war, daß es wie dieser Garten war: geplant und vollkommen, und nach einem Entwurf ausgeführt, den zu kennen ihr noch nicht erlaubt war.

»Tut es dir leid?« fragte er lange Zeit später. Sie verstand sofort, was er meinte, und schüttelte den Kopf. »Überhaupt nicht.« Ihre Stimme ging beinahe unter in dem Flüstern der Blätter und der Musik der Springbrunnen, doch er hörte sie und lächelte und küßte sie erneut.

Martin Gefroy wußte nicht, was ihn geweckt hatte. Vielleicht die Stille, die in dem zerstörten Haus herrschte, vielleicht auch die ersten, kalten Finger der Morgendämmerung, die den Hügel heruntergekrochen kam. Als er sich mit schmerzenden Gliedern von der schmalen Bank erhob, fühlte er sich zwanzig Jahre älter, als er war. Er sah sofort, daß er allein war. Kein Toby saß, das Schwert an seiner Seite und mit im Schlaf nach vorne gesunkenem Kopf in dem Sessel ihm gegenüber, keine Joanna lag, in ihr Cape gewickelt, zusammengerollt auf dem Boden. Martin verließ die Küche und begann das Haus zu durchsuchen.

Er sah Dinge, die ihm in der Dunkelheit der Nacht nicht aufgefallen waren: Bilder, die jemandes Messer zerschnitten hatte; von ihren Haken heruntergerissene Vor- und Wandbehänge; ein an den Nähten auseinandergerissenes Kinderkleid, verstreut herumliegende Knöpfe. Martin erschauderte im kalten Frühmorgenlicht, als er in seiner Phantasie das Lachen der Eindringlinge hörte, die Schreie des Entsetzens der Hausbewohner. Mit traurigem Blick trat er aus dem Haus auf die Terrasse hinaus.

Und da sah er sie. Sie wanderten einen der Wege entlang, die durch den Garten führten, schattenhafte Gestalten im Dunst des anbrechenden Tages. Joanna hatte sich bei Toby eingehakt, ihr Kopf ruhte an seiner Schulter. Martin hörte ihr sanftes Lachen. Der Duft der Rosen, die sie umgaben, hing schwer in der Luft.

Im ersten Moment war er unfähig, sich zu bewegen. Wenn er mehr Zeit gehabt hätte, dachte er, wenn er anders gewesen wäre. Wenn er nicht gegen den furchtlosen und gutaussehenden Toby Crow hätte antreten müssen. Er hatte es gewußt, begriff er – er hatte immer gewußt, daß dies geschehen würde. Aber das Wissen darum minderte seinen Zorn nicht. Es war, als habe ein leichtfertiger Gott sie füreinander geschaffen, ohne sich um den Rest der Welt zu scheren, ohne sich um die armen Narren zu scheren, die sie bewunderten. Er kehrte in die Küche zurück, bevor sie ihn bemerken konnten, legte sich wieder auf die Bank, schloß die Augen und konzentrierte sich auf den Schmerz in seinem Herzen.

Als sie zwei Tage später in Mailand einritten, neigte sich die Hitzewelle ihrem Ende zu. Die kochende Luft stieg in Spiralen in graue und unheilverheißende Wolken auf, die sich am Horizont zusammenballten. Das erste Donnergrollen wurde laut, als sie das Stadttor passierten.

Mailand befand sich in französischem Besitz, seit Jahren schon. Banner der großen, französischen Familien hingen über den Fenstern der Häuser und flatterten an den Schornsteinen der öffentlichen Gebäude. Die Stadt wimmelte von Soldaten. Piken und Lanzen lehnten an Mauern, fingen die beunruhigenden Blitze ein, die über den Himmel zu zucken begonnen hatten. In den Ställen leisteten französische Streitrösser den Maultieren und Ponys Gesellschaft. Die Sprache, die auf den Straßen und Plätzen gesprochen wurde, war eine Mischung aus Französisch und Italienisch. Ein Blick auf den Markt zeigte Toby, daß es reichlich Lebensmittel gab – aber zu hohen Preisen.

Noch immer waren sie hundert Meilen von der französischen Grenze entfernt. Der Zweitageritt von der verlassenen Villa hierher war schwierig und anstrengend gewesen. Der größte Teil ihres Geldes war fort – ausgegeben als Bestechungsgelder für

jähzornige Soldaten, für Nachtlager und immer kärglicher werdende Nahrung. Martin Gefroy stärkte sich mit häufigen Schlucken aus der Weinflasche, Joanna sah müde und zerbrechlich aus. Toby hatte angeboten, das Tempo ihr zuliebe zu drosseln, doch sie hatte es mit in ihren grauen Augen aufloderndem Zorn abgelehnt.
In der Via San Francesco d'Assisi betrachtete Toby die französischen Flaggen, die die Mauern der schönsten Stadtpalais zierten: die Lilie, den Keilerkopf, das Einhorn und den Löwen; Kreuze und Schrägkreuze, Sparren und Schrägbalken; die Wappen der Montmorencys, der Rohans, der Bonnivets. Der Straßenlärm – Soldaten, die einander lautstark begrüßten und sich mit Ellbogengewalt den Weg durch die Menge bahnten, Straßenhändler, die ihre Waren anpriesen – übertönte fast den fernen Donner.
Toby hörte Stimmen kommandieren: »Macht Platz, macht Platz!« und sah Soldaten die Straßenhändler und deren Karren zur Seite stoßen. Kirschen rollten in den Rinnstein, Lavendel wurde von schweren Stiefeln zertreten. Ein von bewaffneten Reitern eskortierter Wagen wurde über das Pflaster gezogen. Die Reiter trugen die französische Lilie auf ihren Wappenröcken, doch ihre Schabracken zierte ein anderes Symbol: ein Leopard unter drei Mondsicheln – das Emblem der du Chantonnays.
Toby glitt vom Pferd und kämpfte sich durch das Gedränge auf den Wagen zu. Vereinzelte große Regentropfen fielen von dem schwarz gewordenen Himmel. Jemand beschimpfte ihn, ein anderer versuchte ihn wegzustoßen, doch schließlich bekam Toby das hölzerne Geländer des Karrens zu fassen, klammerte sich fest und schaute hinunter auf das Stroh.
Natürlich war es nicht Reynaud du Chantonnay – und auch nicht sein einfältiger Sohn, François. Nein – Guillaume du Chantonnay starrte ihm mit Schmerz und Neugier in den hellblauen Augen entgegen.
Guillaume stieß ein Lachen aus, ein heiseres, keuchendes

Kichern. »Toby Crow! Ich dachte, Sie seien tot. Sie kämpften doch auf der Verliererseite, oder?« Sein Gesicht war weiß, die Lippen leuchteten wie zwei blutrote Striche. Die dünne Decke, die seinen Körper verhüllte, war blutdurchtränkt. »Bei Agnadello, meine ich«, fügte er erklärend hinzu. Regentropfen trafen sein Gesicht, vermischten sich mit dem Schweiß, der auf seiner Haut glänzte. »Ich war dort.«

Der Wagen hatte auf ein Zeichen von Guillaume hin angehalten.

»Ich habe keinen Kratzer davongetragen, Monsieur du Chantonnay«, sagte Toby leise. Martin und Joanna hatten sich zu ihm gesellt, standen neben ihm. »Ich dachte, ich würde Reynaud hier finden. Das Emblem ...«

Guillaume lachte wieder, Tränen sammelten sich in seinen Augenwinkeln. »Hievte ihn auf sein Streitroß und schickte ihn nach Italien? Beinahe, mein lieber Crow, beinahe.« Sein Gelächter verstummte, und Guillaume bewegte nervös den Kopf auf dem Stroh hin und her. »Ich glaube, heute hat mich sein Geist verfolgt. Zielte gut mit der Hakenbüchse ...« Die blauen Augen schlossen sich und öffneten sich dann wieder. »Reynaud ist tot, Monsieur. Er starb im Sommer nach einem Jagdunfall. Madame de Marigny teilte es mir in einem Brief mit.«

Tobys Knie gaben nach, er mußte sich an dem Wagen festhalten. Die Anstrengung, seine Hände am Zittern zu hindern, ließ die Knöchel weiß hervortreten. »Eine Hakenbüchsenwunde, Monsieur?« hörte er Martin fragen. »Im Bein?« Doch obwohl Martin mit Guillaume du Chantonnay sprach, war sein Blick auf Toby gerichtet. Dieser empfand die Menschenmenge plötzlich als bedrückend, ihn seines Atems beraubend. Wieder ertönte ein Donnerschlag – als träfe ein mächtiges Schwert auf einen gewaltigen Schild. Er wünschte sich weit fort. Er wollte nachdenken. Er wollte Zeit haben, um die Orientierung wiederzugewinnen, die er plötzlich verloren hatte.

»Werden Sie um ihn weinen?« flüsterte Guillaume aus dem Wagen. Die Tropfen fielen jetzt dichter. »So sehr wie ich, nehme ich an ...«

Er würde es niemals wissen, und das tat ihm wirklich weh. Er würde niemals wissen, ob Reynaud du Chantonnay ihn gezeugt oder warum er ihn weggegeben hatte. Was er auch in Erfahrung gebracht hatte – nichts davon erhellte seine im dunkeln liegende Herkunft. Es erzürnte ihn, daß er nun zu ewiger Unwissenheit verdammt war.

»Monsieur Gefroy ist Arzt, Monsieur du Chantonnay«, sagte Joanna zögernd. »Er ist sehr an der Behandlung von Hakenbüchsenverletzungen interessiert. Vielleicht lassen Sie ihn Ihr Bein anschauen ...«

»Schauen darf er, soviel er will«, antwortete Guillaume von seinem Strohlager aus, »aber ich werde ihm nicht gestatten, es abzusägen: Ich bin nicht bereit, als Krüppel zu leben wie Reynaud.«

Für Guillaume hatte der Krieg am vorangegangenen Nachmittag geendet – nicht auf dem Schlachtfeld, sondern in einem verdammten Scharmützel um einen verdammten Hühnerhof. Die Wunde schmerzte höllisch, doch mit dem Schmerz konnte er sich abfinden – was er *nicht* ertrug, war der Gedanke, daß er vielleicht nicht vollständig gesunden würde, daß er verkrüppelt wäre. Körperliche Unvollkommenheit stieß ihn ab, ängstigte ihn. Als er durch die Straßen von Mailand gefahren und von seinen Bediensteten ungeschickt die Stufen zu seinem Stadtpalais hinaufgetragen wurde, sah Guillaume sich als Reynaud, durch seine Kränklichkeit zur Hilflosigkeit verdammt, stinkend wie ein Leichenhaus. Lieber würde er sterben, wie Reynaud vor mehr als sechs Wochen gestorben war. Eleanors Brief hatte Guillaume am vorherigen Tag erreicht. Irgendwie in den für Louis von Frankreich bestimmten Postsack eines Herolds geraten, war er wochenlang unterwegs gewesen. Er informierte ihn in Eleanors kühner, ausladender Schrift über Reynauds Unfall, über Reynauds anschließendes Siechtum, über Reynauds Tod. Hatte Guillaume auch niemals etwas für seinen Cousin Reynaud empfunden, das Zuneigung ähnelte, so entdeckte er eine widerwillige Bewunderung für die Art und Weise, wie Reynaud seinen Tod eingeleitet hatte: indem er über die fast zwei Meter hohe Mauer von Marigny setzen wollte – mit seinem schwarzen Streitroß, das ihn einst in die Schlacht getragen hatte. Der alte Teufel.

Eleanors Brief steigerte Guillaumes Ungeduld bezüglich seiner physischen Verfassung um ein weiteres: Jetzt, da Reynaud tot war, wollte Guillaume so schnell wie möglich nach Marigny zurück – nachdem er seine Chance erkannt hatte, wollte er sie mit beiden Händen ergreifen. Er hatte vorgehabt, bei seinem König irgendeine Entschuldigung vorzubringen und Ende der Woche nach Marigny aufzubrechen. Doch nun war er unfähig zu reiten, und jede Bewegung, jeder Ruck, den es gab, als sie ihn die Treppe hinaufschleppten, bereitete ihm Höllenqualen. Wenn er überhaupt wieder gesund würde, das wußte er, würde es Wochen, ja vielleicht sogar Monate dauern, bevor er wieder reiten könnte.

Sowohl der Arzt als auch Reynauds ehemaliger Kurier hatten ihn bis in sein Zimmer begleitet. Der Arzt war jung, blond und schlecht gekleidet. Er hatte eine Ecke der Decke angehoben und blickte auf das zerschmetterte Bein hinunter. Guillaume schloß die Augen. Er fürchtete, wenn er ebenfalls hinschaute, würde er erkennen, daß er sich in die gleiche Monstrosität verwandelt hatte, zu der Reynaud geworden war: ein faulender, stinkender Haufen Fleisch mit Gliedern, die schon tot waren, bevor sein Herz zu schlagen aufhörte.

»Sie werden es nicht absägen, Doktor«, sagte er. »Eher sterbe ich.«

»Sie werden nicht sterben, Monsieur«, erwiderte der Arzt milde, »und ich habe nicht die Absicht, eine Amputation vorzunehmen. Stopfen Sie ihm die Kissen in den Rücken, Toby – und geben Sie ihm Wein.«

Guillaume wurde in eine halb aufrechte Position hochgezogen. Die wenigen Schlucke Wein, die er trank, belebten ihn etwas. Leicht benebelt, fragte er sich, warum Toby Crow wohl mit einem Arzt und einer jungen Frau durch Mailand reisen mochte.

»Ich bringe Signor Gefroy und Madonna Zulian nach Frankreich, Monsieur du Chantonnay«, erhielt er zur Antwort, als er nach dem Grund fragte. »Wir mußten Padua überstürzt verlassen. Die Truppen des Kaisers waren nur noch ein paar Tagesmärsche von der Stadt entfernt.«

Guillaume zuckte zusammen, als der Arzt begann, das zerfetzte Hosenbein wegzuschneiden. Schweißperlen sammelten sich auf seiner Stirn. »Ich hörte, Padua stehe unter Belagerung«, murmelte er. »Sie taten gut daran, der Stadt den Rücken zu kehren.«

Er dachte an das Mädchen mit den edlen, schönen Zügen und den Zigeunerkleidern, und dann wanderten seine Gedanken zu Toby Crow. Er kannte Männer wie Toby. Das Gesicht drückte Intelligenz und eine opportunistische Einstellung aus, er war ein gutaussehender, junger Mann mit einer gewissen Bildung, die er sich auf seinen Reisen angeeignet hatte, und einer gewissen Fertigkeit im Umgang mit dem Schwert. Ohne Zweifel wirkte er anziehend auf Frauen. Ein junger Mann, der nach Profit strebte, einer der vielen tausend Niemande, die sich zum Ziel gesetzt hatten, ihre niedere Herkunft durch Geschäftstüchtigkeit und Hartnäckigkeit wettzumachen. Guillaume hatte kein Problem mit dieser Lebensauffassung – Ehrgeiz war eine Eigenschaft, die er bewunderte, doch er wußte um die Folgen des Ehrgeizes, und darum mißtraute er Toby Crow, wie Reynaud ihm mißtraut hatte.

Die Augen schließend, rief er sich Madonna Zulians Gesicht in Erinnerung. Ein venetianischer Name, dachte Guillaume. Ein phantasiebegabterer Mann hätte, als er sie da draußen erblickte, vielleicht geglaubt, er sei gestorben und befinde sich im Himmel. Er hatte dieses Gesicht schon Hunderte von Malen zuvor gesehen – in italienischen Kirchen und auf den Gemälden, die Reynaud auf Schloß Marigny gesammelt hatte: hohe Stirn, langer Hals, gerade Nase, schmale Brauen. Und diese herrlichen, grauen Augen! Er fragte sich, ob sie Toby Crows Freundin war oder seine Geliebte.

Und dann fiel ihm Eleanor ein – wie schon so oft, seit er ihren Brief erhalten hatte. Sein Bein schmerzte jetzt noch mehr – der Arzt war dabei, Stoffetzen aus der offenen Wunde zu zupfen –, aber der Schmerz, der ihn bei dem Gedanken an Eleanor erfüllte, war schlimmer. Er sollte jetzt dort sein, in Marigny, Reynauds Witwe an seine Existenz erinnern. Die Vorstellung, daß er innerhalb eines Jahres der Besitzer des prachtvollen Château de Marigny sein könnte, weckte gleichermaßen Ungeduld und Qual in ihm, denn hier lag er, ans Bett gefesselt, für Gott allein wußte wie viele Wochen ein Invalide.

Zum ersten Mal die Beherrschung verlierend, stöhnte Guillaume seine Enttäuschung laut hinaus.

»Kann ich Ihnen etwas bringen, Monsieur du Chantonnay?« hörte er Toby fragen. »Vielleicht noch ein Glas Wein?«

Und plötzlich wußte Guillaume, was er tun mußte. Toby Crow war Reynauds Kurier gewesen, er kannte Eleanor und war mit dem Schloß vertraut, er war intelligent und tüchtig, er war unterwegs nach Frankreich, und er war – Guillaume starrte Reynauds ehemaligen Bediensteten an – knapp an Geld.

Guillaume winkte seinen Diener heran. »Schreibzeug und Papier. Ja – hol mir Schreibzeug und Papier.« Mühsam richtete er sich auf. »Sie werden einen Brief für mich schreiben,

Monsieur Crow. Und dann werden Sie ihn nach Marigny bringen – zu der schönen Witwe Eleanor, ja?«
Es war keine Frage, es war ein Befehl. Guillaume hatte Tobys Arm gepackt, grub die Fingernägel in sein Fleisch. Er sah erst Überraschung, dann Ablehnung und schließlich Zustimmung über Tobys Gesicht flackern.
»Wenn Sie es wünschen.«
Erschöpft sank Guillaume in die Kissen zurück. Mit halbgeschlossenen Lidern sagte er: »Ich werde Sie natürlich gut dafür bezahlen.«
Als der Diener mit Schreibzeug und Papier zurückkam, begann Guillaume zu diktieren. Anschließend erteilte er Toby die Instruktionen, den Brief der Witwe in Marigny so bald wie möglich und persönlich zu übergeben: Guillaume fürchtete, Eleanor würde – nur weil sie zu töricht wäre, nein zu sagen – den Antrag des erstbesten habsüchtigen Bewerbers annehmen.
Er bemerkte, daß der Arzt Toby Crow anstarrte. »Ich muß mich auf die Suche nach einem Apotheker machen«, sagte Martin Gefroy. »Sie müssen mir dabei helfen, Toby. Ich schicke Ihnen zur Gesellschaft Madonna Zulian herauf, Monsieur.«

Sie fanden eine Apotheke in einer Gasse, die von einem der Plätze abzweigte. Toby schüttelte Martins Hand ab, als sie über die regennasse Piazza gingen, aber er sagte nicht, was Martin erwartet hatte, daß er sich zum Teufel scheren sollte. In dem Laden, der klein und dunkel und mit Flaschen und Glaskolben und Krügen vollgestopft war, brachte Martin seine Wünsche vor. Als der Apotheker ins Hinterzimmer verschwunden war, wandte er sich Toby zu.
Draußen auf der Straße, dachte Martin, hatte Toby ausgesehen, als habe ihn jemand in den Magen geboxt. Martin hatte in den letzten Tagen ständig den Wunsch verspürt, ihm einen harten Schlag zu versetzen, doch er war sich darüber im klaren gewesen,

daß ihm das außer einer schmerzenden Hand nichts einbrächte. Und nun, dachte er mit einiger Befriedigung, hatte der Verwundete ihm die Arbeit abgenommen. Er erinnerte sich an Tobys Ausdruck des Erschreckens beim Anblick des Emblems.

»Wer ist er?« fragte Martin. »Der Mann mit der Hakenbüchsenverletzung – wer ist er?«

Ein Blitz tauchte den Laden unvermittelt in grelles Licht. Toby hatte sich wieder ein wenig erholt und antwortete, ohne Martin eines Blickes zu würdigen: »Guillaume du Chantonnay. Er besitzt Ländereien in der Bretagne.«

»Ich wollte wissen, was er für *Sie* ist«, erklärte Martin, um Geduld kämpfend.

Jetzt schaute Toby ihn doch an. Seine Augen waren so kalt und ausdruckslos wie die leeren Höhlen des Totenschädels auf dem Ladentisch. »Er hat keinerlei Bedeutung für mich«, erwiderte er. »Nicht die geringste.«

Martin wußte, daß er log. Er erinnerte sich an den anderen Namen, den Namen, der Toby hatte erblassen und das Geländer des Wagens packen lassen.

»Und Reynaud – der Mann, der im Sommer starb? Und Eleanor? Die spielen wohl auch keine Rolle für Sie, nehme ich an.«

Donner grollte, und die Geräusche im Hinterzimmer verrieten, daß der Apotheker dabei war, die gewünschten Arzneien herzurichten. Martin sah, daß Zorn Tobys Augen verdunkelte.

»Aber, aber – was für eine Neugier. Ich dachte, Neugier sei *mein* Gebiet.« Tobys Stimme war kalt, hart, gefährlich angespannt. »Ich habe ein paar Jahre für Reynaud du Chantonnay gearbeitet, das ist alles. Als ich meinen Schwertarm nicht benutzen konnte – Sie erinnern sich doch gewiß noch daran, Martin? –, war ich der Kurier des Seigneur du Marigny.«

»Sie versprachen ... Sie versprachen Joanna, sie nach Frankreich zu bringen.« Martin litt unter Atemnot. Nicht einmal ein Anflug von Schuldbewußtsein flackerte über Tobys Gesicht.

»Das werde ich auch tun.«
»Aber Sie sagten ... als Sie den Brief schrieben ...« Er wußte, daß er wie ein Idiot stotterte, aber er konnte sich nicht zurückhalten. Immerhin war ihm die Genugtuung beschieden, Zorn in Tobys Augen blitzen zu sehen.
»Ich bringe Joanna zu meinen Eltern und reite dann weiter nach Marigny – aber das geht Sie eigentlich gar nichts an, oder, Martin?«
Martin, der friedfertige, gutmütige Martin, ballte seine Hände zu Fäusten. »Es mag mich nichts angehen«, zischte er, »aber Joanna geht es meiner Meinung nach durchaus etwas an, meinen Sie nicht? Sie sollte ein wenig über Ihre Vergangenheit wissen, über Ihren Beruf – und Ihren richtigen Namen kennen, verdammt noch mal! Sie ist verheiratet, um Himmels willen – haben Sie das vergessen? Haben Sie sich Gedanken darüber gemacht, was aus ihr werden soll? Mein Gott«, Martin stellte fest, daß er unfähig war, aufzuhören, »hätten Sie sie nicht in Ruhe lassen können?«
Toby trat einen Schritt auf ihn zu. In dem grünlichen Licht, das der Gewitterhimmel verbreitete, erzitterten die getrockneten Kräuter, Schlangenhäute und Eselschwänze, die von den Dachbalken herabhingen, und kamen dann wieder zur Ruhe. Toby sagte sehr leise: »Ich werde Joanna wie versprochen nach Bourges bringen. Ich lasse sie dort bei meinen hochgeachteten Eltern in ihrem hochanständigen Haus zurück, reite zu dem Schloß des verstorbenen Reynaud du Chantonnay und übergebe der Witwe des Seigneurs Guillaumes Brief. Dann kehre ich nach Italien zurück. Aber vergessen Sie nicht, Martin«, Tobys Fingerspitze bohrte sich in die Brust seines Gegenübers, »Sie haben mir keine Wahl gelassen. Ich habe Sie nach Mailand gebracht, ich werde Sie auch nach Frankreich bringen – aber wenn Sie nicht zufrieden mit mir sind, suchen Sie sich einen anderen Führer. Ansonsten halten Sie sich aus meinen Angele-

genheiten heraus und kümmern sich um die Ihren. *Sie* sind der Arzt, *Sie* haben es sich zur Aufgabe gemacht, für das Wohl von Menschen zu sorgen – *ich* bin nur ein verdammter Soldat.«

Der Apotheker kam in seiner raschelnden, schwarzglänzenden Robe zurück. Er brachte einen kleinen Korb mit, in dem Flaschen und Tiegel standen. Als Martin sich ihm zuwandte, um den Korb entgegenzunehmen, hörte er Toby den Laden verlassen. Krachend fiel die Tür ins Schloß.

Achtes Kapitel

Als sie das Zimmer verlassen hatten, hätte er gerne geschlafen, wäre gerne auf diese Weise dem Schmerz und der Angst entflohen – aber er fürchtete, nicht mehr aufzuwachen, wenn er einschliefe. Und außerdem war da das Mädchen – das Mädchen, das sich in der Gesellschaft von Toby Crow und dem Arzt befunden hatte und mit hierhergekommen war. Er hörte das Rauschen, mit dem ihre Röcke über die Treppenstufen schleiften und dann über den Boden seines Zimmers. Gleich darauf spürte er, wie eine Hand ihm sanft die Haare aus dem Gesicht strich und anschließend seine Stirn mit etwas Kühlem, Beruhigendem abtupfte. Er wußte, daß sie es war: Keiner seiner tölpelhaften Diener war fähig, ihn so behutsam zu berühren. Er wollte ihr Gesicht sehen.

Guillaume öffnete die Augen und schaute sie an – und für einen Moment nahm er etwas wahr, das besser, das anders war als die Mächte, die ihn ein Leben lang beherrscht hatten – sein Verlangen nach Marigny, nach der Stärke und der Sicherheit, die das Château und die Ländereien repräsentierten; sein langes Warten auf Reynauds Tod – er sah ihre Schönheit und Marigny, wie es wirklich war: ein herrlicher Besitz – nicht nur ein Symbol der Macht.

Guillaume hob die Hand und umfaßte Joannas. »Madonna – ich bin Ihnen dankbar. Aber es macht mich auch ... verlegen, von einer Dame gepflegt zu werden, mit der ich nicht bekannt gemacht worden bin.«

Sie lächelte auf ihn herab. Ihre Augen waren grau, eingerahmt von langen, dichten Wimpern, die Haare von einem hellen Rotbraun. Sie trug ein schwarzes Kleid und keine Kopfbedeckung.

»Mein Name ist Joanna Zulian, Monsieur. Ich habe in Padua gelebt, aber der Krieg ...«

Ihre Stimme verebbte. Er sah Traurigkeit in ihren Augen, und so sagte er sanft: »Padua steht unter Belagerung, soviel ich weiß. Sie sollten Ihren Entschluß, ihr Heim zu verlassen, also nicht bereuen, denke ich. In Frankreich werden Sie besser aufgehoben sein.«

»Ja.« Ihre großen, gelassenen Augen blickten in die seinen. »Sie haben sicher recht, Monsieur. Nun – liegen Sie bequem?«

Ihre Bewegungen waren voller Anmut, ihre weiten Röcke umflossen ihre Gestalt mit üppigem Faltenwurf. Ihr Haar war zu einer Krone geflochten, das Gesicht blaß, dunkle Schatten lagen unter den Augen, die Wangen waren eingefallen. Guillaume erkannte, daß sie sehr jung war – siebzehn, vielleicht achtzehn.

Sie entfernte das Tuch, mit dem der Arzt das Bein abgedeckt hatte, um es durch ein frisches zu ersetzen.

»Madonna ... das ist nicht notwendig: Für derlei habe ich Dienerschaft ...«

Guillaume wurde üblicherweise nicht verlegen, aber sie war so jung, so sauber, so schön – er wollte ihre Hände nicht mit Blut besudelt sehen, nicht miterleben, wie ihre Augen Zeuge dessen wurden, was der Krieg Menschen antat.

»Ihre Diener würden Ihnen weh tun, Monsieur – ich *nicht.*« Ihre Stimme war noch immer freundlich, duldete jedoch keinen Widerspruch. »Mein Vater war Arzt, wissen Sie. Er gab all seine Kenntnisse an mich weiter. Sie dürfen mir also getrost vertrauen.« Voller Besorgnis und Mitgefühl blickte sie auf Guillaume hinunter.

Guillaume, der es nicht gewohnt war, freundlich behandelt zu werden, fühlte sich an die Amme erinnert, die ihn von Geburt an betreut hatte. Allerdings, fiel ihm ein, und die Erinnerung ließ ihn leise auflachen, hatte sie Warzen und einen Schnurrbart gehabt. Joanna Zulian hingegen hatte das Gesicht eines Engels.

Vorsichtig legte sie das saubere Tuch auf die Wunde. Mit zusammengebissenen Zähnen flüsterte Guillaume: »Werde ich wieder gesund, Madonna? Werde ich wieder laufen können?«

»Die Blutung hat nachgelassen, Monsieur«, antwortete sie. »Monsieur Gefroy wird wissen, was zu tun ist – er ist der beste Arzt von ganz Italien.«

Er wollte, daß sie weiterspräche, denn ihre Stimme verdrängte jene anderen, schrecklichen Gedanken, und so bat er: »Sprechen sie mit mir, Madonna Zulian. Bitte.«

Sie erzählte ihm von ihrer Kindheit. Guillaume schloß die Augen und hörte zu, während sie über Spanien und Frankreich sprach, über Portugal und Navarra, über die Eltern, die sie geliebt hatte, darüber, daß sie nie ein Zuhause gehabt hatte. Er, der immer in prächtigen Häusern gelebt hatte, beneidete sie. Er, der nach dem Château de Marigny schmachtete, er, der seine Eltern kaum gekannt hatte und dessen Erinnerungen von Bitterkeit geprägt waren.

Schließlich öffnete er die Augen wieder und beobachtete sie bei der Arbeit, betrachtete die Linien ihres sich gegen das Fenster abzeichnenden Profils. Draußen krachten Donnerschläge, zuckten Blitze über den Himmel, und Regen prasselte an die Scheiben, doch Guillaume fühlte Frieden in sich. Die Gedanken an Eleanor, an Marigny, sogar die Schmerzen in seinem Bein begannen sich zu verlieren.

Er bedauerte es beinahe, als der Arzt mit den Arzneien zurückkam.

Martin versetzte Guillaume du Chantonnay in Schlaf, indem er ihm einen mit Alraun getränkten Schwamm unter die Nase

hielt. Die Lider der blauen Augen flatterten ein paarmal und schlossen sich dann.
Die Behandlung von Hakenbüchsenwunden faszinierte Martin. Einst hatte man geglaubt, bei diesen neuartigen, schrecklichen Verletzungen liege der einzige Ausweg in der Amputation. Dann wurde die Kauterisation populär, und man rückte den Wunden mit kochenden Flüssigkeiten oder rotglühender Schwertklinge zu Leibe. Aber Kauterisation war nicht nur äußerst schmerzhaft, sie verursachte auch Fieber. Martin, der auf seinen schlafenden Patienten hinunterschaute, bezweifelte, daß dessen Organismus noch einen weiteren Schock verkraften könnte.
Er machte sich daran, Knochensplitter aus der gezackten Wunde zu entfernen. Die Kugel hatte nur wenig vom Knochen abgesplittert, und das rohe Fleisch war von Schießpulver geschwärzt. Martin stellte fest, daß der Trost, den er für gewöhnlich aus seiner Arbeit schöpfte, sich diesmal nicht einstellen wollte. Er ging mit Geschick vor, jedoch völlig mechanisch. Sein nach Tagen der Beherrschung entfesselter Zorn war noch nicht verraucht. Die Gedanken und Bilder, die ihn quälten, seit er Toby und Joanna zusammen in dem italienischen Garten gesehen hatte, waren von unbarmherziger Hartnäckigkeit.
Er hatte darauf vertraut, daß Toby als Beschützer Joannas agieren würde – aber Toby, der Teufel sollte ihn holen, hatte sie verführt. Martin schaute zu Joanna auf, die neben ihm stand, und wieder überrollte ihn eine Woge des Kummers. Als er allein von der Apotheke zum Hotel zurückging, war ihm klargeworden, welche Folgen die Geschehnisse haben würden.
Als er begann, eine Mischung aus Rosenöl und Eigelb auf die gereinigte Wunde zu streichen, sagte er: »Ich werde hierbleiben müssen, Joanna: Es wird Wochen dauern, bis Monsieur du Chantonnay wieder auf den Beinen ist, und wenn ich ihn verließe, würde irgendein Quacksalber ihn mit Froschlaich und Ziegenkot einschmieren.« Er schaute sie nicht an. Er fühlte sich

innerlich so, wie die Wunde aussah, mit deren Versorgung er beschäftigt war. Falls je die Möglichkeit bestanden hatte, daß Joanna ihn eines Tages lieben könnte, so war dies an dem Tag zur Unmöglichkeit geworden, als er Toby Crow zu ihr brachte.

»Und Toby?« hörte er sie flüstern – und in diesem Augenblick haßte er sie dafür, daß sie ihn unbefriedigt und leer zurücklassen würde; dafür, daß sie ihn seines inneren Gleichgewichts beraubt hatte, das er stets für unerschütterlich gehalten hatte.

»Toby wird Sie wie geplant nach Frankreich bringen«, sagte er betont sachlich, um seinen Schmerz zu verbergen. »Er wird Sie zu seinen Eltern nach Bourges bringen und dann in die Touraine weiterreiten, zu dem Schloß seines früheren Arbeitgebers – zu Reynaud du Chantonnays Schloß.«

Joanna sagte zunächst nichts, und als sie schließlich sprach, war ihre Stimme leise und angespannt. »Sein Arbeitgeber ist tot, Martin. Reynaud du Chantonnay ist tot. Warum also sollte Toby dort hinreiten?«

Martin begann, Guillaumes verletztes Bein zu verbinden. »Um der Witwe seines früheren Arbeitgebers sein Beileid zu bekunden, denke ich.« Er lächelte unangenehm. »Nun – ich habe den Ehrgeiz unseres guten Toby stets bewundert.«

Als er aufblickte und ihren Gesichtsausdruck sah, bereute er seine Worte sofort, haßte sich dafür. »Es tut mir leid, Joanna – ich habe es nicht so gemeint.« Martin schloß die Augen, um ihr weißes Gesicht und den Schmerz in ihren Augen nicht mehr sehen zu müssen. »Ich bin müde – ich weiß nicht mehr, was ich rede.«

Ich bin eifersüchtig, hätte er vielleicht gesagt, wenn er die Ehrlichkeit hätte aufbringen können, die früher einmal einer seiner wichtigsten Charakterzüge gewesen war. Ich bin eifersüchtig auf Toby Crow, der in der Lage ist, den Weg von Padua nach Mailand zu finden, der mit einem Schwert umgehen kann – und der tanzen kann. Der dich dazu bringen konnte, ihn zu lieben, verdammt soll er sein.

Sie fanden in einem der vielen prächtigen Zimmer des du-Chantonnay-Stadtpalais wieder zusammen. Nur waren sie nicht mehr zusammen – sie waren drei Einzelpersonen, getrennt durch die Ereignisse des Tages und mit ihren ureigenen Problemen beschäftigt. Sie erwiesen dem exzellenten Mahl, das die du-Chantonnay-Dienerschaft ihnen vorsetzte, keine Ehre, stocherten appetitlos in dem Brathuhn herum und schenkten auch dem Nachtisch kaum Beachtung. Martin trank zuviel, und Toby war einsilbig. Schließlich murmelte Martin, er müsse nach seinem Patienten sehen, stand auf und verließ den Raum. Joanna setzte sich mit bis zum Kinn hochgezogenen Knien auf den Fenstersims und schaute auf die gelben Regenbäche auf der Straße hinaus.
Toby trat zu ihr. »Deine Schuhe, Joanna«, sagte er. »Gib mir deine Schuhe.« Sie verstand nicht, was er meinte, und so setzte er sich ihr gegenüber auf den Fenstersitz und zog ihr die Schuhe von den strumpflosen braunen Füßen.
»Ich habe etwas Leder gekauft, um sie zu reparieren«, erklärte er und hielt ihre Schuhe hoch, so daß sie die Löcher in der Sohle sehen konnte.
Vom Laufen, dachte sie, oder vom Tanzen. Tränen schossen ihr in die Augen, als sie zuschaute, wie er die Lederstreifen mit seinem Messer maßgerecht zuschnitt. Sie begriff, daß auch er in gewisser Weise Abschied nahm.
»Martin sagte, du wirst in die Touraine reisen«, flüsterte sie.
Er nickte, ohne den Blick von seiner Arbeit zu heben. »Wenn ich dich in Bourges abgeliefert habe, werde ich nach Marigny zurückkehren«, antwortete er. »Ich hatte nicht gedacht, daß ich das je tun würde.«
»Warum tust du es denn?«
Die Worte waren heraus, bevor sie sie aufhalten konnte, und das Messer war abrupt zum Stillstand gekommen.
»Ich muß: Guillaume du Chantonnay hat mich gebeten, der

Witwe des Seigneurs seine Beileidsbezeugung zu übermitteln. Er hat mir heute früh einen Brief diktiert und bezahlt mich dafür, daß ich ihn nach Marigny bringe.«

Sie glaubte ihm nicht. O ja, zweifellos stimmte die Sache mit dem Brief – aber er war nicht der einzige Grund für seine Rückkehr nach Marigny. Martins Worte vom Nachmittag schmerzten noch immer.

Toby schob die neue Sohle in Joannas Schuh und begutachtete sein Werk mit zusammengekniffenen Augen. Der Regen hatte etwas nachgelassen, die Rinnsale, die an den Scheiben herabliefen, ließen die Straßen und Häuser verschwimmen.

»Madame de Marigny ...«, begann Joanna zögernd. Sie vermied es, Toby anzusehen, starrte aus dem Fenster. »Ist sie sehr alt – schon sehr grau?«

Er lachte und nahm sich den zweiten Lederstreifen vor. »Ganz und gar nicht: Sie ist viel jünger, als ihr verstorbener Mann es war. Sie war die zweite Frau des Seigneurs.«

»Nun – ich habe den Ehrgeiz unseres guten Toby stets bewundert.« Eine schöne, reiche, junge Witwe, ein gutaussehender, begabter aber bettelarmer junger Mann, der etwas mehr wollte als Unsicherheit und Armut – das paßte! Martin hatte recht gehabt. Joanna spürte eine Träne über ihre Wange rollen. Sie weinte, weil sie sich trennen würden, dachte sie. Sie weinte, weil der Sommer zu Ende war.

Die Tür ging auf, und Martin sagte: »Ich habe Monsieur du Chantonnay einen Heiltrank gegeben. Er hat leichtes Fieber, aber es gibt Gott sei Dank kein Anzeichen für Wundbrand.«

Joanna schaute ihn an, brachte jedoch kein Wort heraus. Der Engländer musterte die auf dem Fenstersitz zusammengekauerte, barfüßige, blasse Gestalt und dann Toby neben ihr. Schließlich blieb sein kalter Blick an dem Lederstreifen in Tobys Hand und den Slippern hängen.

»Sieh an, sieh an«, sagte er. »Was sind Sie doch für ein

Tausendsassa. Ein versierter Kämpfer und gleichwohl guter Gesellschafter für die Damen. Sie haben einen hervorragenden Orientierungssinn – Sie verirren sich niemals, nicht wahr, Toby? Und noch dazu verstehen Sie es, Schuhe zu flicken. Was für eine Erziehung Sie genossen haben müssen!«

Die Schuhe, das Leder und Tobys Messer glitten zu Boden. Martins Schlag rutschte von Tobys Kinn ab, bevor Joanna Zeit hatte, aufzuschreien. Gleich darauf schlug Toby den Engländer ins Gesicht. Martin taumelte zurück, stieß gegen den Tisch und schickte Teller, Bestecke, kandierte Früchte und frisches Obst zu Boden.

Sie würde dazwischengehen müssen, um ihnen Einhalt gebieten zu können. Martin hatte sich auf Toby gestürzt. Joanna spürte das Essen und Tonscherben unter ihren nackten Füßen, als sie in die Falten von Martins Gewändern griff und Toby bei den Haaren packte. »Seht euch an!« schrie sie. »Seht euch nur an!« Ihre Stimme war brüchig. »Ihr dummen, *dummen* Männer!«

Blut strömte aus Martins Nase, einer von Tobys Ärmeln war von der Schulter bis zum Handgelenk aufgerissen. Das exquisite Speisezimmer des exquisiten du-Chantonnay-Stadtpalais war von Glasscherben und einem unappetitlichen Durcheinander von Essen verunziert.

Die blutende Nase mit dem Ärmel seiner Robe abwischend, wankte Martin zu einem Stuhl, setzte sich und barg das Gesicht in den Händen. Als die Tür krachend ins Schloß flog, begriff Joanna, daß Toby gegangen war. Sie ging in die Hocke und machte sich daran, die Scherben aufzusammeln und das Chaos zu beseitigen, das die beiden verursacht hatten.

Zwei Tage nach der Prügelei brachen Toby und Joanna nach Frankreich auf. Martins Stimme war kalt, sein Blick unversöhnlich. Joanna küßte ihn zum Abschied vorsichtig auf das Gesicht und wünschte Guillaume baldigste Genesung.

Sie ritten auf das Vorgebirge der Alpen zu. Guillaume hatte ihnen eine Eskorte gestellt, die sie bis zur italienischen Grenze bringen sollte: Sechs bewaffnete Gefolgsleute, die in Guillaumes Farben – Blau und Silber – gekleidet waren und den du-Chantonnay-Wappenschild trugen, ritten mit ihnen durch das Hochland der Lombardei in Richtung Piemont.

An jenem Abend kehrten sie in einer Taverne in Novara ein. Joanna dachte darüber nach, wie die Beziehung zwischen ihr und Toby auseinanderzubrechen begonnen hatte. Seit Martin mit ihr gesprochen hatte, seit Toby bestätigt hatte, was Martin zu ihr gesagt hatte, wußte sie, daß ihr in dem italienischen Garten wiederum eine Fehleinschätzung unterlaufen war. Sie konnte malen, sie konnte Kranke versorgen, sie konnte Gärten anlegen – aber sie war unfähig, Männer richtig zu beurteilen. Sie hatte sowohl Donato als auch Gaetano erst so gesehen, wie sie waren, als es zu spät war, als sie sie beinahe zerstört hatten.

Toby hatte sich von seinem Platz erhoben und war zu ihr getreten. »Noch drei Wochen«, sagte er, »dann sind wir im Dauphiné.«

Joanna nickte. Die Aussicht auf die vor ihr liegende Reise weckte keine ungeduldige Erregung mehr in ihr – statt dessen empfand sie eine dumpfe Traurigkeit, als ihr wieder einmal bewußt wurde, daß ihr die Orientierung fehlte, daß es keinen Ort gab, den sie als ihr Heim bezeichnen konnte.

»Du wirst Paul und Agnès mögen, Joanna«, sagte Toby. »Es sind brave Leute.«

Er sah sie voller Zuneigung an, fast mitleidig, als könne er ihre Gedanken lesen – aber sie wußte, daß seine Zuneigung nur eine Täuschung war, denn er war unfähig, ihr Loyalität zu bieten. Zuneigung ohne Loyalität jedoch war nichts wert – das zumindest hatte sie gelernt.

»Ich werde nicht bei ihnen bleiben«, erklärte sie. »Nur so lange,

bis ich Isottas Schmuck verkauft habe und mir über meinen nächsten Schritt klargeworden bin – das ist alles.«
Sie spürte die Kluft, die sie voneinander trennte, so breit wie das Tal zwischen den fernen Bergen. Toby stand neben ihr, und sie wußte, daß er es kaum erwarten konnte, sie loszuwerden. Er hatte diese Reise niemals machen wollen. Er schuldete ihr nichts.
»Ich werde Arbeit finden«, fuhr Joanna stolz fort. »Bei einem Edelmann, der eine Haushälterin sucht. Bei einer Dame, die eine Näherin braucht. Irgend etwas in dieser Art.«
Sie hörte ihn mißbilligend zischen. Er packte ihren Arm und und zerrte sie regelrecht aus der Gaststube, über den Hof, an Guillaumes faulenzenden Dienern vorbei zu dem kleinen Teich, der in der Biegung des Tales entstanden war.
»Schau dich an, Joanna. Na los – sieh hin! Eine Näherin? Eine Haushälterin? Sei nicht so verdammt albern!« Tobys Hand lag auf ihrem Nacken, zwang sie, sich vorzubeugen und in das spiegelglatte Wasser hinunterzublicken.
Sie trug das rote Kleid, in dem sie Gaetano geheiratet hatte, ihr Haar war in zwei Zöpfe geflochten und wurde von zwei Perlenspangen aus Isottas Nachlaß festgehalten. Ihr Gesicht, das ohne jede Verzerrung von dem dunklen Wasser zurückgeworfen wurde, erinnerte sie plötzlich an das Gesicht auf dem Portrait, das Gaetano gemalte hatte: klare Züge, die etwas Geheimnisvolles hatten und noch nicht von Verlust oder Einsamkeit gezeichnet waren.
»Niemand stellt eine Haushälterin ein, die so aussieht, Joanna. Haushälterinnen haben keine Taille, nichtssagende Gesichter – und sie können nicht tanzen.«
Tränen hingen in ihren Augenwinkeln. Seine Hand war an ihrem Rücken herabgeglitten und lag jetzt auf ihrer Taille. Wenn sie sich ihm zuwandte, würde er sie im Arm halten, wie er sie in dem geheimen Raum mit den Blätterwänden im Arm gehalten hatte.

Aber sie wandte sich ihm nicht zu. Sie wußte, daß er sich irrte, daß es irgendwo einen Platz für sie geben würde. Zornig rückte sie von ihm ab. »Was soll ich denn werden, Toby? Ein Maler wie Gaetano? Oder ein Arzt wie mein Vater? Oder ein Soldat wie du?«

Als er daraufhin nichts sagte, fügte sie mit rauher Stimme hinzu: »Heiraten kann ich schließlich nicht mehr.«

Plötzlich wich sein Blick dem ihren aus, richtete sich auf das hitzeflirrende Tal, die Hügel, die sich dahinter kühl und abweisend erhoben. »Bedauerst du das?« fragte er.

Joanna schüttelte den Kopf. »Ganz und gar nicht. Ich habe einmal geheiratet, und das genügt mir für mein restliches Leben.«

Ihre Stimme klang bitter, doch sie sprach die Wahrheit. Ihre Erfahrungen mit der Ehe – ihrer eigenen, Isottas, ja, sogar die ihrer Eltern – inspirierten sie nicht zu weiteren Versuchen. Aber welche andere Möglichkeit gab es für eine junge Frau ohne Vermögen? Ein Dasein als Fronarbeiterin, vermutete sie, geprägt vom Schrubben fremder Leute Töpfe und Pfannen, von der Betreuung fremder Leute Kinder.

»Und was zwischen uns geschehen ist – bedauerst du *das?*«

Diese Frage hatte er ihr schon einmal gestellt. Sein Tonfall ließ sie zusammenzucken, und sie konnte ihn nicht ansehen. Sie begriff die Magie nicht, die zwischen ihnen herrschte, doch sie hatte seine Ziele erkennen gelernt. Sie konnte ihn nicht hassen für seine Wünsche, denn einige davon waren die gleichen wie ihre – doch sie wollte sich auch nicht in irgendeiner Weise an ihn binden. Sie konnte ihm nicht trauen – das hatte sie erkannt, als sie Toby Crow zum ersten Male sah, vor langer, langer Zeit in Taddeos Atelier. Seitdem war nichts passiert, das sie bewogen hätte, diesen ersten Eindruck zu revidieren – und aufgrund dieses Mangels an Vertrauen mußte sie die Reste der Zuneigung, die sie füreinander empfunden hatten, zerstören.

»Ich wollte die Erinnerung an das auslöschen, was in Padua mit mir geschehen war«, sagte sie. »Die Erinnerung an meine Ehe.«
Er wandte sich ihr zu. Zorn loderte in seinen Augen. »Und – ist es dir gelungen?« fragte er. »Hast du sie auslöschen können?«
»Nicht ganz – aber es ist besser geworden.«
Sie begann, um den Teich herumzuwandern. Die untergehende Sonne schickte goldenes und scharlachrotes Licht über die Hügel. Guillaumes Diener hatten den Hof gegen die Gaststube eingetauscht.
»Es hätte nicht passieren dürfen.« Ihre Stimme war klar und kalt. »Du kannst mir nichts bieten, und ich kann dir nichts bieten. Wenn wir in Bourges sind, werde ich mich herzlich bei dir bedanken, daß du mich nach Frankreich begleitet hast, und dann werden wir uns trennen.«
Toby drehte sich auf dem Absatz um. Als er außer Sicht war, bückte sie sich und hob ein paar kleine Kieselsteine auf und warf sie nacheinander ins Wasser. Ihre Kräuselwellen berührten sich und trieben auseinander.

Agnès pflückte Holunderbeerbüschel von den Bäumen, die den Bach am unteren Ende des Gartens säumten. Ihre Schürze war mit purpurroten Flecken gesprenkelt, und etwas von dem Saft war auf ihr ausgebleichtes, graues Mieder durchgesickert.
Beim Pflücken von Holunderbeeren mußte Agnès stets an Toby denken, ihren Sohn. Sie hatte ihn immer als ihren Sohn betrachtet, seit dem Tag, als Paul ihn mitbrachte und sie den spuckenden und schimpfenden Jungen in den Wassertrog der Pferde setzte und die Schmutzschichten abwusch, die sich über Jahre hinweg angesammelt zu haben schienen. Später am Abend, als es ihr gelungen war, das Kind zu überreden, in einem Bett mit sauberen Laken zu schlafen, hatte sie über die Striemen geweint, die sie auf seinem Rücken entdeckt hatte. Sie hatte den Schuhmacher, dem Paul den Kleinen abgekauft hatte, nicht

gehaßt: Sie war zu fassungslos über diese Art der Grausamkeit, um Haß zu empfinden.

Als sie jetzt pralle Beeren in den Korb fallen ließ, erinnerte Agnès sich an den Tag, der dem Bad im Pferdetrog folgte. Toby hatte den Garten angestarrt, den Korb mit den Holunderbeeren – und dann war er zu dem Korb gerannt, überzeugt, daß diese Köstlichkeit ihm vorenthalten würde, wenn er sich nicht beeilte. In wilder Hast stopfte er sich die Früchte in den Mund, deren Saft von seinem Kinn tropfte, bis sein kleiner Magen rebellierte.

In diesen Tagen dachte sie ständig an ihren Sohn und ertappte sich dabei, daß sie nach dem Klang seiner Stimme lauschte, wenn sie Geschirr wusch oder die Schweine fütterte.

Sie brauchte Toby jetzt wegen Paul. Ihr Mann klagte nie, ließ nur wenige äußere Anzeichen für eine Krankheit erkennen, doch Agnès wußte, daß etwas nicht stimmte. Er hatte abgenommen. Kleidungsstücke, die ihm früher gut gepaßt hatten, hingen jetzt lose an seinen hageren Schultern und dünnen Armen. Dabei nahmen Männer in Pauls Alter, wenn sie gut ernährt wurden, üblicherweise an Gewicht zu. Manchmal war er zu müde, um nachmittags in die Schule zurückzugehen. Wenn Agnès ihn darauf ansprach, tat er ihre Fragen mit einem Lachen ab – aber sie sorgte sich dennoch und sehnte sich danach, ihre Sorgen mit jemandem teilen zu können.

Plötzlich wurde Hufschlag laut. Agnès hob den Kopf: Dieses Geräusch weckte stets Hoffnung in ihr. Schritte knirschten auf dem schmalen, mit Schlacke bestreuten Weg neben dem Haus – Schritte von *zwei* Personen. Dann öffnete sich das Tor.

Agnès hätte beinahe den Korb fallen lassen. Sie hatte nie bezweifelt, daß Toby zurückkommen würde: Sie kannte seine Ruhelosigkeit, wußte jedoch auch um sein, von ihm noch nicht erkanntes, Bedürfnis nach einem sicheren Hafen. Was ihr den Korb fast entgleiten ließ – sie schaffte es gerade noch, ihn jonglierend an ihre Brust zu drücken –, war der Anblick der Frau, die Toby durch das Tor folgte. Den Korb mit den Beeren wie ein Kind in den Armen haltend, ging sie auf die Ankömmlinge zu, wobei ihr Blick zwischen Toby und dem Mädchen mit den kastanienbraunen Haaren hin und her huschte. Sie wußte, daß sie die Frage nicht verbergen konnte, die in ihren Augen stand – ebensowenig wie sie das Lächeln verbergen konnte, das ihr Gesicht beinahe sprengte.

Er nahm ihr den Korb ab und stellte ihn vorsichtig auf die Erde. Dann umarmte er sie so fest, daß sie den Boden unter den Füßen verlor und die Luft aus ihren Lungen gepreßt wurde. Tränen liefen über ihre Wangen, als sie sich an seine Jacke klammerte und seinen Namen sagte. Sie berührte sein sonnenverbranntes Gesicht. Er sah älter aus, härter – als sei er weit gereist, als habe er viele Dinge gesehen. Schließlich erinnerte sie sich ihrer Manieren und wandte sich dem Mädchen in dem schwarzen Kleid zu.

»Maman – dies ist Madame Zulian. Sie brauchte einen Begleiter, der sie nach Frankreich brachte. Ich dachte, sie könnte vielleicht ein paar Tage hierbleiben.«

Agnès brachte eiligst Ordnung in ihre sich überstürzenden Gedanken. Sie hatte also *nicht* Tobys Frau vor sich, die er irgendwann im Laufe der letzten drei Jahre in einem fremden Land gefunden hatte. Lächelnd nahm sie die Hand des Mädchens in ihre und zog sie aus ihrem Knicks hoch. »Sie können gerne bei uns bleiben, so lange Sie wollen, Madame.«

»Joanna«, korrigierte das Mädchen. »Mein Name ist Joanna.«

Sie war jünger als Toby, sehr jung, erkannte Agnès. Achtzehn oder so. Und aufsehenerregend schön. Sie hatte kastanienfarbenes Haar und graue Augen, eine ungewöhnliche Kombination, die von der durchscheinenden Blässe ihres Teints noch betont wurde. Das hübsche, schwarze Kleid des Mädchens machte Agnès unvermittelt ihre purpurfleckige Schürze bewußt und

ihre drahtigen, grauen Locken, die nie unter ihrer Haube bleiben wollten.
»Joanna ist Witwe«, berichtete Toby. »Sie ist Venetianerin. Sie mußte Italien verlassen – der Krieg, weißt du, Maman ...«
Agnès geleitete die beiden zum Haus, schwatzte Nichtigkeiten, um Joanna Zulian die Anspannung zu nehmen und ihres überschäumenden Glücks und des freudigen Schreckens Herr zu werden. Drinnen bot sie ihnen Platz und etwas zu trinken an – und dann kritzelte sie mit nur noch leicht zitternder Hand eine Nachricht auf einen Zettel und gab sie dem einäugigen Sohn des Kaminkehrers, damit er sie Paul ins Schulhaus hinüberbrächte.

Am nächsten Morgen teilte Agnès Toby ihre Befürchtungen mit. Sie hatte ihre Schürze umgebunden und Joanna mit Paul ins Dorf geschickt. Paul sah heute besser aus, war glücklich über die Heimkehr seines Sohnes und genoß die Gesellschaft von Joanna Zulian. Hätte sie ihn nicht so gut gekannt, wäre Agnès eifersüchtig geworden.
Sie war dabei, Holunderbeerwein zu machen. Toby voller Zuneigung musternd, dachte sie, daß er sich im Grunde doch nur wenig verändert hatte: Er war jetzt ein Mann Mitte Zwanzig, hochgewachsen, braungebrannt und muskulös – aber noch immer so ruhelos wie ein Kind.
Agnès hob das Sieb vom Regal und setzte es auf einen Kochtopf. »Nun – erzähle, was du erlebt hast«, bat sie. »Diesmal warst du nur drei Jahre fort, nicht fünf – eine Verbesserung, würde ich sagen.«
Er grinste beschämt. »Du warst immer in meinen Gedanken, Maman, stets die Frau, die ich in meinem Herzen bewahrte.«
»Na, na«, meinte Agnès skeptisch. »Im Vergleich zu deiner Joanna komme ich mir vor wie eine Dienstmagd – wie ein Küchenmädchen.« Sie hatte begonnen, Johannisbeerbrei in das Sieb zu löffeln. Ihre Schürze war bereits voller Saftflecken.

»Sie ist nicht *meine* Joanna«, berichtigte Toby, der am Fensterbrett lehnte, milde, doch Agnès bemerkte, daß seine Finger nervös mit dem lockeren Fensterriegel spielten.
Agnès wusch die Holunderbeeren im Spülbecken. »Du solltest den Riegel lieber reparieren, anstatt ihn gänzlich kaputtzumachen, Toby. Wenn sie nicht deine Joanna ist – wessen Joanna ist sie dann?«
Gehorsam machte Toby sich daran, den losen Nagel aus dem Schlitz zu ziehen. »Sie brauchte eine Eskorte nach Frankreich, und ich war gerade verfügbar – das ist alles. Wir hatten uns ein paar Jahre zuvor in Venedig flüchtig kennengelernt.«
Agnès hatte seit jeher gewußt, wann er log. Ob er Kekse gestohlen oder das Schwein mit Kalktünche angemalt hatte, was er auch anstellte – stets war es ihr gelungen, ihm schließlich die Wahrheit zu entlocken. Und sie hatte geglaubt, daß sie ihm beizubringen vermocht hatte, daß Lügen eine schlechte Angewohnheit war.
Jetzt wußte sie sofort, daß er ihr nur eine Halbwahrheit erzählte. Ihr Kummer darüber mußte in ihren Augen zu lesen sein, denn Toby legte Hammer und Nagel weg und sagte ärgerlich: »Ich habe Joanna nach Frankreich gebracht, weil ich von einem gemeinsamen Bekannten gewissermaßen dazu gezwungen wurde. Ich hatte keine Wahl. Hätte ich eine gehabt, wäre ich in Italien geblieben, um weiterzukämpfen.«
»Sie ist ein hübsches Mädchen, Toby«, insistierte Agnès. »Sehr hübsch. Paul ist richtig verliebt in sie.«
»Dein Kochtopf ist voll, Maman. Ja – Joanna ist hübsch. Um es genau zu sagen – sie ist schön. Aber wir bedeuten einander nichts – das hat Joanna mir sehr deutlich gemacht.«
Wieder sah sie Unehrlichkeit in seinen Augen. Selbstbetrug, erkannte sie, als sie das Sieb von dem Topf hob und den mit den Holunderbeeren auf den Herd stellte – aber sie sagte nichts mehr. Sie hatte kein Recht, sich einzumischen – Toby war kein

Kind mehr. Er hatte fast zehn Jahre lang allein überlebt, sich selbst erhalten – es stand ihr nicht zu, ihn nach seinem Privatleben auszufragen.

Als er begann, einen neuen Nagel in den Riegel zu schlagen, sagte sie vorsichtig: »Ich bin froh, daß du zurück bist, Toby – diesmal besonders.«

Sein Zorn verebbte, und er wandte sich ihr zu. Er war nie nachtragend gewesen, dachte sie, hatte nie geschmollt.

»Was ist los?« fragte er. »Machst du dir wegen irgend etwas Sorgen?«

»Es geht um Paul.« Geistesabwesend rührte Agnès mit einem Holzlöffel die Holunderbeeren um. »Ich glaube, es geht ihm nicht gut, Toby. Er hat abgenommen.«

»Er war doch schon immer dünn. Er arbeitet zu viel und ißt zu wenig.«

Sie versuchte zu lächeln. »Ja – das wird's wohl sein.«

Toby durchquerte die Küche und legte den Arm um die Schulter der Frau, die er als seine Mutter betrachtete. »Da ist noch mehr, nicht wahr? Erzähl's mir.«

Die Holunderbeeren köchelten vor sich hin. »Er wacht früh morgens auf«, sagte sie, »verläßt das Schlafzimmer und wandert herum. Er versucht zu arbeiten, zu lesen, aber ich habe ihn beobachtet: Er blättert nicht um. Er behauptet, es fehle ihm nichts, aber ...«

»Aber du glaubst ihm nicht.« Seine Stimme war ausdruckslos.

Agnès wußte, wie nah Toby Paul einst gestanden hatte. Der süße, starke Duft der Holunder- und Johannisbeeren stieg ihr in die Nase.

»Nein, ich glaube ihm nicht. Es ist gut, dich zu Hause zu haben, Toby. Vielleicht kannst du mit ihm reden. Vielleicht kannst du ihn überreden, zu einem Arzt zu gehen.«

»Ich kann nicht bleiben«, hörte sie ihn sagen, und auf einmal wirkte die Küche grau.

Er sah sie nicht an. »Ich muß einen Brief überbringen. Ich habe eine Weile für die du Chantonnays aus Marigny gearbeitet – als Kurier. Der Seigneur ist gestorben, aber ich traf seinen Cousin in Italien, und er gab mir einen Brief, den ich der Witwe bringen soll.« Er hob mit einer Geste der Verzweiflung die Hände. »Ich muß fort, ich kann nicht hierbleiben. Das verstehst du doch, Maman, nicht wahr?«

Sie nickte langsam. Er hatte natürlich recht – was sollte er hier? Er war kein Bauer, kein Schulmeister. Wenn sie ihn zum Dableiben zwinge, würden die Enge, die Abgeschiedenheit dieses Ortes ihn zerstören. Er eignete sich nicht für eine eingeschränkte Existenz, für ein Leben der kleinen Ereignisse und begrenzten Gesellschaft. Was sie an ihm liebte – sein Mut, sein Humor, seine schnelle Auffassungsgabe –, würde ausgelöscht. Er würde zu einem ganz gewöhnlichen Menschen werden.

Sanft umfaßte er ihre Taille und hob sie auf den Tisch, so daß ihr Gesicht sich auf gleicher Höhe mit dem seinen befand. »Ich komme zurück, ich verspreche es«, sagte er. »Und es wird keine fünf Jahre dauern – noch nicht einmal drei. Joanna darf doch hierbleiben, oder? Sie wird mit Paul sprechen. Sie wird ihm helfen. Ihr Vater war Heilpraktiker, weißt du.« Er griff in sein Wams. »Und das wird euch durch die Zeit meiner Abwesenheit bringen.«

Agnès nahm die Geldbörse, die er ihr reichte, und spähte hinein. Kopfschüttelnd drückte sie sie ihm wieder in die Hand. »Das ist zuviel, Toby – viel zuviel. Sei nicht albern.« Tränen glänzten in ihren Augen.

»Damit kannst du noch ein Schwein kaufen, Maman.« Sie sah zu, wie er die Börse oben auf das Büfett legte, damit sie sie ihm nicht wieder so einfach zurückgeben könnte. »Oder einen Sack Saatgut.«

Eine schwarze Rauchfahne stieg auf, und es roch nach angebranntem Zucker. »Die Holunderbeeren!« rief Agnès, sprang vom Tisch weg und lief zum Herd.

Das Haus von Paul und Agnès Dubreton war eine Zufluchtsstätte, ein Hafen. Während der ersten Tage ihres Aufenthalts schlief Joanna, aß – und wusch den Staub von Monaten aus ihren Kleidern und Haaren. Wenn sie neben Agnès stand und in dem alten Holzzuber den Schlamm aus den Säumen ihrer Kleider herausschrubbte oder sich draußen im Garten mit ihr über Saattermine und Vorratshaltung unterhielt und sich mit ihr die in Papier gewickelten, winzigen Samen teilte, die sie aus ihrem Garten in Padua geerntet hatte, entdeckte sie die Freuden weiblicher Gesellschaft wieder.

Außerdem half sie Paul. Seine Sehkraft ließ nach, und so schrieb sie seine Briefe und Texte aus komplizierten Lehrbüchern ab. Sie redeten stundenlang – über die italienischen Städte, über die Maler von Venedig und Padua. Mit schlechtem Gewissen hielt sie an der Lüge fest, eine Witwe zu sein, die nach Frankreich gekommen war, um bei ihren Verwandten zu leben. Bis vor kurzem hatte die Notwendigkeit, Italien zu verlassen, ihr Denken beherrscht. Wenn sie sich jetzt ihre Zukunft ausmalte, so war sie von Einsamkeit geprägt und konturlos. Sie hatte eine Kindheitserinnerung an Frankreich in ihrem Herzen bewahrt – an Johannisfeuer und blumenübersäte Täler – doch das Frankreich ihrer Kindheit war mit Sanchia und Donato bevölkert gewesen, mit den Edelleuten und Damen und Dörflern, die einen fähigen Heilpraktiker in ihrer Mitte willkommen geheißen hatten. Jetzt hatte sie kein Heim, keine Familie, keinen Beruf.

An einem windigen, trüben Morgen erzählte sie Agnès beim Wäscheaufhängen im Garten von Sanchia und Donato – und dann, stockend und voller Kummer, von Venedig und ihrem langen Warten auf einen Vater, der sich nicht blicken ließ. Agnès war freundlich und verständnisvoll. Im Gegenzug erzählte sie Joanna ein wenig aus ihrem eigenen, weniger ereignisreichen Leben.

Zwei Tage später brach Toby auf. Joanna war nicht klargewesen, wie sehr es sie schmerzen würde. Seit Mailand war alles anders: seit Martin gesagt hatte: »Ich habe den Ehrgeiz unseres guten Toby stets bewundert«, und seit Joanna erfahren hatte, daß die Witwe des Seigneur de Marigny mitnichten alt und grauhaarig war, sondern jung, schön und begütert. Die Saat des Mißtrauens war gesät worden, erstickte, was für eine kurze Zeit schön und gut gewesen war. Tief im Innern wußte sie, daß Martin recht gehabt hatte. Toby war ruhelos, ehrgeizig. Sie sah ihre eigene Auflehnung gegen Konvention und Beschränkungen in seinen dunklen Augen gespiegelt.

Sie dankte ihm förmlich und ernsthaft dafür, daß er sie aus Italien herausgebracht hatte. Dann ließ sie ihn allein von Paul und Agnès Abschied nehmen, von den Menschen, die einen gewissen Anspruch auf ihn hatten. Sie schlüpfte ins Freie und entfernte sich vom Haus, wanderte durch Agnès' dahinwelkenden Garten, an den Pfirsichbäumen und dem Brunnen vorbei auf das Wäldchen zu, das jenseits des Baches lag.

Dieses Land war tiefer gelegen, üppig mit Holundersträuchern und Weiden bewachsen und mit einem weichen, grünen Moosteppich ausgelegt. Joanna setzte sich auf einer kleiner Lichtung auf einen moosbewachsenen Holzklotz, zog die Knie an und schlang die Arme um die Beine. Sie dachte an die Vergangenheit, an Sanchia und Donato, an Isotta und Taddeo, an Gaetano und Paolo. Vor Monaten, in dem italienischen Garten, hatte sie geglaubt, alles ergäbe schließlich einen Sinn: das Verlassenwordensein, die Trennungen, der Verlust – doch nun gab es noch eine weitere Trennung.

Plötzlich hörte sie Schritte hinter sich. Sie drehte sich um. Einen törichten Augenblick lang dachte sie, es wäre Toby und sie könnten vielleicht doch die Barrieren aus Stolz und Mißtrauen niederreißen, die sie so entschlossen errichtet hatten – aber der Mann, der, gebückt, um den weit herabhängenden Zweigen auszuweichen, über den Moosteppich auf sie zukam, war Paul Dubreton.

»Agnès meint, daß Sie hier sein könnten. Es ist auch einer *ihrer* Lieblingsplätze. Ich für meinen Teil bevorzuge das Arbeitszimmer – mit einem behaglichen Feuer im Kamin.«

Sie schaute zu ihm auf und klopfte mit einem mühsamen Lächeln neben sich auf den Holzklotz. »Er ist fort, nicht wahr?«

Paul nickte und setzte sich. »Agnès putzt das Haus, veranstaltet mit viel Geschäftigkeit ein Ablenkungsmanöver für ihre Gedanken.«

»Ich dachte ...« Joanna brach ab. Es war still in dem Wäldchen – bis auf das leise Plätschern des Baches. Die ineinander verwobenen Äste über ihren Köpfen zeichneten ein schwarzes Muster aus Karos und Kreuzen auf die fahle Sonne. »Ich dachte, daß die Dinge sich geändert hätten – daß ich einen Platz gefunden hätte.« Sie ballte die Hände zu Fäusten und rieb sich die Augen damit. »Oh, nicht einmal unbedingt einen *Platz*. Nur etwas, jemanden. Aber ich habe mich geirrt.«

Paul reichte ihr schweigend sein Taschentuch. Die Bäume, der Moosteppich, der Bach – alles lag verschwommen hinter einem Tränenvorhang.

»Lieben Sie ihn?« fragte er. »Eine unverschämte Frage, aber ...«

Sie wischte sich die Tränen ab und merkte, daß sie es nicht wußte. In den Monaten nach dem Tod ihres Kindes glaubte sie die Fähigkeit zu lieben verloren zu haben – doch irgendwo auf dem Weg von Padua nach Mailand hatte sie begonnen, sich wieder lebendig zu fühlen.

Sie schüttelte mutlos den Kopf. »Ich weiß es nicht. Aber selbst wenn ich es täte ...«, sie zuckte mit den Schultern. »Toby liebt mich nicht. Er hat andere Dinge im Kopf, nicht wahr? Toby ist *ehrgeizig.*«

Ihre Stimme klang bitter. Sie schaute in Pauls freundliches, besorgtes Gesicht und holte tief Luft. In den letzten Tagen war ihr klargeworden, daß sie keine Lüge leben konnte. Nicht hier.

»Außerdem könnten wir ohnehin kein Paar werden. Ich habe Sie angelogen, wissen Sie: Ich bin keine Witwe – ich bin verheiratet.« Sie hörte Paul langsam ausatmen, blickte auf und erwartete, Mißbilligung und Abscheu in seinen Augen zu lesen. Statt dessen sah sie Enttäuschung. »Ich habe meinen Mann vor sieben Monaten verlassen«, fuhr sie fort. »Er ging damals von Padua nach Venedig.«

Joanna erhob sich von dem Holzklotz. Sie hielt noch immer Pauls Taschentuch umklammert. »Ich werde morgen gehen«, erklärte sie stolz. »Gaetano hat mir meine Mitgift zurückgegeben, und meine Tante Isotta hinterließ mir ihren Schmuck. Ich werde mir in Bourges ein Zimmer suchen.« Sie machte sich auf den Rückweg durch das Wäldchen, schob energisch tiefhängende Äste beiseite und scherte sich nicht darum, daß sie zurückschnellten und sie wie Peitschen trafen.

»Und wer schreibt in Zukunft meine Briefe für mich, jetzt, da meine Sehkraft so schwach geworden ist?« folgte Pauls Stimme ihr durch die feuchte Herbstluft. »Und wer spricht mit Agnès über Pflanzen und hilft ihr bei der Planung ihres Blumengartens?«

Joanna blieb stehen, aufgehalten durch Zweige und durch Hoffnung. Dann drehte sie sich um und ging mit langsamen Schritten zurück.

»Meine Liebe«, sagte Paul, »wir sammeln heimatlose Kinder, Agnès und ich. Wollen Sie nicht eine Weile bei uns bleiben?«

Toby hatte Joanna nicht ehrlich gesagt, warum er nach Marigny zurückmußte, weil er es selbst nicht genau wußte. Um Guillaumes Brief abzuliefern, schön und gut. Aber vielleicht auch wegen Eleanor? Oder wegen François? Weil er Reynaud du Chantonnays schöner Frau vor zehn Monaten ein zumindest halb verbindliches Versprechen gegeben hatte?

Seit er, überzeugt, daß er niemals wieder hierherkäme, Marigny den Rücken gekehrt hatte, war alles anders geworden. Eleanor war jetzt Witwe, und François hatte das Schloß und die Ländereien geerbt. Als Toby über die Wiese ritt, erwartete er fast, daß das Fallgatter herunterkrachte, die Zugbrücke sich hob, und er wie ein Narr am Rande des Burggrabens stehengelassen würde – als angemessene Strafe für seine Unverschämtheit und seinen Ehrgeiz –, doch die Zugbrücke blieb, wo sie war, und als der Torwächter ihn erkannte, lächelte er und winkte ihm zu, als Toby in den Hof einritt.

Als er Bourges verließ, hatte er gewußt, daß er sich, indem er fortritt, vor etwas versteckte, dem er nicht ins Auge blicken wollte. Seit er sie zuletzt gesehen hatte, waren Agnès und Paul zerbrechlich und sterblich geworden. Als Kind waren sie ihm wie göttliche Wesen erschienen, die unendliche Geduld, Weisheit und Stärke besaßen. Und dann war da natürlich Joanna gewesen. Sie faszinierte ihn nach wie vor, würde es wahrscheinlich immer tun. Es war unerträglich gewesen, mit ihr unter einem Dach zu wohnen und sie nicht berühren, nicht küssen, nicht das Bett mit ihr teilen zu dürfen. Joanna hatte ihren Mangel an Interesse sehr deutlich gemacht, und Toby wurde jedesmal wieder wütend, wenn er sich an das Gespräch erinnerte, das in Novara stattgefunden hatte. Und wie Joanna und Martin Gefroy ihm eindringlich klargemacht hatten: Joanna war verheiratet. Er hatte ihr nichts zu bieten. Voller Frustration war Toby der Situation entflohen, indem er nach Marigny ritt.

Im Hof glitt er vom Pferd und übergab dem Stallburschen die Zügel. Einen Moment lang blieb er, eingerahmt von den Bannern und Emblemen Marignys, regungslos stehen. Wieder

einmal war ihm bewußt, wie sehr dieser Ort ihn anzog, ihn jeden Augenblick an seine eigene kleine, unbekannte Rolle erinnerte, die er in der Geschichte des Schlosses gespielt hatte.
Leichte, schnelle Schritte wurden auf der Wendeltreppe eines der Türmchen laut. Toby drehte sich um und sah Eleanor du Chantonnay. Er hatte sich auf diese Begegnung vorbereitet, hatte Ablehnung und Verachtung erwartet – alles, was Joanna Zulian ihm entgegengebracht hatte, und mehr. Ein paar gutgezielte Tritte eines der kräftigeren Diener, und er fände sich mit dem Gesicht nach unten auf der Wiese jenseits des Burggrabens wieder.
Aber Eleanor rief nicht nach ihren Leuten, und sie spuckte ihm auch nicht ins Gesicht. Toby verbeugte sich und schaute zu ihr hinauf. Zu seiner Überraschung sah er Tränen über ihre Wangen rollen. »Ich sah dich den Weg heraufreiten«, sagte sie. Ihre Stimme zitterte. »Ich dachte, du seist tot. Guillaume meinte, du seist bei Agnadello gefallen.«
Er sah den Kummer und das Glück auf ihrem Gesicht. Er empfand eine Mischung aus Schrecken und Hoffnung – und begriff, daß er jemanden an sich gebunden hatte, ohne über die Konsequenzen nachzudenken.
»Wie Sie sehen, habe ich keinen Kratzer abbekommen, Madame«, sagte er sanft. »Unglücklicherweise ist der Sieur du Chantonnay selbst verwundet worden, doch er befindet sich auf dem Wege der Besserung. Ich bringe Ihnen einen Brief von ihm.«
Doch sie erkundigte sich nicht nach Einzelheiten über Guillaume und nahm auch nicht den Brief, den Toby ihr hinhielt. Statt dessen trat sie zu ihm, hob eine Hand, um sein Gesicht zu berühren, als wolle sie prüfen, ob er real war oder ein Geist, der vom Schlachtfeld zu ihr gekommen war.
»Reynaud ist tot«, sagte sie schließlich. Ihre Augen spiegelten die heftigen Gefühle, die in ihrem Innern tobten. Das schwarze

Kleid betonte die Blässe ihres Gesichts. Toby wurde an die Verzweiflung erinnert, die er an jenem Abend in der Wäschekammer in ihrem Blick gesehen hatte.

»Du bleibst doch hier, nicht wahr?« flüsterte sie.

Ihre kühle, glatte Handfläche lag noch immer auf seiner Wange. Er dachte an Italien und dann an Agnès, Paul und Joanna. Seine Verpflichtungen und seine Wünsche zerrten ihn in entgegengesetzte Richtungen. Die Möglichkeit einer anderen Zukunft ließ eine Woge der Erregung in ihm aufbranden.

Als er nicht antwortete, setzte Eleanor hinzu: »François braucht dich, Toby. Marigny gehört jetzt ihm. Er hat die Hälfte der Dienerschaft wegen angeblicher Geringschätzung seiner Person entlassen. Auch Meraud. Er ist all dem nicht gewachsen.«

Ihre Stimme klang drängend und zitterte. Die Dämmerung kroch über den Hof, lange Schatten stürzten sich von den Türmen und Zinnen, löschten die Wappenschilde der du Chantonnays aus. Eleanors Finger gruben sich schmerzhaft in sein Fleisch, ihre Augen glänzten wie tiefe, dunkle Seen. Sanft umfaßte Toby die verkrampfte Hand und löste die Finger.

An diesem Abend speisten sie auf François' Anordnung hin in festlicher Kleidung – zur Feier von Tobys Rückkehr. Die massive Tafel im Bankettsaal war aus geschnitztem Eichenholz, hölzerne Weinreben zierten die Beine. Eichenbalken von der Dicke eines männlichen Unterarmes zogen sich an der Decke entlang. Über dem Kamin mit seinen gemeißelten Friesen und Kapitellen prangte das Wappen der du Chantonnays. Das gleiche Wappen war in die mit einem Mittelpfosten versehenen Fenster eingeätzt und zeigte sich auf den Schilden, die zu beiden Seiten des Kamins hingen, wo die Flammen des Feuers die lebhaften Farben des Leoparden und der Monde noch mehr leuchten ließen.

Eleanor hatte ihren Dienerinnen freigegeben und nur einen Diener zum Servieren beordert. Es war lächerlich, dachte Toby:

Da hockten sie zu dritt, verloren in diesem riesigen Raum, am einen Ende der Tafel. Er war es gewohnt, mit der Dienerschaft zu speisen, er war es gewohnt, Reynauds bellende Stimme zu hören und seine einschüchternde Gegenwart zu spüren. Ohne Reynaud war das Schloß still und leer, befand sich in einem Schwebezustand, schien orientierungslos auf eine neue Führung zu warten. Die Unterhaltung war gezwungen, gedämpft, zögernd. Der leere Saal machte aus dem leisen Klirren der Gläser und dem Klappern der Messer auf dem Tongeschirr einen ohrenbetäubenden Lärm.

Eleanor hatte recht: François war dieser großen Bürde nicht gewachsen. Die Freiheit hatte ihn berauscht wie der Wein, dem er reichlich zusprach – die Befreiung von dem verächtlichen Blick seines Vaters, die Freiheit, mit dem Land und dem Geld, das er geerbt hatte, zu tun, was ihm beliebte.

»Ich werde ein Dutzend neue Pferde kaufen.« François' Augen leuchteten, als er sich Toby zuwandte. »Die besten Pferde kommen aus dem Dauphiné, nicht wahr, Toby?«

Toby lächelte. »Die besten Streitrösser. Ich habe sie auf dem Schlachtfeld gesehen – sie kennen keine Furcht. Ich nehme an, daß die Pferde Ihres Cousins Guillaume aus dem Dauphiné stammen.«

»Oh ... Guillaume.« François rümpfte angewidert die Nase und wischte sich mit dem Handrücken den Wein vom Kinn. »Ich werde bessere Pferde haben als Guillaume. Sie werden mir doch beim Auswählen helfen, oder, Toby?«

Er nickte. Er würde etwa zwei Wochen bleiben, dachte er. Er würde François helfen, seine Streitrösser auszusuchen, sonst würde François eine dem Lösegeld für einen König würdige Summe für ein Dutzend verfettete, lahme, alte Klepper auszugeben.

»Und ich werde mir eine neue Rüstung machen lassen – Papas ist mir zu groß.« François bedeutete dem Diener, ihm Wein

nachzuschenken, und begann, Gerstencreme in seinen Mund zu schaufeln.
Toby sah die bange Sorge in Eleanor du Chantonnays Augen. »Haben Sie die Absicht, in den Krieg zu ziehen, François?« fragte er.
François nickte voller Begeisterung. »Ich werde nach Italien gehen – wie Guillaume und Papa. Papa hat es mir nicht erlaubt.« Seine Stimme klang verdrießlich, die dünnen Finger waren zu Fäusten geballt. Dann sagte er stolz: »Ich habe mit der Hakenbüchse geübt, wie Sie es mir gezeigt haben. Ich treffe ein Ziel auf zehn Schritt.«
Plötzlich sah Toby François vor sich, wie er bei einem anderen Agnadello waffenklirrend einen schlammigen Hang hinunterritt, um sich in italienische Schwerter und schweizerische Piken zu stürzen. Es gab keinen Reynaud mehr, um dem Jungen ein solches Schicksal zu verbieten. Nur Eleanor, die versuchen konnte, ihm die Vorsicht beizubringen, die ihm fehlte, und ihn von der Nervosität zu befreien, die ihn unbeholfen machte. Und ihn, Toby, der ihn – falls er sich dazu entschlösse – lehren könnte, wie man Kriegsgerät geschickt handhabte.
»Das ist ausgezeichnet, François«, lobte er mit erzwungenem Enthusiasmus, »aber ein Seigneur wie Sie wird natürlich in der Schlacht keine Hakenbüchse benutzen: Sie werden mit Lanze und Schwert kämpfen müssen.«
»Ich weiß.« François, der sehr schnell getrunken hatte, wurde von einem Schluckauf erschüttert. Er wandte sich an Eleanor. »Das habe ich dir erzählt, Maman – darum brauche ich die Streitrösser.«
Der Wind fuhr brüllend in den Kamin, ließ die Flammen tanzen und springen. Eleanor, die ihrem Sohn gegenübersaß, schob das Essen auf ihrem Teller mit dem Löffel hin und her.
»Wir brauchen Tischmusik, Maman«, entschied François plötzlich und befahl dem Diener: »Hol Josse.«

Der Lautenspieler wurde herbeordert. François schenkte mit selbstzufriedener Miene Wein nach, als Josse zu spielen begann. Es schien Toby, als verstärkten die Klänge der Laute die Leere des riesigen Raumes, das Gewicht der Steine von Marigny. Draußen war es dunkel geworden, und der Wind heulte um die Schornsteine und Zinnen.

»Früher habe ich getanzt«, sagte Eleanor unvermittelt. »Als Kind. Meine Schwestern und ich pflegten miteinander zu tanzen. Tanzen Sie, Toby?«

Ein Bild erschien vor seinem geistigen Auge: Joanna in der italienischen Taverne, mit wehenden Röcken und strahlenden Augen. Er schüttelte den Kopf. »Nicht gut, fürchte ich, Madame. Ich bin Soldat – kein Höfling.«

»Ich bringe es Ihnen bei.« Sie legte den Löffel hin und stand auf. Die leuchtenden, dunklen Augen wirkten in dem weißen Gesicht fast schwarz. Sie ging um den Tisch herum und nahm Tobys Hände in die ihren.

Sie tanzten in der Mitte des Raumes. Ihr Blick suchte immer wieder den seinen, ihre Hände ließen ihn nur widerstrebend los, wenn sie den Tanzschritten gemäß voneinander Abstand nehmen mußten, und streckten sich ihm sehnsüchtig entgegen, wenn sie wieder zueinanderfanden. Es war ein langsamer, steifer Tanz – so ganz anders als der wilde Jig, den er mit Joanna getanzt hatte. Es bereitete ihm keine Schwierigkeiten, Eleanors Kommandos zu folgen. Ihre Stimme und das Lautenspiel waren die einzigen Geräusche, die es auf Marigny noch gab. Sogar der Wind war verstummt, und nichts rührte sich in der Küche und den Prunkzimmern. In den Mustern, die die Flammen auf die Steinwände malten, glaubte Toby manchmal flüchtig eine Bewegung und undeutlich Gesichter aus der Vergangenheit erkennen zu können.

Als der Tanz endete, lag sie in seinen Armen. »Schau«, sagte sie leise, und Toby drehte sich um und blickte zu der Tafel hinüber, wo François, den Kopf auf die verschränkten Arme gelegt, tief und fest schlief.

»Du mußt bleiben. Er verehrt dich. Das hast du doch gemerkt, nicht wahr?«

Das hatte er, aber diese Art der Verherrlichung lief ihm zuwider. Doch er sah den schlafenden, wehrlosen Jungen, er spürte Eleanors Hand, die seinen Arm umklammerte. Er sah das Schloß und die Ländereien von Marigny um sich her, Marigny mit seiner Anmut, seiner Sicherheit und Schönheit. Und dann ertönte aus der Vergangenheit eine Stimme, die noch immer durch seine Alpträume geisterte: »Sag deinem Herrn, daß ich gekommen bin, um mir zu holen, was er mir schuldet.« Toby schauderte, als er sich an Hamon de Bohun mit den dunklen Reptilaugen erinnerte, und schaute wieder zu François hinüber, dessen blonde Haare mit Rotwein besudelt waren. Er begann zu begreifen, daß er die Möglichkeit hatte, sein verpfuschtes Leben hinter sich zu lassen – seine Trennung von Gilles und Penniless, seine Verführung der jungen, einsamen Joanna, seinen Streit mit Martin Gefroy, ohne dessen Druck er jetzt nicht hier stünde. Er hatte die Möglichkeit, den Platz auf Marigny einzunehmen, der ihm gehörte.

»Du bleibst doch, oder?« drängte Eleanor.

Was sollte er antworten? Er versuchte zu lächeln. »Für eine Weile. So lange du mich haben willst.«

Das Strahlen, das ihr Gesicht erhellte, ließ alle Falten der bangen Anspannung zwischen ihren Augen verschwinden. Und dann befahl sie dem Diener und dem Lautenspieler, ihren Sohn zu Bett zu bringen.

Sie schliefen dort miteinander – in dem Bankettsaal, vor dem Kaminfeuer, auf den Binsen, mit denen der Boden bestreut war. Sie hatte so lange gewartet. Als der Tanz endete, ließ sie ihn nicht los, sondern blieb mit den Händen auf Tobys Schultern stehen, als Josse und der Diener François hinaustrugen. Reynauds cholerischer Geist, der in Eleanors Phantasie die Zimmer und Türme des Schlosses durchstreifte, war verstummt. Abgesehen von dem Intermezzo in der Wäschekammer, hatte Eleanor noch nie mit körperlichem Verlangen einen Mann geküßt oder umarmt. Zwölf Jahre lang hatte sie nach Liebe gehungert. Zwölf Jahre lang hatte sie die Intimitäten der Ehe erduldet, ohne zu ahnen, daß sie auch Vergnügen bereiten konnten.

Jetzt konnte sie das Wunder kaum fassen, das Toby Crows Rückkehr nach Marigny in ihren Augen war. Sie hielt ihn fest, den Blick unverwandt auf sein Gesicht gerichtet, jeden Muskel vor Begehren angespannt, glaubte, die Stärke ihres Glücksgefühls und Verlangens werde sie jede Sekunde zerreißen. Sie sah seine Besorgnis, doch der Überschwang ihrer Empfindungen machte sie sprachlos, und so konnte sie ihm nicht erklären, daß ihre Tränen Ausdruck der Freude waren, nicht des Kummers.

Sie ließ sich von ihm streicheln, bis ihre verkrampften Finger sich entspannten und sie wieder ruhiger zu atmen vermochte. Sie nahm ihre Kopfbedeckung ab und schüttelte die Haare aus, so daß sie sich wie eine dunkle Woge über ihren Rücken ergossen. Als sie ihre Wange an seine Brust legte, spürte sie seinen Herzschlag.

Als sie aufblickte, küßte er sie. Zuerst tröstend, dachte sie – doch dann, als sie reagierte, in sein schwarzes Haar griff und sein Gesicht näher zu sich heranzog, nicht länger tröstend, sondern hungrig, als sei auch ihm die Wartezeit lang geworden.

Sie riß an der Verschnürung ihres Kleides, streifte ihr Hemd von den Schultern. Sie sah das Verlangen in seinen Augen, als sie ihre runden, vollen Brüste entblößte. Engumschlungen sanken sie zu Boden, die Flammen zeichneten scharlachrote, zuckende Muster auf ihre Körper. Zum erstenmal erlebte sie fleischliche Lust, als er ihren Leib, ihre Schenkel, den schwarzen Haartuff berührte. Als er in sie eindrang, empfand sie eine fast unerträglich intensive Freude. Seine Arme hielten sie umfangen, sein Gesicht war über ihr. Einen Moment lang fühlte sie sich so unwissend und ängstlich wie eine Braut – dann übernahm der Instinkt das Ruder. Sie begann sich in seinem Rhythmus zu bewegen, und bald hallten ihre Schreie der Ekstase von den Wänden wider.

Neuntes Kapitel

Für François hatte sich das Leben durch Tobys Rückkehr unendlich verbessert. In den nächsten paar Wochen kauften sie Pferde – nicht ein Dutzend, wie François vorgehabt hatte, sondern nur vier, aber dafür gehörten diese, wie Toby ihm versicherte, zu den besten, die man in Frankreich finden konnte. Jeden Tag trainierte er an der Stechpuppe, die Toby auf der Wiese aufgestellt hatte, und übte sich im Schießen mit der Hakenbüchse. Einmal schoß François auf seine beiden, noch immer in ihren Käfigen eingesperrten Eichhörnchen. Die armen Tiere gerieten in Panik, und so schaffte er es nur, eines am Schwanz zu treffen und Stücke aus der Steinmauer zu reißen. Er brachte das verletzte Tier zu Eleanor, die ihn schalt. Auch Toby war zornig – so sehr, daß François ihn beinahe an seine Stellung erinnert und aus dem Schloß geworfen hätte wie Meraud. Doch er besann sich noch rechtzeitig, indem er sich vor Augen hielt, wie trostlos Marigny ohne Toby gewesen war, und raffte sich dazu auf, eine Entschuldigung zu murmeln, und seit diesem Vorfall benutzte er die Hakenbüchse nur noch unter Tobys Aufsicht.

Das Wetter hatte sich verschlechtert, und an regnerischen Tagen spielte François mit Toby Schach oder versuchte, Briefe zu schreiben und Abrechnungsbücher zu lesen. Schach langweilte François, bis Toby ihm erklärte, daß er sich gleichsam auf einem Schlachtfeld befinde, wo er die Strategie seiner Armee planen müsse. Die Briefe und Abrechnungsbücher ermüdeten ihn entsetzlich, und er sah, was er seiner Stiefmutter vorjammerte, nicht ein, weshalb sich nicht Sekretäre und Buchhalter um diese Dinge kümmern konnten. Der Seigneur de Marigny sollte große Feste geben oder sich auf dem Schlachtfeld Ruhm erwerben und sich nicht mit Buchstabieren und Zahlenreihengekritzel abmühen.

Seine Versuche, dem Château de Marigny sein Siegel aufzudrücken und alle Spuren seines dominierenden Vaters auszulöschen, waren von fieberhafter Unvernunft. Gemälde wurden ins Feuer geworfen, Wandteppiche – einschließlich der Einhorn-Gobelins, die Eleanor als Mitgift in die Ehe eingebracht hatte – in Lagerräume und Keller verbannt.

Zu Weihnachten bestand François auf einer großen Feier. Die Dienerschaft eilte geschäftig hin und her, putzte, kochte, nähte. Kamine und Türrahmen wurden mit grünen Zweigen geschmückt. Duftende Scheite spuckten in den Feuerstellen Funken. Eleanor stellte das Menü zusammen, das köstlich war: zehn Gänge mit Pasteten, Fleischpudding, Brathuhn und herrlichen Süßigkeiten. François war erkältet und mußte sich unentwegt die Nase putzen, doch trotzdem gelang es ihm, seine Favoriten, die Süßspeisen – die Torten und das Marzipan, das Fruchtmus, die Cremespeisen und Puddinge, das Quittengelee, die Apfelbonbons und das Pflaumengebäck in Form von winzigen Sternen, Fischen und Blumen – angemessen zu würdigen.

Auf François' Betreiben engagierten sie eine Gruppe von Musikanten und einige Jongleure. Die Musikanten bliesen und quäkten und kratzen auf ihren Instrumenten herum, und die Jongleure warfen bunte Bälle in die Luft und zauberten rosa Tauben aus ihren Ärmeln hervor. Die Diener, die an den Wänden der Empfangshalle von Marigny aufgereiht standen, bekreuzigten sich verstohlen, weil sie glaubten, Zeugen von Hexenkunst zu sein. François, der gebildete François, wußte, daß sie die Vögel aus dem Taubenschlag geholt und ihre Federn mit Pflaumensaft gefärbt hatten.

Später am Abend wurde getanzt. Das Gesinde gebärdete sich so ausgelassen, daß es beinahe die Musik übertönte, und François, der eines der Edelfräulein führte, die seine Stiefmutter eingeladen hatte, exerzierte ebenso gewissenhaft wie schwerfällig die Schritte der Volks- und gehobeneren Tänze. Eleanor hatte sie ihm beigebracht, und Toby hatte ihm erklärt, daß ein Edelmann seines Alters nicht mehr als drei Becher Wein an einem Abend trinken sollte. François war froh, daß er sich an Tobys Rat gehalten hatte, denn es war ihm von dem üppigen Mahl, der Musik und seiner Erkältung schon schwindlig genug – aber er hielt durch und blieb wach, bis das Fest in den frühen Morgenstunden endete.

Er war stolz auf sich, fand, daß er sich gut gehalten hatte. Er hatte sich wie ein Seigneur de Marigny betragen – er war, dachte er zittrig, fast an Reynaud herangekommen. Er hatte weder seinen Wein verschüttet, noch war er jemandem auf die Zehen getreten. Er hatte einem der Edelfräulein von seinen Pferden und seinem Training an der Stechpuppe erzählt, und sie war beeindruckt gewesen, dessen war er sicher.

Das einzig Bedauerliche war, dachte François, bevor er schließlich einschlief, daß Cousin Guillaume nicht zugegen gewesen war: Er hätte es genossen, wenn Cousin Guillaume mit seiner scharfen Zunge und seinem gutgeschnittenen, spöttischen Gesicht ihn am Kopf der Tafel sitzen gesehen und ihn als Herrn von Marigny erlebt hätte.

Im Hause des Schulmeisters und seiner Frau verliefen die Weihnachtsfeierlichkeiten etwas weniger aufwendig. Agnès und Joanna bereiteten Kaninchenpastete und Biskuits, kandierte Früchte und Spinattörtchen. Die Henne, die zu legen aufgehört hatte, wurde dem Kochtopf überantwortet. Joanna dekorierte das kleine Steinhaus mit Stechpalmen-, Mistel- und gebündelten, mit karmesinroten Beeren geschmückten Eibenzweigen.

Agnès sagte, das Haus habe nie zuvor so elegant ausgesehen. Nachbarn und Verwandte kamen zu Besuch, brachten Kuchen und Wein als Geschenke mit. Agnès und Paul wurden voller Zuneigung begrüßt – Joanna mit einer Mischung aus Neugier und Mißtrauen. Sie tolerierten sie, doch sie akzeptierten sie nicht. Ihre Schönheit, die Tatsache, daß sie Ausländerin war und weder Vater noch Bruder noch Ehemann zu ihrem Schutz besaß, faszinierte die Leute ebenso, wie sie es anstößig fanden.

Die Feierlichkeiten wurden durch Tobys Abwesenheit und Pauls schlechten Gesundheitszustand beeinträchtigt. Am Abend des Dreikönigstages fand Joanna Agnès weinend am Spülbecken stehen. Nachdem sie ihre Tränen mit der Schürze getrocknet und sich von Joanna hatte umarmen lassen, sagte Agnès: »Ich bin so albern. Es ist nur, weil er nicht einmal die Makronen essen konnte. Paul hat Makronen immer geliebt.« Sie setzte sich an den Küchentisch. »Und er hat seit einem Monat das Haus nicht mehr verlassen. Er hat die Schule geschlossen, für all seine zahlenden Schüler neue Lehrer aufgetrieben. Es kommt kein Geld mehr herein – überhaupt keines.« Sie atmete tief und zittrig ein und fuhr sich mit den Händen durch die unordentlichen Haare. »Und er hat sogar endlich zugegeben, daß es ihm nicht gutgeht. Ich habe Angst, Joanna, und ich bin es nicht gewohnt, Angst zu haben.«

Joanna konnte nicht so tun, als sei alles in Ordnung, als würde Paul sich im Frühling erholen. Sie hatte getan, was sie konnte. Sie hatte Gerstenschleim gekocht, Umschläge gemacht, Salben aufgetragen und Heiltränke gebraut, aber Paul nahm weiterhin ab, litt weiterhin unter den nagenden Leibschmerzen. Vielleicht könnte ein Arzt mehr ausrichten, dachte sie, jedoch ohne großen Optimismus.

Aber gegen Geldsorgen konnte sie etwas tun. Joanna lief in ihr Zimmer, um ihre Schmuckschatulle zu holen, und trug sie in die Küche. Dort leerte sie sie aus, und Isottas häßliche, protzige

Juwelen ergossen sich über den fleckigen Tisch. »Wegen Geld brauchst du dir keine Gedanken zu machen, Agnès. Ich werde einige Stücke von diesem Schmuck verkaufen – meine Tante hat ihn mir vererbt. Wir werden einen Arzt für Paul holen.« Joanna dachte an den vergangenen Sommer, einen Sommer, der ihr jetzt unendlich lange her zu sein schien. »Oh, ich wünschte, Martin wäre hier«, sagte sie bekümmert.

Agnès sah nicht mehr ganz so verzweifelt aus. »Wer ist Martin?«

Joanna lächelte. »Martin ist Arzt – und ein lieber Freund. Ein Engländer. Er reiste bis Mailand mit uns.«

Seit sie sich letzten September getrennt hatten, hatte sie nichts von Martin Gefroy gehört. Hatte der Sieur du Chantonnay sich von seiner Verwundung erholt? War Martin bei Guillaume geblieben, oder hatte er seine Reisen fortgesetzt? Nach Paris, Oxford, Leiden ... So viele unbeendete Geschichten, so viele offene Fragen.

»Es gab Streit«, erzählte Joanna traurig. »Zwischen Toby und Martin. Es war so kindisch.«

»Männer!« nickte Agnès mitfühlend. Sie blickte auf die Armbänder, die Halsketten und Ringe hinunter, die auf der Tischplatte verstreut lagen, und atmete tief durch. »Du mußt den Schmuck gut verwahren, meine Liebe. Ich kann nicht erlauben, daß du unseretwegen etwas davon verkaufst – es ist gut möglich, daß du ihn eines Tages selbst brauchst. Und außerdem besitze ich etwas Geld. Wenn du auf den Hocker steigen würdest und oben auf das Büfett ...«

Joanna stellte sich auf die Zehenspitzen, bekam die versteckte Börse zu fassen und gab sie Agnès.

»Toby hat es mir gegeben«, erklärte sie, die Bänder aufknotend. »Ich wollte eigentlich noch ein Schwein davon kaufen, aber nun werde ich den Arzt damit bezahlen, und es wird uns außerdem das Betteln ersparen. Und wir haben ja auch den Garten: Wenn wir ihn gemeinsam bewirtschaften, können wir so viel ernten, daß eine zehnköpfige Familie davon satt würde.«

»Du solltest ihm vielleicht schreiben«, schlug Joanna zögernd vor. »Toby, meine ich.«
Agnès schüttelte den Kopf. »Nein«, antwortete sie entschieden. »Er hat sein eigenes Leben – ich werde ihn nicht an mich binden: Toby haßt es, gebunden zu sein. Und abgesehen davon hat er versprochen, bald zurückzukommen. Ich vertraue darauf, daß er sich daran hält.« Sie stand auf, strich ihre zerknitterte Schürze glatt und steckte einige Haarsträhnen unter die Haube zurück. Dann half sie Joanna, die Halsketten, Armreifen und Ringe wieder in die Schatulle zu legen.

Ende Januar ritt Toby mit François nach Tours. François hatte ihn unablässig bedrängt, den Waffenschmied aufzusuchen, und es waren einige kleine, aber wichtige Dinge für Marigny zu besorgen. Sie reisten mit einer bewaffneten Eskorte, doch Eleanor lag in den drei Nächten, die sie voraussichtlich fort sein würden, schlaflos in ihrem Bett und malte sich eisige Straßen und plötzlich losbrechende Schneestürme aus.
Und so war sie zunächst erleichtert, als sie am Morgen des vierten Tages Reiter vom Wald her auf das Schloß zukommen sah. Ihr Herz begann zu flattern, und der Faden rutschte aus ihrer Nadel, doch als sie auf den zweiten Blick erkannte, daß die Reiter nicht die Farben der du Chantonnays – Rot und Gelb – trugen, und sie die Paniere nicht kannte, erfaßte Bangigkeit ihr Herz, und sie legte ihre Näharbeit beiseite.
»Der Edelmann Hamon de Bohun«, kündigte der Diener mit einer Verbeugung an. »Sollen wir ihn einlassen, Madame?«
In ihrer großen Enttäuschung sagte ihr der Name zuerst nichts. Dann erinnerte sie sich: Der Sieur de Bohun war ein Bekannter von Reynaud gewesen – Blanches Cousin. Sie nickte, und der Diener verließ den Raum.
Ihre Dienerinnen blieben bei ihr, hielten die Köpfe über ihre Stickrahmen beziehungsweise die Laken, Hemden und Unter-

röcke gesenkt, an denen sie arbeiteten. Als Hamon de Bohun den Raum betrat, hielten die Nadeln inne, und verstohlene Blicke huschten in seine Richtung. Er war ein gutaussehender Mann mit dunklen Augen und blassem Teint. Die Strähnen, die unter seiner Samtkappe hervorlugten, waren leicht angegraut. Eleanor schätzte ihn auf Anfang Fünfzig, aber er wirkte bedeutend gesünder als Reynaud.

»Madame – ich muß mich für meinen unangemeldeten Besuch entschuldigen, aber ich war auf dem Weg nach Orléans und hörte vom Tod des Seigneur de Marigny. Ich kannte ihn einst vor langer Zeit, und ich komme, um seiner Witwe meine Aufwartung zu machen.«

De Bohun verneigte sich und küßte Eleanor die Hand. Seine Ausstattung in Samt und Seide verriet seinen hohen Rang. Seine Stimme war tief und gemäßigt und hatte einen leichten Akzent. Sein Blick wanderte durch das Empfangszimmer, als taxiere er mit den Augen eines Experten den Wert der darin befindlichen Dinge. Er musterte Möbel, Wandbehänge und Gemälde – und schließlich Eleanor.

Sie erzitterte unter seinem kalten Blick. Raubvogelaugen, dachte sie – die Augen von Reynauds schönem Zwergfalken, kalt und dunkel und gleichgültig. Sie machten ihr Marignys Isolation bewußt. Sie sah sich als kleines, wehrloses Tier, über dem hungrig der große, schwarze Greifvogel schwebte. Sie sehnte sich nach Toby.

De Bohun und ihre Dienerinnen starrten sie an. Sie zwang sich zu einer halbwegs gefaßten Haltung und sagte mit leicht zittriger Stimme: »Jeder Freund Reynauds ist mir willkommen, Monsieur. Sie waren Blanches Cousin, nicht wahr?«

De Bohun lächelte. »Eine recht entfernte Verwandtschaft, Madame – ich kannte sie kaum.«

Sie schickte einen Diener nach Wein, und de Bohun nahm ihr gegenüber Platz.

»Ich habe viele Jahre in England gelebt, Madame, aber nun, da der alte König tot ist, denke ich darüber nach, in die Bretagne zurückzukehren. Neuigkeiten verbreiten sich leider langsam – ich wäre gerne zur Beerdigung des Seigneurs gekommen.«
Ehrliches Bedauern lag in seiner Stimme. Seine Augen war nicht mehr kalt, sondern warm und lebhaft. Er war ganz und gar nicht unheimlich, dachte Eleanor. Wie töricht sie gewesen war. Er betrauerte lediglich den Fortgang eines alten Freundes. Loyalität, die Art Freundschaft, die Entfernung und Abwesenheit überdauerte, hatte Eleanor stets bewundert.
»Mein Mann war einige Zeit krank gewesen«, erklärte sie, als der Diener mit den Erfrischungen erschien. »Er starb an den Folgen eines Jagdunfalls im letzten Sommer.«
De Bohun schüttelte mitfühlend den Kopf und nahm ein Glas Wein entgegen. »Die Jagd ist ein so gefährlicher Zeitvertreib, Madame. Ich habe mich schon mehrfach gefragt, ob wohl ebenso viele Männer auf der Jagd sterben wie auf dem Schlachtfeld.«
Wieder dachte Eleanor an Toby, den sie an diesem Tag aus Tours zurückerwartete, stellte sich vor, wie sein Pferd auf der vereisten Straße ausrutschte, wie er unglücklich stürzte, wie sein Kopf beim Aufschlag auf die Steine barst ... Ein Blick aus dem Fenster zeigte ihr, daß der Weg vom Wald zum Château noch immer leer dalag. Eine kalte Faust ballte sich in ihrem Magen zusammen.
Der Sieur de Bohun sprach mit ihr. Eleanor schüttelte sich innerlich und erinnerte sich an ihre Pflichten als Herrin von Marigny.
»Haben Sie Kinder, die Sie über ihren schmerzlichen Verlust hinwegtrösten können, Madame?«
»Ich habe einen Sohn – nun ja, einen Stiefsohn. François ist Blanches Kind.«
Sie hörte, daß ihre Stimme bebte, ihre Nervosität verriet.

Plötzlich empfand sie den Raum als bedrückend: Der riesige Kamin, die Decke mit den schweren Balken, die Wandbehänge und Gemälde schienen sie zu erdrücken, zu zermalmen. Sie hätte es vorgezogen, in der Küche zu sein, Teig zu kneten oder Eier für einen Pudding zu schlagen. Sie nahm ihre Näharbeit wieder auf, fädelte den Faden ein. Sie mußte ihre ruhelosen Hände beschäftigen.

»Was für ein herrliches Heim Sie haben, Madame. Diese Möbel, diese Bilder ...«

Sie hörte die Bewunderung in seiner Stimme und zwang sich zu einem Lächeln. »Mein Mann war Sammler, Monsieur. Er liebte besonders die italienische Kunst, doch er brachte aus der ganzen Welt Schätze nach Marigny.«

»Wir hatten früher den gleichen Geschmack, Reynaud und ich.« Erneut ließ de Bohun den Blick schweifen. »Ich habe zu lange auf einer rückständigen, kleinen Insel gelebt, Madame. Zuviel Regen und Nebel und zu wenig Sonne. Manchmal sehnt man sich nach der Sonne – und nach Schönheit.«

Eleanor nickte: Sie wußte, was es hieß, ohne Sonne zu leben. Sie stellte sich vor, zu diesem Zustand des »Halblebens« zurückzukehren, und die Nadel fuhr in ihre Handfläche. Ein dunkelroter Tropfen quoll aus der Wunde und rann auf den Stoff hinunter.

»Madame.«

Hamon de Bohun war aufgestanden und kniete sich neben sie. Eleanor starrte ihn mit aufgerissenen Augen an. Ihre Hände zitterten. Sie konnte sich nicht rühren, nicht sprechen. Als betrachte sie die Szene von außen, sah sie zu, wie er einen Stoffetzen aus ihrem Handarbeitskorb nahm und um ihre Hand wickelte. Dann drückte er ihre Finger nach innen, damit der provisorische Verband an Ort und Stelle gehalten wurde.

Nadel und Faden waren auf den Boden gefallen. Seine Hand war warm und trocken, seine Stimme leise und voller Anteilnahme.

»Macht Ihnen etwas Sorge, Madame de Marigny? Ein Besitz wie dieser bedeutet eine große Verantwortung, und Ihr Stiefsohn ist sicher noch recht jung. Wie ich schon sagte, war ich Reynauds Freund – ich würde es als große Ehre betrachten, auch *Ihr* Freund sein zu dürfen.«

Seine Stimme war weich, hypnotisch. Eleanor drohte sich in den dunklen Augen zu verlieren, war nicht mehr fähig, klar zu denken. Schließlich riß sie sich unter Aufbietung all ihrer Willenskraft von seinem Blick los und starrte aufgewühlt aus dem Fenster.

»François ist im Augenblick mit seiner Leibwache unterwegs. Sie sind nach Tours geritten. Sie verspäten sich – ich hatte sie heute morgen zurückerwartet. Der Zustand der Straßen, das Wetter ... man macht sich immer Sorgen ...«

Sie war sich bewußt, daß sie plapperte wie eine Vierzehnjährige. Tränen der Erschöpfung und Furcht brannten in ihren Augen, als sie auf die Schneelandschaft hinausschaute – doch dann machte sie durch die dicken Flocken eine kleine Gruppe von Reitern aus, die den Weg heruntergeritten kamen. Undeutlich erkannte sie die Farben der du Chantonnays: leuchtendes Rot und Gold. Und an der Spitze des Grüppchens entdeckten ihre ungeduldigen Augen zwei vertraute Gestalten. Sie wollte weinen, lachen, durchs Zimmer tanzen, haßte sich dafür, daß sie ihm nicht vertraut hatte, daß sie nicht darauf vertraut hatte, daß Gott ihn beschützen würde. Mit plötzlich strahlendem Gesicht schickte Eleanor ihre Dienerinnen hinaus und wandte sich an de Bohun.

»Ich sehe ihn kommen: François ist nach Hause zurückgekehrt. Bleiben Sie doch noch und lernen Sie meinen Sohn kennen.«

François hatte darauf bestanden, während des ganzen langen Rittes zurück nach Marigny seinen Helm zu tragen. Und er hatte auf sechs Federn in leuchtendem Rot und Gelb bestanden.

Er eilte vor Toby durch die Empfangshalle und die Treppe hinauf. Seine Stiefel hinterließen Spuren aus Schlamm und geschmolzenem Schnee auf den Steinen, und die Federn hüpften wie der Kamm eines Kakadus.

Toby folgte ihm, beladen mit Paketen und Päckchen. Er hörte François' Stimme durch die halboffene Tür des Empfangssalons.

»Die Beinschienen und der Brustharnisch werden in einer Woche fertig, Maman, der Rückenharnisch innerhalb eines Monats. Der Waffenschmied wird Bilder in das Metall ätzen – Löwenköpfe und dergleichen. Der Helm ist schön, findest du nicht auch?«

»Sehr schön, mein Lieber«, hörte Toby Eleanor antworten. Dann wurde eine zweite Stimme laut – tief und schleppend: »Auf einen solchen Helm wäre sogar König Louis stolz, votre seigneurie.«

Toby lief es eiskalt den Rücken hinunter. Vor einem Jahr hatte diese sanfte Stimme ihm zugeflüstert: »Sie hätten nicht kämpfen müssen, mein Bester.« Und noch heute flüsterte sie manchmal in seinen Träumen.

Toby blieb auf der obersten Treppenstufe stehen, preßte sich mit dem Rücken an die Wand.

Eleanors Stimme ertönte durch die offene Tür: »Wir haben einen Gast, François: Dies ist der Sieur de Bohun aus der Bretagne. Er war ein Freund deines Vaters.«

Sage deinem Herrn, daß ich gekommen bin, um mir zu holen, was er mir schuldet. Indem Toby sich widerwillig die unerfreuliche Begegnung mit dem Sieur de Bohun in Erinnerung rief, wurde ihm klar, daß, welches Motiv de Bohun auch für seinen Besuch in Marigny haben mochte, es keinesfalls etwas mit Freundschaft zu tun hatte.

Er wartete nicht ab, bis François seine Grußworte gemurmelt hatte, sondern straffte sich und betrat den Raum.

»Madame de Marigny. Monsieur de Bohun.« Er verbeugte sich

vor beiden und sah mit Genugtuung die – allerdings schnell unterdrückte – Überraschung in Hamon de Bohuns Augen aufflackern.
»Sie kennen einander?« fragte Eleanor erstaunt.
Toby ließ de Bohun nicht aus den Augen. »Wir haben uns vor etwa einem Jahr getroffen.«
»Eine denkwürdige Begegnung«, sagte de Bohun freundlich. »Unsere Unterhaltung war höchst interessant – doch, wie ich finde, unbeendet.« Er lächelte. »Sind Sie nicht auch dieser Meinung, Monsieur Crow?«
»Ja.« Toby legte die eingepackten Bänder und Seidenstoffe, die er in Tours für Eleanor besorgt hatte, auf dem Tisch ab, hinter dem sie stand. Er dachte an das Portrait von Joanna Zulian, das Hamon de Bohun sich ein Jahr zuvor angeeignet hatte, und erneut weckte dieser Mann Furcht und Abscheu in ihm. Er machte sich daran, die Schnüre zu zerschneiden, mit denen Eleanors Pakete zugebunden waren, und fragte leichthin: »Sind Sie gekommen, um zurückzugeben, was Sie sich ausgeliehen haben, Monsieur?«
»Ausgeliehen?« Eleanor, die damit beschäftigt war, die Seiden- und Samtbahnen auseinanderzufalten, die Toby bei einem Tuchhändler in Tours gekauft hatte, hielt mitten in der Bewegung inne. »Was meinen Sie damit, Toby?«
Bohun lächelte noch immer, doch Toby hatte den Anflug von Zorn, der über das Gesicht seines Widersachers gehuscht war, sehr wohl bemerkt.
»Ihr Diener irrt sich, Madame. Ich sprach letzten Winter mit ihm – jedoch nur, damit er dem Seigneur de Marigny meine Grüße übermittelte.«
»Monsieur de Bohun ist aus der Bretagne hergereist.« Eleanor strich den schwarzen Samt glatt und machte sich daran, die Bänder in Augenschein zu nehmen. »Monsieur de Bohun war ein ...«

»Ein Freund von Reynaud«, beendete Toby trocken ihren Satz. »Natürlich.«
Eleanor hatte die Zugschnur des Beutels gelockert. Eine leuchtende Flut von Bändern in allen Regenbogenfarben ergoß sich auf den schwarzen Samt.
»Ich hatte *schwarz* gesagt!« Ihre Stimme zitterte vor Glück. Mit einem strahlenden Lächeln und glänzenden Augen wandte sie sich Toby zu. Ihre Finger liebkosten die scharlach- und purpurrote, lila- und goldfarbene und aquamarinblaue Pracht. »Eines von jeder Farbe, die Sie haben«, hatte Toby zu dem Tuchhändler in Tours gesagt. Eleanor berührte kurz seine Hand.
»Toby ist jetzt meine Leibgarde«, erklärte François vom Fenstersitz her. Die protzigen Federn auf seinem Helm zitterten, als er sprach. »Er lehrt mich anhand einer Stechpuppe den Umgang mit Lanze und Schwert. Wenn ich siebzehn bin, werde ich nach Italien ziehen, um für den König von Frankreich zu kämpfen.«
Der Helm war zu groß für François und hing schief auf seinem schmalen Kopf.
»Ach ja?« Hamon de Bohuns dunkle Augen glitten langsam von Toby zu dem Jungen am Fenster. »Ich bin sicher, der König wird begeistert sein.«
Toby ballte die Fäuste. Auf dem Ritt nach Tours hatte er – mit einer Geduld, die ihn selbst überraschte – François dazu überredet, noch ein weiteres Jahr in Marigny zu bleiben. Mit etwas Glück, dachte er, wäre der Krieg bis dahin vielleicht vorbei. Falls nicht, müßte ein sicherer Ort gefunden werden, wo François sich in seiner neuen Rüstung austoben könnte, ohne sich selbst oder anderen gefährlich zu werden.
Eleanor brachte Ordnung in das Durcheinander von Bändern, indem sie sie nacheinander um ihre Finger wickelte. »Nach Italien? Dazu bist du zu jung, François.«
»Ich bin sechzehn, Maman – ich kann doch nicht mein Leben

lang *hier* bleiben.« Sein verdrießlicher Ton ließ Marigny mit seinen Schätzen und Ländereien völlig wertlos erscheinen.
»Mein Stiefsohn möchte reisen.« Die Bänder lagen jetzt alle ordentlich aufgerollt auf dem schwarzen Samt. »Haben Sie Kinder, Monsieur de Bohun?«
Hamon de Bohun schüttelte den Kopf. »O nein, Madame – ich habe nie geheiratet.« Wieder glitt sein Blick zu François hinüber. »Ihr Stiefsohn muß ein großer Trost für Sie sein, Madame.«
François, dessen Gesicht durch die Wärme des Kaminfeuers und das Gewicht seines Helmes gerötet war, putzte sich mit dem Ärmel die Nase. Sein Mund war noch immer zornig verkniffen, und er vermied es, Eleanor anzusehen. Toby hätte den Jungen am liebsten geschüttelt, um ihn aus seiner Ichbezogenheit herauszureißen, damit er begreifen würde, welche Bedrohung Männer wie de Bohun darstellten.
Eine Bedrohung, die Toby selbst noch nicht gänzlich begriff. Fetzen von Gesprächen mit Arlotto Attavanti, mit Guillaume du Chantonnay – und de Bohun – zuckten durch seinen Kopf. Hamon de Bohun war der Vormund von Blanche gewesen, Reynauds erster Frau – und Blanche hatte Reynaud du Chantonnay das Château de Marigny mit seinen Ländereien gebracht. Reynaud hatte den Besitz also durch seine Heirat mit Blanche erworben. *Ich bin gekommen, um mir zu holen, was er mir schuldet,* hatte Hamon gesagt. War es möglich, dachte Toby, daß Hamon der Ansicht war, Reynaud schulde ihm Marigny? Daß nun Eleanor – und François – ihm Marigny schuldeten?
Marigny – etwas, wofür es sich zu lügen lohnte, ja sogar zu töten. Toby warf einen flüchtigen Blick zu François hinüber, der auf dem Fenstersitz döste, und schaute dann Eleanor an, deren Gesicht noch immer vor Glück strahlte. Plötzlich wurde ihm die Kälte bewußt, der unablässig fallende Schnee, und er begriff, daß seine Furcht nicht ihn selbst betraf: Er hatte Angst um Eleanor,

um François, machte sich Sorgen wegen ihrer Arglosigkeit, ihrer Hilflosigkeit.

De Bohun erhob sich, um sich zu verabschieden. Er küßte Eleanor die Hand und verneigte sich dann in François' Richtung.

»Votre seigneurie«, sagte er, und Toby wußte, daß nur er den spöttischen Unterton wahrnahm, mit dem diese beiden Worte gesprochen wurden.

Zuletzt wandte de Bohun sich an Toby. Die langen Finger des Bretonen packten ihn an der Schulter. »Guten Tag, Monsieur Crow«, sagte er leise. Die Spitzen seiner Finger gruben sich in Tobys Fleisch, und die dunklen Augen glänzten. »Ich bin sicher, wir sehen uns wieder.«

Der Schnee lag wie eine Decke auf dem Garten, drückte die kahlen Äste der Bäume nach unten und bildete Eiskrusten an den Ufern des Baches. Außer vor den Kaminen und am Herd war es jetzt bitterkalt im Haus.

Agnès war draußen und fütterte die Hühner, als Joanna Paul in seinem Arbeitszimmer über dem Schreibtisch zusammengesunken vorfand. Seine zitternden Hände umklammerten sein Schreibgerät. Auf Joannas Hilferuf hin kam Agnès in wilder Hast ins Haus gelaufen, ohne sich darum zu scheren, daß sie Schlammspuren auf den Steinfliesen hinterließ. Sie trugen Paul in sein Zimmer und brachten ihn zu Bett. Er wiegt nicht mehr als ein Kind, dachte Agnès und blinzelte ihre Tränen weg. Der Arzt wurde geholt. Begleitet von einem eindrucksvollen Vortrag über schlechte Körpersäfte, untersuchte er Paul und empfahl einen Aderlaß.

Der Aderlaß schien zu helfen. Pauls bleiches Gesicht bekam wieder ein wenig Farbe, und er schaffte es, ein paar Worte zu sprechen und ein paar Schlucke Suppe zu trinken. Am Abend dieses Tages schrieb Joanna mit dem Einverständnis von Agnès an Toby. Von ihrem Platz am Bett ihres Mannes aus konnte Agnès ins Arbeitszimmer hinüberschauen, wo Joanna mit gesenktem Kopf am Schreibtisch saß. Ihre Stirn war von Konzentration gerunzelt, aber die Feder flog nur so über das Papier.

Eine einzige Kerze beleuchtete Pauls schlafende Gestalt. Draußen rüttelte der Wind an den Fensterläden, trieb Schnee gegen das Haus, der durch Ritzen im Fensterrahmen hereindrang. Agnès hielt Pauls Hand und dachte an die Vergangenheit. Sie kannte Paul schon ihr ganzes Leben lang, konnte sich nicht erinnern, daß er jemals nicht dagewesen wäre. Sie waren im selben Dorf geboren worden, hatten dieselbe Kirche besucht. Pauls Vater war der Schulmeister gewesen, der Vater von Agnès ein Bauer. Ihre Mitgift hatte aus einer Ziege, einem Schwein und einem Sack Getreide bestanden. Es war ein ganz gewöhnliches – manche würden sagen, langweiliges – Leben gewesen, und doch hätte sie, als sie jetzt zurückblickte, keine Sekunde davon anders haben wollen.

Sie dachte an die Babys, die sie geboren – und verloren hatte. Sie dachte an den Tag, als Paul aus Chinon zurückgekommen war und gesagt hatte: »Ich habe dir ein Geschenk gekauft, Agnès.« Auf seinem Sattelbaum saß ein zerlumptes Kind, das wie ein Rohrspatz darüber schimpfte, daß es festgehalten wurde. Gemeinsam hatten sie ihn gesäubert und gesund gepflegt und unterrichtet – gemeinsam waren sie stolz auf ihren Sohn geworden. Als Agnès jetzt beobachtete, wie Joanna Sand auf die nasse Tinte streute und den Brief dann sorgfältig zusammenfaltete, wurde ihr bewußt, wie sehr sie Tobys Heimkehr herbeisehnte.

Joanna kam leise herein und kauerte sich neben Agnès. »Ich reite morgen nach Bourges«, flüsterte sie. »Ich kenne einen Mönch namens Bruder Joachim, der bald in die Touraine reist. Ich bin sicher, er wird den Brief für uns nach Marigny bringen.«

Agnès brachte ein schwaches Lächeln zustande. Es überraschte sie nicht im mindesten, daß Joanna einen Mönch namens Bruder Joachim kannte. Joanna würde auch liebend gerne ihre Zeit mit dem Oberhaupt des Dorfes verbringen – oder mit dem beinlosen Bettler, der am Anger seine Mütze aufhielt. Es war zum Teil diese Offenheit, dieser Mangel an Standesbewußtsein, was es vielen Einwohnern der kleinen, abgelegenen Ortschaft unmöglich machte, sie zu akzeptieren. Das, dachte Agnès, und Joannas Gesicht, ihre Nationalität, ihre augenfällige Fremdartigkeit. Der Gedanke an Joannas Zukunft erfüllte Agnès mit Sorge. Noch ein Grund, weshalb sie sich Tobys Rückkehr wünschte: damit sie ihm in aller Deutlichkeit erklären konnte, daß es ein Unding war, ein Mädchen wie Joanna in ein Dorf wie dieses zu bringen und zu erwarten, daß sie ein Teil der Gemeinschaft würde. Agnès schüttelte den Kopf über ihren abwesenden Sohn und schnalzte mißbilligend mit der Zunge.

Die beiden Besucher kamen gleichzeitig an: Guillaume du Chantonnay mit seinem bewaffneten Gefolge und Bruder Joachim, ein dicker Mönch, der ständig über seinen leeren Magen jammerte.

Toby war auf der Wiese und zeigte François zum hundertsten Mal, wie er die Stechpuppe treffen konnte, anstatt seine Lanze wirkungslos in den Boden zu rammen, während der sandgefüllte Ledersack unbeschadet im Wind schaukelte. Er erkannte Guillaume sofort: an den Panieren, an den Waffen – und an der Tatsache, daß es schlicht und einfach keinen anderen du Chantonnay mehr gab. Toby überließ es François, seine Lanze herauszuziehen, gab seinem Pferd die Sporen und ritt über die Wiese, um Guillaume zu begrüßen.

»Keine beneidenswerte Aufgabe«, meinte Guillaume mit einem spöttischen Blick auf die Stechpuppe, die Lanze und François,

der unbeholfen wieder in den Sattel kletterte. »Mein Kompliment für Ihre Geduld, Monsieur Crow – ich hätte den Jungen inzwischen bestimmt längst im Burggraben ersäuft.«
Guillaume war untadelig gekleidet: königsblaues Wams und Reithosen, pelzverbrämtes Cape. Auf seinen Handschuhen glitzerten Edelsteine und ein einzelner an seinem einen Ohr.
Toby nickte grüßend. »Sie scheinen sich von Ihrer Verletzung erholt zu haben, Monsieur du Chantonnay.«
»Vollkommen. Ihr Freund, der vortreffliche Monsieur Gefroy, hat wertvolle Arbeit geleistet. Ich habe ihn übrigens von seinem geplanten Weg abgebracht und ihn mit nach Hause genommen. Ein seltsamer Bursche – die ekelerregendsten Krankheiten faszinieren ihn am meisten. Er besteht darauf, die Unglücklichen in Elendsquartieren zu behandeln – Bettler und Aussätzige –, doch sogar der bemerkenswerte Gefroy muß von etwas leben, und so hat er sich bereit erklärt, für eine Weile mein Leibarzt zu sein. Ah ...« Guillaume hatte den Blick über die Wiese schweifen lassen. »François hat es geschafft, im Sattel zu bleiben. Was für eine Erleichterung. Verstehe ich recht, daß nun Madame de Marigny Sie als Kurier in Dienst genommen hat?« Die kühlen, blauen Augen musterten Toby. Ein Lächeln hing in den Winkeln des breiten, schmallippigen Mundes.
»Nicht ganz«, erwiderte Toby ruhig. »François hat Meraud, seinen Leibwächter, entlassen, und ich nehme für eine Weile dessen Platz ein.«
Guillaume hatte Mühe, sein nervöses Pferd zu zügeln, als François in voller Rüstung lärmend auf sie zuklirrte. »François!« Der Junge war mit vor Aufregung gerötetem Gesicht bei ihnen angekommen. »Du siehst großartig aus! Was für ein Helm!«
»Oh, Monsieur Crow ...« Guillaume ließ die Zügel wieder etwas lockerer, »ein Mönch namens Bruder Joachim ist von Tours mit uns hierhergeritten. Soviel ich verstanden habe, hat er einen Brief für Sie dabei. Bitte geben Sie ihm etwas zu essen,

sonst muß ich ihn erdrosseln: Er hat die letzten fünf Meilen unentwegt über seinen leeren Magen gejammert.«
Guillaume hob grüßend die Hand und ritt dann, Seite an Seite mit François, auf die Zugbrücke zu – und vor Toby erschien wie aus dem Nichts plötzlich ein übergewichtiger Benediktinermönch auf einem mageren Muli und streckte ihm einen Brief entgegen.

Als erstes sah er das verschnörkelte »J« von Joannas Unterschrift, dann seinen Namen in schwarzer Tinte über dem Text, und dann wandte er sich dem Inhalt zu. Der eisige Februarwind ließ den Brief in seiner Hand zittern. Es war unmöglich, dachte Toby – Joanna mußte sich irren: Paul konnte nicht so krank sein. Es war Paul gewesen, der ihm geholfen hatte, etwas aus seinem Leben zu machen, Paul, der ihm die Möglichkeit der Freundlichkeit erschlossen hatte.
Er las den Brief noch einmal. Er war sich bewußt, daß der Mönch auf dem lächerlichen Muli ihn anstarrte. Ein Bild erschien vor seinem geistigen Auge: die kluge, lebhafte Joanna Zulian, die mit Löchern in den Schuhsohlen von Padua nach Mailand gelaufen war. Du mußt sofort nach Hause kommen, hatte Joanna geschrieben. Agnès braucht dich.
Als er aufblickte, konnte er nicht klar sehen. Der Schloßgraben, die Wiese, der Wald in der Ferne – alles nahm er nur verschwommen war. Er empfand eher Zorn als Kummer – Zorn darüber, daß Paul ihn zu verlassen drohte, wo doch noch so vieles ungeklärt war. »Schlechte Nachrichten, Monsieur?« fragte der Ordensbruder zögernd, und Toby wandte sich ihm mit dem zerknitterten Brief in der Faust zu. Er sah Furcht über das feiste, gutmütige Gesicht des Mönchs flackern, riß sich zusammen und erinnerte sich an seine Manieren. Den Brief in sein Wams steckend, führte er Bruder Joachim in die Küche.

Wie Toby empfand auch Guillaume du Chantonnay Reynauds Abwesenheit von Marigny als beinahe greifbar. Es bereitete ihm große Freude, über die Zugbrücke zu reiten und durch den Turm, in den das Tor eingelassen war, in den Innenhof, ohne damit rechnen zu müssen, daß Reynaud ihn begrüßte und ihm wieder einmal vor Augen führte, daß *er* der Herr von Marigny war.

Guillaume hatte insgeheim die Grenzmauer gesegnet, die Reynaud zum Verhängnis geworden war – und dem Gott, an den zu glauben er schon vor langer Zeit aufgehört hatte, für Eleanors noch immer bestehenden Witwenstand gedankt. Der Gedanke, daß sie wieder geheiratet haben könnte, um einen Beschützer für François zu haben – und für sich –, hatte Guillaume in den Monaten seiner Genesung nicht ruhen lassen. Aber Eleanor hatte nicht wieder geheiratet, und er war dank seines exzellenten Arztes und seiner robusten Konstitution völlig wiederhergestellt.

Guillaume blieb einen Moment lang im Hof stehen. Wie eine mächtige Woge überspülte ihn der Wunsch, Marigny zu besitzen – so überwältigend, daß es ihm fast das Bewußtsein raubte. Im Inneren des Châteaus betrachtete er die Zimmer und Kunstschätze nun mit anderen Augen – mit Augen, die ihm sagten, daß es nicht länger ein unerfüllbarer und quälender Traum war, Herr über diesen Besitz zu werden, sondern eine Möglichkeit, die er zur Realität machen könnte.

Eleanor empfing ihn in der Eingangshalle. Er nahm ihre Hand in die seine. »Meine liebe Eleanor – ich bin gekommen, um dir mein Beileid auszusprechen. Ich vermute allerdings, daß du – wie ich selbst – den Gram in Grenzen zu halten wußtest.«

Er gewann den Eindruck, daß sie sich zum Guten verändert hatte, seit er sie zuletzt gesehen hatte. Sie war natürlich auch damals eine schöne Frau gewesen, doch die Zeit mit Reynaud hatten vorzeitig Falten in ihr blasses Gesicht gegraben und ihren dunklen Augen einen gehetzten, tief verletzten Ausdruck verliehen. Doch jetzt schien ihre Haut von innen her zu leuchten, und ihre Augen strahlten.

»Die Witwenschaft steht dir, Eleanor«, sagte Guillaume und gab ihre Hand frei. »Du hättest dem alten Bastard schon vor Jahren Gift in seinen Wein tropfen sollen.«

Wenn Eleanor nicht so durch und durch ehrlich und tugendhaft wäre, hätte er ihr in der Vergangenheit vielleicht einen derartigen Schritt vorgeschlagen – doch aufgrund ihres Charakters hätte Reynaud es bereits entdeckt, wenn sie nur darüber nachgedacht hätte, dachte er amüsiert. Eleanor lachte, und Guillaume nahm ihr gegenüber Platz.

»Es tut gut, dich wiederzusehen, Guillaume.« Sie bedeutete einem Diener, ihm Wein einzuschenken. »Ich hörte, du warst krank – bist du jetzt wieder ganz gesund?«

Ihre Miene war besorgt, freundlich. Guillaume malte sich aus, mit Eleanor verheiratet zu sein – und erkannte, daß die Ehrlichkeit und Großzügigkeit, die er an ihr bewunderte, ihn ermüden würden.

»Ich hatte eine Hakenbüchsenschußwunde im Bein.« Er schnitt eine Grimasse. »Die Heilung derartiger Verletzungen wird die Ärzte noch viele Jahre lang beschäftigen, meine liebe Eleanor. Sie sind anders als Schwerthiebe oder Lanzenstiche. Ich dachte, ich würde meine Tage als stinkender Krüppel beenden, wie Reynaud – oder dem alten Teufel auf den Friedhof folgen.«

Er schauderte. Im Gegensatz zu Eleanor hatte er keinen Glauben, der ihm die Furcht vor dem Tode nahm, keine Philosophie, die die Angst gelindert hätte, die in seinen schlimmsten Augenblicken über ihn hergefallen war – die Angst, daß alles vorbei sei, daß er verloren habe, daß die nagende Sehnsucht, die er seit seiner Kindheit verspürt hatte, nun niemals gestillt werden würde.

»Glücklicherweise geriet ich an einen ausgezeichneten Arzt«, erzählte er weiter. »Einen Engländer. Ich habe ihn nach Nantes

mitgenommen.« Seine Augen verengten sich. »Ich habe draußen Toby Crow getroffen – er versuchte, François den Umgang mit der Lanze beizubringen.«
Ein Lächeln erblühte auf Eleanors Gesicht. Wieder dachte er, wie entscheidend sie seit seinem letzten Besuch gewonnen hatte. Verdammt – die Frau sah zehn Jahre jünger aus.
»Toby arbeitet jetzt für mich – ich habe ihn als Leibgarde für François eingestellt. François hat Meraud entlassen, weißt du.«
»Ach ja?« Guillaume strich sich über sein glattrasiertes Kinn, während er über François nachdachte. Der Junge war ein Idiot, zu nichts zu gebrauchen. Jede Beleidigung, mit der Reynaud ihn je belegt hatte, hatte ihre volle Berechtigung. Es war eine große Genugtuung für Guillaume gewesen, zu erleben, wie Reynauds Erbe diesen enttäuschte, wie die Kränklichkeit des Jungen und das Fehlen jeglicher Begabung ihn erbitterten. Es hatte Guillaume freundlicher für François gestimmt, doch er konnte nie der Versuchung widerstehen, den Jungen zu hänseln. François war so leicht zu ärgern.
Der schlimmste Tag für Guillaume war der gewesen, als Reynaud sich wieder verheiratete – mit Eleanor, der mittleren Tochter eines reichen Grundbesitzerehepaares. Guillaume haßte Eleanor zu Anfang, mußte jedoch feststellen, daß er angesichts ihrer schrecklichen Unterwürfigkeit nicht an diesem Haß festhalten konnte. Als offenbar wurde, daß Reynauds alternde Lenden kein Kind zeugen würden, und Guillaume mitbekam, wie schlecht Reynaud seine Frau behandelte, bemitleidete Guillaume sie beinahe. Zu echtem Mitleid war er allerdings grundsätzlich nicht fähig.
»François beabsichtigt, nach Italien zu gehen«, berichtete Eleanor. Zum ersten Mal an diesem Morgen legte sich ein Schatten auf ihre Züge. »Um zu kämpfen, Guillaume. Es bereitet mir Sorgen. Ich glaube nicht, daß er kräftig genug dafür ist. Er leidet unter Anfällen von Atemnot. In letzter Zeit treten sie immer

häufiger auf.« Sie lachte gezwungen. »Vielleicht werde ich mir deinen exzellenten Arzt ausleihen müssen, Guillaume.«
»Warum nicht? Ich werde ihn dir schicken, Eleanor. Martin genießt es regelrecht, die abstoßendsten Leiden zu behandeln.« Er trank einen Schluck Wein, schaute sie an. Dann sagte er mit absichtlich zögernder und besorgter Stimme: »Hast du dir Gedanken über deine Position hier gemacht, Cousine? Über François' Position?«
Eleanor blickte ihn verwirrt an. Unwillig dachte er, wie blind Frauen doch sein konnten, wie wenig sie die Welt um sich her wahrnahmen.
»Meine Position, Guillaume? François' Position? François ist jetzt natürlich der Seigneur de Marigny – und ich werde so lange auf dem Schloß bleiben, wie François mich braucht. Bis er heiratet, denke ich. Ich halte bereits Ausschau nach einem passenden Mädchen.«
Guillaume überlegte flüchtig, welches unglückliche Wesen wohl den Weg in François' Bett wählen würde. Wären der Reichtum und die Macht von Marigny eine ausreichende Entschädigung für die Ehe mit einem solchen Mann? Guillaume bezweifelte stark, daß François' in der Lage sein würde, seine ehelichen Pflichten zu erfüllen.
»Es ist gut möglich, daß noch Jahre vergehen, bis François heiratet«, sagte er. »Und er ist nicht gesund – das hast du gerade selbst erwähnt. Du solltest wirklich über deine Situation nachdenken, Cousine – sie ist etwas fragwürdig.« Die einfältige Frau schien noch immer nicht zu begreifen. Geduldig erklärte er ihr, was er meinte: »Du solltest wieder heiraten, Eleanor, auf diese Weise hättest Du Schutz für dich und François – und für Marigny.«
Natürlich war es Marigny, warum er sich sorgte – aber er würde einen erträglichen Ehemann für Eleanor abgeben. Er würde sie nicht quälen, wie Reynaud es getan hatte, denn er sah keine

Veranlassung für eine derartige Grausamkeit. Im Gegensatz zu Reynaud besaß Guillaume Taktgefühl: Er würde seine Mätressen geheimhalten und mit Eleanor eine angenehme Ehe führen. Was François betraf – nun, es war immerhin denkbar, daß der Junge schon morgen von einem Fieber dahingerafft wurde. Falls nicht, würde er tun, was immer Guillaume ihm befahl: Guillaume hatte sich nie bemüht, ihn für sich zu gewinnen, aber er wußte instinktiv, daß François ihm aus der Hand fräße, wenn er ihm auch nur ein freundliches Wort schenkte.

»Ich bitte dich, mich zu heiraten.« Guillaume stellte sein Weinglas ab. »Es würde eine Menge Probleme lösen.«

Ihr perlendes Lachen kränkte ihn nicht – er wertete es als Ausdruck ihrer Überraschung. Doch er hatte sich geirrt.

Eleanor schüttelte den Kopf. »Das könnte ich unmöglich, Guillaume. Es wäre lächerlich – und unnötig.«

»Unnötig durchaus nicht – es besteht sonst die Gefahr, daß du und François Beute des erstbesten Glücksritters werden, der Marignys ansichtig wird.«

Sie blickte immer noch amüsiert drein.

Brüsk und brutal sagte er: »Menschen töten für Landbesitz, Eleanor.«

Ihre Heiterkeit erlosch. Nun doch ängstlich geworden, ließ sie die Augen durch den Raum wandern, als nehme sie im stillen bereits Abschied von dem herrlichen Château.

»Ich kann noch nicht wieder heiraten«, erklärte sie schließlich. »Reynaud ist erst im letzten Sommer gestorben – vor nicht einmal einem Jahr, Guillaume.«

Er runzelte die Stirn. »Eleanor ...«

»Nein, Guillaume«, unterbrach sie ihn energisch. »Vor Ende des Trauerjahres kann ich eine Wiederverheiratung nicht einmal in Erwägung ziehen – es wäre nicht richtig.«

Ihr Mund und ihre Augen zeigten eine ungewohnte Halsstarrigkeit. Guillaume unterdrückte seine Verärgerung, stand auf und zog seine Reithandschuhe an. Er hatte eigentlich über Nacht bleiben wollen, doch ohne die Aussicht darauf, Eigentümer des Schlosses zu werden, war diese Umgebung eine Qual für ihn. Er erkannte, daß er Eleanor Zeit zum Nachdenken gewähren mußte, Zeit, um die Vorteile einzusehen, die es ihr bringen würde, wenn sie seinen Antrag annähme. Irgendwann würde sie schon einwilligen, dachte er. Guillaume war sich durchaus darüber im klaren, daß unter Eleanors Maske geduldiger Fügsamkeit ein ausgeprägter, gesunder Menschenverstand verborgen lag.

Er mußte eben noch ein paar Monate ausharren. Zumindest konnte er nun sicher sein, daß sie keinen anderen heiraten würde.

Er wandte sich an Eleanor. »Wirst du darüber nachdenken, Cousine – über die Heirat, meine ich?«

Seine verständnisvolle Nachsicht wurde mit einem Lächeln auf ihren Lippen und Freude in ihren Augen belohnt. »Ja«, nickte Eleanor, »ich werde darüber nachdenken, Guillaume.«

Als Guillaume fort war, machte Eleanor sich im Haus auf die Suche nach Toby. Sie fand ihn in der Küche, wo er mit einem Benediktinermönch am Tisch saß. Der Ordensbruder hatte ein rotes Gesicht und eine glänzende Glatze und war von leeren Tellern und Schüsseln umgeben. Toby bemerkte Eleanor nicht, und so sprach sie ihn leise an. Er stand auf.

»Dies ist Bruder Joachim, Madame. Er hat mir einen Brief gebracht.«

Der Anblick eines Mitgliedes der Kirche weckte Schuldgefühle in ihr. Seit Wochen legte sie eine unvollständige Beichte ab, sah sich nicht in der Lage, die wahre Natur ihrer Sünden zu gestehen: Unzucht und Lüsternheit. Sie spürte, wie ihr der bloße Gedanke daran, diese Worte auszusprechen, flammende Röte ins Gesicht trieb, doch sie schaffte es, Bruder Joachim mit einem

Lächeln zu begrüßen und höflich seinem weitschweifigen Vortrag über das kalte Wetter, die schlechten Straßen und die mit Ungeziefer verseuchten Gasthäuser zu lauschen. Als der Mönch Atem schöpfen mußte, wandte Eleanor sich an Toby.

»Einen Brief?«

Sie sah Zorn in seinen Augen aufblitzen, den fragenden Blick des Ordensbruders. Sie wußte, sie hätte nicht fragen sollen. Wenn sie Toby kein eigenes Leben gestattete, würde sie ihn verlieren. Und die Erwähnung des Briefes, einer Verbindung zur Außenwelt, erinnerte sie daran, daß er durchaus ein eigenes Leben besaß, ein Leben, in das er ihr nur wenig Einblick gewährte. Sie wollte alles über ihn wissen. Sie brauchte Sicherheit.

»Von meiner Familie, Madame«, erklärte Toby in gelassenem Ton. »Mein Vater ist unpäßlich.«

Und dann war es plötzlich, als sähe sie sich selbst, eine alternde, unscheinbare Frau, die zum Klang klappernder Töpfe und Pfannen und umgeben von Dampf und Rauch, der die Küche füllte, diesen jungen Mann in Gegenwart eines Fremden und der Dienerschaft über sein Privatleben ausfragte. Ihr Kopf begann zu schmerzen, und Tränen brannten unter ihren gesenkten Lidern. Sie war müde, dachte sie, erschöpft nach einer durch François' Anfälle unterbrochenen Nachtruhe – und nach Guillaumes überraschendem Heiratsantrag. Sie fühlte sich müde, dumm und alt.

»Ich werde für eine Weile nach Hause müssen«, hörte sie Toby mit angespannter Stimme sagen.

Es war, als habe er sie geohrfeigt. Sie blickte zu ihm auf. Die Vorstellung, von ihm getrennt zu sein, erfüllte sie mit Entsetzen. »Das geht nicht«, flüsterte sie. »Ich kann Sie nicht entbehren. Wir brauchen Sie. François braucht Sie. Es geht ihm nicht gut.« Sie spürte, daß der Mönch und das Gesinde sie anstarrten. Eine eisige Hand legte sich um ihr Herz. Die stickige Hitze in der

Küche machte ihr das Atmen schwer, und sie verachtete sich selbst für ihren Mangel an Stolz und Vertrauen. »Sie bleiben doch über Nacht, nicht wahr, Bruder Joachim«, drang ihre Stimme zittrig an ihr Ohr, und der Mönch bedankte sich, den Mund voller Backwerk, überschwenglich bei ihr und schnitt sich noch ein Stück Apfelkuchen ab. Eleanor nahm all ihre Beherrschung zusammen, verließ auf Beinen, die ihr beinahe den Dienst versagten, die Küche und stieg die Stufen hinauf.

Eleanor ging nicht in ihre Gemächer, sondern über den Schloßhof und die Zugbrücke zu der großen Wiese mit der Stechpuppe und François' weggeworfener Lanze. Das Gras war noch steif gefroren und die Luft kalt und klar.
Toby war ihr nachgekommen und sagte: »Wenn es François schlechtgeht, solltest du nach einem Arzt schicken.«
»Das ist schon in die Wege geleitet.« Sie schaute zu ihm auf, versuchte, sich sein junges, faltenloses Gesicht und seinen muskulösen Körper einzuprägen. »Cousin Guillaumes neuer Leibarzt wird wahrscheinlich schon morgen hier sein.«
Sie sah, wie Toby die Stirn runzelte. Unfähig, sich zurückzuhalten, flehte sie: »Du wirst doch nicht gehen, oder?«
»Ich muß.« Sie bemerkte, daß seine Stimme wieder geduldig klang, Verständnis für die Launen einer alten Frau ausdrückte. »Ich hoffe, es werden nur ein paar Tage sein. Wenn François das Bett hütet, braucht er mich ohnehin nicht.«
Eleanor wußte, daß *sie* ihn immer brauchen würde. Sie dachte daran, was Guillaume gesagt hatte, an die ausgezeichnete Idee, auf die er sie ungewollt gebracht hatte, und nahm Tobys Hände in die ihren. Die Worte sprudelten aus ihrem Mund: »Wenn du zurückkommst ... wenn du zurückkommst, Liebster, sollten wir heiraten, denke ich.«
Atemlos, voll panischer Angst vor einer Zurückweisung, wartete sie auf seine Antwort. Sie konnte den Ausdruck nicht deuten,

der in seinen Augen aufblitzte, doch dann sagte er, was sie selbst zu Guillaume gesagt hatte: »Das ist lächerlich. Wir können unmöglich heiraten.«
Plötzlich spürte sie den beißenden Wind, die Kälte des Bodens – und sah sich, wie er sie sehen mußte: ein nutzloses altes Weib. Voller Haß auf die Jahre, die zwischen ihnen lagen, schrie sie: »Weil ich zu alt bin?«
Seine Miene drückte Erschrecken aus, und er schüttelte den Kopf. »Alt? Du bist nicht alt, Eleanor. Du bist jung – und schön.«
Auch wenn sie sie für eine Lüge hielt, so freute sie sich doch über seine Worte. Sie schlang die Arme um ihn und legte den Kopf an seine Schulter, ohne sich darum zu scheren, daß man sie vom Schloß aus sehen konnte.
»Du kannst mich nicht heiraten«, sagte Toby sanft, während er über ihr Haar strich, »weil du die Herrin von Marigny bist und ich nichts bin. Es würde nicht gutgehen – das mußt du einsehen, Eleanor.«
Doch sie sah nur sein Gesicht, sein schwarzes, windzerzaustes Haar, seine dunklen Augen, die auf sie herabblickten. »Ich habe es dir schon gesagt, mein Liebster«, flüsterte sie. »Es kümmert mich nicht, nicht im geringsten. Und wenn du mich heiraten würdest, dann *wärest* du jemand.«
Im ersten Augenblick bereute sie ihre Worte, denn er wandte sich ab – doch dann bemerkte sie, daß er mit einem Ausdruck der Liebe und Sehnsucht die Türmchen und Zinnen des Châteaus betrachtete. Es störte sie nicht: Wenn er Marigny haben wollte, sollte er Marigny bekommen. Er sollte alles haben, was sie ihm zu geben vermochte.
»Du solltest ins Schloß zurückgehen«, meinte er. »Du frierst doch.«
Er hatte recht. Ihre Finger waren schon ganz blau, und die Kälte war bereits unter ihre Kleider gekrochen.
Toby rieb sich die Augen, als sei auch er müde, und dann sagte

er: »Ich *muß* nach Bourges, Eleanor. In ein paar Tagen bin ich wieder zurück.«

In seiner Verwirrung und Sorge wußte Toby nur eines: daß er nicht in Marigny sein wollte, wenn Martin Gefroy käme, um nach François zu sehen – und so verabschiedete er sich am nächsten Morgen schon sehr früh von der in Tränen aufgelösten Eleanor, dem hustenden François und Bruder Joachim, der in der Küche beim Frühstück saß. Sobald er die Zugbrücke hinter sich gelassen hatte, gab er seinem Pferd die Sporen und galoppierte, Wolken aus Reif aufwirbelnd, über die Wiese und durch den Wald. Erst als er ein paar Stunden ostwärts geritten war, gestattete er dem Pferd eine langsamere Gangart und sich Zeit zum Nachdenken.

Eleanor hatte ihm ihre Hand angeboten. Sie hatte ihm Marigny angeboten, und wenn auch nicht den Namen du Chantonnay, so doch wenigstens die Möglichkeit, wie ein du Chantonnay zu leben; die Möglichkeit, in einem Bollwerk aus Geld, Schönheit und Landbesitz zu leben; die Möglichkeit, mit einem Schlachtroß in den Krieg zu ziehen, einen mit Visier ausgestatteten Helm zu tragen und eine Lanze zu führen; die Möglichkeit, aus dem Schlamm herauszukommen, in dem man am Fuße des Hügels stets watete und darauf wartete, daß er einen hinabzog; die Möglichkeit, seine Vergangenheit zu vergessen und zu beanspruchen, was ihm vielleicht seit jeher zustand.

Es war Marigny, das er liebte, und nicht Eleanor, gestand Toby sich ein, als er sich im Sattel duckte, um den tiefhängenden Ästen der Bäume auszuweichen. Er achtete und bewunderte die Herrin von Marigny, würde gerne jede Nacht des Jahres neben ihrem warmen, entgegenkommenden Körper verbringen – aber er liebte sie nicht. Er konnte ihr nicht geben, was sie ihm gab.

Spielte das eine Rolle? Als der Weg breiter wurde und eine Wiese durchschnitt, dachte er nüchtern, daß es für *sie* keine Rolle spielte: Was sie jetzt hatte, so wenig es auch sein mochte, war soviel mehr, als sie zuvor gehabt hatte, und sie brauchte ihn – ebenso für François wie für sich selbst. Wie schon oft in den vergangenen Wochen wanderten Tobys Gedanken zu Hamon de Bohun. *Ich bin gekommen, um mir zu holen, was er mir schuldet.* Während er sein Pferd vorsichtig den vereisten Pfad entlanglenkte, sagte er sich, daß er Eleanor beschützen könnte, indem er sie heiratete. Als Eleanors Ehemann könnte er, anders denn als Eleanors Diener, die Männer zurückholen, die zur Verteidigung Marignys vonnöten waren; er könnte François beschirmen und Eleanor von den Aufmerksamkeiten jener befreien, die nur nach Vermögen und Macht gierten.

Natürlich gab es auch noch eine andere Betrachtungsweise der Angelegenheit. Du hattest Reynauds Ehefrau, flüsterte die Stimme in seinem Kopf – warum solltest du nicht auch sein Haus und Land besitzen? Welch bessere Rache gäbe es für die Vergangenheit? Der Gedanke faszinierte ihn, reizte ihn, erschreckte ihn.

Wenn es nicht um Paul gegangen wäre, wäre er froh über Joannas Brief gewesen, froh über einen Grund, Marigny verlassen zu müssen. In den letzten Monaten war es so gewesen, als sei die Zeit stehengeblieben, als habe Marigny mit seinem alten Zauber seine Bewohner von der Außenwelt abgeschnitten und in einem Zustand der Verhextheit verharren lassen. Er war zu lange dort geblieben, war sich der Gefahren bewußt, die Eleanor und François drohten, und deshalb hatte er Paul, Agnès und Joanna vernachlässigt. Er hatte Menschen vernachlässigt, denen er etwas schuldete. Außerhalb von Marigny, außerhalb jener Mauern nahm Toby plötzlich wieder am Geschehen teil, erkannte die Notwendigkeit von Krisen und deren Bewältigung. Nichts stand jemals still.

Die Landschaft war ein Schwarzweißbild mit grauen Zwischentönen. Die Sonne schimmerte trübe durch eine Wolkendecke, die schwachen Strahlen vermochten weder den Reif aufzutauen, noch den eisenharten Boden aufzuweichen. Der Atem der Stute stieg in Dampfwolken in die kalte, klare Luft, Nebel wirbelten von den zugefrorenen Teichen auf. Wieder dachte Toby an die Vergangenheit und das Durcheinander seines Lebens. Manchmal war ihm, als sehe er die Wahrheit beinahe in den Teilchen der Geschichte, die er bisher hatte zusammentragen können: die bewaffneten Reiter, die Toby als kleines Kind laut der Beschreibung des Schuhmachers nach Chinon brachten. »Ich dachte, darum also, das Gör ist ein du-Chantonnay-Bastard.« Reynauds hastige Hochzeit mit Blanche, um sich Marigny zu sichern. De Bohun: *Ich bin gekommen, um mir zu holen, was er mir schuldet.* Doch dann fielen die Teilchen wieder auseinander, ergaben kein Muster mehr.

Er ließ dem Pferd seinen Willen, und der Galopp, in den es fiel, gab ihm keine Gelegenheit mehr zum Nachdenken. Für lange Zeit waren die einzigen Geräusche in der winterstillen Landschaft das Klirren des Zaumzeugs und der dumpfe Hufschlag auf dem Boden. Weiß und hoch spannte sich der Himmel über ihm, Felder und Bäume waren mit einem Schleier aus Reif überzogen.

Toby sah die Reiter, als er ein Gatter öffnete und sich seinen Weg durch eine Schafherde bahnte. Zuerst glaubte er, die Silhouetten, die sich schwarz gegen das weißschimmernde Gras und den Himmel abhoben, hätten nichts mit ihm zu tun.

Dann begriff er, daß sie sehr wohl etwas mit ihm zu tun hatten. Er trieb sein Pferd zum Galopp an, doch sie umzingelten ihn, indem sie zu sechst aus verschiedenen Richtungen auf ihn zuritten. Der kalte Wind biß ihm ins Gesicht, machte ihm das Atmen schwer. Seine Kehle brannte, sein Herz hämmerte. Mit einem Ruck riß er sein Schwert aus der Scheide.

Es wiederholte sich alles. Er erkannte sogar einen von ihnen wieder. Er kämpfte, wie er ein Jahr zuvor gekämpft hatte, diesmal jedoch eher verzweifelt als zornig, denn er sah – zu spät,

aber schrecklich deutlich – die Falle, die er sich selbst gestellt hatte.
Zuerst wußte er nicht, ob die Stimme in seinem Traum flüsterte oder Wirklichkeit war. »Wachen Sie auf, mein Bester – wir müssen uns ein wenig unterhalten.« Toby stöhnte und versuchte seine schmerzenden Glieder zu bewegen. Er öffnete die Augen. Zunächst sah er alles verschwommen: ein wirres Muster aus Schwarz und Rot. Wie die Hölle, dachte er müde. Er befand sich im Fegefeuer und trat eine lange Buße für seine Sünden an. Dann hörte er de Bohun sagen: »Na also. Sie dürfen trinken, wenn Sie wollen«, und wußte, daß er nicht in der Hölle war. Noch nicht, jedenfalls.
Toby nahm ein paar Schlucke aus dem Wassereimer, der neben ihm stand. Es schmeckte brackig und schmutzig, aber wenigstens befeuchtete es seinen ausgedörrten Mund. Schließlich kehrte seine Sehkraft zurück, und er sah, daß er sich nicht – wie damals – in einem prächtigen Haus befand, sondern in einer Steinhütte. Das Fenster war unverglast, der festgetretene Erdboden war mit Stroh bedeckt. In dem abzugslosen Kamin brannte ein Feuer, malte flackernde, scharlachrote Bilder an die Wände.
Er lag auf dem Boden, zusammengerollt wie ein Baby und natürlich ohne Schwert und Messer. Sich mühsam in eine sitzende Stellung aufrappelnd, hob er den Blick schließlich zu Hamon de Bohun.
De Bohun sagte: »Ich dachte, wir sollten uns ein wenig unterhalten, bevor ich Sie töte. Sie wissen doch, warum ich Sie töten werde, nicht wahr?«
»Wegen Marigny«, krächzte Toby. In seinem Kopf dröhnten Trommelschläge, und seine Lippen waren aufgeplatzt und geschwollen.
Hamon de Bohun lächelte. Seine dunklen Augen glitzerten vor Vergnügen. »Natürlich wegen Marigny. Ich habe Nachforschun-

gen angestellt, wissen Sie, Crow. Die Freude der Dame des Hauses über Ihr Geschenk griff mir ans Herz.«
Diese verdammten Bänder! Für einen kurzen Moment sah Toby wieder Eleanors strahlendes Gesicht vor sich, ihre unverhohlene Freude über sein armseliges Geschenk.
»Es würde mir nicht gefallen, wenn Ihre Tändelei mit der Herrin des Schlosses sich weiterentwickelte – schließlich wäre sie nicht die erste alternde Witwe, die sich ihr Bett mit einem Bediensteten anwärmt.«
De Bohun war ein wenig näher gekommen. Der Feuerschein ließ seine schwarze Silhouette riesengroß erscheinen. Tobys Haß war rein und kalt – und nutzlos.
De Bohun beugte sich über ihn und flüsterte: »Sie hatten doch nicht im Ernst angenommen, daß ich Ihnen Marigny überlassen würde, mein Bester? Immerhin habe ich es schon einmal verloren.«
Tobys wunde Lippen verzogen sich zu einem Grinsen. »An Reynaud.«
Überraschung flackerte über Bohuns Gesicht. »Sieh an, sieh an – Sie sind aber gut unterrichtet, Crow. Was wissen Sie denn sonst noch?«
Toby fragte sich auf seltsam distanzierte Weise, als gehe es gar nicht um ihn, ob Hamon de Bohun ihm die Kehle selbst durchschneiden würde oder ob seine sechs Häscher vor der Tür warteten, um diese Aufgabe für ihn zu erledigen. Das Wirrwarr von Hinweisen zusammensetzend, die er in Venedig und Frankreich gesammelt hatte, sagte er: »Sie wollten Blanche heiraten, doch Reynaud schnappte Ihnen sie – und Marigny – vor der Nase weg. Und so zogen Sie sich nach England zurück, um Ihre Wunden zu lecken.«
Hamon de Bohun schüttelte den Kopf. »Da irren Sie sich, mein Bester. Ich halte nichts vom Wundenlecken – aber ich halte viel von Vergeltung.«

Ein Schweigen entstand. Toby schauderte. Kaltes, weißes Mittagslicht fiel durch das kleine Fenster herein, das grüne Holz im Feuer knackte und sprühte Funken. Toby lehnte sich mit dem Rücken an die Wand. Seine Lungen schmerzten – aber wie es aussah, würde er sie wohl nicht mehr lange benötigen.
Nach einer Weile fragte er: »Und – ist Ihr Wunsch nach Vergeltung erfüllt worden?«
»O ja. O ja.«
Der Ausdruck auf de Bohuns Gesicht ließ Toby erneut schaudern. Übelkeit brodelte in seinem Magen.
»Kommen wir zu Ihnen zurück«, sagte de Bohun. »So ein gutaussehender Bursche mit soviel Talent, solcher Ausstrahlung – zu dumm, daß Sie einen Ehrgeiz besitzen, der sich nicht mit Ihrem Stand verträgt. Sie hätten ein gewöhnlicher Soldat bleiben und sich nicht in die Angelegenheiten gesellschaftlich Höherstehender einmischen sollen, meinen Sie nicht?«
De Bohuns Gesicht war näher gekommen, Toby nahm es nur noch verschwommen wahr. Er wußte nicht, ob dies auf den Rauch des Feuers oder seine beeinträchtigte Sehkraft zurückzuführen war. Schwindel erfaßte ihn. »Ich dachte, die Angelegenheiten der gesellschaftlich Höherstehenden seien auch die meinen«, erwiderte er und schloß für einen Moment die Augen.
Die Stimme durchdrang den Nebel in seinem Kopf. »Wachen Sie auf – ich bin noch nicht ganz fertig.«
Eine Hand packte ihn an der Schulter, schüttelte ihn. »Sie phantasieren, Crow«, sagte de Bohun. »Sie sind das Opfer einer Illusion. Meine Angelegenheiten, Reynauds Angelegenheiten gingen Sie niemals etwas an. Sie waren so dumm, sich in eine Privatfehde einzumischen.«
»Ich dachte, Reynaud du Chantonnay sei mein Vater«, hörte Toby sich antworten, als befinde er sich in einem Traum. Dann schloß er erneut die Augen und driftete, erfüllt von einem Wohlgefühl, in Tiefen, wo niemand ihm etwas anhaben konnte.

Eiskaltes Wasser weckte ihn, als Hamon de Bohun einen Eimer voll über seinem Kopf entleerte.
»Sie dachten, Reynaud sei Ihr Vater?« echote de Bohun in scharfem Ton. »Wie kommen Sie darauf?«
Als Toby nicht antwortete, setzte Hamon hinzu: »Sie können schnell oder langsam sterben, Monsieur. Ich bin sicher, Sie haben schon oft genug jemanden langsam sterben sehen, um sich nicht *dafür* zu entscheiden.«
Toby begriff, daß jetzt alles egal war. Reynaud war tot, nie mehr würde er Eleanor besitzen, niemals Marigny – und so berichtete er mit seinen geschwollenen Lippen von dem Schulmeister und dessen Frau, von dem Schuster. »Ich dachte, darum also – das Gör ist ein du-Chantonnay-Bastard.« Wenn er stockte, trieb de Bohun ihn an; wenn er wegdöste, wurde er geschlagen.
Als er geendet hatte, dachte er, wie sinnlos alles gewesen war. So ein brüchiges Gespinst aus vereinzelten Informationsfäden, soviel vergebliche Neugier. Fünf Jahre seines Lebens, die ihn am Ende hierhergebracht hatten.
De Bohun stand mit dem Rücken zu ihm vor dem Feuer. Sein Kopf und Körper wirkten durch die Flammen, als seien sie rot umrandet. Ein langes Schweigen entstand.
Als Hamon de Bohun sich Toby wieder zuwandte, lag ein Lächeln auf seinem Gesicht. »Wissen Sie, mein Lieber – Sie sehen das völlig falsch: *Ich* bin Ihr Vater – Sie sind *mein* Sohn.

Hamon de Bohun tötete ihn nicht. Toby registrierte in einem Zustand zwischen Wachen und Ohnmacht, daß sie eine Reise angetreten hatten. Manchmal lag er über einem Sattel, dann wieder zwischen Säcken, Stroh und runzligen Steckrüben auf dem Boden eines Karren. Die Farbe des Himmels wechselte von Weiß zu Schwarz und wieder zu Weiß. Er fror, oder er war halb erfroren, hatte sogar die Möglichkeit von Wärme vergessen.
Die Reise vermischte sich in seinem Kopf mit anderen Reisen:

der Heimritt aus Italien mit dem verwundeten, schwachen Arm; der Winterritt von Venedig nach Chinon; die Reise von Padua nach Mailand mit Martin Gefroy und Joanna Zulian. Einmal glaubte er sich wieder in dem Garten, wo die Luft nach Geißblatt und Nelken duftete, doch als er die Augen öffnete, erkannte er, daß es Einbildung gewesen war.
Er schlief niemals wirklich tief. Geräusche drangen bis ans Ufer seiner Träume vor. In Städten oder Dörfern die Straßenhändler, die ihre Waren anpriesen, bellende Hunde, über Kopfsteinpflaster klappernde Pferdehufe. Auf dem Land das Krächzen von Krähen und das Blöken von Schafen. Und die Stimmen derjenigen, die mit ihm reisten – wenn sie nach dem Weg fragten oder vor Wirtshäusern lautstark nach Essen verlangten. Und immer wieder Hamon de Bohuns Worte: Ich bin Ihr Vater – Sie sind mein Sohn.«
Der Gedanke, daß de Bohun die Wahrheit gesagt haben könnte, war entsetzlich, schrecklich und unmöglich, einer näheren Betrachtung zu unterziehen.

Irgendwann hörte Toby ein neues Geräusch – ein Krachen und Brüllen, das er zuerst nicht einordnen konnte. Dann roch er das Salz in der Luft und wußte, daß sie ans Meer gekommen waren. Er wurde aus dem Karren gezogen und mitten zwischen die Fässer, Netze und Hummerkörbe in einem Hafen gesetzt, den er nicht kannte. Vielleicht sind wir in der Bretagne, dachte er, als er steile Klippen und das felsige Ufer sah. Vielleicht in Roscoff. Er fragte sich seltsam unbeteiligt, warum Hamon de Bohun beschlossen haben könnte, ihn in der Bretagne zu töten.
Es war entweder früher Morgen oder später Nachmittag – er war zu müde, um dem Sachverhalt auf den Grund zu gehen. Die Sonne steckte noch – oder schon – zur Hälfte im Meer, das grelle Licht tat seinen Augen weh. Der Hafen lag fast verlassen da: Boote schaukelten auf dem grauen Wasser, und nur ein paar

dunkle Gestalten bewegten sich in der Ferne, interessierten sich nicht für Dinge, die sie nichts angingen.
Zuerst konnte er nicht allein stehen. Hände hielten ihn mit grobem Griff aufrecht, während er ums Gleichgewicht kämpfte. Seine Beine zitterten, schwach wie die eines Babys – doch die kalte Salzluft, die ihm die Haare in das Gesicht peitschte und sich den Weg in seine wunden Lungen erzwang, holte ihn in die Realität. Als er aufblickte, sah er sich Hamon de Bohun gegenüber.
Toby hatte das Gefühl, sich in den bodenlosen, dunklen Augen zu verlieren.
»Ich bin zu dem Schluß gekommen, daß ich Sie nicht zu töten brauche«, sagte de Bohun leise. Die Lust am Leben wird Ihnen sehr bald ohnehin vergehen. Ich erlaube Ihnen, Ihre abstoßende Neugier zu befriedigen, mein Bester: Ich denke, Sie sollten Ihre Mutter kennenlernen.
De Bohun kam näher. Er hielt ein Messer in der Hand. Die alptraumhafte Sonne malte schreiende Regenbogenfarben auf die lange, schmale Klinge. »Aber bevor wir uns trennen, hier noch ein kleines Mahnzeichen. Sie waren einmal unverschämt zu mir, Crow – und ich mag Unverschämtheit nicht.«
Sie hatten Tobys Wams und Hemd aufgerissen. Er spürte, wie die Messerspitze dicht unter dem Schlüsselbein seine Haut durchdrang und dann diagonal über seine Brust abwärts geführt wurde.
»Schrägbalken im linken Wappenfeld«, flüsterte Hamon de Bohun. »Kennzeichen eines Bastards, mein Bester.«

Zehntes Kapitel

Joanna hatte Toby eine Woche Zeit gegeben: Zwei oder drei Tage würde Bruder Joachim für den Ritt nach Marigny benötigen, und Toby nach Bourges etwa ebensolange. Paul hatte seit seinem Zusammenbruch das Bett nicht mehr verlassen. Joanna sah die Resignation und Furcht auf Agnès' Gesicht, wann immer sie sie anschaute.

Es schmerzte sie, Agnès' wachsenden Kummer mit ansehen zu müssen, als die Tage vergingen und Toby nicht kam. Joanna wußte, daß Paul seine Arbeit nicht mehr aufnehmen würde und daß Agnès' kleiner Landbesitz kaum *eine* Person vernünftig zu ernähren vermochte. Sie würde nur so lange bleiben, wie Agnès sie brauchte: Sie wollte nicht von ihrer Großzügigkeit abhängig sein. Sie wünschte sich mehr als bloßes Überleben: Sie wünschte sich Unabhängigkeit, und sie wünschte sich Sicherheit. Sie wollte ein Heim, einen Ort, wo sie hingehörte, eine Zukunft – und diese Dinge, das wußte Joanna, mußte sie selbst finden, allein. Sie wollte nicht, daß jemand sich aus Pflichtgefühl um sie kümmerte, daß jemand die Verantwortung für sie trug, denn das führte zu leicht zur Vereinnahmung.

Das kalte Wetter konnte sich nicht entschließen, das Feld zu räumen. Wenn Joanna ausging, wickelte sie sich in Capes und Umschlagtücher. Auf dem Marktplatz und in der Kirche starrten die Dörfler sie an und tuschelten. Es ging ihm doch gut, bis sie kam. Sie hat ihm Kräuter und Tränke verabreicht, nicht wahr? Die Frauen des Dorfes, trostlos und nach Farben hungernd, musterten voller Neid und Feindseligkeit ihre Zierbor-

ten, die dekolletierten venetianischen Kleider, ihr pelzverbrämtes Cape. Die Männer verschlangen mit gierigen Augen das lange, lose herabfallende, fuchsrote Haar, die schlanken, ringlosen Hände.
Joanna fühlte sich so, wie sie sich damals gefühlt hatte, als sie in Taddeos Atelier in Venedig arbeitete: wie eine Kuriosität, wie eine Jahrmarktsattraktion. Es betrübte sie, daß sie so weit, so viele Hunderte von Meilen gereist war, um sich noch immer als Außenseiterin, noch immer als so hoffnungslos anders betrachtet zu sehen.
Toby, dachte sie – Toby. Wenn sie ihre Wache am Krankenbett hielt, las Joanna mit wahrem Heißhunger Bücher aus Pauls Bibliothek, füllte die Lücken in ihrer nur sporadisch genossenen Erziehung. Sie erinnerte sich an ein Lieblingszitat Donatos aus der fernen Vergangenheit. »Liebe ist sehr ergiebig«, hatte er gesagt. »Sowohl an Honig als auch an Galläpfeln.«

Die Reise erschien ihm endlos, es vermischte sich alles zu einem hoffnungslosen Wirrwarr. Wie seine Herkunft, dachte Toby – wie seine mit einem Makel behaftete, widerliche Herkunft.
Das Rollen des Schiffes geriet mit dem Schlagen von Pferdehufen durcheinander. Ständig herrschte Lärm, der ihm unnatürlich erschien. Das einzig Gleichbleibende war die Dunkelheit: Es war dunkel in dem Schiff, wo sein Kopf auf den nackten Planken lag und er Salz roch, und es war dunkel in dem Karren, wo Stroh ihm das Gesicht zerkratzte und sein Körper mit Sackleinwand zugedeckt war. Manchmal gab es Wasser zu trinken und manchmal nicht. Seine Hände waren gefesselt, seine Finger taub. Einmal war ihm übel. Seltsam teilnahmslos lauschte er seinem Würgen, als erlebe er es gar nicht selbst.
Er begriff es nicht sofort, als die Reise zu Ende war. Der Boden unter ihm schwankte noch immer, und noch immer klapperten Hufe – doch dann hörte er eine Stimme sagen: »Das genügt,

Tomaz. Reiten wir zurück, bevor die Wirtshäuser schließen.« Er wurde vom Rücken eines Pferdes geworfen, rollte in eine Kuhle im Gras und blieb regungslos liegen.
Als er von der Kälte geweckt wurde, dämmerte der Tag herauf. Toby öffnete die Augen und schaute sich um. Steine ragten wie die vorgeschichtlichen Grabmäler der Bretagne aus dem grauen Dunst. Nebelschwaden wirbelten um die Steine, schwebten über dem Gras, ließen das hohe Gebäude gegenüber nur verschwommen erkennen. Toby setzte sich auf, zog die Beine an und legte das Kinn auf die Knie. Er blinzelte.
Er befand sich auf einem Friedhof. Die Dolmen waren Grabsteine, und das Gebäude war eine Kirche. Er saß mit dem Rücken an der Mauer, über die Hamon de Bohuns Männer ihn geworfen hatten. Links und rechts von ihm standen Eiben. Zitternd begann er seine Hand von dem verknoteten Seil zu befreien. Es dauerte lange, bis seine Finger ihm wieder gehorchten, und seine Handgelenke waren rot und aufgescheuert. Er war zu müde, um auch nur den Versuch zu machen, die Vorgänge zu verstehen. Seit Hamon de Bohun gesagt hatte, *Ich bin Ihr Vater – Sie sind mein Sohn,* hatte er lediglich begriffen, daß er alles falsch verstanden hatte. Er hatte sich ungeschickt und töricht angestellt – stümperhaft.
Er zwang sich aufzustehen, denn er wußte, wenn er sich jetzt nicht dazu aufraffte, würde er es bald nicht mehr können. Jeder Knochen in seinem Körper schmerzte, und Hamon de Bohuns Messerschnitt brannte auf seiner Brust wie ein Brandmal. Er stützte sich an der Mauer ab, ließ den Blick wandern und versuchte, sich zu orientieren – aber er konnte nichts Bekanntes entdecken: Die Kirche, die Landschaft, die kleine Ansammlung von Häusern und die ungepflasterte Straße hinter der Mauer waren ihm fremd. Die Stille und die Menschenleere machten ihm angst. Er befand sich an einem Ort, der nur von Geistern bevölkert war.

Und dann hörte er plötzlich Stimmen in der Ferne, anfangs unverständliches Gemurmel, das sich auf dem Weg näherte. Er blieb, wo er war, still und hinter der Mauer verborgen. Bald konnte er einzelne Silben und Sätze hören, doch kaum ein Wort verstehen. Seine Beine begannen unkontrollierbar zu zittern, und er glitt an der Mauer herab. Englisch. Sie sprachen *englisch!* Der Schock machte es ihm unmöglich, klar zu denken. Seine Finger gruben sich wie Klauen in das reifüberzogene Gras. Seine Stirn war feucht von Schweiß, und Wellen von Übelkeit erfaßten ihn. Er legte den Kopf auf die Knie, bis das Schwindelgefühl verging. Hamon de Bohuns Abschiedsworte flackerten durch sein erschöpftes Gehirn. »Ich erlaube Ihnen, Ihre abstoßende Neugier zu befriedigen, mein Bester: Ich denke, Sie sollten Ihre Mutter kennenlernen.« Es ergab keinen Sinn für ihn. Nichts davon ergab einen Sinn.
Schließlich kam er wieder auf die Füße, indem er sich an der Mauer hinaufschob. Auf einer Seite des Friedhofs befand sich ein überdachtes Tor. Er begann darauf zuzugehen, langsam, sich an der Mauer entlangtastend, an Bäumen und Grabsteinen Halt suchend. Jenseits des Tores sah er die verstreut dastehenden Häuschen, den Dorfbrunnen und das stabilere, von Hügeln eingerahmte Haus in der Ferne liegen. Das Dorf erwachte zum Leben. Im ersten Morgenlicht schnüffelten Hunde im Rinnstein nach Essensresten, gingen Frauen mit Eimern zum Brunnen.
Jede Bewegung tat ihm weh, das Atmen tat ihm weh, doch er zwang sich, die Straße hinunterzustolpern, auf den Brunnen am Dorfanger zu. Als er ihn erreichte, war er außer Atem und mußte sich an den steinernen Brunnen lehnen, um sich aufrecht zu halten. Stimmen flatterten über das Gras. Er fragte sich einen Moment, ob er noch träume – doch gleich darauf wurde ihm klar, daß es nicht so war: Dieser Alptraum war Hamon de Bohuns Werk.
Eine Frau ließ ihren Eimer in den Brunnen hinunter. Sie

musterte ihn neugierig. Eine hübsche, blonde, blauäugige Person. Sie bot ihm Wasser an, und er trank gierig aus seiner hohlen Hand. Als er fertig war, fragte er sie, wegen der ihm unvertrauten Sprache stockend, nach dem Namen der Ortschaft.

»Na, Lydney Mandeville, natürlich«, antwortete sie.

Ihr Dialekt klang fremd in seinem Ohr, so ganz anders als der von Penniless. Er wußte, daß sie ihm nachschaute, als er davonhumpelte.

Zuerst sagte der Name ihm nichts. Lydney Mandeville – eckige, unaussprechliche, englische Silben. Zum Friedhof zurückhumpelnd, murmelte er sie immer wieder vor sich hin, um festzustellen, ob sie etwas in ihm auslösten. So fremd ... Doch dann stieg aus den Tiefen wirrer Erinnerungen etwas auf. Er runzelte die Stirn, umklammerte die Holzpfeiler des überdachten Tores. Lydney Mandeville. *Mandeville.*

Er begann zu schwanken. Erinnerungen, Bruchstücke der letzten vier Jahre, umflatterten ihn wie welke Blätter. Er registrierte weitere neugierige Blicke, Getuschel. Dann ging er, so schnell es ihm möglich war, auf den Friedhof. Wie ein Geistesgestörter irrte er zwischen den Gräbern herum, zertrampelte Blumen und kunstvoll gewundene Kränze, torkelte von Grabstein zu Grabstein, schlug das hohe Gras beiseite und versuchte angestrengt, die von Flechten überzogenen Namen zu entziffern, die in den Kalkstein eingemeißelt waren. Es waren samt und sonders englische Namen – und jeder Bewohner des schwarzen, nassen Bodens war ihm unbekannt.

Bis er die Mandevilles fand. Sie hatten natürlich die beste Ecke des Friedhofs mit Beschlag belegt und auf Abstand zu den gewöhnlichen Sterblichen geachtet. Ihre Steine waren sauberer, edler, künstlerisch gemeißelt, mit Schädeln und Schneckenornamenten verziert und mit Engeln, die den Schlüssel zum Himmel in den Händen hielten. Toby zwang seinen Blick zur Konzentration: Auf den älteren Steinen las er die Namen von Hugh de

Mandeville, Alan de Mandeville, Cecily de Mandeville, seiner Frau. Auf den neueren Steinen war der normannische, dem Namen vorangestellte Titel weggelassen worden: John Mandeville, ein weiterer Hugh. Und am Ende fand er das, was er gesucht hatte – den Grabstein, den anzusehen Hamon de Bohun ihn hierhergebracht hatte: Izabel Mandeville, die nur siebenundzwanzig Jahre gelebt hatte – die letzten sechs davon fern von ihrem Geburtsland, in der Bretagne.

Hamon de Bohuns Stimme wurde von den Grabsteinen zurückgeworfen. »Ich denke, Sie sollten Ihre Mutter kennenlernen.«

Die Kirchtüren waren unverschlossen. Drinnen roch es nach Weihrauch. Toby zündete ein paar Kerzen an, um die Dunkelheit zu vertreiben, und setzte sich dann auf eine der letzten Bänke.

Izabel Mandeville war Reynauds Schwester gewesen. Sie war bis nach Reynauds Heirat mit Blanche in Frankreich geblieben. Dann hatte man sie, lange vor François' Geburt, nach England geschickt, um sie mit einem Mandeville zu vermählen. Mit Hugh Mandeville, dachte Toby, sich an den Grabstein neben dem von Izabel erinnernd.

Zu verstehen beginnend, starrte er nach vorne auf den Altar mit seinem juwelenbesetzten, goldenen Kreuz, und dann glitt sein Blick langsam nach oben zur Decke der Kirche. Hölzerne Engel mit ausgebreiteten Flügeln stützten die Dachbalken. Wenn, dachte er, Izabel Mandeville meine Mutter war und Hamon de Bohun mein Vater ist ... Schwindel überkam ihn. Die Engel schienen bereit, loszufliegen und mit quietschenden Flügeln auf den Lehmboden herunterzuschweben, Rachegelüste auf ihren vollkommenen Gesichtern.

»Die Lust am Leben wird Ihnen sehr bald ohnehin vergehen«, hatte Hamon de Bohun gesagt – und er hatte damit natürlich recht gehabt. Die Wände, die Decke und der Boden der Kirche schienen zusammenzurücken, ihn zu zerdrücken wie eine zwischen zwei Handflächen gefangene Fliege. Jede Möglichkeit war qualvoll, jede Möglichkeit unerträglich.

Zu guter Letzt wurde ihm der Trost des Schlafes gewährt. Er lag ausgestreckt auf der Bank, die Arme über dem Kopf verschränkt, während die Kerzen tropften und schließlich erloschen.

Als Toby nach einer Woche nicht nach Marigny zurückgekehrt war, redete Eleanor sich ein, es bestehe kein Grund zur Sorge. Das Wetter war noch immer schlecht, rief sie sich in Erinnerung, und die Straßenverhältnisse waren zu dieser Jahreszeit stets problematisch. Sie hatte schon einmal an ihm gezweifelt – und sich dann selbst dafür gehaßt. Und so weigerte sie sich, zuzulassen, daß der Zweifel wiederum Besitz von ihr ergriff. Schließlich war Vertrauen ein wichtiger Bestandteil der Liebe – und außerdem hatte sie jetzt etwas anderes, worüber es lohnte, sich Gedanken zu machen.

Sie war schwanger. Zuerst hatte sie es kaum zu glauben gewagt, daß ein solches Wunder möglich war. Sie hatte an Reynauds Seite zwölf unfruchtbare Jahre ertragen, zwölf Jahre, in denen ihre allmonatliche Unpäßlichkeit sich mit erbarmungsloser Regelmäßigkeit einstellte. Sie hätte das Zu- und Abnehmen des Mondes anhand ihres Körperrhythmus bestimmen können. Voller Bitterkeit hatte sie versucht, sich mit ihrer Kinderlosigkeit abzufinden, sich bemüht zu akzeptieren, daß ihr das verwehrt bleiben würde, was ihre Ehe der Mühe wert gemacht hätte.

Doch nun war sie bereits beinahe zwei Wochen zu spät dran. Zuerst dachte Eleanor, die Wechseljahre hätten bei ihr verfrüht eingesetzt, die Veränderungen in ihrem Körper hätten mit dem Alter zu tun. Der Gedanke ängstigte sie. Wieder einmal fürchtete sie, Toby zu verlieren. Doch dann hörte sie an jenem Morgen zufällig eine im Flüsterton geführte Unterhaltung in der Küche mit an. Eines der Dienstmädchen – ein kindisches Wesen von fünfzehn Jahren – war schwanger. Die Frauen hatten die

Anzeichen dafür mißbilligend – und fasziniert – besprochen: schmerzende Brüste und morgendliche Übelkeit. Eleanor, die die Schnürung der Mieder ihrer Kleider hatte lockern müssen und deren Magen beim Anblick des Essens und bei den Gerüchen in der Küche revoltierte, wußte plötzlich mit absoluter Gewißheit – und mit einer überschwenglichen Freude im Herzen –, daß sie schwanger war.

Jemand hatte ihn an der Schulter gepackt, schüttelte ihn so heftig, daß jeder Knochen in seinem Körper schmerzte. Als er es schaffte, die Augen zu öffnen und sich aufzusetzen, sah er einen Priester neben sich stehen. Er hielt einen Kerzenleuchter in der Hand und musterte Toby wachsam. Dieser konnte die Wachsamkeit zuerst nicht begreifen, doch dann kam ihm zu Bewußtsein, daß er schrecklich aussehen mußte.
»Es ist schon beinahe Zeit für die Abendandacht, mein Sohn«, sagte der Geistliche zögernd.
Tobys Zunge war an seinem Gaumen festgeklebt. ». . . etwas zu trinken?« krächzte er, und der alte Mann nickte und schlurfte in Richtung Sakristei davon.
Geweihter Wein, dachte er, als er den Inhalt des Bechers, den der Priester ihm brachte, in einem Zug hinunterstürzte. Um meine Sünden fortzuspülen. Fast hätte er aufgelacht. Der Ordensmann war sichtlich auf der Hut. Er versucht mich einzuschätzen, dachte Toby. Wären seine Kleider schlicht gewesen, wäre es einfach gewesen: ein Vagabund, der auf die Gnade der Kirche hoffte. Doch seine Kleider waren zwar zerfetzt und schmutzig – aber aus Samt und Seide.
Er brachte mühsam ihren Namen hervor, bemühte sich, seine Frage zu formulieren, doch die englischen Worte wollten ihm nicht einfallen, seine Bitte um eine Beschreibung des Weges zum Besitz der Mandevilles geriet zu einem hoffnungslosen Durcheinander aus Französisch und Italienisch. Der Priester trat

nervös einen Schritt zurück, ließ ihn nicht aus den Augen, und Toby machte einen letzten verzweifelten Versuch, indem er sich krampfhaft das Latein ins Gedächtnis zu rufen bemühte, das Paul Dubreton ihm einst mit so viel Geduld beigebracht hatte. Die Anstrengung erschöpfte ihn dermaßen, daß er kein Wort der Antwort des Geistlichen verstand – doch der überwand, vielleicht, weil er den Kummer in Tobys Augen sah, seine Angst, nahm ihn am Ellbogen und führte ihn aus der Kirche und zu dem überdachten Tor zurück.

In seinem Kopf dröhnte es derart, daß er nur den Namen verstand: Mandeville. Aber er schaute in die Richtung, die ihm die ausgestreckte Hand des Priesters wies, und sah das vom Dorfanger zurückgesetzt liegende Haus, das im schwindenden Sonnenlicht bernsteinfarben und violett schimmerte.

Um Izabel Mandevilles Haus zeigten sich die ersten, zaghaften Anzeichen des Frühlings: Schneeglöckchen kauerten an den Mauern, und ein Kissen aus grellgelbem Schöllkraut leuchtete unter den Bäumen. Der gepflasterte Vorhof war auf einer Seite von einem Flügel des Gebäudes begrenzt, auf der anderen von Stallungen. Das Gras vor dem Haus war hoch und dort, wo sich ein morastiger Bach entlangschlängelte, mit Riedgras durchwachsen. Efeu kroch an den gelben Steinwänden hinauf, und Buchsbäume bildeten an den Seiten des Vorhofs immergrüne Hügel.

Doch hinter den Fenstern flackerten keine Kerzen, keine Pferdehufe scharrten auf dem Kopfsteinpflaster vor den Ställen. Als er näher kam, nahm Toby die Vernachlässigung wahr, die an dem Herrenhaus von Lydney Mandeville überall zu erkennen war: die staubigen, leeren Fenster, die vom Wind zusammengetriebenen, welken Blätter, die von Spinnen eingewebten, durch die schmutzigen Scheiben nur undeutlich zu erkennenden Möbel – das Haus schien zu trauern. Toby wäre am liebsten

davongelaufen, hätte am liebsten nichts mit diesem Haus und der wie auch immer gearteten, schlimmen Geschichte zu tun gehabt, die damit zusammenhing.
Aber natürlich konnte er nicht davonlaufen. Er humpelte zu dem hölzernen Portal, stieg die Stufen hinauf und griff nach dem schmiedeeisernen Türklopfer. Wieder und wieder ließ er ihn auf die Tür herunterdonnern, hörte, wie die Schläge durch die Zimmer und Korridore hallten, von dem Pflaster, dem Glas und dem Holz zurückgeworfen wurden. Er wartete, jeden Muskel seines Körpers angespannt, auf näher kommende Schritte, eine reagierende Stimme.
Doch nichts dergleichen passierte, das Haus war verlassen, und es waren keine Geister da, die Fragen zu beantworten, die er stellen wollte. Er machte sich daran, hinkend das Gebäude zu umrunden, schaute zu den Erkern, den Bogenfenstern, den Chörlein hinauf. Schornsteine ragten in den verblassenden Himmel. Bizarre Skulpturen hockten auf den Firstbögen. Mandeville war ein Teil von ihm. Er befand sich irgendwo in der Geschichte dieses Hauses. Hamon de Bohun ist mein Vater, dachte er, und Izabel Mandeville war meine Mutter. Er zweifelte keinen Moment an de Bohuns Aussage: Wäre er, Toby, nichts anderes gewesen als Reynaud du Chantonnays überehrgeiziger Kurier, hätte de Bohun ihn in Frankreich umgebracht. Er war ein Instrument für Hamon de Bohuns Rache, deren genauen Verlauf er noch nicht erkannt hatte, nicht erkennen wollte. Doch nun malte er sich die Brutalität aus, die seine Zeugung zu einem häßlichen Akt gemacht hatte, und wie immer zehrten seine Phantasien, sein schrittweises Begreifen, bis zur Erschöpfung an seinen Kräften. Er glaubte, wenn er die Augen schlösse, würde er den Schmerz, den Hamon de Bohun Izabel zugefügt hatte, über die Jahre hinweg widerhallen hören. Ihr Leiden war nicht vergessen, sie lebte in dem kahlen Anblick weiter, den das Haus bot, in den kalten Mauern und dem schattig-tristen

Gelände, das es umgab. *Schrägbalken im linken Wappenfeld. Kennzeichen eines Bastards, mein Bester.*
Toby kauerte sich in das hohe Gras hinter dem Haus, stützte die Stirn auf die Knie. Schwindel ergriff ihn in übelkeitverursachenden Wellen, und die Schwärze vor seinen Augen war nicht nur die Schwärze der Nacht. Oben in den hohen Buchen seitlich des Hauses krächzten Krähen, hießen die Dunkelheit willkommen.

Als Toby nach zwei Wochen noch immer nicht zurückkam, bemühte Eleanor sich, ruhig zu bleiben. Sie sagte sich, daß sie sich töricht benahm: Vielleicht hatte das Befinden des Vaters sich verschlechtert, weshalb der Sohn verpflichtet war, länger in Bourges zu bleiben als beabsichtigt. Es würde noch heute ein Brief eintreffen, oder sie sähe Toby auf dem gewundenen Weg vom Wald her durch die Wiese auf das Schloß zureiten.
Doch es kam kein Brief, und der Weg blieb leer. In der Kapelle erklärte Eleanor, unfähig, die wahre Natur ihrer Sünden zu bekennen, dem Priester: »Ich bin einsam, ich fürchte mich.« Der Geistliche, wohlgenährt und gelangweilt, erwiderte ihr, daß sie in der Gegenwart Gottes niemals allein sei, sich niemals zu fürchten brauche. Danach kniete sie auf dem kalten Steinboden der Kapelle und starrte auf den Altar. Ganz bestimmt würde Gott sie nicht daran hindern, eine Beziehung zu legalisieren, die in den Augen der Kirche so schrecklich unrecht war. Getrennt von Toby, entsetzte sie die Schwere ihrer Sünden, ließ sie schon vor Tagesanbruch nicht mehr schlafen.
François jammerte nach Toby, und Eleanor hätte ihn am liebsten geschlagen. Die Fingernägel in ihre Handflächen grabend, sagte sie dem Jungen, er solle geduldig sein, Toby werde bald zurückkommen – doch sie hatte begonnen, an ihren eigenen Worten zu zweifeln, sie klangen leer und hohl. Wenn sie wieder einmal einen Beweis für François' Unvermögen erhielt, die Pflichten eines großen Gutsherrn zu erfüllen, erinnerte sie sich

an Guillaumes Worte: »Menschen *töten* für Landbesitz, Eleanor.« Wenn sie in dem dunklen Wasser des Schloßgrabens ihr blasses, müdes Gesicht betrachtete, sagte sie sich, daß Toby zurückkommen werde, weil er Marigny haben wollte. Guillaume hatte recht gehabt: Jeder wollte Marigny haben.

Zwei Wochen vergingen, und sie wurde ständig von Übelkeit geplagt. Ihre Brüste schmerzten bei jeder Berührung, und sogar ein Spaziergang über die Wiese erschöpfte sie. Sie bemühte sich, ihren Zustand vor ihren Kammerfrauen zu verbergen. Sie konnte die Küche nicht mehr betreten – den Ort, der ihr sonst stets Trost gespendet hatte –, weil der Essensgeruch ihren Magen revoltieren ließ, und außerdem konnte sie von der Küche aus den Weg nicht sehen.

Sie zog sich in ihr Bett zurück, gab vor, krank zu sein, mußte jedoch feststellen, daß sie keine Ruhe fand. Sie war unfähig, sich auf ein Buch zu konzentrieren, und ihre Finger waren zu zittrig zum Sticken. Das Geplapper ihrer Zofen zerrte so sehr an ihren Nerven, daß sie alle Beherrschung aufbieten mußte, um sie nicht schreiend hinauszujagen.

Schließlich stand sie wieder auf. Sie verachtete sich: Wie konnte es Liebe geben, dachte sie, wenn es kein Vertrauen gab? Sie mußte Vertrauen in Toby haben: Irgend etwas mußte ihn daran hindern, zurückzukommen. Sie schickte Reiter nach Bourges, damit sie sich nach einer Familie namens Crow erkundigten. Als sie heimkehrten, ohne eine Familie dieses Namens und ohne eine Spur von Toby gefunden zu haben, wuchs in Eleanor die Überzeugung heran, daß Gott sie auf diese Weise für ihre Lüsternheit und Unzucht strafte. Dafür, daß sie ihre Herkunft und ihre Position mit Füßen getreten hatte. Dafür, daß sie geglaubt hatte, irdische Liebe sei sowohl möglich als auch statthaft. In acht Monaten würde alle Welt wissen, wie sie gesündigt hatte.

Tags darauf kam Hamon de Bohun nach Marigny.

Eleanor war in der Kapelle, versuchte zu beten. Das Licht der untergehenden Sonne drang durch die bemalten Fenster herein, warf purpurrote, azurblaue, chromgrüne und karminrote Flekken auf den Boden, als seien die Farben eines Künstlers auf den Steinfliesen verschüttet worden.
Als Eleanor hörte, daß die Kapellentür geöffnet wurde, stand sie auf. Die Tür lag im Schatten eines steinernen Bogenganges, und die Dunkelheit zeichnete Schatten auf die Gestalt ihres Besuchers, verfälschte das Grau seiner Haare, ließ das Gesicht hohlwangig erscheinen.
Einen Moment lang glaubte sie, es sei Toby. Dann erkannte sie, daß die Dunkelheit ihr eine Ähnlichkeit vorgegaukelt hatte. Das Hämmern ihres Herzens und die Trockenheit ihrer Kehle machten ihr die unvernünftige Hartnäckigkeit ihrer Hoffnung bewußt.
»Ich entschuldige mich für mein Eindringen, Madame. Ihr Diener sagte mir, wo ich Sie finden könnte.«
Hamon de Bohuns Stimme hallte in der kleinen Kapelle unnatürlich laut. Als er vortrat, beleuchtete der Kerzenschein seine ausgeprägten Züge, die hypnotischen, dunklen Augen.
»Sie brauchen sich nicht zu entschuldigen, Monsieur de Bohun – ich habe meine Andacht beendet.«
Sie war unfähig gewesen, zu beten. Die Worte waren in ihrem Mund geronnen. Das einzige, was sie sich auf der Welt wünschte, würde Gott ihr nicht gewähren. Sie ging auf die Tür zu.
»Ich bin auf dem Weg nach Tours«, de Bohun lächelte, »und ich hatte die Kühnheit zu hoffen, daß Sie mir eine Unterbrechung meiner Reise in Marigny gestatten würden.«
Es gelang Eleanor, eine artige Antwort zu formulieren.
Er hatte ihren Arm genommen und führte sie aus der Kapelle auf den Schloßhof zu. »Würden Sie einen Spaziergang über die Wiese mit mir machen, Madame de Marigny? Das Schloß sieht so schön aus von dort.«

Es war beinahe, dachte sie, als sei *sie* der Gast, nicht er. Doch sie schickte sich darein, war sich bewußt, daß ihre Entscheidungskraft sie im Laufe der vergangenen furchtbaren Wochen verlassen hatte.
Auf der Zugbrücke blieben sie stehen, schauten auf die glatte Wasseroberfläche des Burggrabens hinunter. Zwei Schwäne glitten, sich in dem dunklen Wasser spiegelnd, vorbei, zogen ein breiter werdendes Kielwasser hinter sich her. Zum ersten Mal dachte Eleanor daran, sich von der Brücke zu stürzen, das Wasser über sich zusammenschlagen zu lassen. Es wäre so einfach, so erlösend. Doch sie wußte, daß sie es nicht tun würde. Selbstmörder durften nicht in geweihtem Boden bestattet werden – und außerdem würde sie mit ihrem Freitod die größte aller Sünden begehen: den Mord an ihrem eigenen Kind.
»Sie sehen müde aus, Madame.«
Sie hatte Hamon de Bohun völlig vergessen. Jetzt zwang sie sich zu einem Lächeln. »Es war eine turbulente Woche – und mein Sohn wurde krank. Wir haben zwar einen guten Arzt für ihn gefunden, aber er ist immer noch leidend.«
Kummervoll dachte sie, wie leicht ihr heutzutage Unwahrheiten über die Lippen kamen – ihr, die sie nicht gewußt hatte, was Unehrlichkeit war, bis sie Toby Crow traf. Nun war ihr ganzes Leben eine Lüge.
Sie setzten ihren Weg fort. Vor dem aufsteigenden Mond zeichneten sich Hamon de Bohuns Männer ab, die jenseits der Zugbrücke auf der Wiese Aufstellung genommen hatten – vierzig oder fünfzig, zu Pferde, in die Farben ihres Herrn gekleidet. Jedes Pferd trug Panier und Satteltaschen, und zwei mit Truhen beladene Wagen standen auch da. Als beabsichtige er, ein Jahr zu bleiben, dachte sie wie betäubt. Was für ein Gefolge.
»Die Straßen sind tückisch«, erklärte er glatt, ihrem Blick folgend. »Man muß mit Begleitschutz reisen. Vor nicht langer

Zeit wurde nahe Angers eine Gruppe von Pilgern ausgeraubt und ermordet. Haben Sie davon gehört, Madame?«
Eleanor schüttelte mit weit aufgerissenen Augen den Kopf. Die Dämmerung, das Mondlicht und die Schatten schienen die Männer auf der Wiese zu vervielfältigen, bis sie nicht länger eine Gefolgschaft aus Dienern waren, sondern eine Armee, die mit angriffsbereiten Schwertern und Lanzen jenseits der Zugbrücke von Marigny lauerte.
»Ermordet?« Ihre Stimme zitterte.
»Ein Dutzend von ihnen.« Einen Moment lang hielten Hamon de Bohuns dunkle, unergründliche Augen die ihren fest, dann wandte er sich ab und winkte seine Männer über die Zugbrücke heran. Langsam wurde das Fallgatter hochgezogen, und die Reiter tauchten in die Tiefen des Schlosses ein.
De Bohun verfolgte den Einzug, bis der letzte von ihnen in dem Durchgang verschwunden war, dann setzte er sich wieder in Bewegung, vorbei an den Türmchen und Türmen, Mauern und Toren von Marigny.
»Ein so exquisiter Besitz, Madame. Ich bin weit gereist und habe, wie Sie wissen, viele Jahre in England gelebt – aber nirgends habe ich Ähnliches wie Marigny gesehen. Es ist verzaubert, meinen Sie nicht? Es zieht einen in seinen Bann.« De Bohun fixierte das Château mit liebevollem Blick.
Eleanor nickte – sprechen konnte sie nicht.
Eine Weile wanderten sie schweigend dahin, folgten dem Rund des Burggrabens. Die Frühlingsblumen auf der Wiese trugen Knospen. Abgesehen von einem kerzenscheinerleuchteten Fenster hier und dort lag das Schloß im Dunkeln. Sie kamen zum Küchengarten, der auf der anderen Seite des Schloßgrabens hinter dem Haus ungepflegt ins Kraut schoß – der einzige Makel auf Marignys vollkommenem Antlitz.
Während der Jahre ihrer Ehe mit Reynaud, dachte Eleanor, war Marigny ein Trostspender für sie gewesen. Sie war sich des

Privilegs bewußt gewesen, an einem solchen Ort zu leben, jenseits von Hunger, von Krieg, von dem Elend in der Welt. Und dann, als Toby in ihr Leben trat, war Marigny zu einem Paradies geworden, zu einem Garten Eden. Doch seit seiner Abreise fühlte sie sich eingesperrt, verspottet durch die Schönheit des Bauwerks, die Lieblichkeit der umgebenden Ländereien.

»Ich habe Ihren Kurier getroffen«, berichtete Hamon.

Ihr Atem stockte, ein stechender Schmerz fuhr ihr wie ein Messer ins Herz. Sie war abrupt stehengeblieben und starrte de Bohun an.

»Besser gesagt, den Leibwächter Ihres Sohnes, Monsieur Crow.«

Sie wartete darauf, daß er weiterspräche, aber er sagte nichts mehr. Sein Blick traf den ihren, und sie konnte nichts darin erkennen, abgesehen von einem – sicher eingebildeten – Anflug von Erheiterung. »Wo, Monsieur de Bohun?« fragte sie. »Toby ist seit fast drei Wochen fort. Ich habe nichts von ihm gehört ...«

Hamon de Bohun schüttelte den Kopf. Ein Lächeln umspielte seine Lippen. »Junge Männer sind so wankelmütig, nicht wahr, Madame? Man sollte meinen, er wäre es zufrieden, bei einer so großzügigen Dienstherrin zu bleiben, wie Sie es sind, meine liebe Eleanor – ich darf Sie doch Eleanor nennen –, und einen Jungen wie François zu erziehen und in der Kriegskunst zu unterweisen.« Er seufzte und spreizte in einer Geste der Resignation die Hände. »Aber Unbeständigkeit ist ein Fehler der Jungen. Es sind wir, die wir älter und klüger sind, die Beständigkeit und Dauerhaftigkeit schätzen.«

»Wo?« flüsterte sie zum zweiten Mal. »Wo haben Sie Toby Crow getroffen?«

De Bohuns Schatten lag schwarz auf der mondbeschienenen Mauer von Marigny. »In Chinon, Madame«, antwortete er leise. »Vor etwa einer Woche. Er war mit einem Mädchen zusammen –

einem rothaarigen, hübschen kleinen Ding. Noch keine Zwanzig, schätze ich.«

Da wußte sie, daß sie ihre Hoffnungen vergebens gehegt hatte. Sie begann weiterzugehen, stolperte, kaum etwas wahrnehmend, die Pfade entlang, die sich zwischen Kohl- und Zwiebelbeeten durch den Küchengarten wanden. Sie wußte, daß sie in der Falle saß, gefangen durch ihre Torheit, gefangen durch ihre lachhafte Liebe zu einem treulosen, jungen Mann. Sie fing an zu zittern.

»Sie frieren ja, Madame«, bemerkte Hamon de Bohun. »Wie gedankenlos von mir – wir müssen wieder hineingehen.«

Sie gingen am Burggraben entlang zur Vorderseite des Schlosses zurück. Hamon de Bohun ergriff ihren Arm und führte sie auf die Zugbrücke zu. Er zeigte ihr die Richtung – ohne ihn hätte sie nicht gewußt, wohin sie sich wenden mußte. Sie wäre auf ewig wie eine Wahnsinnige durch die Gärten von Marigny geirrt.

Eleanor lag die ganze Nacht wach. Das Bett erschien ihr schrecklich breit, leer und kalt. Die geordnete Welt, die sie einst kannte, war in tausend Stücke zerborsten, ließ sie wie einen gestrandeten Fisch zurück, der verzweifelt nach Luft rang. Plötzlich sah sie ein, wie recht Guillaume gehabt hatte, wie gefährdet und verletzlich sie waren – sie und François. Ihre Angst um François war in dieser Nacht ebenso stark wie ihre Angst um sich selbst und um den Bastard in ihrem Leib.

Sie stand früh auf, als die Sonne dunstverschleiert über den fernen Bäumen schwebte. Für Eleanor hatte sich die Erdachse verschoben, die Welt war für immer aus den Fugen geraten. Es erstaunte sie, daß die Sonne zur gewohnten Zeit aufgegangen war – eigentlich hätte sie von Drachen verschlungen worden sein und der Tag schwarz wie die Nacht bleiben müssen.

Sie begab sich in Reynauds Vestibül. In der Leere der dahinterliegenden Galerie, wo früher die Wandteppiche gehangen hatten, malte sie sich Szenen des Verrats aus: Toby mit einem hübschen, jungen Mädchen im Arm, wie er sie küßte, sie liebkoste, mit ihr ins Bett sank. Eleanor schloß fest die Augen. Als sie sie wieder öffnete, war Hamon de Bohun bei ihr. Er sagte nichts, aber sie gestattete ihm, sie in die Arme zu nehmen und ihre langen, schwarzen, offen herabfallenden Haare zu streicheln, wie Toby es einst getan hatte.

Paul Dubreton starb Ende März. Auf dem Friedhof zerrte ein beißender Wind an den Röcken und Capes der Trauernden, und Regen trommelte in Intervallen auf das Schieferdach der Kirche. Das Schiff war voll, aber Agnès' Augen wanderten schmerzerfüllt und ungläubig über die dicht besetzten Bänke. Joanna wußte, welches Gesicht sie so verzweifelt suchte.

Nach der Beerdigung versammelten die Dorfbewohner sich im Haus des Schulmeisters. Joanna und Agnès hatten den größten Teil des Tages und der Nacht, die seit Pauls Tod vergangen waren, in der Küche zugebracht, wo sie für den Leichenschmaus Brot und Kuchen backten und Hammel brieten. Während sie in Saucentöpfen rührten und mit Fäusten auf Teig einschlugen, war es ihnen nicht möglich, an Pauls Tod zu glauben. Sie konnten nicht aufhören, nach seiner Stimme zu lauschen, konnten nicht aufhören, zu erwarten, daß er den Kopf zur Tür hereinstreckte und die verführerischen Düfte einsog.

Für das Begräbnis hatte Joanna die Borte von ihrem schwarzen Kleid abgetrennt und ihr Gesicht hinter einem Schleier verborgen. Ihre Augen waren rotgeweint. Wie Agnès hatte auch sie sehnsüchtig auf das Getrappel von Hufen gelauscht und bei jedem Knarzen der Tür den Blick nach hinten huschen lassen. Wie bei Paolo, wie bei Donato, fiel es ihr unsäglich schwer, den Tod oder das Verlassenwerden zu akzeptieren, zu glauben, daß sie weder Paul noch Toby jemals wiedersehen würde. Die Mischung aus Zorn und Verzweiflung raubte ihr beinahe die Fassung.

Agnès und Joanna bewirteten ihre Gäste mit Speck, Hammelbraten und gekochtem Huhn. Der kleine Weinkeller der Dubretons wurde fast leer getrunken. Joannas Kopf und Füße schmerzten gleichermaßen. Die Steinwände des Häuschens hallten vom Lärm der angeregten Unterhaltung, die mit der Entspannung nach der Qual der Beerdigung einherging.
»Du solltest für eine Weile zu Cousin Philippe übersiedeln. Du betest die Kinder doch geradezu an. Und meine Hennen legen so gut wie gar nicht, Agnès: ein Ei im März. Ich brauche dringend deinen Rat ...«
»Jeanne brachte mir vom Markt in Bourges Stoff mit. Ich habe für jeden der Jungen Hosen daraus geschneidert, und es ist immer noch eine halbe Elle übrig ...«
»... Eibenblätter und Poleiminze. Ein paar Minuten kochen und dann den Sud abseihen ...«
»Ich habe die Rieselwiesen brachliegen lassen. Der Boden ist zu klumpig für den Pflug ...«
»Sie sollte heiraten. Es ist doch nicht recht, stimmt's – eine Frau wie sie? Agnès denkt immer nur das Beste von jedem ...«
»Ein schlimmes Jahr, Vincent. Der Herr Pfarrer sagt, in Orléans wüten Krankheiten ...«
»Und wenn Poleiminze nicht hilft, könntest du Joanna fragen: Sie hat Hortense von einem Fieber geheilt ...«
»Agnès wird ihn nicht wiedersehen. Paul Dubreton war ein guter Mann, aber ein Narr. Schlechtes Blut, das konnte man an seinen Augen erkennen ...«
»Ein kalter Winter und ein nasser Frühling. Gott straft uns für unsere Sünden, Vincent ...«
»Ich sagte Agnès, sie solle zu Philippe ziehen – natürlich ohne die Italienerin. *Die* würde ich meine Hennen nicht anschauen lassen – sie wären innerhalb einer Woche tot ...«
Joanna floh in die Küche. Im Spülbecken türmte sich schmutziges Geschirr, der Schrank war leer – bis auf einen vereinsamten,

von Weihnachten übriggebliebenen Stechpalmenzweig, der aus dem obersten Fach herunterhing. Wütend kletterte sie auf einen Hocker und packte den Zweig. Die stacheligen Blätter stachen sie in die Finger, Tränen stürzten aus ihren Augen. Dieser Tage weinte sie ständig: Eine flüchtige Erinnerung, und schon füllten sich ihre Augen mit Tränen, die über ihre Wangen rollten.

Joanna stieg von dem Hocker herunter und tupfte sich die Augen mit einem Taschentuch ab. Sie brach den Stechpalmenzweig entzwei und warf ihn ins Feuer. Die glänzenden braunen Blätter zogen sich zusammen und wurden schwarz, die verschrumpelnden Beeren platzten.

Sie wußte, daß sie zu lange hiergeblieben war – sie hatte nicht vorgehabt, so lange zu bleiben. Es war ein Heim, ein warmes, liebegebendes Heim – aber nicht *ihr* Heim. Als sie sich ans Abwaschen machte, die Teller mit einem Bündel Zweigen abschrubbte, wurde Joanna klar, was sie tun mußte: Sie mußte nach Bourges reiten – erstens, um ihren Schmuck zu verkaufen, und zweitens, um herauszufinden, ob der dicke Bruder Joachim den Brief an Toby Crow jemals abgeliefert hatte.

Voller Ungeduld hatte Guillaume die Wochen verstreichen lassen, die er Eleanor zugestand. Er wußte, daß sie Zeit brauchte: Zeit, um sich mit der Idee einer Wiederverheiratung anzufreunden, Zeit, um François' Unfähigkeit und ihre eigene Hilflosigkeit zu spüren. Eleanors Festhalten an der Konvention hatte seinen Wunsch nach einer sofortigen Verehelichung zwar vereitelt, doch Guillaume hoffte, daß er sie wenigstens zu einer Verlobung vor Ablauf des Trauerjahres würde überreden können. Guillaume war sich der vielen gierigen Augen bewußt, die nach Marigny blickten. Hamon de Bohuns Rückkehr nach Frankreich beunruhigte ihn. Aber de Bohun war alt, sagte er sich. De Bohun hatte schon längst jedweden Anspruch verwirkt, den er je auf Marigny gehabt haben mochte. Dennoch würde er diesmal energischer sein, nahm Guillaume sich vor – er würde Eleanor keine Ausflüchte mehr gestatten. Martin Gefroy war inzwischen zweimal in Marigny gewesen, um den kränkelnden François zu behandeln. Beide Male hatte er Guillaume bei seiner Rückkehr versichert, daß Eleanor noch immer Witwe, Marigny noch immer zu haben sei. Aber Guillaume war unruhig, mißtrauisch. Er hatte so lange gewartet – und außerdem hatte er kein Vertrauen: Er wußte, wie launisch das Schicksal war.

Endlich wurde das Wetter besser. Sonnenlicht drang durch die sich entrollenden Blätter der Bäume, als Guillaume durch das Dorf Marigny ritt. Er trug blaue, spitzenbesetzte Seide, und das Blau spiegelte die Farbe seiner Augen wider. Juwelen blitzten an seinen Ohrläppchen, auf seinem Wams, auf seinen Handschuhen. Wie ein Bräutigam, dachte Guillaume mit einem Anflug von Selbstironie. Die unverheirateten Dorfmädchen lungerten barhäuptig auf der sonnenbeschienenen Straße herum. Verstohlene, einladende Blicke trafen Guillaume, als er mit seinem Gefolge durch die schmalen, hügeligen Gassen zog.

Guillaume fühlte sich völlig entspannt, als er auf das Schloß zuritt. Vögel sangen die ersten Frühlingslieder, goldene Knospen sprossen aus dem Grün der Sumpfdotterblumen, das auf dem Fluß trieb. Erst als er das schmiedeeiserne Tor in der Grenzmauer gewahr wurde, stieg eine Vorahnung von Unheil in ihm auf.

Zwei bewaffnete Männer flankierten das Tor. Ihre grellfarbigen Wappenröcke fingen das schwache Sonnenlicht ein, die verzierten Insignien bildeten einen harten Kontrast zu den gedeckten Tönen von Feld und Wald. Zuerst dachte Guillaume, es handle sich um François' Männer – um eine kindische Prahlerei, mit der der schwächliche Junge einen Ausgleich für seinen Mangel an Intelligenz und Männlichkeit schaffen wollte. Stelle ein paar muskulöse Burschen mit Abzeichen und in Quartiere aufgeteilten Wappenschilden um deinen Grundbesitz auf, und die Welt wird dein bartloses Gesicht und deine mangelnde Intelligenz nicht mehr bemerken. Aber es waren nicht die du-Chantonnay-Abzeichen, erkannte Guillaume beim Näherkommen. Keine vertrauten Mondsicheln, kein Leopard, statt dessen zwei Hechte mit gebleckten Zähnen, die mit Goldfaden gestickt auf der Brust und den Bannern der Wächter glitzerten.

Auf halbem Weg hügelaufwärts zu dem Tor mußte er innehalten und tief durchatmen. Gedanken, Möglichkeiten – samt und sonders unerträglich – zuckten durch seinen Kopf. Guillaumes Hände in den juwelenbesetzten Handschuhen packten die Zügel, und er stieß einen lauten Fluch aus, als einer seiner Männer das Wort an ihn richten wollte.

Doch schließlich trieb er sein Pferd an. Welche Fehler er auch haben mochte – es hatte ihm nie an körperlichem Mut gemangelt. Guillaume nannte den Wachtposten seinen Namen und seinen Rang. Nur mit Mühe konnte er es sich versagen, sie für ihr unverschämtes Grinsen zu schlagen.

Das Tor wurde geöffnet und ihm gestattet, nach Marigny hineinzureiten. Als er durch den Wald und über die Wiese ritt, hatte er, wie in sein Gedächtnis eingeätzt, die zähnefletschenden, goldenen Hechte vor seinem inneren Auge. Das Wappen war ihm unbekannt. Guillaume ging methodisch die Insignien aller berühmten bretonischen und französischen Familien durch, aber der schwarzumrandete *luce d'or* war nicht dabei.

Weitere bewaffnete Männer mit denselben verdammten Abzeichen waren auf der Wiese und am Ende der Zugbrücke postiert. Die Zugbrücke war, verwünscht noch eins, nicht einmal heruntergelassen – als befinde Marigny sich unter Belagerung, dachte Guillaume. Der Burggraben hielt ihn auf, verwehrte ihm den Zutritt.

Bemüht, seinen Zorn zu verbergen, wartete er, bis die Zugbrücke endlich mit viel Geknarze und Gekreische der Räder und Ketten herabgelassen wurde. Er ritt langsam darüber, dachte an

die Hechte, die tief unter der Oberfläche des Burggrabens schwammen. Große, alte Fische, goldfarben und gerissen, Pläne schmiedend, auf Opfer lauernd.
Im Hof erwartete ihn keine Eleanor, kein François, keine Berthe aus der Küche. Statt dessen die Bediensteten und Banner eines anderen, dessen Fische triumphierend auf ihn heruntergrinsten.
Es gelang ihm, die Haltung zu bewahren, seine Furcht und seinen Zorn unter der Maske zu verbergen, die er in Marigny stets trug. Guillaumes Stimme klang völlig gelassen, als er seine Männer anwies, im Innenhof auf ihn zu warten. Er schwang sich aus dem Sattel, drückte dem Stallburschen seine Zügel in die Hand und betrat Marignys Empfangshalle.
Es hatte sich alles verändert. Auch ohne die verräterischen Krieger hätte Guillaume erkannt, daß Marigny verändert war. Etwas Fremdes hatte die Räume verwandelt, die er so gut gekannt hatte, seitdem er als Kind zum ersten Mal hierhergekommen war – als sein Vater ihm im Flüsterton eröffnete, was sein Cousin Reynaud getan hatte. »Er hat uns wie Tölpel aussehen lassen, Junge. Er hat Land erworben, das den dreifachen Wert des unseren besitzt. Er hat uns wie Häusler aussehen lassen.« In seiner Unbedarftheit hatte das Kind Guillaume seiner Bewunderung für das Schloß Ausdruck verliehen. Ausgerechnet gegenüber Reynaud – und in Hörweite seines Vaters. Auf dem Heimritt hatte dieser ihn auf halbem Weg vom Pferd gehoben und mit der behandschuhten Hand geohrfeigt. Zweimal – im Angesicht der Bediensteten. Danach hatte Guillaume sich nie wieder einfältig verhalten. Er hatte gelernt, schlau, gerissen und zurückhaltend zu sein.
Als er jetzt dem Diener zum Empfangssalon folgte, fand er seine Fähigkeit zu distanziertem Benehmen bis zum Äußersten beansprucht. Möbel waren umgestellt worden, Gemälde abgenommen und durch neue ersetzt. Es empörte Guillaume zu-

tiefst, daß jemand anderer sich erdreistet hatte, Hand an Marigny zu legen. Es erschien ihm wie eine Vergewaltigung.
Und dann stand er dem Vergewaltiger Marignys endlich von Angesicht zu Angesicht gegenüber. Er hörte Eleanors Begrüßungsworte.
»Guillaume. Wie schön, dich zu sehen. Dies ist Sieur de Bohun – mein Mann.«

Sie hatten zwei Abende zuvor geheiratet. Guillaume nahm Platz, ließ sich ein Glas Wein kredenzen, beobachtete Eleanor beim Sprechen, beobachtete, wie ihr Mund auf- und zuklappte wie der einer hölzernen Marionette. Ihre Stimme klang nervös, flach. Das Leuchten, das die Witwenschaft ihr verliehen hatte, war erloschen. Die Augen waren glanzlos, die Züge bleich und aufgedunsen.
Sie erzählte ihm von Hamon de Bohun. Seine Familie stammte, wie die du Chantonnays, aus der Bretagne, sagte sie, doch das hatte Guillaume natürlich schon gewußt. Vor langer Zeit hatte Reynaud Hamon de Bohun Blanche weggenommen – und Marigny. De Bohun besaß Land in der Bretagne und in England. Nach dem Verlust von Marigny hatte er sich nach England zurückgezogen, wo er die Gunst von Heinrich VII. ausnutzte, die er sich während des Aufenthalts des Tudorkönigs in der Bretagne erworben hatte. Guillaume hatte die Bedrohung unterschätzt, die de Bohun darstellte. Er hatte de Bohuns Skrupellosigkeit unterschätzt und seine Erinnerungsfähigkeit. Jetzt begriff er, daß ihm damit ein unverzeihlicher Fehler unterlaufen war.
Er überwand sich, Eleanor zu beglückwünschen und de Bohun zu begrüßen, obwohl er beide am liebsten mit Verwünschungen überschüttet und mit seinem Schwert durchbohrt hätte. Lange in Selbstbeherrschung geübt, empfand er nicht oft den Wunsch, körperliche Gewalt anzuwenden, doch jetzt, als er in Eleanors

unsicheres, einfältiges Gesicht schaute – und in de Bohuns, das Gerissenheit und Welterfahrenheit verriet –, konnte er sich kaum zurückhalten.
Aber Zornesausbrüche waren etwas für Narren – und für Bedienstete wie Toby Crow –, und so ließ er statt dessen den Blick durch den Raum wandern, wobei er mit schnellen Schlucken das ihm kredenzte Glas exzellenten Marigny-Rotweins leerte. Er ließ sich von einem Diener nachschenken, während er artig Konversation über das Wetter und die Erträge seines vergleichsweise unbedeutenden Besitzes trieb. De Bohun war liebenswürdig und höflich, aber Guillaume wußte, daß de Bohun ihn insgeheim auslachte.
Sein Blick erfaßte das neue Gemälde, das über der reich verzierten, steinernen Kamineinfassung hing.
Er erkannte das Thema des Bildes sofort: Judith und Holofernes. Für einen Moment gestattete Guillaume sich das Vergnügen, den abgetrennten Kopf des Holofernes in seiner Phantasie mit Hamon de Bohuns Zügen zu versehen. Eleanors weinerliche Stimme ignorierend, stellte er sein Weinglas ab, stand auf und ging zum Kamin hinüber.
Er starrte Judith an, konnte die Augen nicht von Judith wenden – denn er hatte sie im letzten Herbst in Mailand kennengelernt: Joanna Zulian, die Frau, die in Begleitung von Toby Crow nach Frankreich unterwegs gewesen war.
Ohne den Blick von ihrer Gestalt zu lassen, trat er ein paar Schritte zurück. Ihr langes kastanienbraunes Haar, die klaren, klassischen Züge, die schönen grauen Augen – all das war ihm vertraut. Joanna Zulian blickte auf Guillaume herab, wie sie es in Mailand getan hatte, als sie sein verwundetes Bein versorgte.
In Mailand hatte Joanna Zulian ein mit Borte besetztes, schwarzes Kleid mit staubigem Saum getragen. Sie hatte wie eine Zigeunerin ausgesehen, dachte er – wie eine ungebärdige, begehrenswerte Zigeunerin. Auf dem Gemälde hingegen trug

sie nur Schmuck und einen Rock aus bronzefarbener Seide. Arme, Schultern und Brüste waren nackt. Guillaume bekam plötzlich einen trockenen Mund.
Er hörte Bohun neben sich sagen: »Sie ist eine bezaubernde Person, nicht wahr? Marigny ist der einzig würdige Rahmen für sie«, und er wandte sich dem Bretonen zu.
Zu seiner Überraschung sah er in den dunklen Augen des anderen, die das Bild betrachteten, etwas von seiner eigenen Sehnsucht, seiner eigenen Verzweiflung widergespiegelt. Auf einmal konnte er es nicht mehr ertragen, noch länger in Marigny zu verweilen, und so verbeugte Guillaume du Chantonnay sich zum Abschied und verließ das Château.

Martin Gefroy hatte getrunken. Seit damals, als er in Mailand Joanna Zulian nachgeblickt hatte, wie sie mit Toby Crow nach Frankreich aufbrach, hatte er Alkohol gebraucht, um wenigstens vorübergehend die Stimmen der Vergangenheit zum Schweigen zu bringen – aber natürlich trank er nicht während der Arbeit. Er wußte, wenn er anfinge, tagsüber zu trinken, wenn er Wein brauchen würde, um eine Verletzung verbinden oder ein Fieber behandeln zu können, wäre das das Ende: Sein Können, seine Zukunft, sein Trost – alles wäre dahin. Also beschränkte er – sich selbst verachtend – seine Schwäche auf die Abende. Er trank mit Guillaume du Chantonnay oder mit Guillaumes Kammerdiener, wenn einer von beiden Gesellschaft wünschte, und er trank allein, wenn niemand Lust hatte, mit ihm zu trinken. Nur dann konnte er schlafen.
Guillaume war nach Frankreich gereist, um der verwitweten Herrin von Marigny seine Aufwartung zu machen. Toby Crow arbeitete als Leibwächter ihres Sohnes auf dem Schloß. Zu seiner ungeheueren Erleichterung war Toby Crow immer abwesend gewesen, wenn Martin nach Marigny kam, um nach dem kränkelnden François zu sehen. Keine noch so große Menge

Wein hatte bewirken können, daß jener letzte Tag in Mailand endgültig aus seinem Gedächtnis getilgt wurde. Der Streit, der Kampf, Joannas bleiches, erschrockenes Gesicht, die Äußerung seiner eigenen, widerwärtigen Eifersucht: »Ich habe den Ehrgeiz unseres guten Toby stets bewundert ...« Eifersucht war eine verachtenswerte Regung.

Es war schon spät, als Guillaume zurückkehrte, der Himmel tintenschwarz, das Haus still. Eine Flasche lag leer im Kamin von Martin Gefroys Zimmer, eine zweite war geöffnet worden. Der Kammerdiener holte ihn, und Martin folgte ihm leicht schwankend.

Guillaume erwartete ihn – noch im Cape und mit den Sporen an den Stiefeln – im Salon. Der Tisch war mit Brot und Käse, Brathuhn und einer Hammelkeule gedeckt. Guillaume goß Wein in zwei Gläser und entließ die Diener. Zögernd ergriff Martin das Glas.

Guillaume warf seinen Umhang über eine Stuhllehne und sagte leichthin: »Ich habe nicht die Pocken und habe mir auch keinen Wolf geritten. Mein einziges Leiden ist ein höllischer Durst. Sie können also so viel trinken, wie Sie wollen, mein lieber Martin – ich lasse Sie dann von einem Diener zu Bett bringen.«

Martin trank einen großen Schluck. Guillaume riß ein großes Stück von dem Brot ab und setzte sich, die Beine weit von sich gestreckt, ans Feuer. Martin sah die Wut in seinen leuchtend blauen Augen lodern.

»*Ich* trinke heute, weil ich justament das Spiel verloren habe, das ich jahrelang gespielt habe – das Spiel, das ich beinahe gewonnen hatte. Dem Gewinner, mein lieber Martin, winkten Landbesitz und Macht«, Guillaume hielt sein Glas ins Licht und betrachtete die klare, dunkelrote Flüssigkeit, »welche natürlich die beiden einzigen der Anbetung würdigen Götter sind. *Sie* jedoch trinken aus einem anderen Grund, vermute ich. Was haben Sie verloren, Martin? Ein Heim? Land? Eine Frau?«

Martin zuckte zusammen. Voller Schmerz dachte er an Joanna Zulian, von der er sich letzten September getrennt hatte. Mit fester Stimme fragte er: »Demnach wollte Madame Eleanor Sie nicht, Guillaume?«
Guillaume leerte sein Glas in einem Zug und schüttelte den Kopf. Er lächelte, doch in seinen Augen brannte noch immer das Feuer der Zorns. »Es ist noch schlimmer, viel schlimmer. Ich hätte diese dumme Frau vor einem Monat in mein Bett holen sollen. Wenn es erst einmal passiert gewesen wäre, hätte sie nicht mehr gewagt, meinen Antrag abzulehnen.« Seine Augen verengten sich, und seine Mundwinkel verzogen sich. Er schaute zu dem Arzt auf. »Eleanor hat geheiratet, Martin. Ich war gezwungen, ihr Glück zu wünschen. Können Sie sich das vorstellen?«
Einen eisigen Augenblick lang dachte Martin an Toby, fürchtete, daß der vom Ehrgeiz getriebene Toby Dubreton die verwitwete Eleanor du Chantonnay geheiratet habe. Martin setzte sich und betrachtete seine Finger, die so stark zitterten, daß sie den zarten Stiel seines Weinglases kaum halten konnten. »Einigermaßen.« Seine Stimme bebte leicht. »Ihre Zunge muß sich gesträubt haben, die erforderlichen Buchstaben zu formen, Guillaume.«
»*Galle*«, flüsterte Guillaume, ins Feuer starrend. »Ich habe heute Galle gekostet, mein lieber Doktor. Und das Schlimmste daran ist, daß ich alles durch meine eigene Dummheit verloren habe. Das ist für mich am schwersten zu verkraften.«
Martin stand auf und goß ihnen beiden Wein nach. »Wen hat Madame de Marigny geheiratet, Guillaume?« fragte er mit gelassen klingender Stimme.
»Sie hat – und das wird sie sehr bald selbst feststellen – einen Mann geheiratet, den sie unter keinen Umständen hätte heiraten dürfen.«
Martins hämmernder Herzschlag normalisierte sich, während er zuhörte, wie Guillaume von Hamon de Bohun und von Blanche

du Chantonnay erzählte. Er lauschte nur mit halbem Ohr: Diese Leute, das wußte er, waren von keinerlei Bedeutung für ihn.

Am Ende seiner Schilderung sagte Guillaume in gleichgültigem Ton: »Der Junge wird das Jahr natürlich nicht überleben. Armer, törichter François. Er wird eine tödliche Magenverstimmung erleiden oder in den Schloßgraben fallen – oder eines Nachts plötzlich und unerklärlich tragischerweise in seinem Bett sterben.«

Martin brauchte ein paar Sekunden, um zu begreifen, was Guillaume da andeutete – doch dann vergaß er für den Moment sogar seinen eigenen Kummer. »Sie glauben, daß de Bohun den Jungen umbringen wird?«

Das Glas in Guillaumes behandschuhter Hand barst plötzlich, von seinen kräftigen Fingern zerdrückt. Guillaume lächelte. »Natürlich wird er das. Einfach so.«

Die Flammen loderten weit in den Schlund des Schornsteins hinauf, in der Mitte des Feuers schimmerten die Scheite rot und blau. Martin schauderte. Er dachte an François du Chantonnay, den jungen Seigneur de Marigny. Wenn er die richtige Pflege bekäme und man ihm die nötige Aufmerksamkeit angedeihen ließe, könnte der Junge die Mannesreife sicherlich erreichen.

Martin umfaßte sein Glas mit beiden Händen. »Ganz bestimmt nicht, Guillaume. De Bohun würde doch bestimmt nicht . . .«

Er konnte den Satz nicht beenden. Die verstreuten Scherben von Guillaumes Glas glitzerten im Feuerschein. Ein langes Schweigen entstand.

Irgendwann sagte Guillaume: »Die Dame, mit der Sie nach Mailand kamen, Madonna Zulian – sehen Sie sie gelegentlich, Martin?«

Martin lachte auf. Es war ein harter, häßlicher Laut. »Ich habe Joanna seit Mailand nicht gesehen. Erinnern Sie sich – Toby Crow begleitete sie nach Frankreich.«

Martin bemerkte, daß die Wut in Guillaumes Augen erloschen

war. Jetzt waren sie kalt und nachdenklich. »Aber Toby Crow«, sagte Guillaume sanft, »ist von mir nach Marigny geschickt worden. Wo also ist Madonna Zulian geblieben?«

Martin fuhr sich mit den Fingern durch seine wirren Haare. Er war sich bewußt, daß Guillaume ihn beobachtete. Selbstverständlich hatte er nicht vergessen, wohin Toby Joanna Zulian gebracht hatte – aber er hatte sie nie aufgesucht. Er hatte in den letzten sechs Monaten täglich mit dem Gedanken gespielt, jedoch gleichzeitig um die Sinnlosigkeit einer solchen Reise gewußt.

»Vielleicht in Bourges«, antwortete Martin schließlich. »Bei Tobys Familie – falls er Wort gehalten hat.«

Der Wein strömte wärmend durch seinen Körper, linderte den Schmerz. Guillaumes Stimme durchdrang den Nebel aus Alkohol und Hitze.

»Wenn Sie sie liebten – weshalb haben Sie sie dann nicht geheiratet?«

Martins Kopf fuhr hoch. »Der Teufel soll Sie holen, Guillaume«, sagte er leise.

Guillaume war nicht gekränkt. »Warum sonst sollte ein ehrenwerter, fähiger Mann wie Sie beschließen, sich zu Tode zu trinken? Aus Liebe, natürlich – aus Liebe. Und sie war eine Schönheit, das muß ich zugeben, etwas Besonderes. Ich frage Sie noch einmal: Warum haben Sie sie nicht geheiratet?«

Martins Augen waren voller Kummer. »Ich konnte es nicht. Niemand konnte es. Nicht einmal der verfluchte Toby. Sie *ist* schon verheiratet.«

Guillaume sah ihn fragend an.

»Mit einem paduanischen Maler namens Gaetano Cavazza. Der Mistkerl!« setzte Martin hinzu. Dann blinzelte er. »Ich hätte Ihnen das nicht erzählen dürfen. Es ist allein ihre Sache.«

Wieder entstand Schweigen. Martin kauerte sich, in sein Gewand gewickelt, in seinem Sessel zusammen und schloß halb die

Augen. Bilder aus dem letzten Jahr erstanden in den Flammen des Kaminfeuers: Joanna auf dem Balkon in Padua; Joanna an dem Fischteich in dem Garten, den sie angelegt hatte, mit Grasflecken am Saum ihres Kleides; Joanna mit lachendem Gesicht beim Tanz; Joanna in dem italienischen Garten ... Martin schloß die Augen ganz. Sehr fest.

Er hätte gerne geschlafen, doch Guillaume ließ ihn nicht. »Ich möchte mit Madame Zulian sprechen«, hörte er ihn sagen. »Ich finde, ich sollte ihr dafür danken, daß Sie mich in Padua gepflegt hat. In Bourges, sagten Sie, Martin? Dann werde ich mich in Bourges nach einer Familie Crow erkundigen.«

Das Gesicht halb in den Falten seiner Robe verborgen, murmelte Martin: »Nicht Crow, Dubreton. Sie müssen sich nach einer Familie Dubreton erkundigen. Unser Toby hat *zwei* Namen, wissen Sie, Guillaume.«

Die Festlichkeiten, die der Hochzeit von Eleanor du Chantonnay mit Hamon de Bohun folgten, dauerten Wochen. Bei Tage ritten sie zur Jagd oder spielten Tennis oder veranstalteten Turniere auf der Blumenwiese von Marigny. Abends speisten sie aufwendig, ließen sich von Gebärden- und Verkleidungsspielen unterhalten, tanzten zur Musik der Laute. Marigny war wiedergeboren. Das Château hatte den erstickenden Kokon aus Reynauds Krankheit und Eleanors Witwenschaft gesprengt und war zu einem herrlichen, schillernden Geschöpf geworden, das voller Zuversicht einem helleren Zeitalter entgegenblickte.

Für François war die Veränderung Marignys beinahe ein Ausgleich dafür, daß Toby Crow, sein Leibwächter, ihn verlassen hatte. Als Toby nicht nach Marigny zurückkehrte, verlor François seinen Förderer, sein Vorbild. Zuerst schmollte er und beschwerte sich, daß das Haus ihm wieder leer erscheine, doch irgendwann merkte er, daß seine Freiheit mit Tobys Fortgang eher gewachsen als geschwunden war. François' Abneigung gegen Hamon wurde schwächer, als de Bohun ihm ein neues Schwert, neue Kleider und ein schnelles Pferd schenkte. Zu François' großer Erleichterung wurde ihm kein neuer Leibwächter zur Seite gegeben: Hamon war mit François übereingekommen, daß der Seigneur de Marigny kein Kindermädchen brauche.

François fand sich von der ermüdenden Aufgabe befreit, die für den Besitz notwendigen Ausgaben zu überwachen und Marignys komplizierte Wirtschaftsbücher zu überprüfen, denn Hamon stimmte ihm zu, daß der Seigneur sich nicht mit derlei Nichtigkeiten abgeben sollte. Hamon übernahm es, sich um die Geldangelegenheiten zu kümmern. Eleanor protestierte nicht, und sogar François bemerkte, daß die Ehe sie ruhiger gemacht hatte, denn sie versuchte nicht mehr, sich in François' Belange einzumischen. Und Cousin Guillaume erschien nicht mehr in Marigny, um sich über den Schnitt von François' Wams lustig zu machen und um mit zerstörerischer Akuratesse François' mangelndes Vertrauen in sich selbst in Worte zu fassen.

Für Eleanor reihten sich die Tage gleichförmig und bedeutungslos aneinander. Sie erwartete nicht länger, daß feuerspeiende Drachen die Sonne verschlingen würden: Sie wußte, daß das Haus, die Ländereien, die Landschaft um sie herum sich nicht verändern würden, daß sie weiterhin essen, trinken und schlafen würde. Der Schmerz über Tobys Verrat war von einem Zustand der Betäubung abgelöst worden, der die farbenprächtigen Bankette, die lärmenden Treibjagden trist und still erscheinen ließ. Sie fuhr fort, zu tun, was sie seit fünfzehn Jahren getan hatte: ihre Pflichten als Schloßherrin zu erfüllen, die Bediensteten zu beaufsichtigen, damit der Haushalt reibungslos funktionierte, dafür zu sorgen, daß die vielen Gäste auf Marigny bequem untergebracht, gut bewirtet und zufrieden waren. Doch sie hatte stets das Gefühl, sich in einem Traum zu bewegen, wo nichts sie wirklich berührte, wo, wenn sie zu rennen versuchte, ihre

Glieder von einer unsichtbaren, sie umklammernden Kraft zurückgehalten wurden.
Vier Wochen nach ihrer Hochzeit wartete Eleanor in ihrem Schlafzimmer auf ihren Mann. Sie wußte, er würde kommen – er hatte es seit ihrer Heirat jeden Abend getan. Sie war jetzt einen Monat verheiratet und wußte, daß sie ihm nun von dem Kind erzählen mußte. Sie wagte es nicht, noch länger zu warten.
Sie hörte ihn an der Tür klopfen und bat ihn herein. Sie trug ein Nachthemd und einen Morgenrock, ihr dunkles Haar fiel lose über ihren Rücken herab. Die Laken auf dem Bett waren zurückgeschlagen, die Bettvorhänge bereits halb zugezogen. Wie stets empfand sie – gepaart mit einem aufflackernden Schuldgefühl wegen des Betruges, der für ihr Überleben unerläßlich war – einen kurzen Anflug von Widerwillen gegen das, was kommen würde.
Er küßte ihr die Hand, führte sie zum Bett. Wieder einmal war sie sich seiner Stärke, seiner Selbstsicherheit bewußt. Die Mischung aus Furcht und Respekt, die er bei seinem ersten Besuch in Marigny in ihr hervorrief, hatte noch immer Gültigkeit. Wenn sie die Hoffnung auf Glück auch zu Grabe getragen hatte, so brachte die Heirat ihr und François wenigstens Sicherheit.
Sie faltete die Finger über seiner Hand, als er begann, die Bänder ihres Morgenmantels zu lösen. »Mein Gatte«, sagte Eleanor mit leicht bebender Stimme, »ich habe dir etwas mitzuteilen. Ich bin schwanger, ich trage dein Kind unter dem Herzen.«
Er richtete sich auf. Sie sah Freude und Stolz in seinen dunklen Augen leuchten. »Bist du sicher?«
»Ganz sicher, Hamon. Ich bin seit ein paar Tagen unpäßlich, und gestern habe ich einen Arzt konsultiert.«
Sie hatte mit Monsieur Gefroy gesprochen, der zu François gekommen war, hatte ihm die Symptome geschildert, und er hatte bestätigt, was sie schon seit zwei Monaten wußte: daß sie ein Kind erwartete.

Nervös beobachtete Eleanor, wie Hamon aufstand und zum Fenster hinüberging, wo er mit dem Rücken zu ihr stehenblieb. Sie verharrte auf der Bettkante, betrachtete die breiten, muskulösen Schultern, das dunkle, ergrauende Haar, und dachte, wie wenig sie doch über ihn wußte. Sie hatte einen Fremden geheiratet, weil er in einem Augenblick zur Stelle gewesen war, da sie in Verzweiflung zu versinken drohte – und weil er ihr einen Antrag gemacht hatte. Um Sicherheit für sich selbst und den Kuckuck in ihrem Leib zu gewinnen, zum Schutz für Marigny und François.

Der Stolz und die Freude, die in ihr längst erstorben waren, strahlten ihr entgegen, als Hamon sich zu ihr umdrehte. »Du hast mich sehr glücklich gemacht, Eleanor. Du mußt auf dich aufpassen. Du mußt auf meinen Sohn aufpassen.«

Damit verließ er das Zimmer. Es überraschte sie, daß er nicht blieb und mit ihr schlief, doch die Überraschung wurde gleich darauf von Erleichterung abgelöst. Eleanor zog die Bettvorhänge zu und die Decke über den Kopf. Und dann weinte sie – zum ersten Mal seit Tobys Verrat. Sie weinte um sich selbst, um ihre verlorene Liebe und um das Kind, das sie nicht mehr wollte.

Bourges war grau und trostlos. Ein tückischer Wind zerrte an Joannas Cape und Röcken, als sie, um den höchstmöglichen Gewinn zu erzielen, zum Vergleich alle Juweliere der Stadt aufsuchte. Sie behielt nur die Kette ihrer Mutter und einen Ring aus Isottas Nachlaß – Erinnerungen an verschiedene, längst abgeschlossene Leben –, den Rest verkaufte sie, wohl wissend, daß sie sich mit dem Erlös sechs Monate, maximal ein Jahr über Wasser halten könnte.

Bruder Joachim zu finden, erwies sich als schwieriger. Sie hatte ihn vergangenen Dezember zufällig in Bourges kennengelernt. Er war auf dem Rückweg zu seinem Kloster gewesen, als ihm ein Stapel Bücher und ein halbes Dutzend Brötchen aus den

Händen rutschten. Joanna hatte einen hungrigen Hund verscheucht, der nach seinen Fesseln schnappte, und ihm geholfen, die Bücher und Brötchen aufzusammeln. Sie kamen ins Plaudern. Bruder Joachim, der in seiner Jugend viel gereist war, hatte sich in Erinnerungen an Lissabon und Madrid, die Bretagne und Navarra ergangen. Joanna empfahl ihm Kamille-Umschläge für den Ausschlag auf seinen Händen, und Bruder Joachim lieh ihr ein Buch für Paul. Danach schien es Joanna, als sei, wann immer sie zu einer Erledigung nach Bourges kam, Bruder Joachim dort: beim Stöbern in der Buchhandlung, in der Warteschlange beim Bäcker oder beim Taubenfüttern auf dem Stadtplatz.

Doch es stellte sich heraus, daß er vor mehr als zwei Monaten in die Touraine gereist war. Der Mönch im Kloster, der die kleine, hölzerne Klappe über dem Guckloch mißtrauisch nur ein paar Zentimeter weit öffnete, konnte ihr keine Nachricht übermitteln. Kleine, neugierige Augen musterten ihr Gesicht, ihre Kleidung und registrierten das Fehlen einer Begleitperson. Als sie sich von dem Kloster entfernte, packten die Bettler, die am Tor kauerten, sie an ihren Röcken und jammerten ihr ihre Elendsgeschichten vor. Sie warf ihnen Münzen hin und dachte: Noch fünf Monate – und was dann?

Ihre Laune besserte sich, als sie über die Ebene zu dem Dorf zurückritt. Sie fürchtete sich nie, wenn sie unterwegs war: Die schlammigen Wege, die Felder mit dem jungen, grünen Getreide erschienen ihr wie eine Lockung, wie die Verheißung einer besseren Zukunft. Die offene Straße und die leere Landschaft wirkten nie erschreckend auf sie – es waren Häuser, flüsternde Stimmen und Unfreiheit, die sie ängstigten. Die Atmosphäre von Armut, Aberglauben und grundlosem Haß bedrückte sie. Wenn sie auf Reisen war, fühlte sie sich frei.

Sonnenlicht begann die dünner werdende Wolkendecke zu durchdringen. Joanna streifte Cape und Hut ab und ritt

barhäuptig, genoß die Wärme, feierte das Ende des Winters. Sie hatte den Kamm des Hügels erreicht, als sie die Reiter entdeckte, deren Kleidung in der grünen und grauen Landschaft silbern und azurblau aufblitzte. Unwillkürlich tastete Joanna prüfend nach dem Messer in ihrem Ärmel.
Aber sie brauchte das Messer nicht. Mit zusammengekniffenen Augen musterte sie die Embleme auf den Bannern, die die kleine Kavalkade trug: ein Leopard unter drei Mondsicheln. Plötzlich war sie wieder in Mailand, staubig und sattelwund auf das Gewitter wartend. Mit freudestrahlendem Gesicht winkte sie und rief: »Monsieur du Chantonnay! Wie schön, Sie wohlauf zu sehen!«
Sein Pferd zum Trab zügelnd, ritt Guillaume auf sie zu. Bei ihr angekommen, riß er mit einer schwungvollen Bewegung seinen Hut vom Kopf. Die blonden Haare schimmerten im fahlen Sonnenlicht.
»Madame Zulian! Was für ein glücklicher Zufall.«
Er war in Blaßblau und Schwarz gekleidet. Juwelen blitzten auf seinen Handschuhen und an seinem Hals. Joanna reichte ihm die Hand, und er hob sie an seine Lippen. Hinter ihm flatterten die Banner im Wind.
»Ich habe ganz Bourges nach Ihnen abgesucht, Madame Zulian: Es gibt viele Dubretons in Bourges.«
Seine schmalen Augen betrachteten sie mit einer Erheiterung, deren Grund Joanna nicht kannte. Sie entzog ihm ihre Hand.
»Haben Sie eine Botschaft von Toby, Monsieur du Chantonnay?«
Guillaume schüttelte den Kopf. »Nein, Madame. Ich wollte Sie aufsuchen, um mich für Ihre Hilfsbereitschaft im letzten Herbst zu bedanken, und mein Leibarzt meinte, ich könnte Sie vielleicht in Bourges finden.«
In ihrer Enttäuschung schien es Joanna, als hätten sich wieder Wolken vor die Sonne geschoben. Sie schaute ihn fragend an.
»Ihr Leibarzt, Monsieur du Chantonnay? Martin Gefroy?«

Die Erheiterung auf Guillaumes Zügen erblühte zum Gelächter. »Monsieur Gefroy ist, wie Sie mir in Mailand erklärten, ein exzellenter Arzt. Ich konnte ihn überreden, mich nach Frankreich zurückzubegleiten. Er macht sich auf meinem Besitz nützlich, leistet Geburtshilfe bei Bäuerinnen, behandelt alte Weiber gegen Wassersucht. Gelegentlich kann er ein, zwei Stunden erübrigen, um sich meiner Bedürfnisse anzunehmen. Was Toby Crow betrifft«, er zuckte die Schultern, »den habe ich im Februar das letzte Mal gesehen. Ein Benediktinermönch, der mit mir nach Marigny reiste, brachte ihm einen Brief.«

Joannas Herz wurde noch schwerer. Toby hatte ihren Brief also erhalten, hatte von Pauls Krankheit erfahren. Arme Agnès. Sie lenkte ihr Pferd im Schritt in Richtung des Dorfes. Sie konnte Tobys Weigerung, in das Heim seiner Kindheit zurückzukehren, nicht verstehen. Sie konnte nicht verstehen, daß der Mann, der einst in einen venetianischen Kanal gewatet war, um ein törichtes Mädchen aus dem Wasser zu holen, nicht bereit war, seinen sterbenden Vater zu besuchen.

Sie begann zu begreifen, wie sehr Toby sich verändert hatte, wie sein Enthusiasmus sich zu Ehrgeiz verhärtet hatte, wie seine Begabungen Vehikel für seinen ichbezogenen Opportunismus geworden waren. »Tobys Mutter braucht ihn«, sagte sie. »Sein Vater ist vor ein paar Wochen gestorben.«

Guillaume ritt neben ihr her. Seine Stimme war anteilnehmend, seine Miene mitfühlend. »Toby Crow arbeitet nicht mehr in Marigny, Madame Zulian. Er ging vor der Wiederverheiratung meiner Cousine fort – ich habe keine Ahnung, wo er jetzt steckt.«

Verwirrung mischte sich mit Bitterkeit. »Meinen Sie ...«, sich an Mailand erinnernd, zögerte Joanna, »meinen Sie, daß Martin Gefroy wissen könnte, wo Toby ist?«

Guillaume lachte. »Das bezweifle ich, Madame. Mein Leibarzt

spricht nicht mit Zuneigung von Monsieur Crow. Aber ich werde Nachforschungen anstellen, wenn Sie es wünschen.«

Sie hatten den Hang erklommen und sahen das Dorf vor sich liegen. Die Felder, die Bäume, die festgezurrten Rebstöcke zitterten im Hitzedunst. Joanna wäre am liebsten losgeprescht, doch ihre guten Manieren verboten es ihr. »Würden Sie mir die Freude machen, mit uns zu essen, Monsieur du Chantonnay?« fragte sie wohlerzogen. »Agnès – Madame Dubreton – wäre geehrt, Ihre Bekanntschaft machen zu dürfen.«

Und sie selbst, erkannte sie, würde Vergnügen daran finden, ein paar Stunden in Guillaume du Chantonnays Gesellschaft zu verbringen. Er war klug, witzig und weltgewandt. In letzter Zeit hatte Joanna ihr Leben wieder als trostlos und beengend empfunden.

Das blasse Sonnenlicht schimmerte auf dem Brillanten in Guillaumes Ohrläppchen und hellte das Blau seines Wamses auf.

»Ich danke Ihnen für die Einladung, Madame – aber ich muß weiter. Vielleicht ein andermal. Ich wollte Ihnen auch nur für die freundliche Fürsorge danken, die Sie mir in Mailand angedeihen ließen – ich habe sie durchaus nicht als selbstverständlich hingenommen.«

Er schaute sie an – nicht wie Gaetano sie angesehen hatte, während er sie malte: mit einem lüsternen Blick, der sie förmlich verschlang, sondern nachdenklich. »Wenn ich Ihnen in irgendeiner Weise helfen könnte, Madame, würde ich das als eine kleine Wiedergutmachung für Ihre damalige Hilfsbereitschaft betrachten.«

Sie starrte ihn gedankenverloren an, dachte an die freudlose Zukunft, die vor ihr lag, an die schlimme Lage, in die sie sich gebracht hatte. Sie stellte sich vor, wie Guillaume lebte, und hätte beinahe gefragt: »Haben Sie in Ihrem Haus eine Stelle frei, Monsieur du Chantonnay, für eine Dienstmagd, für eine

Näherin, eine Gärtnerin?« – doch sie tat es nicht, sondern schüttelte lächelnd den Kopf: »Ich danke Ihnen, Monsieur – aber ich habe alles, was ich brauche.«
Sie trieb ihr Pferd an, den Hügel hinunter, als sie Guillaume hinter sich rufen hörte: »Sie sollten nicht allein reiten, Madame. Seien Sie fürderhin vorsichtiger. Es gibt viele Schurken . . .«
Sie drehte sich um und hob zum Abschied lächelnd die Hand.

Elftes Kapitel

Toby war länger als drei Monate in England gewesen. An jenem ersten Tag hatte er im Garten von Izabel Mandevilles Haus geschlafen, war vor Morgengrauen aufgewacht und hatte das Dorf verlassen – blindlings, ohne Ziel. Sein einziger Gedanke war gewesen, so viele Meilen wie möglich zwischen sich und Lydney Mandeville zu bringen.

Seine Stiefel waren durchgelaufen, er stahl und erbettelte Essen oder suchte es sich in der Natur. Die Schnittwunde auf seiner Brust hatte sich entzündet und Fieber verursacht, sein Kopf schmerzte, und ihm war übel. Irgendwann machte er halt und schlief in einem Heuschober. Als er erwachte, waren seine Hände und Füße taub vor Kälte, aber das Fieber war zurückgegangen, und er war bei Verstand geblieben.

Am folgenden Tag fand er Arbeit bei einem Schweinehirten. Er dachte daran, wie Agnès darüber gelächelt hätte. Zu Anfang war der Schweinehirt noch schweigsamer als seine Tiere. Er schien nicht die geringste Neugier zu besitzen, die eine von Tobys Fehlern war. Doch als der Mann begann, Toby morgens mit einem Lächeln und Betrachtungen über das Wetter zu begrüßen, wußte Toby, daß es Zeit war, weiterzuziehen. Er war ein Ausländer ohne Aufenthaltserlaubnis für England und mit nur sehr begrenzten Kenntnissen der Landessprache. Von seinem mageren Lohn kaufte er als Ersatz für seine arg mitgenommene Kleidung eine schlichte Ausstattung aus grobem Tuch. Ein paar Tage später machte er sich auf den Weg zum nächsten Dorf.

Er arbeitete für einen Maurer, lud in Steinbrüchen Felsblöcke auf Karren; in Winchester bediente er zwei Wochen in einem Wirtshaus; er hackte Kaminholz für ein vornehmes Haus an der Themse. Da er jung und kräftig war, hatte er keine Schwierigkeiten, Arbeit zu finden. Er erzählte niemandem von seiner Vergangenheit, und er glaubte, keine Zukunft zu haben. Wenn er sah, wie blinde, verkrüppelte oder von Syphilis gezeichnete Bettler aus Städten oder Dörfern gejagt wurden, schloß er die Augen, unfähig, es mit anzusehen, voller Angst, daß er Zeuge seines eigenen Schicksals wurde. Als er sich mit dem schielenden Küchenmädchen aus dem Gasthaus im Stall im Stroh wälzte, lachte er in der Erkenntnis, daß er endlich sein wahres Niveau gefunden hatte: schmutzige Streu unter seinen Ellbogen, Pferdeäpfel in den Boxen und eine Frau, deren grunzende Laute sich mit denen aus dem Schweinekoben nebenan vermischten.

Irgendwann fand er sich schließlich zwanzig Meilen westlich von London, in Richmond. Der Palast in Shene, wiederaufgebaut vom ersten Tudorkönig, glitzerte im Licht der untergehenden Sonne. Die Türmchen und Zinnen erinnerten Toby für einem Moment an ein anderes Schloß, vor dem sich eine blumenübersäte Wiese erstreckte. Auf Richmonds Marktplatz lagen Gemüsereste herum, und ein paar gackernde Hühner waren irgendwie aus ihren Körben entkommen. Als die Uhr zur fünften Stunde schlug, begann Toby auf der Suche nach Arbeit die Runde durch die Läden und Gasthäuser zu machen.

Seit seinem Gespräch mit Guillaume hatte Martin Gefroy den jungen Seigneur de Marigny regelmäßig besucht. Obwohl er bezweifelte, daß Hamon de Bohun François du Chantonnay umbringen würde, wie der verbitterte und eifersüchtige Guillaume behauptete, ritt er dennoch wenigstens einmal im Monat von Nantes nach Marigny, um sich François' Gesundheit zu vergewissern.

Im Laufe der Zeit gewann Martin jedoch immer mehr die

Überzeugung, daß Guillaume sich irrte. François Verfassung hatte sich seit Martins erstem Besuch langsam, aber merklich gebessert. Seine Lungen würden zwar nie kräftig werden, doch sie waren etwas durchlässiger geworden. François litt nicht, wie Martin ursprünglich befürchtet hatte, an Tuberkulose, sondern an Asthma, einer zwar ernsthaften Erkrankung, an der François, wenn er vernünftig war, aber nicht sterben würde. Wenn Martin sich um jemanden in Marigny Sorgen machen mußte, so war es Eleanor. Als er sie auf dem Rückweg von François' Gemächern durch das Labyrinth von Räumen und Fluren flüchtig sah, fiel ihm auf, daß ihr Gesicht bleich und angespannt war und dunkle Schatten unter ihren Augen lagen. Ihre Schwangerschaft war jetzt offensichtlich, und wenn sie stehengeblieben wäre, um mit ihm zu sprechen, hätte er ihr geraten, sich zu schonen, und ihr eine gute Hebamme empfohlen – aber sie blieb nicht stehen. Nein – sie huschte davon wie ein verstörtes, schattenhaftes Gespenst, als Martin, von François entlassen, von Hamon de Bohun begrüßt wurde.
»Monsieur Gefroy.« De Bohun lächelte. »Trinken Sie ein Glas Wein mit mir?«
Martin schüttelte den Kopf. »Ich bitte Sie, mich zu entschuldigen – ich habe es eilig.« Er hatte es sich zu einer unumstößlichen Regel gemacht, vor dem Abend nichts außer Bier zu trinken. Wenn er Wunden nähte oder Augen und Rachen untersuchte, waren Martins Hände noch immer ruhig, und er wollte, daß es so bliebe.
»Dann auf ein Wort, Monsieur Gefroy.«
Es war natürlich ein Befehl und keine Bitte. Martin folgte de Bohun in einen kleinen Salon im ersten Stock. Das Rauschen, das die Bediensteten verursachten, die die verschmutzten Binsen des letzten Winters von den Böden kehrten, verklang in der Ferne. Sogar in diesem kleinen Raum hingen Gobelins an den Wänden, und der Kamin war mit kolorierten und vergoldeten

Darstellungen mythologischer Ungeheuer verziert. Manchmal konnte Martin, der im Grunde keinen Wert auf materielle Güter legte, verstehen, daß Guillaume von Marigny besessen war.
»Ich dachte«, Hamon de Bohun bot Martin Platz an, »wir sollten uns über die Gesundheit meines Stiefsohnes unterhalten.«
De Bohun sprach englisch, Martins Muttersprache. Er genoß es, wieder einmal seine eigene Sprache zu hören.
»Der Seigneur befindet sich augenblicklich bei guter Gesundheit, Monsieur de Bohun. Ich bin erfreut über seine Fortschritte.«
De Bohun lächelte, doch das Lächeln, bemerkte Martin, erreichte seine Augen nicht. Ein eiskalter Mistkerl, dachte Martin, und wünschte plötzlich, das Gespräch möglichst schnell hinter sich zu bringen – ein Mann, dessen Vergnügen darin bestand, Autorität auszuüben und Reichtum augenfällig zu machen. De Bohun stand vor dem schmalen, mit einem Mittelpfosten versehenen Fenster, wodurch er beinahe gänzlich die Strahlen der warmen Julisonne blockierte. Irritiert wünschte Martin, er würde sich setzen. Seine körperliche Präsenz schien das ganze Zimmer auszufüllen.
»Dann können wir also darauf vertrauen, daß er das Mannesalter erreichen wird, Monsieur Gefroy?«
Martin nickte. »Wenn er vernünftig ist, wenn er auf sich achtet. Natürlich muß er übertriebene Anstrengungen vermeiden, sich warm halten und gut essen. Aber ich glaube nicht«, wieder ließ er den Blick über die Wandteppiche, die Bilder und den elegant in Seide gekleideten de Bohun gleiten, »daß das ein Problem darstellen wird.«
Wieder lächelte de Bohun. »Selbstverständlich nicht, Monsieur Gefroy – meinem Stiefsohn fehlt es an nichts.«
De Bohun drehte sich um, öffnete die Tür. Martin begriff, daß

das Gespräch beendet war. De Bohun hielt ihm eine kleine Geldbörse hin. Als Martin den Salon verließ und durch das Schloß zum Innenhof wanderte und dann über die Zugbrücke davonritt, dachte er an Eleanor du Chantonnay, die sich entschlossen hatte, einen kaltherzigen Despoten zu heiraten. Er ertappte sich bei dem Wunsch, mit Toby sprechen zu können, um die Lücken seiner Kenntnisse zu füllen.

Ironischerweise hatte Toby Arbeit bei einem Schuster gefunden. Der Mann brauchte jemanden, der Kaminholz hackte und zum Feuer schleppte und außerdem die schweren Lederballen von seinem Karren hievte. Der Schuhmacher war klein und alt und ganz anders als Pernet Lescot. Es war ein Junge da, der den Blasebalg betätigte und den Boden fegte, aber Toby konnte in dem für sein Alter zu kleinen Lehrling von Mr. Kett nichts von sich wiederfinden. All das – Chinon, die Dubretons, Marigny – schien jemand anderer erlebt zu haben.

Die ersten paar Tage beobachtete der Schuster Toby mit Argusaugen, um sich von seiner Ehrlichkeit und seiner Nüchternheit zu überzeugen. Er stellte fest, daß Toby sich nie an der Kassette zu schaffen machte, wo er, Samuel Kett, sein Gold verwahrte, und daß er auch keine Schwäche für Alkohol hatte. Falls Mr. Kett sich fragte, weshalb ein tüchtiger, junger Mann mit einem ausländischen Akzent wohl in einer Schusterwerkstatt in Richmond arbeitete, behielt er diese Überlegung für sich. Vielleicht war er auch nur dankbar dafür, jemanden für die Erledigung der Aufgaben gefunden zu haben, für die er nicht mehr kräftig genug war.

Zum ersten Mal seit seinem Fortgang aus Marigny hatte Toby einen geregelten Tagesablauf. Er stand bei Morgengrauen auf, zündete das Feuer in der Werkstatt an und entriegelte die Türen und Fenster. Dann, nach dem Frühstück mit Samuel Kett und seinem triefnäsigen Lehrling, fuhr er mit dem Pferdekarren zur

Gerberei, um Leder aufzuladen. Um die Kunden kümmerte Mr. Kett, der Zweifel an Tobys Umgangsformen hegte, sich selbst. Der kleine Nathaniel kehrte den Boden, wischte Staub und machte Botengänge.

Während der Schuster in dem Haus über dem Laden schlief und der Lehrling in einem kleinen, abgeteilten Raum zwischen der Werkstatt und den Ställen, mußte Toby sich mit der Werkstatt zufriedengeben, wo er, in eine Pferdedecke gewickelt, auf der Bank des Schusters lag. Er schlief nicht gut – er träumte zuviel.

Es hätte Monate so weitergehen können, wären Samuel Ketts Erfolg und Sparsamkeit nicht ganz so bekannt in Richmond gewesen. Eines Nachts erwachte Toby und starrte angestrengt in die Dunkelheit. Seine Nackenhaare waren gesträubt, und er war von kaltem Schweiß bedeckt. Ehe er sich recht erinnerte, wo er sich befand, hörte er Schritte, einen Schrei des Jungen, der abrupt abbrach. Ohne zu überlegen, wie viele Diebe wohl auf der Suche nach Samuel Ketts Gold die Wendeltreppe hinaufstiegen, griff er sich ein Messer von der Werkbank des Schusters.

Den ersten der Schurken stach er nieder, als er sich über die Kassette beugte, die sie unter dem Bett des schlafenden Schuhmachers hervorgezogen hatten. Beim Aufschrei des verletzten Eindringlings erwachte der Schuster, setzte sich auf und blinzelte verwirrt. In seinem Rüschennachthemd und der quastengeschmückten Nachtmütze bot er einen wahrhaft lächerlichen Anblick. Tobys nackte Füße traten in eine Blutlache, als er sich zu dem nächsten Dieb umdrehte. Als er ihn mit einem Schlag in den Magen die halbe Treppe hinunterschickte, spürte er, daß er die Situation genoß. Während Mr. Kett sich schlotternd unter seine Bettdecke verkroch und der Lehrling Nathaniel irgendwo im Erdgeschoß plärrte, nahm Toby sich den dritten – und letzten – Dieb vor. Dieser hatte ein Schwert – Toby nur ein langes, schmales Messer. Hätte auch er ein Schwert gehabt, wäre es eine Sache von Sekunden gewesen, den Gegner zu erledigen –

schließlich war der Schwertkampf sein Metier. Ohne Schwert dauerte es ein wenig länger. Er entwaffnete seinen Widersacher, indem er ihm die Klinge seines Messers in den Schwertarm rammte, die Hand des Mannes gegen das Fenstersims krachen ließ, so daß sich die Finger öffneten und das Schwert zu Boden klapperte. Dann schwankten sie einen Moment, einander an der Kehle gepackt haltend, bis der verfaulte Rahmen des Schlafzimmerfensters nachgab und der Dieb durch die »Scheiben« aus Wachspapier nach hinten fiel und auf dem Stalldach aufschlug, bevor er abwärts rutschte, um dann mit einem erstickten Schmerzensschrei in dem gepflasterten Hof zu landen.
Toby verharrte ein paar Sekunden regungslos, um wieder zu Atem zu kommen und seinem Herzschlag Gelegenheit zu geben, sich zu normalisieren. Dann drehte er sich um. Der Schuhmacher lag noch immer unter den Bettdecke. Nathaniel zupfte an dem aufgebauschten Bettzeug. »Mr. Kett! Mr. Kett!« kreischte er. Die Augen des Jungen war weit aufgerissen vor Verblüffung, sein Kinn war von einem Hieb eines der Diebe gerötet. »Mr. Kett! Mr. Crow hat drei Männer getötet!« Toby ging Schnaps holen, um die Nerven des zitternden Schuhmachers zu beruhigen, und unten, allein in der Werkstatt, wurde ihm klar, daß er sich endlich daran erinnert hatte, wer er war.
Er war Toby Dubreton, er war Toby Mandeville, er war Toby de Bohun – und er war Toby Crow, ein Kämpfer gegen das Böse bis ans Ende seiner Tage.

Guillaume besuchte Joanna Zulian wieder im Juli. Er hatte die Wochen nach ihrer zufälligen Begegnung gut genutzt: Er hatte ausführlich mit Martin Gefroy besprochen und alle Informationen erhalten, die ihm zu geben Martin bereit war. Zu einer großen Menge Weines genötigt, hatte Martin ihm von Gaetano Cavazza erzählt, in dem Guillaume den Maler von Hamon de Bohuns Bild »Judith und Holofernes« vermutete, und von der langen, beschwerlichen Reise von Padua nach Mailand. Er gestand, daß er Joanna Zulian liebte, immer lieben würde. Guillaume, ein scharfsichtiger Mann, füllte die Lücken, die Martin gelassen hatte, selbst aus. Joanna vor Augen, wie sie in ihrem schwarzen Kleid barhäuptig auf der Straße von Bourges daherritt, bemitleidete er Martin.

Guillaumes Besuch bei den Dubretons wurde von einer Schar kleiner Jungen und kläffender Hunde angekündigt, die lärmend um die kleine Gruppe von Reitern herumsprangen. Die Dorfbewohner starrten ihn mit offenen Mündern an, die zahnlosen alten Weiber tuschelten hinter zerlumpten Umschlagtüchern, die jungen Männer, die zum Mittagessen nach Hause kamen, verfolgten den Zug mit großen Augen. Kein Lüftchen regte sich, die Hitze des Sommertages machte das Atmen schwer, doch Guillaume reiste in der seiner gesellschaftlichen Stellung entsprechenden Manier. Er hatte ein halbes Dutzend Bediensteter dabei und war elegant in seine Farben – Blaßblau und Silber – gekleidet: Er wollte Joanna demonstrieren, was er ihr zu bieten hatte.

Die Tür wurde von einer kleinen, zartknochigen Frau geöffnet.

»Madame Dubreton?« vermutete Guillaume richtig.

Hinter ihr, in den Tiefen des Hauses, sah er Joannas schönes Gesicht, auf dem sich Überraschung und Erstaunen zeigten. Auch wenn es ihm nicht um Hamon de Bohun gegangen wäre, hätte er diese Frau besitzen wollen: wegen ihrer vollkommenen Züge, wegen der Intelligenz und der Großzügigkeit, die er in den herrlichen grauen Augen erkannte. Die rauhen Kanten ihrer Herkunft mußten geglättet werden – aber nicht zu sehr: Guillaume war sich durchaus bewußt, daß ein Großteil von Joannas Zauber aus ihrem Mangel an Erziehung und ihrer Abneigung gegen Konventionen resultierte.

Guillaume verbeugte sich und küßte Agnès Dubreton die Hand. Die Tür wurde hinter ihm geschlossen. Seine Diener blieben

draußen auf der schmalen Straße, wo sie, in ihren seidenen Wappenröcken und federgeschmückten Kappen schwitzend, die Dorfmädchen begutachteten.
Joanna trat auf ihn zu.
»Dies ist der Sieur du Chantonnay, Agnès. Wir haben uns in Mailand kennengelernt. Er ist ein Cousin des verstorbenen Seigneur de Marigny, bei dem Toby angestellt war.«
Wie fehl am Platze Joanna in diesem beengend kleinen Haus wirkte, dachte Guillaume. Er empfand die niedrigen Decken und kleinen Fenster als bedrückend, den Küchendunst und den Geruch aus dem Wirtschaftshof, die das Haus durchzogen, als abstoßend. Und doch durchzuckte ihn, als er bei der Erwähnung von Tobys Namen Besorgnis über Agnès Dubretons sympathisches Gesicht flackern sah, plötzlich und unerwartet wie ein Nadelstich ein Neidgefühl: Er glaubte nicht, daß jemals jemand sich um *ihn* gesorgt hatte.
In dem kleinen Garten hinter Agnès Dubretons Haus aß er Walderdbeeren und trank kühlen Weißwein. Er bewunderte die Schweine und das Schaf, wobei er sich zwingen mußte, nicht sein parfümiertes Taschentuch an die Nase zu drücken, um den Gestank fernzuhalten, der aus den Ställen drang. Dann wurde ihm das Blumenbeet vorgeführt, das Joanna unter dem Küchenfenster anzulegen begonnen hatte – ein kompliziertes Muster aus Quadraten und Schnörkeln, Schlangenlinien aus Rosmarin und Lavendel, Lilien und Nelken. Sogar Guillaume, der keinerlei Interesse an Gartenbau hatte, erkannte, daß er es hier mit etwas Ungewöhnlichem zu tun hatte. Wie Joanna, dachte er – ebenso fehl am Platze in diesem Elendsquartier wie ein exotischer Vogel in einem schäbigen Käfig.
Agnès Dubreton entschuldigte sich und kehrte ins Haus zurück. Guillaume half Joanna aus dem Gras auf und nahm ihren Arm, als sie auf den Bach zuschlenderten, der durch den Garten floß.

Joanna trug wieder Schwarz, doch vor seinem geistigen Auge sah Guillaume sie in bronzefarbener Seide, mit Perlenschnüren im Haar. Gaetano Cavazza hatte sie gut gemalt, dachte er. Am Ufer des Baches machten sie halt. Kleine, weiße Blumen sprenkelten den sumpfigen Boden, und der scharfe Duft von Wasserkresse lag in der Luft. Das klare, von Bäumen beschattete Rinnsal hatte die Sonne noch nicht austrocknen können.

Guillaume, für den Verlegenheit oder Unbeholfenheit etwas Ungewohntes war, sagte: »Ich bin nicht nur nach Bourges gekommen, um mich von Ihnen bewirten zu lassen, Madame Zulian. Ich möchte Ihnen einen Vorschlag machen – einen Antrag. Vielleicht halten Sie mich für unverschämt, ja, sogar beleidigend – aber ich würde es begrüßen, wenn Sie mich zu Ende anhören würden. Wollen Sie mir das versprechen?«

Sie nickte. Amüsiert beobachtete er, wie sie sich ihren Weg durch das Dickicht aus Ästen und Farnen bahnte, das den Wald vom Bach trennte. Sie war eine so seltsame Mischung aus Gassenkind und großer Dame, dachte er. Er konnte sie sich in Seide und Satin am Hofe von König Louis XII. vorstellen – und ebenso gut barfuß und mit windzerzausten Haaren durch Berg und Tal streifend.

Das Wäldchen war klein und anheimelnd. Hierher drang kein ländlicher Geruch, kein Schweinegrunzen. Es erschien ihm merkwürdig, seinen Antrag an einem solchen Ort zu machen – Guillaume hätte einen prächtigen Salon vorgezogen. Er schuf einen Sitzplatz für Joanna, indem er sein kurzes Cape über einen Holzklotz legte, und wählte sorgfältig seine Worte.

»Madame – seit unserer letzten Begegnung habe ich Erkundigungen betreffs Ihrer Situation angestellt. Ja«, er hob gebieterisch die Hand, erstickte ihren Protest im Keim, »ich bin dreist. Ich habe Sie gewarnt. Jedenfalls habe ich erfahren, daß Madame Dubreton verwitwet und verarmt ist – und daß ihr Sohn, ihr Adoptivsohn, verschwunden ist.«

Joanna runzelte ihre glatte Stirn. Er musterte sie aufmerksam, denn er hatte sich im Laufe der letzten Wochen wiederholt gefragt, welcher Art ihre Beziehung zu Toby Crow sein mochte. Doch ihr Gesicht verriet ihm nichts – und außerdem spielte es keine Rolle mehr. Toby Crow war unwichtig. Falls er je ein Teilnehmer des Spieles gewesen war, war Toby aus dem Spiel ausgestiegen.

»Toby Crow – Toby Dubreton – hat wahrscheinlich eine lohnendere Anstellung in eines anderen Herrchens Haus gefunden. Vielleicht ist er auch nach Italien zurückgegangen, um wieder als Söldner zu kämpfen. Oder er ist vor seinen Schöpfer getreten – wer weiß? Wie auch immer – er ist nicht zu finden. Ich habe, wie versprochen, nachgeforscht.«

Guillaume machte eine Pause, um seine Worte wirken zu lassen. Dann fügte er leise hinzu: »Ich weiß nun auch, daß Sie keine Angehörigen haben und daß Sie verheiratet sind.«

Die ineinander verflochtenen Äste über ihr beschatteten Joannas Gesicht, verdunkelten ihre Augen. Sie stand auf, und Guillaumes Seidencape rutschte auf den Moosboden.

»Ich habe gegenüber Madame Dubreton keinen Hehl aus meinem Personenstand gemacht, Monsieur du Chantonnay, ich habe mich lediglich bei den Dorfbewohnern als Witwe ausgegeben, weil meine wahre Situation sie entsetzen würde. Soviel ich weiß, lebt mein Mann in Venedig. Ich werde nicht zu ihm zurückgehen. Wenn Sie meine Lebensumstände verurteilen, Monsieur, bedauere ich das, aber es geht Sie wirklich nichts an.«

Mit zornblitzenden Augen stand sie, stocksteif in ihrem Stolz, vor ihm. Gleich würde sie ihn ohrfeigen, dachte Guillaume amüsiert, ihn hier in dem Wäldchen stehenlassen und zum Haus zurückstolzieren.

»Madame«, sagte er milde, »es lag mir fern, Sie zu kritisieren – ich wollte Ihnen nur mitteilen, daß ich über Ihre Probleme

Bescheid weiß –, und es wäre mir eine Freude, Sie von einigen davon zu befreien.«
Ihr Zorn erlosch. »Ich hoffe, daß Gaetano eines Tages an den Papst herantritt, um eine Scheidung zu erwirken, aber ...« Joanna schüttelte den Kopf.
»Im Augenblick hat der Papst sicherlich keinen Sinn für derlei«, erwiderte Guillaume. »Ihn beschäftigen zur Zeit Dinge wie die Demütigung von Venedig und die wachsende Stärke von Frankreich. Vermutlich werde ich bald nach Italien reisen müssen. Die Verpflichtungen, die mir mein Rang auferlegt, meine liebe Joanna ...«
Ein Schweigen entstand. Dann fragte sie ohne Umschweife: »Was wollen Sie von mir, Monsieur du Chantonnay?«
»Ich möchte Ihnen helfen – Ihnen einen Platz in meinem Haus anbieten.«
Joanna blinzelte verwirrt. »Als Serviermädchen? Als Näherin?«
Guillaume gestattete sich ein Lächeln. Er schüttelte den Kopf und sagte unbefangen: »Ganz gewiß nicht, Madame – als meine Mätresse.«
Jetzt würde sie ihn tatsächlich schlagen. Er sah, wie sie die Fäuste ballte, wie ihre Augen sich weiteten. Beinahe freudig erwartete er den brennenden Schmerz ihrer Ohrfeige. Er hatte alles sorgfältig durchdacht. Joanna Zulian konnte nicht heiraten, und deshalb brauchte sie Schutz und, wie er annahm, Geld. Das Leben, das sie im Moment führte, abgeschnitten von Luxus und gebildeter Gesellschaft, mußte qualvoll für sie sein. Man mußte ihr nur ihre Möglichkeiten vor Augen führen.
Auf ihren Wangen leuchteten rote Flecken, und ihr Blick irrte, Guillaume meidend, ziellos herum. Er dachte flüchtig daran, wie es sein würde, Joanna Zulian in sein Bett zu holen, und stellte fest, daß die Aussicht darauf ihn mit ungeduldiger Vorfreude erfüllte.
»Mein Angebot ist keineswegs als Beleidigung gemeint, Ma-

dame«, sagte er sanft. »Betrachten Sie es bitte in dem Licht, in dem es gemacht wird: als Huldigung Ihrer Schönheit, Ihrer Anmut, Ihrer Klugheit.«

Trotz der stickigen Hitze zitterte sie. Schließlich fand sie ihre Sprache wieder: »Monsieur du Chantonnay ...«

Er nahm ihre Hand in die seine. Er hätte sie gerne gestreichelt, sie besänftigt, wie er ein erschrockenes Pony besänftigen würde – doch er wußte, das er vorsichtig sein mußte, wußte, wie schnell sie etwas als Beleidigung auffaßte.

»Madame Zulian – Joanna – ich trage Ihnen nichts Schmutziges an, nichts Beschämendes. Ich biete Ihnen einen eigenen Haushalt an, Dienerschaft, so viele Kleider und Juwelen, wie Sie zu besitzen wünschen. Ich biete Ihnen die Erlösung aus der Armut. Ich biete Ihnen einen Platz in einer Gesellschaft, deren Niveau es möglich macht, Sie zu würdigen. Ich biete Ihnen den Rahmen an, den Sie brauchen – den Sie verdienen und der zu ihrer Schönheit paßt.«

»Warum?« flüsterte sie. Sie hatte ihm ihre Hand entzogen, und jetzt spielten ihre Finger nervös mit den Falten ihres Kleides. »Warum? Sie können jede Frau haben, nach der Ihnen der Sinn steht. Sie könnten eine vornehme Dame heiraten ...«

»Die Dame, die ich heiraten wollte, hat sich mit einem anderen verbunden – ich erzählte es Ihnen bei unserer letzten Begegnung, Madame.«

»Die Witwe Ihres Cousins?« erinnerte sie sich. »Madame de Marigny?«

»Madame de Marigny hat einen Bretonen namens de Bohun geheiratet, der sie zweifellos noch unglücklicher machen wird, als Cousin Reynaud es tat.«

Sein Ton war locker, doch seine Worte verrieten seine Bitterkeit. Seine Lippen hatten sich zu einem säuerlichen Lächeln verzogen, ein Schleier lag über seinen Augen. »Ich beabsichtigte, Reynauds Witwe zu heiraten – dadurch hätte ich mich in den Besitz von

Marigny gebracht. Es ist das einzige, was ich jemals wollte.« Es überraschte ihn, daß sie ihn zur Ehrlichkeit inspiriert hatte: Er hatte vorgehabt, ihr zu schmeicheln, ihr leidenschaftliche Liebe vorzugaukeln. »Sie haben mich dazu gebracht, eine lebenslange Regel zu brechen und die Wahrheit zu sagen«, sagte er leise. »Kränkt es Sie, Madame, daß ich ein Haus – Ländereien – über die Frau stelle, die ich gebeten habe, meine Mätresse zu werden? Daß ich Sie nicht kniefällig anflehe und beschwöre, mit mir zu kommen?«

Joannas Blick traf den seinen. »Ich habe diese Art Liebe gekannt, Monsieur«, antwortete sie mit jetzt völlig ruhiger Stimme, »und ich suche sie kein zweites Mal. Und ich lasse mich niemals wieder besitzen – niemals wieder einsperren.«

Er berührte ihren Arm. »Ich würde Sie nicht einsperren, Joanna. Sie hätten ein eigenes Reich, ein eigenes Leben. Sie könnten sich Ihre Gesellschaft selbst aussuchen, reisen, wohin Sie wollten. Das alles verspreche ich Ihnen.«

Sie schaute zu ihm auf, studierte schweigend sein Gesicht. Dann fragte sie noch einmal: »Warum?«

Er nahm ein paar Strähnen ihres Haares, ließ sie wie Seide durch die Finger gleiten. »Eine Marotte, eine Caprice. Die Idee eines Mannes, der die gewöhnlichen Dinge des Lebens immer viel zu leicht bekommen hat, der immer nach dem Exotischen hungerte – dem Außergewöhnlichen. Sie sind exotisch, Joanna – Sie sind außergewöhnlich. Wenn ich Marigny schon nicht haben kann, dann möchte ich wenigstens *Sie*. Bitte.«

Seine Hände ruhten leicht auf ihren Schultern. Wie zerbrechlich sich ihre von schwarzem Stoff bedeckten Knochen anfühlten, dachte er. Einen Augenblick lang bereute er beinahe, was er zu tun beabsichtigte, doch dann siegte seine Furcht über sein flüchtiges Bedauern. Er wußte, daß er ihr wochenlang – monatelang – den Hof hätte machen sollen, aber er hatte sich diesen Luxus nicht zu erlauben gewagt: Er fürchtete, sie zu

verlieren. Er fürchtete, Joanna Zulian zu verlieren, die seine Waffe sein würde.
»Denken Sie über meinen Vorschlag nach«, flüsterte er beschwörend. »Lehnen Sie ihn nicht gleich ab, ich bitte Sie. Denken Sie nach. Bedenken Sie, was ich Ihnen geben kann. Ich komme am Michaelitag wieder.«
Sie setzte zum Sprechen an, doch er legte seinen Finger auf ihre Lippen, um sie daran zu hindern. Guillaume geleitete sie durch das Wäldchen, über den Bach, durch den Garten des Kleinanwesens zurück. Die Blumen in dem Beet, das sie angelegt hatte, leuchteten im Sonnenschein des späten Nachmittags, ein Netzwerk aus Rot-, Blau- und Rosatönen.
»Von mir könnten Sie einen Garten bekommen – zehnmal so groß wie dieser, Madame«, sagte er.
Sie reagierte nicht, stand schweigend da, so hochgewachsen und und schön wie die Lilien, die an der Hausmauer wuchsen. Guillaume hatte ihr eine Möglichkeit eröffnet – nun blieb ihm nichts anderes übrig, als auf Joannas Entscheidung zu warten. Mit einer Verbeugung verabschiedete er sich.

Nachdem Guillaume du Chantonnay gegangen war, blieb Joanna allein im Garten, um zu Atem zu kommen und das Geschehene zu überdenken. Irgendwann kam Agnès heraus und setzte sich neben sie.
»Ich habe ihn fortreiten sehen. Das ganze Dorf hat zugeschaut, glaube ich. Wir bekommen hier nicht oft solche Pracht geboten.«
Joanna rang sich ein Lächeln ab.
»Er sieht gut aus, ist vornehm und reich. Ich möchte ja nicht aufdringlich sein – aber ich platze gleich vor Neugier.«
Joanna schlang die Arme um ihre Knie. »Monsieur du Chantonnay hat mir ein Angebot gemacht, Agnès – allerdings kein ehrenhaftes: Er möchte, daß ich seine Mätresse werde.«

Agnès riß die Augen auf. »Gütiger Gott! Und was hast du geantwortet?«
»Daß ich darüber nachdenken werde.« Ihr Blick ging an Agnès vorbei. »Bist du schockiert, Agnès?«
»Über dich oder ihn?« fragte Agnès mit schwacher Stimme. Sie schüttelte den Kopf. »Um ehrlich zu sein – ich weiß es nicht, meine Liebe. Ich bin ein wenig ... ein wenig entgeistert, denke ich.«
Joanna lächelte trocken. »Das war ich auch – ich dachte, Monsieur du Chantonnay suche eine Näherin.«
Agnès verfiel in Schweigen.
Ähnlich sprachlos, dachte Joanna an Guillaume du Chantonnay – einen Mann mit blauen Augen, der sie bei der dritten Begegnung bat, seine Mätresse zu werden. Es war ungeheuerlich.
»Er weiß von Gaetano«, sagte sie schließlich. »Martin Gefroy, der Arzt, den ich erwähnte, hat es ihm erzählt.«
»Magst du ihn?« fragte Agnès plötzlich. »Liebst du ihn?«
Joanna starrte über den Garten, den Bach und das Wäldchen hinweg zum Horizont, wo die Ebene in violettem Dunst mit dem Himmel verschmolz. »Nein, ich liebe ihn nicht – aber er ist mir nicht zuwider. Und ich halte es für möglich, daß die Liebe vielleicht zu wichtig genommen wird.«
»Für mich *war* sie wichtig«, erwiderte Agnès leise.
»Natürlich.« Joannas Stimme klang traurig. »Aber du hattest auch immer ein Heim, eine Familie, einen Platz, wo du hingehörtest. Ich hatte niemals ein Zuhause, und die Menschen, die ich liebe, verlassen mich grundsätzlich. Und die, die *mich* lieben, wollen mich *besitzen*.«
Sie dachte an Donato und Sanchia, an Gaetano, an Paolo. An Martin – und an Toby. Als habe Agnès ihre Gedanken gelesen, fragte sie: »Hat Monsieur du Chantonnay Toby getroffen?«
Joanna bemerkte einen Hoffnungsschimmer in Agnès' Augen.

Es widerstrebte ihr, diese Hoffnung zu zerstören, aber sie schüttelte den Kopf und sah das Licht erlöschen.
»Er wird schon wieder auftauchen«, sagte Agnès, sich aufrappelnd, mit entschlossener Zuversicht. »Toby ist wie eines jener Dinger, die Ritter mit ihren Lanzen attackieren – diese Dinger, die immer zurückschwingen. Du weißt schon, Joanna ...«
»Stechpuppen«, half Joanna ihr, dann stand sie auf und schüttelte ihre Röcke aus.

In Marigny stieg François auf sein Pferd und ritt wie jeden Nachmittag über die Zugbrücke und die Wiese. Das Pferd war ein prächtiges Tier, ein großer, schwarzer Hengst, ein Geschenk von Hamon. Als er ihn zum Trab antrieb, dachte François, welch eindrucksvollen Anblick er bieten mußte. Er trug ein neues Wams – gesteppt, mit Flügelschultern und schmaler Taille – und den Helm mit den Federn.
Auf dem Weg zum Wald kam er an der Stechpuppe vorbei, die reglos in der heißen Augustsonne stand. Für einen kurzen Moment fühlte er einen Anflug von Einsamkeit. Früher war Meraud dagewesen, den er als selbstverständlich betrachtet hatte, und dann Toby, den er anbetete. Eleanor, die ihm mit ihrer ständigen Überbesorgtheit auf die Nerven fiel, hatte sich ins Bett zurückgezogen. Was Hamon betraf – François gestand sich ein, daß er sich vor ihm fürchtete. Hamon erinnerte ihn an seinen Vater.
François hätte sich beinahe selbst ausgelacht. Nein, Hamon hatte keinerlei Ähnlichkeit mit Reynaud. Hamon besaß keine Macht über ihn, und wenn es ihm, François, gefiele, könnte er Hamon und Eleanor auf der Stelle aus Marigny fortjagen. Und was die Einsamkeit betraf – wie könnte der Seigneur de Marigny sich einsam fühlen. Im Schloß wimmelten ganze Heerscharen von Bediensteten herum, und in letzter Zeit hatten zahlreiche Bankette stattgefunden. Und in einem Jahr würde er heiraten:

Er hatte sich bereits eine Frau erwählt – mit Hamons Hilfe. Sie war dreizehn Jahre alt, dick und mundfaul.
Sein Tempo ein wenig drosselnd, tauchte François in den Wald ein. Unter den Bäumen war es dunkel, nur hier und da durchbohrten Sonnenstrahlen das Blätterdach wie goldene Lanzen. François wählte seinen Weg mit Bedacht, mied die Route, die an dem Teich vorbeiführte, in dem er vier Jahre zuvor beinahe ertrunken wäre. Das einzige Geräusch um ihn her, als er über Farne und welke Blätter ritt, war der dumpfe Hufschlag des kanternden Pferdes.
Er drang tiefer in den Wald ein. Die Luft war kühl und frisch, eine Erlösung nach der beklemmenden Hitze des offenen Geländes. Ein Rascheln von Blättern und das Knacken eines brechenden Zweiges störten die Stille. Ein Reh brach aus dem Unterholz hervor, ein Kitz, dessen Decke noch die typischen weißen Flecken aufwies. Mit einem Kriegsschrei rammte François seinem Pferd die Sporen in die Flanken.
Sein Herz hämmerte, und sein Atem ging keuchend, als er das Wild durch den Wald jagte. Er hatte Pfeil und Boden zu Hause gelassen, und hatte nur sein Schwert dabei. Also würde er das Tier an der Begrenzungsmauer in die Enge treiben und ihm die Kehle durchschneiden. Dann würde er es über seinen Sattel legen und nach Marigny bringen. Wie sie ihn dafür bewundern würden, ganz allein ein Reh erlegt zu haben, dachte er.
Über den Hals des Pferdes gebeugt, preschte er durch den Wald, sorgsam darauf achtend, daß seine Füße nicht aus den Steigbügeln rutschten. *Er* würde nicht stürzen wie sein Vater! Den Hengst mit Sporengewalt durch ein Brombeerdickicht treibend, sah François die Mauer vor sich – und das Reh. Das kleine Tier zitterte, gefangen und erschöpft.
Plötzlich hörte er etwas hinter seinem Rücken. Zweige knackten unter schweren Schritten, Äste wurden von kräftigen Armen

beiseite geschoben. François drehte sich um: Drei Männer umzingelten ihn.
Es waren große, grobschlächtige Kerle, die ihn in einer Weise musterten, die ihn erschaudern ließ. Sie sagten kein Wort. François versuchte zu sprechen, ihnen zu befehlen, ihrer Wege zu gehen, doch er brachte keinen Ton heraus. Sie waren unbefugt auf seinen Besitz eingedrungen. Vielleicht waren sie Räuber. Sie betrachteten François, wie er das Reh betrachtet hatte.
Er hatte Angst, sein Gesicht und sein Rücken waren plötzlich schweißbedeckt. Er wünschte, Meraud wäre da. Er wünschte, Toby wäre da. Für einen kurzen Moment wünschte er sogar, sein Vater wäre da. Er wartete wie erstarrt – wie das Reh. Dann dachte er, ich bin François du Chantonnay, der Seigneur de Marigny, und sah sich, wie er es vorher getan hatte, mit dem prächtigen Schwert an seiner Seite und dem federgeschmückten Helm auf dem Kopf. Dem Pferd die Sporen gebend, wendete er den Hengst, wollte über die Mauer setzen – doch das Pferd reagierte auf das schmerzhaft im Maul reißende Gebiß und stieg. François entglitten die Zügel, er geriet im Sattel ins Rutschen. Sein einer Fuß verklemmte sich im Steigbügel, eine starke Hand packte seine Zügel. Er fiel seitwärts aus dem Sattel und hing, lächerlich gefangen in dem Steigbügel, mit dem Kopf nach unten seitlich an seinem Hengst. Er hatte seinen Helm verloren, sein blondes Haar schleifte im Staub. François spürte Hände an sich zerren, und das letzte, was er wahrnahm, war das Reh, das noch immer zitternd vor Angst an der Mauer stand.

Als Martin Gefroy spät an jenem Nachmittag den breiten Weg hinunterritt, der sich durch den Marigny-Wald schlängelte, sah er eine kleine Gruppe von du-Chantonnay-Bediensteten unter den Bäumen hervorkommen und über die Wiese auf das Schloß zusteuern. Er kniff die Augen zusammen, schützte sie mit einer

Hand gegen das Sonnenlicht – und sah, daß sie etwas trugen. Als er erkannte, *was* sie trugen, als er das reiterlose Pferd bemerkte, das sie mit sich führten, trieb Martin sein Pferd zum leichten Galopp an und ritt auf sie zu. Er veranlaßte sie, stehenzubleiben und die Bahre im Gras abzusetzen. Zuerst wollten sie seinem Ansinnen nicht nachkommen, doch mit einer Autorität, die zu besitzen er nicht gewußt hatte, setzte er sich gegen ihre Proteste durch. Sich ins Gras kniend, zog er das Cape weg, das François bedeckte.

Er atmete tief durch, um sich zu fassen. Dann öffnete er das zerrissene Wams und das seidene Hemd, das den zerbrechlichen Körper des Jungen bedeckte, und nahm die Blutergüsse und Abschürfungen in Augenschein, mit denen François' weiße Haut übersät war – unter besonderer Beachtung der Position der einzelnen Verletzungen. Plötzlich fiel ein Schatten auf den sonnenbeschienenen Boden, und als Martin aufblickte, sah er Hamon de Bohuns Kammerdiener.

»Er ist gestürzt«, sagte der Mann. »Sein Pferd muß ihn abgeworfen haben. Er war schon immer ein schlechter Reiter.« In den Augen des Dieners war keine Spur von Mitleid zu entdecken. Er bedeutete den anderen Bediensteten, die Bahre wieder aufzunehmen. »Schafft ihn ins Schloß – aber so, daß Madame de Marigny ihn nicht zu sehen bekommt: In ihrem Zustand wäre das nicht gut für sie.« Sein gleichgültiger Blick wanderte langsam zu Martin zurück. »Sind Sie nicht auch dieser Meinung, Doktor?«

Martin nickte, unfähig zu sprechen. Als er aufstand, stieg die Angst in ihm auf. Sein Blick folgte dem Grüppchen, das mit der Bahre, auf der François du Chantonnays Leiche lag, auf die Zugbrücke zusteuerte, und glitt dann zu den leeren, schwarz wirkenden Fenstern hinauf, die auf die Wiese herausführten. Er glaubte, das blasse, ovale Gesicht hinter einem der Fenster zu sehen, doch er war nicht sicher.

Froh über die Eskorte, die Guillaume ihm mitgegeben hatte, stieg Martin auf sein Pferd und ritt los – fort von Marigny. Auf dem Rückweg nach Nantes begriff er, was er getan hatte. Er sah vor seinem geistigen Auge den zerschundenen, zerschlagenen, leblosen Körper des halbwüchsigen Jungen und hörte sich sagen: »Der Seigneur befindet sich augenblicklich bei guter Gesundheit, Monsieur de Bohun. Ich bin erfreut über seine Fortschritte.«
Als er in Nantes ankam, holte er zwei Flaschen Wein aus dem Keller und betrank sich in seinem Zimmer bis zur Bewußtlosigkeit.

Der Schuster belohnte Toby mit einer Handvoll Goldmünzen aus seiner Kassette. Toby belohnte den Schuster ein paar Wochen später damit, daß er sich eines Morgens von ihm verabschiedete. Er hatte Aufmerksamkeit erregt. Richmond war nicht länger sicherer Boden. Nathaniel, dessen heldenverehrender Augenausdruck Toby unangenehm an François du Chantonnay erinnerte, begleitete ihn bei strömendem Regen bis zum Stadtrand.
Von dem Gold des Schuhmachers kaufte Toby sich ein Schwert und ein Pferd, das ihn nach Dover brachte. Dort bestieg er ein Schiff, das in die Normandie fuhr.
Als er den Fuß auf französischen Boden setzte, kehrte der Sommer zurück. Am Kai von Calais, einer englischen Besitzung, hatte er nach der langen Seereise das Gefühl, das Kopfsteinpflaster unter seinen Füßen schwanke wie die rollenden Decks. Der Himmel war blau und wolkenlos, die Luft warm. Er wechselte sein Gold in französische Währung um und machte sich auf die Suche nach einem Ersatz für das Pferd, das er in Dover verkauft hatte. Auf dem Weg von einem Stall zum nächsten wurde ihm klar, daß er eine Entscheidung treffen mußte: Bourges oder Marigny. Es graute ihm vor beidem. Als er die Zähne und die

Hufe einer lebhaften, kastanienbraunen Stute begutachtete, beschloß er, zuerst nach Bourges zu reiten. Er hatte genug von unerledigten Angelegenheiten: Er würde die Reise beenden, die er fünf Monate zuvor angetreten hatte.

Toby erreichte das Dorf an einem Sonntagmorgen, wartete bei den Pappeln auf dem Friedhof, bis die Messe zu Ende war und der Pfarrer und die Gottesdienstbesucher gegangen waren. Dann machte er sich daran, die Aufschriften auf den neuesten Grabsteinen zu lesen.

Er fand, was er befürchtet hatte. Zorn und Verzweiflung ergriffen ihn. PAUL DUBRETON, GELIEBTER GATTE VON AGNÈS. Er begriff, daß er alle im Stich gelassen hatte, und wußte, daß er es nicht wiedergutmachen konnte. Auch das hatte Hamon de Bohun ihm genommen: die Möglichkeit, Abschied zu nehmen.

Er verließ den Friedhof und ging zu seinem Pferd zurück, das er unter den Bäumen versteckt hatte.

Joanna, die zur Kirche zurückgekehrt war, um das Umschlagtuch zu holen, das Agnès in der Bank zurückgelassen hatte, sah ihn weggehen. Im ersten Moment war sie nicht sicher, ob er es wirklich war – er sah irgendwie fremd aus, und außerdem erschien es ihr unmöglich, daß Toby Crow nach so langer Abwesenheit plötzlich wieder dasein sollte. Sie wollte nicht den gleichen Fehler machen wie vor langer Zeit in Venedig, als sie auf ihren Vater wartete. Mit hämmerndem Herzen lief sie hinter ihm her.

Als sie ihn einholte, war er bei seinem Pferd angekommen und ergriff gerade die Zügel, um aufzusteigen. Joanna sah sein Profil und wußte, daß sie sich nicht geirrt hatte.

»Toby!«

Er drehte sich um. Sein Gesichtsausdruck zeigte eher Benommenheit und Verwirrung als Freude. »Joanna ...« Er ließ die

Zügel nicht los, er nahm nicht ihre Hand, er küßte sie nicht, ja, er lächelte nicht einmal.
Ungläubig sagte Joanna: »Du verschwindest doch nicht etwa schon wieder, oder? Du hast Agnès ja gar nicht gesehen.« Es schien ihr undenkbar, daß er fortreiten wollte, ohne mit Agnès gesprochen zu haben – aber Joanna begriff plötzlich, daß er genau das vorgehabt hatte.
Tobys dunkle Augen warfen einen Blick zum Friedhof hinüber. »Ich bin offenbar zu spät gekommen.«
Ihr Herz begann vor Furcht zu hämmern, nicht vor Glück. Sie betrachtete ihn, wie er da unter den Ulmen am Rande des Friedhofs stand, und sah, wie er sich verändert hatte. Er war ärmlich gekleidet, in groben Wollstoff und Leinen, und in seinen glanzlosen Augen stand ein unbestimmbarer Schmerz.
»Was ist mit dir *geschehen?*« flüsterte sie. »Wo bist du gewesen? Warst du krank?«
»Ein wenig – nicht schlimm.« Er versuchte zu lächeln, doch es wollte ihm nicht gelingen. »Ich bin unter die Räuber gefallen, das ist alles. Besser gesagt: Ich bin schon vor langer Zeit unter sie gefallen, aber ich war zu dumm, um sie als das zu erkennen, was sie waren.«
Sie begriff nicht, wovon er sprach. Einen Moment lang traf sein Blick den ihren, doch er bewegte sich nicht. Joanna erkannte, daß er, sollte sie ihn berühren, zurückweichen würde.
»Ich wurde ... aufgehalten«, sagte Toby.
Das war alles. *Aufgehalten.* Sie wartete, daß er eine einleuchtende Erklärung für sein Fernbleiben abgäbe, dafür, daß er die Dubretons im Stich gelassen hatte, aber er sagte nichts. Joanna dachte daran, was sie in den vergangenen Monaten durchgemacht hatten, dachte an Agnès' Verzweiflung, an Pauls Krankheit und Tod, an die Leere ihres eigenen Lebens – und für einen Augenblick wurde ihr heiß vor Zorn. Ihre Stimme klang

hölzern, als sie sagte: »Guillaume du Chantonnay sagte mir, Bruder Joachim habe dir meinen Brief übergeben.«
Plötzlich kam Leben in die starren Augen. Toby blinzelte aufgeregt. »Guillaume! Du hast Guillaume gesehen?«
Joanna nickte. »Monsieur du Chantonnay kam hierher, um mir für meine Hilfe in Mailand zu danken.« Guillaumes Motiv für seinen zweiten Besuch erwähnte sie nicht – es ging Toby Crow nichts an. »Martin Gefroy ist Monsieur du Chantonnays Leibarzt«, fügte sie hinzu. »Er hatte Monsieur du Chantonnay gesagt, wo er mich finden würde.«
Toby schloß für einen Moment die Augen, strich mit der Hand darüber. »Ich muß herausfinden, was in Marigny geschehen ist.«
Zorn wallte in ihr auf. Er wollte Agnès nicht besuchen, die ihn wie ein eigenes Kind aufgezogen hatte – aber er wollte zu den du Chantonnays. Als seien *sie* seine Familie und nicht die Dubretons.
Eisig und mit bewußter Brutalität sagte Joanna: »Eleanor du Chantonnay hat geheiratet. Wußtest du das?«
An seinem Gesichtsausdruck war nicht zu erkennen, ob er es bereits gewußt hatte. Dann flüsterte er: »Hamon den Bohun«, und sie sah den Abscheu in seinen Augen. Toby Crow, der gutes Aussehen, Intelligenz und Glück im Spiel besaß, der die den Männern vorbehaltene Möglichkeit hatte, sich frei zu bewegen und den seiner Neigung entsprechenden Beruf auszuüben, hatte das wichtigste Spiel seines Lebens verloren.
Sie hatte also recht gehabt – sie hatte ihm nie etwas bedeutet. Was in dem italienischen Garten geschah, war für ihn nur ein Zeitvertreib gewesen. »Du hast sie geliebt, nicht wahr?« fragte sie leise.
Er antwortete nicht, stand nur da, das Gesicht von den großen Blättern der Ulmen beschattet, und starrte sie wie hypnotisiert an. Nein, dachte sie bitter – sie hatte sich schon wieder geirrt: Toby liebte nicht einmal Madame de Marigny. Schließlich hatte

ihr Martin letztes Jahr in Mailand deutlich erklärt, wie die Dinge lagen. »Ich habe den Ehrgeiz unseres guten Toby stets bewundert«, hatte Martin gesagt. Toby liebte niemanden.

»Nein – du hättest sie nur wegen Marigny genommen, nicht wahr?«

Er zuckte zusammen wie unter einem Schlag, alle Farbe wich aus seinem Gesicht. Auf einmal sah er krank aus. Er zitterte, als sei der Himmel nicht leuchtend blau, als flimmerte die Luft über der Ebene nicht in der Mittagshitze.

Langsam drehte er sich um und stieg in den Sattel. Die Zügel straffend, schaute er die vor ihm liegende Straße hinunter.

»Ich glaube nicht, daß es viel Sinn hätte, Agnès zu besuchen. ›Tut mir leid, Agnès – ich wurde aufgehalten und schaffte es nicht, zur Beerdigung zu kommen‹ würde sich nicht gut anhören. Es ist besser, ich verschwinde – meinst du nicht auch, Joanna?«

Im ersten Moment brachte sie kein Wort heraus. Sie packte die Zügel und zog den Kopf der Stute so weit herum, daß Toby sie ansehen mußte. Dann fand sie ihre Sprache wieder. »Agnès wird vielleicht das Haus aufgeben müssen, Toby. Sie hat nicht viel Geld.«

Sie hatte ihn verletzen wollen, und sie sah, daß es ihr gelungen war.

Er lächelte freudlos und schüttelte den Kopf. »Ich habe auch keines, Joanna – ich habe auch keines. Ich habe ein Pferd, ein Schwert und eine Handvoll Münzen in der Tasche – das ist alles.«

Ein heißer Windhauch ließ die Blätter rascheln. »Bitte erzähle Agnès nicht, daß ich hier war«, bat er.

Für einen Moment loderte Haß in ihr auf. »Du verlangst zuviel.«

Er wandte sich ab. »Ja«, sagte er, »aber das habe ich immer getan, nicht wahr?«

Sie ließ die Zügel los, beobachtete, wie er seinem Pferd die Fersen in die Flanken drückte und dann die Straße entlang- und den Hügel hinaufritt. Sie verschwendete keine Träne an ihn. Er war keine Träne wert.

Während der letzten drei Tage waren Martins Vorsätze ins Wanken geraten. Er trank jetzt nicht mehr, um seinen Schmerz zu lindern, sondern um seine Furcht zu betäuben. Mit einer Flasche Wein in der Satteltasche konnte er immer noch die zu Guillaumes Besitz gehörenden Dörfer, noch immer die Häuser von Guillaumes Nachbarn aufsuchen. Ohne Wein, das wußte er, hätte er nicht gewagt, sein Zimmer zu verlassen, hätte sich zu Hause versteckt, die Decke über den Kopf gezogen und angstvoll auf Schritte auf der Treppe gewartet, auf das Schaben, mit dem ein Schwert aus der Scheide gezogen wurde.
Drei Tage zuvor war er zu einem nahe gelegenen Bauernhof geritten, um dort eine Frau zu behandeln. Auf dem Rückweg begann sein Pferd, ein friedliches, freundliches Tier, zu buckeln und herumzuspringen wie ein ungezähmter Hengst. Hätte nicht einer von Guillaumes Pächtern die Zügel fassen können, wäre Martin sicherlich abgeworfen worden. Als er den Sattel herunternahm, fand er eine zweieinhalb Zentimeter lange Glasscherbe unter der Satteldecke. Er starrte sie einen Moment lang verwirrt an, reimte sich komplizierte Erklärungen für ihr Vorhandensein zusammen. Und dann begriff er plötzlich – und erschauderte. Plötzlich erlangte eine Reihe kleiner Ereignisse, die er zu der Zeit für unwichtig gehalten hatte, eine unheimliche Bedeutung: eine Straßenschlägerei in Nantes, in die Martin sich unversehens verwickelt sah; eine Bande von Vagabunden, die auf der Straße, die er ursprünglich für den Heimweg ausgewählt hatte, Reisende überfiel ... Keine ungewöhnlichen Vorfälle, hatte er gedacht und sich dazu beglückwünscht, ungeschoren davongekommen zu sein – doch als er jetzt die Glasscherbe in seiner Hand

betrachtete, wurde ihm siedendheiß klar, daß diese Zwischenfälle sich in den vierzehn Tagen seit François du Chantonnays Tod ereignet hatten. Seit er François du Chantonnays Leiche gesehen hatte.

Von diesem Zeitpunkt an ritt er nicht mehr ohne eine Weinflasche in der Satteltasche aus; schaute unterwegs wiederholt über seine Schulter; führte ein Schwert mit, womit er sich bisher nie belastet hatte; versuchte, sich daran zu erinnern, was Toby ihn auf dem Weg von Padua nach Mailand gelehrt hatte. Er hatte mit dem Gedanken gespielt, den Dienst bei Guillaume zu quittieren und sich nach Paris oder Leiden aufzumachen – oder sogar nach England –, aber er vertraute niemandem so weit, daß er ihn als Begleitung akzeptiert hätte, und er war sich bewußt, daß er eine solche Reise nicht allein bewältigen könnte. Sich für seine Furcht und gleichermaßen für seine Unzulänglichkeit verachtend, wußte Martin, daß er hinter jeder Ecke und hinter jedem Baum Meuchelmörder vermuten würde.

Jetzt war er nach dem Besuch bei einem seiner Patienten auf dem Heimweg. Die faszinierenden Symptome, an denen der Kranke litt – die Schwären, der Bläschenausschlag, die faulig riechende Wundabsonderung –, hatten Martin vorübergehend von seinen Ängsten abgelenkt. Er hatte dem alten Mann so weit wie möglich Linderung verschafft und danach die erste Hälfte seines einsamen Rittes nach Hause damit zugebracht, sich wirksame Behandlungsmöglichkeiten zu überlegen. Dann, als er durch eine bewaldete Senke kam, hörte er das Rascheln von Blättern, das leise Klimpern von Zaumzeug und Zügeln.

Sein Herzschlag beschleunigte sich, eine eisige Faust ballte sich in seinem Magen zusammen. Selbst in diesem Augenblick blieb ein Teil von ihm Wissenschaftler, registrierte die körperlichen Auswirkungen der Furcht. Panisch irrte sein Blick auf der Suche nach einem Fluchtweg umher, und als er keinen fand, zog er das

Schwert aus der Scheide, merkte, daß seine schweißnasse Hand auf dem eiskalten Stahl rutschte.
Der Himmel hatte sich bewölkt, die Blätter der Bäume bildeten ein dichtes Dach. Martin verfluchte sich dafür, zu dieser Tageszeit diesen Weg gewählt zu haben. Er hätte zur Mittagszeit zwischen den Feldern hindurchreiten sollen, wo Guillaumes Pachtbauern jetzt sicher in dem frisch geschnittenen Getreide lagen, sich von den Strapazen der Ernte erholten. Martin mußte sich anstrengen, um in dem gedämpften Licht etwas erkennen zu können. Die dunkle Silhouette eines Pferdes und Reiters bewegte sich auf ihn zu. Sein Schwert hebend, versuchte er, seinem Gesicht einen Zug von Entschlossenheit und Angriffslust zu verleihen.
»Wenn Sie derart mit Ihrem Schwert herumfuchteln, Martin, werden Sie vom Pferd fallen – das habe ich Ihnen schon mehrmals gesagt. Nah am Körper!«
Das Schwert, das in Richtung der Baumwipfel zeigte, schwankte und senkte sich dann. Martins Körper wurde von Zittern geschüttelt, als er sein Pferd antrieb.
»Toby«, flüsterte er. »Toby Crow.«
Er war sehr froh, ihn zu sehen.

Toby stieg von seinem Pferd, als Martin in seine Satteltasche griff und eine Flasche herausholte.
»Guillaume dachte, Sie seien tot«, sagte Martin, ihn anstarrend.
»Ich muß zugeben – eine Weile hoffte ich, er hätte recht.«
Toby nahm den Zügel von Martins Pferd. Er beobachtete, wie Martin sich mit dem Ärmel seines Gewandes über die Stirn fuhr und dann die Flasche entstöpselte.
»Jemand schickte mich auf eine Reise«, erklärte Toby. »Ich brauchte ziemlich lange, um den Rückweg zu finden.« Er bemerkte, daß Martins Hand zitterte, als dieser die Flasche zum Mund führte. »Und wie ist es Ihnen ergangen, Martin? Wenn

ich mich recht erinnere, mußte ich Sie *zwingen,* ein Schwert in die Hand zu nehmen – Sie sehen nicht gut aus.«

Martin trank einige Schlucke Wein. »Ich bin nicht krank – Sie haben mich nur erschreckt. Nun ja – zu Tode erschreckt. Ich dachte, Sie wären ...«

Seine Stimme verlor sich. Toby schaute wieder zu ihm hinauf. Martins körperlicher Zustand hatte sich seit Mailand verschlechtert: Die Haut war blaß und schlaff, die Lider waren gerötet. Toby griff hoch und nahm Martin die Flasche aus den zitternden Fingern.

»Ich brauche Sie im Vollbesitz Ihrer geistigen Kräfte – für eine halbe Stunde wenigstens.«

Martin zog hörbar die Luft ein und fragte dann leise: »Verdammt, Toby – könnten Sie nicht auch irgendeine alltägliche Untugend haben?«

Toby ging nicht darauf ein. »Ich muß über Marigny Bescheid wissen, über Eleanor, über François. Aber ich möchte keinen du Chantonnay fragen und auch keinen de Bohun – im Augenblick könnte ich keinen von beiden verkraften.«

Ein kaum sichtbarer Anflug von Neugier schimmerte in Martins geröteten Augen.

»Madame de Marigny hat geheiratet. Einen Bretonen namens de Bohun – aber das wußten Sie sicher schon. Sie erwartet ein Kind. Ich weiß nicht ...« Martin hielt inne, schaute auf Toby hinunter, »ich weiß nicht, ob sie die Geburt überleben wird: Sie ist alt für eine Erstgebärende – und sie macht mir keinen guten Eindruck.«

Toby gestattete sich nicht, über die Möglichkeit nachzudenken, daß Eleanor bei der Geburt stürbe. »Behandeln Sie sie, Martin?«

Der Arzt schüttelte den Kopf, fuhr sich mit den Fingern durch die wirren Haare. »Nein. Ich behandle – *behandelte* – den Seigneur François.«

Martins Gesichtsausdruck ließ sich nicht deuten, und Toby

spielte eilends die denkbaren Gründe für seine Korrektur der durch.

Schließlich fuhr Martin fort. »François du Chantonnay starb vor einigen Wochen. Er fiel von seinem Pferd. Jedenfalls«, er lachte freudlos, »sagt sein Stiefvater, daß er vom Pferd fiel.«

Einen Moment lang war Toby sprachlos. Wind war aufgekommen, ließ die Blätter an den Bäumen rascheln. Nach einer Weile fragte er: »Aber Sie glauben das nicht, stimmt's, Martin?«

Martin schüttelte den Kopf. Er glitt aus dem Sattel, drängte sich an Toby vorbei und setzte sich auf den Stamm einer umgestürzten, alten Buche. Der Saum seines langen Gewandes schleifte über die welken Blätter, die den Waldboden bedeckten. »Ich habe die Leiche gesehen. Ich sollte es nicht – ich war nur zur richtigen Zeit am richtigen Ort. Ich glaube, daß François du Chantonnay von seinem Pferd gezerrt und absichtlich getötet wurde. Erwürgt, genauer gesagt. Sein Hals wies Blutergüsse auf.« Er sprach sachlich, ohne Emotion. »Der Junge wurde am nächsten Tag beerdigt – wegen der Hitze, hieß es. Eleanor du Chantonnay hat die Leiche ihres Stiefsohnes nicht gesehen. Es wurde ihr nicht gestattet, Toby, aus Angst, es könnte dem ungeborenen Kind schaden.«

Toby senkte den Kopf. Er dachte an François du Chantonnay, den er vier Jahre zuvor aus einem Teich gezogen hatte, nachdem er – wenn auch nur für einen kurzen Moment – erwogen hatte, ihn ertrinken zu lassen. Der unfähige, unsichere François mit seiner Triefnase und dem lächerlichen Helm und der Unfähigkeit, die Stechpuppe richtig mit der Lanze zu treffen. Er schaute zu Martin Gefroy hinüber.

»Hamon de Bohun.«

Es war eine Feststellung. Martin schnitt eine Grimasse. »Nach François' Tod ... nun ja, de Bohun hat jetzt natürlich den Titel ... und die Ländereien ... und das Schloß ... und die Herrin von Marigny.«

Zu seiner Überraschung fand Toby seine Beschämung, sein Bewußtsein, versagt zu haben, in den Augen des Arztes wieder.
»Guillaume hat es prophezeit«, sagte Martin tonlos. »Ich glaubte ihm nicht. Ich habe das Todesurteil des Jungen unterschrieben, Toby, denn ich sagte de Bohun, mit der entsprechenden Pflege und Fürsorge könnte François das Mannesalter erreichen. Einen Monat später war er tot.«
Armer François, dachte Toby, armer, verdammter François.
»Seit jenem Tag«, sprach Martin weiter, »seit ich die Leiche sah, fürchte ich um mein Leben. Er beobachtet mich, er wartet. Ich weiß es.«
Martin stand auf und nahm Toby die Weinflasche aus der Hand. Nachdem er getrunken hatte, erzählte er Toby von der Prügelei in Nantes, von den Straßenräubern auf dem Heimweg, der Glasscherbe unter der Satteldecke. »Sagen Sie mir, daß ich töricht bin, Toby, sagen Sie mir, daß François du Chantonnay, ein schlechter Reiter, von seinem Pferd stürzte und sich das Genick brach. Sagen Sie mir, daß der Wein meinen Verstand bereits geschädigt hat, daß ich Gespenster sehe. Sagen Sie mir, daß Monsieur de Bohun ein angenehmer, wohlmeinender Mensch ist, der um seinen Stiefsohn trauert.«
Selbstverständlich konnte Toby ihm nichts davon bestätigen. Statt dessen sagte er: »Hamon de Bohun ist alles, was Sie in ihm vermuten – und schlimmer. Ich muß es wissen, Martin, er ist mein Vater.«
Er hatte nicht vorgehabt, das zu erzählen, aber er begriff, daß er die Wahrheit als Antwort auf etwas offenbart hatte – auf Vertrauen, Freundschaft oder wegen Vergebung vielleicht.
»Mein Gott!« Martin starrte ihn wie betäubt an. »Ich wünschte, ich wäre nüchtern. Ich kann nicht klar denken ...«
»Sie können morgen darüber nachdenken, Martin, wenn Sie die nächste Flasche Wein aufgemacht haben. Wenn Sie sich umschauen, um zu sehen, ob de Bohun mit einem Messer in der

Hand hinter Ihnen steht. *Oder* Sie können darüber nachdenken, wenn Sie mit mir nach Italien unterwegs sind, nachdem Sie den Rest in dieser Flasche über den Farnen hier ausgegossen haben. Es liegt bei Ihnen.«

Martin äußerte sich nicht.

»Er ließ mich am Leben, Martin«, setzte Toby leise hinzu. »Aber nicht, weil wir miteinander verwandt sind, sondern weil er mich nicht für wert hielt, sich die Mühe zu machen, mich umzubringen. Ich habe die Absicht, ihm zu zeigen, daß das ein Fehler war.«

»Was?« Martins Stimme zitterte. »Sie wollen ihn töten?«

Toby blickte ihm ins Gesicht. »Vatermord, meinen Sie, Martin? Das wäre kaum eine ›alltägliche Untugend‹.« Er schüttelte den Kopf. »Nein.«

In England hatte er nur einen möglichen Weg für sich gesehen. »Ich gehe nach Italien zurück, um zu kämpfen. Ich werde Gilles und Penniless suchen und mich mit ihnen zusammentun – wenn sie mich lassen –, und mit jedem anderen, der sich uns anschließen will. Aber ich werde für niemanden arbeiten – ich werde mein eigener Herr sein. Ich werde uns in den Dienst eines jeden stellen, der uns bezahlt. Es wird eine Zeitlang dauern, aber irgendwann werden uns Könige und Kaiser bitten, für sie zu kämpfen – das verspreche ich Ihnen, Martin. Und wir werden einen Arzt brauchen.«

Er sah die Unsicherheit in Martins Augen, die Verwirrung. Und dann sah er, wie Martin die Flasche auf den Kopf stellte und der dunkle Bodensatz über die eingerollten Farne rann.

Im September, sieben Wochen nach François du Chantonnays Tod, wurde Eleanor de Bohuns Kind geboren.

Der heiße Sommer hielt an. Die Wiese vor Marigny war pergamentgelb, die Blumen waren längst verblüht. Staub sammelte sich im Hof, auf den Treppen und in den Durchgängen

des Schlosses. Das Seil, an dem der Eimer in den Brunnen hinuntergelassen wurde, mußte verlängert werden.
Niemand sah Eleanor du Chantonnay die kurze Treppe hinunterstürzen, die von der Kapelle in den Schloßhof führte. Es war Mittag: Einige der Bediensteten waren draußen auf den Feldern und halfen den Pachtbauern, den Rest der Ernte einzubringen, die anderen waren vor der Hitze und dem Staub nach drinnen geflüchtet und hielten ein Schläfchen.
Schließlich hörte eine der Dienstmägde Eleanors Schreie und fand sie, auf dem Steinboden liegend und in Wehen, am Fuß der Stufen.
Sie half ihr auf, und es wurde nach der Hebamme geschickt. Hinter vorgehaltener Hand tuschelnd, daß das Kind durch den Sturz zu früh geboren würde, prophezeiten die Dienstboten, daß Marigny bald eine weitere Tragödie erleben werde. Vielleicht sogar eine doppelte Tragödie. Hamon quittierte die Nachricht, daß seine Frau in den Wehen lag, mit einem Nicken, trat dann im ersten Stock an das Salonfenster und ließ seine dunklen Augen über die Türme und Zinnen von Marigny, die Wiese und den Wald wandern.
Eleanor empfand die langandauernden und schmerzhaften Wehen als gerechte Strafe. Sie dankte Gott, daß das Kind drei Wochen zu spät kam. Im ersten Moment begrüßte sie den Schmerz beinahe, denn er war das erste echte Gefühl seit Monaten. Als Toby auf Marigny lebte, hatte sie die Schönheit der Landschaft, die Wärme der Sonne, die Zärtlichkeit seiner Liebkosungen sehr bewußt wahrgenommen. Seit er fort war, war sie wie betäubt durch ihre Selbstverachtung: wegen ihrer Torheit, wegen ihres Alterns, wegen ihres in wachsendem Maße grotesken Körpers. Nicht einmal der Tod ihres Stiefsohnes hatte sie so berührt, wie er es hätte tun sollen. Es kam ihr vor, als sei ihr Kopf mit Stroh ausgestopft, so daß sie unfähig war, etwas zu fühlen oder zusammenhängend zu denken. Sie hatte nicht um

François geweint. Als ihr bei der Beerdigung die Tränen in die Augen stiegen, war sie ohnmächtig geworden. Danach dachte sie, daß Gott ihr wohl verweigerte, sich durch die Äußerung ihres Kummers Erleichterung zu verschaffen.

Aber jetzt litt sie. Als die Nacht langsam in den Tag überging, wurde alles, was zuvor gewesen war – ihre Ehe mit Reynaud, Tobys Fortgang, François' Tod –, bedeutungslos. Das einzige Wichtige war der Schmerz, der in mächtigen, schrecklichen Wellen von ihr Besitz ergriff. Sie, deren Zurückhaltung sie veranlaßt hatte, ihr Unglück ihr ganzes Erwachsenenleben lang zu verbergen, hörte sich laut schreien. Sie wollte sterben, doch sie vermutete, daß Gott ihr nicht erlauben werde zu sterben. Sie glaubte, daß sie die absolute Erniedrigung, den absoluten Verlust ihrer Würde verdiente.

Das Baby wurde einen ganzen Tag nach ihrem Treppensturz geboren. Es hatte endlich zu regnen begonnen: Undeutlich nahm Eleanor, als ihr Sohn aus ihrem Körper gezogen wurde, die Tropfen wahr, die an das Fenster schlugen. Mit einer Drehung wurde ihr Kind von ihr getrennt.

Sie empfand nichts in diesem Augenblick, nicht einmal Erleichterung darüber, daß die Qualen ein Ende hatten. Als man ihr ihren Sohn zeigte, registrierte sie lediglich, daß er keine zwei Köpfe und auch keinen Buckel hatte, womit sie gerechnet hatte. Kein sichtbares Zeichen deutete darauf hin, daß er in Sünde empfangen worden war.

Unfähig, sich zu bewegen oder zu schlafen, beobachtete Eleanor, wie ihr Mann hereingeholt wurde, um seinen Erstgeborenen zu begrüßen. Er würdigte seine Frau keines Blickes. Noch immer feucht von Schweiß und Blut, betrachtete sie vom Bett aus sein Gesicht, als er sich über die Wiege beugte, um das Kind anzuschauen: Es drückte keine Spur von Liebe aus – nur Triumph und Besitzerstolz.

Als sie zu Fuß das Dorf verließ und die Straße nach Westen einschlug – in Richtung der Städte Tours und Nantes, der Bretagne und der See –, erwartete Joanna, die blau und silbern schimmernden Banner in der Ebene unten flattern zu sehen.
Sie hatte ihre Pläne mit Sorgfalt geschmiedet. Als sie Cousin Philippe Agnès' schlechten Gesundheits- und Gemütszustand geschildert hatte, reagierte dieser pflichtschuldigst mit einer Einladung. Sie weigerte sich, Agnès zu begleiten, versprach statt dessen, sich um Schwein, Schaf und Garten zu kümmern. Sobald Agnès, sehr klein wirkend und in Tränen aufgelöst, im Damensattel auf Cousin Philippes Pony davongeritten war, gab Joanna Hortense und das Schaf in die Obhut eines Nachbarn. Dann schrieb sie in Paul Dubretons kleinem Arbeitszimmer, umgeben von Büchern, Kaninchenschädeln und seltsamen, glitzernden Steinen, einen Brief.
Sie legte ihn auf den Tisch, beschwerte ihn mit einem Glas eingemachter Pflaumen. Die Zeilen drückten ihren Dank an Agnès für ihre Freundlichkeit, Fürsorge und Zuneigung aus. Joanna wußte, daß Worte nicht genügten, doch sie waren im Augenblick alles, was sie geben konnte. Dann knüpfte sie ihre Kleider in ein Umschlagtuch, versteckte ihr Geld zwischen den Stoffschichten ihres Mieders. Nach einem letzten Gang durch das kleine Steinhaus kehrte sie dem Dorf den Rücken.
Es war Michaelitag. Joanna hatte beschlossen, Guillaume du Chantonnay dem Zufall zu überlassen: Wenn sie ihn träfe, würde sie mit ihm gehen – wenn er nicht zurückkäme, würde sie nicht auf ihn warten. Sie würde niemals wieder auf einen Mann warten. Den langen Überrock bis zur Taille geschürzt, das Bündel mit ihren Habseligkeiten an die Brust gedrückt, wanderte sie dahin.
Sie sah ihn, als sie den Hügelkamm erreichte und ins Tal hinunterschaute. Er kam aus einer anderen Welt – einer Welt, auf die sie bisher nur flüchtige Blicke erhascht hatte, aus einer

Welt voller Seide, Juwelen und Musik. Einer Welt mit schönen Schlössern und prächtigen Gärten. Sie blieb stehen, sah der kleinen Reitergruppe entgegen. Während sie wartete, dachte sie, daß ihr Leben bisher eine Aneinanderreihung von Illusionen gewesen war, deren jede – vorübergehend überzeugend real – in sich zusammenfiel, sobald sie die Hand danach ausstreckte und sie ergreifen wollte. Da war Donato, auf den sie ein Jahr lang zuversichtlich gewartet hatte, der jedoch nicht gekommen war. Da waren die Jahre gewesen, in denen sie in Taddeos Atelier arbeitete, sich selbst über die Beschränkungen hinwegtäuschte, die ihr Geschlecht ihr auferlegte. Dann war da die Ehe mit Gaetano gewesen, ein verhängnisvoller Versuch, das Leben einer achtbaren, italienischen Gattin zu führen. Da war Paolo, dessen Tod sie an den Rand des Wahnsinns getrieben hatte.

Und da war Toby gewesen. Sie wußte jetzt, daß sie ihn – wenn auch nur kurze Zeit – geliebt hatte. Sie wußte auch, daß Martin Gefroy sie geliebt hatte. Sie hatten beide die falschen Menschen geliebt. Und Toby, den sein Ehrgeiz zu weit hinauf- und zu weit weggetrieben hatte, liebte niemanden.

Sie waren bei ihr angekommen. Banner wehten im Wind, die Federn an Guillaume du Chantonnays Kappe zitterten. Er stieg vom Pferd und streckte ihr die Hand entgegen. Sie verkaufte sich an einen Fremden, sie verschacherte ihre Schönheit, weil diese die einzige ihr gestattete Handelsware darstellte. Sie ließ sich von Guillaume auf seinen Sattel heben und übergab einem seiner Knappen das Bündel, in dem sie ihre Mitgift versteckt hatte: eine Jadekette, ein Exemplar von Dioscorides' Kräuterbuch und ein paar Münzen in einer alten Seidenbörse.

In Marigny hielt Hamon de Bohun seinen kleinen Sohn im Arm. Das Kind hatte dunkle Augen und dunkle Haare wie seine beiden Eltern. Er war ein lebhaftes Kind, kräftig für eine Frühgeburt. Seine Arme ruderten ziellos durch die Luft, sein

Mund rundete sich zu einem O, wenn er zum Schreien ansetzte. Guy de Bohun hatte keinerlei Ähnlichkeit mit Reynauds bleichem, kränklichem Abkömmling. Als Hamon seinen Sohn betrachtete, wußte er, daß dieser zu einem gesunden, tüchtigen, intelligenten Mann heranwachsen würde. Er schaute mit einem Lächeln zu dem Fenster hinüber, das die Umgebung von Marigny einrahmte, und dann wieder zu dem Kind. Jetzt war alles erledigt, dachte er – es gab nichts mehr für ihn zu tun. Er hatte die Vergangenheit und die Zukunft neu geschaffen.

DRITTER TEIL

1512–1514

Der Garten der besessenen Liebe

Und was Eure Saat betrifft ... je höher und je weiter Ihr die Samen ausstreut, um so besser wird sie sich ausbreiten – es sei denn, es weht ein starker Wind.

Fitzherbert's *Boke of Husbandry*

Zwölftes Kapitel

Auf den Schlachtfeldern Norditaliens bewegten sich die Allianzen und Feindschaften wie Würfel in einem Becher, wie ein gut gemischtes Kartenspiel.

Im Februar 1510 knieten die fünf Gesandten der stolzen Republik Venedig mit unterwürfig gesenkten Köpfen eine Stunde lang auf den Stufen von St. Peter, während der Bischof die Erklärung verlas, in der Venedigs Sünden und seine Kapitulation vor Rom niedergeschrieben waren. Als ihre Vertreter Papst Julius II. die Füße küßten, wurde der Serenissima die Absolution erteilt.

Seine Rache genießend, wandte Julius sich einem neuen Feind zu. Die Franzosen, die er nach Italien eingeladen hatte, besaßen jetzt weite Landstriche der Lombardei. Durch den Schnee reitend, um eine französische Armee aus der Garnison Mirandola zu vertreiben, rief der Papst, das Schwert in der Hand: »Laßt uns feststellen, wer die größeren Eier hat – der König von Frankreich oder ich!« Die Verteidigungstruppen des französischen Generals, des Seigneurs de Chaumont, trafen – aufgehalten, weil ein Schneeball mit einem steinernen Kern die Nase des Seigneurs zertrümmert hatte – zu spät ein, um die Soldaten des Kirchenstaates daran zu hindern, die Mauern von Mirandola zu erstürmen.

Planend wie eine alternde, angriffslustige Spinne, ersann Julius ein neues Bündnis als Ersatz für die gelösten Verträge von Cambrai. Ein heiliges Bündnis, das den Kirchenstaat, Venedig, Spanien und das England des kriegerischen jungen Henry VIII.

einbezog – und auch Kaiser Maximilian, falls dieser notorische Zauderer in Bewegung gebracht werden konnte. Inzwischen wehrte Venedig französische Angriffe in den Veneto und auf Friaul ab. Der schneidige, junge Neffe von König Louis XII., Gaston Foix, der Duc de Nemours, wurde Oberbefehlshaber der französischen Armee. Die Truppen des Kirchenstaates machten den Versuch, Bologna zurückzugewinnen; Brescia und Bergamo versuchten, gegen die französische Herrschaft aufbegehrend, wieder unter Venedigs Fittiche zu schlüpfen. Tag und Nacht bei schlimmem Wetter auf den Beinen, eroberten die Soldaten des Duc de Nemours – barfuß kämpfend, um auf dem schlammigen Boden sicher zu stehen – Brescia zurück. Die Rebellenstadt fiel innerhalb von fünf Tagen, und danach dauerte es drei Tage, die fünfzehntausend Gefallenen von den Straßen zu entfernen.

Guillaume, der mit dem Duc de Nemours ritt, wurde Zeuge sowohl des Triumphes als auch des Blutbades.
Er sah die öffentliche Enthauptung des Rebellenführers auf dem Stadtplatz von Brescia. Er sah französische und deutsche Truppen wie eine riesige, vernichtende Flutwelle durch die Straßen branden. Er sah die französischen Kommandeure die Kontrolle über ihre Soldaten verlieren, so daß der tapfere Seigneur de Bayard und der gutaussehende, zweiundzwanzigjährige Duc de Nemours machtlos die schlimmsten Kriegsgreuel mit ansehen mußten. Guillaume vergewaltigte weder, noch metzelte er, er beobachtete nur schweigend, wie die französische Armee und das Söldnerheer über Männer, Frauen und Kinder herfielen. Was in Brescia geschah, bestätigte seine Meinung über die menschliche Rasse – aber er ahnte nicht, wie es an ihm nagen, wie er jedesmal, wenn er die Augen schlösse, die auf der Innenseite seiner Lider eingeätzten Bilder von Gewalt und Erniedrigung sehen würde.
Sie kehrten nach Mailand zurück, um neue Truppen zusammen-

zustellen. Das zivilisierte, elegante Mailand empfing sie mit Transparenten und schlecht gereimten Gedichten. Dann marschierten sie mit einem fünfundzwanzigtausend Mann starken Heer in die Romagna. Anfang April verhängte die riesige Armee des Duc de Nemours den Belagerungszustand über die Stadt Ravenna.

Am Ostersonntag begann, nachdem die gegnerischen Truppen einander gegenüber in der sumpfigen Ebene unterhalb der Stadt Aufstellung genommen hatten, die Schlacht. Da sie auf flachem Gelände kämpften, bestand keine Möglichkeit für gerissene Taktiken, konnten sie ihre prächtigen Kanonen nicht einsetzen. Spanisches Gewehrfeuer trieb die französischen Soldaten aus der Sicherheit ihrer Schützengräben. Dann fochten sie mit Schwert und Lanze, Pike und Musketen. Es lagen keine Regeln, kein durchdachter Plan zugrunde, niemand hatte Gelegenheit, sich in ausgefeilter Kriegskunst zu üben. Schließlich war Guillaume, wie viele andere, gezwungen, vom Pferd zu steigen, denn auch seines war bis zu den Fesseln in schwarzem Schlamm versunken, und wie ein Infanterist Mann gegen Mann zu kämpfen.

Die blaue und silberne Pracht der Farben seines Banners war sehr bald schlamm- und blutüberkrustet, seine schöne Mailänder Rüstung ein Hindernis, das ihn tief in den Schlamm einsinken ließ. Er entledigte sich der Beinschienen und Handschuhe und kämpfte mit hochgeklapptem Visier in Brustharnisch und Beckenschutz. Schweißtropfen liefen über sein Gesicht wie Tränen. Die Ebene von Ravenna begann einer Metzgerei zu ähneln, einem Schlachthaus. Der Kampf war schonungslos, erschöpfend und fruchtlos – es war, als kämpfe man gegen eine undurchdringliche Nebelbank. Guillaume stolperte über die Gefallenen aus seinen eigenen Reihen, und seine Stiefel trampelten die Embleme Frankreichs in den Schlamm.

Doch die Franzosen gewannen. Es erschien Guillaume nicht wie ein Sieg, als er den jämmerlichen Rest seiner Männer zusammensammelte. Zehntausend lagen da draußen, Franzosen wie Italiener, verstreut in der sumpfigen Ebene. Ein Festmahl für die Krähen, dachte Guillaume. Bilder flackerten durch seinen Kopf, unzusammenhängend und lebendig wie Alpträume. Die Blume der französischen Ritterlichkeit war auf dem Sumpfland von Ravenna verwelkt, die Seidengewänder und Federn waren in den Schlamm getreten worden. Noch schlimmer – der Duc de Nemours selbst war mit gespaltenem Schädel auf dem Schlachtfeld geblieben, als er versuchte, den Spaniern den Rückzug abzuschneiden.

Dem Seigneur de La Palice, dem Ersatz für Nemours, gelang es nicht, die Besatzungstruppen daran zu hindern, Ravenna zu überfallen. Guillaume versuchte nicht einmal, seine Soldaten zurückzuhalten. Es war schlimmer als in Brescia. Er ertappte sich bei dem Wunsch, mitzumachen, sich in der orgiastischen Metzelei zu verlieren, die die triumphierenden Franzosen unter Ravennas Bürgern anrichteten – dann müßte er nicht zusehen. Durch das Chaos stolpernd, das Schwert noch in der Hand, entdeckte Guillaume ein Mädchen. Sie hatte sich hinter ein paar leeren Fässern versteckt, doch er erspähte den Saum ihres dunkelgrünen, regendurchweichten Kleides. Er nahm ihr Gesicht nicht genau wahr, als er sie hinter den Fässern hervorzerrte, registrierte lediglich, daß sie sehr jung war – und sehr ängstlich. Später erinnerte er sich an keine Einzelheit des Aktes, nur an den zerrissenen, grünen Stoff zwischen seinen Fingern und den Geruch der Angst. Als er sich von ihr erhob und davonging, begann er sich zu übergeben, erbrach den Inhalt seines Magens auf die Straße, in der es, wie in allen anderen der Stadt, nach Tod und Verwesung stank.

Danach ging es ihm nie wirklich gut. Er stellte hohe Ansprüche an sich, und seine Unfähigkeit, seinen Körper unter Kontrolle zu halten, erfüllte ihn mit Abscheu. Der Abtritt mit seinen Fliegen und seinem Gestank erfüllte ihn mit Abscheu; seine schimmelige Wäsche, das klamme Bettzeug erfüllten ihn mit Abscheu. Er hatte das Gefühl, daß der Gestank von Verfall und Tod sich an ihn zu heften begonnen hatte, wie er an Reynaud gehaftet hatte.

Manchmal, wenn er früh am Morgen erwachte, bevor seine Eingeweide ihn zu quälen begannen, dachte er an Joanna in der Bretagne – aber er konnte sie sich nicht vorstellen: Ihre Züge, ihr Körper vermischten sich mit der flüchtigen Erinnerung an das Mädchen, das er in Ravenna geschändet hatte. Vielleicht war Joanna inzwischen tot, dachte er, hatte die Schwangerschaft oder die Geburt nicht überlebt. Der Gedanke machte ihn beinahe froh: Es war undenkbar für ihn, sie noch einmal zu berühren – er wollte sie nicht mit seinem Leiden anstecken. Sie existierte – wie die artusianischen Geister des Waldes, in dem sie wohnte – in einem Traum, in einer flüchtigen Vision von etwas Besserem.

Es hatte sehr klein angefangen – fast wie eine Fortsetzung der Tage, da Toby, Gilles und Penniless von einem europäischen Schlachtfeld zum anderen zogen, in jedwedem Krieg kämpften, der Aussicht auf gutes Geld und Zerstreuung bot. Doch jetzt waren sie mehr als drei: Toby hatte fünfzig Männer um sich versammelt, welche die Farben Rot und Schwarz trugen und hinter einer Fahne hermarschierten, die als Bild eine Aaskrähe trug. Die fünfzig Männer wurden gut ausgebildet und regelmäßig bezahlt. Sogar Gilles gab widerstrebend zu, daß dies in einem Zeitraum von nur etwas über einem Jahr eine beachtliche Leistung war.

Sie lagen mit der venetianischen Armee des Bologneser Condottiere Lucio Malvezzo vor Verona. Die Nachricht von der Niederlage der päpstlichen Truppen in der Schlacht bei Ravenna war langsam über die Sümpfe und Ebenen von Ferrara und Emilia nach Verona durchgedrungen.

»Die Schweizer sind nicht rechtzeitig angekommen«, erklärte Martin Gefroy. »Die spanische Armee wurde aufgerieben. Cardona entkam, aber die meisten anderen sind tot. Toby versucht herauszufinden, was Malvezzo vorhat.«

Gilles Ruvelli, der damit beschäftigt war, das letzte Stück Fleisch von einem Kaninchenknochen abzunagen, hob den Blick und meinte: »Hierbleiben, wenn er vernünftig ist.« Er warf den Knochen ins Feuer. »Oder wieder die Seite wechseln.«

Sie hatten südlich der Stadt eine Scheune beschlagnahmt. Einige der Männer spielten Karten oder würfelten, andere schliefen. Martin musterte Gilles kritisch.

»Gilles, Sie Mistkerl – ich war *hungrig!*«

Ohne einen Anflug von Reue entgegnete Gilles: »Es war köstlich. Penniless hat es zubereitet. Kein Hirn im Kopf – aber er versteht sich meisterhaft aufs Kochen.«

Penniless, der gerade mit seinem Messer Schlamm von seinen Stiefeln kratzte, grunzte. Martin suchte zwischen den Töpfen, Schwertern und Rüstungen herum und fand einen halben Laib alten Brotes. Er setzte sich auf einen Strohballen. »Glauben Sie, wir werden uns zurückziehen?«

Gilles zuckte die Schultern. »Kann sein.« Er fuhr sich mit den Fingern durch seine blonden Locken und schnitt eine Grimasse. »Nein – wahrscheinlich nicht: Wenn der liebe Toby etwas dazu zu sagen hat, werden wir wohl wieder marschieren. Tag und Nacht, vorzugsweise durch Schneestürme.«

Martin grinste. »Müde, Gilles?«

»Erschöpft.« Er stülpte sich den prächtigen Hut aus grünem, mit Goldborte besetztem Filz auf den Kopf. »Zwanzig Male«, er verzog sein sonnengebräuntes, faltenloses Gesicht, »zwanzig verdammte Male mußte ich heute meine Hakenbüchse laden und entladen, Martin.«

Penniless schnaubte.

»Toby ist jetzt bei Malvezzo und Andrea Gritti.« Martin riß den zähen Brotlaib entzwei. »Sie werden also bald erfahren, ob Sie Ihre Stiefel wieder anziehen müssen oder nicht, Gilles.«

»Er ist ein Sklaventreiber«, murrte dieser mit finsterer Miene. »Ein verdammter Sklaventreiber. Er war schon immer ein seltsamer Kauz, aber jetzt ...« Gilles zog mißmutig die Brauen hoch. »Früher war es wenigstens noch manchmal lustig mit ihm – aber jetzt verwandelt er sich in Windeseile in einen sauertöpfischen Tyrannen. Wie Malvezzo. Wie Gritti. Trinkt nicht mehr als Sie, lieber Martin. Hat scheinbar ein Enthaltsamkeitsgelübde abgelegt ...«

»Ein *erfolgreicher* sauertöpfischer Tyrann, Gilles«, korrigierte Martin sanft. »Toby hat verdammt viel aus sich gemacht.«

»Aber worin liegt der Sinn?« Gilles entstöpselte eine Weinflasche und trank einen Schluck. »Wenn es keine Freude mehr im Leben gibt, worin liegt dann der Sinn?«

Er gab die Flasche an Martin weiter, lehnte sich zurück und schloß die Augen. Martin trank. Genug, um seinen Gaumen anzufeuchten, damit er das Brot essen konnte – nicht mehr. Er war jetzt vorsichtig, war immer vorsichtig gewesen, seit er an Tobys Seite Frankreich den Rücken gekehrt hatte. Damals hatte er deutlich vor sich gesehen, was aus ihm werden würde, den unweigerlichen Abstieg vom Arzt zum Barbier, zum Quacksalber, zum Scharlatan – und da wußte er, daß er lieber tot wäre, als so tief zu sinken. Da war es schon besser, mit Toby zu reiten, die Risiken auf sich zu nehmen, die Tobys Beruf mit sich brachte, Ablenkung in der nie endenden, erschöpfenden Arbeit zu finden, die der Krieg mit sich brachte. Wenn er hart arbeitete, verdammt hart, wenn er sich nicht gestattete, über etwas anderes nachzudenken als die Leiden, die Soldaten in Lagern festhielten, und die Wunden, die im Kampf geschlagen wurden, dann würde er überleben. Er hätte vielleicht mehr verdient, einen höheren gesellschaftlichen Rang erworben, wenn er sich als Leibarzt einer hochgestellten Persönlichkeit verdingt hätte –

aber er hatte das schon einmal versucht, und es hatte ihn beinahe zerstört.
Gilles war eingeschlafen, schnarchte leise. Das fade Brot kauend, erinnerte Martin sich an die Ereignisse der letzten beiden Jahre. An den Ritt von Frankreich nach Italien. Er hatte hinter jeder Ecke Mordbuben vermutet – Hamon de Bohuns Mordbuben. Er war froh über Tobys Schutz gewesen, Tobys Orientierungssinn. Dann, als sie tiefer ins Landesinnere von Frankreich vordrangen, eine neue Qual: die selbstauferlegte, aber notwendige Qual, die Finger von der Weinflasche zu lassen. Wenn er schwach wurde, sah Toby voller Verachtung zu, wie er würgte und zitterte. Damals hatte er Toby gehaßt, wenn er ihn nach einer schlaflosen Nacht schwitzend und frierend in den Sattel zwang. »Hamon de Bohun ist mein Vater«, hatte Toby gesagt, und Martin, der sich kaum auf dem Pferd halten konnte, hatte angefangen, ihm zu glauben. Eiskalte Kerle, alle beide, denen es entschieden an den guten menschlichen Eigenschaften Mitgefühl, Warmherzigkeit und Verständnis mangelte.
Als sie die Alpen hinter sich hatten, war das Schlimmste jedoch überstanden. Martin stellte fest, daß er einen Becher Wein trinken konnte, ohne die Flasche leeren zu müssen; daß die körperliche Anstrengung schließlich ihren Tribut forderte und er nachts schlafen konnte. Er war gezwungen, wieder zu Kräften zu kommen, um mit Toby Schritt halten zu können, der in der Verfolgung seines Zieles keinerlei Rücksicht nahm. Martin begriff im Gegensatz zu Gilles, weshalb Toby sie mit tyrannischer Unbarmherzigkeit antrieb, sich in Form zu bringen, und er begann Tobys Unbeugsamkeit zu bewundern, als er erlebte, wie dieser ein Schwert und ein Pferd zu etwas machte, worauf man stolz sein konnte, und dann zu etwas, das man fürchten mußte.
Sie fanden Gilles und Penniless im folgenden Frühling, ohne Pläne und völlig verarmt, in Venedig. Die bestmöglichen Bedin-

gungen aushandelnd, verdingte Toby sich mit seiner kleinen Schar bei dem Bologneser Condottiere, der den Platz des Grafen Pitigliano eingenommen hatte, der zwei Jahre zuvor gestorben war. Unter dem Strich konnte man die Kämpfe als erfolgreich für Venedig betrachten. Die Serenissima hatte viele der französischen Angriffe zurückschlagen und die Städte des Veneto und Friauls behalten können – jene Städte, die, wie Venedig so schmerzhaft hatte erkennen müssen, notwendig für sein Überleben waren. Venedig bezahlte seine Condottieri mit Geld und Respekt und der Aussicht auf Landbesitz und Häuser.
Sie waren erfolgreich gewesen, wie Martin gesagt hatte, doch Toby gab niemals Ruhe. Seine Gewänder über den Kopf ziehend, um sich gegen mißtönenden Gesang zu schützen, fragte Martin sich, ob Toby wohl nur einen unangebrachten Ehrgeiz durch einen anderen ersetzt hatte – diesmal vielleicht von einer anderen Kraft getrieben.
Es gab ein Thema, über das sie niemals gesprochen hatten. Einen Moment lang gestattete Martin sich, an Joanna Zulian zu denken, die er einst geliebt hatte. Aber das alles – Padua, der Ritt durch Italien, die Trennung in Mailand – schien ihm schon sehr lange zurückzuliegen.

Die siegreiche französische Armee marschierte in westlicher Richtung nach Bologna, um die Unterwerfung der Städte der Romagna abzuwarten. Guillaume, der mit ihnen zog, erkannte die tödlichen Gefahren der Verspätung, war jedoch zu krank, um sich darum zu scheren.
Trotzdem ritt er mit schimmernder, sauberer Rüstung in Bologna ein – doch *er* fühlte sich nicht sauber. Seine Eingeweide krampften sich noch immer in Wellen übelkeiterregenden, schwächenden Schmerzes zusammen; er erbrach weiterhin, manchmal schwarze Galle, was seine Selbstverachtung noch steigerte. Er konnte keine feste Nahrung bei sich behalten und

war, dachte er, zu einem dicken, faulen Kleinkind geworden, das mit Brei und Haferschleim ernährt werden mußte.
Er wußte, daß die Unfähigkeit der Franzosen, den Sieg von Ravenna zu wiederholen, sich als verheerend erweisen könnte. Da war Maximilian, der in Deutschland noch zauderte, und in England gab es den angriffslustigen, jungen Henry Tudor, der niemals zauderte. Der Seigneur de La Palice konnte, wie tüchtig und erfahren er auch sein mochte, die Lücke nicht füllen, die Nemours Tod verursacht hatte – und die französische Armee war, wie Guillaume selbst, erschöpft. Sie hatten zu lange und zu hart gekämpft.
In seinem Zimmer in einem Bologneser Stadthaus sitzend, versuchte Guillaume, an Joanna zu schreiben – doch die Spitze seiner Feder brachte nur einen schwarzen Punkt zu Papier. Was hätte er ihr schreiben sollen? Die Bilder aus Brescia und Ravenna füllten die Leere des Blattes. Guillaume wurde übel. Den Kopf mit den Händen umklammernd, würgte und würgte er immer wieder.

In Guillaume du Chantonnays Haus in der Bretagne beugte Joanna sich über die Wiege, in der ihr Baby schlief. Sanchia war jetzt drei Monate alt – ein vollkommenes kleines Geschöpf mit rosigen Wangen und ein paar Locken am Hinterkopf und auf dem Scheitel. Die Kleine schlug die Augen auf und öffnete den Mund zu einem breiten Lächeln. Joanna hob ihre Tochter aus der Wiege.
»Wir werden durch den Garten spazieren, mein Liebling, ich werde dir die Blumen zeigen.«
Sie trug das Baby die Treppe hinunter und in den Sonnenschein hinaus. Das Haus war klein – es besaß weniger als ein Dutzend Zimmer –, aber Joanna hatte es vom ersten Augenblick an geliebt. Es war von Wald umgeben, und das Sonnenlicht drang durch das Blattwerk der Buchen und Eichen und zeichnete

zitternde Muster auf die flechtenüberzogenen Steinmauern. Das Haus wirkte nicht wie ein Eindringling in dem Wald, sondern wie ein Teil davon – als hätten Guillaumes Vorväter aus den stillen Teichen und geheimen Höhlen von Finistère eine Behausung wachsen lassen.

Joanna kannte den Wald ebensogut wie das Haus und liebte ihn ebenso. Sie kannte jeden Baum, den Lauf jedes Baches, den Anfang und das Ende jeden Pfades. Sie kannte die großen Felsbrocken, die in den Flußtälern lagen, als hätten Riesen sie wie Kieselsteine in das dunkle, torfige Wasser geworfen. Sie kannte die Waldblumen ebensogut wie die Blumen in dem Garten, den sie um das Haus herum angelegt hatte: die Anemonen, die die Täler zu Frühlingsbeginn wie eine Schneedecke überzogen; die leuchtenden Schwaden von Glockenblumen, die den Waldboden später in einen azurblauen Teppich verwandelten; die Apfelrosen und Waldreben, die sich durch die Hecken auf den großen Lichtungen wanden; die Orchideen, die sich im Gras und zwischen den Eriken des Heidelandes verbargen.

Es gab keinen Burggraben um das Haus, keinen offensichtlichen Hinweis auf Verteidigungsmaßnahmen, nur einen Turm mit einem ziegelgedeckten Kegel darauf und ein paar Zinnen über dem Haupteingang. Das war alles. Entweder hatte Guillaumes Vorfahren dessen Mißtrauen gefehlt, oder sie hatten auf den Wald als Schutzwall vertraut. Das nächste Dorf lag einen halben Tagesmarsch entfernt, die nachste Stadt von einiger Größe, die Marktstadt Morlaix, viele Meilen.

Sie mußte keinen Hunger leiden, und sie brauchte nicht zu arbeiten. Die Aussicht auf ein Leben in Armut war in dem Moment erloschen, als sie auf den Sattel von Guillaume du Chantonnays Pferd stieg. Sie hatte eine Truhe voll schöner Kleider, die feinste Wäsche, zwei Dutzend Paar Schuhe. Sie besaß Perlenketten, goldene Ohrringe und juwelenbesetzten

Kopfputz. Sie hatte Bücher, sie hatte Bedienstete. Ihr Kind schlief in einer mit Seide und Spitze geschmückten Wiege und trank aus den prallen Brüsten einer gesunden Amme.
Sanchias Geburt war leicht gewesen. Hatte Joanna sich während der Schwangerschaft an Paolo erinnert und gefürchtet, daß sie wieder einen solchen Verlust erleiden würde, so schwanden ihre Ängste, als sie ihr neugeborenes Baby im Arm hielt. Sie hatte es nicht nötig, die Finger und Zehen zu zählen: Sie wußte nach dem ersten Blick auf ihre Tochter, daß diese vollkommen war. Sanchia war gesund geblieben, wuchs stetig und widerstand trotz ihres zierlichen Körperbaus Erkältungen und Husten.
Joannas Gedanken wanderten zu Guillaume. Sie war mit einem Fremden in die Bretagne geritten, sie hatte mit einem Fremden das Bett geteilt – einem Fremden, der höflich, geduldig und unaufdringlich war. Einem Fremden, der sie zwar nicht voller Leidenschaft, aber auf befriedigende Weise geliebt, der die Nachricht von ihrer Schwangerschaft mit Gleichmut, wenn auch nicht mit Freude aufgenommen hatte. Und als Guillaume schließlich nach Italien aufbrach, war er noch immer ein Fremder für sie gewesen.
Joanna hatte den Garten bereits am Tage ihrer Ankunft in Angriff genommen. Zuerst zeichnete sie einen detaillierten Plan, der Wege, Blumenbeete, Bogengänge und Teiche umfaßte, und dann übertrug sie ihren Entwurf mit Hilfe eines Dieners auf den mit kärglichem Gras bedeckten Boden, der das Haus umgab. Im darauffolgenden Frühling hatte sie Samen eingesetzt und Schößlinge, kleine Büsche und Bäume gepflanzt, die sie aus dem Wald gestohlen hatte. Bewässert von den Regengüssen, die mit den atlantischen Gewittern einhergingen, die regelmäßig über das Hochland der Bretagne hereinbrachen, und gut genährt durch den weichen, dunklen Boden, war der Garten prächtig gediehen.
Als sie jetzt dort saß, hatte sie Sanchia auf dem Schoß, die nach

Blüten griff und mit großen Augen den Flug einer Hummel verfolgte.
»Schau – da ist die Pergola, mein Liebling«, flüsterte Joanna ihrem Baby ins Ohr. »Die Rosen und das Geißblatt haben erst ihre halbe Höhe – in ein, zwei Jahren werden sie sich oben treffen. Und dort ist das Kräuterbeet. Die Veilchen habe ich im Wald gefunden, den Rosmarin und den Thymian auf der Heide. Wenn wir das nächste Mal nach Morlaix reiten, werden wir Kerbel und Gartenraute kaufen.« Sie erhob sich von dem Kissen. Sich das Kind an die Schulter legend, wanderte sie durch die Pergola, vorbei an dem Kräutergarten und dem Teich zur Obstwiese. »Und hier sind Apfel- und Kirschbäume. Schau, Sanchia – schau dir die Blüten an.«
Das Baby streckte sein dickes Händchen aus und umschloß damit die weißen Blütenblätter. Der Duft der Buchshecken, die die Obstwiese einfriedeten, hing süß in der warmen Sommerluft. Eine leichte Brise spielte mit den Blättern und Grashalmen.

In dem venetianischen Armeelager warteten die Männer ruhelos, nervös.
Penniless würfelte unaufhörlich. Martin behandelte die sich mehrenden Fälle von Ruhr. Gilles schlief und aß und beschwerte sich über das Wetter. Die Befehlshaber der venetianischen Truppen diskutierten Taktiken, Belagerungspläne, das Auf und Ab des Krieges.
Im Zelt von Lucio Malvezzo blickten Andrea Gritti, der Proveditor von Treviso, und Toby Crow auf die Skizze von Italien hinunter, die auf dem Tisch ausgebreitet lag. Malvezzos dicker Daumen tippte auf das Papier.
»Wir sind *hier* – im Osten. Die Franzosen sind im Westen und im Süden. De La Palice ist immer noch in Bologna, aber wenn er sich dazu entschlösse, könnte er in weniger als einer Woche vor den Toren Veronas stehen.«

Toby sah die Besorgnis in Malvezzos blaßblauen Augen. Sie wußten alle drei, daß die venetianische Armee nicht in der Lage wäre, die Franzosen in einer offenen Feldschlacht zu besiegen, denn sie hatten einfach nicht genügend Soldaten. Die Bedrohung der Franzosen mußte aus weiterer Entfernung kommen: von Kaiser Maximilian in Deutschland oder dem jungen Henry VIII. in England.

»Es ist eine Frage des ersten Schrittes, nicht wahr?« sagte Toby. »Wenn die Franzosen den Duc de Nemours noch hätten, würden sie jetzt nicht in Bologna sitzen – sie wären von Ravenna nach Norden marschiert.«

»Vicenza, Padua und Verona.« Gritti studierte mit zusammengekniffenen Augen die Karte. »Die Franzosen müssen sie der Reihe nach belagern – dann können sie Venedig bedrohen.«

Und wenn die Franzosen sich entschlössen, nach Norden zu marschieren, dann, gestand Toby sich insgeheim ein, gäbe es, verdammt noch mal, nichts, was er, Gritti oder Malvezzo tun könnten, um sie aufzuhalten. Wie sorgfältig er seine Männer auch ausgewählt, wie gut er sie auch ausgebildet hatte – es waren einfach zu wenige.

»Aber sie haben natürlich Nemours nicht mehr«, dachte Toby laut. »Sie haben de La Palice. Der ist vorsichtig und tüchtig, aber ...« Er zuckte die Schultern.

Ein Lächeln breitete sich langsam auf Lucio Malvezzos wettergegerbtem Gesicht aus. »Was natürlich der Grund dafür ist, daß de La Palice noch lebt und Nemours mit zweiundzwanzig Jahren starb«, sagte der Condottiere trocken. »Aber mit Vorsicht gewinnt man Kriege nicht unbedingt.«

Malvezzos müde Augen, die Erfahrung und Gerissenheit verrieten, trafen sich mit Tobys. Er stand auf und goß Wein in drei Becher. »Wie es scheint, Toby«, Andrea Gritti nahm einen der Becher entgegen, »war Ravenna für die Franzosen kein so rauschender Sieg, wie wir angenommen haben: Die Verluste waren auf beiden Seiten enorm.«

Toby hatte das bereits gerüchteweise vernommen – und auch, daß die französischen Soldaten erschöpft, krank und durch den Verlust ihres Helden, Nemours, demoralisiert seien.
»Es wird alles recht interessant«, begann Toby langsam. »Wenn Maximilian nicht auftaucht und wenn Henry Tudor im sicheren England bleibt, dann werden die Franzosen irgendwann nach Norden marschieren, denke ich. Aber vielleicht wird sogar Maximilian sich in Bewegung setzen. Und wenn er das tut und wenn die Truppen von de La Palice nach Ravenna tatsächlich in schlechter Verfassung sind, dann sehe ich nicht, daß die Franzosen es mit Maximilian aufnehmen können. Und ich sehe auch nicht, daß Henry Tudor sich die Gelegenheit entgehen läßt, in Frankreich einzumarschieren. Da der größte Teil der französischen Soldaten in Italien ist, kann Henry in aller Ruhe den Kanal überqueren und hineinspazieren.«
Andrea Gritti lächelte. »Sie hätten Diplomat werden sollen und nicht Soldat, Signor Crow – Sie haben den Verstand eines Diplomaten.«
»Niederträchtig und gerissen.« Lucio Malvezzo spuckte auf das Gras. »Aber Sie haben natürlich recht. Und wenn Henry von England hereinmarschiert, wird die französische Armee wohl oder übel in die Heimat zurückkehren müssen – Sieg hin, Sieg her.«
Es war wie beim Schach, dachte Toby, als sie die Spielzüge ihrer Gegner diskutierten. Durch den geöffneten Zelteingang konnte er das venetianische Armeelager sehen. Die vor den Zelten aufgetürmten Waffen glitzerten im Licht der Morgensonne, die Pferde knabberten an den Grashalmen.
»Was also tun wir?«
Malvezzo faltete die Landkarte zusammen und legte sie in einen Kasten zurück. »Sie gehen und ermahnen die Wachen, nach Maximilian und de La Palice Ausschau zu halten. Und ansonsten – warten wir.«

Warten, dachte Toby, als er das Zelt verließ und auf sein Pferd stieg, das war etwas, in dem er gut geworden war. Irgendwo zwischen Izabel Mandevilles verlassenem Haus und den kriegsgebeutelten Ebenen Italiens hatte seine angeborene Ruhelosigkeit sich in etwas Härteres verwandelt, etwas Zerstörerischeres. Er wartete auf Gerechtigkeit, auf Anerkennung, auf den Tag, da Hamon de Bohun, der geplant und Ränke geschmiedet und alles erreicht hatte, was er sich je gewünscht hatte, begriff, *einen* Fehler gemacht zu haben. »Ich habe beschlossen, Sie nicht zu töten«, hatte de Bohun der Frucht seiner Lenden erklärt. Der Gedanke, daß Hamon einen Fehler gemacht haben könnte, war das einzige, was Toby am Leben und bei geistiger Gesundheit erhielt.

Außer Martin hatte er niemandem von seiner Verbindung mit de Bohun erzählt. Es bestand keine Veranlassung, es jemand anderem zu erzählen: Gilles würde es nicht interessieren, und Penniless würde es nicht verstehen. Und für den Augenblick mußte sogar de Bohun warten. Ein verarmter Glücksritter konnte keine Bedrohung für den neuen Seigneur de Marigny sein. Toby hatte den Fehler der Überheblichkeit schon einmal begangen. Von einem italienischen Schlachtfeld zum anderen reitend, von seinem Schwert und seiner Gewitztheit lebend, war er die unbedeutende Marionette gewesen, als die de Bohun ihn sehen wollte. Er wußte, daß er *mehr* werden mußte. »Könige und Kaiser werden uns anflehen, für sie zu kämpfen – das verspreche ich Ihnen, Martin«, hatte er gesagt, und er hatte Tag und Nacht, Sommer und Winter, bei Sturm und Regen gearbeitet, um dieses Versprechen wahrmachen zu können.

Irgendwann und mit großer Überwindung hatte er an Agnès geschrieben – einen kurzen, nichtssagenden Brief, in dem er sein Bedauern für sein Verhalten in der Vergangenheit ausdrückte und eine sorgfältig durchdachte Version seiner Zukunftspläne darlegte, und dem er Geld beifügte. Er hatte Agnès nicht besucht, weil er wußte, daß er nicht in der Lage war, sie anzulügen. Jeden anderen Menschen hätte er anlügen können, aber nicht sie – doch die Wahrheit hätte er ihr auch nicht sagen können: Menschen wie Agnès konnten so etwas, was Hamon de Bohun getan hatte, nicht einmal *begreifen.* Ihren Glauben an eine wohlwollende Welt zu zerstören, wäre grausam gewesen – und sinnlos. Wenn schon vor nichts anderem, so konnte er sie zumindest *davor* bewahren.

Im übrigen hatte er zu allen Distanz gehalten – zu Martin, der ihn zu gut verstand, zu Penniless und Gilles, zu Lucio Malvezzo und Andrea Gritti und allen anderen, die mit dem Kriegszirkus zu tun hatten. Wenn ihn nach der Gesellschaft einer Frau gelüstete, fand er eine unter dem Schwarm, der der Armee folgte – ein Mädchen, das keine Bemerkung über die dünne Narbe machte, die sich gezackt quer über seine Brust zog, das sich mit ein, zwei Nächten und ein paar Münzen zufriedengab und die Art ihrer Beziehung nicht mißverstand.

Zwei Tage später sah ein venetianischer Kundschafter von der Hügelkette aus, die Verona umschloß, eine Staubwolke in den Sommerhimmel aufsteigen, eine große, rotbraune Wolke, die sich aufblähte und den Horizont verdunkelte. Ein Waldbrand, dachte er im ersten Augenblick, doch gleich darauf wurde ihm klar, daß der Boden dafür noch nicht trocken genug war.

Der Herzschlag des Kundschafters beschleunigte sich ein wenig, seine Augen bemühten sich um deutlicheres Sehen – und dann begriff er plötzlich, daß das lange Warten ein Ende hatte. Er rammte seinem Pferd die Sporen in die Flanken und jagte in halsbrecherischem Tempo zum venetianischen Feldlager zurück. Die Wolke, die er gesehen hatte, wurde nicht von Feuer verursacht, sondern von den Pferden und Wagen der Armee des deutschen Kaisers. Nur etwa einen halben Tagesritt entfernt, zogen die Soldaten von Maximilians riesigem Heer Kanonen

und Belagerungswurfmaschinen von den Alpen herunter auf die Stadt Verona zu.
Kaiser Maximilian hatte beschlossen, sich an dem Spiel zu beteiligen.

Guy war jetzt beinahe zwei Jahre alt. Er wackelte auf seinen kurzen, stämmigen Beinchen durch den großen Salon und zog an Wandbehängen, kletterte auf den Fenstersitz und warf Kissen auf den Boden, trommelte mit seinen pummeligen Fäusten an das mit einem Mittelpfosten versehene Fenster, das ihn von der Wiese und dem Wald trennte.
»*Nein,* Master Guy!« Das Kindermädchen watschelte zu ihm, hob ihn hoch und trug ihn zu seiner Mutter.
»Der Seigneur nahm ihn heute früh zu den Stallungen mit, Madame«, berichtete die Kinderfrau stolz. Sie küßte das Kind, zauste sein dichtes, dunkles Haar. »Er setzte Master Guy auf ein Pferd – auf eines der großen Jagdpferde –, und er fürchtete sich kein bißchen.«
Eleanor zwang sich zu einem Lächeln.
»Möchten Sie ihn nehmen, Madame?« fragte die Kinderfrau zögernd.
Widerwillig nickte Eleanor. Sie ließ sich ihren Sohn auf den Schoß setzen, zwang sich, ihn zu berühren, ihn in den Arm zu nehmen. Sie haßte ihn nicht, dachte sie, als sie Guy betrachtete – sie empfand Gleichgültigkeit, eine Gleichgültigkeit, die sie seit seiner Geburt begleitete.
Er war ein hübsches Kind, intelligent und kräftig, hatte früh mit dem Laufen und dem Sprechen angefangen. Ihn locker mit den Armen umschließend, wußte Eleanor, daß sie, wenn sie es versucht hätte, Tobys Züge in Guys weichem, rundem Gesicht wiedergefunden hätte – aber sie versuchte es nicht, und das Kind bemerkte ihren uninteressierten Blick, rutschte von ihrem Schoß und lief zum Fenstersitz zurück.

»Bringen Sie ihn hinaus, Thérèse.« Eleanor erhob sich. »Ich habe Kopfschmerzen.«
Nachdem sich die Tür hinter der Kinderfrau und ihrem Schützling geschlossen hatte, ging Eleanor zu dem Erkerfenster hinüber. Geistesabwesend brachte sie wieder Ordnung in die Kissen, die Guy durcheinandergeworfen hatte, und vergewisserte sich, daß die kleinen Glasscheiben noch fest in ihrem Rahmen saßen.
Daß sie ihr Kind nicht lieben konnte, war ihre größte Strafe, dachte sie. Die schwere Geburt, ihr Schuldgefühl, ihr Kummer und ihre Erschöpfung hatten es ihr anfänglich unmöglich gemacht, Interesse für ihr Baby aufzubringen – und als sie schließlich, Wochen später, ihr Bett verließ und begann, ihr Leben wieder in die Hand zu nehmen, mußte sie feststellen, daß ihr Sohn sein erstes Lächeln Thérèse, seiner Amme, schenkte. Eleanor selbst hatte vergessen, wie man lächelte, wie man lachte. Als sie ihn auf den Arm nahm, blickte Guy sie mit dunklen, fragenden Augen an. Nichts in dem kleinen Gesicht deutete darauf hin, daß er wußte, wer sie war.
Ihr erstgeborenes Kind – ihr einziges Kind. Es würde kein anderes mehr geben, denn ihre Ehe hatte mit Guys Geburt geendet. Nein – schon vorher, als sie Hamon von ihrer Schwangerschaft berichtete. Seitdem hatte er sie nicht mehr angerührt. Er verspottete oder beschimpfte sie nicht, wie Reynaud es getan hatte – Hamon begegnete ihr mit derselben Gleichgültigkeit, die sie Guy entgegenbrachte, dachte Eleanor. Sie hatte schon vor vielen Monaten begriffen, daß sie für Hamon nur ein Mittel zum Zweck gewesen war – um Marigny in seinen Besitz zu bringen. Guillaume hatte sie vor langer Zeit zu warnen versucht, und sie hatte nicht auf ihn gehört. Es machte ihr nichts aus – in gewisser Weise war sie sogar froh. Hamon hatte sie benutzt, und sie hatte ihn benutzt. Seine Gleichgültigkeit glich die Schulden zwischen ihnen aus.

Ihre Kopfschmerzen wurden stärker, hämmerten in ihren Schläfen. Seit Guys Geburt war sie in schlechter gesundheitlicher Verfassung – sie ermüdete rasch und wurde häufig krank.
Ihr Blick blieb an der Wiese hängen und glitt dann weiter zu dem dahinter liegenden Wald. Es war seltsam, dachte sie, wie hartnäckig sich ihre Erinnerung an François hielt, der so unfähig gewesen war und zu keinerlei Hoffnung berechtigt hatte. Eleanor sah nicht ihren eigenen Sohn vor sich, wie er lachend mit der Faust gegen das Fenster schlug, sondern François, Blanches Sohn, mit unbeholfen schlenkernden Armen und einem federgeschmückten, schief sitzenden Helm auf dem Kopf. Wenn sie auf die Wiese hinausschaute, sah sie noch immer die Stechpuppe, reglos in der stillen Luft, und wenn sie die Augen schloß, erschien François' Bild, wie er, mit vor Anstrengung verzerrtem Gesicht und gezückter Lanze, darauf zuritt.

Nachdem Kaiser Maximilian sich bei Verona mit der venetianischen Armee zusammengetan hatte, befahl er allen kaiserlichen Untertanen, die bei Louis von Frankreich in Dienst standen, bei Androhung der Todesstrafe, die französische Armee zu verlassen. Widerstrebend trotteten de La Palices deutsche Landsknechte nach Hause; weitere französische Truppen wurden in die Heimat zurückgerufen, um ihr Land gegen die drohende englische Invasion zu schützen.
Im August befand sich Guillaume du Chantonnay auf dem Rückweg über die Alpen. Der große Sieg von Ravenna war sauer geworden, zu einem Brei aus wechselnden Bündnissen, demoralisierten Truppen und Drohungen aus allen Richtungen geronnen. Frankreich hatte Italien verlassen und einschließlich Mailand alles verloren, was es erobert hatte. Guillaume scherte sich nicht darum: Noch ein Monat in Italien wäre sein Ende gewesen, davon war er überzeugt.
Sein Heimweg gestaltete sich langsam und anstrengend. Die

schlimmsten Symptome der Ruhr hatten sich gelegt, doch die Krankheit hatte ihn gezeichnet, zeigte sich in der Hagerkeit seines Gesichts und Körpers, seiner Lethargie. Er fühlte sich schmutzig: Was er gesehen, was er getan hatte, war zu einem Teil von ihm geworden.

Im September kam er in der Bretagne an und blieb zunächst ein paar Wochen in seinem Haus in Nantes. Dort entließ er die schlechtesten Dienstboten, belohnte die besten und hielt an die mittelmäßigen eine eindringliche Ansprache, damit seine Ländereien wieder einmal zufriedenstellende Erträge bringen und die angemessene Zahl magerer Rinder ernähren würden. Nachdem er dieser seiner Pflicht Genüge getan hatte, ritt er weiter zu dem Haus seiner Mätresse.

Im Landesinneren war Finistère dicht bewaldet. Guillaume war allein unterwegs. Er fürchtete die Wölfe nicht, die abends ihren Hunger hinausheulten, und auch nicht das Labyrinth der Wege, Bäche und Dickichte. Es war kühl im Wald, die Teiche und Seen wirkten unergründlich tief, dunkel und geheimnisvoll. Früher war der Wald Guillaumes Lieblingsort gewesen. Als Junge hatte er ganze Tage dort zugebracht, Elritzen in den Teichen gefangen und Baumhäuser gebaut.

Aber dann hatte sein Vater ihn nach Marigny mitgenommen – und ihn auf dem Rückweg von dem Château in Gegenwart der Dienstboten geschlagen. Da begriff er, daß sein Vater, der ihm niemals Zuneigung gezeigt hatte, nur Marigny liebte. Als sei es eine unheilvolle Erbkrankheit, hatte auch Guillaume begonnen, Marigny besitzen zu wollen.

Wegen Marigny hatte er Joanna in die Bretagne gebracht. Wegen Marigny hatte er ihr Dienerschaft, Musikanten, Lehrer und Schneider geschickt Er hatte die Saat gesät, die, wie er glaubte, am Ende zu Neid erblühen würde; die Wurzeln waren bereits vorhanden, hatten vor Jahren im Boden der Rivalität Fuß gefaßt, die zwischen den Familien der de Bohuns und der du

Chantonnays bestand. Guillaume beabsichtigte, die Unsicherheit und das heftige Verlangen, worunter er litt, auch in Hamons Kopf einzupflanzen. Allerdings wäre das Objekt ein anderes: eine Frau, kein Schloß. Müde und krank dachte Guillaume an Hamon de Bohun und an das, was de Bohun ihm angetan hatte.

Er erreichte das Haus am folgenden Nachmittag, stieg vom Pferd, blieb im Schatten der Bäume stehen und starrte voller Verwunderung auf die gewundenen Reihen von Buchs, Lavendel und Rosmarin, die Bogengänge, die Teiche, die Blumenbeete. Der Garten, dachte er wie betäubt, sah aus wie ein Gemälde oder ein Gobelin: grüne Umrisse, ausgefüllt mit bunten Flekken und aus Blumen geformten Emblemen. Der Garten hatte geblüht, seit Guillaume zu Frühlingsanfang nach Italien aufgebrochen war. Er roch den schweren Duft und sah die rosafarbenen, gelben und roten Rosen, die sich mit hängenden Köpfen um die Pergola rankten und Blütenblätter auf das Gras regnen ließen – und am anderen Ende des Gartens sah er Joanna sitzen.

Sie trug ein graues KLeid mit weiten Ärmeln und enganliegendem Mieder, ihr Haar fiel offen herab. Sie hatte ihn noch nicht bemerkt, was Guillaume Gelegenheit gab, sie ausgiebig zu betrachten. Sie hielt etwas auf dem Schoß, etwas, das lose in Stoff gehüllt war. Für einen Moment ließ ihr Anblick Guillaume alles vergessen, was ihm geschehen war, alles, wonach er sich immer gesehnt hatte. Er spürte die Gier und die Verzweiflung von seinen Schultern gleiten, und plötzlich war er müde, unfähig, etwas anderes zu wollen als Trost und Anerkennung – und unwillkürlich neigte er den Kopf.

Doch das Verlangen war zu tief in ihm verwurzelt, und so schlang er schließlich den Zügel seines Pferdes um einen Ast und begann auf Joanna zuzugehen. Er hörte ihre Stimme – sie sang ein Lied, das sich mit den Geräuschen des Waldes verwob, mit dem Rascheln der Blätter mischte, dem Plätschern von laufendem Wasser. Sie blickte auf – und der Gesang verstummte.

»Guillaume.«

Joanna lächelte. Ihr Haar glänzte in der Sonne wie flüssiges Gold, zarte Locken umrahmten ihr Gesicht. Ihre Haut war weiß und makellos, die vertrauten hellgrauen Augen blickten ihn ruhig an.

Und auf ihrem Schoß lag ein Baby. Guillaume erschrak – im ersten Augenblick begriff er nicht, weshalb Joanna ein Kind hatte. Dann erinnerte er sich, daß sie schwanger gewesen war, bevor er nach Italien ritt. Vor Brescia, vor Ravenna, bevor er sah, wie auf den Straßen Kinder aus Rache oder aus reiner Mordlust abgeschlachtet wurden, bevor auch er sich an dem Gemetzel beteiligt hatte, weil das Zuschauen und Zuhören ihm unerträglich geworden war.

Joanna stand auf, drückte das Kind an ihre Schulter. Guillaume brachte es nicht über sich, sie zu küssen. Statt dessen verbeugte er sich steif, ohne Anmut. Sein Blick fixierte das Kind – sein Kind.

»Ich habe sie Sanchia genannt«, erklärte Joanna sehr sanft. »Wenn du dich hinsetzt, gebe ich sie dir zum Halten, Guillaume.« Er ließ sich auf dem Kissen nieder. Er wollte Joanna sagen, daß er seine Tochter nicht berühren konnte, daß sie zu rein, zu vollkommen sei. Sie wirkte so zerbrechlich – er war sicher, daß er ihr weh tun würde. Aber er fand die Worte nicht, und außerdem hatte Joanna sich neben ihn gekniet und ihm das Baby aufs Knie gesetzt. Er spürte die Wärme des kleinen Körpers, roch den Duft der sauberen, makellosen Haut.

Zuerst wagte er nicht, sich zu rühren, doch nach einer Weile fuhr er zögernd mit einem Finger über die weiche, runde Wange. Seine Tochter schaute zu ihm auf, und Guillaume sah, daß ihre Augen von dem gleichen tiefen Blaue waren wie die seinen. Plötzlich brannten Tränen in seinen Augen. Er konnte sich nicht erinnern, wann er das letzte Mal geweint hatte.

Seit Hamon de Bohun Marigny besaß, hatte das Château sich verändert. Er hatte Maler, Bildhauer, Zimmerer, Fayence-Künstler ins Schloß geholt; er hatte nicht einen ehrgeizigen Kurier beauftragt, in Italien Kunstwerke zu kaufen, sondern ein halbes Dutzend. Er hatte ganze Mannschaften kommen lassen, damit sie die Decken und Wände von Marigny künstlerisch überarbeiteten. Musikantengruppen spielten abends für die de Bohuns auf, Schauspielertruppen unterhielten die Gäste mit ungewöhnlichen und komplizierten Pantomimen. Eleanor war das Schloß fremd geworden – es kam ihr vor, als sei ein exotischer Schmetterling aus seinem Kokon geschlüpft.

Marigny empfing die vornehme Gesellschaft Frankreichs und der Bretagne – manchmal sogar König Louis selbst. Es war Eleanors Aufgabe, die Diners zu arrangieren und dafür zu sorgen, daß die hohen Herrschaften für die Nacht standesgemäß untergebracht wurden. In der Küche brodelte und dampfte es, wimmelte es von schwitzendem, nervösem Personal, während Eleanor kostete und inspizierte, mit erfahrenem Blick die Platten mit Früchten, Pasteten, gepökeltem Fleisch, Süßspeisen und Kuchen prüfte, unter denen sich die Abstellflächen bogen. In der Wäschekammer faltete sie Laken und Decken, zählte Tischtücher und Servietten. Sie wählte die besten Glaswaren, das beste Geschirr und das beste Besteck aus, wies die Dienstmägde an, vor dem Aufdecken die Gläser, Teller und Fingerschalen zu waschen. Als der Pastetenbäcker die Nerven verlor, krempelte Eleanor sich die Ärmel hoch wie die Küchenmädchen und senkte ihre Arme bis zu den Ellbogen in Teig. Als der Küchenjunge sich an dem Bratspieß die Hand verbrannte, war es Eleanor, die die Blase mit Gänsefett einschmierte.

Eleanor verließ die Küche und ging in den Innenhof, wo sie sich in den warmen Sonnenschein des Sommernachmittags setzte, um auszuruhen. Ihr Kopf schmerzte, und die Adern in ihren Schläfen pochten, während sie beobachtete, wie ihr Mann ein Pferd aus einem der Ställe führte.
Eleanor selbst war seit Guys Geburt kaum noch geritten. Zuerst war es ihr zu schlecht gegangen, und später stellte sie fest, daß sie keine Freude mehr am Reiten hatte. Sie schien die Fähigkeit, sich zu freuen, verloren zu haben. Außerdem bestand kaum Notwendigkeit, zu reisen: Marigny erntete und züchtete seine eigenen Nahrungsmittel, webte sein eigenes Tuch. Wenn es sie nach Seide oder Samt gelüstete, fanden sich allzeit Händler aus Tours oder Blois, die sie nur zu gerne aufsuchten. Sie brauchte nicht einmal zur Kirche zu reiten, denn Marigny besaß eine eigene Kapelle. Und sie ritt auch nur noch selten zur Jagd: Hamon fand, im Gegensatz zu Reynaud, kein Vergnügen an der Jagd. Es machte ihr nichts aus, ihr Leben auf Marigny zu beschränken – im Gegenteil: Sie verspürte nicht den Wunsch nach Kontakt zur Außenwelt – die Außenwelt hatte ihr, in der Gestalt von Toby Crow, nur Kummer gebracht.
Doch als sie jetzt zu dem Pferd aufblickte, das Hamon am Zügel führte, und den Reiter sah, der darauf hockte, machte ihr Herz einen Satz: Der Reiter war Guy, ihr Sohn. Er trug ein kleines schwarzes Samtcape und eine schwarze Kappe, an der mit einer juwelenbesetzten Nadel eine Feder festgesteckt war. Seine Augen waren ernst, die Anstrengung der Konzentration ließ ihn seine Zähne in die Unterlippe graben. Er saß kerzengerade, umklammerte den Sattelknopf, seine Beine waren zu kurz, um sich an die Flanken des Pferdes legen zu können.
Das Pferd war ein großer Hengst mit schwarzglänzendem Fell. Wieder einmal erschien das Bild von François vor ihrem geistigen Auge, wie er mit der Lanze in der Hand und finsterer Miene einen Angriff auf die Stechpuppe ritt. »Das Pferd spürt,

wenn du Angst hast«, hörte sie Hamon zu Guy sagen. »Wenn du keine Angst vor ihm hast, wird es dir gehorchen.«
Der Anblick der kleinen, dunklen Gestalt, die regungslos auf dem riesigen Tier saß, sandte einen eisigen Schauer über Eleanors Rücken. Sie durchquerte den Hof.
»Hamon – hältst du das für klug? Er ist noch zu jung ...«
Hamon ließ das Kind nicht aus den Augen. »Ein Junge kann nicht früh genug damit anfangen: Er muß seine Angst jetzt überwinden – sonst wird er sie nie verlieren. Mein Sohn wird nicht zu einem Feigling heranwachsen!«
»Ein Feigling!« echote Eleanor schwach. »Hamon – Guy ist kaum zwei Jahre alt.«
Er antwortete ihr nicht. Statt dessen löste er Guys kleine Hände vom Sattelknopf und fädelte die Zügel zwischen seinen Fingern hindurch. Dann nahm er dem Hengst die Führleine ab und trat zur Seite.
Eleanor konnte es nicht ertragen. Sie liebte Guy nicht, aber sie wollte auch nicht, daß er sich auf dem gepflasterten Hof zu Tode stürzte. Sie wandte sich an Hamon, doch in dessen Augen sah sie nur unbarmherzigen Stolz leuchten.
Schließlich wurde es ihr zuviel. »Bitte heb ihn herunter, Hamon«, flüsterte sie. »Die Kinderfrau wird schon auf ihn warten. Es ist Zeit für sein Abendessen. Dieses Pferd ist viel zu groß für ihn.«
Einen Moment lang glaubte Eleanor, er werde ihr nicht antworten, doch dann wandte er sich ihr zu und ließ seinen Blick langsam über ihr fleckiges Kleid und die unordentliche Frisur gleiten.
»Meinst du im Ernst, ich würde meinen Sohn auf ein für ihn ungeeignetes Pferd setzen?« fragte er schleppend. »Du bist töricht, Eleanor. Du würdest eine Memme aus meinem Sohn machen. Guy wird unsere Gäste hoch zu Roß empfangen. Er wird sich vor ihnen verbeugen, sie auf Marigny willkommen

heißen. Ich habe es mit ihm geübt. Und was dich angeht, Eleanor – ich würde dir empfehlen, dich umzuziehen, wenn du nicht für ein Dienstmädchen gehalten werden möchtest.«
Hamon führte den schwarzen Hengst davon. Einen Moment lang verstand Eleanor nicht, warum sie so beunruhigt war – doch dann sah sie wieder François vor sich: François, der auf einem schwarzen Hengst ritt, der zu groß, zu temperamentvoll für ihn war – auf einem schwarzen Hengst, den ihm Hamon geschenkt hatte.

Die Franzosen hatten Italien verlassen, aber der Kaiser blieb. Nachdem Maximilian sich schließlich zum Handeln überwunden hatte, wollte er die Gebiete nicht aufgeben, die er besetzt hatte. Der Kaiser, der Papst und der spanische König diskutierten ausführlich die richtige Aufteilung der fraglichen Territorien Norditaliens. Venedig, dessen Vermögen großenteils in den Schatztruhen des Heiligen Bündnisses gelandet war, stand, schäumend vor Wut, unbeachtet am Spielfeldrand.
Toby Crow kam im Herbst nach Venedig zurück. Die Stadt wirkte kalt und feindselig. Die Kanäle und Plätze weckten Erinnerungen an Arlotto Attavanti, Gaetano Cavazza und Joanna Zulian.
Er speiste mit dem Proveditor von Treviso, Andrea Gritti, und dem venetianischen Gesandten beim Kirchenstaat, Antonio Giustinian. Giustinians prächtige Zimmerfluchten führten auf den Canal Grande hinaus: Toby hörte durch das halboffene Fenster das Geräusch, mit dem das Wasser an der Mauer emporleckte, und den lebhaften Gondelverkehr.
Gritti hatte sein Mahl beendet und wischte sich mit der Serviette den Mund ab. Er sah müde aus, dachte Toby. Unter seinen Augen lagen dunkle Schatten, und seine Haut war schlaff und gelblich.
»Ich habe Sie hergebeten, Signor Crow, weil ich gerade aus Rom

gekommen bin. Ich bedauere – der Ausgang der Gespräche mit Papst Julius war unbefriedigend.«
»Nicht unerwartet«, setzte Antonio Giustinian trocken hinzu.
»Nicht unerwartet«, nickte Gritti. Seine Serviette lag zusammengeknüllt auf der polierten Tischplatte, seine geballte Faust daneben. Er hob den Blick und sah Toby an.
»Deshalb befindet sich Venedig in der Situation, seine ehemaligen Verbündeten aufgeben zu müssen: Kaiser Maximilian verlangt von Venedig, die Städte der Terra firma zurückzugeben – und der Papst steht hinter dem Kaiser.«
Toby stand auf und ging zum Fenster. Die Sonne schickte sich an, in der Adria zu versinken, und badete die Stadt, ihre Lagunen und Inseln in korallenrotem Licht.
»Agnadello, die Belagerung von Padua, Ravenna«, sagte Giustinian bitter, »wir sind nicht besser dran als vor vier Jahren. Nein – eher schlechter: Wir haben Geld und Männer verloren. Ein sinnloser Krieg, meine Herren.«
»Er hat dafür gesorgt, daß Leute wie ich im Geschäft blieben.« Toby, der am Fensterbrett lehnte, sah Mißbilligung über Giustinians Gesicht flackern.
»Wohl wahr.« Der Hauch eines Lächelns zuckte über Andrea Grittis Lippen. »Maximilians Habgier und das mangelnde Vertrauen des Kirchenstaates werden die Krähen noch jahrelang ernähren.«
Toby bekundete seine Zustimmung durch ein kurzes Nicken. Für einen Moment bedauerte er das reiche, überhebliche Venedig beinahe, das wieder einmal gezwungen war, sich zu drehen und zu winden, um den Neid seiner Nachbarn abzuwehren. Den Blick auf Andrea Gritti gerichtet, sagte er: »Ich nehme an, daß Venedig bereits über Wege nachdenkt, die es aus seinen Schwierigkeiten herausführen können, meine Herren.«
»Sagte ich es Ihnen nicht, Antonio?« Gritti lehnte sich auf seinem Stuhl zurück und schaute über den Tisch hinweg den

anderen Venetianer an. »Signor Crow hat den Verstand eines Soldaten und die Seele eines Diplomaten. Falls Diplomaten eine Seele haben, was ich«, Humor blitzte in seinen blauen Augen auf, »manchmal bezweifle.«
Andrea Grittis Blick wanderte zu Toby. »Ich habe Arbeit für Sie«, erklärte er. »Venedig braucht Kuriere.«
Der Himmel verblaßte. Die Boote, der Kanal, die Menschen waren nur noch flüchtige Pinselstriche auf einer farblosen Leinwand. Toby machte das Fenster zu. »Kuriere, die fließend französisch sprechen?« fragte er vergnügt.
Giustinian starrte ihn böse an. »Sie sind geborener Franzose, nicht wahr, Signor Crow?«
Izabel Mandevilles Haus erstand vor Tobys geistigem Auge: die verschlossenen Türen, die spinnenumwebten Fenster ... »Ich bin eine Mischung, Signor Giustinian – eine niedergeborene Mischung mit zweifelhaftem Stammbaum. Wenn Sie meine Loyalität in Frage stellen möchten, dann darf ich Sie an etwas erinnern, woran ich vor kurzem auch andere erinnert habe: daß meine Loyalität käuflich ist. Wenn Sie bereit sind, meinen Preis zu bezahlen.«
Giustinian schlug fluchend mit der Faust auf den Tisch.
»Mein junger Freund foppt Sie nur, Antonio«, sagte Gritti milde. »Denken Sie daran, daß er schon seit vielen Jahren für Venedig kämpft. Denken Sie an Padua.«
»Wenn ich mich recht erinnere, brach Signor Crow vor der Belagerung Paduas nach Frankreich auf.« Giustinians Hand schwebte über seinem Schwertgriff, sein Mund war zu einem höhnischen Grinsen verzogen.
»Ich war gezwungen, eine Schuld zu begleichen, Signor Giustinian – bei einem Engländer und einer Venetianerin. Loyalität, verstehen Sie.«
Ein kurzes Schweigen entstand. Als er schließlich sprach, klang Andrea Grittis Stimme müde. »Meine Herren – es ist jetzt

wirklich nicht der Zeitpunkt für Zankereien.« Er wandte sich wieder an Toby. »Ich möchte Sie bitten, nach Frankreich zu reiten: nach Blois – an den Hof von König Louis.«

Es war zwei Jahre her, daß er Frankreich verlassen hatte, zwei Jahre, daß er einen leidenden, übelgelaunten Martin Gefroy durch Frankreich und über die Alpen nach Italien getrieben hatte. Er hatte immer gewußt, daß er eines Tages zurückkehren müßte – aber nicht in seiner Eigenschaft als uneheliches Adoptivkind, als Schusterlehrling oder Kurier eines reichen Mannes.

»Als was, Herr?«

»Als Vertreter der Signoria – als vertrauenswürdiger Kurier der Stadt Venedig.«

Grittis Augen hielten Tobys fest. Giustinian schwieg. »Wie Sie richtig vermuteten«, sagte Gritti, »brauche ich jemanden, der fließend französisch und italienisch spricht. Jemanden, der sowohl unauffällig als auch unbekannt ist. Jemanden, der, falls er von den Agenten des Kirchenstaates abgefangen wird, den Mund hält.«

Der Kreis hatte sich geschlossen. Einst hatten der König von Frankreich und der Papst sich gegen Venedig verbündet. Dann hatte Julius, dem Frankreichs Erfolg in Italien nicht schmeckte, Venedig dazu herangezogen, ihm bei der Vertreibung der Franzosen behilflich zu sein. Und jetzt umwarb Venedig, von seinen ehemaligen Verbündeten im Stich gelassen, Frankreich.

»Es wird bestimmt nicht uninteressant«, meinte Gritti. »Und Venedig wird Sie natürlich angemessen entlohnen. Sie haben im Augenblick fünfzig Männer? Wenn die Verhandlungen erfolgreich verlaufen, wenn Sie Ihre Rolle gut spielen, könnten Sie bei Ihrer Rückkehr doppelt so viele bekommen. Vielleicht noch mehr.«

Guillaume hatte gehofft, daß das Vergangene in der Bretagne an Bedeutung verlieren würde. Manchmal hatte er sich die Bretagne als Märchenwelt vorgestellt, in der der erbarmungslose Lauf der Zeit keine Gültigkeit hatte. Als er den Wald verließ, hatte er sich ausgemalt, daß seine alten Bediensteten und Kameraden längst verstorben waren, sein Haus in Nantes zu Staub zerfallen. Doch der Zauber schien nicht gewirkt zu haben. In seinen Schläfen hämmerte es unablässig, und Alpträume ließen ihn aus dem Schlaf aufschrecken. Als Joanna ihm Gilead-Balsam und Hundezunge verabreichte, schwanden seine Leibschmerzen, doch seine seelischen Wunden weigerten sich hartnäckig, zu heilen.

Wenn Joanna ihm Sanchia reichte, hielt er seine Tochter so vorsichtig auf dem Arm, als sei sie aus Glas. Er beobachtete das kleine Mädchen stundenlang – wenn sie schlief, wenn sie lachend im Garten saß und mit noch ungeschickten Fingerchen nach einem Rosenblatt oder einem Stück Distelwolle griff – oder nach einem sich windenden Regenwurm. Wenn sie weinte, rief er voller Angst nach Joanna oder der Kinderfrau. »Ist sie krank?« fragte er dann. »Hat sie sich weh getan?«

Joanna jedoch näherte er sich nicht. Er fürchtete sich davor, sie zu berühren, fürchtete sich davor, mit ihr allein zu sein. Zunächst verspürte er kein Verlangen nach ihr, doch als sich seine körperliche Verfassung besserte, stellte das Verlangen sich wieder ein. Aber er hatte seine Fähigkeit verloren, sich unbeschwert amüsieren zu können. Er dachte an die Zukunft, um nicht an die Vergangenheit denken zu müssen. Er dachte an Marigny, das Hamon de Bohun ihm vor der Nase weggeschnappt hatte. Im kalten Morgenlicht begann er zu planen, Ränke zu schmieden, Vergeltungsmaßnahmen zu entwerfen. Alles, um keinen Gedanken an Brescia und an Ravenna aufkommen zu lassen.

Aus Nantes und aus Blois trafen Briefe ein – Briefe, die Guillaume in mit Nervosität gepaarter Vorfreude erbeben ließen. Seine Überlegungen richteten sich auf etwas Greifbareres: Er ritt

mit Joanna nach Morlaix, um Juweliere aufzusuchen und Schneider zu engagieren. In ihrem Schlafzimmer öffnete Joanna Truhen, schloß Schmuckschatullen auf. Guillaume, der Sanchia auf dem Arm hatte, studierte mit eindringlicher Sorgfalt jede Einzelheit des winzigen Gesichts und die zerbrechlichen Glieder.
»Sie ist sehr dünn. Ist sie nicht in Ordnung?«
Er konnte den Arm des Babys an der dicksten Stelle mit Daumen und Zeigefinger umfassen. Ein vertrautes Angstgefühl stieg in Guillaumes Brust auf.
»Sie ist ihrem Alter entsprechend entwickelt«, erklärte Joanna entschieden. »Sie ist erst sechs Monate alt. Möchtest du vielleicht eine zwei Meter große Tochter mit Armen wie Baumstämme?«
Guillaume brachte ein Lächeln zustande. Er ließ sich auf dem Fenstersitz nieder und setzte Sanchia auf sein Knie. Ihre Blicke trafen sich, und ihr Mund öffnete sich zu einem breiten, strahlenden Lächeln. Jedesmal, wenn sie lächelte, erschien es Guillaume wie ein Wunder.
»Sie wird schön sein und bezaubernd und reich. Sie wird am Hof des Königs tanzen – nicht wahr, mein Liebling?«
Sanchia zog ihren Vater lachend an einer Locke. Er schloß die Augen, drückte sie an sich und stellte sie sich als Erwachsene vor: Mit ihren goldfarbenen Haaren und blauen Augen wanderte sie über eine große, blumenübersäte Wiese. Er erkannte, daß er, ohne es zu beabsichtigen, Marigny als Rahmen für sie gewählt hatte.
Als er die Augen wieder öffnete, war Joanna dabei, ihre Kleider aus der Truhe zu heben und auf dem Bett auszubreiten. Die im schwindenden Tageslicht grell wirkenden Farben erschreckten Guillaume. Er bemerkte, daß Sanchia still lag und ihre Augen geschlossen waren. Mit hämmerndem Herzschlag vergewisserte er sich, daß sie noch atmete. Sie schlief, und Guillaume wurde sich plötzlich seiner Erschöpfung bewußt.

»Sie ist müde, Guillaume – das ist alles. Ich werde sie zu ihrer Kinderfrau bringen.«
Sanchia, die an seine Seite geschmiegt dalag, jammerte leise im Schlaf. Wieder dachte Guillaume, wie zerbrechlich sie war, wie wehrlos. Er wußte, daß nur er sie gegen die schrecklichen Grausamkeiten des Lebens schützen konnte, daß nur er so dicke Mauern um sie bauen konnte, daß niemand, wie gewitzt und wie mächtig er auch sein mochte, jemals an sie herankäme.
Er ließ Joanna das Baby von seinem Schoß heben und ins Kinderzimmer tragen.
Als sie zurückkam, sagte sie: »Das sind alle, die ich besitze, Guillaume.« Auf dem Bett lagen Kleider, die er bestellt und bezahlt hatte. Grün, weiß, scharlachrot, goldfarben und dunkelrot leuchteten sie zu ihm herüber. Er stand auf, trat hinzu und strich mit der Hand über die Seide, den Samt, den Goldbrokat. Die Mieder der Kleider erstrahlten in Perlen und Silberspitze, die Puffärmel hatten Einsätze aus Gaze, waren mit Bändern, Borten und Pelz besetzt.
Er ging zum Fenster, lehnte sich mit der schmerzenden Stirn an das kühle Glas und starrte auf den Wald hinaus, auf den langsam die Dunkelheit herabsank.
»Ich werde eines davon anziehen, Guillaume – ich werde mein Lieblingskleid für dich anziehen.«
Er nickte, ohne sich umzudrehen. Seine Augen waren noch immer auf das ferne Muster aus Blättern und Ästen gerichtet, doch mit seinen Gedanken war er in Blois, am Hofe des Königs, bei Hamon de Bohun. Er stellte sich vor, wie er de Bohun den Schatz vorführte, den er gekauft hatte, sah Neid und Wut de Bohuns Gesicht verzerren. Doch dann schob sich Sanchias kleines Gesicht dazwischen, schimmerte auf dem unebenen Glas, und die Brust wurde ihm eng, und seine Lider begannen zu zucken.
»Schau her, Guillaume.«

Er drehte sich um, hörte Joanna sagen: »Das ist mein Lieblingskleid. Gefällt es dir?«, aber er nahm nur die Farbe des Kleides wahr, ein dunkles Smaragdgrün. Sie drehte ihm den Rücken zu, damit er ihr Mieder zuschnüren konnte. Als er hinter sie trat, stieg ihm der süße, warme Duft ihrer Haut entgegen, der scharfe Geruch des Rosmarins, mit dem sie ihr Haar spülte. Seine Hände zitterten, als er nach den Schnüren des Mieders griff und sie ihre glänzenden Haare hochhob, damit sie ihn nicht behinderten. Er sah die Linie ihres Nackens, sah ihre vollen, runden Brüste sich heben, als sie die Arme reckte. Er sah einen regendurchweichten, grünen Kleidersaum, der hinter einem Faß in Ravenna hervorlugte.

Er begann ihre Schultern zu küssen, die schmale Einkerbung ihrer Wirbelsäule. Aufstöhnend schob er das Fischbeinkorsett zur Seite und legte die Hände um ihre Brüste. Ihr Rock sank zu Boden, lag um ihre Füße wie ein bauschiger, smaragdgrüner Wall. Auf dem Bett lagen Seiden- und Samtkleider jedweder Farbe. Perlen gruben sich in seine Ellbogen, Goldborte zerkratzte ihm das Gesicht. Sein Höhepunkt schenkte ihm vorübergehend eine alles andere verdrängende Wonne.

Danach wollte sie ihn umarmen, mit ihm reden – doch das Verlangen war erloschen, und Guillaume wußte, daß er es nicht wagen durfte, Zuneigung für diese Frau zu entwickeln. Es war jetzt beinahe dunkel, und die Einfassungen der Fensterscheiben warfen stangenförmige und quadratische Schatten auf den Fußboden. Als Guillaume sich vom Bett erhob, kamen seine Kopfschmerzen zurück, seine Ängste vor der Zukunft. Er hatte Angst um Joanna, er hatte Angst um seine Tochter, er sah plötzlich die Gefahren, die mit jedem seiner Schritte einhergingen, doch es fehlte ihm die Willenskraft, den eingeschlagenen Weg zu verlassen und einen anderen zu suchen.

Und außerdem wußte er tief in seinem Herzen, daß es zu spät war. Es war schon zu spät gewesen, als er die Frau auf Hamon de

Bohuns Gemälde wiedererkannte; vielleicht schon zu spät, als er Joanna Zulian in Mailand traf. Und jetzt war es zu spät, weil er erkannt hatte, daß er Marigny mehr brauchte als je zuvor, es für Sanchia brauchte, damit sie sich hinter jener Mauer und jener Zugbrücke verstecken könnte. Damit sie für immer in Sicherheit wäre.

Wieder einmal summte Marigny vor Geschäftigkeit: Näherinnen überprüften Kleider auf heruntergerissene Säume und lose Knöpfe, Vorkehrungen wurden getroffen, damit in der Abwesenheit des Seigneurs alles reibungslos weiterliefe. Hamon und Eleanor würden nach Blois reisen, an den Hof von König Louis XII.

Hamon hatte einen Hauslehrer für Guy eingestellt. Er ist zu jung, hätte Eleanor gerne wieder protestiert, doch um die Fruchtlosigkeit eines solchen Einwandes wissend, hatte sie geschwiegen. Der Lehrer war ein Gelehrter mittleren Alters namens Clement Flore, der mit seinen Abschlüssen an den Universitäten von Montpellier, Bologna und Louvain hervorragend für seinen Beruf qualifiziert war – doch die Abschlüsse an den Universitäten von Montpellier, Bologna und Louvain befähigten ihn nicht, mit einem lebhaften Zweijährigen umzugehen. Die Pferde im Stall waren viel reizvoller für Guy als Master Flores Bemühungen, ihm Latein beizubringen. Die Wiese, die Guy unermeßlich groß erschien, war viel aufregender, als bedeutungslose Kreidestriche auf eine Schiefertafel zu zeichnen. Master Flore äußerte seine ständigen Klagen zunächst nur bei den Kindermädchen und dem Priester – doch als Guy seinen Lehrer biß und seine Zähne zwei deutlich sichtbare Halbkreise auf dem knochigen Handgelenk hinterließen, trug Master Flore seine Empörung dem Seigneur und dessen Frau vor.

Hamon war dabei, Papiere durchzusehen, und Eleanor wickelte Schmuckstücke in Seide ein.

»*Sehen* Sie, Madame!« Das Gesicht dunkelrot vor Zorn, riß der Lehrer mit einer dramatischen Geste einen der Ärmel seiner Robe zurück. »Der Junge ist völlig unerzogen. Er ist wie ein wildes Tier.«

»Das war sehr ungezogen von Guy«, sagte Eleanor besänftigend. »Wenn Sie in die Küche gehen, wird Berthe eine Salbe auf die Verletzung auftragen und sie verbinden.«

Der Lehrer zog scharf die Luft durch die Nase ein.

»Und Sie sollten ein Glas Wein trinken, Monsieur. Ich werde Guy ins Gewissen reden.«

Nicht mehr ganz so grimmig gestimmt, wandte Master Flore sich zum Gehen.

Hamon, der am Tisch saß, legte seine Papiere beiseite und sagte: »Einen Moment, Monsieur.« Er stand auf und durchquerte den Raum. »Mein Sohn hat Sie gebissen, sagen Sie?«

Der Lehrer nickte. Mit schriller Stimme erklärte er: »Ich nahm mit Master Guy die Zahlen durch, votre seigneurie. Er kennt die meisten davon, aber die Sechs und die Neun verwechselt er ständig. Ich habe ihm den Unterschied nicht einmal, nein, hundertmal gezeigt«, setzte er mürrisch hinzu. »Er verlor die Geduld und wurde wild, trat um sich und kreischte. Ich sagte ihm, er solle still sein, und da biß er mich.«

»Er bekommt Stubenarrest«, erklärte Eleanor. Sie war es plötzlich müde, den Lehrer eines Kindes zu beruhigen, das eigentlich noch von einer Kinderschwester betreut werden müßte. Sie mußte sich vor dem Aufbruch noch um die Kleidung der Dienerschaft kümmern, dafür sorgen, daß ihre eigenen Kleider für die Reise ordentlich zusammengelegt und eingepackt würden.

»Stubenarrest?« Hamons Stimme war eisig. »Ich glaube, daß dieser Ungehorsam – dieser Wutanfall – doch einer etwas strengeren Bestrafung bedarf. Bist du nicht auch dieser Meinung, Eleanor?«

»Viele Kinder in Guys Alter haben Wutanfälle«, antwortete sie geduldig. »Du würdest sicher nicht wollen, daß es deinem Sohn an Temperament mangelte.«

Der Lehrer blickte von seinem Herrn zu seiner Herrin, murmelte etwas, verbeugte sich hastig und floh aus dem Zimmer.

»Du bist eine Närrin, Eleanor – eine Närrin. Aber Guy wird kein Narr sein. Er ist mein Sohn – er ist der Erbe von Marigny. Er wird sich nicht wie *andere Kinder* benehmen. Es wird ihm nicht an Temperament mangeln, aber er wird sich auch nicht aufführen wie ein wildes Tier.«

Damit ging er hinaus. Einen Moment später raffte Eleanor ihre Röcke und folgte ihm die Treppe hinunter, durch die Empfangshalle und auf den Hof. Sie sah ihn in den Stallungen verschwinden. Zuerst konnte sie sich nicht vorstellen, was er dort wollte – dann erhielt sie die Erklärung: Hamon erschien mit einer Peitsche in der Hand.

»Wenn Guy sich wie bin wildes Tier gebärdet«, sagte er, »dann wird er auch wie ein wildes Tier behandelt.« Sprach's und ließ sie im Kreise der Stallburschen stehen.

Eleanor empfand so gut wie nichts für Guy, und doch lief sie ihrem Mann zu dem Salon im ersten Stock nach, wo der Junge seinen Unterricht absolvierte.

Sie holte Hamon ein, als dieser gerade die Tür öffnen wollte. Sie packte ihn am Handgelenk. »Mein Gatte – er ist ein Kind, kaum mehr als ein Baby! Natürlich muß man ihm Manieren beibringen – aber doch nicht *so!*«

Hamon sah sie kalt an. »Wenn du nicht ertragen kannst, was für dein Kind notwendig und zu seinem Besten ist, solltest du zu deinen Reisevorbereitungen zurückkehren, Eleanor.«

Noch immer lag kein Zorn in seiner Stimme, und dieses Fehlen von Zorn ängstigte sie mehr als alles andere. Sie ließ sein Handgelenk los, und er betrat den Salon, schloß leise die Tür hinter sich. Sie hörte seine Stimme, als er mit Guy sprach, konnte jedoch die Worte nicht verstehen.

Nach einer kurzen Stille hörte sie ihr Kind aufschreien. Sie wäre am liebsten fortgelaufen, doch sie gestattete es sich nicht. Guy war ihr Sohn – nicht Hamons. Sie war für ihn verantwortlich: Ihrer Sünde, ihrer Torheit verdankte er sein Leben. Was immer ihm widerfuhr, verdankte er ihr. Doch sie griff nicht ein. Als das Schreien des Kindes unerträglich für sie wurde, preßte sie, an der Wand in sich zusammensinkend, die Hände auf ihre Ohren.
Als die Tür aufging, kauerte sie noch immer so da. Sie wagte nicht, in den Salon zu schauen, ihren Sohn anzusehen. Sie blickte zu Hamon auf.
Er verlor kein Wort über Guy. Ein leichtes Lächeln umspielte seine Lippen, er sah zufrieden aus – befriedigt. Das Ende der Peitsche, die er noch in der Hand hielt, ruhte auf seiner Wade. Er sprach über das Château, über den Garten. Über das schreckliche Schluchzen hinweg, das aus dem Salon drang, hörte Eleanor Hamon sagen: »Ich wollte es dir der Form halber mitteilen, Eleanor: Ich habe die Absicht, den Garten nach unserer Rückkehr aus Blois umgestalten zu lassen: Die Wiese und der Küchengarten werden Marigny nicht gerecht.«
Sie richtete sich auf. Sein Gesichtsausdruck zeigte ihr, wie sehr er sie verachtete, wie gering er sie schätzte. Er schickte sich an, die Treppe hinunterzugehen. Das Schluchzen im Salon hatte sich zu einem schrillen, verzweifelten Heulen gewandelt.
»Ich *liebe* die Wiese«, sagte Eleanor leise. »Du wirst die Wiese nicht verändern.« Ihr Gesicht befand sich auf der Höhe des seinen, sie wich seinem dunklen, undurchdringlichen Blick nicht aus.

Dreizehntes Kapitel

Vorübergehend des Krieges und gleichermaßen der endlosen Rundreisen durch das Loiretal müde, machte der Hof von König Louis XII. im Schloß Blois Station.

An seinem Geburtsort Blois sammelte Louis seine Edelleute um sich und unterhielt sie tagsüber mit Picknick, Jagd und Tennisspiel und abends mit Festgelagen, Tanz und Musik. Als Gegenleistung würden sie für ihn kämpfen, wenn er nach Italien marschierte, würden ihm über die Alpen folgen, um die Gebiete zurückzuerobern, die seine heimtückischen ehemaligen Verbündeten ihm gestohlen hatten.

Seine Vasallen trafen in Blois in Prozessionen ein, die sich in prunkender Farbenvielfalt gegen die verblassende Herbstlandschaft abhoben. Ihre Maultiere und Packpferde waren mit Putz, mit Juwelen, mit eines Königs würdigen Geschenken beladen. Ihre Bediensteten quälten sich die Straße von der Stadt hinauf. Ihre Wimpel hingen schlaff in der kalten Herbstluft, ihre Wappenröcke waren mit den Farben und Emblemen ihrer Herren bestickt. Die Montmorencys, die de Foix, die de Rohans zogen in Richtung des Schlosses, ebenso der Duc d'Alençon, Prinz von königlichem Geblüt, der drei Jahre zuvor Marguerite d'Angoulême geheiratet hatte, die Schwester des Thronerben, François de Valois.

Und natürlich kamen auch die du Chantonnays. Guillaume du Chantonnay erzählte dem König, mit ehrerbietig gesenktem Kopf vor seinem Souverän kniend, von der Frau, die er nach Blois mitgebracht hatte. Sie sei sanft, begabt und schön, hatte er

sie in dem Bemühen geschildert, Louis' Mißbilligung zu beschwichtigen. Sie sei mit einem paduanischen Maler verheiratet, doch der Feigling sei nach Venedig geflohen, als Maximilian die Stadt angriff, und habe seine Frau mittellos und ohne Schutz der Willkür der deutschen Landsknechte überlassen. Louis, der Maximilian im Augenblick nicht eben wohlgesonnen war, wurde etwas nachgiebiger. Später berichtete ihm seine Königin, was er natürlich bereits vermutet hatte: daß Joanna Zulian Guillaume du Chantonnays Mätresse war. In seiner Erschöpfung beließ er es bei seinem ursprünglichen Entschluß, Joanna Zulian in Blois zu empfangen. Guillaume de Chantonnay, erklärte er Anne de Bretagne, habe sich in der Schlacht bei Agnadello, in Brescia und Ravenna verdient gemacht. Und außerdem hatte Louis von Frankreich Joanna Zulian inzwischen *gesehen.*
Das Wetter verschlechterte sich. Der Seigneur de Marigny traf drei Tage später mit seiner Frau und umfangreichem Gefolge ein, dessen Banner mit zähnebleckenden, goldenen, schwarz eingefaßten Hechten bestickt waren. Louis schniefte mißbilligend, als der de-Bohun-Zug sich in den regengepeitschten Schloßhof von Blois ringelte wie eine riesige, schimmernde, schwarzgelbe Schlange. Louis verabscheute Prunk, Zurschaustellung von Reichtum erweckte sein Mißtrauen. Er selbst lebte frugal, trug sorgfältig geflickte Kleidung und aß wenig. Mit den Fingern auf das steinerne Sims trommelnd, beobachtete Louis, wie der Seigneur de Marigny und seine Frau ins Schloß eingelassen wurden. Er erinnerte sich an das Château de Marigny mit seinen hohen Mauern, seinem breiten Burggraben, seinen herrlichen italienischen Kunstschätzen. Louis, der eine Vorliebe für alles Italienische hatte, versuchte sich die Einzelheiten der Umstände ins Gedächtnis zu rufen, die Hamon de Bohun zum Herrn von Marigny gemacht hatten. Er konnte es nicht mehr rekonstruieren – er war in letzter Zeit so vergeßlich –, aber er glaubte, daß die Übernahme unter zweifelhaften Bedingungen erfolgte, mit einem Todesfall einherging.

Die Reise des Sieur du Chantonnay und seiner Mätresse Joanna nach Blois dauerte drei Tage. Die kleine Sanchia hatten sie in dem Haus im Wald in der Obhut ihrer Kinderfrau zurückgelassen. Während Joanna an der Seite Guillaumes dahinritt, wurde ihr klar, daß die Kluft zwischen ihr und ihrem Geliebten, die sich niemals ganz geschlossen hatte, größer geworden war. Sie mochten beide ihre Tochter anbeten, sie mochten beide ein Bett teilen – aber darüber hinaus hatten sie nichts gemeinsam.

Das Château de Blois, das über der Stadt thronte, war aus Ziegel und Stein erbaut. Die Wände der Räume waren mit Gemälden und Gobelins geschmückt, die Kamine und Türrahmen mit dem Emblem Louis' – dem Stachelschwein. Nach Wacholder und Birnen duftendes Holz brannte in den großen Feuerstellen, die Fußböden waren mit Schilfgras bestreut. Auf den Tischen waren Tafelsilber, venetianisches Glas, Bücher und Reliquienschreine zur Schau gestellt. Vorsichtig, fast verstohlen, berührte Joanna die Kostbarkeiten, ließ die Finger über die kühlen Oberflächen gleiten. Durch die Fenster konnte sie die Gärten sehen und dahinter, im Dunst des spätherbstlichen Sonnenscheins, die Wälder.

Zwei Tage nach ihrer Ankunft fing es an zu regnen. Sturzbachartig rauschte das Wasser vom Himmel, prasselte auf Dächer und Fensterscheiben. Der mit den Schuhen hereingetragene Schlamm wurde in die saubere Streu und die teuren Orientteppiche eingetreten, und im Schloßhof sammelten sich gelbbraune Pfützen. Guillaumes Nervosität kehrte zurück. Angespannt und schweigend stand er am Fenster und starrte in den Regen hinaus.

Und dann, nach einem Tag des Wartens, schlug seine Laune unvermittelt um. Er nahm Joannas Arm und führte sie aus dem Bankettsaal und die Treppe hinauf. »Zieh das bronzefarbene Seidenkleid an.« Ein kaltes Glitzern stand in seinen Augen. »Es sind Verwandte von mir angekommen – ich möchte dich ihnen gerne vorstellen.«

Die Reise war schrecklich gewesen. Der Himmel öffnete seine Schleusen, als sie durch das Tor von Marigny hinausritten, und es goß auf dem ganzen Weg nach Blois. Einer der Wagen war in den Schlamm eingesunken, und sechs Diener hatten ihn mit bloßen Händen aus dem Morast ausgraben müssen. Eine Truhe fiel von dem Wagen und sprang auf. Die herabströmenden Wassermassen ruinierten den Inhalt innerhalb von Sekunden. Der Seigneur de Marigny ließ die dafür verantwortlichen Bediensteten am Straßenrand auspeitschen.

Nach ihrer Ankunft in Blois ließ man sie eine Stunde lang in einem zugigen Vestibül warten, und dann mußten sie sich das end- und sinnlose Geplapper ihres Souveräns über die Pflichten des *seigneurial* anhören. Man hatte ihnen nicht einmal gestattet, sich umzuziehen: Frierend und müde, in den durchweichten Reitkleidern, die sie auf der Reise getragen hatten, mit schlammverkrusteten Säumen und durch die Nässe räudig wirkenden Pelzbesätzen, wurden Hamon und Eleanor du Bohun zum König befohlen. Hamon haßte das Reisen, verabscheute die Unbequemlichkeit, die es ihm aufzwang, doch es war notwendig, am Hofe des Königs zu erscheinen – notwendig, daß er offiziell als Besitzer von Marigny, als Träger des Titels anerkannt wurde.

Endlich wurden sie entlassen. Die Pagen des Königs schlossen die Doppeltür vor ihren Nasen, als Hamon und Eleanor sich rückwärts gehend in das Vestibül zurückzogen. Es war später Nachmittag und das Licht schlecht – es brannte nur das Kaminfeuer: Louis' Sparsamkeit verbot das Entzünden von Fackeln vor dem Abend.

»Votre seigneurie – Eleanor ...«, kam eine schleppende, Hamon vage bekannte Stimme aus der Dunkelheit, und Eleanor neben ihm rief: »Guillaume!«

Hamon war Guillaume du Chantonnay nur einmal begegnet – kurz nach seiner Hochzeit mit Eleanor –, und er erinnerte sich noch immer voller Vergnügen an das Zusammentreffen.
»Eleanor.« Reynauds Cousin trat aus dem Schatten und küßte Eleanor die Hand. »Seigneur.« Mit einer schwungvollen Geste riß er den Federhut von seinen blonden Haaren und verbeugte sich vor Hamon. Dann sagte er zu seiner Cousine: »Du siehst eine Spur derangiert aus, Cousine«, doch sein Blick schloß auch Hamons tropfnasse, schlammige Kleider mit ein. Guillaume machte keinen Versuch, seine Belustigung zu verbergen.
»Das Wetter war schlecht ... es regnete unablässig ... mein Pferd verlor ein Hufeisen ...«, stammelte Eleanor mit freudig geröteten Wangen. »Es ist so *schön,* dich zu sehen, Guillaume. Es ist so *lange* her ...«
Hamon hätte sie am liebsten geohrfeigt. Plötzlich bemerkte er, daß Guillaume du Chantonnay nicht allein war: Er hatte sich umgedreht und sprach mit jemandem. Eine Frau trat aus der Dunkelheit, und Guillaume nahm ihre Hand. »Dies ist Madame Zulian, die mich nach Blois begleitet hat. Joanna – dies ist meine Cousine, Madame de Marigny.«
Wieder waren seine Worte an Eleanor gerichtet – und wieder traf der Blick von Guillaumes im Feuerschein intensiv leuchtenden blauen Augen sich mit Hamons.
Joanna richtete sich aus ihrem Knicks auf. Sie trug ein Kleid aus bronzefarbener Seide und Perlenschnüre im Haar. Ihr Gesicht war absolut vollkommen – und es war ein Gesicht, das Hamon augenblicklich wiedererkannte: Er hatte es schon oft genug betrachtet – auf dem Gemälde, das er Reynauds Kurier, seinem eigenen, unehelichen Sohn, abgenommen hatte und das jetzt in Marignys großem Empfangssalon hing. Er selbst hatte Guillaume das Bild gezeigt: Judith mit dem abgetrennten Kopf des Holofernes in der Hand. Dennoch war die Begegnung ein Schock für ihn: Es war, als sei das Portrait lebendig geworden und ihm gegenübergetreten.

»Joanna – ich möchte dir den Seigneur de Marigny vorstellen«, sagte Guillaume in höflichem Ton.
Kalte Wut stieg in Hamon auf: Er wußte, was Guillaume in Wirklichkeit sagte.
Du hast Marigny – aber ich habe Joanna Zulian.

Der Abgesandte der Signoria Venedig kam an einem kühlen Herbstmorgen in Blois an, nachdem er seit seinem Aufbruch von den fernen Lagunen Tag und Nacht geritten war.
Toby blieb nur eben lange genug in der Stadt, um sein Äußeres dahingehend zu korrigieren, daß es dem Erscheinen vor einem König angemessen war. Die Briefe von Andrea Gritti und Antonio Giustinian waren sicher in seine Satteldecke eingenäht. In einem Zimmer eines Gasthauses streifte Toby seine schlammige Reitkleidung ab und wusch Gesicht und Hände mit eisigem Wasser. Sauber, tadellos gekleidet und bereit, seine Rolle in den schwierigen Verhandlungen zwischen Venedig und dem französischen Königreich zu spielen, machte er sich auf den Weg zum Schloß.
Zunächst mußte er stundenlang in einem der kalten, zugigen Vestibüls warten, wo er die Hacken aneinanderschlug, um sich zu wärmen, und auf den kupferblättrigen Wald hinausschaute, der sich leuchtend gegen den Horizont abhob. Schließlich wurde er von einem maskengesichtigen Pagen zu den Empfangsräumen des Königs geführt.
Als Louis seine Truppen in die Schlacht von Agnadello geführt hatte, rief er, daß nicht einmal Geschützfeuer einem französischen König etwas anhaben könne. Jetzt, als Toby barhäuptig vor ihm niederkniete und ehrerbietig den Kopf neigte, zeigte ihm ein einziger Blick, wie sehr der aus Valois stammende König gealtert war.
Er überreichte die mitgebrachten Briefe. Auf einer Seite des großen, spärlich möblierten Raumes saß, im Kreise ihrer Hofda-

men, Anne de Bretagne. Als sein Blick für einen Moment zu ihrem stillen, zarten Gesicht abschweifte, wurde Toby an die Madonna aus Kirschbaumholz erinnert, die er Marcantonio Venier für Reynaud du Chantonnay abgekauft hatte: Sie besaß die gleichen, feingeschnittenen Züge mit dem gleichen traurigen Ausdruck, und in den hellen, ovalen Augen stand die gleiche Resignation. Sowohl Louis als auch seine Königin sahen aus, als hätte die Zeit sich plötzlich ihrer besonnen und ihre Gesichter und Gesten verändert.

Louis inspizierte die Siegel und Unterschriften der Briefe. »Ich werde mich später eingehender damit befassen, Monsieur Crow.« Seine farblosen Augen glitten zu Toby, der noch immer vor ihm kniete. »Signor Gritti schreibt, Sie seien Soldat, Monsieur Crow – und gebürtiger Franzose.«

»Ich wuchs in Frankreich auf, Euer Majestät«, erklärte Toby. »Meine Eltern haben sich nie zu mir bekannt. Und, ja – ich bin Soldat.«

Louis setzte sich in seinem Sessel zurecht. Die Briefe in seiner Hand zitterten leicht, als er sie noch einmal überflog. »Aber Sie sind kein gemeiner Soldat, sondern der Anführer von fünfzig Männern, Monsieur.« Louis' Stimme klang brüchig und bebte kaum merklich. »Einer Truppe, mit der sie sich bei der Signoria Venedig verdingt haben. Vielleicht sollten Sie als Franzose in Erwägung ziehen, für das Land zu kämpfen, in dem Sie ernährt und erzogen wurden.«

Kalt und hart drückte der Fußboden sich in Tobys Knie. Plötzlich wurde ihm bewußt, wie schnell er geritten, wie weit er gereist war. »Euer Majestät – es ist meine Hoffnung, daß ich, indem ich für Venedig kämpfe, auch bald für Frankreich kämpfen werde.«

Louis lachte belustigt auf. »Meine ebenfalls, Monsieur Crow – meine ebenfalls«, sagte der König. »Sie dürfen sich erheben.«

Toby stand auf, und im gleichen Augenblick entspannte sich die

Atmosphäre im Raum. Eine der Damen begann zu tuscheln, Louis' Pagen wagten es, sich zu rühren.
»Sie bleiben bei uns, Monsieur, bis ich Zeit hatte, diese Briefe gründlich zu studieren«, verkündete Louis von Frankreich. »Ich werde Ihnen so bald wie möglich meine Antwort geben. Frankreich ist ebenso an dem raschen Abschluß eines Bündnisvertrages interessiert wie Venedig.«

Den größten Teil des noch verbleibenden Tages verschlief Toby in einem Zimmer nahe dem Tours de Foix. Von seinem Fenster aus hatte er eine Aussicht auf die Stadt Blois und die Loire, die sich in dem fahlen Herbstlicht grau schimmernd und träge durch eine weite Biegung schleppte.
Schließlich wurde er von einem heftigen Klopfen an der Tür geweckt und von einem Bediensteten aufgefordert, bei dem Bankett zu erscheinen, das der König an diesem Abend für die Oberschicht Frankreichs geben würde. Nachdem er sich – passend, um in Anwesenheit des Königs zu speisen – in schwarze Seide gekleidet hatte, folgte er dem Diener durch dunkle, gewundene Flure zum Bankettsaal.
Der Raum war prächtig, erleuchtet durch lange Kerzenreihen und durch das Feuer, das in dem riesigen Kamin toste und spuckte. Die Wände schmückten Fresken – Darstellungen von Jagdszenen, Turnieren, tanzenden Jungfrauen –, mit kühnen Pinselstrichen in Farben ausgeführt, die im gelben Kerzenlicht grell wirkten.
Wie befohlen, nahm Toby an einer der beiden Tafeln Platz, die sich über die ganze Länge des Saales erstreckten. Edle und schöne Gesichter verschwammen vor seinen Augen mit nichtssagenden und alten Gesichtern. Im Hintergrund schlug eine Gruppe die Laute, doch die Klänge gingen in dem Schwatzen und Lachen der Gäste nahezu unter. Neben der Estrade, auf der Louis von Frankreich, seine Königin und die Prinzen von

königlichem Geblüt speisten, tanzte ein Zwerg mit klingelnden Glöckchen zu den Rhythmen einer Gigue. Als er von seinem Teller mit gepökeltem Hammel und Berberitzengelee aufblickte, sah Toby an der anderen Tafel, ihm gegenüber, Hamon de Bohun und dessen Frau Eleanor sitzen.

Eleanor aß nichts und beantwortete Fragen einsilbig. Sie empfand die endlosen Mahlzeiten und die Etikette bei Hofe als ermüdend, ertrug das alles nur, weil sie keine Wahl hatte. Sie war früher schon mit Reynaud bei Hofe erschienen, bis sein Gesundheitszustand es nicht mehr erlaubte, und hatte vor langer Zeit als eine von fünf, mit guter Mitgift versehenen und schönen Schwestern in der Gesellschaft ihres Vaters auf Schloß Blois geweilt. Die Langeweile, die langen Tage, die sich bis tief in die Nacht erstreckten, waren ein unvermeidlicher Teil des Lebens einer Frau von vornehmer Herkunft. Obwohl es ihr weit mehr Vergnügen bereitet hätte, in der Küche von Marigny Pasteten zu backen, wäre Eleanor nicht im Traum auf die Idee gekommen, den Versuch zu machen, den Pflichten zu entgehen, die ihre gesellschaftliche Stellung ihr auferlegte.

Doch ganz plötzlich war ihr erzwungener Aufenthalt auf Schloß Blois unerträglich für sie geworden. Die Begegnung mit Guillaume hatte sie aufgerüttelt, eine seltsame Mischung aus Freude und Schmerz in ihr geweckt, da sie zwangsläufig an ein Leben erinnert wurde, das sie einmal geführt, und an Menschen, die sie einmal gekannt hatte.

Sie hatte schon damit gerechnet, Guillaume hier zu treffen, da sie wußte, daß er während der vergangenen drei Jahre für seinen König gekämpft hatte und daß er ehrgeizig war. Aber niemals hätte sie vermutet, Toby Crow hier zu treffen – sie hatte geglaubt, ihn nie wiederzusehen –, und so traf sein Anblick sie völlig unvorbereitet.

Sie befand sich in einem nicht enden wollenden Gespräch über die Falknerei, als sie aufblickte – und da war er. Ihre höfliche Antwort erstarb ihr auf den Lippen, ihr Herz machte einen Satz. Sie schaute noch einmal hin, sicher, daß sie sich geirrt hatte, sicher, daß es wieder nur ihr Wunschdenken war, das einst dazu geführt hatte, daß sie Toby auf jedem Marktplatz, auf jedem Dorfanger sah.

Doch sie hatte sich nicht geirrt: Der Mann, der ihr zugewandt an der anderen Tafel saß, war ihr ehemaliger Liebhaber, der sie verlassen hatte. Der Edelmann neben Eleanor erging sich unermüdlich in Erörterungen über Weihen und Falkenbeize, Fußriemen für die Jagdvögel und Federspiele bei der Falkenjagd. Eleanor, die nicht einmal mehr vorgab, zuzuhören, starrte das vertraute Gesicht an, die dunklen Augen, das ungebärdige, schwarze Haar, die gerade Nase, den Mund, den sie so viele Male geküßt hatte. Sie sah, daß er sich verändert hatte, daß er älter geworden war, ernster. Sie sah, daß er sich nicht unterhielt, sondern den Blick langsam durch den Bankettsaal des Schlosses und über den König und seine Gäste wandern ließ. Und dann trafen sich ihre Augen plötzlich, und Eleanor senkte die Lider. Ihr Herz klopfte wie das eines vom Jäger gestellten Rehs.

Der Edelmann neben ihr hatte sich beleidigt abgewandt und redete nun auf seine andere Nachbarin ein. Eleanors Hand zitterte sichtbar, der Anblick des Essens auf ihrem Teller verursachte ihr Übelkeit. Als sie sich so weit gefaßt hatte, daß sie sich zutraute, sich auf den Beinen halten zu können, wollte sie aufstehen.

Starke Finger umschlossen ihr Handgelenk, hielten sie zurück.

»Du willst doch nicht etwa hinausgehen, Eleanor?« fragte Hamon de Bohun leise.

»Ich fühle mich nicht wohl«, brachte sie mühsam hervor.

»Du fühltest dich bestens, bis du den ehemaligen Botenjungen deines verstorbenen Mannes entdecktest. Stört dich seine Ge-

genwart – oder hattest du vielleicht vor, zu ihm zu laufen und über alte Zeiten zu sprechen?«
Seine Fingernägel gruben sich in ihr Fleisch. Unfähig, ihren Blick von dem seinen zu lösen, sah sie die Gehässigkeit in seinen Augen. Langsam den Kopf schüttelnd, sank sie auf ihren Stuhl zurück.
»Ich dachte, er sei tot.« Hamon sprach sehr leise, doch Eleanor verstand ihn, und seine Worte fraßen sich wie Säure in ihren Kopf.
Er ließ ihr Handgelenk los. »Du mußt dir abgewöhnen, so impulsiv zu sein, meine liebe Eleanor«, sagte er leichthin. »Findest du nicht auch, daß Höflichkeit gegenüber unserem König wichtiger ist als der Austausch von Artigkeiten mit einem unzuverlässigen, ehemaligen Dienstboten?«
Sie nickte stumm. Auf ihren Teller starrend, ohne etwas zu sehen, zerkrümelte sie ein Stück Brot zwischen Zeigefinger und Daumen, bis der Rest ihres Essens unter einer weißen Flockenschicht verschwunden war wie unter einer Schneedecke.

Natürlich hatte Toby gewußt, daß die de Bohuns nach Blois kämen, und er hatte diese Möglichkeit ganz gelassen erwogen. Doch die Wirklichkeit war anders. Die Wirklichkeit war Eleanors verhärmtes, alterndes Gesicht, seine eigene, fast körperliche Abneigung gegen den Mann, den sie geheiratet hatte. Er bemerkte den kurzen Wortwechsel des Ehepaares, sah die weiß hervortretenden Knöchel der Finger, die Eleanors Handgelenk umschlossen. Er wußte, hatte es schon lange gewußt, daß es de Bohun Vergnügen bereitete, anderen Menschen Schmerz zuzufügen. Toby war nie so dumm gewesen, zu glauben, daß diese Ehe glücklich sein könnte, und dennoch spürte er Zorn in sich aufsteigen, als er Zeuge wurde, wie de Bohun Eleanor geradezu lässig mißhandelte. Er kämpfte gegen seinen Zorn an, denn er wußte, daß er sinnlos war, selbstzerstörerisch. Die Narbe auf seiner Brust wies ihn auf die Folgen eines unangebrachten Gefühlsausbruches hin. *Schrägbalken im linken Wappenfeld. Kennzeichen eines Bastards, mein Bester.*

Er zwang sich, den Blick von den de Bohuns zu lösen und die anderen Gäste des Königs von Frankreich zu mustern. Einige kannte er vom Sehen, andere durch ihren Ruf: den korrupten, zynischen Duc d'Alençon, den habsüchtigen Jacques de Beaune, obersten Abgabeneintreiber von Languedoc. Einige Gesichter waren ihm aus den italienischen Kriegen bekannt. Er erkannte Guillaume du Chantonnay, und dann verweilte sein Blick auf der Dame, die neben Guillaume saß.

Sie trug Rot, ein tiefes, warmes Rot, das dem Ton ihrer Haare entsprach. Ihr Kopfputz war mit Perlen bestickt, die weiten, geschlitzten Ärmel waren mit Borten besetzt, Goldbrokat bauschte sich in den Schlitzen. Ihr Hals war lang, weiß und schlank, das Profil, das sie Toby gerade zuwandte, erschien ihm vollkommen. Er betrachtete sie einen Moment, genoß ihre Schönheit.

Und dann drehte sie plötzlich den Kopf und schaute ihm quer durch den Raum ins Gesicht. »Joanna!« rief er und ließ sein Messer fallen. Die Frau ihm gegenüber und der Mann neben ihm lächelten.

Tobys Tischnachbar flüsterte ihm zu: »Ich habe die letzten drei Tage versucht, mich der Dame vorzustellen, aber Guillaume du Chantonnay bewacht sie wie ein Eunuch die Haremspforte.«

Toby runzelte die Stirn. »Guillaume du Chantonnay?«

»Madame Zulian ist Guillaume du Chantonnays Mätresse«, erklärte ihm sein Nachbar.

Nachdem sie gespeist hatten, tanzten sie. Ihre Schatten zuckten über die Steinmauern, verschmolzen vorübergehend mit den starren aufgemalten Gestalten. Die langen Säume ihrer Kleider rauschten leise über den nackten Boden, die Füße in den dünnen Schuhen folgten mit leisem Tappen dem Rhythmus des Tamburins.

Als Joanna tanzte, schauten alle im Saal zu. Eleanor, weil sie die auffallende Ähnlichkeit von Guillaumes Mätresse mit dem Portrait bemerkt hatte, das in Marigny an der Wand hing. Guillaume, weil er das Bedürfnis hatte, ganz Frankreich zu zeigen, was er gekauft hatte. Auch Hamon de Bohun beobachtete sie. Sein Blick schweifte nur einmal ab, um sich mit dem von Guillaume zu treffen. Die Botschaft in Guillaume du Chantonnays leuchtend blauen Augen war sehr deutlich zu lesen – Hamon begriff, daß Guillaume ihn ärgern wollte.

Auch Toby schaute Joanna beim Tanzen zu. Natürlich hatte er sie schon zuvor tanzen sehen – in einem Gasthaus auf dem Weg nach Mailand, mit wirbelnden, staubigen Röcken in dem dunklen Schankraum und mit einer wirren Haarflut, die sich über ihren Rücken ergoß. Danach hatte er sie geküßt. Später hatte er mit ihr geschlafen. Und jetzt war Joanna Zulian Guillaume du Chantonnays Mätresse. Er selbst, Toby Crow, hatte sie miteinander bekannt gemacht – die Möglichkeit, daß sie sich zusammentun würden, hatte er nicht einmal erwogen.

Er verließ den Kreis um die Tanzfläche – er wollte ihr nicht mehr zuschauen. Plötzlich stand er Hamon de Bohun gegenüber.

»Haben Sie Ihre Reise nach England genossen, Monsieur Crow?« fragte de Bohun leise. »Haben Sie Ihrer Mutter meine Grüße überbracht?«

Sie standen etwas abseits von den anderen Gästen in einer Ecke des riesigen Bankettsaales. Toby antwortete nicht – er konnte nicht sprechen. Auf einmal fehlte den Lautenklängen die Fülle.

»Mein Ärmster – Sie sind mit Stummheit geschlagen. Oder hat die Entdeckung ihrer Herkunft Sie endlich auf den richtigen Platz verwiesen?«

Toby hatte Hamon de Bohun zuletzt auf einem Kai in der

Bretagne gesehen, als de Bohun ihm die Spitze seines Messers über die Brust zog, ihn fürs Leben zeichnete.

»Es gibt noch ... Lücken, Monsieur de Bohun.«

Toby hatte die Wirkung von Hamon de Bohuns physischer Präsenz vergessen. Hamon de Bohun war so groß wie Toby und kräftig gebaut – nicht verfettet, wie Reynaud es gewesen war, und auch noch ohne Anzeichen der Altersgebrechlichkeit.

»Ich freue mich, daß Sie die Beziehung, die zwischen uns besteht, nicht dadurch trüben, daß Sie mich mit ›Vater‹ ansprechen – aber ich möchte Sie daran erinnern, daß ich jetzt einen anderen Titel habe.«

Toby glaubte, Belustigung in de Bohuns dunklen Augen aufblitzen zu sehen. »Ich habe es gehört, votre seigneurie«, antwortete er. Die Anrede blieb ihm beinahe im Halse stecken.

»Nun zu Ihnen ... Reynaud mußte eine Lektion erteilt werden. Ich hatte die Vormundschaft für Blanche, müssen Sie wissen. Sie war erst fünfzehn. Ich hätte sie natürlich geheiratet, um sicherzugehen.«

Toby dachte, wie diese Art der Rivalität stets die Unschuldigen zerstörte. Fast noch ein Kind, war Blanche ebenso wehrlos gegen Habgier und Machthunger gewesen wie François. »Und Izabel Mandeville?« fragte er heiser.

De Bohun lächelte. »Ah – Izabel! Ich war nach England gegangen, wissen Sie, ich hatte die Gunst des Tudorkönigs gewonnen. Wie ich herausfand, hatte Reynaud seine Schwester mit einem Engländer verheiratet. Also ging ich zu Lydney Mandeville.« De Bohun beugte sich vor. »Ich war nicht vorbereitet, verstehen Sie. Für gewöhnlich tue ich nichts, ohne mir vorher einen Plan zurechtzulegen, aber bei dieser Gelegenheit ...« Seine leise, vertrauliche Stimme brach ab. Er schüttelte den Kopf. »Es war eine Eingebung, glaube ich. Reynaud du Chantonnays geliebter Schwester Gewalt anzutun, erschien mir ein Akt ausgleichender Gerechtigkeit.«

»Sie haben sie vergewaltigt?« flüsterte Toby.
De Bohun nickte. »Um Reynaud dafür zu strafen, daß er mich um Marigny gebracht hatte. Marigny gehörte mir, wissen Sie – es stand mir zu. Und die Götter waren mir wohlgesonnen.«
»Was meinen Sie damit?« Die Musik war verstummt, und Tobys Stimme dröhnte förmlich durch die Stille.
»Psst, mein Bester – Sie möchten doch wohl nicht, daß jemand unsere intime Unterhaltung mitbekommt, oder?«
De Bohuns lange Finger strichen über Tobys Wange. Die Berührung ließ Toby entsetzt zurückzucken.
»Ich meine – nun, es war ein Glücksfall, daß die kleine Schlampe so leicht zu schwängern war, und ein weiterer Glücksfall, daß sie es nicht über sich brachte, sich Ihrer nach der Geburt zu entledigen. Natürlich versuchte sie, ihre Schwangerschaft zu verheimlichen, entließ fast ihre ganze Dienerschaft – aber ich fand es heraus. Ich beobachtete sie. Konnte mein Glück kaum fassen. Und die Leute sind so entgegenkommend – haben Sie das nicht auch schon festgestellt: Ein paar Münzen in die richtige Hand gedrückt, und man erfährt alles, was man wissen will.«
Toby atmete tief durch. Schweiß rann an seinem Nacken herunter, stand auf seiner Oberlippe. »*Sie* haben mich nach Frankreich geschickt – *Sie* haben mich zu Reynaud du Chantonnay geschickt!«
De Bohun lächelte. »Ja. Es war eine angemessene Strafe für Habgier, für Aufdringlichkeit – meinen Sie nicht? Sogar phantasievoll. Ich ließ Sie lange genug in England, um sicher sein zu können, daß Sie am Leben bleiben würden – lang genug, um der kleinen Schlampe Gelegenheit zu geben, eine Beziehung zu Ihnen aufzubauen. Natürlich hatte sie Reynaud nichts erzählt. Mein Gott – wie sie heulte, als ich Sie ihr wegnahm«, setzte er sinnend hinzu. »Wie sie jammerte. Dabei hätte man doch denken sollen, sie wäre froh gewesen, ihren kleinen Wechselbalg

loszuwerden, wäre mir dankbar gewesen, daß ich ihr diesen Gefallen tat. Ja, ich schickte Sie nach Frankreich, mein Bester – mit einem erklärenden Brief.«

De Bohuns Augen verengten sich, er runzelte die Stirn. Das Lautenspiel hatte wieder eingesetzt, doch die unbeschwerte Melodie erschien Toby widersinnig. De Bohun senkte die Stimme, so daß nur Toby ihn verstehen konnte. »Ich habe Reynaud die Wahl gelassen, Crow: Er konnte Sie in die Gosse abschieben – oder Sie als seinen verwöhnten Neffen in Marigny aufziehen.«

De Bohuns nun weitgeöffnete Augen fixierten Toby. »Offenbar entschied er sich für ersteres. Ich nehme an, daß er Sie zu dem übelsten Lehrherrn steckte, den er finden konnte. Ich vermute, daß er hoffte, der Schuhmacher, Ihr Herr, würde Sie töten.«

Plötzlich erlosch die Belustigung auf Hamon de Bohuns Gesicht. »Ich würde Ihnen raten, Stillschweigen über unsere Verwandtschaft zu bewahren, Crow. Zwar kann ich Sie nicht dieses Hauses verweisen, wie ich es gerne täte, aber darf ich vorschlagen, daß Sie, sobald Ihr Lehensherr Ihnen gestattet, sich zu verabschieden, unverzüglich in den Schweinestall zurückkehren, in dem Sie sich zu suhlen pflegen? Wenn Sie zögern sollten, dieser meiner Anregung Folge zu leisten, dann bedenken Sie, daß ich, falls ich mich dazu entschließen sollte, Eleanor jede Nacht der Woche das antun kann, was ich Izabel Mandeville antat – ganz legal. Allerdings müßte ich mich zugegebenermaßen dazu überwinden.« Hamon de Bohun schürzte sinnend die Lippen. »Eleanor hat sich zu einem so unansehnlichen, matronenhaften Geschöpf entwickelt – aber ich würde es auf mich nehmen. Ihnen zuliebe, mein Bester.«

Toby trug kein Schwert, aber er ballte die Fäuste. »Sie ...«

»Bastard?« Belustigung glitzerte in den dunklen Augen. »Ich dachte, meine Erklärung sei deutlich gewesen: Diese Grabschrift trifft allein auf Sie zu, Crow.«

Wenn er jetzt die Geduld verlöre, wenn er Hamon de Bohun in Gegenwart des Königs niederschlüge, würde ihm das nichts einbringen als einen Aufenthalt in dem sicherlich nicht gemütlichen Verlies von Schloß Blois – die beiden letzten Jahre, seine Bemühungen, etwas aus sich zu machen, anstatt das Nichts zu bleiben, als das Hamon de Bohun ihn hatte sehen wollen, wären umsonst gewesen.
Er schob sich an Hamon de Bohun vorbei. Sogar dieser kurze, körperliche Kontakt erregte Ekel in ihm. Die Wärme im Saal, hervorgerufen durch das Kaminfeuer und die vielen Menschen, erschien ihm plötzlich unerträglich. Er bahnte sich den Weg durch die Menge, verbeugte sich andeutungsweise in Richtung des Königs, brachte bei den Türstehern eine einleuchtende Entschuldigung vor und floh in den Vorraum des Bankettsaales hinaus.
Dort war es kühl, dunkel und still. Fetzen der Ausführungen, die er sich eben hatte anhören müssen, echoten durch seinen Kopf. Er wäre jetzt gerne allein gewesen – aber er war es nicht. Er hatte Joannas rotes Kleid aufleuchten sehen, als sie sich durch das Gewühl drängte, um ihm zu folgen, aber er wollte sie nicht sehen. Nicht sie, nicht Guillaume, nicht Eleanor, und auch sonst niemandem, zu dem er eine irgendwie geartete Beziehung hergestellt hatte. Er war im Moment für niemandem ein geeigneter Gesellschafter – und insbesondere nicht für die du Chantonnays oder die de Bohuns oder ihre weibliche Begleitung.
»Toby?« hörte er sie zögernd sagen.
Er hob den Blick. Das Kerzenlicht spielte flackernd über ihre Züge. Er lehnte sich an die Wand und atmete tief durch. Es war ihm unmöglich, die Augen von ihr zu lassen.
Das war nicht mehr Taddeo Zulians talentierte Nichte, nicht mehr die Nixe, die er aus dem Kanal gezogen hatte. Das war nicht mehr die Zigeunerin, mit der er über die Ebenen der

Lombardei gereist war. Das war nicht mehr die Frau, deretwegen er und Martin Gefroy sich einst in einem Mailänder Stadthaus zur Begleitmusik zerschellenden Geschirrs geprügelt hatten. Sie war eine vornehme Dame geworden, edel in roten Samt und Goldbrokat gekleidet, elegant, beherrscht und anmutig. Sie trug Schmuck im Haar, an dem schlanken, weißen Hals, an den Fingern. Er konnte sich nicht vorstellen, sie zu berühren, sie zu küssen, mit ihr zu schlafen. Guillaume du Chantonnay hatte Joanna Zulian genommen, hatte sie verändert, zu etwas gemacht, das er, ein Bastard, ein Glücksritter, niemals wieder berühren könnte.

»Ich habe dich mit dem Seigneur de Marigny reden sehen«, sagte Joanna. Sie trat auf ihn zu und blieb ein paar Schritte von ihm entfernt stehen.

Er las Verwirrung und Mitleid in ihren Augen. Das Mitleid nahm er ihr bitter übel. In anzüglichem Ton sagte er: »Die Nonnen wollten dich wohl nicht haben, Joanna – und einen alten Herrn, der eine Haushälterin brauchte, konntest du auch nicht finden?«

Sie verstand, was er damit sagen wollte. Zornesröte färbte ihr Gesicht, ihre Augen schossen wütende Blitze. »Du hast mir selbst vor Augen geführt, wie wenige Möglichkeiten mir offenstanden, Toby.«

»Also entschiedest du dich dafür, Guillaume du Chantonnays Hure zu werden.«

Ihre Handfläche traf auf seine Wange, bevor er Zeit hatte, auszuweichen. Ich muß müde sein, dachte er und unterdrückte den abartigen Wunsch zu lachen. Sein ganzes Erwachsenenleben lang war er immer wieder Pfeilen, Geschossen und Kanonenkugeln ausgewichen, aber Joannas sorgfältig gepflegte, beringte Hand hatte es geschafft, ihr Ziel zu treffen.

Einer ihrer Ringe riß ihm die Lippe auf. Toby wischte sich mit dem Handrücken das Blut vom Mund, während er zusah, wie sie auf dem Absatz kehrtmachte und in den Bankettsaal zurückstolzierte.

Toby Crow hatte den Raum gottlob verlassen, und sie konnte wieder anfangen, klar zu denken. Als der Tanz endete, fand Eleanor Guillaume neben sich.

Seit ihrer Ankunft in Blois wußte sie, wie sehr sie Guillaume vermißt hatte. Sie verstand ihn oft nicht, aber sie war immer überzeugt gewesen, daß etwas Gutes unter der Maske des Zynismus verborgen lag. Heute abend verkörperte er für sie ein anderes Leben, ein Leben, das sie fast vergessen hatte.

»Geht es dir gut, Cousin?« fragte sie, noch ein wenig atemlos. »Wächst dein Vermögen?«

Er nahm ihre Hand und geleitete sie zu ihrem Platz. »Es geht mir sehr gut – und mein Besitz wirft mehr Gewinn ab als je zuvor. Er ist natürlich nicht mit Marigny zu vergleichen. Bei mir stehen Schafe im Hof, und die Eingangshalle dient zum Trocknen von Heu. Es ist nicht das, was du gewöhnt bist, Cousine.«

Eleanor errötete. Sie nahm Platz, ihre Röcke bauschten sich um sie herum. Zittrig und stolz antwortete sie: »*Ich* habe mir Marigny nicht ausgesucht, Guillaume, und ich hätte es auch nie getan.«

Er starrte sie einen Moment lang an, und dann lachte er. »Nein – du hättest dich für ein Kloster oder einen Bauernhof entschieden, nicht wahr, Eleanor?« Er schüttelte den Kopf. »Gott treibt seine Scherze mit uns, meinst du nicht auch?«

Früher hätte sie gegen diese Blasphemie protestiert – jetzt tat sie es nicht. Ihre Gedanken wanderten wieder einmal in die Vergangenheit – zu François. Eine Erinnerung, flüchtig und dunkel, lag am Rande ihres Bewußtseins. Sie bemühte sich, sie zu fassen.

»Und was ist mit deinem Leibarzt, Guillaume? Du hattest doch einen Leibarzt, nicht wahr? Er hat François behandelt. Er war Niederländer oder Schotte – ich weiß seinen Namen nicht mehr ...«

»Engländer«, sagte Guillaume freundlich. »Martin Gefroy. Ich habe ihn seit Jahren nicht gesehen. Er verließ mich ein paar Wochen nach François' Tod. Machte sich nicht die Mühe, mich in seine Pläne einzuweihen – stand einfach auf und ging.«

Wieder diese flüchtige Erinnerung, das Gefühl, daß ihr etwas entglitt. »Er war ein guter Arzt.« Sie versuchte sich das Gesicht des Engländers zu vergegenwärtigen. »François' Gesundheitszustand besserte sich unter seiner Obhut wesentlich.«

Erneut stieß Guillaume das humorlose, bellende Lachen aus. »Nicht einmal Martin vermochte den armen François von seinem wahren Leiden zu heilen, nicht wahr, Eleanor?« Sein Ton war bitter. »Seinem Erbe, meine ich.«

Der König hatte sich erhoben, das Fest kam zu seinem Ende. Guillaume entfernte sich, und Eleanor sah ihren Mann aus der Menge auf sich zukommen. Gottlob war Toby Crow noch immer nirgends zu sehen.

Eleanor runzelte die Stirn – sie verstand Guillaumes letzte Bemerkung nicht. Was konnte François' Erbe, das alles gewesen war, was ein Mann sich wünschen konnte, mit seinem frühen Tod zu tun haben?

In dieser Nacht hörte es auf zu regnen, und bei Tagesanbruch leuchtete die Sonne purpurrot am Horizont. Auf den feuchten Blättern und welkenden Blumen hatte sich Reif gebildet, sie mit einem silbernen Rand geschmückt. Zum klagenden Klang des Jagdhorns sammelten sich die vornehmen Herren und Damen aus Blois, um mit dem König von Frankreich auf die Jagd zu reiten.

Entlang der Reitwege durch das waldige Gelände liefen die fünfundzwanzig Hundepaare und die Dutzende von Bediensteten,

Reitknechten und Lakaien, die der Jagdgesellschaft folgten. Der Taft und Damast, der Samt und Satin der großen Familien Frankreichs hob sich leuchtend gegen die gedämpften Farben des herbstlichen Waldes ab. Gold- und Silberbrokat blitzten zwischen den mächtigen Stämmen, glänzende Schwerter, schimmernde Samtscheiden und mit Borten besetzte, federgeschmückte Kappen fingen das trübweiße Licht der Sonne ein. Sie ritten langsam, mit hocherhobenen Köpfen, warteten auf die Signale der großen Jagdhörner, die sie zu ihrer Beute führen würden.

Um die dunklen Teiche herum, die unter den Bäumen glitzerten, war der Boden sumpfig und schilfbewachsen. Heute jagten sie einen Keiler. Joanna hatte kurz einen Blick auf einen kleinen Frischling mit gestreiftem Borstenrücken erhascht, der durch das Unterholz sprang. Dann galoppierten sechs weitere Ferkel und eine große Sau, deren Bauch bereits durch den im nächsten Frühling fälligen Wurf gerundet war, auf der Suche nach einem sicheren Versteck vorbei. Die Hunde nahmen die Witterung auf und änderten jaulend ihre Richtung. Entsprechend der Anordnungen des Jagdleiters schwärmten Rüden und Hunde aus und durchstreiften den Wald in einem weiten Bogen.

Mittags versammelte sich die Jagdgesellschaft auf einer Lichtung. Diener hatten auf dem spärlichen Gras provisorische Tische aufgestellt, Weinflaschen kühlten im nahen Bach. Die Strahlen der hochstehenden Sonne fielen auf das Zinngeschirr und das in Scheiben geschnittene Brot und Fleisch. Louis, der am Kopf der »Tafel« saß, zerkrümelte Schwarzbrot und aß ein paar Bissen gekochtes Rindfleisch.

Als Joanna vom Pferd stieg, war ihre Wut noch immer nicht verraucht, und Tobys Worte hallten mit unverminderter Deutlichkeit durch ihren Kopf. *Also entschiedest du dich dafür, Guillaume du Chantonnays Hure zu werden.* Ihre Hand hatte nach der Ohrfeige wie Feuer gebrannt, und noch eine Stunde danach war die Handfläche gerötet. Er hatte sie absichtlich

beleidigt, und sie hatte ihn geschlagen, auch weil er die Wahrheit gesagt hatte.
Sie war Guillaumes Hure, und Sanchia war ein Bastard. In der sicheren Umgebung der bretonischen Wälder schien es keine Rolle zu spielen – aber hier, in dem steifen, geordneten Blois, galten andere Regeln: die gesellschaftlichen Regeln, denen zufolge sie – und ihr Kind – sich in einer Ausnahmesituation befanden, es immer tun würden. Mit einem einzigen, wohlgezielten Satz hatte Toby alle Freude zerstört, die sie an Blois gefunden hatte, an seinem Prunk und Putz, an den vornehmen Menschen, die darin wohnten.
Sie hatte schlecht geschlafen – und als sie erwachte, erwachte auch ihr Zorn wieder. Sie hatte ihr bestes Kleid angezogen: schwarzen Samt, der die Blässe ihrer Haut betonte, und ihr schimmerndes Haar noch leuchtender wirken ließ. Im Gegensatz zu den anderen Damen bei Hofe hatte sie ihre Haare nicht unter Kopfputz und Netz verborgen. Sie trug nur eine schrägsitzende Quastenkappe, unter der ihre Haare offen über ihren Rücken herabfielen. Am Hals und an den behandschuhten Fingern blitzten Guillaume du Chantonnays Brillanten. Sie hatte nicht vor, Toby die Genugtuung zu gönnen, ihr anzumerken, daß er sie verletzt hatte.
»Wenn man sich diese Szene so ansieht«, meinte Guillaume, als er ihr vom Pferd half, »könnte man denken, wir wären Bauern, die in einer Erntepause am Feldrain Vesper machen.« Angewidert musterte er die provisorische Tafel. »Ich lege Wert auf wenigstens ein Mindestmaß an Komfort.«
Joanna lachte eine Spur zu laut. Weitere Jäger und Frauen fanden sich ein. Sie entdeckte Toby Crow, der am anderen Ende der Schneise von einem kastanienbraunen Hengst stieg.
»Am Feldrain spielen wohl kaum Musikanten auf, und es servieren auch keine Diener ...«
Guillaume zog mißbilligend die Luft durch die Nase ein. »Ich

ziehe es vor, daß mein Essen warm auf den Tisch kommt, und dieser auf festem Boden steht. Ich passe nicht hierher.« Er lächelte sie an. »Wohingegen du, meine Liebe, in deinem Element bist. Du hast mich getäuscht, Joanna: Du bist keine Venetianerin – du bist eine Zigeunerin.«

Sie ließ es zu, daß er ihre Hand nahm und an die Lippen führte. Der kurze Blick über die Lichtung genügte nicht, um sie erkennen zu lassen, ob ihre Ohrfeige am Abend zuvor eine Spur in Tobys Gesicht hinterlassen hatte. Die Erinnerung an den Schlag ließ ihre Handfläche jucken.

Guillaume führte sie zu der Tafel und stellte sie den anderen Gästen von Louis XII. vor. Sie sah Bewunderung in den Augen der Herren, die sich vor ihr verbeugten und ihr die Hand küßten. Die Melodie der Zugposaunen und dreisaitigen Geigen klang hier im Freien recht dünn. Joanna lächelte und lachte und nahm artig Komplimente entgegen. Scharen von Krähen stiegen flügelschlagend aus den Baumwipfeln auf. Im Wald streiften die Schweißhunde und Signalgeber noch immer auf der Suche nach der Beute durch das Unterholz.

Joanna fand sich neben dem Seigneur de Marigny und seiner Frau plaziert. Madame de Marigny, Guillaumes Cousine, sprach kaum ein Wort. Der Seigneur machte Joanna ein Kompliment zu ihrem Kleid und erkundigte sich bei Guillaume nach seinen Besitzungen. Guillaumes nervöses Gesichtszucken stellte sich wieder ein, und seine langen, beringten Finger trommelten auf den Tisch.

»Und was ist mit deinem Sohn, Eleanor?« wandte Guillaume sich schließlich an seine Cousine. »Geht es ihm gut?«

Toby Crow, bemerkte Joanna, befand sich in Hörweite. Sie trank ihr Weinglas leer und lächelte noch strahlender.

»Sehr gut, Guillaume«, antwortete Eleanor de Bohun. Ihre Stimme zitterte leicht, ihr Gesicht hatte einen gequälten Ausdruck, dunkle Schatten lagen unter ihren Augen. Einst, erinner-

te sich Joanna, hatte sie geglaubt, Toby Crow liebe die Herrin von Marigny, und damals hatte es ihr etwas ausgemacht.
»Der Junge wächst und gedeiht, Monsieur du Chantonnay«, sagte Hamon de Bohun. »Er ist bei bester Gesundheit – ein kräftiges, begabtes Kind. Er reitet exzellent für sein Alter, und ich habe einen Lehrer für ihn eingestellt: Guy kann bereits einige lateinische Verse rezitieren.«
Guillaume antwortete nicht sofort. Dann richtete er seine blauen Augen gelassen auf de Bohun. »So ganz anders als der arme François, nicht wahr, Monsieur?«
Aus der Ferne klang das Signal des Jagdhorns herüber – ein tiefer, trauriger Ton. Der König hatte sich erhoben. Seine Höflinge und Hofdamen standen ebenfalls auf, senkten ehrerbietig die Köpfe. Es hatte leicht zu regnen begonnen – die Tropfen schimmerten auf Joannas Samtkleid wie durchscheinende Perlen.

Joanna genoß den schnellen Galopp und die kalte Luft auf ihren Wangen, während sie dem Ruf des Jagdhorns folgte. Zweige klatschten gegen die Flanken ihrer Stute, die Hufe flogen über den Adlerfarn am Boden. Ihre Sehnsucht nach Sanchia, nach der Bretagne, die an diesem Morgen kaum zu ertragen gewesen war, verblaßte zu einem vagen Schmerz. Wieder ertönte das Signal – diesmal drängender. Sie hörte Hufschlag hinter sich, als sie ihr Pferd zu noch größerer Eile antrieb. Sie hatte sich von Guillaume und von den de Bohuns getrennt. Niemand befand sich vor ihr. Sie steuerte auf die Wiese zu. Der Zauber der Jagd hatte Besitz von ihr ergriffen.
Ihre langen Röcke und ihre offenen Haare wehten hinter ihr her. Das Donnern der Hufe des nachfolgenden Pferdes wurde lauter, dröhnte in ihren Ohren – und dann war es neben ihr. Schwarzer Satin und Silberstickerei glänzten im Dämmerlicht des Waldes. Joanna warf einen Blick auf den Reiter: Es war Toby Crow.

Sie gab ihrer Stute die Sporen und versuchte, ihm davonzureiten. Büsche und Bäume huschten, durch die Geschwindigkeit verschwommen wirkend, an ihr vorbei. Ihr Pferd stieß weiße Dampfwolken aus, die einzigen Geräusche waren das Klappern der Hufe. Über der Mähne kauernd, trieb Joanna ihre Stute an, noch schneller zu galoppieren. Durch den ungewohnten Tumult gestört, flatterten verwirrt Fasane auf, ein Kaninchen floh durch das Unterholz. Sie wollte gewinnen. Sie wollte Toby weit hinter sich lassen. Sie wollte, daß er atemlos, mit offenem Mund, hinter ihr herschaute und sich töricht vorkäme.

Doch er war schon wieder neben ihr. Aus dem Augenwinkel sah sie, daß auch er über dem Hals seines Pferdes hing. Joannas Cape flatterte hinter ihr her, ihre quastengeschmückte Kappe geriet ins Rutschen. Die Hufe platschten durch Pfützen und durch Schlamm, zerbrachen Zweige, wirbelten Blätter auf. Joannas Herz hämmerte gegen ihre Rippen, ihre Stute war schweißüberströmt.

Joanna hätte am liebsten vor Wut aufgeschrien, als Tobys Pferd, kräftiger und größer als das ihre, sie überholte. Ihre Stute wurde langsamer, sie war erschöpft. Toby zügelte sein Pferd, versperrte den Weg. Der Zugang zum Wald war beiderseits durch Dickicht blockiert. Joannas Kappe glitt von ihrem Kopf und landete auf dem schlammigen Boden. Wütend strich sie ihr feuchtes Haar aus dem Gesicht.

»Laß mich durch«, keuchte sie außer Atem.

Sie waren allein, weitab von der Jagdgesellschaft, niemand kam hinter ihnen den Pfad entlang.

»Ich muß mit dir sprechen«, sagte Toby, ebenfalls atemlos.

Joanna starrte ihn zornig an. Er war barhäuptig, und der Wind zerrte an seinem kurzen Umhang. Sie bemerkte den guten Schnitt seiner Kleidung, die letzten Spuren der Sommersonne auf seinem Gesicht, das Selbstvertrauen, mit dem er sein Pferd lenkte. Sie erinnerte sich an ihre letzte Begegnung auf dem

Friedhof, wo Paul Dubreton beerdigt lag. Damals hatte er anders ausgesehen: krank, blaß und verzweifelt.
»Ich glaube nicht, daß wir etwas zu besprechen haben, Monsieur Crow«, erwiderte sie förmlich. »Lassen Sie mich durch.«
Doch er rührte sich nicht vom Fleck. »Wir müssen reden«, insistierte er. »Über Guillaume du Chantonnay.«
»Guillaume!« Ihr Zorn begann zu sieden, drohte überzukochen. »Willst du mich wieder beleidigen?«
Er schüttelte den Kopf und schwang sich aus dem Sattel. Er legte die wenigen Meter zurück, die sie voneinander trennten, bückte sich und hob ihre Kappe auf. Dann trat er zu Joanna und berührte ihre Hand, die auf den Zügeln lag – und jetzt sah sie die kleine Verletzung, die sie ihm am Mund mit ihrem Ring zugefügt hatte.
»Nein«, sagte er. »Ich entschuldige mich für gestern abend – ich hatte zu viel getrunken.«
Aber er klang kein bißchen zerknirscht, und sie glaubte nicht, daß er zu viel getrunken hatte. Toby Crow trank niemals zu viel. Seine Hand lag noch immer auf der ihren. Sie war sich nicht sicher, ob sie die Zügel anziehen und davonreiten sollte, oder seine Finger packen – und ihre Unschlüssigkeit und Schwäche entfachten das Feuer ihres Zorns erneut.
»Du siehst gut aus, Toby.« Voller Verachtung schaute sie auf ihn hinunter. »Hattest du Erfolg, Toby? Hast du schlußendlich deine Ziele erreicht?« Erfreut sah sie nun ihrerseits Zorn auf *seinem* Gesicht.
Seine Hand spielte mit ihrer Kappe, er wickelte sich die Troddel um die Finger. »Einige davon«, nickte er, »aber noch nicht alle.« Er nahm die Hand von ihren Zügeln. Seine Augen waren kalt und hart. »Seit unserer letzten Begegnung habe ich in Italien gekämpft, Joanna. Fünfzig Männer kämpfen für mich. Ich verdinge uns bei jedem, der uns bezahlt. Um dein Wort aufzugreifen: Ja – wir hatten Erfolg.«

»Dann bist du also zufrieden?«, fragte sie. »Du hast genug erreicht?«
Er schüttelte energisch den Kopf. »Nein – nicht genug.«
Da wußte sie, daß er sich nicht geändert hatte. Sein Erscheinungsbild hatte sich geändert, Toby Crow trug jetzt Seide und Samt statt Wollstoff und Leinen, er tanzte mit den vornehmen Familien Frankreichs statt in Wirtshäusern am Straßenrand – aber *innerlich* hatte er sich überhaupt nicht *verändert.*
Bereit, loszureiten, hob sie die Fersen an, aber er ergriff ihre Zügel, hielt sie auf. »Geh nicht, Joanna«, bat er. »Noch nicht.«
»Laß mich los«, forderte sie mit gepreßter Stimme. »Du hast *kein Recht ...*«
»Nein, natürlich nicht. Nicht das geringste.«
Seine Augen trafen sich mit den ihren, und Joanna wußte plötzlich, daß auch er sich an den italienischen Garten zurückerinnerte – an den Rosenbaum, die Pergola, den Springbrunnen. All das warf lange Schatten.
»Wie ich schon sagte, ich möchte mit dir über Guillaume du Chantonnay sprechen. Dich vor ihm warnen. Vertrau ihm nicht, Joanna. Verlaß ihn. Er benutzt dich nur, um sich für den Verlust von Marigny zu rächen – beziehungsweise dafür, daß er es nicht bekommen hat.«
Sie hörte den letzten Satz kaum. Seine Überheblichkeit war grenzenlos, dachte sie. Feindselig auf ihn hinunterstarrend, zischte sie: »Guillaume hat mir ein Dach über dem Kopf gegeben, Kleider und Essen – und eine *Tochter!* Glaubst du im Ernst, ich würde *das* aufgeben?«
Sie zog die Zügel durch seine behandschuhten Hände, befreite sich. »Deine Kappe, Joanna«, sagte er und warf sie ihr in den Schoß.
Sie trieb ihr Pferd an und ritt in leichtem Galopp davon.

Der Keiler saß in der Falle. Eleanor, die innerhalb des Zaunes aus Netzen ritt, sah, wie sich das wilde Tier auf der Suche nach einer Fluchtmöglichkeit um seine eigene Achse drehte.
Wie Joanna benutzte auch Eleanor die Geschwindigkeit und Brutalität der Jagd als Möglichkeit zur Ablenkung. Sie ritt neben Guillaume her, seit sie sich von ihrem Mann getrennt gefunden hatte. Es war ein Genuß für sie, für eine Weile auf Hamons Gesellschaft verzichten zu dürfen. Bruchstücke von Gesprächen, Träumen und Erinnerungen flackerten unablässig durch ihren schmerzenden Kopf. An diesem Morgen wurde sie von einem schrecklich unguten Gefühl gequält, von dem Verdacht, daß sie, wenn sie sich still hinsetzte und nachdächte, die Zusammenhänge erkennen, die Ereignisse der Vergangenheit in ihrer ganzen furchtbaren Tragweite begreifen würde.
Der Herr der Netze und seine Männer bewegten sich langsam vorwärts, so daß der Kreis schrumpfte. Das riesige, muskulöse Untier senkte den Kopf zum Angriff, die gebogenen Hauer schabten über die Erde – aber es hatte keinen Platz, um Anlauf zu nehmen. In wachsender Verzweiflung lief es in seinem Gefängnis herum, wobei es den Boden aufwühlte und Blätter in die Luft schleuderte. Das Knurren und Quieken des Keilers hallte durch den Wald.
Louis von Frankreich nahm vom Herrn der Netze den vergoldeten Wildschweinspeer entgegen. Mit erhobenem Speer trat der König vor. Der vergoldete Speer durchstieß das dicke, schwarze Fell. Das schrille Quieken des Tieres durchschnitt die atemlose Stille. Dunkles Blut sickerte aus der Wunde. Die Illusion der Jugend war verflogen, Louis war wieder ein alter Mann, vorzeitig gealtert durch Ehrgeiz, durch Krieg. Die Szene ließ Eleanor schaudern.
Auf dem Rückweg nach Blois wurde der Regen stärker. Der Schlamm auf den Wegen bespritzte elegante Stiefel und Röcke. Eleanors Kopfschmerzen verschlimmerten sich, bunte Lichter

flackerten am Rande ihres Gesichtsfeldes. Voller Sehnsucht dachte sie an Marigny, an die Blumenwiese, an die Türmchen und Zimmer, die alle mit Erinnerungen befrachtet waren. Sie war sicher, wenn sie nach Marigny zurückkehrte, würde der Erinnerungsfetzen, der sich am Rande ihres Gedächtnisses festgesetzt hatte, sich fassen lassen. Er hatte mit Guillaume zu tun, dachte sie – oder mit Guillaumes Leibarzt. Die Bemühung, sich zu erinnern, ließ die Adern in ihren Schläfen pochen.

Sie wünschte sich, wieder in Marigny zu sein. Sie hatte keine Kraft mehr und keine Freude an gesellschaftlichen Zusammenkünften, und außerdem war ihr der Gedanke unerträglich, mit ihrem ehemaligen Liebhaber, Guys Vater, zusammenzutreffen. Das Ausmaß ihres Abscheus gegen Toby Crow erschreckte sie – doch die Möglichkeit, daß sie sich dabei ertappen könnte, sich wieder in ihn zu verlieben, ängstigte sie noch mehr.

Als sie das Schloß erreichten, dämmerte es bereits. Fackeln zischten in der regennassen Dunkelheit, erhellten den Hof und beleuchteten die hohen Mauern des Gebäudes. Wieder erklangen die Jagdhörner, und die Jäger stellten sich entlang der steinernen Wände auf. Ihre langen, von den Fackeln verursachten Schatten zitterten im Regen.

Der große Kadaver des Keilers wurde in der Mitte des Schloßhofes plaziert, und um das Tier herum wurde die Jagd noch einmal durchgespielt: Die Hatz, das Einfangen, der feige Mord – alles wurde pantomimisch dargestellt. Die Mauern des Schlosses verstärkten den Klang der Hörner um ein Vielfaches. Nachdem sie den Keiler ein zweites Mal erlegt hatten, wurde ihm der Kopf abgehackt und den Hunden zum Fraß vorgeworfen, die sich – ein geschecktes Durcheinander aus geflecktem, rötlichem und braunem Fell – hechelnd und kläffend darum rauften.

Als der Hundelärm verebbte, wurde er von der wohlklingenden, stolzen Melodie einer großen Gruppe von Musikanten abgelöst. Als Eleanor aufblickte, merkte sie, daß Tränen in ihren Augen standen. Eine Truppe glitzernder Reiter zog langsam in den Schloßhof ein. Die Pferde trugen die herrlichsten Schabracken, die Reiter und Reiterinnen die exquisitesten Kleider. Unbeeinträchtigt durch das schlechte Wetter, beleuchtet vom flackernden Schein der Fackeln, versammelte sich die Zierde Frankreichs vor ihr.

»Der Duc de Valois«, flüsterte Guillaume neben ihr. »Der Thronerbe läßt sich dazu herab, uns mit seiner Gegenwart zu beglücken.«

An diesem Abend wurde ein rauschendes Fest veranstaltet – um die erfolgreiche Jagd zu feiern und die Ankunft von François d'Angoulême, Duc de Valois, Anwärter auf den Thron von Frankreich. François – jung, dunkelhaarig und zynisch – saß an der einen Seite des Königs, die Duchesse de Bretagne an der anderen. Neben der Duchesse saß François d'Angoulêmes Verlobte, Prinzessin Claude. Der anbetende Ausdruck, mit dem sie ihren zukünftigen, attraktiven Mann betrachtete, verlieh ihrem reizlosen, schiefen Gesicht Schönheit.

Das Eintreffen des Thronerben veränderte die Atmosphäre des Schlosses. Blois warf die Reste seiner Kargheit ab, und die lebhafte, verführerische Persönlichkeit des Duc de Valois beherrschte das Bankett. Das Schloß wirkte heller und lebendiger, die Musik hatte kaum eine Chance gegen den hohen Geräuschpegel der Unterhaltungen und des Gelächters.

Wenn Toby Joanna ansah, lachte sie oder tanzte. Er ertappte sich dabei, daß er für einen Moment wie gebannt von ihrem leuchtenden, fliegenden Haar und ihren wirbelnden Röcken war. Ihr Lachen und ihr Lächeln, das sie allen schenkte, versetzten ihn in Wut. Er stellte sich vor, wie sie in Guillaume du Chantonnays Haus lebte, Kleider trug, die Guillaume ihr gekauft hatte, die Tochter liebkoste, die Guillaume gezeugt hatte. Er hatte versucht, sie zu warnen, ihr Guillaumes Motive klarzumachen, Guillaumes Gründe, sie zu seiner Mätresse zu machen – aber sie hatte sich nicht davon beeindrucken lassen, und er wußte, daß er nicht die richtigen Worte gefunden hatte. Er selbst hatte sich Guillaumes Beweggründe zusammengereimt – aufgrund des Gesichtsausdrucks, mit dem Hamon de Bohun das gestohlene Gemälde von Judith und Holofernes betrachtet und den er noch gilt im Gedächtnis hatte.

Er machte keinen Versuch, noch einmal mit ihr zu sprechen. Joanna war umringt von einer Schar um sie herumscharwenzelnder Verehrer: Die vornehmsten Männer Frankreichs tanzten mit ihr, lachten mit ihr, brachten ihr Würzwein und Süßigkeiten. Er sah, wie sie sich in der Aufmerksamkeit sonnte, wie ihre Augen leuchteten, wie glücklich sie die Hände ihrer Tanzpartner ergriff. In der Mitte des Saales sprangen Spaßmacher herum, warfen Jongleure bunte Bälle in die Luft – doch keiner von ihnen erregte so viel Aufmerksamkeit wie die Mätresse von Guillaume du Chantonnay. Im Laufe des Abends schwand Tobys Wut dahin – immerhin bereitete es ihm bereits Vergnügen, sie nur zu beobachten.

Es war nur ... nun ja, er hatte nicht geglaubt, dachte er, als er seinen Wein austrank und sich von seinem Platz erhob, daß sie Wert auf Geld legte, auf eine gesellschaftliche Stellung. Er hatte nicht geglaubt, daß Joanna von der gleichen Gier getrieben wurde, die Reynaud du Chantonnay und Hamon de Bohun beseelte. Er hatte geglaubt, sie sei frei von derlei.

Er wurde in den Tanz einbezogen, Teil eines der konzentrischen Kreise, die den Saal ausfüllten. Sie tanzten alle: François und seine schöne Schwester, Marguerite, die kleine, pummelige Prinzessin Claude mit ihrem nur schlecht verborgenen Hinken, die jungen Gefolgsleute von François, die ihrem ehrgeizigen Herrn nach Italien in die Schlacht folgen würden, sobald sich die Gelegenheit ergäbe. Die Kreise bewegten sich hierhin, dorthin, Räder in Rädern. Die Gesichter von Joanna Zulian, Guillaume du Chantonnay und Hamon de Bohun huschten an

Toby vorbei. Er zwang sich, seinem Vater in die Augen zu blicken, zwang sich, seinem Blick standzuhalten. Die Alpträume würden später kommen, das wußte er – wenn er allein in der Dunkelheit läge. Das taten sie immer.

Als der Tanz endete, sah er sich Eleanor gegenüber. Er war ihr aus dem Weg gegangen, denn er wußte, wie sinnlos es wäre, ihr etwas zu erzählen, das auch nur in die Nähe der Wahrheit käme. Er hoffte, Gleichgültigkeit in ihren Augen zu lesen oder Abneigung – aber er sah Verzweiflung. Vor nahezu drei Jahren, in England, hatte er die Überheblichkeit verloren, die ihn einst vielleicht glauben gemacht hätte, er könne die richtigen Worte finden, um sie zu trösten. Ihre dunklen Augen spiegelten die Leere in seinem Innern wider – die Leere, die ihn dazu trieb, unermüdlich zu arbeiten, seine Männer erbarmungslos zu schleifen, um eine Elitetruppe aus ihnen zu machen. Damit er nicht dazu kam, sich an das Haus seiner Mutter mit den kahlen, trostlosen Fenstern zu erinnern. Damit aus ihm mehr würde als Hamon de Bohuns Spielzeug.

»Sie sehen gut aus, Madame«, sagte er – und erkannte sofort, daß sie seine Lüge durchschaute.

»Ich sehe *alt* aus«, flüsterte sie.

Und damit hatte sie recht: Feine Fältchen durchzogen ihre Haut, graue Fäden ihre streng frisierten schwarzen Haare. Doch auch ihre Schönheit war noch vorhanden – in den großen, dunklen Augen, der hohen Stirn, der stolzen Kopfhaltung.

Sie hatten einander nichts zu sagen, und doch schmerzte das Schweigen zwischen ihnen. Er nahm den Faden einer bruchstückhaft mitgehörten Unterhaltung dieses Morgens bei der Jagd auf.

»Wie ich hörte, haben Sie einen Sohn, Madame.« Er sah, wie die hochgewachsene, stattliche Frau ihre Kräfte sammelte, als bereite die Antwort ihr große Anstrengung.

»Sein Name ist Guy«, sagte sie.

Er war froh, daß sie ein Kind hatte. Er erinnerte sich an Eleanors Zärtlichkeit, ihre Sanftheit im Umgang mit kleinen Tieren und anderer Leute Babys. Sie hätte ein halbes Dutzend Kinder haben sollen. Falls Hamon de Bohun ihr den Stiefsohn genommen hatte, den sie liebte, so hatte er wenigstens das Kind gezeugt, nach dem sie sich immer gesehnt hatte.
»Sie müssen sehr stolz auf Ihren Sohn sein, Madame.«
Sie starrte ihn an. Dann sah er zu seinem Entsetzen, wie sie die Hand vor den Mund schlug und zu zittern begann. Er wich zurück, als ihr schrilles, unkontrolliertes Gelächter zwischen ihren ineinander verschlungenen Fingern hindurchdrang. Die Musik hatte wieder eingesetzt, und die große, schwankende Gestalt verlor sich im Getümmel der Tanzenden.
»Sie haben meine Frau aus der Fassung gebracht, Monsieur Crow«, sagte eine Stimme neben ihm leise. »Sie ist zwar leicht aus der Fassung zu bringen, doch ich halte es für besser, wenn Sie nicht mehr mit ihr sprechen.«
Er wandte sich Hamon de Bohun zu. Aus dem Augenwinkel sah er am Rand des Saales Eleanor im Kreise ihrer Dienerinnen.
»Ich verlasse Blois morgen«, erklärte er.
Und es stimmte: Er war früher am Abend zum König gerufen worden, der ihm die Erlaubnis erteilt hatte, das Schloß am kommenden Morgen zu verlassen. Ein Bündel für Venedig bestimmter Briefe war bereits in seine Satteldecke eingenäht. Er kannte den Inhalt der Briefe nicht, hatte jedoch aus dem Verhalten des Königs geschlossen, daß sie zu Venedigs Gunsten sprachen. Natürlich wären sie der Auftakt zu langwierigen Verhandlungen, doch es schien wahrscheinlich, daß Venedig einen neuen Verbündeten fände.
De Bohuns Hand strich über den schwarzen Satinärmel von Tobys Wams. »Eine passende Farbe – für eine Aaskrähe.«
Sie waren von gleicher Größe, er und de Bohun, dachte Toby. Von gleicher Größe und gleichem Typ. Was ihm niemals Ruhe

ließ, war der Gedanke, daß vielleicht auch die Motive ihres Tuns die gleichen waren: Habgier, Rache und Ehrgeiz.
Er zwang sich dazu, de Bohuns kalte Finger zu berühren, und schob sie weg. »Ich hätte jung sterben sollen, nicht wahr?« sagte er leise. »Aber ich tat es nicht, nicht wahr? Zu halsstarrig, vermute ich. Zu wenig bereit, zu akzeptieren, was das Schicksal mir zugedacht hat. Wie Sie, votre seigneurie.«
Er hörte de Bohuns wütendes Zischen, er hörte – aus etwas größerer Entfernung – Schluchzen, als Eleanor de Bohuns hysterisches Gelächter in Weinen umschlug, machte auf dem Absatz kehrt und verließ den Saal. Wenn er Blois an diesem Abend den Rücken kehren und allein durch Dunkelheit und Kälte zu der geistig gesunden Atmosphäre Venedigs hätte zurückreiten können, er hätte es getan.

Joanna sah ihn gehen. Sie tanzte gerade mit dem Seigneur de Fleurange, dem Kindheitsgespielen von François d'Angoulême. Sie hatte den ganzen Abend getanzt – Pavanen, Galliarden und Reels –, aber sie hatte kein einziges Mal mit Toby Crow getanzt, weil er sie nicht aufgefordert hatte.
Er hatte nicht mit ihr getanzt, er hatte nicht einmal den Versuch gemacht, mit ihr zu sprechen. Die durch die Jagd und das Bankett und den Wein, den sie getrunken hatte, hervorgerufene Hochstimmung war geschwunden. Sie entschuldigte sich bei dem Seigneur und floh, auf der Suche nach Stille und Einsamkeit, aus dem Saal.
Die Korridore des Schlosses waren kalt und dunkel. Als der Lärm des Festes nicht mehr zu hören war, machte sie bei einem Fenster halt, lehnte ihr heißes Gesicht an das kalte Glas. Heute abend hatte sie getanzt und gelacht. Sie konnte sich nicht an die Namen der Männer erinnern, mit denen sie getanzt hatte. Sie hatte sich, dachte sie niedergeschlagen, benommen wie Guillaumes Hure. Und Guillaume hatte sie wie ein Kuppler ermutigt.

Draußen regnete es noch immer. Ihr Zorn verrauchte, und eine Träne stahl sich aus ihrem Auge. Sie war Blois leid, sie war die schönen Kleider, das üppige Essen und die blumigen Komplimente leid. Sie sehnte sich danach, wieder in der Bretagne zu sein – bei ihrer Tochter und ihrem Garten. Sie sehnte sich danach, durch den Wald zu streifen, der das Haus umgab. Sie sehnte sich danach, wieder zu reisen, alle Länder der Erde wie einen riesigen, prächtigen Gobelin vor sich ausgebreitet. Als sie die Augen schloß, konnte sie beinahe den zarten Duft von Sanchias Haut und der letzten verwelkenden Rosen im Garten riechen.

In dieser Nacht träumte Eleanor.

François ritt durch den Wald von Marigny. Sein Pferd war ein edler, schwarzer Hengst. Rot und gelb leuchteten die Farben der du Chantonnays im Dämmerlicht unter den Bäumen.

Der Hengst blieb mit einem Huf in einer oberirdischen Baumwurzel hängen, und François stürzte aus dem Sattel. Er fiel nicht zwischen die Farne und welken Blätter, sondern in einen dunklen, kalten, kreisrunden Teich. Eleanor sah, wie er um sich schlug, hörte ihn um Hilfe rufen. Ein Mann trat hinter den Bäumen hervor und watete ins Wasser. Eleanor konnte nur seine Silhouette sehen, doch sie wußte, daß es Toby war. Ein köstliches Gefühl von Wärme durchzog sie, das Empfinden, endlich heimgekehrt zu sein. Sie sah zu, wie Toby den zappelnden Jungen packte.

Dann sah sie, daß Toby François, anstatt ihm aus dem Teich herauszuhelfen, weiter hineinstieß. François gab keinen Laut von sich, aber Eleanor sah die Blasen, die aus dem Wasser an die Oberfläche stiegen und dort zerplatzten. Das Wasser wirkte heimtückisch und dickflüssig wie Honig. François' Gesicht wurde davon bedeckt, seine panischen Bewegungen erstarben.

Sie schrie auf, und Toby wandte sich ihr langsam zu – und da erkannte Eleanor, wie sehr sie sich getäuscht hatte: Der Mann war nicht Toby – es war Hamon, das Haar schütter und grau, die Augen kalt und ausdruckslos, der Körper schwerer, weniger beweglich. François trieb reglos auf dem Teich. Hamon kam auf sie zu. Er lächelte. Eleanor schrie.

Als sie erwachte, fand sie sich allein. Das erste Morgenlicht drang durch die Bettvorhänge. Zunächst konnte sie nicht glauben, daß sonst niemand da war. Sie riß die Vorhänge beiseite, zündete mit zitternden Händen eine Kerze auf dem Nachttisch an, hektisch huschte ihr Blick durch das leere, fremde Zimmer. Aber es war niemand da, alles war, wie es sein sollte.

Und doch war etwas anders. Die flüchtige Erinnerung, die sie wochenlang zu fassen versucht hatte, war zurückgekehrt – lebhaft und präzise, als hätte sie sich ihr nie entzogen.

Sie sah sich in Marigny am Fenster der Galerie stehen. Auf die nackte Wand, an der früher die Einhorn-Gobelins gehangen hatten, fiel hinter ihr das Licht der Sonne. Ihre Hände waren über ihrem hochschwangeren Leib gefaltet. Sie machte sich Sorgen, weil François so lange ausblieb. Dann sah sie die Männer aus dem Wald kommen. Sie trugen eine Bahre, auf der ein zugedeckter Mensch lag. Eleanors Nervosität wandelte sich zu Entsetzen. Plötzlich löste sich ein Reiter aus der kleinen Gruppe, die den Weg herunter auf das Schloß zukam. Er galoppierte zu der Bahre, kniete sich daneben und begann, den Körper zu untersuchen. Sie erkannte die Gestalt an dem schlampigen, flatternden Gewand: Es war Martin Gefroy, Guillaumes Leibarzt.

Sogar in ihrer Aufregung, in ihrem Kummer überraschte es sie, daß Master Gefroy ihrem Stiefsohn nicht das Geleit ins Schloß gab. Statt dessen gesellte sich Hamons Kammerdiener – der, den er als Ersatz für den fußkranken alten Stefan eingestellt hatte – zu den Bediensteten. Und Martin Gefroy ritt davon.

Vierzehntes Kapitel

Von allen Dingen machte es Guy de Bohun am meisten Spaß, auf seinem Pony zu reiten.

Manchmal zwang sein Vater ihn, den großen, schwarzen Hengst zu reiten. Dann erschien ihm der Boden unendlich weit entfernt, und seine Füße erreichten die Steigbügel nicht. Guy bemühte sich sehr, sich nicht an die Zügel zu klammern, denn sein Vater schlug ihm mit der Peitsche auf die Finger, wenn er sich an die Zügel klammerte – und Guy fürchtete die Peitsche.

Wenn sein Vater nicht da war, ritt Guy seinen kleinen Schecken, Perle. Wenn er auf Perle saß, steckten seine kleinen, gestiefelten Füße ordentlich in den Steigbügeln, und er streckte selbstsicher seine dicken Händchen aus, um den gesprenkelten Hals zu tätscheln. Am glücklichsten war er, wenn sein Vater verreist war und Master Flore Bauchschmerzen hatte, denn dann führte einer der Stallburschen Perle aus dem Schloß auf die Wiese hinüber.

Die Wiese kam Guy riesengroß vor, der Wald dahinter geheimnisvoll und unheimlich. Der Wald, das wußte Guy, war ein magischer Ort, von Feen und Wölfen bevölkert – und in den Tiefen des Waldes streifte der *loup-garou,* halb Mensch, halb Wolf, mit seinen langen, gelben Zähnen und dunklen, alles verschlingenden Augen, herum. Guys Vater hatte Augen wie der loup-garou: Manchmal starrte Guy ihn an und erwartete beinahe, scharfe Eckzähne und spitze Ohren zu sehen.

Guy bat den Stallburschen oder seine Kinderfrau niemals, mit ihm in den Wald zu gehen – die Wiese war sein Lieblingsplatz.

Einmal war er von Perles Körper geglitten und hatte versucht, die Blumen zu zählen. Master Flore hatte ihn zählen gelehrt, doch immer, wenn er über die Zwölf hinauskam, brachte Guy die Zahlen durcheinander und mußte von vorne anfangen. Er kam zu dem Schluß, daß es tausend Blumen auf der Wiese gab, weil Thérèse ihm von einem Wandteppich seiner Mutter erzählt hatte, auf den tausend Blumen gestickt waren. An einem verregneten Märzmorgen war Guy seinem Lehrer entkommen und hatte das Schloß nach dem Gobelin durchsucht, der wie die Wiese aussah – aber er hatte ihn nicht gefunden, und sein Lehrer hatte seinen Ungehorsam wieder einmal mit einer Tracht Prügel geahndet. Als er danach, allein im Kinderzimmer, an seinen Tränen schluckte, begriff er, so klein er war, die Notwendigkeit, sorgfältig nachzudenken, bevor man handelte. Er beschloß, sich in Zukunft nur noch vor Thérèse zu verstecken, nicht mehr vor Master Flore: Thérèse würde seinem Vater nichts davon erzählen. Guy verlor seine Spontaneität, noch ehe er drei Jahre alt war. Doch auf der Wiese, als die Wärme des Frühlings die Blumen zu wecken begann, war er wieder ein kleines Kind. Er lag auf dem Rücken im Gras und betrachtete fasziniert die Wolken und den saphirblauen Himmel. Er stellte sich vor, auf einer Wolke zu sitzen, und konnte sie beinahe spüren – so weich wie die weichste Gänsefedermatratze. Er dachte, wenn er lange genug in den weiten Himmel hinaufschaute, würde er schließlich darüber hinausschauen können – in den anderen Himmel.

Die Rückkehr nach Marigny war wie das Erwachen aus einer Trance, in der Eleanor gefangen gewesen war, seit Toby sie verlassen und sie geheiratet hatte – als habe jemand ihr auf die Schulter getippt und gesagt: Wach auf, schau dich um!
Sie wachte auf, und als sie sich umschaute, sah sie, daß François tot war, daß Marigny sich verändert hatte, daß sie mit einem Mann verheiratet war, der sie kaum zur Kenntnis nahm. Sie

wachte auf und sah zum ersten Mal die Leere der vergangenen zweieinhalb Jahre. Es war, als sei sie tot gewesen und beginne nun – gegen ihren Willen – wieder zu leben.

In den frühen Morgenstunden taumelten Gedanken durch Eleanors Kopf. Anfänglich chaotisch, bildeten sie schließlich ein erschreckendes Muster. Guillaume, der sie ermahnte, wieder zu heiraten – zum Schutz für sich und für François. Hamon der Bohun, der mit fünfzig bewaffneten Gefolgsleuten am Tor von Marigny erschien, um ihr einen Antrag zu machen. Wenn sie ihn abgewiesen hätte – hätte er sie gezwungen, seine Frau zu werden? Ihre übereilte Hochzeit, um ihren Ruf und ihr ungeborenes Kind zu schützen.

François' Tod. Man hatte ihr nicht gestattet, ihrem Stiefsohn die letzte Ehre zu erweisen, hatte ihr nicht gestattet, seine Leiche zu sehen. François war allein gestorben – durch einen Sturz von seinem Pferd. Hamon hatte François das Pferd geschenkt, Hamon hatte François zugestimmt, daß seine Leibwache nicht ersetzt werden müsse.

Was, wenn? flüsterte sie laut vor sich hin, was, wenn? Was, wenn Hamon de Bohun, nachdem er durch seine Verheiratung mit Reynauds Witwe in den Besitz von Reynauds Schloß und Ländereien gelangt war, beschlossen hatte, daß Reynauds Sohn nicht erben sollte? Was, wenn Hamon, nachdem Eleanor ihre Gebärfähigkeit schließlich unter Beweis gestellt hatte, beschlossen hatte, daß das Kind, welches er für das seine hielt, der Erbe von Marigny sein sollte?

Oft dachte Eleanor an das, was Guillaume vor langer Zeit in Marigny zu ihr gesagt hatte: *Menschen* töten *für Landbesitz, Eleanor.*

Ende Januar wieder in Venedig, überbrachte Toby Andrea Gritti die Briefe des Königs und stattete dann dem Lager seiner Soldaten einen kurzen, unerfreulich verlaufenden Besuch ab.

Die meisten waren zu ihren Familien zurückgekehrt: Der Zustand der Straßen und das Wetter waren zu schlecht, um im Winter große Schlachten zu ermöglichen. Die wenigen Dagebliebenen hatten es sich, nicht weit entfernt von den Stadtmauern Paduas, auf einem verlassenen Bauernhof – einigermaßen – bequem gemacht. Noch immer konnte man in den Hecken und auf dem Grund schlammiger Teiche Kanonenkugeln finden – Reste der etwa zehntausend Geschosse, die Maximilian im Laufe seiner erfolglosen Belagerung auf Padua abgefeuert hatte.

»Ich würde ja nichts sagen«, grollte Gilles und spuckte auf seine matt gewordene Brustplatte, »wenn er höflich mit einem reden würde oder wenn er einen Grund hätte. Aber er hat einfach nur schlechte Laune. Zuviel Arbeit, zuwenig Alkohol, nicht genug Frauen – das ist das Problem.« Er nahm einen Lappen und begann, halbherzig an dem brünierten Metall herumzureiben. »Meinen Sie nicht auch, Martin?«

Martin war damit beschäftigt, etwas auf das Vorsatzblatt eines Buches zu kritzeln. Das Tintenfaß lehnte kippgefährdet an einem Heubündel. »Ein schlechter Körpersaft«, murmelte er und trocknete die Tinte mit dem Saum seines Gewandes. »Vielleicht schwarze Galle – die führt zu Niedergeschlagenheit, Wutanfällen und Schlaflosigkeit.«

Bei sich dachte er, daß Tobys Empfindlichkeit eine tieferliegende Ursache hatte. Gilles hatte seinen Brustharnisch beiseite gelegt und schüttelte Stroh von einem ziemlich prächtigen Umhang. Penniless war dabei, für die nächste Mahlzeit einen Hasen auszuweiden.

Martin stand auf und stieß dabei das Tintenfaß um. »Gehen wir was trinken, Martin?« fragte Gilles hoffnungsvoll. »Die Taverne hat noch offen.«

Martin schüttelte den Kopf, bückte sich, und wischte mit seinem Ärmel die verschüttete Tinte auf. »Der Feuermeister ist krank«, sagte er und nickte vage in Richtung der Zelte draußen. »Ich habe eine Arznei für ihn zubereitet.«

Der Abend war kalt und dunkel, dicke Schneeflocken sanken vom Himmel herab. Das Gras knirschte unter Martins Schritten, und die Kälte biß in seine Fingerspitzen. Seine Robe bis zu den Ohren hochziehend, ging er durch den Schnee zum Quartier des Feuermeisters. Er verschaffte dem Mann so weit wie möglich Linderung, verabreichte ihm das mitgebrachte Mittel und behandelte den Ausschlag, der den Körper des Unglücklichen bedeckte, mit einer Kräutertinktur. Während er dem Patienten seine baldige Genesung in Aussicht stellte, überlegte er im stillen, ob Fieber durch schlechte Luft übertragen würde oder durch Ansteckung. Als der Feuermeister eingeschlafen war, verließ Martin das Zelt.

Er wollte eben zurück in die Scheune – zu Penniless' Haseneintopf –, als er den Kerzenschein im Fenster des Bauernhauses bemerkte. Zitternd überquerte er den vereisten Hof und stieß die Tür auf. Toby saß, mit einem Federkiel in der Hand, über ein Durcheinander von Papieren und Karten gebeugt, an einem altersschwachen Tisch. Maximilians Soldaten hatten während der Belagerung Paduas vor dreieinhalb Jahren Feuer an das Haus und die umliegenden Felder gelegt. Nur ein paar Zimmer waren unbeschädigt geblieben, vor den Fenstern hing, in dem erfolglosen Bemühen, die Kälte abzuwehren, Sackleinen, auf dem Boden liegendes verbranntes Stroh war weggekehrt worden.

»Es ist spät«, sagte Martin, als Toby aufblickte. »Penniless ist beim Kochen – Sie sollten sich zu uns gesellen.«

Toby hatte den Kopf schon wieder gesenkt, die Feder begann über das Papier zu gleiten. »Ich habe bereits gegessen.«

Ein halber Laib Brot lag auf dem Tisch, daneben einige Stückchen Käse. Mit einem Blick auf den Brief meinte Martin »Sie könnten doch morgen weiterschreiben. Ich glaube nicht, daß der Papst justament jetzt in Venedig einmarschiert.«

Die Feder hielt erneut inne.
»Der Papst liegt im Sterben, Martin, sie werden bald seinen Nachfolger wählen. Aber ich bezweifle«, Toby strich sich die ungebärdigen Haare aus dem Gesicht, »daß das für Venedig einen großen Unterschied macht.« Er lehnte sich auf seinem Stuhl zurück. Das Licht der Kerze auf dem Tisch unterstrich die dunklen Ringe unter seinen Augen, den verkniffenen Zug um seinen Mund.
»Es ist spät«, wiederholte Martin sanft. »Lassen Sie das bis morgen liegen, Toby. Sie sind müde.« Die wohlbekannte Zornesfalte zwischen Tobys Brauen erschien.
»Machen Sie kein Theater, Martin. Heben Sie sich Ihr Mitgefühl für die kranken Kinder von Padua auf. Ihre Mütter klopfen auf der Suche nach Ihnen an meine Tür. Ich werde diesen Brief beenden, und ich werde etwas trinken – und dann werde ich schlafen gehen.«
Eine Handbewegung bedeutete Martin, daß die Unterhaltung von Tobys Seite her beendet war. Doch Martin ließ nicht locker.
»Nein, das werden Sie nicht«, sagte Martin. »Sie werden bis zum Morgengrauen hier sitzen – oder zwanzigmal um das Lager herumwandern und die Wachtposten verärgern. Oder vielleicht finden Sie sogar ein hübsches Mädchen, das Sie für ein, zwei Stunden alles andere vergessen läßt. Sie werden alles mögliche tun – nur nicht schlafen.«
Toby starrte ihn feindselig an.
»Ich nehme an, Sie haben Hamon de Bohun in Blois gesehen?«
Ich nehme an, Sie haben Ihren Vater in Blois gesehen? Die unausgesprochenen Worte schwebten zwischen ihnen in der kalten Luft.
»Hol Sie der Teufel, Martin«, sagte Toby leise.
Unbeeindruckt hockte Martin sich auf eine Ecke des Tisches.
»Ich bin Ihr Arzt, Toby. Sie können nicht ewig so weitermachen.

Die ganze letzte Woche hat die Kerze in diesem Zimmer die Nacht über gebrannt.«

Toby hatte noch immer die Feder in der Hand, aber er schrieb nicht mehr.

»Eine denkwürdige Begegnung?« wollte Martin wissen.

Der Federkiel, über Gebühr gebogen, brach entzwei. »Nicht besonders. Ein paar ausgestoßene Drohungen, ein paar nicht laut getauschte Beleidigungen – dergleichen. Der Seigneur de Marigny erklärte mir diesmal noch deutlicher seine ... sagen wir *Methoden,* Martin.«

Ein kurzes Schweigen entstand. Dann meinte Martin: »Ein Jammer, daß Krankheiten keine Unterschiede machen – daß nicht jeder das Leiden bekommt, das zu seinem Charakter paßt. Dann würde sich Monsieur de Bohun nämlich in Qualen winden.«

Toby brachte ein Lächeln zustande. »Ketzerei, mein lieber Doktor, lassen Sie das nur Signor Giustinian nicht hören.«

Auf dem Kaminsims standen zwei Becher und eine Weinflasche. Martin stand auf und schenkte ein: einen halbvollen Becher für sich, einen vollen für Toby.

»Ich habe Joanna gesehen, Martin, sie war mit Guillaume du Chantonnay gekommen.«

Martin umklammerte den Zinnbecher. Er konnte sich nicht einmal mehr genau an Joanna Zulians Gesicht erinnern, dachte er traurig, aber die Tage, die Wochen, die er mit ihr verbracht hatte, waren noch sehr lebendig in seinem Gedächtnis. Er hatte ganze Unterhaltungen Wort für Wort im Kopf. Und doch konnte er die Wärme ihrer Haut nicht fühlen und sich die genaue Farbe ihrer Augen nicht vorstellen. Er versuchte, die Neuigkeit souverän zu behandeln, um sich nicht wieder zum Narren zu machen. Er selbst hatte Guillaume du Chantonnay gesagt, wo er Joanna Zulian finden könne, fiel ihm ein.

»Sie ist mit Guillaume verheiratet?«

Toby schüttelte den Kopf. »Ich nehme an, daß Gaetano Cavazza noch lebt. Joanna ist Guillaumes Mätresse.«
Jetzt war es um Martins Beherrschung geschehen. Er fluchte. »Haben Sie mit ihr gesprochen, Toby?«
Toby schnitt eine Grimasse. »Ja – leider. Ich war ... taktlos. Nun ja – beleidigend.«
»Ist sie glücklich?« fragte Martin kummervoll.
Toby war zum Fenster gegangen, hatte die Sackleinwand beiseite geschoben und starrte in das Schneetreiben hinaus.
»Sehr glücklich. Sie ist in ihrem Element, Martin. Schöne Kleider, gutes Essen, ein Mann, der sie anbetet – was könnte sie noch mehr wollen?«
Die unverhohlene Bitterkeit in Tobys Stimme überraschte Martin. Beinahe hätte er gesagt: »Aber Sie haben sie doch nie geliebt«, doch er biß sich gerade noch rechtzeitig auf die Zunge.
Toby schob die zusammengefalteten Briefe in sein Wams und verschloß das Tintenfaß. Draußen heulte der Wind, wirbelte Schnee auf und wehte ihn gegen die zerstörten Mauern des Bauernhauses.
»Ich kann Ihnen etwas zum Schlafen geben, wenn Sie wollen«, erbot sich Martin.
Das Lächeln erlosch. Toby sah sehr müde aus, dachte Martin.
»Ich könnte ja schlafen«, Toby rieb sich die Augen, »aber ich will nicht. Denn dann träume ich, wissen Sie, Martin.«

Hamon de Bohun war wieder unterwegs. Die Reise war ermüdend, und er verabscheute es besonders, durch sein Geburtsland zu reiten. Er war drei Jahre zuvor durch die Bretagne geritten, als er Izabel Mandevilles Bankert nach Roscoff begleitete, doch damals hatte er sich an der Küste gehalten und die Wälder gemieden, die sich landeinwärts ausdehnten. Hamon verirrte sich mehrere Male, war mit seinem Gefolge in dem Labyrinth der Wege gefangen, die sich durch den Wald schlängelten. Die Bäume standen so dicht, daß es unmöglich war, vertraute Kennzeichen zu entdecken oder die Richtung zu halten. Die Tropfen des herabströmenden Regens hatten die Größe englischer Pennies, und Hamon begann gerade zu glauben, daß die Angaben, nach denen er sich gerichtet hatte, falsch waren, als er Guillaume du Chantonnays Haus erreichte. Verglichen mit Marigny war es winzig. Selbst wenn Guillaume du Chantonnay es seinen größeren Besitzungen in Nantes hinzufügte, hätte er sich trotzdem nicht mit Marigny messen können. Der Gedanke bereitete Hamon Genugtuung und versöhnte ihn mit dem nassen Pelz und Samt und der Kälte, die auf dem Ritt durch den Wald bis in seine Knochen gekrochen war.

Er registrierte das einzelne Türmchen, das Fehlen eines Burggrabens, das strohgedeckte Dach und die unbewachte Treppe, die seitlich am Haus hinaufführte. Im Hof pickten Hühner, und Schweine wühlten grunzend in einem Trog an der Wand. Sein Blick wanderte weiter zu dem Garten, wo sich die Obstbäume in der ganzen Pracht ihrer prallen, zartrosa Knospen präsentierten. Regen tropfte von den zusammengerollten Blättern, bildete Pfützen im Gras, strömte vom Dach und aus Traufen. Hamon de Bohuns Blicke verweilten einen Moment auf dem Garten, dann ging er zur Tür und klopfte.

Er gab dem Diener seinen Namen an und wurde durch spärlich möblierte Zimmer zu einem Salon im ersten Stock geführt – und da war sie. Sie trug ein pastellfarbenes Kleid und Schmuck in den Haaren. Es erstaunte ihn beinahe, daß sie nicht in einer Hand ein Messer und in der anderen einen abgetrennten Kopf hielt.

»Seigneur?«

Sie war auf ihn zugetreten, weg von dem Erkerfenster, und jetzt erkannte er, daß ihr Kleid nicht aus bronzefarbener Seide war, sondern aus grauem Samt, und daß der Schmuck in ihren

Haaren Amethyste waren, keine Perlen. In Blois hatte Guillaume du Chantonnay ihn mit Joanna Zulians Erscheinungsbild als Judith gefoppt – aber Guillaume du Chantonnay war in Nantes. Dessen hatte Hamon sich versichert.

Seine Fassung zurückgewinnend, verbeugte er sich. »Ihr Diener, Madame Zulian. Ich entschuldige mich für meinen unangemeldeten Besuch: Ich war unterwegs nach Roscoff und verirrte mich im Wald. Eines meiner Pferde lahmt. Die Straßen sind so schlecht ...«

Sie stand nur etwas mehr als einen Meter von ihm entfernt. Er konnte den Blick nicht von ihr wenden, konnte nicht umhin, jeden Zug ihres Gesichts, jede Farbschattierung mit seiner Erinnerung an das Gemälde in Marigny zu vergleichen. In Blois war sein vorherrschendes Gefühl Zorn darüber gewesen, daß Guillaume du Chantonnay die Kühnheit besaß, ihn provozieren zu wollen. Jetzt, allein mit ihr, war sein Gefühl von anderer Art.

»Ich heiße Sie willkommen, votre seigneurie. Ich erinnere mich, daß wir uns in Blois kennenlernten. Kommen Sie von weit her?«

»Aus Marigny in der Touraine.« Plötzlich stellte Hamon sich Joanna in Marigny vor – wie sie durch die Galerie wanderte, neben ihm herritt, sein Bett teilte ... Vor langer Zeit hatte er körperliches Verlangen durch ein andersgeartetes Verlangen ersetzt: das Verlangen nach Landbesitz, nach gesellschaftlicher Stellung, nach Macht. Er hatte geglaubt, kein körperliches Verlangen mehr empfinden zu können.

»Die de Bohuns sind eigentlich in der Bretagne zu Hause, aber ich habe vor ein paar Jahren die Witwe des Herrn von Marigny geheiratet.«

»Ja – das hat Guillaume mir erzählt«, sagte sie.

Eifersucht war eine ebenso fremde Regung für Hamon wie Begierde. Es war nicht Neid gewesen, was er vor all den Jahren empfunden hatte, als Reynaud sich Marignys bemächtigte, indem er Blanche heiratete, sondern kalter, alles verzehrender

Zorn. Damals hatte er erkannt, daß seine Gaben, seine Talente Reynaud du Chantonnays bei weitem übertrafen – und doch hatte Reynaud, indem er Blanche heiratete, gewonnen. Hamon de Bohuns Wunsch nach Vergeltung, sein Wunsch, Marigny zu besitzen, war dem einfachen Bedürfnis entsprungen, das Gleichgewicht wiederherzustellen, das Reynaud du Chantonnays Überheblichkeit gestört hatte. Indem er mit Reynauds Schwester einen Bastard zeugte, indem er diesen Bastard nach Marigny schickte und wie ein unerwünschtes Geschenk auf Reynauds Schwelle ablegen ließ, hatte er erreicht, daß das Zünglein an der Waage ganz entschieden zu seinen Gunsten ausschlug. Was seitdem geschehen war – seine Heirat mit Eleanor, die Ermordung von François –, hatte ihm nur gesichert, was ihm schon Jahre zuvor hätte gehören sollen.

»Wie Sie wissen, ist Guillaume du Chantonnay der Cousin des ersten Mannes meiner Frau«, fuhr Hamon fort. »Kennen Sie ihn schon lange, Madame?«

Der Diener kam mit Erfrischungen herein, stellte Wein und Kekse auf den Tisch.

»Ich lernte Monsieur du Chantonnay in Mailand kennen, votre seigneurie – vor dreieinhalb Jahren. Ich hatte in Padua gelebt, war jedoch gezwungen, die Stadt vor der Belagerung zu verlassen. Monsieur du Chantonnay war verwundet. Ich half, ihn zu pflegen.«

Hamon war überrascht von dem plötzlich in ihm aufsteigenden Zorn. Er wußte, daß Guillaume – natürlich – Marigny hatte haben wollen. Auch Guillaume hatte die verwitwete Eleanor zu heiraten beabsichtigt – aber Guillaume hatte sich zuviel Zeit gelassen.

Hamon stand auf, stellte sein Weinglas ab und ging zum Fenster. Der Regen ließ das leuchtende Rosa, Grün und Gelb des Gartens verschwimmen. Er erinnerte sich an Guillaumes Besuch in Marigny. Guillaume war, vergeblich seine Wut zu verbergen

suchend, zum Kamin hinübergegangen und hatte zu dem Gemälde hinaufgeschaut, das Judith mit Holofernes darstellte. Und er, Hamon de Bohun, hatte gesagt: »Sie ist bezaubernd, nicht wahr? Marigny ist der einzig passende Rahmen für sie.«
Sein Zorn verhärtete sich, wie er es stets tat, und wurde zu Eis. Er begriff, daß Guillaume du Chantonnay Joanna Zulian damals erkannt und sie nicht aus Liebe oder Verlangen oder einem ähnlich lächerlichen Gefühl zu sich genommen hatte, sondern als möglicherweise wertvolle Figur in dem Spiel, das die du Chantonnays und die de Bohuns spielten. Guillaume hatte ihn mit Joanna zum Narren gehalten.
Sein Blick wurde von dem Garten gefangengenommen, von den Wegen, den Bogengängen, den Rosenbüschen. Wie einst Guillaume, erkannte er, daß Joanna etwas Neues geschaffen hatte, etwas Ungewöhnliches. Etwas Eigenwilligeres als die Gärten von Marigny mit seiner wildblühenden Wiese und dem wuchernden Küchengarten, der gottlob hinter dem Schloß verborgen lag. Der hoffnungslos altmodische Garten war das einzige, was Hamon an Marigny mißfiel.
»Ihr Garten ist exquisit, Madame. Haben Sie ihn selbst angelegt?«
Sie stand lächelnd auf und trat neben ihn. »Ja, votre seigneurie. Es ist ein italienischer Garten. Ich habe seine Gestaltung zum großen Teil der des Gartens eines Landhauses in der Lombardei nachempfunden. Er ist allerdings viel kleiner – der Wald erlaubt mir nicht, ihn größer zu machen.«
Ihre körperliche Nähe beunruhigte ihn. Er hatte geglaubt, gegen die allgemein üblichen Schwächen der Männer gefeit zu sein. Vor Jahren hatte er erkannt, zu was für Narren sich Männer wegen Frauen machten. Doch jetzt bemerkte er die Zartheit von Joanna Zulians Haut, die Seidigkeit ihrer Haare. Keine Schatten oder Falten verunstalteten ihr Gesicht, wie sie das bei Eleanor taten. Eleanors Züge, von vornherein nicht Hamons Ge-

schmack, hatten sich seit der Geburt des Kindes dramatisch verändert.

»Sie sind Venetianerin, soviel ich gehört habe, Madame Zulian.«

Die Fassung der Fensterscheiben warf Schatten auf das silbergraue Samtkleid. »Mein Vater war Venetianer, votre seigneurie, meine Mutter war Spanierin. Ich habe einige Jahre in Venedig gelebt.«

Er hätte gerne mehr erfahren, doch er wußte, daß er vorsichtig sein mußte. Er würde Nachforschungen über Joanna Zulian anstellen, er mußte sie verstehen lernen. Er würde sie besitzen, wie er Marigny besaß, wie er alles besaß, was einst den du Chantonnays gehört hatte. Weil er geduldig war und weil er intelligent war, hatte er stets bekommen, was er wollte – und außerdem wußte er, daß er nur den richtigen Preis zu bieten brauchte. Vor drei Jahren hatte Joanna Zulian sich an Guillaume du Chantonnay verkauft. Er, Hamon de Bohun, konnte ihr zehnmal mehr bieten als Guillaume – aber er würde warten, er würde sich in Geduld fassen. Die Zeit war noch nicht reif, und abgesehen davon zuckten die Anfänge einer Idee, noch unausgegoren, durch seinen Kopf.

»Sie sollten sich meinen Garten in Marigny anschauen«, sagte er. Er runzelte die Stirn. »Ja. Sie werden doch kommen, nicht wahr, Madame Zulian?«

Er bemerkte die Überraschung in ihren Augen. Dann neigte sie graziös den Kopf.

»Es wird mir eine Ehre sein, Monsieur de Bohun.«

Eleanor ritt mit nur einer ihrer Zofen und zwei Dienern als Eskorte nach Nantes. Sie brauchte Zeit zum Nachdenken, und außerdem traute sie dieser Tage nur wenigen Bediensteten in Marigny. Hamon hatte den größten Teil von Reynauds Dienerschaft durch seine eigenen Leute ersetzt. Es war nur noch Berthe

in der Küche und die Handvoll Frauen, die sie mit nach Marigny gebracht hatte, denen Eleanor wirklich vertraute.
Sie erreichte Nantes nach einer Zweitagereise, kam am späten Nachmittag auf Guillaumes Besitz an. Er hatte in Blois übertrieben, dachte sie, als sie ihre Zügel einem Stallknecht übergab und sich aus dem Sattel helfen ließ: Es schnatterten zwar ein paar Gänse in einer Ecke des Hofes, doch in der Empfangshalle war kein Hälmchen Stroh zu entdecken. Eleanor schickte ihre Zofe in die Küche, damit sie sich eine Erfrischung gönne, und wärmte sich die Hände am Feuer.
Während sie darauf wartete, daß Guillaumes Kammerdiener seinen Herrn fände, überlegte sie, was sie sagen würde. Das Gesprächsthema war ungewöhnlich, dachte sie und lachte leicht hysterisch auf: Mord und widerrechtliche Aneignung – kaum für ein leichtes Salongeplauder geeignet.
Sie begrüßte Guillaume mit einem Lächeln und einem Kuß. Er war wie üblich untadelig gekleidet, aber er sah müde und angestrengt aus. Nachdem er sie in einen Sessel genötigt hatte, schaute er übertrieben interessiert in den Hof hinaus.
»Dein geschätzter Ehemann mit fünfzig schwerbewaffneten Gefolgsleuten? Sie werden in den Ställen schlafen müssen – ich habe nicht so viele Schlafzimmer ...«
Eleanor schüttelte den Kopf. »Hamon hat Marigny vor ein paar Tagen verlassen, Guillaume. Ich habe nur drei Bedienstete bei mir – ich bin sicher, du kannst sie irgendwo unterbringen.«
Er schaute sie an. Sie sah die Intelligenz in seinen leuchtendblauen Augen, eine Intelligenz, die sie in den frühen Tagen ihrer Ehe mit Reynaud eingeschüchtert hatte. Eine Intelligenz, gepaart mit einem messerscharfen Sarkasmus, worunter der arme François stets sehr gelitten hatte.
»Ist das so zu verstehen«, fragte Guillaume vorsichtig, »daß der Seigneur nichts von deinem Besuch hier weiß?«
Sie wich seinem Blick nicht aus. »Irgend jemand wird es ihm

zweifellos erzählen, wenn er wieder da ist, aber ich habe Hamon meine Absicht nicht mitgeteilt.«

Guillaume runzelte die Stirn. Er ging langsam zur Tür, um seinen Diener zu rufen, und Eleanor schüttelte den Kopf.

»Nein, Guillaume, ich möchte weder etwas essen noch etwas trinken. Ich muß mit dir sprechen – deshalb bin ich gekommen.«

»Ohne de Bohuns Wissen«, betonte Guillaume. »Ich hätte nicht gedacht ...«

Er brach ab. Eleanor blickte zu ihm auf und sagte stolz: »Du hättest nicht gedacht, daß ich des Ungehorsams fähig sei, Cousin?« Sie lächelte traurig. »Ich weiß, ich bin in der Vergangenheit stets nachgiebig und unselbständig gewesen – aber ich kann lernen.«

Das Feuer begann sie zu wärmen, und sie legte ein paar ihrer Pelzschichten ab. Sie atmete tief durch: Sie mußte die Ruhe und Vernunft bewahren, die sie befähigt hatten, diese Reise zu machen, durfte nicht in die Hysterie verfallen, die auf Schloß Blois von ihr Besitz ergriffen hatte. Sie durfte sich nicht wie die schwache Frau verhalten, als die Guillaume sie sah.

»Und worüber möchtest du mit mir sprechen, Eleanor?«

»Über François. Ich möchte mit dir über François sprechen, Guillaume.«

Die Überraschung in seinen Augen wandelte sich sehr schnell zu Neugier. Er hatte sich auf eine Bank am Feuer gesetzt und blickte zu ihr auf, half ihr jedoch nicht weiter.

»Ich habe mich gefragt ...«, Eleanors Fingernägel gruben sich in ihre Handfläche, »ich frage mich seit kurzem, ob François wirklich durch einen Zufall starb.«

Guillaumes Gelächter hallte durch den hohen Raum. Als er sich wieder gefaßt hatte, sagte er: »Er starb ebenso zufällig wie der Bettler, der wegen Diebstahls auf dem Marktplatz gehenkt wird, liebe Cousine, oder wie der Schafdieb, der an der Wegkreuzung am Galgen baumelt.«

Sie war sprachlos. Mit offenem Mund und aufgerissenen Augen starrte sie ihn an, begriff ganz allmählich, daß das, was ihr als schreckliche Möglichkeit erschien, für Guillaume von Anfang an Gewißheit gewesen war.

»*Hamon* hat François getötet, Guillaume?« flüsterte sie. »Woher weißt du das?«

Er schüttelte den Kopf. Noch immer stand Zynismus in seinen Augen. »Ich habe keinen Beweis«, sagte er. »Niemand hat ihn. Der gegenwärtige Seigneur de Marigny ist kein törichter Mann, Eleanor. Aber ich habe keinen Zweifel daran, nicht den geringsten Zweifel, daß François ermordet wurde. Es sieht Hamon ähnlich.«

Die Einfachheit seiner Worte entsetzte sie. Es sieht Hamon ähnlich. Mit neugewonnener Klarheit erkannte sie, wie direkt ihre eigene Torheit zu François' Tod geführt hatte.

»Hamon kam mit François überein, daß dieser keinen neuen Leibwächter braucht«, erzählte Eleanor mit heiserer Stimme. »Und Hamon kaufte ihm das Pferd. Es war nicht das richtige Pferd für François, Guillaume, er war ein schlechter Reiter.«

Guillaume zuckte die Schultern. »All das beweist nichts, Eleanor. Ich denke, François wurde im Wald vom Pferd geholt und umgebracht. Vielleicht ist er auch heruntergefallen, und Hamons Häscher beendeten das Werk, das durch die Unfähigkeit des Jungen begonnen wurde. Wir werden es nie erfahren. François ist tot und begraben; Hamon de Bohun hat Marigny. Was mich betrifft«, seine halbgeschlossenen Augen waren hart, »so habe ich die Absicht, seine Freude an Marigny so weit wie möglich zu schmälern. Etwas anderes kann ich nicht tun.«

Sie verstand ihn nicht, aber sie sagte in Erinnerung an den Tag, als sie sah, wie François' Leiche aus dem Wald ins Schloß gebracht wurde: »Ich habe deinen Leibarzt gesehen, Guillaume – den Engländer, Martin Gefroy.«

Guillaume wirkte desinteressiert. Draußen schnatterten die Gänse aufgeregt durcheinander, als jemand ihnen alte Brotrinden hinwarf.

»An dem Tag, als François starb, Cousin. Du weißt doch, daß Monsieur Gefroy François wegen seines Hustens behandelte. Er war auf dem Weg nach Marigny, als François starb.«

Jetzt hatte sie Guillaumes Aufmerksamkeit. Stirnrunzelnd sah er sie an.

»Monsieur Gefroy hat François' Leiche gesehen, Guillaume.«

Nun bat ihr Cousin um einen ausführlichen Bericht, und sie beschrieb, wie ihr toter Stiefsohn auf einer Bahre nach Hause getragen wurde, wie Martin Gefroy hinritt und den Jungen untersuchte, und dann den Heimweg antrat, nachdem er mit Hamons Kammerdiener gesprochen hatte, wie erstaunt sie war, daß der Engländer nicht ins Schloß kam.

Nachdem sie geendet hatte, schwieg Guillaume eine Weile. Es war ganz still – sogar die Gänse waren verstummt. Schließlich sagte er: »Martin Gefroy ist kurz danach verschwunden, Eleanor. Unglücklicherweise war ich nicht da. Ich erfuhr erst bei meiner Rückkehr nach Nantes von François' Tod.«

Mit zitternder Stimme sagte sie: »Ich glaube, wir sollten mit ihm reden – mit Martin Gefroy, meine ich.«

Als er sie anschaute, sah sie zu ihrer Überraschung einen Anflug von Bewunderung in seinen Augen.

»Ja. Es wäre zum Beispiel interessant zu erfahren, warum Monsieur Gefroy so überstürzt den Dienst bei mir quittierte – er war ein schrecklich gewissenhafter Mensch.«

Jetzt gestattete sie ihm doch, etwas zu essen und zu trinken bringen zu lassen. Während sie darauf warteten, sagte Guillaume: »Das Problem, Cousine, ist, daß ich nicht die geringste Ahnung habe, wo Martin steckt. Er hat keine Nachricht hinterlassen, weißt du, er könnte überall sein.«

Er sagte es Eleanor nicht, aber es war sehr wahrscheinlich, daß Martin Gefroy tot war, dachte Guillaume. Schon als er vor drei Jahren Guillaumes Leibarzt war, hatte er sich auf ein frühes Grab zugetrunken. Doch als er Eleanor am nächsten Morgen vor ihrem Aufbruch nach Marigny verabschiedete, versprach Guillaume, nach dem verschwundenen Arzt zu suchen. Auch ihm lag daran, mit ihm zu sprechen, die Aussicht darauf erregte ihn. Wenn Martin François' Leiche untersucht hatte, dann wußte Martin als Arzt vielleicht auch, wie François du Chantonnay wirklich gestorben war. Hatte Martin Gefroy Messerstiche gesehen, Spuren von Schlägen? Konnte es sein, daß Martin die Anstellung bei Guillaume so abrupt aufgegeben hatte, weil er die Konsequenzen fürchtete, die seine Beobachtung für ihn haben könnte?

Martins Integrität, die Guillaume stets mit gutmütigem Spott belächelt hatte, könnte sich als wertvolle Eigenschaft erweisen. *Wenn,* dachte Guillaume, als er Eleanor nachblickte, die aus dem Hof ritt, wenn Martin Gefroy ebenfalls der Meinung wäre, daß François' Tod absichtlich herbeigeführt wurde, und wenn Martin dazu bewegt werden könnte, seinen Verdacht öffentlich zu äußern, dann könnte er, Guillaume, Anspruch auf Marigny erheben, könnte seine winzige, zerbrechliche Tochter nehmen und hinter jenen dicken Mauern verstecken, wo sie für immer in Sicherheit sein würde.

Wenn er Martin finden konnte. Am folgenden Tage schickte Guillaume Boten zu den Universitäten von Orléans, Angers und Bourges aus.

Am einundzwanzigsten Februar starb Papst Julius II. Nach langwierigen Beratungen nahm Kardinal Giovanni de Medici seinen Platz ein – unter dem Namen Leo X. Einen Monat später wurde auf Schloß Blois ein Vertrag unterzeichnet, der garantierte, daß Frankreich und Venedig einander im Kriegsfalle beistehen würden. Venedig hatte sich einen neuen und mächtigen Verbündeten gesichert; Frankreich begann daran zu denken, die italienischen Territorien zurückzugewinnen, die es verloren hatte. Andrea Gritti und Antonio Giustinian, die die viel Feingefühl erfordernden Verhandlungen geführt hatten, stießen tiefe Seufzer der Erleichterung aus und kehrten nach Venedig zurück. Andrea Gritti belohnte Toby Crow für seinen Beitrag zu dem erfolgreichen Abschluß des Vertrages mit einer großen Geldsumme und einem Haus in Venedig. Dann entfloh Gritti für eine Weile der Welt der Diplomatie und fand Entspannung in den Armen seiner Geliebten, der Nonne Celestina.

In Marigny hatten die Handwerker angefangen, die alte geschwungene Treppe einzureißen und Stein um Stein den riesigen Kamin abzutragen, der die Empfangshalle beherrschte. Hamon de Bohun beabsichtigte, eine neue Treppe bauen zu lassen, die dreimal so breit wie die alte wäre und kerzengerade aus der Mitte der Empfangshalle zu der Galerie im ersten Stock führte. Eleanor haßte ihn wegen der Entweihung Marignys fast ebensosehr wie dessentwegen, was er François angetan hatte. Es schmerzte sie, zu sehen, wie die Balustrade und der Kaminsims entfernt und die Löwenköpfe dazu verdammt wurden, draußen im Regen lautlos weiterzubrüllen, wie die Leoparden und Mondsicheln, verkratzt von den Hämmern der Arbeiter, abgeschlagen und in die Ecke geworfen wurden. Es schmerzte sie, zu sehen, wie der Steinstaub von achtlosen Schuhen durch Marignys Korridore getragen wurde, zu hören, wie das Hämmern von Holzschlegeln und das Schaben von Sägen die friedliche Stille zerstörte.

Seit ihrem Gespräch mit Guillaume hatte Eleanor, die allmählich nicht einmal mehr den Anblick ihres Mannes ertragen konnte, seine Nähe tunlichst gemieden. Sie lebten wie zwei Fremde nebeneinander her, die kurzen Intermezzi intimen

Beisammenseins hatten sie schon vor langer Zeit eingestellt. Sie weigerte sich, ihren Gatten ein zweites Mal nach Blois zu begleiten, und stellte fest, daß sie sich an dem Zorn erfreute, den ihre Weigerung hervorrief. Eine kleine Rache: Langsam und unausweichlich wandelte ihre Furcht sich zu Zorn, während sie die letzten Jahre ihres Lebens Revue passieren ließ. Die Hämmer der Maurer schlugen den Rhythmus zu der Melodie ihres Hasses, als sie die einzelnen Stücke zu einem Ganzen zusammenfügte – und am Ende begriff sie, daß Hamon de Bohun seit jeher Marigny hatte haben wollen, daß er von Anfang an geplant hatte, Reynauds Witwe zu heiraten und dessen Sohn zu töten.

Sie aß allein in ihren Gemächern, sie ging nur auf der Wiese spazieren, die Hamon nicht mochte. Einmal traf sie dort ihren Sohn, der auf einem stämmigen, gescheckten Pony ritt und mit seiner Kinderfrau den Himmel, die Blumen und die Vögel anlachte. Sie begrüßte ihr dunkeläugiges Kind, wie sie eine Zufallsbekanntschaft begrüßt hätte, aber sie erinnerte sich an das, was Hamon in Blois zu ihr gesagt hatte, als sie Toby Crows ansichtig wurde. »Ich dachte, er sei tot.«

Und da fing sie an, sich zu fragen, ob sie auch Toby an Hamon verloren hatte. Sie würde die Wahrheit nie erfahren, dachte sie. Ihr Blick folgte ihrem Sohn um das Schloß herum, bis er außer Sicht war, und sie spürte, wie ihre Furcht vor Hamon sich unaufhaltsam in Abscheu und Trotz verwandelte. Sie spürte, wie sie zu einem harten, kalten Wesen wurde, das von dem Wunsch beseelt war, daß die ganze Welt erführe, was Hamon de Bohun getan hatte. Sie schwelgte in dieser neuen Furchtlosigkeit. Wenn sie Hamon nicht fürchtete, wenn sie weder seine Zunge noch seine Hand fürchtete, dann konnte er sie nicht mehr verletzen. Da er ihr alles genommen hatte, das ihr etwas wert gewesen war, hatte sie nichts mehr zu verlieren. Sie konnte ihre Rache – François' Rache – in jedweder ihr zu Gebote stehenden Weise

üben, denn wenn es im Ernstfall darum gehen würde, maß sie ihrem Leben nicht den geringsten Wert bei.
Doch sie wußte, daß sie nach wie vor machtlos war, behindert durch ihr Geschlecht und ihre körperliche Schwäche, unfähig, die Form der Rache auszuführen, die ihr vorschwebte. Als die bunten Lichter am Rande ihres Gesichtsfeldes aufblitzten und das Hämmern hinter ihren Augen einsetzte, machte Eleanor sich auf den Weg, um ihre Zimmerflucht zu erreichen, bevor ihre Kopfschmerzen ihr das Sehen unmöglich machten.

Guillaumes Boten waren aus Angers, Orléans und Bourges zurückgekehrt: Sie hatten an keiner der Universitäten auch nur eine Spur von Guillaumes englischem Leibarzt, Martin Gefroy, gefunden.
Die Erregung, die Guillaume empfunden hatte, als Eleanor vorschlug, mit Martin Gefroy zu sprechen, begann zu schwinden. Der englische Arzt war entweder tot oder trieb sich in irgendeiner gottverlassenen Region der Erde herum und würde nie wieder auftauchen. Oder Hamon hatte ihn bereits vor Jahren zum Schweigen gebracht und seine Leiche in einen Graben mit fauligen Blättern geworfen, wo die Würmer das Fleisch von seinen Knochen gefressen hatten. Er war zu spät dran, das war seine größte Schwäche, dachte Guillaume, die Unfähigkeit, prompt zu handeln.
Dennoch schickte er seine Boten noch einmal aus – diesmal zu weiter entfernt liegenden Städten: Heidelberg, Louvain und Paris. Zweifel nagte an ihm, doch er kämpfte dagegen an. Während er auf die Rückkehr seiner Boten wartete, bereitete Guillaume seine Pferde, seine Rüstung und seine vertrauenswürdigsten Gefolgsleute auf den Ritt nach Italien vor. Die Pflichten, die seine Position ihm auferlegten, machten ihm schwer zu schaffen: Nachts geisterten grelle Bilder von Gewalt durch seine Träume. Szenen aus vergangenen Kriegen erschienen wieder

und wieder vor seinem geistigen Auge, schufen Alpträume von quälender Eindringlichkeit. Und dazwischen blitzte immer wieder die Gestalt eines Mädchens auf. Sie trug ein grünes Kleid, und sie schrie auf, als er ihr weh tat. Manchmal war das Kleid blutbefleckt, manchmal war ihre Haut pockennarbig. Manchmal hatte sie blonde Haare und blaue Augen. Und manchmal hatte sie Sanchias Gesicht.

Als sie aus dem Wald kam und das Château zum ersten Male sah, hielt sie ihr Pferd an.

Einer ihrer Diener sagte: »Madame?«, doch Joanna schüttelte den Kopf, glitt von ihrem Pferd und blieb, das Château anstarrend, daneben stehen.

Sich im Burggraben spiegelnd, glitten Schwäne, klein, weiß und makellos, auf dem Spiegelbild des Schlosses hin und her. Im Wasser schimmerten die blassen, glatten Türmchen, und die filigranen Zinnen schienen drauf und dran, in den Himmel aufzusteigen. Die Wiese zu beiden Seiten des Weges war mit Blumen gesprenkelt: Gänseblümchen, Immergrün und Klee wiegten sich in der leichten Brise. Schwer hing der Duft des Grases und der Blumen in der warmen Luft.

Man hätte sowohl Onkel Taddeos als auch Gaetanos Haus im Château de Marigny unterbringen können – und niemals wiedergefunden. Die verfallene Villa in Italien, die ihr so prächtig erschien, war nur ein Bruchteil dieses Gebäudes. Sogar das Schloß des Königs in Blois wirkte vergleichsweise schlicht.

Schwalben schossen an den hohen Mauern des Châteaus entlang, der leise Wind spielte mit Joannas Haaren. Kein Laut war zu hören. Die Schwäne wirkten wie aus Elfenbein geschnitzt, das Wasser des Burggrabens wie ein Spiegel. Joanna fühlte sich fehl am Platze: Sie war in einem schäbigen Zelt geboren worden und die ersten zwölf Jahre ihres Lebens heimatlos gewesen. Manchmal konnte sie kaum glauben, was aus ihr geworden war, was Guillaume aus ihr gemacht hatte. Jetzt schleifte der seidene Saum ihres Kleides das weiche Gras, und drei Bedienstete warteten hinter ihr auf dem Weg auf ihre Befehle.

Perlendes Gelächter durchbrach die Stille: Nicht weit entfernt von der Stelle, wo eine dicke Frau dösend an einem Baum lehnte, spielte ein kleiner Junge auf der Wiese. Völlig vertieft in sein Spiel, bemerkte er Joanna nicht. Sie raffte ihre Röcke und ging auf ihn zu. Als sie näher kam, hörte sie, daß er zählte: In wahlloser Reihenfolge flatterten Zahlen durch die Luft, während er eine Blume nach der anderen pflückte. Immer wieder stolperte er über den Saum seines langen Gewandes und fiel ins Gras.

Er hatte schon einen großen Strauß beisammen. Als er ihm noch etwas hinzufügen wollte, entglitten Kleeblüten und Gänseblümchen seinem Griff und fielen auf den Boden. Mühsam sammelte er sie auf. Er war älter als Sanchia – drei Jahre alt, schätzte Joanna. Dieses Kind war das absolute Gegenteil ihrer blonden, zierlichen Tochter: ein dunkelhaariger, stämmiger, rotwangiger kleiner Junge. Voller Schmerz dachte sie an ihren Sohn, Paolo. Auch er war dunkelhaarig gewesen. Wäre er am Leben geblieben, wäre er jetzt vier Jahre alt.

Als sie näher kam, schaute er auf. Das Lachen erstarb, und Vorsicht sprach aus seinen Augen. Joanna lächelte ihn an. »Guten Tag, mein Herr. Was für hübsche Blumen.«

Er hockte im Gras und hielt immer noch sein Bukett umklammert. Er hatte große, blaue Augen und dichte, schwarze Haare. Sein Gesichtsausdruck war ernst, nachdenklich. Er rappelte sich auf. »Auch Ihnen einen guten Tag, Madame.« Er neigte ruckartig den Kopf und vollführte mit der Hand, in der er die Blumen hielt, andeutungsweise die Geste, die zu einer formvollendeten Verbeugung gehörte.

Sie setzte sich neben ihm ins Gras, breitete ihre Röcke um sich

herum aus. »Mein Name ist Joanna. Sagst du mir, wie der deine ist?«
»Guy«, antwortete er. »Mein Name ist Guy de Bohun.«
Dies also war der Sohn des Seigneurs de Marigny. Dieses hübsche Kind würde all das einmal erben, was sie hier umgab: das Schloß, die Wiese, den Wald. Jeder Quadratmeter, jeder Baum, jede Blume, jeder Bach würden eines Tages ihm gehören. Zu ihrem Befremden stellte Joanna fest, daß sie Guy de Bohun bedauerte.
»Möchtest du mir nicht deine Blumen zeigen, Guy?« fragte sie sanft. »Soll ich dir ihre Namen nennen?«
Nach kurzem Überlegen hielt Guy ihr den reichlich mitgenommenen Strauß hin.
»Das ist Klee«, erklärte sie. »Und das ist ein Vergißmeinnicht. Und dies sind Gänseblümchen. Wenn du hinfällst und dich aufschürfst, dann heilt ein Umschlag mit Gänseblümchen die Wunde in einem Tag.«
Der Anfang eines Lächelns glomm in den ernsten Augen auf, und dann schaute er an Joanna vorbei. »Papa«, flüsterte er.
Die Blumen entglitten seiner Hand, das Lächeln erlosch. Joanna hörte Schritte hinter sich und stand auf: Der Seigneur de Marigny kam über die Wiese auf sie zu.
»Madame Zulian! Ich kann Ihnen gar nicht sagen, welche Freude Ihr Besuch mir bereitet.«
Der Seigneur verbeugte sich und küßte ihr die Hand. Er trug leuchtend roten Samt. Es war schwierig, sein Alter zu schätzen, dachte sie: Sein Haar war ergraut und sein Gesicht von Falten durchzogen – doch seine Bewegungen waren kraftvoll, sein Körper vermittelte den Eindruck von Macht und Stärke.
Er wandte sich an seinen Sohn: »Solltest du nicht im Unterricht sein, Guy?«
»Master Flore hat Bauchschmerzen, Herr.« Die Stimme des Kinder war kaum mehr als ein Hauch.

Die Kinderfrau war aufgewacht und aufgesprungen und schüttelte hastig Gras und Blätter von ihrem Rock.
»Sprich deutlich, Guy«, befahl Hamon de Bohun. »Und steh *gerade!* Der Erbe vom Marigny darf nicht gebückt stehen wie ein Diener.«
Die Augen des Kindes huschten hin und her. Die Kinderfrau nahm ihn bei der Hand.
»Es könnte sicherlich eine sinnvollere Beschäftigung für meinen Sohn gefunden werden – glauben Sie nicht auch, Thérèse?« sagte de Bohun.
Die Kinderfrau errötete, knickste und murmelte eine Entschuldigung.
De Bohun wandte sich wieder seinem Sohn zu. »Milchmädchen und Bauerntöchter pflücken Blumen, Guy, ein solcher Zeitvertreib ist nicht passend für einen Herrn.«
De Bohun streckte die Hand aus, wollte den Jungen zu sich heranziehen, doch Guy trat zurück, wich der Berührung aus. Joanna, die die Szene beobachtete, sah den Ausdruck auf dem Gesicht des Kindes. Plötzlich begriff sie, daß Guy de Bohun Angst vor seinem Vater hatte. Große Angst.
»Guy.« De Bohuns Stimme war messerscharf. »Sie sind sehr ungezogen, mein Herr. Du wirst auf dein Zimmer gehen.«
Die Kinderfrau ergriff die Hand des Jungen und zerrte ihn regelrecht über die Wiese auf das Schloß zu. De Bohun runzelte die Stirn.
»Ich muß mich für das Benehmen meines Sohnes entschuldigen, Madame Zulian, er wird eines Besseren belehrt werden.«
Er nahm ihren Arm. Einen Moment lang konnte sie kaum dem Impuls widerstehen, ihn ihm zu entreißen, sich seiner Berührung zu entziehen, wie das Kind es getan hatte, aber das war lächerlich: Sie hatte von Hamon de Bohun nichts zu befürchten.
Hinter dem Haus verborgen lag ein ungepflegter Küchengarten. An dem Abhang zwischen Küchengarten und Wald stand ein

riesiger runder Taubenschlag aus Ziegeln. Ein Obstgarten mit Pflaumen-, Apfel- und Birnbäumen zog sich bis in den ihn umgebenden Wald hinein.
»Sie lieben es, Gärten zu gestalten, nicht wahr, Madame Zulian?« De Bohuns Hand berührte flüchtig Joannas. »Sagen Sie mir – wenn Sie einen Garten für Marigny anlegen sollten, wo würden Sie beginnen? Was würden Sie tun?«
Der Gedanke, aus den weiten Ländereien Marignys einen Garten zu machen, ließ Joanna lächeln. Sie schaute sich um.
»Ich würde mit dem Küchengarten beginnen. Den neuen Garten würde ich nach rechts legen – die Lage ist besser, und ich vermute, auch der Boden.«
Sie ging zwischen den wuchernden Reihen von Kohlköpfen und Karotten entlang. »In spanischen und französischen Mönchsklöstern legen sie die Küchengärten wie Schachbretter an – in Quadraten. Jedes Quadrat ist mit etwas anderem bepflanzt. Und die Farben – die Farben sind herrlich. Grün und rot und ...«
»Und danach?« fragte er. »Was würden Sie nach dem Küchengarten machen, Madame?«
Ihr Blick wanderte aufwärts, von dem Burggraben und den Mauern des Schlosses über die Türme und Dächer zu der höchsten Zinne. Sie stellte sich vor, von dem obersten Fenster jener Zinne auf den Garten hinunterzuschauen – und in diesem Moment sah sie den Garten so lebhaft vor sich, als gäbe es ihn bereits. Seine Farben, seine Pflanzen, seine Bäume und Wege, seine Bedeutung. Es war, als sei der spärlich mit Gras bewachsene Boden schon umgegraben und bepflanzt, als hätten die Blumen schon Wurzeln geschlagen und blühten.
»Danach würde ich einen Blumengarten anlegen. Ich habe in Italien einen gesehen – so stelle ich mir das Paradies vor. Sie könnten ihn von Ihrem obersten Turm aus sehen, Seigneur. Schauen Sie.« Joanna deutete auf den runden, wie ein Pfeffer-

streuer geformten Turm. »Es wäre, als blickten Sie auf einen Gobelin hinunter.«

Hamons Augen waren nicht auf den Turm gerichtet, sondern auf sie. »Machen Sie Ihren Garten für mich, Madame.«

Zuerst glaubte sie, sich verhört zu haben. Dann verkrampfte sie ihre Hände ineinander, wandte sich ihm zu und blickte zu ihm auf. Sie konnte nicht sprechen.

Er schüttelte den Kopf. »Ich entschuldige mich für meine Vermessenheit. Sie sind gekränkt. Vergeben Sie mir.«

»Ich bin nicht ... gekränkt.« Sie schloß einen Moment die Augen, schwindlig vor Sehnsucht. »Meinen Sie das ernst? Würden Sie mich wirklich einen Garten für Marigny anlegen lassen?«

Er nahm sie am Ellbogen, drehte sie so herum, daß sie nicht mehr das Château sah, sondern nur noch die Fläche, auf der er ihr zu wirken gestatten würde. Sie spürte eine ungeheuere Erregung in sich aufwallen und brachte es nicht über sich, auf ihren Mangel an Erfahrung hinzuweisen: Wenn Hamon de Bohun glaubte, sie sei dieser Aufgabe gewachsen, dann würde sie sie übernehmen. Die Frage, weshalb Hamon de Bohun ausgerechnet sie dafür ausgesucht hatte, schob sie beiseite.

»All dies?« fragte sie, das Gebäude vor sich mit einer ausladenden Geste umfassend. »All dies, Seigneur?«

Er nickte. »All dies«, sagte er leise. »Und noch mehr, wenn Sie es wünschen, Madame. Werden Sie mir helfen?«

Plötzlich erwachte eine lebhafte Erinnerung in ihr daran, wie sie den Seigneur de Marigny zum ersten Mal gesehen hatte: in Blois, mit regendurchweichtem Pelzbesatz und schlammbespritzten Stiefeln – doch er hatte ihr den Eindruck von Macht, von einer durch das ihm aufgezwungene höfische Gebaren nur mangelhaft verdeckten Rücksichtslosigkeit und Brutalität vermittelt. Das Bild von eingezogenen Krallen und mordlüstern glitzernden Augen hatte sich ihr aufgedrängt.

Dennoch erklärte sie sich einverstanden. Weil sie den schönsten Garten Frankreichs entwerfen wollte – und weil sie etwas anderes sein wollte als Guillaume du Chantonnays Hure.

Die Frau, die ihr Mann für die Gestaltung des Gartens engagiert hatte, war Guillaumes Mätresse, Madame Zulian. In den langen, heißen Sommerwochen war sie ein häufiger Gast auf Marigny. Eleanor beobachtete sie oft von dem obersten Turmzimmer aus.

Natürlich hatte sie die Frau schon früher gesehen: in Blois – und lange davor in Marigny. Auf Schloß Blois hatte sie Guillaumes Mätresse als das Modell für Hamons Gemälde von Judith und Holofernes erkannt. Sie hatte das Bild seit jeher verabscheut: In ihren Augen war es sowohl grausam als auch lüstern.

Wenn Joanna da war, beobachtete Eleanor von ihrem Versteck im Turm aus die winzig erscheinenden Gestalten unten im Garten: die Gärtner und Hilfskräfte, die Hamon für die schwersten Arbeiten eingestellt hatte, Hamon selbst, natürlich, und – immer häufiger – ihren Sohn, Guy. Sie sah ihn aus den dicht belaubten Ästen der Birnbäume hervorspähen oder aus der mit Federn ausgepolsterten Dunkelheit des Taubenschlags. Bei diesen Gelegenheiten erinnerte er Eleanor an Toby – einen Menschen, der beobachtete und abwartete, der gelernt hatte, Vorsicht walten zu lassen und Selbstschutz zu üben. Wenn Guy dann irgendwann seine Deckung verließ, um mit Guillaumes Hure zu sprechen, empfand Eleanor zu ihrer eigenen Überraschung eine unerwartete Bitterkeit.

Vom Turm aus verfolgte sie das Werden des Gartens: das Umgraben des alten, spärlichen Grases; das Unterheben von Dung und Pferdemist; das Begradigen des Bodens; das Abgrenzen der Beete mit Stöcken und Zwirn; das Rechen und Hacken und Pflanzen. Aus dem Nichts erschienen Muster: Kreuze, Irrgärten, Spiralen. Während sie zuschaute, spielten Eleanors

Hände unaufhörlich mit dem Anhänger, den sie um den Hals trug, und ihre Augen wurden dunkel vor Zorn.
Von ihrem Ausguck aus beobachtete Eleanor und wartete ab, nährte ihren Haß.

Im Mai marschierte die französische Armee in Italien ein. Anfang Juni sahen sich die Franzosen, die sich auf die Belagerung der Stadt Novara vorbereiteten, von einem schweizerischen Angriff überrascht.
Für Guillaume war die Schlacht von Novara die Wiederholung eines alten Alptraums: Ravenna mit seinem Schlamm, Sumpf und Gemetzel. Artilleriegeschosse durchschlugen Rüstungen, durchlöcherten Visiere und Brustharnische. Der Boden war zu einem klebrigen Sumpf aufgewühlt, Gesichter, Embleme und Federn waren schlammverschmiert. Wieder mußte Guillaume von seinem Pferd steigen und Mann gegen Mann kämpfen. Wieder war das Blutbad immens.
Doch etwas war anders: Anstatt einen Sieg zu erringen, wurden die Franzosen vernichtend geschlagen. In heller Panik flohen sie, ließen die Hoffnungen auf eine Rückeroberung Mailands fahren. Die mächtige Armee Louis' von Frankreich mußte über die Alpen in die Heimat zurückkehren – die Invasion war ein Fehlschlag gewesen.
Guillaume du Chantonnay jedoch kehrte nicht nach Frankreich zurück. Nach der Schlacht von Novara wurde er krank, wie er es in Ravenna gewesen war – aber diesmal war es schlimmer. Er krümmte sich vor Leibschmerzen, und sein ganzer Körper war schweißüberströmt. Zwei Wochen war er in einem Gasthaus am Fuße der Alpen ans Bett gefesselt, nahm nichts zu sich als Brei und Schleimsuppe. Wie Sanchia, dachte er, und sah vor seinem geistigen Auge seine kleine Tochter lachen, wenn die Kinderfrau ihr das Frühstück verabreichte.
Das Gasthaus war ein Dreckloch, das Bett verseucht. Als sein

Fieber stieg, sah Guillaume die Wanzen über sein Bett eilen, war jedoch zu schwach, um sie zu erschlagen. Er ließ die Bettwäsche täglich von seinen Dienern wechseln, aber in der Matratze wimmelte es hör- und spürbar von Ungeziefer. Doch er wußte, daß er die fünf oder zehn Meilen weite Reise zu einer saubereren Herberge nicht überleben würde. Als die letzten Überreste von König Louis' XII. großer Armee Italien verließen, kam er zu dem Schluß, nicht noch einmal für seinen König zu kämpfen. Er würde seinen Abschied nehmen und versuchen, auf andere Weise voranzukommen.

Während er in seinem verseuchten Bett lag, wanderten seine Gedanken wieder zu Hamon de Bohun, zu Marigny. Er brauchte das Château gleichermaßen für Sanchia und für sich selbst. Viele Meilen von zu Hause entfernt, fragte er sich, ob es klug gewesen war, Joanna zu erlauben, nach Marigny zu gehen. Joanna zu *ermutigen,* nach Marigny zu gehen, seine schöne Mätresse Hamon de Bohun zu überlassen. Zweifel nagten an ihm, quälender als seine Krankheit.

Er rief sich seine erste Begegnung mit Joanna ins Gedächtnis. Seine Diener hatten ihn in dem verdammten Karren durch Mailands Straßen gezogen, und dann war plötzlich Toby Crow da, Reynauds ehemaliger Kurier. Und obwohl Guillaume von der Angst gepeinigt war, sein Leben oder doch zumindest sein Bein zu verlieren, bemerkte er das schöne Mädchen neben Toby. Später hatten Joanna und der englische Arzt sich um ihn gekümmert.

Es war Abend. Mehrere Stunden waren vergangen, seit Guillaume das letzte Mal gegessen hatte, und die Schmerzen waren etwas schwächer geworden. Nach den Mahlzeiten waren sie stets am schlimmsten. Mühevoll setzte Guillaume sich auf. Man konnte nicht klar denken, wenn man im eigenen Saft kochte und die Wanzen über das Bett marschieren sah. Er erkannte plötzlich, wie dumm er gewesen war, und seine laut ausgestoße-

ne Verwünschung weckte seinen vor sich hin dösenden Pagen. Martin Gefroy besuchte weder die Universität von Angers noch die von Orléans oder Bourges, und er studierte, wie Guillaume vor seiner Abreise aus Frankreich erfahren hatte, auch nicht in Heidelberg, Louvain oder Paris.
Noch bevor seine Diener sich den Schlaf aus den Augen gerieben hatten, begann Guillaume sie mit Befehlen zu bombardieren, beauftragte sie, zu den Universitäten von Ferrara, Pavia und Bologna zu reiten: Es war ihm auf einmal jenseits jeden Zweifels klar, daß Martin Gefroy nach Italien gegangen war.
Mit Toby Crow, natürlich.

Der Garten von Marigny, der auf dem frisch umgegrabenen Terrain entstand, hatte begonnen, Form anzunehmen. Joanna hatte in Finistère Schreibzeug und Papier gefunden und den Garten skizziert, den sie sich vorstellte, wie sie vor langer Zeit in Taddeos Atelier Skizzen auf Leinwände geworfen hatte. Danach kolorierte sie den Entwurf mit Farben, die sie aus Blumen und Kräutern ihres Gartens gewann – mit dem Blau der Zwiebelblüten, dem Jadegrün des fedrigen Krautes der Karotten, dem Saft der rotädrigen Blätter der roten Bete. Der Kräutergarten würde einen achteckigen Grundriß erhalten, und die Kräuter darin würden mit ihren verschiedenfarbigen, kleinen Blättern ein kompliziertes Muster weben. Als Kind hatte sie in einem maurischen Palast in Granada eine Decke mit einem ähnlichen Muster gesehen, und immer wieder hatte sie versucht, diesem zu folgen.
Sie ritt etwa einmal im Monat nach Marigny, betrat jedoch kaum je das Haus. Wenn sie durch das bewaldete Hochland der Bretagne ritt oder zuschaute, wie ihre Ideen Gestalt gewannen, war Joanna glücklich. Sie lehnte de Bohuns Angebot ab, auf Marigny Quartier zu beziehen. Wenn nötig, übernachtete sie in einem Gasthof im nahe gelegenen Dorf. Sie gestand sich ein,

daß sie Hamon de Bohun nicht traute, daß sie das Schloß mit seinen zahllosen Räumen und der unermeßlichen Fülle an Kunstschätzen als einschüchternd empfand – sogar als erdrückend. Es ging ihr um den Garten – *nur* um den Garten, und sie wollte ihn nicht besitzen, sondern nur erschaffen, sehen, wie ihre Ideen Wurzeln schlugen und im Sonnenlicht wuchsen und gediehen.

Sie versuchte sich mit einem der Bewohner Marignys anzufreunden, doch das war ebenso schwierig, wie sich den Vögeln zu nähern, die in der frisch umgegrabenen Erde herumpickten. Ab und zu erhaschte sie einen Blick auf Guy de Bohun, wenn er sie, versteckt zwischen den Ästen eines Baumes im Obstgarten, beobachtete oder hinter dem runden Taubenschlag hervorspähte. Wenn sie vorgab, ihn nicht zu bemerken, näherte er sich ihr vorsichtig, kroch durch das hohe Gras zwischen Taubenschlag und Garten. Wenn sie winkte oder seinen Namen rief, lief er davon.

Eines Tages brachte Joanna Süßigkeiten von zu Hause mit. Sie setzte sich an den Rand des halbfertigen Gartens, zog ihre Röcke zu sich heran und breitete die Lockmittel auf dem Gras aus. Als sie ihn kommen hörte, drehte sie sich zu ihm um und hielt ihm lächelnd ein goldfarbenes Lebkuchenschwein hin. Halb verborgen von den langen Grashalmen, starrte er sie mit Augen an, die vor Aufregung und Furcht fast schwarz waren. Wenn sie eine schnelle Bewegung machte oder etwas Falsches sagte, würde er fliehen, Zuflucht in dem Apfelbaum suchen oder hinter der Ziegelkuppel des Taubenschlages verschwinden.

Aber diesmal lief er nicht davon. Vorsichtig kroch er, den Blick unverwandt auf das winzige Schweinchen gerichtet, auf sie zu. Das Sonnenlicht ließ das Wasser des Burggrabens glitzern und die obersten Türme Marignys leuchten. Noch immer die Süßigkeit fixierend, kam Guy bei Joanna an. Seine kleinen Füße berührten den Saum ihres Kleides.

»Es ist für dich«, sagte Joanna sanft und legte das Lebkuchenschweinchen in seinen Schoß. Zögernd berührte er es, streichelte die mit Goldfarbe überzogene Oberfläche.
»Gefällt es dir?«
Guy nickte. Er lächelte beinahe.
»Eine Freundin von mir hat ein dickes, fettes Schwein, das sie Hortense getauft hat. Sie vertilgt jeden Tag eimerweise Äpfel und Eicheln.«
»Hat Hortense einen kleinen Ringelschwanz?« flüsterte Guy.
»Sie hat einen kleinen Ringelschwanz und eine lange Schnauze. Und sie schnüffelt so ...« Joanna machte ein grunzendes Geräusch. Guy kicherte, schlug jedoch gleich darauf die Hand vor den Mund.
»Siehst du – ich habe dich zum Lachen gebracht, Guy de Bohun. Jetzt iß dein Schwein. Wenn ich wiederkomme, bringe ich dir ein Lebkuchenpferd mit.«
»Eines wie Perle?« fragte er mit vollem Mund.
»Ist Perle der Name deines Ponys? Ein prächtiger Name für ein prächtiges Pony.«
Guy begann ihr von Perle zu erzählen. Perle war über den Bach gesprungen, der zwischen dem Taubenschlag und dem Wald floß. Perle galoppierte schnell wie der Wind. In seiner Aufregung ließ Guy das Lebkuchenschwein fallen. Er beugte sich vor und suchte in dem hohen Gras nach den verstreuten goldenen Stückchen.
Sein seidenes Hemd rutschte von seiner Schulter, und Joanna sah die roten Schwielen, die sich über seinen Rücken zogen. Darunter waren Narben zu erkennen. Entsetzt fragte sie, ohne nachzudenken: »Bist du von deinem Pony gefallen, Guy?«
Er schüttelte seinen dunklen Lockenkopf, sammelte die Lebkuchenkrümel auf und entfernte vorsichtig die Marienkäfer und Grashalme daran. »Ich falle nie von Perle.«
»Aber du hast dir den Rücken verletzt ...«

Guy schaute zu Joanna auf, und dann glitt sein Blick von ihr ängstlich zum Schloß. »Ich war ein böser Junge.«
Er sprach so leise, daß sie ihn zuerst kaum verstand. Dann, als sie begriff, was er gesagt hatte, fehlten ihr die Worte. Kummervoll beobachtete sie, wie Guys Lippen zitterten und seine dicken Fingerchen sich ineinander verschlangen. Sie hätte ihn gerne in die Arme genommen, an sich gedrückt und geküßt, doch sie wußte instinktiv, daß er, sobald sie die Hände nach ihm ausstreckte, davonlaufen und sich wieder verstecken würde.
»Du bist ein guter Junge, Guy«, sagte sie sanft. »Du bist der bravste Junge, den ich jemals kennengelernt habe. Ich werde dich wieder besuchen, und dann bringe ich dir ein Lebkuchenpferd mit, das genauso aussieht wie Perle.«

Der Sommer schritt fort, die Luft flimmerte vor Hitze. Senf- und Seekohl, Guter Heinrich und Meerfenchel durchstießen die Erde auf Marigny. Salbei und Wegerich, Gurkenkraut und Geißblatt blühten im Kräuterbeet. Scharen von Bienen und Schmetterlingen sogen den Nektar aus den Blüten.
Joanna fertigte das Lebkuchenpferdchen selbst an, versah es mit einer geflochtenen Mähne und bestäubte es mit Puderzucker. Anschließend machte sie noch ein kleineres, für Sanchia, setzte sich mit ihr in den Garten ihres Hauses in der Bretagne und schaute zu, wie ihr Baby an dem Lebkuchen lutschte und knabberte. Sanchia war jetzt ein Jahr alt, ein intelligentes, glückliches, warmherziges Kind. Sie konnte bereits ein paar wackelige Schritte weit gehen – und sie konnte, zu Joannas ungeheuerem Stolz, »Mama« sagen. Wie es ihr zukam, wurde sie von beiden Elternteilen angebetet. Die einzigen Zurechtweisungen kamen – jedoch nur sehr sporadisch – von ihrer ergebenen Kinderfrau. Ihr Haar, von einem blassen Goldton, reichte schon bis auf die Schultern herab. Guillaume erlaubte nicht, daß es abgeschnitten wurde.

Joanna schrieb Briefe an Agnès und Guillaume. Den Brief an Guillaume schickte sie, im Vertrauen darauf, daß er nach Italien weitergeleitet würde, nach Blois. Einen Tag, nachdem sie den Brief abgesandt hatte, erreichte sie die Nachricht von dem Desaster von Novara. Sie fragte sich, ob Guillaume wohl noch am Leben oder tot war, ob Sanchia noch einen Vater hatte, ob sie und ihre Tochter noch berechtigt waren, in dem kleinen Haus im Wald zu wohnen. Die Unsicherheit ihrer Position versetzte sie in helle Aufregung – doch dann dachte sie an Marigny und Guy de Bohun. Sanchia wurde geliebt, war glücklich und ohne Angst. Keine Striemen oder Blutergüsse verunzierten ihren schmalen Rücken. Nicht um alles in der Welt hätte sie die Zukunft ihrer Tochter gegen die von Guy eintauschen wollen!

Die Frühlings- und Sommerpflanzung in Marigny war beendet: Grün, rot und jadefarben begannen sich Blätter dem Sonnenlicht zu öffnen. Während sie beobachtete, wie ihr Garten zum Leben erwachte, nahm Joanna hier und da kleine Korrekturen vor, ließ hier einen Weg verbreitern, beschnitt dort einen Busch. An den Ecken eines jeden Quadrates ließ sie doppelte Bogengänge errichten, die mit Wein oder Damaszenerpflaumen berankt wurden. Lorbeerbäume in Terrakotta-Töpfen akzentuierten die Ecken der Quadrate. Joanna staubte die glänzenden, grünen Blätter ab und atmete ihren Duft ein. Manchmal kniete sie sich auf die Erde, um eine Pflanze von einem sie würgenden Unkraut zu befreien oder einen winzigen Apfelbaum auf genau die Größe zu kupieren, die sie sich vorstellte. Sie goß die durstigen Pflanzen mit Wasser aus dem Burggraben, während Guy neben ihr Schlammkuchen buk. Seine dicken Händchen brachten den Schlamm in Formen, die nur er erkannte: ein Schloß, ein Berg, ein Fluß ...

Ein Schatten fiel über sie, blauschwarz auf dem staubigen Boden.

»Ich werde die Gärtner auspeitschen lassen, Madame Zulian, Sie sollten nicht solche Arbeiten verrichten.«

Joanna sah, wie Guy erbleichte und der Schlamm zwischen seinen Fingern hindurchquoll. Sie faßte das Kind an seiner kleinen, schmutzigen Hand, bevor es weglaufen konnte, und stand auf. »Ich wühle gerne in der Erde herum, votre seigneurie. Und ich entschuldige mich für meine Erscheinung – und für Guys. Ich bat ihn, mir zu helfen.«

»Auf Ihr Zimmer, Herr!«

De Bohuns Ton war messerscharf. Guy floh, folgte dem Zickzack der Wege des Küchengartens.

»Es besteht kein Grund für eine Entschuldigung, Madame«, wandte de Bohun sich wieder an Joanna. »Sie sehen exquisit aus wie immer. Bitte lassen Sie sich von meinen Dienern Wasser und Handtücher bringen. Und dann müssen Sie ein Glas Wein mit mir trinken.«

Er ging an Joannas Seite durch den halbfertigen Garten. Sie sah voller Stolz, wie anerkennend er die ordentlichen Reihen und Quadrate musterte.

»Sie haben gute Arbeit geleistet, Madame. Ich gratuliere Ihnen. Sie erschaffen einen Garten, der Marigny gerecht wird.«

Er nahm ihren Arm und führte sie um das Château herum auf den Burggraben zu. Der alte Küchengarten war jetzt abgeerntet: Ein paar gelbe Blätter welkten in den Erdreihen in der Hitze dahin.

»Was nehmen Sie sich als nächstes vor, Madame?« Hamon de Bohun wandte sich Joanna zu. »Den Obstgarten ... die Wiese ...?«

Die Wiese, dachte Joanna, würde sie nicht anrühren. Die Wiese war schön. Die Wiese, hatte Guy ihr eines Tages anvertraut, war sein Lieblingsplatz.

Sie ließ den Blick über die Reste des Küchengartens wandern. »Wenn Sie es wünschen, Seigneur, werde ich hier einen Blumengarten anlegen.«

Hamon schaute auf sie herunter. »Einen Garten, den man vom höchsten Turm aus sehen kann?« fragte er. »Einen Garten, der ein Wandteppich aus Blumen sein wird?«
Sie lächelte. Er führte sie ins Haus und rief nach seiner Dienerschaft. In einem kostbar eingerichteten Schlafzimmer tauchte Joanna Gesicht und Hände in mit Gewürznelken parfümiertes Wasser und trocknete sich mit einem Handtuch ab, das so weich war wie Distelwolle. Sich in einem Spiegel mit silbernem Rahmen musternd, richtete sie ihre Haare und schüttelte den Staub von ihrem Kleid.
Danach geleitete die Zofe sie zurück zu Hamon de Bohun. Auf dem Weg über gewundene Treppen und durch prächtige Zimmer bewunderte sie die Schönheiten Marignys – die goldenen Ornamente, die seidenen Wandbehänge, das bunte Glas. Das Schloß schien die Sonne einzufangen, ihre Strahlen zu verstärken, sich der Farben des Spektrums zu bemächtigen und sie zu intensivieren. Die Gemälde, die Gobelins, das Gold und Silber machten sie schwindlig. Der Reichtum um sie her betäubte sie, gab ihr das Gefühl, winzig klein zu sein.
Sie wurde in ein großes Zimmer geführt, das auf die Wiese hinausging. Am Ende des Raumes stand Hamon de Bohun mit einem Glas Wein in der Hand.
Er hob das Glas. »Auf Judith«, sagte er.
Sie verstand nicht, was er meinte. Dann folgte sie seinem Blick und sah das Bild an der Wand.
Judith und Holofernes.

Fünfzehntes Kapitel

Das Bild ist sehr schön, finden Sie nicht, Madame? Ich stieß vor einigen Jahren zufällig darauf. Einer meiner gelungeneren Erwerbungen, denke ich.«

Joanna brachte keinen Ton heraus. Sie hatte das Gemälde zuletzt in Gaetanos Atelier in Padua gesehen. Als sie es betrachtete, fühlte sie sich in das Studio zurückversetzt, mit Perlen in den Haaren und einer Bahn bronzefarbener Seide um die Taille. Voller Haß auf Gaetano, voller Haß auf das rechtlose Modell, zu dem sie geworden war.

»Es hat mir sehr viel Freude bereitet, Sie in den vergangenen Monaten anzusehen«, sagte de Bohun leise. »Als ich Sie in Blois sah, war es, als seien Sie aus dem Rahmen gestiegen – ein lebendig gewordenes Kunstwerk.«

Furchtsam und verwirrt gingen ihre Gedanken zu ihrer ersten Begegnung mit Hamon de Bohun zurück. Auf Schloß Blois hatte sie ein bronzefarbenes Kleid getragen und Perlen in ihre Haare geflochten. Es war Guillaume gewesen, der darauf bestanden hatte, daß sie sich in genau dieser Form präsentierte. Noch immer strömte Sonnenlicht durch die Fenster des Empfangssalons, doch Joanna war plötzlich kalt. Sie schauderte.

»Trinken Sie Ihren Wein, meine liebe Joanna – ich darf Sie doch Joanna nennen, nicht wahr? Und nehmen Sie Platz – Sie sind müde, Sie haben zu lange gearbeitet.«

Sie setzte sich nicht, und sie nahm auch das Glas nicht, das er ihr hinhielt. Statt dessen trat sie zu einem der Fenster und ließ den Blick über den Burggraben, die Wiese und den gewundenen

Weg wandern, der vom Wald her auf das Schloß zuführte. Hauptsache, sie mußte das Bild nicht ansehen.

»Sie waren das Modell des Malers?«

Er war hinter sie getreten. Sie berührten sich nicht, aber sie spürte seine Nähe sehr deutlich. Sie fühlte sich klein und machtlos.

»Ich war die Frau des Malers.« Ihre Stimme klang heiser. »Ich *bin* die Frau des Malers.«

»Ah.« Ein leises Geräusch, wie ein Seufzen. De Bohuns Hand legte sich leicht auf Joannas Schulter, tröstend, väterlich. »Aber jetzt sind Sie die Mätresse des Sieur du Chantonnay.«

Joanna spürte, wie flammende Röte ihre Wangen überspülte.

»Ich heiratete Gaetano Cavazza, als ich noch sehr jung war, Seigneur. Die Ehe war nicht glücklich. Ich verließ ihn und kam nach Frankreich – mittellos und ohne Freunde. Der Sieur du Chantonnay war so großzügig, mir sowohl ein Heim als auch seine Freundschaft anzutragen.«

Das entsprach nicht der Wahrheit. Es war nicht Freundschaft, was er ihr angetragen hatte. Die Versprechen, die er ihr machte, hatte er gehalten: Sie führte ein luxuriöses Leben, besaß Unabhängigkeit, eine gewisse gesellschaftliche Stellung, ein gewisses Maß an Sicherheit – aber natürlich keine Liebe. Guillaume liebte Sanchia – sie, Joanna, das hatte sie stets gewußt, liebte er nicht.

»Ich könnte Ihnen etwas Besseres bieten, Madame«, sagte de Bohun.

Einer seiner Finger hatte begonnen, sanft die weiche Haut ihres Nackens zu streicheln. Sie bewegte sich nicht, sie wagte nicht, sich zu bewegen.

»Sie müssen mir erlauben, Sie für Ihre Mühen zu entschädigen. Denken Sie nach – ich kann Ihnen so viel mehr bieten als der arme Guillaume. Schauen Sie sich mein Haus an, Joanna, schauen Sie sich meinen Grundbesitz an. Haben Sie je solche

Pracht gesehen? Und jeden Tag, jeden Monat strebe ich danach, Marigny noch schöner zu machen. Eines Tages werden sogar die Paläste des Königs dagegen verblassen, meinen Sie nicht auch?«
Er neigte den Kopf, sie spürte seine Lippen ihren Nacken streifen.
»Womit kann ich Sie dafür belohnen, was Sie für mich getan haben – für Marigny? Was wollen Sie, Joanna? Geld, Schmuck, ein Haus? All das kann ich Ihnen geben. Ich kann Ihnen geben, was immer Sie sich wünschen.«
Sie war zwischen dem Fenster und de Bohun gefangen. Joannas Herz hämmerte, de Bohuns Hand und Mund liebkosten noch immer ihren Nacken. Übelkeit stieg in ihr auf, sie fühlte sich wie ein in einer Falle sitzendes Tier. Er fragte sie, was sie wollte. Sie wollte draußen sein, den langen, gewundenen Weg entlanglaufen, der durch den Wald führte, weg von Marigny.
Sie zwang sich, sich umzudrehen und ihn anzusehen. »Das alles gibt mir Guillaume, Seigneur. Ich wünsche mir nichts anderes, als den Garten anzulegen, das ist alles. Wirklich.«
Sie sah Überraschung in seinen Augen aufflackern, Verwirrung. Seine Hand glitt langsam von ihrer Schulter und verhielt auf ihrem Oberarm.
Ein Teil ihres Verstandes bemühte sich noch immer, die Zusammenhänge zu erkennen: das Portrait, Guillaumes Jahre zurückliegendes Angebot, seine Mätresse zu werden ... Eine Stimme sagte: *Ich möchte dich vor Guillaume du Chantonnay warnen.* Toby Crows Stimme.
Nichts ergab einen Sinn. Sie verspürte Müdigkeit von der Reise hierher, von ihrer Arbeit im Garten und eine quälende Unruhe, ausgelöst durch die Erkenntnis, daß es Geheimnisse gab, die zu erfahren ihr nicht gestattet worden war, Motive, die zu durchschauen ihr nicht erlaubt gewesen war.
»Ich würde viel lieber das Modell besitzen als das Gemälde«, sagte de Bohun leise.

In diesem Augenblick hätte sie am liebsten die Röcke gerafft, ihn beiseite gestoßen und in fliegender Hast das Zimmer verlassen, wie ein Küchenmädchen, das vor seinem lüsternen Herrn floh. Doch die Tür öffnete sich, und Eleanor de Bohun trat ein.

»Gatte«, sagte sie. Eleanors dunkle Augen funkelten.

»Ich muß Sie zu dem Garten beglückwünschen, den Sie anlegen, Madame. Ein wahres Kunstwerk.«

Eleanors Blick wanderte langsam von Joanna zu Hamon de Bohun. Hamons Hand ruhte noch immer auf Joannas Ärmel.

Eleanor lächelte. »War mein Mann gerade dabei, Sie für Ihre Dienste zu entlohnen, Madame Zulian?«

Joanna blieb in dieser Nacht nicht im Dorf, sondern ritt wie von Furien gehetzt in Richtung Nantes, in Richtung Bretagne. Ihr Gefolge hatte alle Mühe, mit ihr Schritt zu halten. Sie wollte den Schock und die Demütigung hinter sich lassen, die Hamon de Bohun und seine Frau ihr zugefügt hatten. Sie wollte allein sein. Sie wollte versuchen, sich genau daran zu erinnern, was Toby in Blois zu ihr gesagt hatte. Und vor allem wollte sie herausfinden, wie Hamon de Bohun das Gemälde erstanden hatte.

Irgendwann gab sie dem Flehen ihrer Bediensteten nach und stimmte zu, in einem Gasthaus zu übernachten. Doch sie fand keine Ruhe, Zorn und Kummer hielten sie hellwach. Und so ging sie schließlich allein hinaus, wanderte an dem Fluß auf und ab, der jenseits des ungepflegten Küchengartens des Wirtshauses floß. Sie konnte die wegen mangelnder Bewässerung verschrumpelten Kohlköpfe und gelb gewordenen Rüben nicht ansehen, ohne an Marigny zu denken, an ihren Garten, an Guy de Bohun. Sie glaubte nicht, daß sie noch einmal nach Marigny gehen würde. Sie hätte weinen können – um ihren Garten und um Guy.

Das Wasser des Flusses war trübe und faulig, das Ufer schilfbewachsen. Libellen zuckten über das Wasser, fingen die letzten Strahlen der untergehenden Sonne ein. Joanna trat auf die Brücke, die sich über den Fluß spannte, legte die Arme auf das Geländer und schaute auf das dunkelgrüne Wasser hinunter. Ihre Gedanken kreisten um Hamon de Bohun und Guillaume du Chantonnay.

Ganz sicher hatte Guillaume das Bild von Judith und Holofernes in Marigny gesehen, ganz sicher hatte er sie zu seiner Mätresse erkoren, weil er sie als das Modell für Gaetanos Gemälde wiedererkannt hatte. Er hatte ihr Portrait gesehen, er hatte Martin Gefroy veranlaßt, ihm zu sagen, wo sie zu finden war, er hatte Bourges nach ihr abgesucht. Und dann hatte er ihr ein Haus und Bedienstete, Kleider und Schmuck gegeben – und eine entzückende Tochter. Und schließlich hatte er sie nach Blois mitgenommen – aber nicht, um sie dem König und dem Hofstaat zu präsentieren, sondern um sie Hamon de Bohun zu präsentieren. Guillaume hatte sie in bronzefarbene Seide und Perlen gekleidet und sie dem Seigneur de Marigny vorgeführt. Weshalb?

Stirnrunzelnd fuhr sie sich mit den Fingern durch die wirren Haare und wiederholte im Geiste noch einmal Tobys Worte: *Ich möchte dich vor Guillaume du Chantonnay warnen.* Sie warnen, weil Guillaume sie in irgendeiner Privatfehde gegen Hamon de Bohun benutzte.

Die Sonne sank unter den Horizont, und nun war der Fluß nur noch von Glühwürmchen und der fahlen Mondsichel beleuchtet. Joanna blickte auf das schwarz wirkende Wasser hinab, und ein Teil der Puzzleteilchen fiel an seinen Platz. Gaetano hatte das Bild von Judith und Holofernes an seinen Auftraggeber, den Venetianer Marcantonio Venier, verkauft. An dem Tag, da sie versucht hatte, dem Kätzchen aus dem Kanal das Leben zu retten, war Toby in Signor Veniers Haus gewesen, hatte für seinen Arbeitgeber, Reynaud du Chantonnay, Gemälde und

Kunstgegenstände erworben. Konnte Toby Gaetanos Bild für den ehemaligen Seigneur de Marigny gekauft haben?
Joanna kehrte in das Gasthaus zurück. Am nächsten Morgen machte sie sich mit zwei ihrer Bediensteten auf den Weg in die Bretagne. Den dritten schickte sie mit einem Brief nach Blois, wo sie Toby Crow zuletzt gesehen hatte.

Als Joanna gegangen war, schlug Hamon de Bohun Eleanor mit voller Wucht ins Gesicht. Sie taumelte rückwärts, stolperte über ihre Röcke und fiel der Länge nach hin – doch er bemerkte, daß keine Furcht in ihrem Gesicht stand. Sie rappelte sich auf und stolzierte, allerdings etwas wackelig auf den Beinen, aus dem Zimmer, ohne ihn auch nur eines Blickes zu würdigen, was die Überlegung in ihm auslöste, in den Stall zu gehen, die Peitsche zu holen und seine Frau zu bestrafen, wie er seinen Sohn bestraft hatte. Aber er tat es nicht. Etwas hielt ihn zurück.
Hamon fand sich von verschiedenem Emotionen beherrscht. Seine Wut auf Eleanor erschien ihm irgendwie weniger wichtig als der Schock darüber, daß Joanna ihn zurückgewiesen hatte. Er hatte keine Sekunde damit gerechnet, daß sie ihn zurückweisen könnte.
Er verließ das Château, folgte im Zwielicht den winkeligen Wegen des Schachbrettmusters des Küchengartens und kam zu der Stelle, wo er sie an diesem Nachmittag entdeckt hatte. Guys liegengelassene Schlammkuchen waren von der Sonne steinhart gebacken worden. Neben einem Büschel Pflanzen lag Joannas kleiner Spaten. Zum ersten Mal in seinem Leben empfand Hamon einen Anflug von Bedauern.
Der Gedanke, daß er Joanna nicht bekommen würde, war ihm unerträglich. Unerträglich, daß ein du Chantonnay sie weiterhin besäße. Die Situation mußte gerettet werden, Wiedergutmachung geleistet. Er würde ihr schreiben, sich ausführlich sowohl für seinen ungeschickten Annäherungsversuch als auch für

Eleanors Beleidigung entschuldigen und versichern, daß eine solche Szene sich niemals wiederholen würde.
Aber was wollte sie? Diese Frage quälte ihn im schwindenden Licht des Tages. Er hatte ihr ein Haus angeboten, Geld, Schmuck – und trotzdem hatte sie ihn zurückgewiesen. Er hatte ihr Marigny gezeigt, er hatte deutlich gemacht, daß er ihr ein Vielfaches dessen geben könnte, was Guillaume du Chantonnay zu bieten hatte. Und doch wollte sie den Garten – nur den Garten.
Nun denn – sie würde den Garten bekommen. Hamon konnte nicht zulassen, daß Joanna zu Guillaume du Chantonnay zurückkehrte und nie mehr nach Marigny käme. Sie würde zu ihm zurückkommen, dachte er, und sie würde ihren Blumengarten anlegen, ihren Garten, der wie ein Gobelin wirkte.
Seine gewohnte Selbstsicherheit stellte sich wieder ein, als er durch den Küchengarten auf die Obstwiese zuging. Die warme Abendluft war von Bienensummen und dem Duft von Lavendel und Geißblatt erfüllt. Hamon wußte, daß Joannas Zurückweisung nur ein Zug in dem Spiel war, das sie, wie alle von ihrer Art, spielte. Er hatte ihr noch nicht den richtigen Preis geboten, das war alles.
Während er so dahinwanderte, kam es ihm zum ersten Mal in den Sinn, daß das, was Joanna von ihm wollte, vielleicht die *Ehe* war. Sie wäre nicht die erste schöne, junge Frau von niederer Herkunft, die nicht nur nach Geld, sondern auch nach einem Namen und einer gesellschaftlichen Stellung strebte. Ihre Kühnheit empörte und faszinierte ihn gleichermaßen.
Doch da gab es noch Joannas Mann, den Maler Gaetano Cavazza. Guillaume du Chantonnay ärgerte Hamon mit einer Frau, die den höchsten Preis forderte, jedoch nicht frei war, um diesen Preis in Anspruch zu nehmen. Hamon de Bohun empfand einen Anflug von Hochachtung für Guillaume du Chantonnay.

Guillaumes Diener brauchten eine Weile, um durch das kriegszerrissene Italien zu ihm zurückzukehren. Guillaume war in eine bessere Taverne umgezogen. Das Fieber hatte sich gelegt, so daß er in der Lage war, ein wenig zu essen und zu schlafen. Martin Gefroy, berichteten seine Bediensteten, sei weder an der Universität von Pavia noch an der von Ferrara oder Bologna zu finden gewesen. Guillaume, der am Fenster stand, stöhnte. Sein Magen wand sich in Krämpfen. Doch jemand, fügte einer der Diener zögernd hinzu, habe gehört, daß Martin Gefroy sich in Italien aufhielte – nicht an einer Universität, sondern als ärztlicher Betreuer einer Gruppe von Söldnern, die im Dienste Venedigs stünden. Ihr Anführer höre auf den Spitznamen »Il Cornacchia«. Guillaume blinzelte und wischte sich den Schweiß von der Stirn. »Das heißt Krähe, Herr«, erklärte der Diener, und Guillaume stockte der Atem.
Sie brachen am nächsten Tag auf. Nach dem demütigenden Sieg der Franzosen hatten sich die venetianischen Truppen eilends in den Veneto zurückgezogen – wieder einmal isoliert und von den Armeen des Heiligen Bündnisses bedroht. Gefährliche Straßen und primitive Unterkünfte ertragend, trank Guillaume Milch und aß weiches Brot: Alles andere bereitete ihm Höllenqualen. Mit Galgenhumor dachte er, daß er jetzt noch einen anderen Grund hatte, Martin Gefroy, seinen ehemaligen Leibarzt, zu suchen. Seine Krankheit zehrte an ihm: Er hatte abgenommen, man konnte bereits die Knochen durch die Haut erkennen, und seine Augen waren glanzlos. Zu reiten kam einer Reise durchs Fegefeuer gleich. Nur sein Verlangen nach Marigny, seine Ängste betreffs der Zukunft hielten ihn im Sattel.
Er verlor die Übersicht über die Tage und Wochen. Überleben wurde erstes Gebot, etwas Nahrung hinunterzuwürgen und nicht vom Pferd zu fallen. In Mantua fiel einer seiner Diener einem Fieber zum Opfer, ein anderer, irgendwo nahe Roviga, einer Bande Wegelagerer. Sein Vorankommen gestaltete sich

unregelmäßig, wurde von seinem schlechten Gesundheitszustand diktiert und von gelegentlichen Kämpfen. Er verbarg seine Nationalität, so weit es ihm möglich war, zahlte ein Vermögen an Bestechungsgeldern. Die klingende Münze brachte ihm Informationen von Glücksrittern, die bereits den Sold eines Sommers in den Tavernen und Bordellen gelassen hatten. Als Guillaume sich zwang, die Kosten seiner Reise zu berechnen, als er diese Summe der hinzufügte, die er schon für Joannas Garderobe, Schmuck und Unterbringung ausgegeben hatte, kehrte sein Fieber zurück. Sein Landbesitz konnte Ausgaben in dieser Höhe nicht erwirtschaften. Landbesitz und das Geld, das man aus Landbesitz gewann, stellten die einzig wahre Sicherheit dar. In seinen Träumen sah er Sanchia, barfuß und hungrig, auf einem Marktplatz für ihren Lebensunterhalt betteln. Wenn er erwachte, war er in kalten Schweiß gebadet und von der Gewißheit erfüllt, einer Katastrophe entgegenzusteuern.
Das Fieber sank wieder, und das Glück stattete Guillaume einen kurzen Besuch ab. Nachrichten von der erfolgreichen Verteidigung Paduas wurden im Veneto verbreitet. Die venetianische Armee war auf dem Weg nach Süden. Nachdem er Padua nicht bekommen hatte, lauerte Ramón de Cardona am Ufer der venetianischen Lagune, seine Kanonen spuckten trotzig – und wirkungslos – über das Wasser in Richtung Venedig. Die Truppen von Bartolomeo d'Alviano lagen gleich daneben, bereiteten sich vor, sammelten die jungen, venetianischen Adligen ein, die die Stadt auf den Ruf zu den Waffen seitens des Dogen Loredan hin verlassen hatten. Toby Crows Mannschaft stand, wie Guillaume herausfand, im Dienst von Bartolomeo d'Alviano.
Neu erwachte Hoffnung befähigte Guillaume, sich auf den letzten Meilen seiner Reise im Sattel zu halten. Immer wieder dachte er an Marigny, das herrliche, exquisite Marigny. Er sah Sanchia vor sich, wie sie in zehn Jahren sein würde: ein schönes,

junges Mädchen, das durch Marignys prächtige Räume lief, auf Marignys Blumenwiese tanzte.

Der Sommer des Jahres 1513 war erträglich, denn die Tatsache, daß so große Nachfrage nach seinen Diensten bestand, ließ Toby keine Zeit, über die Vergangenheit nachzudenken. Venedig war nicht verantwortlich für das Desaster von Novara, aber zu einem großen Teil für die erfolgreiche Verteidigung Paduas. Die Städte der Terra firma blieben nicht schutzlos zurück, aber dennoch war der Sommerfeldzug, das wußte Toby durchaus, das Werk einer Armee gewesen, die diese Bezeichnung kaum verdiente: zu viele nicht ausgebildete Bauern, deren Bewaffnung sich in Sicheln und Sensen erschöpfte, zu wenige venetianische Adlige, die widerwillig dem Ruf des Dogen zu den Waffen Folge geleistet hatten.
Sie kampierten erneut auf dem Bauernhof nahe Padua. Toby hatte sich wie zuvor im Haupthaus einquartiert. Ein paar weitere Kanonenkugeln hatten die geschwärzten, baufälligen Steinwände getroffen, ein Teil des Daches war eingestürzt, so daß man ein Stück der tintenblauen, sternenbesetzten Himmelskuppel sehen konnte.
Toby brütete über seinen Landkarten, als Gilles die Tür auftrat und seinen Namen rief.
»Bittet General Cardona um ein Bett für die Nacht?« fragte Toby aufblickend in mildem Ton. »Oder vielleicht der Papst persönlich?«
»Es ist ein Besucher für dich da. Verlangt dich zu sprechen. Wollte mir seinen Namen nicht verraten – aber er ist Franzose, glaube ich«, setzte Gilles mißtrauisch hinzu.
Er hockte sich auf die Tischkante und strich die schmutzigen Spitzenrüschen an seinen Manschetten glatt. Toby faltete die Karten zusammen und verschloß das Tintenfaß. Dann gürtete er sein Schwert neu und folgte Gilles in die Dunkelheit hinaus.
»*Ein* Besucher?« fragte Toby nach, als sie über das Gras gingen.

Gilles nickte, die Federn auf seinem Hut tanzten im Abendwind. »Aber Franzose«, wiederholte er. »Meinst du, er ist ein Spion? Soll ich Penniless holen?«
Toby schüttelte den Kopf. Eulen schrien irgendwo im Zwielicht, Fledermäuse flatterten wie schwarze Papierfetzen unter dem ultramarinblauen Himmel hin und her. Toby stieß die Tür zur Scheune auf.
Sein Herz machte einen Satz, als er Guillaume du Chantonnay erkannte. Seine Hand löste sich von seinem Schwertgriff, als Gilles die Tür hinter ihnen zumachte.
»Monsieur du Chantonnay.«
Er hatte auf den ersten Blick bemerkt, wie Guillaume sich seit Blois verändert hatte. Sein Gewichtsverlust war dramatisch, das Gesicht zerfurcht, hager und grau. Es schien, dachte Toby, als sei er in weniger als einem Jahr um zehn Jahre gealtert. Doch noch immer war er mit ausgesuchter Eleganz gekleidet. Mögliche Gründe für diesen unerwarteten Besuch gingen Toby durch den Kopf. Er stellte fest, daß ihm die Willkür, mit der die du Chantonnays und de Bohuns in seinem Leben auftauchten und wieder verschwanden, zutiefst zuwider war. Als sei er noch immer ihr Unterpfand, noch immer ihre Waffe.
Guillaume verbeugte sich. »Ich muß mich für mein überraschendes Auftauchen entschuldigen, Monsieur Crow, und für die unchristliche Zeit. Sie sind nicht leicht zu finden.«
Toby holte einen ramponierten Hocker aus einer Ecke der Scheune und schickte Gilles, um Wein zu holen. Diese einfachen Höflichkeiten gaben ihm Zeit zum Nachdenken. Darüber, warum Guillaume du Chantonnay, der Joanna Zulians Liebhaber, Eleanor de Bohuns Verwandter und scharf auf Marigny war, sich die Mühe gemacht hatte, ihn im Chaos Norditaliens aufzuspüren.
Guillaume setzte sich auf den Hocker, sein Satincape schleifte im Staub.

»Ein Höflichkeitsbesuch?« fragte Toby, ihn nicht aus den Augen lassend. »Sie sind von der Bretagne hergeritten, um sich nach meinem Befinden zu erkundigen, Sieur, um mir Neuigkeiten von Ihren Lieben daheim zu bringen?«

Zorn flackerte über Guillaumes Züge, doch seine Stimme blieb gelassen. »Nicht ganz. Obwohl ich natürlich froh bin, Sie wohlauf zu finden, Monsieur Crow. Mein eigener Gesundheitszustand ist, wie Ihnen vielleicht aufgefallen ist, etwas fragwürdig. Deshalb habe ich Sie aufgesucht. Ich brauche meinen Arzt – den Engländer, Martin Gefroy.«

Gilles war mit einer Flasche und drei Bechern zurückgekommen. Guillaume du Chantonnays Augen waren von einem reinen, leuchtenden Kornblumenblau. Unschuldige Augen, ehrliche Augen. »Martin hat seine Anstellung bei mir vor ein paar Jahren ziemlich unvermittelt aufgegeben«, fügte er, einen Becher entgegennehmend, hinzu. »Er war ein seltenes Exemplar – seine Tränke besserten die Beschwerden tatsächlich, anstatt sie zu verschlimmern. Jemand sagte mir, er sei bei Ihnen. Ich dachte, ich könnte versuchen, ihn dazu zu bewegen, mich zu behandeln.«

Der Himmel draußen war jetzt beinahe schwarz. Toby bückte sich und zündete mit einigermaßen ruhigen Händen den Kerzenstummel auf dem Fensterbrett an.

»Ich hörte, daß Master Gefroy für Sie arbeite, Monsieur Crow. Es hat mich erstaunt – die Behandlung von Soldaten obliegt üblicherweise doch Barbieren, nicht wahr? Kaum ein passendes Gewerbe für einen Mann von Master Gefroys Fähigkeiten. Ich kann ihm eine bessere Stellung bieten.«

Gilles hatte sich auf einen Strohhaufen fallen lassen, die Beine von sich gestreckt und den Hut über die Augen gezogen. »Martin gefällt das alles«, sagte er träge. »Er macht sich gerne die Hände schmutzig.«

Guillaume richtete den Blick seiner fieberglänzenden Augen scharf auf Gilles. »Dann ist Martin Gefroy also hier?«

»*War*«, korrigierte Toby. »Betrüblicherweise hat Master Gefroy uns vor ein paar Tagen verlassen.«
»Ist er nach Venedig gegangen? Nach Rom?«
Toby schüttelte mit kummervoller Miene den Kopf.
»Ich bedauere, Ihnen mitteilen zu müssen, daß Master Gefroy tot ist, Monsieur du Chantonnay.«
Gilles wollte gerade etwas sagen, als Toby ihn auf dem Weg zu Guillaume, um diesem nachzuschenken, im Vorbeigehen kräftig gegen das Schienbein trat. Gilles schrie auf, und Toby murmelte eine nicht ernst gemeinte Entschuldigung.
Guillaumes Glas zitterte, als Toby Wein hineingoß. »*Tot?*« fragte er mit einer Stimme, die kaum mehr als ein Flüstern war. Gilles rieb sich das Bein und schwieg.
»Wie mein Freund sagte, machte Martin sich gerne die Hände schmutzig. Er wollte nicht im Lager bleiben, wo er in Sicherheit gewesen wäre, wissen Sie. Und so traf ihn bei Fusina ein Pfeil in den Hals. Er hatte einfach Pech.« Seine Stimme klang bekümmert leise. »Ein seltenes Exemplar, wie Sie schon sagten. Natürlich war nichts mehr zu machen. Nach einer Stunde war er tot. Ich habe es heute früh erfahren.«

Weit davon entfernt, bei Fusina an einem Pfeil gestorben zu sein, schlief Martin Gefroy in seinem Zelt, inmitten eines wahren Meeres von Tiegeln und Flaschen, voll angezogen, einen Arm über das Gesicht gelegt, in der anderen Hand noch den Federkiel. Er war kaum wach zu kriegen, als Toby ihn, nachdem er vorsichtig das Durcheinander durchquert hatte, an der Schulter rüttelte.
Martin setzte sich auf und rieb sich die Augen. »Ist es Morgen?«
»Nein. Etwa Mitternacht, schätze ich.«
Tobys Stimme erkennend, ließ Martin sich aufstöhnend auf sein Lager zurückfallen. »Ist jemand krank?« murmelte er. »Der Feuermeister?«

»Der Feuermeister ist gesund, soviel ich weiß. Es ist *Ihre* Gesundheit, um die ich besorgt bin, Martin.« Schabende Geräusche veranlaßten Toby zu sagen: »Es ist verdammt dunkel hier drin. Haben Sie keine Kerze?«

Martin rollte sich herum und grub einen Anzünder und eine Kerze unter einem Bücherhaufen aus. Das Licht flackerte, warf zuckende Schatten auf Tobys Gesicht und das geflickte Zelt. »Wieso machen Sie sich Sorgen um meine Gesundheit?«

»Guillaume du Chantonnay ist hier, Martin, auf der Suche nach Ihnen.«

Martin verkrampfte seine Hände ineinander. Plötzlich war er hellwach.

»Hier?«

»Ich habe vor einer halben Stunde mit ihm gesprochen. Er hat ganz Italien nach Ihnen abgesucht. Sagte, er sei krank – er will, daß Sie als sein Leibarzt mit ihm nach Frankreich zurückkehren.«

Martins Mund war wie ausgedörrt. Er sehnte sich nach etwas zu trinken. »Und was haben Sie ihm geantwortet?«

»Ich erklärte ihm, Sie seien tot.«

Tobys Augen wirkten im Kerzenschein schwarz. Er hatte das Bücherchaos zur Seite geschoben und sich niedergelassen.

»Hat er Ihnen geglaubt?«

Toby schnitt eine Grimasse. »Ich denke, ja. Aber es liegt bei Ihnen, Martin: Wenn Sie mit ihm reden wollen, wenn Sie gerne mit ihm nach Frankreich gehen wollen, können Sie immer noch eine wunderbare Heilung erfahren haben. Immerhin *vermute* ich nur, daß er lügt.«

Martin schüttelte heftig den Kopf: Frankreich war das einzige Land der Erde, wo er seinen Beruf nicht mehr ausüben würde – er hatte noch immer Hamon de Bohuns kalte, dunkle Augen und die Blutergüsse auf François du Chantonnays Hals vor Augen. Und er hatte nicht vergessen, welche verderbliche Rolle

er bei François' Tod gespielt hatte. Noch immer empfand er Furcht, wenn er an Hamon de Bohun dachte, und er verachtete sich dafür.
»Ich könnte nicht ... ich kann nicht ...«, stammelte er.
»Sie könnten die Wahrheit sagen«, schlug Toby kühl vor.
Er wußte sofort, was Toby meinte: Er könnte, wen auch immer es interessierte – Guillaume, Guillaumes Notar, die Beamten des französischen Gerichtshofes –, darüber aufklären, was er gesehen hatte. Er malte sich aus, wie er dem französischen König in Blois die Spuren eines Strickes an François du Chantonnays Hals schilderte, die Umstände des Todes des Erben von Marigny. Wenn es nun auch keine eindeutigen Beweise mehr gab, würde er, Martin, jedoch genügend Zweifel säen können, um de Bohuns Untergang einzuläuten.
Doch er wußte, daß er es nicht über sich bringen würde, gegen Hamon de Bohun auszusagen. Der bloße Gedanke sandte einen eisigen Schauer über seinen Körper.
»Ich kann es nicht«, flüsterte er. »Ich weiß, daß ich es tun sollte, aber ich kann es nicht.«
Er schüttelte den Kopf und senkte den Blick. Scham überfiel ihn heiß und unbarmherzig.
»Dann müssen Sie fort von hier«, sagte Toby. Sein Ton enthielt keine Verurteilung, registrierte Martin, keine Verachtung. »In Italien sind Sie nicht mehr sicher.«
»Ich hatte ohnehin daran gedacht, wieder zu reisen«, antwortete Martin zögernd. »Ich habe noch nie in Heidelberg studiert ... und es gibt einen guten Mann in London ... Thomas Linacre ... ich könnte auch nach Hause zurückkehren ...«
Toby stand auf. »Ich werde einen tüchtigen Führer für Sie suchen – sonst brauen Sie am Ende noch Heiltränke für den Schah von Persien, weil Sie sich hoffnungslos verirrt haben.«

Joanna kehrte in ihr Haus in der Bretagne zurück, kümmerte sich um ihr Kind, wartete auf die Beantwortung ihres Briefes an Toby und fragte sich, ob Guillaume tot oder noch am Leben war.

Sanchia konnte jetzt laufen und sprechen, doch von Toby kam keine Nachricht. Irgendwann traf eine Mitteilung aus Blois ein: Guillaume du Chantonnay sei am Leben, jedoch wegen seiner schlechten gesundheitlichen Verfassung in Italien geblieben.

Wenigstens war sie noch nicht heimat- und mittellos, dachte sie mit einer gewissen Erleichterung. Ein weiterer Brief erreichte sie – vom Seigneur de Marigny. Joanna las ihn und übergab ihn den Flammen, machte sich nicht die Mühe einer Erwiderung. Bei den beiden nachfolgenden Briefen erbrach sie nicht einmal das Siegel. Wenn sie an ihren Garten dachte, an den Garten, den sie im nächsten Frühjahr anzulegen geplant hatte, juckte es sie in den Fingern, nach der Feder zu greifen. Wenn sie an Guy dachte, verfluchte sie ihren Stolz.

An den meisten schönen Tagen wanderte sie durch den Wald, sammelte Samen und schnitt Schößlinge ab, machte sich vor, daß sie dies für ihr Haus in Finistère tat, nicht für Marigny. Wenn sie nachts aufwachte, lag dieser Garten deutlich vor ihrem geistigen Auge. Nur manchmal erinnerte sie sich an Hamon de Bohuns kalte Lippen auf ihrem Nacken und an den Ausdruck seiner Augen, als er ihr Portrait betrachtete.

Im Herbst, als die Zeit der Schlachten vorüber war, kehrte Toby wieder nach Blois zurück – mit Briefen der venetianischen Proveditoren in der Satteldecke, Briefe, die die zerfetzten Überreste der französischen Allianz bestätigten, Briefe, die den Versuch machten, dem Desaster des Sommers eine gewisse Würde zu verleihen.

In Blois sah er einige bekannte Gesichter und einige, gottlob, *nicht*. Am Abend schoß die Unterhaltung über die klingenden

Gläser und das Perlen wohlerzogenen Gelächters hinweg. Die Klänge der Laute bestimmten die Tänze, die Schatten, die über die Wände glitten, spiegelten die Schrittfolgen wider. Toby konnte Gesichter in den Schatten erkennen: Joanna Zulians, Eleanors, Hamon de Bohuns.
Am nächsten Morgen stellte er diskrete Nachforschungen bei einer Runde schlechtgelaunter Kartenspieler an, die in einer finsteren Ecke des Schlosses beisammenhockten, um den Strapazen der Jagd zu entgehen, und über das regnerische Wetter und die schlechte Laune des Königs stöhnten. Anne de Bretagne liegt im Sterben, sagte der Mann neben Toby. Louis hat keinen Sohn. Meinen Sie, er wird wieder heiraten? Karten wurden aufgefächert, Einsätze gemacht, Münzen in Handflächen geschaufelt.
Die de Bohuns, beantwortete der Kartenspieler Tobys Frage, seien dieses Jahr nicht am Hof erschienen. Es gehe das Gerücht, daß der Herr und die Herrin von Marigny nicht mehr miteinander sprächen. Ein köstliches Gerücht – fände Toby das nicht auch? Eine dicke Hand drückte Tobys Arm, rote Lippen lächelten verschwörerisch. Es hieße auch (ein Flüstern hinter vorgehaltener Hand), daß der Seigneur de Marigny beim König in Ungnade gefallen sei. Das Château, sagten die Leute, werde prächtiger als alle Residenzen des Königs. Die beringte Hand nestelte an Tobys Ärmel herum, Regentropfen rannen an den Fensterscheiben herab.
Karten wurden mit dem Gesicht nach unten auf den Tisch gelegt. Münzen häuften sich vor Toby. »Sie sind ein Glückspilz«, flüsterte der Spieler neben Toby. Einer der anderen erleichterte sich in den Kamin. Es zischte, übelriechender Dampf stieg von den Holzscheiten auf.
»Und der Garten auch«, fuhr Tobys Nachbar fort. »Der Seigneur läßt einen herrlichen Garten anlegen.«
Der Geber kicherte. Karten knallten auf den Tisch. Toby nahm seine auf.

»Ja«, nickte der Geber. »Von Madame Zulian, Guillaume du Chantonnays Mätresse. Gott weiß, was sie ihm außer dem Garten noch Gutes tut.«
Die Karten entglitten Tobys Händen, die zu Türmen aufgestapelten Münzen fielen vom Tisch und rollten in alle Ecken des Zimmers.

Toby erreichte Finistère drei Tage später, nachdem er sich von einem geistesabwesenden Louis von Frankreich die Erlaubnis geholt hatte, sich zu entfernen. Der Weg wand und schlängelte sich durch den geisterhaften Wald. Menhire, große, graue Steinsäulen, reckten sich kühn dem wäßrigen Himmel entgegen. Regentropfen tanzten auf den flachen Dächern der vorgeschichtlichen Grabmäler. Abergläubische Dörfler legten Nahrungsmittel unter die Grabsteine, um sich das Feenvolk gewogen zu machen. Toby fürchtete weder das Übernatürliche noch die Wölfe oder Wildschweine in den bretonischen Wäldern. Er hatte nur Angst um Joanna und um Eleanor: Er erinnerte sich an die ausdruckslosen, schwarzen Augen seines Feindes – seines Vaters.
Er kam um die Mittagszeit an. Es hatte irgendwann am Vormittag zu regnen aufgehört, und das Haus lag im strahlenden Sonnenschein. Tropfen glitzerten auf dem Gras und den welkenden Blättern wie Juwelen.
Madame sei nicht da, erklärte die Haushälterin – Madame sei draußen im Wald beim Brombeerpflücken.
Anstatt der Aufforderung der Frau nachzukommen, Platz zu nehmen und zu warten, ging Toby in den Wald hinaus, der das Haus umgab. Kleine Hinweise wiesen ihm den Weg: der offenbar am häufigsten begangene Pfad, die zertretenen Farne und abgebrochenen Nesselstengel, ein Fußabdruck in dem weichen Boden. Er kletterte hoch hinauf, umrundete den riesigen Felsbrocken, der aus dem Hang ragte, trat über die

Bäche, die ins Tal hinuntereilten. Die hohen Bäume präsentierten sich in allen Schattierungen des Herbstes: gold- und bernsteinfarben, rostrot und gelb. Die herabgefallenen Blätter sammelten sich in Gräben und wurden von den Bächen fortgetragen.
Der Weg zog sich hoch über einem Fluß entlang. Toby stand am Rand eines Felsens und schaute hinab. Unter ihm rauschte Wasser, raschelte das noch verbliebene Laub im Wind – und Joanna sang. Sie trug ein rostrotes Wollkleid, hatte den Saum des Überrocks in den Bund geklemmt. Ihr langes Haar war zu einem Zopf geflochten, der über ihren Rücken herunterhing. Sie trug keinen Schmuck, keine Spitzen, keine Bänder. Toby lächelte in sich hinein. Dies war die Joanna, die er kannte, die Joanna, der er in Venedig aus dem Kanal herausgeholfen hatte, die Joanna, mit der er über die Ebenen der Lombardei geritten war. Sie saß auf einem glatten Felsen und planschte mit ihren nackten Füßen in dem torfigen Wasser eines Teiches. Neben ihr auf dem Stein stand eine Sammlung kleiner Körbe, und eine Handvoll glatter Kiesel glitzerten im Licht der Sonnenstrahlen, die durch die Bäume drangen. Plötzlich glitt Joanna, die Röcke mit einer Hand gerafft und die andere unter der Oberfläche durch das sandige Bett ziehend, ins Wasser.
»Es ist zu kalt zum Schwimmen, Joanna!« rief Toby von oben. »Erinnerst du dich noch an Venedig?«
Sie riß den Kopf hoch. An dem strahlenden Lächeln, das auf ihrem Gesicht erblühte, erkannte er, daß ihm verziehen worden war, daß seine Unverschämtheit in Blois keine Bedeutung mehr hatte, vielleicht sogar vergessen war.
»Natürlich erinnere ich mich an Venedig«, sagte sie. »Ich schwimme nicht. Schau.«
Er sprang von dem Felsen, kletterte den steilen, mit Farnen und Hundezunge gesprenkelten Weg hinab, der zu dem Becken führte. Wasser stürzte zwischen den Felsbrocken heraus, und

eine kleine Sandzunge ragte vom Weg ins Wasser hinein. Orangefarben und grün, sternförmig und oval trieben Blätter am Rand des Beckens. Toby trat auf den Sand hinaus.
»Schau«, sagte Joanna noch einmal. Sie streckte ihm die offene Hand hin, in der etwas lag.
Es war eine Muschelschale, schimmernd und irisierend. »Wir pflegten Farben darin anzumischen«, erklärte sie. »In Onkel Taddeos Werkstätte.«
Vorsichtig legte sie die Muschelschale auf den Felsen. Toby ergriff ihre nasse Hand und küßte sie. Dann ließ er den Blick zu den Körben gleiten.
»Brombeeren, sagte deine Dienerin.«
»Ein paar. Es ist schon ein wenig spät dafür. Der Teufel hat darauf gespuckt, würde Agnès sagen. Aber es sind kleine Äpfel da und Hasel- und Walnüsse und Bofiste. Bediene dich, Toby.«
Er trat vom Sand auf den Felsen. Sie stand noch immer unterhalb von ihm, bis zu den Knien im Wasser, den Überrock im Bund, die Unterröcke im Wasser. Er ließ die Finger über die Äpfel und Nüsse gleiten und hob dann einen anderen, kleineren Korb auf. Eine Handvoll runder, glänzender, schwarzer Beeren schimmerte ihm aus dem Rohrgeflecht entgegen.
»Nein – nicht *die!*«
Sie kletterte aus dem Wasser. Ihre nackten Füße hinterließen deutliche Abdrücke auf dem trockenen Stein. Sie nahm Toby den kleinen Korb aus der Hand und stellte ihn beiseite.
»Belladonna«, sagte sie, »die Frucht des Tollkirschenbaums. Sie sind sehr giftig, Toby, du darfst sie nicht anrühren.«
Er schob die anderen Körbe zur Seite und half ihr, sich hinzusetzen. Sie trocknete sich die Füße mit dem Saum ihres Unterrocks ab.
»Ich gewinne medizinische Tropfen aus den Tollkirschen, die sich feine Damen in die Augen träufeln. Sie vergrößern die

Pupillen, lassen die Augen schöner wirken. Ich verkaufe die Tropfen in Morlaix.«

Toby grinste. Er sah Joanna vor sich, wie sie in dem geschäftigen Morlaix Tränke und Tinkturen an den unscheinbareren Teil der holden Weiblichkeit der Stadt verkaufte. Er nahm sich einen kleinen Apfel und genoß den erfrischend säuerlichen Geschmack.

»Dann hast du meinen Brief also bekommen«, sagte Joanna.

Er blinzelte verwirrt, warf das Kernhaus in das Becken und fragte: »Welchen Brief?«

Jetzt war es an ihr, verwirrt dreinzuschauen. »Ich habe dir einen Brief geschrieben, nach Blois. Vor einigen Monaten schon. Ich dachte, dort wüßte vielleicht jemand über deinen Verbleib Bescheid.«

Toby schüttelte den Kopf. »Ich war den ganzen Sommer in Italien – und kaum mehr als ein paar Tage am selben Ort. Dein Brief hat mich nicht erreicht, Joanna.«

Sie hatte ihren Zopf gelöst und schüttelte die feuchten Flechten auf ihrem Rücken aus, damit die Sonne sie trocknen könnte. »Warum bist du dann hier?«

Es lag ihm auf der Zunge, zu sagen, »Um dich zu sehen«, aber dann erinnerte er sich an Guillaume du Chantonnay und an die Seide und den Schmuck, die Joanna Zulian in Blois getragen hatte. Sie kleidete sich nicht immer in Wolle und Leinen und planschte mit bloßen Füßen in Bächen herum.

»Ich habe etwas gehört«, erklärte er vorsichtig. »Und ich wollte herausfinden, ob es stimmt.«

Ihr Gesicht verfinsterte sich, aber sie wandte sich nicht ab. »Du hast etwas über *mich* gehört?« fragte sie frostig.

»Ich hörte, daß du einen Garten für das Château de Marigny anlegst, für Hamon de Bohun. Ist das falsch?«

Ihre Blicke trafen sich mit den seinen. »Es ist nicht falsch.«

Er erhob sich. Auf sie hinunterschauend, erkundigte er sich:

»Legst du nur den Garten an? Beschränkt sich deine Beziehung zu dem Seigneur darauf?«
Diesmal hatte er nicht die Beherrschung verloren. Er mußte es einfach wissen. Aber sie stand auf, machte Anstalten, ihn zu schlagen.
»Wie kannst du es *wagen* ...«
Weil er die Beherrschung nicht verloren hatte, gelang es ihm, ihre Hand abzufangen. Joannas Atem ging stoßweise, zwei scharlachrote Flecken leuchteten auf ihren Wangen. »Ich nehme das als Zustimmung«, sagte er sanft. »Du legst also nur seinen Garten an.« Er gab ihre Hand frei. Mit dem Rücken zu ihm zog sie ihre Strümpfe an, schlüpfte in ihre Schuhe und schloß die Schnallen. Er sah, wie ihre Finger vor Hast und Zorn zitterten.
»Joanna – geh nicht. Bitte! Ich muß es wissen.«
Sie war dabei, die Körbe einzusammeln. Brombeeren rollten über den Felsen, hinterließen blutrote Flecken; die Muschelschale entglitt ihren bebenden Fingern und landete platschend im Wasser.
Toby sprang hinunter und suchte den sandigen Boden nach dem verschwundenen Schatz ab. Wasser, eiskalt und torfig, schwappte in seine Stiefel, durchweichte die Ärmel seines Wamses. Die Kälte ließ ihn nach Luft schnappen.
Und dann hörte er etwas Unerwartetes. Als er sich umdrehte, sah er, daß Joanna lachte. Sie hatte die Hände vor den Mund geschlagen, ihre Schultern zuckten.
»Sieh dich an!« rief sie erstickt. »Sieh dich an, Toby!«
Und plötzlich sah er sich mit ihren Augen: für einen Ritt gekleidet, in einem Teich watend, im Sand nach einer Muschelschale suchend. Grinsend legte er die gefundene Muschel auf den Felsen zurück und stemmte sich aus dem Wasser.
»Du mußt deine Stiefel ausleeren.« Joannas Stimme klang noch immer belustigt. »Vielleicht hast du ja einen Fisch gefangen.«
Er zog seine Stiefel aus und drehte sie um, streifte Strümpfe und

Wams ab. Wasser stürzte in das Becken zurück. Dann wandte er sich Joanna zu. »Es tut mir leid«, sagte er. »Aber ich mußte es wissen. Es war wichtig.«

Er sah sie kaum merklich nicken. Ihre Augen glänzten verdächtig. Ohne nachzudenken, zog er sie an sich, so daß ihr Kopf an seiner Brust ruhte. Er küßte sie nicht, wiegte sie nur hin und her und streichelte ihr nasses Haar. Sein Verhalten hatte etwas Brüderliches, geboren aus Zuneigung und langer Vertrautheit.

»Du bist ganz naß«, sagte sie schließlich. Ihre Stimme zitterte, aber sie lachte nicht.

»Du auch.«

Toby ließ sie los. Er hatte begriffen, daß sie vorsichtig miteinander umgehen mußten, mit ihrer Beziehung, die sich aus sporadischen, seltsamen Begegnungen, plötzlich aufflammender Leidenschaft und ebenso plötzlich erwachendem Schmerz zusammensetzte. Er war zu müde, zu erschöpft, um irgend etwas davon noch einmal erleben zu wollen.

»Der Brief«, knüpfte er an. »Warum hattest du mir geschrieben, Joanna?«

Sie ließ sich wieder auf dem Felsen nieder, zog ihre Röcke um ihre Knie zusammen. »Wegen des Gartens«, antwortete sie zögernd. »Wegen Marigny.« Sie hatte sich von ihm abgewandt, und so konnte er ihr Gesicht nicht erkennen. Dann schaute sie, die Augen wegen des Sonnenlichts zusammengekniffen, zu ihm auf. »Hamon de Bohun besitzt ein Bild von mir, Toby. Er hat ein Gemälde von Gaetano in Marigny.«

Sie begann ihm, von »Judith und Holofernes« zu erzählen, aber darüber wußte er natürlich bereits alles. Und er hätte sich wirklich denken können, daß das Bild Hamon de Bohuns Château in Marigny schmückte.

Toby setzte sich neben Joanna. Er sah den Kummer in ihren Augen und legte eine Hand auf die ihre.

»Ich dachte …« Sie brach ab. »Ich dachte, daß du das Bild

vielleicht Signor Venier für Reynaud du Chantonnay abgekauft hättest.«

Toby starrte auf das rostfleckige Wasser hinunter. »Das habe ich auch getan«, sagte er. »Signor Venier verkaufte es mir, und ich nahm es mit zurück nach Frankreich. Aber Reynaud hat es nie zu sehen bekommen.«

Joanna sah ihn stirnrunzelnd an. »Aber ...«

»Hamon de Bohun hat es mir gestohlen«, unterbrach er sie.

Sagen Sie Ihrem Herrn, daß ich gekommen bin, um mir zu holen, was er mir schuldet. Bei Gott, dachte er, Hamon de Bohun hatte sich im Übermaß bedient. Doch es graute ihm davor, Joanna Zulian all das zu erklären. Die Umstände seiner Zeugung und seine Herkunft erfüllten ihn noch immer mit Abscheu, und er nahm an, daß es jedem so gehen würde. Er mußte nur dafür sorgen, daß Joanna niemals mehr nach Marigny ginge. Toby atmete tief durch.

»De Bohun ließ mich, als ich ein Jahr, nachdem ich dich kennengelernt hatte, von Venedig auf dem Rückweg nach Marigny war, überfallen, gefangensetzen und nahm mir das Bild ab. Ich kam nicht nur verspätet im Château an, ich hatte auch noch fast tausend Dukaten von Reynaud du Chantonnays Geld für etwas ausgegeben, das sich nicht mehr in meiner Hand befand. Reynaud eröffnete mir daraufhin verständlicherweise, daß er meiner Dienste nicht länger bedürfe. Also ging ich nach Italien zurück, um wieder als Söldner zu kämpfen. Und in Padua traf ich Martin. Und dich.«

Sie hatte die Arme um die Knie geschlungen und starrte auf ihr verschwommenes Spiegelbild im See. »Und er veranlaßte dich, mich nach Frankreich zu bringen.«

»Es war keine schwere Aufgabe«, erwiderte er leichthin, »Ich habe schon Schlimmeres getan. Einmal mußte ich dabei helfen, eine Kanone quer durch den Veneto zu ziehen. Das war schlimmer.«

Sie schaute ihn an, und schließlich kehrte das Lächeln auf ihr Gesicht zurück. Sie schüttelte den Kopf. »Du bist völlig unmöglich, Toby Crow.«
Einen Moment lang dachte er, daß er für immer bleiben wollen würde, daß dies ein Ort sei, an dem sie glücklich sein könnten, er und Joanna. Aber der Vormittag war in den Nachmittag übergegangen, einen herbstlich kühlen Nachmittag, und die Schatten der Bäume fielen lang und dunkel.
»Du wirst nicht mehr nach Marigny gehen, nicht wahr, Joanna?«
Das Lächeln erlosch. Ihre Stimme war klein und verlor sich beinahe in dem riesigen Wald.
»Ich will meinen Garten fertigmachen.«
»Mein *Gott!*« Er stand auf und strich sich wütend die Haare aus den Augen. »Das kannst du nicht. Das darfst du nicht, Joanna.«
Auch sie rappelte sich auf. »Ich kann nicht? Ich darf nicht? Wer bist du, Toby Crow, daß du dich anmaßt, mir zu sagen, was ich nicht tun kann und darf?«
Ihre Augen sprühten Funken. Plötzlich fühlte er sich erschöpft. Nachdem er es so lange vermieden hatte, sich gefühlsmäßig zu engagieren, strapazierte dieses Gespräch ihn.
»Ich weiß, daß ich kein Recht dazu habe«, sagte er müde. »Ich bitte dich nur – ich *bitte* dich – Hamon de Bohun nicht wiederzusehen.«
Sie verschränkte die Arme über der Brust. »Und warum?« fragte sie kalt.
Jetzt wich *er ihrem* Blick aus. »Wegen dem, was Hamon de Bohun ist.«
Er zog seine feuchten Stiefel an, hängte sich sein Wams über eine Schulter und schickte sich an, davonzugehen, denn er wußte, was er ihr sonst sagen müßte. In den letzten drei Jahren hatte er nur einem Menschen die Natur seiner Beziehung zu Hamon de Bohun offenbart: Martin Gefroy. Weil er das Gefühl hatte,

Martin Ehrlichkeit zu schulden, und weil Martin als Arzt daran gewöhnt war, in menschliche Abgründe zu blicken.
Er hörte sie fragen: »Und was ist er?« und antwortete, sich kurz zu ihr umdrehend: »Mein Vater.« Dann ging er weiter.
Nach einer Weile wurde er das Geräusch ihrer rennenden Füße gewahr. Doch er ging weiter, bis sie seinen Arm packte und ihn herumriß.
Als er nichts sagte, nahm sie seine Hände in die ihren und forderte ihn mit sanfter Stimme auf: »Erzähl es mir, Toby.«
Ihre Sanftheit war schlimmer als alles andere, dachte Toby. Er zwang sich zu sprechen. »Du weißt, daß die Dubretons mich an Kindes Statt annahmen. Nun – ich bin Hamon de Bohuns unehelicher Sohn. Natürlich hat er sich nie zu mir bekannt – ich erfuhr es vor ein paar Jahren.«
Alle Farbe war aus ihrem Gesicht gewichen. Ein kurzes Schweigen entstand, und dann flüsterte sie: »Und deine Mutter? Wer ist deine Mutter?«
Er hätte sie beinahe angelogen. Er hätte beinahe gesagt, eine Zofe, ein Milchmädchen, eine hübsche Näherin. Aber er wußte, daß es sinnlos gewesen wäre, und so antwortete er: »Reynaud du Chantonnays Schwester war meine Mutter. Ihr Name war Izabel Mandeville.« Und nach einer kurzen Pause fügte er hinzu: »Du siehst, Joanna, meine Verbindungen könnten kaum besser sein. Reynaud du Chantonnay war mein Onkel, François mein Cousin. Und Guillaume – über die Art dieser Verwandtschaft bin ich mir nicht ganz im klaren. Cousin zweiten Grades? Der Cousin ersten Grades ist schon aus dem Weg ...«
»Hör auf!«
Joannas Gesicht war weiß, ihre Lippen schimmerten bläulich. Toby nahm sein Wams von der Schulter und legte es ihr um. »Nur die Ärmel sind naß, Joanna«, flüsterte er. »Es wird gehen, oder?«
Es stand, bemerkte er, kein Abscheu in ihren Augen. Er hatte

zuerst Abscheu erwartet, doch dann begann er langsam zu begreifen, wie *ihr* Leben ausgesehen hatte: eine Reihe von unglücklichen Ereignissen, Verlusten und von vornherein hoffnungslosen Verbindungen. Er fing an zu verstehen, warum sie sich mit jemandem wie Guillaume du Chantonnay zusammengetan hatte.

»Wie lange weißt du es schon?« fragte sie. Sie zitterte.

»Drei Jahre«, antwortete er. »Ich erfuhr es vor drei Jahren.«

Sie schwieg einen Moment, stellte die Zusammenhänge her. »Der Frühling, als Paul Dubreton starb – damals hast du es erfahren, nicht wahr, Toby?«

Er war sich ihrer Intelligenz stets ebenso bewußt gewesen wie ihrer Schönheit. Er nickte.

»Dann war Izabel Mandeville also Hamon de Bohuns Mätresse.«

»Nicht ganz.« Eine Weile konnte er nicht weitersprechen. Schließlich überwand er sich dazu, fortzufahren. »De Bohun verging sich an ihr, um sich an Reynaud zu rächen. Reynaud hatte ihn um Marigny gebracht, weißt du.«

Der Himmel hatte sich bewölkt, und Regentropfen malten dunkle, runde Kleckse auf die Felsen am Teich. Joanna dachte nach und sagte dann: »Du hilfst mir, die Körbe zum Haus zu tragen, und dann essen wir. Und ich werde dich meiner Tochter vorstellen.«

Sie nahm seine Hand und führte ihn zu dem Becken zurück. Toby nahm drei der Körbe. Er war sehr müde und sehr hungrig. Joanna steckte die Muschelschale in die Tasche und trug den Korb mit den glänzenden Tollkirschen.

Sie ließ ihn essen und trinken und mit dem Kind spielen. Toby machte Strohpüppchen für Sanchia und Seifenblasen, die sie lachend durch das Zimmer jagte. Joanna zündete Kerzen an und schloß die Fensterläden, sperrte die Nacht aus. Nach dem Essen gab er vor, schlafen gehen zu wollen, und zog sich zurück.

Das nächste Mal sah sie ihn bei Tagesanbruch. Unfähig, Ruhe zu finden, wartete sie auf das erste Licht und spähte durch die Schlitze in den Fensterläden in den Garten hinaus. Er wanderte, die Hände in die Taschen vergraben, den Kragen hochgeschlagen, um sich gegen die kalte Luft zu schützen, die Wege entlang. Joanna warf einen Umhang über ihr Nachthemd und ging hinaus.

Er schien kein bestimmtes Ziel zu haben. Er ging spazieren, um nicht nachdenken zu müssen, vermutete sie. Auch er hatte eine schlaflose Nacht gehabt. Reif lag auf dem Gras, und ihre nackten Füße waren schnell eiskalt. Als sie Toby eingeholt hatte, berührte sie seinen Arm und sah, wie das Erschrecken in seinen Augen sich zu Erkennen wandelte.

»Es ist kalt«, sagte er. »Du solltest hineingehen.«

Sie schüttelte den Kopf. Sie hatten schon einmal gemeinsam den Tagesanbruch erlebt – in einem leuchtend blühenden Garten, dessen Luft schwer von süßem Duft war. In *diesem* Garten waren die letzten Blütenblätter der Herbst-Damaszenerrosen abgefallen, und der Teich hatte einen Rand aus Reif.

»Erzähl's mir«, sagte sie.

Toby blinzelte. Sie legte den Finger auf die steile Falte zwischen seinen Brauen, als wolle sie sie fortstreichen. »Erzähl mir alles.«

Und so erzählte er es ihr. Er blieb nicht stehen, und sie klammerte sich an seinen Arm, um mit ihm Schritt halten zu können. Sie vergaß die Kälte, hörte nur seine klare, nüchterne Stimme, mit der er ihr den Ursprung und die Stationen seines Lebens schilderte. Seine Kindheit bei dem Schuster, bei Agnès und Paul, seine Zeit in Marigny. Seine Trugschlüsse, seine erste Begegnung mit Hamon de Bohun. Seine Beziehung zu Eleanor, die Vereitelung seines Besuches bei Paul Dubreton. Die Überquerung des englischen Kanals, von Calais nach Dover, das Dorf

Lydney Mandeville, Izabel Mandevilles verwahrlostes Haus. Seine Wanderschaft durch England und seine Rückkehr nach Frankreich und dann nach Italien. François du Chantonnays Tod – und Martin Gefroys Verdacht bezüglich dieses Todes.
Als er geendet hatte, konnte Joanna zunächst nicht sprechen. Daß jemand ein Kind nur zu Rachezwecken zeugen, daß jemand dieses Kind – sein eigen Fleisch und Blut – der Mutter wegnehmen, es außer Landes bringen und einer ungewissen, schrecklichen Zukunft überantworten konnte, erschien ihr zuerst unbegreiflich.
Doch dann erinnerte sie sich an Guy. Als legitimes Kind mochte er wohlgenährt und gut gekleidet sein und auf einer der schönsten Besitzungen der Touraine leben, aber dieses Leben wurde ihm vergällt, denn de Bohun war von dem furchtbaren, unverzeihlichen Wunsch besessen, seinen Sohn gewaltsam zu einem Abbild seiner selbst zu machen.
»Aber du bist zurückgekommen«, sagte sie nach einer Weile. »Warum bist du zurückgekommen?«
»Ich bringe Briefe von Venedig nach Blois.« Nun blieb er doch stehen, aber seine Finger spielten unablässig mit den Ranken des Geißblatts, die sich am Stamm eines Apfelbaumes emporwanden. Rindenstückchen fielen auf den reifüberzogenen Boden, trockene Blätter zerbröselten zwischen seinen Fingern. »Und ich habe eine Verpflichtung, nicht wahr?« Tobys Augen war dunkel, traurig. »Gegenüber Agnès. Gegenüber Eleanor. Und dir gegenüber.«
Joanna konnte nicht antworten. Sie senkte den Kopf, starrte auf das reifbedeckte Gras hinunter. Ihre Augen brannten.
»Natürlich kann ich für Eleanor nichts tun«, hörte sie ihn sagen. »Nachts schmiede ich absurde Pläne, die ich morgens wieder verwerfe. Einst glaubte ich, sie beschützen zu können. Was für ein Narr ich war. Was Agnès betrifft – nun, zumindest habe ich jetzt Geld. Agnès braucht kein Leben in Armut mehr zu

fürchten. Die Miete für das Haus wird jeden Monat bezahlt, und sie hat genug zum Leben.«

Joanna blickte auf. »Genug, um *gut* zu leben.« Sie lächelte. »Sie hat ein zweites Schwein gekauft, Toby.«

Seine Augen flackerten kurz in ihre Richtung. »Ihr schreibt einander?«

Sie nickte. »Ich versuche, sie dazu zu überreden, mich zu besuchen. Aber natürlich wäre es eine weite Reise.« Sie zupfte ihn am Ärmel, zwang ihn, sich ihr zuzuwenden. »Du solltest sie besuchen, Toby.«

Er schüttelte den Kopf.

»Warum nicht?« fragte sie sanft. »Es würde sie glücklich machen.«

Er antwortete nicht, und sie war nicht sicher, ob er ihre Worte gehört hatte. Er nahm ihre Hände in die seinen, wärmte mit seinen Handflächen ihre kalten Fingerspitzen.

»Und was ist mit dir, Joanna? Ich habe das alles nur erzählt, um dir über Hamon de Bohun die Augen zu öffnen – damit du nicht noch einmal nach Marigny gehst.«

Sie entzog ihm ihre Hände. Hochgewachsen und stolz stand sie vor ihm. Während sie die Nacht über wach gelegen hatte, war ihr schließlich klargeworden, was sie tun mußte.

»Ich *muß* wieder hin, Toby. Ich werde es tun.«

Ihre Stimme war fest, ließ keinen Widerspruch zu. »Wegen Guy«, erklärte sie. »Eleanors Sohn. Wie könnte ich ihn bei einem solchen Menschen lassen?«

»Eleanors Sohn geht dich nichts an«, wandte Toby ein, doch sie fand, daß es seinem Tonfall an Überzeugung mangelte.

»Guy de Bohun trägt Samt und Seide und leidet niemals Hunger«, entgegnete sie heftig. »Er hat ein eigenes Pony und einen Hauslehrer, der an der Sorbonne studierte. Aber er hat auch eine Mutter, die niemals mit ihm spricht, und Striemen auf dem Rücken. Ziemlich viele Striemen, Toby.«

Die Erinnerung machte sie schaudern. Sie sah den Schmerz und dann das Einverständnis in seinen Augen, drehte sich um und ging auf das Haus zu. Die Sonne, blaß und dunstverhangen, hatte die Wipfel der Bäume berührt: Bald würde Sanchia aufwachen.

Toby holte sie an der Tür ein. »Sei auf der Hut, Joanna. De Bohun ist nicht zu trauen – aber Guillaume auch nicht. Er benutzt dich, um de Bohun zu ärgern, um ihm zu zeigen, daß er zwar Marigny bekommen hat, aber nicht alles bekommen kann.«

Sie hörte das Kind weinen, und als sie sich anschickte, die Treppe hinaufzugehen, wandte sich kurz zu Toby um: »Aber Guillaume hat eine Schwäche, weißt du, Toby.« Ein Lächeln huschte über ihr Gesicht, und die ersten Sonnenstrahlen – verstärkt durch das Fensterglas – begannen ihre Glieder zu erwärmen. »Oder eine Tugend – es kommt darauf an, wie man es betrachtet. Im Gegensatz zu Hamon de Bohun liebt Guillaume sein Kind.«

Zu Weihnachten erhielt Eleanor de Bohun einen Brief. Der Brief war von ihrem Cousin Guillaume, der seit dem Frühling in Italien weilte. Eleanor las ihn und zerriß ihn dann in unzählige, winzige Fetzchen, die sie wie Schneeflocken auf den Boden ihres Schlafzimmers flattern ließ. Ihre Kammerzofe, die ihr half, sich für den Abend anzukleiden, registrierte es schweigend. Mit heftigen Bewegungen schob Eleanor ihre Hände durch Armreifen, drehte Ringe auf ihre Finger und schlang Perlenketten so eng wie Galgenstricke um ihren Hals. Als sie fertig war, prunkte sie wie das neugeborene Marigny.

Eleanor hatte den wenigen verbliebenen Bediensteten zuliebe, die ihre Freunde waren, zugestimmt, an den Weihnachtsfeierlichkeiten teilzunehmen. Ein riesiger Ast von einem Apfelbaum, mit einem Durchmesser von dreißig Zentimetern, glühte im

Feuer; Stechpalmen- und Mistelzweige schmückten den Kamin und die Fensterbretter. Nach dem Essen saß sie neben Hamon und ließ Lieder, Tänze und Narrenspiele über sich ergehen. Sie konnte an nichts anderes denken als an Guillaumes Brief. Es war ihr nicht klar gewesen, wie sehr sie auf seinen Erfolg gezählt hatte. Unaufhörlich fingerte sie an den Perlen um ihren Hals herum und zog an den Knöpfen ihres Kleides. Als sie hinunterschaute, sah sie, daß sie abgerissen waren und die Fäden in alle Richtungen aus der Seide ragten.

Ihr Sohn wurde vorgeführt, um ein Gedicht zu rezitieren. Seine kleine Stimme füllte den Raum, und er sprach den Text, ohne zu stocken. Doch dann fing er den Blick seines Vaters auf, und in sich zusammensinkend verhaspelte er sich, und die letzten Zeilen des Gedichts gerieten zu einem unverständlichen Gestammel. Eleanor hätte ohnehin kein Wort verstanden, denn es war ein lateinisches Gedicht. Sie konnte sich nicht mehr an Tobys Gesicht erinnern – aber wenn sie Guy anschaute, war es wieder präsent. Die dunklen Augen, die gerade Nase, der Mund, das schwarze, ungebärdige Haar ... Guillaumes Brief hatte ihre Gedanken auf Toby gelenkt.

Plötzlich weinte sie. Tränen ergossen sich über ihre Wimpern, sie hatte keine Möglichkeit, sie zurückzuhalten. Sie hatte ihr Taschentuch verlegt, und so wischte sie sich mit dem Ärmel über die Augen. Als Guys Lehrer den Jungen wegbrachte, hörte sie Gemurmel. Als sie aufschaute, sah sie, daß die Leute sie anstarrten. Einige blickten mitleidig, andere entsetzt, einige lachten.

Sie spürte, wie Hamon sie am Arm packte und auf die Füße hochriß. Er rief nicht, wie sie erwartete, nach ihren Zofen, sondern zerrte sie aus der Empfangshalle.

»Ich werde dich in ein Kloster stecken«, zischte er, als sie allein waren. »Niemand wird von mir verlangen, daß ich an eine Verrückte gebunden bleibe.«

Eleanors Kopf hatte zu dröhnen begonnen, sie hätte sich gerne hingelegt und geschlafen. Statt dessen hob sie den Kopf und richtete sich zu ihrer vollen Größe auf. Immerhin fand sie Vergnügen daran, Hamon zu ärgern.
»Aber bedenke«, sagte sie, »was für Geschichten ich den Nonnen erzählen würde.« Er starrte sie an. Zu ihrer Freude sah sie, daß er tatsächlich erbleicht war. »Ich würde ihnen einen guten Rat geben«, fuhr sie fort. »Ich würde ihnen raten, nicht allein in den Wald zu reiten.«
Sie raffte ihre Röcke und schickte sich an, die Treppe hinaufzusteigen. Sie wußte, daß bald wieder bunte Punkte vor ihren Augen tanzen würden – sie mußte sich beeilen. Und dann hörte sie ihn hinter sich. Die Treppe war schmal und gewunden: Der Schatten, den das einzige Binsenlicht warf, vertiefte seine Falten, ließ sein schütteres Haar noch dünner erscheinen. Du wirst nicht ewig leben, Hamon, dachte sie. Nicht einmal du.
»Du hast einen Brief von deinem Cousin bekommen«, sagte er.
Sie neigte den Kopf. »Ich habe einen Brief von Cousin Guillaume bekommen.«
Sie wollte weitergehen, doch er packte ihr Handgelenk. Seine Finger schlossen sich fest um den Knochen. Eleanors Augen weiteten sich vor Schmerz.
»Du hast nichts zu befürchten«, brachte sie mühsam hervor. »Guillaume war auf der Suche nach seinem ehemaligen Leibarzt, Master Gefroy. Er hat François' Leiche gesehen, Hamon. Wußtest du das? Aber du hast nichts zu befürchten: Master Gefroy ist tot.«
Ihre Stimme brach. Hamon ließ sie los. Als sie oben ankam, hörte sie ihn nach unten gehen, zurück in den Saal.
Sie blieb auf der obersten Stufe stehen, um Atem zu schöpfen. Bunte Lichter und Kreise flackerten durch die Dunkelheit. Ein Geräusch ließ sie herumfahren und die Fäuste ballen. Aber es war nur Guy, der hinter einem Vorhang zu ihr herüberspähte.

Sie hielt ihn für ein seltsames Kind: Ewig versteckte er sich in irgendwelchen Ecken und schaute mit seinen leuchtenden Augen hinter Möbeln und Treppengeländern hervor.
Eleanors Hände schlossen sich um eine ihrer Perlenketten und rissen sie entzwei. Sie fing die Perlen auf und ließ sie dann, beobachtet von Guy, die Wendeltreppe hinunterhüpfen. Sie prallten gegen Ecken, sprangen von Stufen. Eleanor lachte, und es berührte sie, als sie Guy ebenfalls lachen hörte.

Hamon de Bohun erkannte, daß er unvorsichtig gewesen war. Er war mit Marigny beschäftigt gewesen und – obwohl er sich das kaum selbst eingestand – mit Joanna Zulian. Er sandte Männer nach Nantes, nach Blois, um nach dem Verbleib von Guillaume du Chantonnay zu forschen. Seine Männer nahmen Geld mit und trugen Schwerter. Es gab mehr als eine Möglichkeit, zu erfahren, was man wissen wollte.
Außerdem schickte er jemanden nach Finistère – allerdings sollte er sich nicht zu nahe heranwagen, sondern beobachten und abwarten. Joanna Zulian hatte noch immer nicht auf seine Briefe geantwortet.

Guillaume kehrte mitten im Winter in die Bretagne zurück. Zu diesem Zeitpunkt wußte er längst, daß er sterben würde. Aber er hatte gekämpft, Nahrung hinuntergewürgt, sich gezwungen, die lange Rückreise nach Frankreich zu überleben.
Von Nantes ritt er, langsam und mit großen Schmerzen, zu seiner Mätresse und seiner Tochter. Dort angekommen, begab er sich in Joannas Obhut, ließ sich von ihr zu Bett bringen, Arzneien verabreichen, mit kleinen Leckerbissen füttern. Der Schmerz in seinen Eingeweiden wich, und zum ersten Mal seit Monaten schlief er nachts tief und fest. Wieder empfand er Finistère als Wunderort: Wenn er in Finistère bliebe, würde er vielleicht weiterleben.

Vom Bett aus sah er seiner Tochter zu, die neben ihm auf dem Boden spielte. Er wurde es nie müde, die wechselnden Empfindungen über ihr zartes Gesichtchen huschen zu sehen. Sie weinte selten, lächelte oft. Eines Tages, als er sich kräftig genug fühlte, verließ Guillaume sein Bett und ging zum Fenster. Es schneite: Große weiße Flocken tanzten und schwebten in der kalten Luft. Vorsichtig hob er Sanchia hoch und stellte sie auf das Fensterbrett. Seine Hände umspannten ihre winzige Taille, und obwohl die Glasscheiben und die Gitterstäbe stabil waren, fürchtete er, sie könnte hinausfallen. Guillaume beobachtete das Staunen auf ihrem Gesicht, als sie auf den Schnee starrte, die blauen Augen aufgerissen, mit offenem Mund. Als sie sprach, war zuerst kein Sinn darin zu erkennen. Dann klatschte sie in die Hände und lachte.

Guillaume hörte die Tür aufgehen und drehte sich um – ohne Sanchia loszulassen.

»Du solltest im Bett sein«, mahnte Joanna. »Du bist noch nicht kräftig genug, Guillaume.«

Ihre Worte waren ein Tadel, aber ihr Tonfall nicht. Sie trat neben ihn und schaute wie Sanchia hinaus. Er betrachtete sie einen Moment lang – und fragte sich zum ersten Mal, ob sie ihm wichtiger war als Marigny.

»Du wirst mich niemals verlassen, nicht wahr?« fragte er heiser. »Das wirst du doch nicht, oder, Joanna?«

Sie schaute ihn an, Überraschung und etwas wie Schmerz in den Augen. Sanchias kleine Finger kratzten über das Glas, versuchten die Schneeflocken zu fangen.

Joanna lächelte, stellte sich auf die Zehenspitzen und küßte ihn auf die Wange. »Natürlich werde ich das nicht, Guillaume.«

Sechzehntes Kapitel

Im Frühling kehrte Joanna nach Marigny zurück. Durch die Gärten wandernd, zu den Zinnen und Türmen hinaufschauend, begann sie zu begreifen. Für Toby hatte Marigny immerwährendes Ausgeschlossensein bedeutet. Für Hamon war es das einzige von Wert gewesen, das ihm verwehrt worden war. Für Guillaume bedeutete Marigny Sicherheit, einen Ort, der ihn seines eigenen Wertes versicherte.

Auf dem Gelände des alten Küchengartens begann Joanna die Form des Blumengartens zu markieren, den sie anlegen würde. Seit Tobys Besuch waren ihr die Bedeutung des Gartens, sein Muster und seine Farben klargeworden. Ein italienischer Garten – ein Quadrat, wiederum in vier Quadrate unterteilt. Die vier Quadrate würden vier Gärten ergeben: den Garten der Eifersüchtigen Liebe, den Garten der Leidenschaftlichen Liebe, den Garten der Besessenen Liebe, den Garten der Zärtlichen Liebe. Sie würde die Geschichten vieler Menschen mit diesen Gärten ausdrücken, dachte sie. Der Garten war eine Möglichkeit, die Wahrheit zu sagen.

Sie wies Marignys Gärtner an, den Boden vorzubereiten, Pferdemist einzuarbeiten, um ihn fruchtbarer zu machen. In ihrem Garten in Finistère hatte sie Samen gesammelt, Schößlinge herangezüchtet und in den geschütztesten Winkeln winzige Setzlinge gepflanzt, Lavendel, Gamander und Buchs als Rahmen für die Muster; blühende Pflanzen und Arzneipflanzen wegen ihres Duftes, ihrer Farben und ihres Nutzens.

Wenn sie im Garten arbeitete, schaute Joanna kaum je zum

Château de Marigny hinauf, betrat es nie. Ihre Abneigung gegen das Schloß hatte sich manifestiert: Das große Steingebäude und die zahllosen Zimmer erschreckten sie. Sie erinnerte sich, wie sie als Kind empfand, wie die Wände und Decken von Onkel Taddeos Haus sie erdrückt, die komplizierten Vorschriften, durch die das tägliche Leben bestimmt war, sie eingeschüchtert hatten. Damals hatte sie sich nach offenen Straßen, Feldern und dem hohen Himmel gesehnt. Sie hatte sich nicht geändert.
Aber sie spürte, daß er sie beobachtete. Sie wußte, daß Hamon de Bohuns Höflichkeit, mit der er sie bei ihrer Rückkehr begrüßt hatte, wohldurchdacht gewesen war. Er hatte ihr vom Pferd geholfen, er hatte ihr die Hand geküßt – und die Berührung hatte Ekel in ihr geweckt. Sie hatte an Izabel Mandeville gedacht, der dieser Mann Gewalt angetan hatte. Sie hatte an den kleinen Toby gedacht, der seiner Mutter entrissen und nach Frankreich verschifft worden war. Wäre Hamon de Bohun nicht so zurückhaltend und höflich gewesen, wäre Joanna trotz Guy, trotz ihres Gartens wieder auf ihr Pferd gestiegen und in die Bretagne zurückgeritten.
Doch sie bekam Guy nicht zu sehen. Sie konnte nicht sagen, ob er sie beobachtete und ob er ihr ihre lange Abwesenheit verziehen hatte. Manchmal hörte sie leise Geräusche aus dem Taubenschlag oder von der Obstwiese her, doch das konnte auch der Flügelschlag der Vögel sein oder der Wind zwischen den Apfelblüten. Sie legte die Süßigkeiten, die sie in ein Taschentuch geknüpft mitgebracht hatte, am Rand des Gartens ins hohe Gras. Für alle Fälle.

Hamons de Bohuns Herz begann zu hämmern, als sein Kammerdiener ihm nach dem Anklopfen Joanna Zulian ankündigte. Sie hatte weder seine Briefe beantwortet noch ihr Kommen avisiert. Er rannte beinahe Marignys neue Freitreppe hinunter, die Brust wurde ihm eng. Er war nicht mehr jung, und als er bei

ihr ankam, brannten seine Lungen, und seine Rippen schmerzten. Aber er verbarg seine Beschwerden. Unter keinen Umständen durfte Joanna ihn als alten Mann sehen, als einen Mann, dem es an Lebenskraft mangelte.
Er half ihr vom Pferd und begrüßte sie. Sie trug ein Kleid aus grüner Seide, und ihr Haar wurde von einem juwelenbesetzten Kopfputz gehalten. Mit noch immer hämmerndem Herzen betrachtete er sie. Während des Winters war nur das Bild dagewesen, und das Bild, hatte er bemerkt, genügte ihm nicht mehr.
Sie weigerte sich, ihn ins Haus zu begleiten, lehnte sein Angebot einer Erfrischung ab. Er drängte sie nicht, sah ihr statt dessen nach, wie sein Kammerdiener sie über die Zugbrücke zum Garten führte. Er betrachtete ihr langes, gewelltes Haar, das sich hinter dem Schleier ihrer Kopfbedeckung auffächerte, starrte hungrig auf ihre schmale Taille, ihren schwellenden Busen. Dann ging er ins Haus zurück, schaute vom Fenster aus zu dem Garten hinüber und wartete.
Er verspürte Verlangen, ein Gefühl, das ihm in seinem Leben so selten Probleme bereitet hatte. Er mußte sie haben. Er würde sie bekommen. Von dem Mann, der in seinem Auftrag nach Nantes geritten war, hatte er erfahren, daß Guillaume du Chantonnay leidend war und sein Besitz mit Schulden belastet. Zum ersten Mal dachte er daran, Boten nach Venedig zu schicken, damit sie sich dort nach Joannas Gatten, dem Künstler Gaetano Cavazza, erkundigten – und es wurde ihm klar, daß diese Überlegung bedeutete, daß er in Betracht zog, ihr die Ehe anzutragen, in Betracht zog, Joannas niedere Herkunft und fehlende Mitgift zu ignorieren, ihren fragwürdigen Status, ihre uneheliche Tochter. Hamons Hände ballten sich auf dem Fensterbrett zu Fäusten, keine Sekunde ließ er den Blick von der hier oben winzig wirkenden, grüngekleideten Gestalt tief unter ihm im Garten.
Schließlich riß er sich von ihrem Anblick los, zwang sich, an

andere Dinge zu denken. Das Ausbleiben eines herzlichen Empfangs bei Hofe im Winter hatte ihn irritiert. Er hatte es auf den Tod von Anne de Bretagne im Januar zurückgeführt. Die tiefe Trauer um seine Königin hatte Louis verändert – er war mürrisch und griesgrämig geworden. Gerüchte besagten, er werde senil. Hamon begann den Thronerben François, den Duc d'Angoulême, mit Geschenken und Komplimenten zu hofieren. Für alle Fälle, dachte er, und für den Fall, daß Guillaume du Chantonnay seinerseits Gerüchte in die Welt gesetzt hatte. Für den Fall, daß Eleanors loses Mundwerk bis nach Blois gedrungen war.
Guillaumes Bedienstete hatten sich, getrennt von ihrem Herrn, als einer Bestechung zugänglich erwiesen, und eine Information, die sie preisgegeben hatten, beunruhigte Hamon beträchtlich: Es war Toby Crow gewesen, der Guillaume du Chantonnay mitgeteilt hatte, daß Martin Gefroy, dessen ehemaliger Leibarzt, tot sei. Hamon traute seinem unehelichen Sohn natürlich nicht über den Weg. Er war ein Lügner, ein Emporkömmling. Es hatte Hamon getroffen, seinen Sohn in Blois zu sehen, es traf ihn des weiteren, von seinen Erfolgen in Italien zu hören. Hamon de Bohun bereute in steigendem Maße, Toby Crow nicht vor vier Jahren umgebracht zu haben. Er glaubte nicht, daß Martin Gefroy tot war, und schickte, wie einst Guillaume, Boten aus, die sich an den Universitäten und in den Häusern der Reichen nach dem englischen Arzt erkundigen sollten.
Hamon kehrte ans Fenster zurück und schaute wieder auf Joanna hinunter. Es war, als habe sie ihn verhext. Er erkannte, daß er nie zuvor so empfunden hatte.
Im Frühsommer besuchte Eleanor Guillaume in seinem Haus in Nantes. Erschüttert sah sie die Veränderung, die sowohl mit ihrem Cousin als auch mit seinem Besitz vorgegangen war. Zum ersten Mal seit Jahren von ihrem eigenen Elend abgelenkt, registrierte sie seinen grauen Teint und seine hagere Gestalt. Sein

Haus machte einen heruntergekommenen, ungepflegten Eindruck. Als Eleanor mit dem Finger über das Fensterbrett strich, blieb eine dicke Staubschicht daran hängen.
»Ich habe einen Teil meiner Dienerschaft entlassen«, sagte Guillaume, sie in einen Sessel nötigend. »Die Ernte war letztes Jahr nicht gut, und ich konnte nicht so viele Mäuler stopfen.«
Er war noch immer untadelig gekleidet, trug noch immer einige sorgfältig ausgewählte Schmuckstücke. Bewunderung stieg in Eleanor auf – dafür, daß sein Stolz ihn befähigte, vor der kritischen Welt das Bild lässiger Eleganz aufrechtzuerhalten. Sie selbst machte keinen Versuch, ihr ergrauendes Haar zu verstecken oder ihre aus der Mode gekommenen Kleider zu ersetzen.
»Und doch unterhältst du eine Mätresse«, sagte sie unfreundlich. »Und ein Kind. Zwei Haushalte müssen eine beträchtliche Belastung sein, Guillaume.«
Er schürzte die Lippen und starrte in sein Weinglas. »Joanna ist jeden Sou wert, den ich für sie ausgebe, Cousine.«
Sie schaute ihn zornig an. »Wenn du sie so hoch schätzt – warum erlaubst du ihr dann, nach Marigny zu gehen?«
»Joanna etwas zu *erlauben* oder zu verbieten, ist nicht Bestandteil unserer Beziehung, meine liebe Eleanor. Ich schreibe ihr nicht vor, wohin sie gehen oder nicht gehen, wen sie sehen oder nicht sehen darf. Diese Vereinbarung haben wir gleich zu Anfang getroffen. Wenn ich mich nicht daran halte, wird sie mich verlassen.«
Sie glaubte ihm nicht. »Wo sollte sie denn hingehen?« fragte sie verächtlich.
»Wer weiß? Vielleicht würde sie durch das Land ziehen wie eine Zigeunerin, für ihr Essen tanzen, Stärkungsmittel und Heiltränke auf dem Marktplatz verkaufen.« Guillaume lächelte.
Eleanors Finger umklammerten den Stiel ihres Weinglases. »Oder sich einen neuen Liebhaber suchen – einen, der ihr mehr zu bieten hat als du, Guillaume.«

Seine leuchtend saphirblauen Augen fixierten sie. »Du meinst Hamon, Cousine? Niemals.«
»Es gelüstet ihn nach ihr. Ich habe ihn beobachtet ...«
Sein Blick war noch immer kühl, seine Stimme ruhig, gelassen. »Ach ja? Gut. Ich hoffe, daß er ebenso nach Joanna hungert, wie ich nach Marigny gehungert habe. Ich hoffe, daß sein Verlangen ihn verzehrt. Ich hoffe, es zerstört ihn.«
Eleanor starrte ihn an, war im ersten Moment sprachlos. Dann sagte sie mit leicht bebender Stimme. »Du unterschätzt Hamon, Guillaume.«
Er schüttelte den Kopf. »Das tue ich nicht. Du unterschätzt Joanna. Er wird sie nicht bekommen. Sie hat es mir versprochen – und sie ist eine ehrliche Frau.«
Eleanor fühlte sich zum Lachen gereizt. »Eine ehrliche Frau ...!«
»Ja.« Seine Stimme klang sicher, seine Augen hielten die ihren fest. »Joanna ist ein seltsames Geschöpf, weißt du, Eleanor. Sie dürstet nicht nach Macht, Geld, Status, all den üblichen Fallstricken. Hamon wird sie nicht bekommen.«
»Die Leute lachen über mich, Guillaume«, sagte Eleanor sehr leise. »Bald werden sie auch über dich lachen.«
Er kam zu ihr herüber, kniete sich vor sie, nahm ihre ruhelosen Hände in die seinen. »Es lag nicht in meiner Absicht, dich zu demütigen, Eleanor, ich wollte Hamon nur einfach leiden lassen. Na komm, gefällt es dir nicht, ihn leiden zu sehen?«
Sie nickte langsam. Dann sagte sie zögernd: »Falls du Geld brauchen solltest, Cousin, ich habe noch den Schmuck aus meiner Mitgift ...«
Sein bellendes Gelächter hallte von den kahlen Steinmauern wider. »So weit soll es mit mir schon gekommen sein?« Guillaume schüttelte den Kopf. »Noch nicht, Eleanor, aber es war ein lieber Gedanke.«
Sie mußte einen großen Schluck trinken, bevor sie ihrem Cousin den wahren Grund für ihren Besuch zu offenbaren

wagte. Die Sonnenstrahlen malten zitternde Muster auf den staubigen Fußboden. Wie hypnotisiert starrte sie darauf hinunter, versuchte sich zu überwinden, den Namen auszusprechen, der seit Jahren nicht über ihre Lippen gekommen war.

»Ich möchte, daß du mir von Italien erzählst, Guillaume«, bat sie schließlich. »Alles. Ich möchte, daß du mir von Toby Crow erzählst. Er war einst ein loyaler Diener.«

Er war einst ein loyaler Diener. Ein kleines Lächeln huschte über ihr Gesicht: Es war schon erstaunlich, wie sie gelernt hatte zu lügen, alles, was sie sagte, vorher im Geiste zu formulieren. Der loyale Diener war ihr Liebhaber gewesen, der Vater ihres einzigen Kindes.

Aufmerksam lauschte sie Guillaumes Ausführungen. Über die Schlacht von Novara, die Taverne, in der er gelandet war, krank und ohne Freunde. Während sie zuhörte, begriff sie, was die Jahre ihm angetan hatten. Wie sie, hatte auch er Narben auf der Seele und bleibende Verletzungen erlitten. Er schilderte seine Reise durch Italien, was er gesehen, durch welche Städte er gekommen war – und dann sein Gespräch mit Toby, in dessen Verlauf dieser ihm eröffnete, daß Martin Gefroy tot sei.

Als er geendet hatte, fragte sie: »Wie ging es ihm? Wie sah er aus?«

Guillaume schaute zu ihr auf, Verständnislosigkeit im Blick. »Wer?«

Sie wiederholte den Namen. Noch immer, bemerkte sie, empfand sie einen Abglanz der Freude, die es ihr einmal bereitet hatte, einfach nur seinen Namen auszusprechen. »Toby.«

»Er tat gut daran, Frankreich zu verlassen, jetzt ist er kein Befehlsempfänger mehr, Eleanor: Mehr als hundertfünfzig Männer kämpfen unter seinem Kommando. Oh ...« Guillaume runzelte die Stirn, als ihm etwas einfiel. »Er fragte nach dir.«

Eleanor stellte ihr Glas ab. Sie sagte nichts, schwelgte in der Erinnerung an die Monate, in denen sie Toby geliebt hatte. Ein paar Monate Glück. Wie viele Frauen ihres Standes durften das erleben? dachte sie. Frauen wie sie heirateten nicht aus Liebe, sondern um die Macht und den Reichtum von Männern zu vergrößern. Blanche, Izabel und sie waren hilflose Faustpfänder in einem Spiel gewesen, dessen Sieger Vermögen und Landbesitz winkten. Ihr Trost in ihrer Einsamkeit war die Gewißheit, nicht hungern oder frieren zu müssen und ein Dach über dem Kopf zu haben. Es waren nur die Außenseiter, die Namen- und Mittellosen, die alles riskierten oder alles gewannen.

Nach dem Gespräch verabschiedete sie sich. Hamons Diener hatten sie begleitet; sie warteten in Guillaumes heubestreutem Hof und beobachteten die länger werdenden Schatten. Sie hatten nicht einmal ihre Pferde abgesattelt.

Eleanor kam am folgenden Nachmittag in Marigny an. Sie glitt von ihrem Pferd, betrat das Château und stieg, die Röcke raffend, um sie nicht durch den Mörtel und die Steinbrocken zu schleifen, die die Maurer liegengelassen hatten, die Treppe hinauf.

Sie hatte vorgehabt, in ihr Schlafzimmer zu gehen, doch als sie an der Bibliothek vorbeikam, sah sie ihren Mann: Er stand am Fenster und schaute auf den Garten hinaus. Eine Woge des Hasses erfaßte sie. Hamon hatte ihr Toby genommen, und er hatte François auf dem Gewissen. In diesem Augenblick wünschte sie sich brennend, ein Messer in der Hand zu haben – und den Mut, es zu benutzen.

Aber sie hatte kein Messer. Ihre einzige Waffe war ihre Zunge. »Guillaumes Hure gibt uns also wieder einmal die Ehre?« fragte sie laut und deutlich. Er drehte sich um. Sein Gesicht war so bleich, daß die Augen schwarz wirkten. »Ist sie nicht bereit, in dein Bett zu kommen, Hamon? Verzehrst du dich nach ihr, Hamon?«

Sie erkannte, daß sie ihn mit keinem Messer hätte tiefer treffen können. Hamon wollte Joanna Zulian haben – und das nicht nur, weil sie einem du Chantonnay gehörte. Hamon wollte

Joanna ebenso, dachte Eleanor, wie *sie* einst Toby gewollt hatte.

»Vielleicht zieht sie blaue Augen und eine faltenlose Haut vor. Vielleicht möchte sie in *jungen* Armen liegen. Vielleicht glaubt sie, daß du zu alt bist, lieber Gatte, um im Bett zu vollbringen, was Cousin Guillaume vollbringen kann ...«

Eleanors Stimme war ein provozierendes Flüstern. Sie durchquerte den Raum und blieb vor Hamon stehen. Er hob die Hand, um sie zu schlagen, und sie flüchtete hinter den Tisch. »Du bist in eine Dirne verliebt«, zischte sie. »Du bist in Cousin Guillaumes Dirne verliebt!«

Blitzschnell war er am Tisch und packte ihr Handgelenk – so fest, daß sie fürchtete, er werde ihre Knochen brechen. »Verliebt?« echote er. »Liebe ist etwas für Narren und Dienstboten. *Du* solltest das wissen, Eleanor.«

Sie verstand nicht, was er meinte. Ein böses Lächeln huschte über ihre Züge. »Marigny genügt dir nicht, nicht wahr, Hamon? Du dachtest, es würde dir genügen, aber es ist nicht so. Du willst *sie* auch. Wie ist es, von einem so niederen Gefühl beherrscht zu werden, Hamon, von einer so primitiven Leidenschaft?«

Diesmal konnte sie dem Schlag nicht ausweichen. Hamons Handfläche traf sie mit voller Wucht ins Gesicht, riß sie von den Füßen. Sterne flimmerten vor ihren Augen, samtige Schwärze drohte sie zu verschlingen – doch sie schaffte es, bei Bewußtsein zu bleiben, und genoß das Triumph- und Glücksgefühl, das sie durchströmte. Sie wußte, wie schwer sie ihn verwundet hatte. Ihre Lippen schwollen bereits an, ihre Röcke waren bis zu den Knien hochgerutscht. »Wie sie in Blois über dich lachen werden, Hamon«, murmelte sie. »Wie sie über dich lachen werden ...«

Er stand über ihr, ein kleines Lächeln umspielte seine Lippen. »Wie sie über *dich* gelacht haben, meine liebe Gattin, als es dich nach deinem Diener gelüstete.« Das Lächeln wurde zu einem häßlichen Grinsen. Der Ausdruck seiner Augen flößte ihr Angst ein. »Es war so peinlich, Eleanor. Ich war fast versucht, dich zu bemitleiden. Was wolltest du dem Leibwächter deines Stiefsohnes denn bieten, um ihn dazu zu bewegen, eine Nacht mit dir im Bett zu ertragen?«

Sie schnappte nach Luft. Alle Farbe war aus ihrem Gesicht gewichen.

Er schaute auf sie hinunter, wie sie mit gespreizten Beinen und derangierter Kleidung auf dem Boden saß. »Bedecke dich«, flüsterte er. »Du widerst mich an.«

Sie zog die Röcke über ihre Knie und rappelte sich zitternd auf. Von dem Schlag hatte sie Kopfschmerzen bekommen.

Hamon stand an der Tür. Er griff nach dem Knauf und drehte ihn, zu ihr zurückblickend. Mit gehässigem Bedauern in der Stimme fragte er: »Hast du ihm die Ehe angetragen, Eleanor? Hat er sich nicht einmal dadurch erweichen lassen?«

Ihr Zorn wurde übermächtig, ihre Augen in dem kalkweißen Gesicht waren weit aufgerissen. »Ich hätte ihn heiraten sollen«, sagte sie heftig. »Ja, das hätte ich. Ich hätte nicht warten sollen, ich hätte Toby nach Reynauds Tod heiraten sollen und mich keinen Deut darum scheren, was der Rest der Welt davon hielte!«

»Arme Eleanor.« Er öffnete die Tür. »Aber verzage nicht, meine Liebe: Der Vater oder der Sohn – macht das einen Unterschied?«

Sie starrte ihn verständnislos an. Schatten krochen durch den Raum, während die Sonne dem Horizont entgegensank. Eleanors Gesicht brannte.

»Wußtest du es nicht?« fragte Hamon de Bohun. »Nein – warum solltest du? Ich nehme nicht an, daß Mr. Crow daran gelegen ist, seine Herkunft in die Öffentlichkeit zu tragen.«

Sie erwachte aus ihrer Erstarrung und schlurfte durch die Bibliothek, blieb vor ihm stehen. Ihr Trotz, ihr kurz aufge-

flackertes Selbstbewußtsein waren erloschen. »Was meinst du damit?« fragte sie heiser.
»Nun – die Geschichte ist etwas anrüchig: Ich zeugte ihn mit Reynauds Schwester, weißt du, und Reynaud war nicht besonders glücklich darüber.«
Er hatte sich zum Gehen gewandt. Eleanor schüttelte langsam den Kopf. »Ich glaube dir nicht«, flüsterte sie.
Hamon blieb in der Tür stehen, runzelte die Stirn. »Ich gebe zu, daß es schwer zu beweisen ist. Aber du weißt vielleicht, daß Izabel und Reynaud Streit hatten. Dabei ging es um den Bankert, verstehst du. Izabel versuchte, ihren kleinen Wechselbalg zu verstecken, zu beschützen – Gott allein weiß, warum. Ein recht extremer Fall von Mutterliebe, fand ich.«
Eleanor hatte das Gefühl, zusammenzuschrumpfen. Ihre Schultern sanken nach vorne, ihr Gesicht zerfiel.
»Doch ich fand das Kind trotzdem und schickte es zu Reynaud. Das war vor langer Zeit, bevor der arme François geboren wurde. Eine Art Rache, verstehst du, meine liebe Eleanor. Schließlich hatte Reynaud mich um Marigny gebracht.«
Sie schüttelte den Kopf. Ein leises Stöhnen kam über ihre geschwollenen Lippen, ein Laut voller Pein.
»Du brauchst dein Zögern also vielleicht gar nicht zu bedauern, Eleanor«, fuhr Hamon fort. »Wie ich dir erklärte, sind Toby Crow und ich blutsverwandt – du hast einfach nur die andere Generation geheiratet.«
Ihr Stöhnen wurde lauter, füllte den Raum. Er lächelte. Sie drängte sich an ihm vorbei, stürzte hinaus. Zuerst wußte sie nicht, wohin sie ging – sie erkannte die Räume und Korridore nicht mehr, durch die sie lief. Schließlich wurde ihr klar, daß sie sich auf der Treppe zu dem obersten Turm befand. Sie kroch auf Händen und Knien; schmal und gewunden führte die Treppe nach oben. Sie konnte nur das erkennen, was sich direkt vor ihr

befand, alles andere lag hinter einem Schleier aus wirbelnden Lichtern verborgen.
Als sie das oberste Zimmer erreichte, zog sie sich am Fensterbrett hoch, lehnte sich dagegen und schaute hinaus. Der Boden tief unter ihr schien sich rasend schnell zu drehen. Sie kniff die Augen zusammen, und nun konnte sie die Gärten erkennen: die Quadrate des Küchengartens mit ihren Zickzackmustern, ihren Labyrinthen, den Quadraten in den Quadraten. Der Küchengarten war geometrisch angelegt – wie ein Schachbrett für Riesen. Die Muster, die vor ihren Augen tanzten, erschienen ihr beinahe Worte und Namen zu bilden.
Eleanor wandte dem Fenster den Rücken zu – und sah, zusammengerollt in einer Ecke, die Gobelins, *ihre* Gobelins – die Einhornwandteppiche. Sie machte sich daran, die Schnüre zu lösen, die sie zusammenhielten. Der Zwirn schnitt ihr in die Finger, sie brach sich die Nägel ab. Dann rollte sie sie nacheinander auf, bis sie den fand, den sie suchte. Sie nahm ihn unter den Arm und zerrte ihn die Treppe hinunter. Ihre Rippen schmerzten, sie keuchte. Der Wandteppich war schwer, und ihre Arme taten weh.
Unten im Turm angelangt, schleppte sie den Gobelin durch Marignys Flure und Zimmer. Die Dienerschaft starrte sie an. Einige sprachen sie an, doch sie hörte sie nicht. Einer von ihnen versuchte, ihr den Wandteppich abzunehmen, aber sie zischte ihn an, und er zuckte zurück, als habe sie ihn geschlagen. Sie sah Furcht in den Augen der Leute; sie sah Dienstmägde und Pferdeknechte in die Küche und zu den Stallungen zurückeilen.
Endlich erreichte Eleanor die Galerie. Sie stieß einen Stuhl zur Wand hinüber. Helle Flecken auf den Steinen verrieten, wo die Gobelins einst gehangen hatten. Die Haken, die sie hielten, ragten noch immer aus den Wänden. Sie stieg auf den Stuhl und hob eine Ecke des Gobelins hoch. Sie war eine große Frau, doch

ihre Finger reichten nur knapp an die Haken heran. Schweißperlen rollten über ihr Gesicht. Erst nach dem dritten Versuch gelang es ihr, eine der Schlaufen über einen Haken zu streifen. Aber bei jedem nachfolgenden Haken ging es leichter.
Als sie ihr Werk vollendet hatte, stieg sie von dem Stuhl herunter und trat ein paar Schritte zurück. Endlich hing der Wandteppich wieder dort, wo er hingehörte. Eleanor empfand einen Anflug von Stolz darüber, daß sie dies nach Marigny gebracht hatte, daß diese schönen Dinge ihre Mitgift gewesen waren. Voller Freude blickte sie hinauf – aber die Umrandung des Gobelins und die herrliche Blumenwiese darauf, die sie so sehr liebte, waren nur eine ineinanderfließende Masse für sie, hoffnungslos verschwommen. Sie konnte nur das Einhorn erkennen, dessen Vorderbeine auf dem Schoß der Jungfrau ruhten, die schönen Augen halb geschlossen.
Für den Verrat an der Unschuld, flüsterte sie vor sich hin. Für François, den sie nicht zu beschützen vermocht hatte. Für Guy, den zu lieben sie nicht fähig gewesen war.
Eleanor verließ die Galerie. Marigny machte einen verlassenen Eindruck: Das einzige Geräusch war das Rascheln ihrer Röcke, als sie auf die neue Freitreppe zusteuerte. Am Geländer angekommen, hörte sie unten in der Halle – auf den kahlen, noch kaum begangenen Steinen unnatürlich laut – Stiefelschritte hallen. Sie schaute hinunter: Hamon kam auf die Treppe zu.
Die Treppe war beinahe fertig. Selbst jetzt, obwohl er Eleanor fixierte, fiel Hamon wieder auf, in welchem Maße die Halle durch die Freitreppe gewonnen hatte.
Eleanor hatte ihre Kopfbedeckung verloren, ihr Haar hing wirr um ihr Gesicht. Graue Fäden bedeckten ihr Kleid – Spinnweben, erkannte Hamon. Er bemerkte, wie unsicher sie die Füße setzte, als sie sich an der Balustrade entlangzog.
Ihre Stimme jedoch ließ keine Spur von Unsicherheit erkennen. »Ich werde nach Blois reisen, Hamon«, eröffnete sie ihm, am

Kopf der Treppe angekommen. »Ich werde die Wahrheit über François erzählen – und auch über Toby und Izabel. Man wird dir Marigny wegnehmen.«
Niemals würde er sich Marigny wegnehmen lassen! »Niemand wird dir glauben: Du hast keine Beweise.«
Sie machte den ersten Schritt auf ihn zu. Es lagen noch immer Werkzeuge der Handwerker – Hämmer und Meißel – auf den Stufen herum. Sie schien sie nicht zu sehen. Hätte er es nicht besser gewußt, hätte er sie für blind gehalten.
Sie vertrat sich den Fuß. Der Meißel, auf den sie getreten war, klapperte die Stufen hinunter. Eleanor verlor den Halt, rutschte über die Kante der Stufe ab, schlug mit dem Rücken auf und stürzte dann, sich immer wieder überschlagend, die Treppe hinab, bis sie, nur etwa einen Meter von Hamon entfernt, am Fuß der Treppe liegenblieb.
Noch bevor er sie berührt hatte, wußte Hamon, daß sie tot war: Die groteske Lage ihres Kopfes zeigte an, daß ihr Genick gebrochen war, die Augen standen halb offen.
Hamon hörte ein Geräusch und drehte sich um. Es könnte gut sein, daß er einen Zeugen dafür brauchte, daß dieser Tod ein Unfall gewesen war. Doch es war nur das Kind, sein Sohn, der hinter einem Tisch hervorspähte.
Guys Blick lag zunächst unverwandt auf dem puppenhaft schlaffen Körper seiner Mutter und wanderte dann langsam zu Hamon, der eine Mischung aus Gram, Furcht und Trotz in den dunkelschiefergrauen Augen bemerkte.
Einen Moment lang erinnerte der Junge ihn an jemanden, an etwas. Er schüttelte den Kopf, bemühte sich, der flüchtigen Erinnerung habhaft zu werden. Und dann sah er sich an einem Kai in Roscoff stehen, mit einem Messer in der Hand. »Schrägbalken im linken Wappenfeld. Kennzeichen für Bastardschaft«, hatte er gesagt, bevor er seinen Sohn fürs Leben zeichnete. Toby Crow hatte ihn damals mit solchen Augen angesehen.

Er hörte die Schritte, das Schluchzen von Eleanors Kammerfrauen, aber er konnte den Blick nicht von dem Kind lösen »Ich hätte ihn heiraten sollen«, hatte Eleanor gesagt und seinen Sohn damit gemeint – Toby Crow. Jetzt wünschte er sich, Eleanor aus ihrem Schlaf erwecken zu können. Er wollte sie packen und ins Leben zurückschütteln. Er wollte die Wahrheit wissen. Was, wenn es sie nicht nur nach ihrem Diener *gelüstet* hatte? Was, wenn sie, trotz ihrer enervierenden Naivität, trotz ihrer Anständigkeit, die er stets verabscheut hatte, die Fesseln der Konvention gesprengt und Toby Crow in ihr Bett geholt hatte? Die Tränen der Frauen und das mißtrauische Gemurmel der Männer ignorierend, machte Hamon sich daran, zurückzudenken – zu rechnen.

Er hatte Eleanor im März geheiratet, das Kind war im September geboren worden. Ein Siebenmonatskind, hatte es geheißen – aber Guy war nicht zu klein gewesen und hatte nicht um sein Überleben kämpfen müssen. Nein – der Junge war ein ausgesprochen gesundes Kind von normaler Größe gewesen. Er erinnerte sich an den Sturz Eleanors auf der Kapellentreppe, den niemand gesehen hatte. Vermutlich hatte dieser Sturz vorzeitig die Wehen ausgelöst. Und schließlich erinnerte er sich an ihre prompte Zustimmung zu einer schnellen Heirat, und daran, wie bald sie schwanger geworden war. Hamon entfernte sich von seiner toten Frau, bewegte sich auf das Kind zu. Das Jammern der Kammerfrauen füllte die Empfangshalle. Hamon dachte an Eleanor – an die Stunden, die sie auf Knien in der zugigen Kapelle zubrachte, an ihr schlichtes Gemüt, an ihre Fügsamkeit. Nein, sagte er sich – sie wäre keiner solchen Sünde fähig gewesen.

Der Junge hatte die Hände vors Gesicht geschlagen und wiegte sich schweigend vor und zurück. Hamon sprach nicht mit Guy, sondern gab Anweisungen, die Leiche seiner Frau zu entfernen.

Für die Franzosen war der Sommer 1514 eine Katastrophe. Sie hatten sämtliche Besitzungen in Norditalien verloren, und die Engländer tobten durch Nordfrankreich, nahmen Kleinstädte ein und belagerten Großstädte. Venedigs Aussichten waren, der schwindenden Kräfte seines Verbündeten wegen, nicht erfreulich.

Joannas Brief erreichte Toby in Venedig – im August. Es war unangenehm heiß in der Stadt, und es wimmelte von Fliegen. Das stehende Wasser in den Kanälen war dickflüssig grün und verbreitete einen üblen Gestank.

Er war in Andrea Grittis prächtigen Palast gerufen worden, der am Canal Grande lag. Doch sogar Grittis Haus summte von Mücken, und die Parfümkugeln, der Wermut und die Gartenraute in den Schalen auf den Fensterbrettern konnten den Gestank des Kanals nicht überdecken.

»Ich kann Ihnen Wein, Trauben und Süßigkeiten anbieten«, sagte Gritti zur Begrüßung, »aber leider nichts gegen die höllische Hitze. Wußten Sie, daß die Mauren Eis von den Bergen holen, um ihre Nahrungsmittel und Getränke im Sommer zu kühlen? Ich fand schon immer, daß das ein vernünftiges Volk ist.«

Grinsend lehnte Toby die angebotenen Erfrischungen ab. Briefe – einige mit erbrochenem Siegel, andere noch gefaltet und von Bändern zusammengehalten – lagen auf dem Schreibtisch des Proveditors.

»Neuigkeiten?« fragte Toby, darauf deutend.

Andrea Gritti runzelte die Stirn. »Gerüchte«, erwiderte er. »Daß Frankreich und England bald Frieden schließen werden. Daß der Vertrag durch die Verehelichung des französischen Königs mit Henry Tudors Schwester besiegelt wird.«

Toby schaute auf. »Mary Tudor ist doch mit dem Kastilier verlobt – und außerdem ist Louis ein Witwer in den Fünfzigern, und die Prinzessin ...«

»Achtzehn Jahre alt und angeblich die schönste Frau der christlichen Welt«, beendete Gritti den Satz trocken. »Tja – gewisse Positionen bringen eben gewisse Vorteile mit sich, nicht wahr, Toby?«
Eine Fliege hatte sich auf dem Teller mit den Süßigkeiten niedergelassen. Gritti scheuchte sie unwillig weg.
»Immerhin – es sind nur Gerüchte«, gab Toby zu bedenken.
»Ich habe seit jeher großes Vertrauen in Gerüchte«, antwortete der Venetianer. »Ich bat Sie aus zwei Gründen her, Toby. Der erste ist, daß Sie sich mit dem Gedanken anfreunden sollten, nach Frankreich zu reisen, um festzustellen, wer diese Gerüchte in die Welt gesetzt hat. Ich bin mir noch nicht im klaren darüber, welche Auswirkungen ein Bündnis zwischen Frankreich und England auf Venedig haben könnte.«
Toby äußerte sich nicht dazu. Er ging zum Fenster und schaute auf den Kanal hinaus, auf dem reges Treiben herrschte. Er wollte nicht nach Frankreich zurück. Er war nicht mehr dort gewesen, seit er Joanna Zulian über seine Beziehung zu Hamon de Bohun aufgeklärt hatte.
»Und der zweite Grund?« fragte er. »Sie sagten, Sie hätten mich aus *zwei* Gründen hergebeten.«
»Ach ja.« Gritti suchte in den Papieren auf seinem Schreibtisch. »Ich habe einen Brief für Sie. Er kam aus Blois.«
Die Schrift war Toby unbekannt, das Siegel ein unkenntlicher, roter Wachsklecks. Er erbrach es und sah die Unterschrift.
Als er zu Ende gelesen hatte, erschien ihm das strahlende Sonnenlicht, das den Kanal glitzern ließ, unangebracht, sogar wie Hohn. Er zerknüllte den Brief in der Faust und starrte blicklos auf das Durcheinander von Masten und Segeln hinaus. Der unermüdliche Eifer des geschäftigen und geschäftstüchtigen Venedig kam ihm plötzlich sinnlos vor, und seine eigenen Bemühungen in den vergangenen vier Jahren kamen ihm ebenso lachhaft vor – als ein weiteres Zeichen seiner dümmlichen und grenzenlosen Überheblichkeit.

Gritti verließ seinen Schreibtisch und trat neben Toby. »Schlechte Nachrichten?« fragte der Venetianer sanft.
Toby nickte – sprechen konnte er nicht. Mit einer Hand klammerte er sich an das Fensterbrett, die andere zerdrückte Joannas Brief.
»Wir reden später ... über Frankreich«, brachte er mühsam hervor.
Sogar in seinen eigenen Ohren klang seine Stimme seltsam. Er konnte Gritti nicht in die Augen schauen, er konnte nur, so schnell ihn seine Füße trugen, das Zimmer und das Haus verlassen.

Er wanderte ziellos umher, verlor jedes Zeitgefühl. Die Sonne brannte auf seinen Kopf und seinen Nacken herab, sein Haar war schweißfeucht. Er ging an Kanälen entlang, an Palästen vorbei, über Piazzas, aber er nahm sie nicht wahr. Er sah nur Joannas schwungvolle, schwarze Schrift.
Ich wollte es Dich wissen lassen, bevor Du es von jemand anderem erfährst: Eleanor de Bohun ist tot.
Joanna war am Nachmittag von Eleanors Tod in Marigny gewesen. Ihre Schilderung der Todesumstände war kurz, sachlich – und ihm zuliebe entschärft, vermutete Toby. Eleanor de Bohun war die Treppe hinuntergestürzt und hatte sich das Genick gebrochen. Die Bewohner von Marigny hatten eine fatale Neigung zu Stürzen, dachte Toby bitter.
Irgendwann landete er am Ende einer Gasse, die zum Canal Grande führte. Er setzte sich ans Wasser und schloß fest die Augen. Mücken flogen Angriffe auf seine nackten Unterarme, doch er reagierte nicht.
Als er schließlich aufblickte, wurde ihm klar, daß er diesen Teil des Kanals kannte. Direkt um die Ecke lag Marcantonio Veniers Palazzo. Vor seinem geistigen Auge sah er Joanna, wie sie aus dem Innenhof jenes Palazzo und ins Wasser hinauslief.

Es war, als hätte er an jeder Weggabelung in seinem Leben den falschen Weg gewählt, dachte er müde. Die Versuchung, in das trübe, grüne Wasser zu gleiten, war verführerisch. Dann müßte er nicht mehr denken, dann müßte er nachts nicht mehr träumen.

Aber Toby stand auf und ging weiter; an den Kais entlang, an den Docks vorbei, wo die Schiffe be- und entladen wurden, die sich in der Lagune drängten. Er spielte mit dem Gedanken, sich auf einem von ihnen einzuschiffen, in weit entfernte Länder der Erde zu reisen – nach China, Afrika, Westindien. Die Sonne tauchte in die Adria ein, überzog die glatte Wasserfläche mit karminrotem Licht. Toby beobachtete das Schauspiel des langsam sich seinem Ende zuneigenden Tages, des Beginns der Nacht.

Irgendwann kehrte er zu Andrea Grittis Palazzo zurück und teilte Gritti mit, daß er nach Frankreich reiten werde. Er wußte nicht, wohin er sonst hätte gehen sollen.

Nach Eleanors Tod nach Marigny zurückzukehren, erforderte Joannas ganzen Mut – und sie tat es erst, als die Beerdigung und die Trauerfeierlichkeiten vorüber waren. Eleanor, das wußte sie, hatte sie verachtet und abgelehnt. Sie ging nur um Guys willen zurück – und um des Gartens willen, der die Wahrheit erzählen würde.

Eleanors Tod hatte das Schloß und seine Bewohner verändert. Die Zugbrücke war hochgezogen, die Wachmannschaft an der Grenzmauer verdoppelt worden. Fensterläden und Vorhänge waren geschlossen. Diener flüsterten hinter vorgehaltener Hand, Frauen wischten sich mit dem Saum ihrer Schürzen über die geröteten Augen.

Aber Guy kam zu ihr. Sie kniete auf dem Boden, war dabei, in schwungvollen Kurven winzige Lavendelsträucher einzusetzen, als hinter ihr Hufgetrappel laut wurde. Er ritt auf seinem Pony, der dicken, gescheckten Perle, hielt das Tier im Schatten des Taubenschlags an und starrte mit seinen dunklen Augen zu ihr herüber, ängstlich, fragend. Joanna stand auf und klopfte die Erde von Händen und Röcken.

»Ich habe ein Stück Marzipan mitgebracht«, sagte sie, als sie bei Guy ankam. »Glaubst du, Perle mag Marzipan?«

Er lächelte nicht, nickte nur langsam. »Ich hebe meine Süßigkeiten immer auf und gebe sie Perle zum Frühstück.«

Joanna legte das Marzipan auf ihre flache Hand. Die weichen Lippen des Ponys streiften ihre Haut, als es sich den Leckerbissen holte. »Solltest du nicht im Unterricht sein?« fragte sie sanft. »Solltest du nicht bei deinem Lehrer sein?«

Mit großen, dunklen Augen schüttelte er den Kopf. »Master Flore ist fort. Er ging nach Mamans Tod. Ich habe keinen Unterricht mehr.«

Er kniff den Mund zu, sein Blick huschte zu dem imposanten Schloß hinüber. Joanna streichelte Perles Mähne und musterte Guy. Wie immer sah er wohlgenährt und tadellos gekleidet aus. Doch bei näherem Hinsehen war der Kragen seines Seidenhemdes leicht ausgefranst, und einer seiner Strümpfe hatte ein Loch. Ob er Striemen auf dem Rücken hatte, konnte sie nicht sehen.

Danach waren sie oft zusammen. Einmal nahm sie Guy mit in den Wald, um ihm zu zeigen, daß dieser nur von Bäumen und Tieren bevölkert war, nicht von Ungeheuern. Sie erklärte ihm, welche Tiere er respektieren und meiden müßte – die Wölfe und die Wildschweine –, und sie nannte ihm die Namen der Pflanzen und ihre Verwendungszwecke. Guy hörte zu, sprach kaum. Joanna wanderte mit ihm die gewundenen Wege entlang, vorbei an den dunklen, runden Teichen. Mit Guy auf dem Schoß auf einem Holzklotz sitzend, zeigte sie dem Jungen ihr Kräuterbuch, dessen Seiten durch das Alter brüchig und vergilbt waren. Donatos Schriftzug auf dem Vorsatzblatt war so verblaßt, daß sie ihn kaum noch entziffern konnte.

In den Garten der Besessenen Liebe säte sie die Samen, die sie in der Bretagne im Wald und an der Küste gesammelt hatte: Wasserschierling, gefleckten Schierling, Stechapfel und Nachtschatten – zerstörerische Pflanzen, um die zerstörerische Natur dieser Art Liebe aufzuzeigen. Sie lehrte Guy, diese Pflanzen zu meiden wie die Wölfe und Wildschweine, sich nicht von den faszinierend leuchtenden, aber giftigen Früchten verführen zu lassen.

Alle vier Gärten waren fertig angepflanzt. Nächstes Jahr würden sie in Blüte stehen. Der Sommer war in den Herbst übergegangen, Blätter tanzten von den Bäumen zu Boden. Schwarze Beeren glänzten an der Tollkirsche, der Stechapfel brachte seine seltsamen, stacheligen Früchte hervor. Guy de Bohuns Hauslehrer wurde nicht ersetzt, der Junge begann ungepflegt auszusehen, wurde vernachlässigt. Soweit Joanna es beurteilen konnte, kümmerte sich niemand sonderlich um den Kleinen. Als sie ihn nach dem Verbleib seiner Kinderfrau Thérèse fragte, schüttelte er den Kopf, schob den Daumen in den Mund und wiegte sich in der ihr bereits bekannten Weise vor und zurück.

Sie hätte ihn gerne mit nach Hause genommen, ihn gebadet und sein wirres Haar durchgekämmt. Sie hätte gerne zugesehen, wie er lernte, mit Sanchia zu spielen, hätte ihn gerne jeden Abend in dem Haus in Finistère zu Bett gebracht. Aber sie mußte sich damit zufriedengeben, Guy de Bohun kurz zu sehen, etwa alle sechs Wochen, um zu erleben, wie er stiller und stiller wurde, einsamer und einsamer.

Toby ging zu Joanna, weil er nicht wußte, wohin er sonst gehen sollte.

Er schlief kaum noch: Wenn er die Augen schloß, erwachte er, nach Atem ringend, nur Sekunden später, wie es ihm schien. Seine Träume waren bunt und lebhaft. Zu viele Erinnerungen zur Auswahl, dachte er müde.

In den letzten vier Jahren hatte er sich abgekapselt – jetzt bezahlte er den Preis für dieses Verhalten. Der Preis war Einsamkeit, das Fehlen eines Menschen, dem er sein Herz hätte ausschütten können. In Frankreich angekommen, lieferte Toby auf Schloß Blois die mitgebrachten Briefe ab und erfuhr Einzelheiten des zwischen Frankreich und England abgeschlossenen Vertrages. Im August fand die Ferntrauung von Mary of England und König Louis XII. von Frankreich in Greenwich statt. Prinzessin Mary lag im Bett, als der Duc de Longueville als Stellvertreter des französischen Königs einen seiner Strümpfe auszog und sein nacktes Bein über ihren Leib legte. Mary würde im Herbst als Königin nach Frankreich reisen. Wie bereits in Venedig, erschien Toby all das nutzlos, ein sinnloser Tanz stets wechselnder Partner. Die Arbeit lieferte ihm nicht länger die Atempause, die er gebraucht hätte. Er hörte die Namen von Eleanor und Hamon in Bankettsälen, in Empfangsräumen, und schließlich verabschiedete er sich und ritt von der Touraine in die Bretagne weiter. Er ritt von Tagesanbruch bis zur Abenddämmerung, hielt erst an, wenn das Licht nicht mehr ausreichte, um den Pfad zwischen den Bäumen zu erkennen. Er zündete ein Feuer an, um die Wölfe abzuschrecken, und weckte sich morgens auf, indem er den Kopf in das eisige Wasser eines Teiches steckte. Es konnten nur noch ein, zwei Meilen bis zu Guillaume du Chantonnays Haus sein, dachte er. Das rote Licht der Morgendämmerung drang durch die Bäume. Er sattelte sein Pferd und ritt weiter, tiefer in den Wald.

Als der schmale Weg eine Lichtung erreichte, hörte er hinter sich Pferdehufe über den Waldboden donnern: Wer immer ihm folgte, dachte Toby, ritt schneller, als er es angesichts der Bodenverhältnisse für angeraten gehalten hätte. Von Fliegenpilzen umstandenes Gras bedeckte die Lichtung. Tobys Hand ruhte auf dem Griff seines Schwertes, als er seine Stute zügelte und wartete.

Er sah vier Männer und eine Frau kommen, die Männer schlicht gekleidet in Wollstoff und Leinen, mit ärmellosen Lederwamsen, die Frau in grüner Seide. Ihr langes, rotbraunes Haar flatterte hinter ihr her wie eine Fahne. Durch ruckartig angezogene Zügel abrupt zum Stehen gebracht, bäumte sich das Pferd auf. Toby glitt aus dem Sattel, lief hin und ergriff den Zügel.

»Sind die Höllenhunde hinter dir her, Joanna? Dies ist ein gefährliches Land.« Er hörte, wie gereizt und ungeduldig seine Stimme klang. Sie blieb im Sattel sitzen, während er das Tier am Zügel hielt und besänftigte. Bald wurde die Stute ruhiger und hörte auf, mit den Hufen das Gras aufzuwühlen.

»Ich reite gerne schnell«, sagte Joanna.

Ihre Augen leuchteten, ihr Haar war windzerzaust. Sie stieg vom Pferd. Toby biß sich auf die Zunge: Wie sie ritt, wohin sie ritt, war Joannas Sache. Er war entschlossen, wenigstens einige seiner Fehler aus der Vergangenheit nicht zu wiederholen.

»Reitet weiter, Padrig«, rief sie zu ihren Dienern hinüber, die gelangweilt und frierend am Rand der Lichtung warteten. »Ich komme bald nach.« Und als sie sich nicht rührten, fügte sie hinzu: »Der Monsieur ist ein Freund. Macht euch fort.«

Ein letzter scharfer Blick auf Toby, und dann trieben die Männer ihre Pferde an. Die Hufe schleuderten welke Blätter und Schlammbrocken in die Luft. Toby schaute auf Joanna hinunter.

»Geht es dir gut? Kommst du von weit her?«

»Es geht mir gut – und ich komme aus Nantes. Und davor war ich in Marigny.«

»Aha.« Er registrierte den defensiven Unterton in ihrer Stimme, den Stolz in ihren Augen. »Monsieur du Chantonnay«, zwang er sich zu sagen, »wie ist sein Befinden?«

Joannas Blick traf sich mit dem seinen. »Guillaume wird sterben, Toby. Ich weiß es, er weiß es – aber wir sprechen nicht darüber. Er beabsichtigt, in die Normandie zu reisen, um der

Hochzeit des Königs beizuwohnen. Er möchte sich die Gunst des Königs erhalten, weißt du.«

Ihre Miene war gefaßt, ausdruckslos. Wie einfach war es früher gewesen, Joanna Zulian zu durchschauen, dachte er – jeder ihrer Gedanken, jede ihrer Empfindungen hatte sich auf ihrem schönen Gesicht widergespiegelt. Inzwischen hatte auch sie die Kunst der Verstellung erlernt. Er wollte fragen: »Wirst du um ihn trauern?«, aber er tat es nicht.

Statt dessen überwand er sich zu der Frage: »Und der Seigneur de Marigny – leidet er an der Pest, dem Schweißfieber oder Lepra?«

Die Hoffart in ihren Augen wurde ein wenig schwächer. Sie schüttelte den Kopf. »Leider nein.« Für einen Moment legte sie ihre behandschuhte Hand auf die seine. »Du hast meinen Brief bekommen, Toby.«

Er nickte stumm. Ein plötzliches Geräusch ließ Joanna erschrocken herumfahren – aber es war nur ein Fasan, der mit seinem Flügelschlagen das Schwirren verursachte.

»Hinter Nantes dachte ich, jemand folge uns«, sagte Joanna langsam. »Deshalb der schnelle Ritt.« Sie schauderte. »Ich hatte schon früher dieses Gefühl hier im Wald. Augen ... Schritte ...«

Dabei war sie nie eine ängstliche Frau gewesen, dachte Toby. Die Geister, die Eleanor du Chantonnay ihr ganzes Leben lang verfolgt hatten, konnten sich bei Joanna nie lange halten. Sie hatte gegen Einsamkeit, Isolation und Mißgunst gekämpft – und sie hatte gewonnen.

Sie schüttelte sich und lächelte ihn an. »Wir reden zu Hause weiter, Toby, ich muß meine Tochter sehen – und ich friere.«

Er half ihr in den Sattel zurück. Als sie die Lichtung verließen, tauchten sie wieder in das Dämmerlicht des Waldes ein, schmal wie zuvor führte der Weg zwischen hohen Bäumen und undurchdringlichem Dickicht entlang. Während sie sich Guillaume du Chantonnays Haus in Finistère näherten, glaubte

Toby gelegentlich, Schritte zu hören – doch wenn er sich umschaute, war niemand da. Wölfe, sagte er sich.

Nachdem sie Sanchia umarmt und geküßt und ihre durchgefrorenen Finger am Feuer gewärmt hatte, wiederholte Joanna auf Tobys Bitte hin alles, was sie in ihrem Brief geschrieben hatte. Wie sie allein im Garten gewesen war, mit Stöcken und Zwirn den nächsten Teil des Musters markierte. Wie einer ihrer entsetzten Diener, die bei den Stallungen gewartet hatten, mit der schrecklichen Nachricht zu ihr gelaufen kam.

»Sie fiel die Treppe hinunter«, berichtete Joanna, Toby gewürzten Glühwein einschenkend. »Der Seigneur und sein Sohn waren die einzigen Zeugen des Unglücks.«

Er schaute sie nur an, doch sie verstand seine Frage.

»Ich weiß es nicht, Toby«, sagte sie. »Um ehrlich zu sein – ich neige zu der Ansicht, daß Madame de Marigny tatsächlich stürzte. Sie hatte sich schon eine ganze Weile nicht wohl gefühlt, litt unter starken Kopfschmerzen. Migräne, meinte Guillaume. Ich glaube, wenn de Bohun sich seiner Frau hätte entledigen wollen, hätte er eine andere Möglichkeit gewählt. Schließlich ... sein Stiefsohn ...«

Ihre Stimme verlor sich. Joanna bemerkte, daß Toby seinen Wein nicht anrührte. Er rieb sich die Augen, als wolle er böse Erinnerungen fortreiben.

»Aber Guillaume sagt, daß Gerüchte kursieren«, fügte sie hinzu.

Er blickte auf. »In Blois?« Toby verzog das Gesicht. »Er hat recht. Jemand erzählte mir, daß der Seigneur und Madame de Marigny unmittelbar vor ihrem Tod eine Auseinandersetzung hatten. Die Dienerschaft hörte sie streiten.«

»Deshalb geht Guillaume ins Schloß«, sagte Joanna trocken. »Um die Gerüchteküche am Brodeln zu halten.«

Toby lächelte – aber es war ein hohles, hoffnungsloses Lächeln, das seine Augen nicht erreichte. »Um Marignys willen wird

Guillaume dem König alles zu Gehör bringen, was auch nur im entferntesten nach Skandal riecht. Er wird Louis drängen, de Bohun den Besitz wegzunehmen und seinen Sohn zu enterben – natürlich in dem Glauben, daß das Château und die Ländereien dann endlich an den Mann fallen, dem sie rechtmäßig zustehen: Guillaume du Chantonnay.«

Nach einer nachdenklichen Pause fragte Joanna: »Meinst du, er wird Erfolg haben?«

Toby zuckte die Schultern. »Schon möglich. Allerdings vermag Hamon de Bohun im persönlichen Gespräch sehr glaubhaft zu wirken – und Louis ist derzeit verständlicherweise ziemlich mit seiner Hochzeit beschäftigt.«

Joanna betrachtete ihn, während er sprach. Er sah erschöpft aus, fand sie. »Was ist mit dir, Toby?« fragte sie. »Interessiert es dich, wer gewinnt? Interessiert es dich, wer Marigny schließlich bekommt?«

Er starrte ins Feuer. Seine Finger, die abwechselnd mit dem Stiel seines Glases gespielt oder auf den Tisch getrommelt hatten, kamen abrupt zum Stillstand. »Nein«, antwortete er. »Ich dachte früher einmal, daß es so wäre – aber jetzt ...«

Er stand auf, murmelte, daß er nach seinem Pferd sehen müsse, und steuerte auf die Tür zu. Joanna machte nicht den Versuch, ihn aufzuhalten. Als er das Zimmer verlassen hatte, dachte sie über den endlosen Zyklus von Tod und Zerstörung nach, den die de Bohuns und die du Chantonnays ausgelöst, über die Unschuld, die sie auf ihrem Weg zertrampelt hatten – rücksichtslos, gedankenlos, als unbedeutende Folge von etwas, das sie für wichtig gehalten hatten. Doch sie waren im Irrtum. Steine und Mörtel, Korn- und Weinfelder, nicht einmal die schöne Wiese vor dem Château de Marigny waren die Tränen von Eleanor de Bohun, von Izabel Mandeville, von François und Guy wert.

Joanna überredete Toby zum Bleiben. Sie sei unruhig, erklärte sie ihm, was nicht ganz stimmte: In Finistère war sie niemals unruhig, aber da waren immer noch die Schritte, die Augen ... Sie konnte sich des Gefühls noch immer nicht ganz erwehren, beobachtet zu werden.

Als Toby ein paar Tage da war, wurde Joanna klar, daß er nicht schlief. Abends wanderte er durch das Haus und den Garten, überprüfte die Ställe, verschloß und verriegelte die Türen – und wenn Joanna im Morgengrauen erwachte, war er schon wieder unterwegs, setzte, die Hände tief in den Taschen, den Kragen hochgeschlagen, unermüdlich einen Fuß vor den anderen. Ziellos, wie sie erkannte – nur, um nicht nachdenken zu müssen.

Sanchia bekam ihre Backenzähne. Als Joanna in den frühen Morgenstunden aus dem Kinderzimmer zurück- und an Tobys Zimmer vorbeikam, sah sie Licht unter seiner Tür hervorschimmern. Sie klopfte leise und öffnete die Tür, ohne eine Antwort abzuwarten.

»Ich sah den Kerzenschein«, erklärte sie.

Er war in Hemd und Hosen gekleidet und dabei, seine Stiefel anzuziehen. Bei ihrem Eintreten blickte er erschrocken auf. »Ich wollte gerade ...«

Seine Stimme verebbte. Joanna stellte ihre Kerze auf den Tisch. »Nach den Pferden schauen? Zehn Runden durch den Garten laufen? Versuchen, dich im Wald zu verirren?«

Toby knotete die Bänder seines Wamses zu, antwortete nicht.

»Du bist wie ich, Toby«, sagte Joanna. »Du kennst jeden Pfad im Wald – nicht einmal mit verbundenen Augen könntest du dich dort verirren.«

Eines der Bänder riß. Toby schloß fest die Augen. Eine steile Falte erschien zwischen seinen Brauen.

Joanna setzte sich zu ihm aufs Bett. »Denk an Martin«, flüsterte sie. »Martin verirrte sich ständig. Er konnte nicht einmal durch Padua finden, ohne nach dem Weg zu fragen. Deshalb mußte er dich bitten, mich nach Frankreich zu bringen.«

Sie legte ihre Hand auf die seine, sah ihn bei der Berührung zusammenzucken, zog die Hand jedoch nicht weg. »Aber du verirrst dich nie, Toby, und du kannst dir selbst nicht entkommen. Du mußt deinen Gedanken ins Gesicht sehen – es ist die einzige Möglichkeit.«
»Nein«, erwiderte er. »Du weißt nicht, was du da verlangst.« Seine Weigerung klang entschieden, endgültig. Er schaute Joanna nicht an.
»Warum bist du hergekommen, Toby?« fragte sie unvermittelt.
Jetzt schaute er sie an. »Wegen Eleanor«, erklärte er nach einer Weile. »Ich mußte Bescheid wissen.«
Sie war fast versucht, ihm zu glauben, aber um ihn zu zwingen, sich selbst richtig zu sehen, sagte sie: »Ich hatte dir alles in meinem Brief geschrieben. Ich verstehe, daß du mit jemandem sprechen wolltest – aber warum bist du nicht zu Agnès gegangen ... oder zu Martin ...«
»Martin ist nach England zurückgekehrt. Und Agnès – ich habe seit Jahren nicht mit Agnès gesprochen. Ich kann nicht ...« Er ließ den Satz unbeendet.
Er wich ihr hartnäckig aus, dachte sie, wich jedem aus, der ihm nahezukommen drohte. Sie begriff, daß er beinahe unfähig war, mit sich selbst zu leben, daß er am Abgrund stand und sich nur durch die Gewalttaten und ständigen Anforderungen, die sein Beruf mit sich brachte, davor bewahrte, hinunterzustürzen. Er kannte sich selbst nicht mehr, war nicht bereit, sich einzugestehen, daß er andere Menschen brauchte.
Joanna atmete tief durch. »Was beschäftigt dich am meisten?« fragte sie. »Eleanor, deine Kindheit oder de Bohun?«
Er entzog ihr seine Hand, stand auf und ging zum Fenster. In dem dämmrigen Licht sah sie nur die Umrisse seiner Schultern und seines Kopfes, als er die Hände auf das Sims legte und hinausschaute.
»Alles miteinander«, antwortete er leise. »Nein – das stimmt

nicht. Es ist das *Haus*, das mir nicht aus dem Kopf geht, Joanna. Es ist das *Haus*, von dem ich träume.«

Das Feuer war schon vor Stunden ausgegangen, Kälte hatte sich des Zimmers bemächtigt. Joanna, die noch immer auf einer Ecke des Bettes saß, wickelte sich in die Decke. »Marigny?« fragte sie.

Sie sah ihn kaum merklich den Kopf schütteln. »Nein – nicht Marigny. Das andere Haus.« Sie verstand nicht, wovon er sprach. Er wandte sich ihr zu. »Izabel Mandevilles Haus«, erklärte er.

Joanna runzelte die Stirn. »Das Haus in England? Das Haus, zu dem Hamon de Bohun dich schickte?«

»Ich träume jede Nacht davon«, antwortete Toby langsam. »Von den kahlen Fenstern, dem Staub auf den Simsen, auf dem Boden. Das ist alles. Ich träume von einem leeren Haus.«

Nach einer Pause setzte er mit leiser, zorniger Stimme hinzu: »Ich habe Kriege erlebt, Belagerungen, Vergeltungsmaßnahmen für Belagerungen, ich habe erlebt, wie Männer, Frauen und Kinder abgeschlachtet wurden. Mehr als einmal fand ich selbst beinahe den Tod. Als Kind erlitt ich Hunger, Einsamkeit und Mißhandlungen – und doch werden meine Träume von einem leeren Haus beherrscht. Und es macht mir angst, Joanna. Es macht mir *angst!*«

Mit der Decke um die Schultern, stand sie auf, sah im Kerzenlicht den Zorn in seinen Augen, die Blässe seines Gesichts. Und plötzlich hatte *sie* Angst um ihn. Sie wußte, welche Schrecken ein einzelnes Bild heraufbeschwören konnte. Für sie war es das Portrait, das in Marigny an der Wand hing, und die leere Wiege nach Paolos Tod. Für Toby war es ein verlassenes Haus.

»Und ich höre die Stimme«, flüsterte Toby. »Hamon de Bohuns Stimme – in Blois. *Wie sie heulte, wie sie jammerte. Dabei hätte man doch denken sollen, sie wäre froh gewesen, ihren kleinen Wechselbalg loszuwerden.* Er sprach über meine Mutter.«

Joanna legte die Hände auf seine Schultern und den Kopf an seine Brust, schloß die Augen und lauschte seinem schnellen Herzschlag.

»Ich war ein kleines Kind, Joanna, in Sanchias Alter. Es lag eine so bösartige Freude in seiner Stimme. Mein *Vater!*«

Sie begann vor Kälte zu zittern. Vor ihrem geistigen Auge sah sie, wie das Kind gewaltsam aus seinem Heim gerissen wurde, wie die Mutter weinte und schrie. Toby hatte ihr schmerzhaft in Erinnerung gerufen, wie sie sich nach dem Tod ihres Sohnes gefühlt hatte. Doch selbst in dem Moment, als er die Arme um sie legte und sie an sich zog, war sie sich einer Diskrepanz bewußt. Etwas stimmte nicht. Sie würde später darüber nachdenken – wenn sie allein wäre, wenn sie klar denken könnte.

»Du frierst«, hörte sie ihn sagen. »Geh zurück ins Bett, Joanna.«

Aus dem anderen Zimmer lang das Weinen ihrer Tochter herüber, ein klägliches Jammern, das sie aus der Vergangenheit in die Gegenwart holte. Toby gab sie frei, als habe er sich plötzlich daran erinnert, daß er menschlicher Wärme nicht traute. Sie wollte etwas sagen, als er das Cape vom Bett nahm, aber als sie seinen Gesichtsausdruck sah, schwieg sie. Sie hatte ihn gefunden, diesen seltsamen Faden. Er glänzte in der Dunkelheit wie Gold.

Am nächsten Morgen stand Joanna früh auf und teilte Toby mit, daß sie wegen Sanchias Zähnen mit einer Frau in Commana reden wolle. Sanchias Kinderfrau sagte sie die Wahrheit: daß sie vier, fünf Tage fort sein werde und kein Grund zur Sorge bestehe.

Um Guillaume zu finden, ritt sie nicht nach Nantes, sondern nach Rennes. Guillaume du Chantonnay war auf dem Weg nach Abbeville, das nicht weit von Boulogne an der Küste der Normandie lag. Joanna hatte sich ausgerechnet, daß sie in Rennes eine gute Chance haben müßte, ihn zu treffen.

Regen schwärzte die Tore und Wehrtürme der Stadt, lief in gelbbraunen Bächen die gepflasterten Straßen hinunter. Die Vorsprünge der Fachwerkhäuser boten teilweise Schutz. Joanna wartete unter den gipsverputzten Stockwerken, während ihr Diener, aufgrund des Wetters und der Reise gereizt, Nachforschungen anstellte.

Ihre Annahme erwies sich als richtig: Guillaume logierte in einer Herberge in der Rue de Chapitre. Sie wurde eine Holztreppe hinaufgeführt, die wackelig an der Innenwand des Hauses hing. Wasser tropfte von ihrem Kleid auf die Stufen, ihre behandschuhten Hände hinterließen feuchte Abdrücke auf dem abgekanteten Geländer und den Grotesken, deren bösartige Fratzen jede Biegung zierten. Der Diener kündigte sie an. Guillaume blickte von seinem Schreibtisch auf und musterte erst Joanna und dann die Pfützen, die sich um den Saum ihres Kleides herum sammelten.

»Ich bin im Haus geblieben, um dem unfreundlichen Wetter zu entgehen, meine liebe Joanna, aber wie es aussieht, hast du es nun mit hereingebracht.« Er stand auf, löste die Bänder, die ihr Cape zusammenhielten, und legte es nahe am Feuer über eine Stuhllehne. »Ich hoffe, du hast mehr Kleider dabei als dieses, oder hast du die Absicht, der Hochzeit unseres Souveräns in einem schmuddeligen Reisegewand beizuwohnen?«

Joanna schüttelte den Kopf. »Ich komme nicht mit, Guillaume.«

Er nahm ihre Hand und führte sie an die Lippen. »Warum«, fragte er, »bist du dann hier?«

»Ich habe ein paar Kleinigkeiten dabei, die ich in der Apotheke verkaufen will«, erklärte sie und lächelte gespielt munter. »Samen und Beeren und dergleichen. Ich werde einen besseren Preis dafür bekommen als in Morlaix.«

Sie wußte nicht, ob Guillaume ihr glaubte. Jedenfalls nickte er und ließ ihre Hand los.

»Die liebe Joanna«, sagte er. »Immer so beschäftigt. Du und

deine Gärten, deine Heiltränke und Wundermittel. Ich kenne keine andere Frau, die an einem solchen Tag ausreiten würde, um ein paar Samen zu verkaufen.«

»Ich dachte, wir könnten vielleicht miteinander essen – und ich könnte mich ein wenig aufwärmen.«

Er führte sie zum Kamin, zog die Nadeln aus ihrer Kopfbedeckung, legte sie beiseite und machte sich daran, ihre feuchten Zöpfe aufzuflechten. Seine Hände waren sanft, behutsam. Ins Feuer starrend, dachte sie daran, was hätte sein können. Während er ihre langen, nassen Locken mit den Fingern durchkämmte, dachte sie, daß sie ihn hätte lieben können.

»Willst du nicht doch mit mir nach Abbeville kommen, Joanna?« fragte er. »Alle Welt wird dort sein.«

Sie wußte, daß er meinte, »Hamon de Bohun wird dort sein«. Sie hatte Guillaume niemals von ihrem Gespräch mit Toby, niemals von dem Gemälde erzählt, das sie in Marigny gesehen hatte.

»Überleg's dir!«, sagte er leise, als sie nicht antwortete. »Ich werde etwas zu essen bringen lassen.«

Bei Kapaun und Fisch, Birnen und Käse sagte sie leichthin: »In Marigny erwähnte jemand mir gegenüber, daß der ehemalige Seigneur – dein Cousin – eine Schwester hatte, Guillaume.«

Guillaume stellte sein Glas ab und blickte Joanna über den Tisch hinweg an. »Izabel«, antwortete er. »Reynaud hatte eine Schwester namens Izabel.«

»Lebt sie noch?«

Er schüttelte den Kopf. »Sie starb – oh, schon vor langer Zeit. Reynaud hatte sie mit einem Engländer verheiratet. Ich kann mich nicht an seinen Namen erinnern. Izabel starb ein paar Jahre nach der Hochzeit. Gottlob waren keine Kinder da.«

Falsch, dachte Joanna, den Blick auf ihren Teller gesenkt. Ihr Gesicht war plötzlich heiß. Es war ein Kind da – ein Sohn. Aber das Kind war unehelich geboren und deshalb kein Hindernis für Guillaumes Anspruch auf Marigny.

Sie schaute auf. »Mochte er sie?«

»Wer?«

»Reynaud. Mochte er seine Schwester?«

Joanna bemerkte, daß Guillaume kaum etwas gegessen hatte.

»Zu Anfang ja. Izabel war der einzige Mensch, den der alte Mistkerl mochte. Seine Frau konnte er nicht ausstehen. Seine erste Frau, meine ich, Blanche. Sie irritierte ihn. Und meine Eltern verabscheute er. Außerdem war François natürlich eine große Enttäuschung für ihn. Aber Izabel ...« Er zuckte die Schultern und hatte die Augen in dem Bemühen, sich zu erinnern, halb geschlossen. »Jeder mochte Izabel. Ich kann mich nicht mehr genau an sie erinnern – aber ich weiß noch, daß sie freundlich war, warmherzig.« Er lachte »Nicht gerade eine typische du Chantonnay.«

Es war Mittag, doch die prallen Regenwolken, die den Himmel bedeckten, verliehen ihm eine dunkle, grünlichgraue Färbung. Joanna atmete tief durch. »Du sagtest, Reynaud habe Izabel ›zu Anfang‹ gemocht. Wodurch wurde das geändert, Guillaume?«

Er schob seinen Teller zur Seite. »Ich habe keine Ahnung. Auf jeden Fall enterbte er sie, hinterließ ihr nichts, kein Buch, keine Nippsachen. Aber dann starb sie lange vor ihm. Nicht einmal damals, als sie krank war, kümmerte er sich um sie. Reynaud ließ Izabel allein in einem fremden Land sterben.«

Hamon de Bohun hatte den kleinen Toby aus England fortgeholt und ihn zu Reynaud bringen lassen, nach Marigny. Hatte Reynaud seine Schwester daraufhin enterbt? Seine Schwester, die er einst liebte? Obwohl ihr Kleid getrocknet war, obwohl das Feuer im Kamin nur etwa einen Meter von ihr entfernt loderte, zitterte Joanna.

»Ich nehme an, sie hatten Streit«, sagte Guillaume. »Allerdings kann ich mir nicht vorstellen, weshalb: Izabel war stets eine ergebene Schwester.«

Joanna trank den Rest ihres Weines. Sie bemerkte, daß Guillaume die Hände auf den Leib preßte, als schmerze er.

»Reite nicht nach Abbeville, Guillaume«, bat sie sanft. »Kehre nach Nantes zurück. Oder komm mit mir nach Finistère.«

Er schüttelte den Kopf. Seine Hände hatten sich entspannt, doch sein Gesicht war noch immer leichenblaß.

»Sanchia«, lockte sie. »Du könntest Sanchia sehen.«

Er stand auf und kam zu ihr herüber. »In Abbeville kann ich mehr für Sanchia tun als in Finistère, Joanna. Ich *muß* hin. Es ist wichtig, daß Louis sieht, daß ich da bin.«

Auch sie erhob sich. Ihre Haare waren getrocknet. Er streckte die Hand aus und strich darüber. »Komm mit«, sagte er noch einmal.

Joanna schüttelte den Kopf. Plötzlich sah sie die Zukunft ganz deutlich vor sich. Wenn es Guillaume gelänge, Hamon de Bohun aus Marigny zu vertreiben, dann würde Guillaume heiraten. Er würde eine Erbin heiraten, eine Frau mit einem Namen, mit Grundbesitz und einer Mitgift. Er würde einen Erben zeugen. Er mochte Sanchia von ganzem Herzen lieben – aber für Marigny bräuchte er einen Sohn. Joanna wußte, daß in Abbeville oder Marigny kein Platz für sie war – sie existierte nur am Rande dieser Gesellschaft: als Guillaume du Chantonnays schöne Mätresse, als Schöpferin von Marignys italienischem Garten. Es war, als sei sie in die Ecke eines riesigen, prachtvollen Saales verbannt. Es war ihr nicht vergönnt, die Ecke zu verlassen und in die Mitte des Raumes zu treten, ins Sonnenlicht.

»Nein, Guillaume«, sagte sie. »Ich werde nicht mit dir nach Abbeville reisen.«

Sie spürte, wie er ihre Haare anhob und in Strähnen teilte. Mit in Tränen schwimmenden Augen starrte sie ins Feuer. Was er ihr gab, war begrenzt, beeinträchtigt durch seine Träume und Wünsche. Es war nicht genug.

VIERTER TEIL

1514–1517

Der Garten der zärtlichen Liebe

Sie wappnet sich, indem sie Gartenraute ißt,
gegen den Biß der Schlange.

Dioscorides, *De Materia Medica*

Siebzehntes Kapitel

Einen Tag später war Joanna wieder in Finistère: Es war Abend, der Wind packte den Regen und drückte ihn zu Boden. Joannas Diener verfluchte leise murmelnd das Wetter, das Land und seine verdammt schwierige Herrin.

Als sie das Haus erreichte, war sie noch nicht ganz aus dem Sattel, als Toby erschien. Er packte sie an den Armen und schüttelte sie, daß ihr die Kapuze des Capes vom Kopf rutschte.

»Wo bist du *gewesen,* Joanna? Mein Gott! Du warst *fünf* Tage fort!«

»Laß mich los«, bat sie leise. »Du tust mir weh.«

Er ließ sie für einen Moment los, aber dann ergriff er ihre Hand und zerrte sie ins Haus. Der Stallbursche und der Diener verfolgten die Szene fasziniert.

»Ich habe Guillaume aufgesucht«, erklärte Joanna, riß sich los, drängte sich an ihm vorbei und stieg die schmale Treppe hinauf. »Um mit ihm über Izabel Mandeville zu sprechen.«

Er fuhr herum. »Über Izabel Mandeville? Warum?«

Joanna antwortete nicht. Sie hörte, wie er hinter ihr mit der Faust an die Wand schlug, doch sie ignorierte es. Sie streifte ihre durchweichten Handschuhe ab und hielt die Hände ans Feuer.

»Du bist nach Nantes geritten – mit nur einem Diener ...«

»Nach Rennes.« Sie drehte sich zu ihm um. »Ich sagte dir doch, daß Guillaume nach Abbeville reist, um die englische Prinzessin zu sehen, Toby. Und wenn ich mehr als einen Diener mitgenommen hätte, hättest du mir nicht geglaubt, daß ich nach Commana reiten würde.«

Er stieß ein ärgerliches Zischen aus.
»Hör dir an, was ich dir zu sagen habe, Toby«, bat Joanna hastig. »Hör dir an, was Guillaume mir über Izabel erzählte. Guillaume erzählte mir, daß Reynaud seine Schwester *zu Anfang* sehr mochte. Dann, einige Zeit nach ihrer Hochzeit, brach er jeden Kontakt zu ihr ab, enterbte sie, besuchte sie nicht einmal, als sie im Sterben lag.«
Sie wußte nicht, ob er ihr überhaupt zuhörte. Allerdings hatte sich sein Zorn ein wenig gelegt. Er zeigte wieder den Ausdruck desinteressierter Distanziertheit.
Er zuckte die Schultern. »Reynaud war ein abscheulicher Kerl ohne jedes Loyalitätsgefühl. Das hätte ich dir sagen können – ich habe für ihn gearbeitet. Deshalb hättest du nicht in einem Unwetter durch die Bretagne reiten müssen.«
Der letzte Rest ihrer Geduld verpuffte. »Toby!« schrie sie. »*Warum* beschützte Izabel dich? Warum versuchte sie, deine Existenz geheimzuhalten?«
Er schaute verständnislos auf sie herunter.
»Deine *Mutter*«, flüsterte Joanna.
Er blinzelte – sie hatte ihn aus seiner Trance geweckt. »Weil sie Angst vor de Bohun hatte. Ich nehme an, sie fürchtete, er werde zurückkommen. Was er ja auch tat.«
»Aber warum machte ihr das Sorgen? Warum *wollte* sie dich beschützen – das Kind einer Vergewaltigung ...«
Sie sah ihn zusammenzucken, er reagierte jedoch nicht. »Das Kind ihres Feindes«, fügte sie hinzu. »Begreifst du nicht, wie schwer das für sie war? Begreifst du nicht, welchen Preis sie dafür bezahlte, daß sie dich versteckte?«
Ein langes Schweigen folgte. Schließlich sagte er: »Spielt das eine Rolle? Das ist alles so lange her. Es ist nicht mehr wichtig – es ist alles vorbei.«
Es war mitnichten vorbei. Sie wußte, daß er nicht dumm war, daß seine Dumpfheit nur gespielt war. »Guillaume«, sagte sie

voller Verachtung. »Glaubt Guillaume, daß alles vorbei ist? Wird Guillaume zulassen, daß Hamon de Bohun der Seigneur de Marigny bleibt?«
»Ich schere mich keinen Deut um Guillaume«, erwiderte Toby. Seine Stimme war kalt und klar. »Er ist dein Liebhaber – mir bedeutet er nichts.«
Seine Augen funkelten. Du bist eifersüchtig, dachte Joanna, aber du würdest es niemals zugeben. Sie hatte die Fäuste geballt, ihre Fingernägel gruben sich in ihre Handflächen. »Hast du in Lydney Mandeville mit jemandem gesprochen?« fragte sie, um Beherrschung ringend. »Hast du mit jemandem über deine Mutter gesprochen?«
Verärgerung flackerte in Tobys hochmütigem Blick auf. »Es ist schon schwierig genug, nur über den Tag zu kommen, wenn man die verdammte Landessprache nicht beherrscht, Joanna.«
»Du bist einfach fortgegangen, nicht wahr? Du bist davongelaufen, weil du der Wahrheit nicht ins Auge blicken konntest.«
»Herrgott noch mal! Du hartnäckiges ...« Er unterbrach sich gerade noch rechtzeitig.
»Weibstück?« fragte sie leise. »Klingt immerhin eine Spur besser als Hure, finde ich.«
Plötzlich wirkte er beschämt. Der Wind heulte wie ein Rudel Wölfe, durchbrach das angespannte Schweigen. Äste kratzten über die Glasscheiben, scharf wie Fingernägel. Joanna war fast zu ihm durchgedrungen – aber jetzt hatte er sich wieder abgeschottet. Sein Gesicht war ausdruckslos. »Der Abfluß ist verstopft, die Küche wird überflutet. Ich muß gehen ...«
Sie packte seinen Arm, hielt ihn zurück. Er starrte sie einen Moment lang an und sagte dann: »Misch dich nicht ein, Joanna. Es ist gefährlich, sich einzumischen. *Ich* habe das gelernt.«
Im Nebenzimmer wurden eilige Kinderschritte laut, und dann wurde die Tür aufgerissen. Joanna fing Sanchia auf, drückte sie an sich und küßte sie, als die Kinderfrau hinter ihrem Schützling

hereinkeuchte und atemlos Entschuldigungen stammelte. Als sie von ihrem Kind aufblickte, war Toby noch immer da, beobachtete sie, und plötzlich wußte sie, was sie tun mußte.
»Martin«, sagte sie leichthin. »Ich denke oft an ihn. Er ist in England, sagtest du, Toby?«
»In Oxford.« Toby streckte die Hand aus, war drauf und dran, das seidige, goldblonde Haar des Kindes zu berühren, öffnete den Mund, um etwas zu sagen, doch dann drehte er sich auf dem Absatz um und verließ den Raum.

Die englische Prinzessin Mary mußte eine schreckliche Kanalüberquerung erdulden. Der Wind heulte, der Regen peitschte gegen die schwachen Masten und Segel ihres Schiffes. Eines ihrer Begleitschiffe sank, und ihr eigenes Schiff lief vor dem Hafen von Boulogne auf Grund. Ein Edelmann nahm sie auf die Arme und brachte sie durch das tobende Wasser in die Sicherheit der Stadt.
Der Regen hörte nicht auf, wurde sogar noch stärker, als sie auf Abbeville zuritt. Für die Begegnung mit ihrem Bräutigam hatte sie sich in Goldbrokat und leuchtendes Rot gekleidet, eine kleine, rote Kappe saß schief auf ihrem einen Auge. Als Louis seiner Braut außerhalb von Abbeville, wie von ihm arrangiert, angeblich zufällig gegenüberstand, war ihr Kleid regendurchweicht, die Kappe nicht länger keck.
Doch Marys Jugend und Schönheit hatten alle Widrigkeiten nichts anhaben können. Hamon de Bohun, der der Trauungszeremonie in der Kathedrale von Abbeville beiwohnte, fühlte sich an Joanna erinnert. Marys Haare waren heller, ihre Augen eher blau als grau, aber sie hatte Joannas Größe und schlanke Gestalt. Wie die Prinzessin so am anderen Ende des langen Kirchenschiffs stand, in einen Schleier aus Weihrauch gehüllt, hätte es Joanna sein können, die dort die Ehegelöbnisse ablegte.

Seit Eleanors Tod war Hamon vorsichtig gewesen. Wie der Anstand es verlangte, hatte er seine Frau betrauert; er war nicht bei Hofe erschienen, bis die Hochzeit seines Lehensherrn es erfordert hatte. Er hatte es vermieden, mit Joanna Zulian zu sprechen oder gesehen zu werden. Sein Name durfte nicht so bald mit einer solchen Frau in Verbindung gebracht werden. Er mußte warten, mußte sich in Geduld fassen. Hamon war sich durchaus bewußt, daß die Gerüchte in seinen Kreisen herumsummten wie Fliegen – und er war sich auch der ungeheuren Ironie bewußt, die es bedeuten würde, wenn sich die Verdachtsmomente auf einen Todesfall konzentrierten, der tatsächlich ein Unfall gewesen war.

Zwei Tage später wurde Mary in Saint-Denis gekrönt. Als sie in Paris einritt, säumte eine Menschenmenge die Straßen, schwenkte Fähnchen, und Blumen bedeckten ihren Weg. Niemand äußerte offen seinen Abscheu darüber, daß ein so junges, hübsches Mädchen einen hinfälligen, alten Mann geheiratet hatte.

Hamon de Bohuns Boten erwarteten ihn in Paris. Einer berichtete ihm, daß der Arzt Martin Gefroy, wie Hamon vermutet hatte, am Leben sei und in England lebe; der andere brachte ihm die Neuigkeit, die er zu erfahren gewünscht hatte. Der Maler Gaetano Cavazza, Ehemann von Joanna Zulian, war vier Jahre zuvor in Venedig an der Pest gestorben.

In Roscoff machte Joanna halt, schaute aufs Meer hinaus. Den Brief an Martin trug sie in ihrem Mieder bei sich. Sie dachte an den Tag, da sie, Donato und Sanchia an der bretonischen Küste gestanden und über den englischen Kanal geblickt hatten. Alles vorbei, wie Toby gesagt hatte.

Sie drehte sich um und lächelte Padrig an. »Ein Schiff«, sagte sie. »Wir müssen ein Schiff finden, das nach England fährt.«

Padrig spuckte auf das Pflaster. Graugrün und majestätisch

wogte die See auf die Kaimauer zu. Der beißend kalte Wind packte die Falten und Schichten von Joannas Kleidung und wehte sie ungestüm in die Luft. Sie begannen, am Hafen entlangzugehen.

Den Brief zu schreiben, war einfach gewesen, dachte Joanna, während Padrig bei jedem Schiff nachfragte, an dem sie vorbeikamen. Sie kannte Martin gut genug, um von der Annahme auszugehen, daß jegliche Feindseligkeit, jegliche Eifersucht, die ihn einst bewegt hatten, längst vergessen waren. Ihre Absichten vor Toby zu verbergen, war ihr zunächst ebenfalls einfach erschienen. Joanna war frühmorgens aufgestanden, um die zahnende Sanchia zu trösten, und hatte Toby im Salon gesehen – fest schlafend auf dem Fenstersitz. Er rührte sich nicht, sein Kopf lehnte an der Glasscheibe, auch im Schlaf stand die tiefe Falte zwischen seinen Brauen. Sie hätte sie gerne mit den Fingerspitzen glattgestrichen, doch statt dessen neigte sie den Kopf und küßte ihn leicht auf die Stirn. Er reagierte nicht. Danach holte sie den Brief, stopfte ein paar Habseligkeiten in eine Satteltasche und rief nach Padrig.

Es war ihr nicht schwergefallen, abzureisen, doch jetzt, in Roscoff, empfand sie ganz anders. Der Regen hatte sich bereits zu Graupel gewandelt, und dicke, bedrohliche Wolken ballten sich am Horizont zusammen. Sich an das heiße, rote Gesichtchen ihrer Tochter erinnernd, wollte sie die Reise so schnell wie möglich hinter sich bringen. Sie raffte die Röcke, lief hinter Padrig her und trieb ihn zur Eile an. Schon bald fanden sie, was sie suchten: eine kleine Kogge, die die Südküste Englands zum Ziel hatte. Joannas Vorstellungen von der Lage Oxfords waren reichlich nebulös, doch Padrig, der ihr das gebrochene Bretonisch des englischen Kapitäns übersetzte, versicherte ihr, daß der Brief von Southampton nur ein paar Tage nach Oxford unterwegs wäre. Joanna gab dem Kapitän eine Börse und versprach ihm weiteres Geld, falls er ihr eine Antwort brächte. Die

Drohungen, die Padrig ausstieß, verwirrten sie. Sie kehrten zum Kai zurück, wo sie die Pferde angebunden hatten.
Joanna konnte es kaum erwarten, wieder nach Hause zu kommen, nahm Padrigs Klagen über das Wetter und seine Bitten, ihre Heimkehr auf den nächsten Tag zu verschieben, kaum wahr. Sie hatte zu deutlich Sanchias fiebriges Gesicht vor Augen und war sich schuldbewußt darüber im klaren, daß sie Toby keinerlei Hinweis auf ihren Verbleib dagelassen hatte. Während sie von dem Vorgebirge auf Morlaix zuritten und dann das Heide- und Waldland im Herzen der Bretagne durchquerten, begann sie ihren überstürzten Aufbruch zu bedauern. Der Graupel war zu Schnee geworden, der wie Nadeln in ihr Gesicht stach. Die Schneewolken verwandelten das noch verbliebene Nachmittagslicht in eine graue Dämmerung, so daß sie Padrig, der vor ihr ritt, kaum noch auszumachen vermochte, und die vertrauten Wege von Finistère fremd und gefährlich wirkten.
Und dann war da noch das sich hartnäckig haltende Gefühl, daß sie nicht allein waren, daß jemand sie, aus nicht allzu großer Entfernung, beobachtete. Joanna zog die Kapuze ihres Capes noch weiter über die Augen, wischte die Schneeflocken ab, die an ihren Wimpern hingen, lenkte ihr Pferd vorsichtig durch die Felsen- und Heidelandschaft.

Von Joannas Dienerschaft in Ruhe gelassen, wachte Toby erst nach zwölf Uhr mittags auf. Als er die Augen öffnete, hatte er zunächst keinerlei Orientierung, wie spät es war oder wo er sich befand. Er hatte tief und traumlos geschlafen, und als er auf den Schneeregen hinausschaute, empfand er ein ungewohntes Gefühl der Zufriedenheit.
Dann, als er aufstand und seine verkrampften Glieder streckte, erinnerte er sich, wer er war und wo er war. Irgendwo klapperte jemand mit Töpfen und Pfannen, weinte ein Baby. Er merkte, daß er großen Hunger hatte, und holte sich aus der Küche etwas

zu essen. Aus der Helligkeit des Himmels schloß er, daß es bereits Nachmittag sein mußte, und ihm fiel schließlich auf, daß Joanna nicht da war. Ohne sie wirkte das Haus leer und trostlos – er vermißte ihre schnellen, leichten Schritte, den Klang ihrer Stimme.

Toby ging von Zimmer zu Zimmer, stieß Türen auf, und seine gute Laune schwand mit jedem Schritt. Er warf sich ein Cape um und wanderte durch ihren nassen Garten – aber er wußte, daß er sie dort nicht finden würde. Die Graupel wandelten sich zu Schnee und stachen ihm ins Gesicht, und es wurde ihm klar, daß Joanna fort war. Ihre Abwesenheit war beinahe greifbar. Im Stall fand er seine Vermutung bestätigt, da zwei Pferde fehlten. Seine Fröhlichkeit wurde zu Angst und Zorn. Wieder im Haus, erfuhr er, was er wissen wollte. Sanchias Kinderfrau erzählte ihm, schniefend und mit der Schürze ihre Augen betupfend, daß Madame nach Roscoff geritten sei. Als Toby fluchte, begann auch das Baby zu weinen.

Er sattelte sein Pferd, packte Verpflegung und ein Ersatzcape in seine Satteltasche. Außerdem nahm er sein Schwert und sein Messer mit, denn wie Joanna hatte auch er den Verdacht, daß einige der Wölfe, die das Haus in Finistère beobachteten, Menschenaugen hatten. Dann, als der Schnee still über die Rasenflächen und um die Bäume in Joannas Garten wirbelte, machte er sich auf den Weg durch den Wald.

Er fand sie im offenen Heideland, wo sie hinter einem der großen Felsbrocken Schutz gesucht hatten, die wie abgebrochene Zähne in den dunkelnden Himmel ragten. Als er durch den Schneesturm auf sie zukam, sah er, daß ihr Diener Padrig sein Schwert gezogen hatte und Joanna ein kurzes Messer mit schmaler Klinge in der behandschuhten Hand hielt. Er hatte Zeit, bevor sie ihn erkannte, in ihren Augen zu lesen, daß sie entschlossen war, das Messer zu benutzen.

»Toby!« Ein Aufschrei der Erleichterung. Dann richtete sie sich im Sattel auf und fügte stolz hinzu: »Es war nicht nötig, zu kommen. Wir dachten nur, wir würden eine Weile Rast machen und warten, bis das Schneetreiben ein wenig nachließe.«
Toby stieg vom Pferd, griff in seine Satteltasche, holte das trockene Cape heraus und warf es ihr um die Schultern. Dann reichte er ihr eine Flasche Wein und sah, wie ihre Hände vor Kälte zitterten. Er nahm ihr Pferd am Zügel und führte es durch das Felsen- und Marschland, das er gerade eben erst durchquert hatte.
Als er sich schließlich in der Lage fühlte, zu sprechen, fragte er: »Warum Roscoff?«, und als sie nicht antwortete, fügte er sarkastisch hinzu: »Ich nehme an, du bist hingeritten, um eine Arznei für das Baby zu holen.«
Sie erbleichte. »Geht es Sanchia nicht gut?«
»Doch, doch, sie vermißt nur ihre Mutter, das ist alles. An wen war der Brief, den du auf den Weg gebracht hast, Joanna?« Toby konnte Joannas Gesicht nicht sehen, doch er hörte sie nach Luft schnappen. »Ich bin darin geübt, erwachsene Männer mit ein paar wohlgewählten Worten zum Weinen zu bringen. Mit Sanchias Kinderfrau hatte ich leichtes Spiel. Sie erzählte mir, du brächtest einen Brief nach Roscoff. Zum Weitertransport nach England, vermute ich.«
Sie hatten das Marschland hinter sich und erreichten den Wald. Toby stieg wieder in den Sattel. Jetzt konnte er Joannas Profil erkennen, beleuchtet von der unnatürlichen Helligkeit, die der Schnee schuf.
»Ich hoffte, zurück zu sein, bevor du aufwachtest. Ich habe an Martin geschrieben. Ein englischer Kapitän erklärte sich bereit, den Brief mitzunehmen.«
»In dem du dich nach Martins Befinden erkundigst?« fragte er spöttisch.
»Nein.« Sie hielt ihr Pferd an. »Ich bat ihn, in Lydney Mandeville Erkundigungen einzuziehen.«

Toby war sich bewußt, daß Padrig im respektvollen Abstand von einem Schritt hinter ihnen her ritt, und er war sich – auf eine seltsam unbeteiligte Weise – bewußt, daß er drauf und dran war, etwas Unverzeihliches zu sagen.
»Mein Gott«, sagte er bösartig, »jetzt verstehe ich, warum sie Probleme hatten. Das Gesicht einer verdammten Madonna und das Wesen einer Dirne. Kein Wunder, daß sie Schwierigkeiten hatten, damit zurechtzukommen. Gaetano, meine ich. Onkel Taddeo. Dein Vater ...«
Sie senkte den Kopf. Er hörte sie schluchzen. Sie trieb ihr Pferd an und ritt im Schritt den Weg entlang, den sie besser kannte als irgend jemand sonst. Toby gab seiner Stute die Sporen und folgte Joanna. Die langsame Gangart, diktiert von den Wetterverhältnissen und dem überwucherten Waldboden, war eine Qual für ihn. Plötzlich hatte er den Wunsch, sich einzuschließen, mit niemandem zu sprechen – oder so schnell er konnte Stunden um Stunden zu reiten. Oder – und das hätte ihm am besten gefallen – an einer blutrünstigen Schlacht teilzunehmen, ohne sich darum zu kümmern, ob er gewänne oder verlöre. Der flüchtige Seelenfrieden, den er an diesem Nachmittag in Joannas Haus empfunden hatte, war erloschen, ein Opfer der Erinnerungen, die sie in ihm zum Leben erweckt hatte.
Und auch noch das Opfer von etwas anderem. Er erkannte es, als er – mit verkniffenem Mund und Ziel eines Trommelfeuers nadelspitzer Schneeflocken – hinter ihr her ritt. Seine Verärgerung über ihre Einmischung war nichts gegen die Angst, die er um sie gehabt hatte. Der Gedanke, Joanna könne sich in einem Schneesturm auf der Heide verirrt haben, löste Panik in ihm aus. Er hatte Padrig nicht zugetraut, sie beschützen zu können, denn er vertraute nur sich selbst.
Die Erkenntnis traf ihn wie ein Schlag. Er blickte auf, sah plötzlich klar, und das Bedauern und die Mißverständnisse von Jahren trübten seinen Blick nicht länger. Er fragte sich, warum

sie bei diesen Witterungsbedingungen eine solche Reise unternommen hatte. Warum sie die Wärme ihres Hauses verlassen hatte, das Kind, das sie liebte. Der Schneefall hatte ein wenig nachgelassen, und ein silberner Mond zwängte sich zwischen den Wolken hindurch. Joannas Silhouette drückte Kummer aus. Das Echo seiner letzten Worte dröhnte im Rhythmus des Hufschlags durch seinen Kopf. Er hatte, begriff er, die Fähigkeit erworben, sie zu verletzen, und das bedeutete, daß sie ihn liebte. Bis vor wenigen Stunden war er unfähig gewesen, sich diese Liebe einzugestehen. Er hatte niemals das Vertrauen zurückgewinnen können, das sein bisheriges Leben ihm geraubt hatte. Doch nun wurde er sich darüber klar, während er zwischen Bäumen und Dickicht dahinritt und versuchte, seine geistige Gesundheit und sein inneres Gleichgewicht wiederzuerlangen, daß es eine Grenze für Selbsthaß gab. Er hatte diese Grenze überschritten – und deshalb mußte er zu Joanna gehen, die er beleidigt, verlassen und vernachlässigt hatte, und sie um Verzeihung bitten.
Sie hatten das Haus erreicht. Sie glitt vom Pferd, ließ es im Garten stehen und lief hinein. Ihre Schritte klapperten über die Steinstufen. Er hörte sie die Tür des Wohnraums zuschlagen und rannte hinter ihr her, atmete tief durch und stieß die Tür auf.
Sie saß mitten auf dem Steinboden, das Gesicht in den Falten ihres Capes vergraben, die Kapuze über den Kopf gezogen. Im Kamin brannte kein Feuer, der Raum war eiskalt. Toby sah die schmalen Schultern beben und stöhnte auf.
Er sprach sie an, und sie blickte auf. Ihre Augen waren gerötet, ihr Gesicht tränenfleckig. Eine schreckliche Traurigkeit bemächtigte sich seiner. Schließlich waren die Lebenden wichtiger als die Toten. Wenn er schon nicht wiedergutmachen konnte, was er Izabel, Eleanor und Paul Dubreton angetan hatte, so konnte er doch zumindest Joanna Gerechtigkeit widerfahren lassen.

Er atmete tief durch. »Was ich sagte, war unverzeihlich und unwahr. Wenn du meine Gegenwart noch länger ertragen kannst, dann laß mich Feuer machen und dir etwas zu essen holen.«
Als sie nicht reagierte, kniete er sich vor sie hin, löste die Bänder ihres durchweichten Capes und hob es von ihren Schultern. Ihr Haar war naß und dunkel wie Kupfer, noch immer mit glitzernden Schneejuwelen besetzt. Er neigte den Kopf und küßte sie auf den Scheitel. Sie stieß ihn nicht weg. Er hatte seine eigenen Sorgen vergessen und war von der Notwendigkeit, diese zerbrechliche Beziehung zu retten, aus seinem Elend herausgerissen worden.
Sie schickte ihn nicht fort, sie tat überhaupt nichts, saß nur zitternd da, während er in aller Eile ein Feuer entfachte. Danach holte er Essen und Wein aus der Küche und betrachtete die klaren Linien ihrer Stirn und Wangen, während sie aß, sah langsam ihr Lächeln zurückkehren. Er dachte an die Straßen, die sie miteinander entlanggezogen waren, er und Joanna, an die Orte, die sie gesehen hatten – und wieder bereute er seine Entscheidungen, durch die er sich gegen Joannas Gesellschaft gewandt hatte.
Die Flammen zeichneten rote und orangefarbene Muster auf die Steinwände des Solariums. Ihre Schatten – seiner und Joannas – waren lang und dunkel. Zum ersten Mal erkannte er den Schicksalsfaden, der sie von einer Künstlerwerkstätte in Venedig über die Hügel und Ebenen Norditaliens in dieses Zimmer geführt hatte, und zu diesem Abend. Der Faden, manchmal leuchtend und stark, manchmal dünn und fast zerrissen, hatte ihre Leben verbunden. Daß er sie jetzt haben wollte, war vorbestimmt gewesen.
Ihre Haare waren getrocknet, fielen wie ein seidener Vorhang auf ihre Schultern herab. Sie war die Mätresse eines anderen Mannes, rief er sich ins Gedächtnis. Einst hatten sie getanzt,

einst hatten sie sich in einem Garten voller Blumen geliebt. Dann hatte etwas sie auseinandergerissen: sein Ehrgeiz, sein Unabhängigkeitsdrang. Die Vergangenheit war nicht zu entschlüsseln, die Zukunft ängstigte ihn – doch endlich war ihm klargeworden, daß nur die Gegenwart zählte.

Er wollte ihr Haar liebkosen, ihre weiche Haut berühren, aber er streckte nicht einmal die Hand aus. Als sei es gestern gewesen, erinnerte er sich daran, wie sie sich anfühlte, wie sie duftete, wie warm sie war. Aber er war hoffnungslos unsicher, was sie wollte, was er ihr bedeutete. Doch irgendwie hatte er das Gefühl, daß sie ihm wider alle Vernunft vielleicht eine zweite Chance gäbe.

Dunkle Schatten unter ihren Augen verrieten ihre Erschöpfung, ihr Gesicht war bleich. Schließlich beugte er sich vor und küßte sie auf die Lider. Dann küßte er sie auf die Lippen und spürte, wie ihre Anspannung sich ein wenig löste. Als er sie hochhob und in ihr Schlafzimmer trug, sah er die Freude in ihren Augen leuchten.

Joanna trat in die Dunkelheit, wie sie es schon früher getan hatte, doch diesmal war er neben ihr, achtete auf sie, führte sie. In ihrem Schlafzimmer wurde sie unerwartet von Schüchternheit ergriffen. Ungeschickt nestelten ihre Finger an den Bändern ihres Kleides herum. Ein Knopf riß ab und rollte in eine Ecke des Raumes. Als Toby sie in die Arme nahm, hörte sie, daß unten in der Küche jemand sang – ein schlüpfriges, bretonisches Liebeslied, schrill und unmelodisch, das von den Steinwanden des Hauses widerhallte. Joanna lächelte, dann lachte sie leise. Ihre Schultern bebten, Tränen liefen über ihre Wangen. »Sie bringt uns ein Ständchen«, brachte sie mühsam hervor.

Tobys Augen glänzten dunkel und verführerisch. Sie vergaß ihre Unsicherheit, hörte den Gesang nicht mehr. Schließlich waren sie alte Bekannte – und bei Bekannten durfte man Fehler machen, sich töricht benehmen. Joanna sank nach hinten auf

das Bett, ließ Toby ihr Mieder aufschnüren, ihre Samtärmel und Röcke auf den Boden werfen. Seine Hände berührten ihre Brüste und glitten abwärts zu ihrem Leib und weiter zu ihren Schenkeln. Sie zitterte, aber diesmal nicht vor Kälte. Natürlich wußte sie, was sie tun, wie sie reagieren mußte, wie man Liebe gab, wie man Liebe erwiderte.
Er hatte die Bettvorhänge zugezogen, sie waren in ihrer eigenen, kleinen Welt eingeschlossen. Die Vorhänge waren grün und mit Blumen bestickt. Wenn sie die Augen halb schloß, war es, als seien sie wieder in dem grünen, geheimen Raum – in dem Raum, wo alle Wege zusammentrafen, in der Mitte des italienischen Gartens.

In jener Nacht dachte Toby kein einziges Mal an das Haus seiner Mutter. Seine Alpträume waren vertrieben worden, in die Dunkelheit des Waldes verbannt, wohin sie gehörten. Hier in Joannas Haus war er in Sicherheit. Er dachte flüchtig an den Brief, den Joanna an Martin Gefroy geschrieben hatte – aber nur, um das Stück Papier dafür zu segnen, daß es den Anstoß dafür geliefert hatte, daß sie endlich zusammengekommen waren. Er hatte Vergangenheit und Zukunft vergessen und verlor sich in ihrer Haut, ihrer Nähe, ihrer rotbraunen Haarflut. Sie ließen sich Zeit in jener Nacht. Wenn ihre Leidenschaft auch nicht weniger ungeduldig war als vier Jahre zuvor, so hatten sie, beide, von dem Wunsch beseelt, dem anderen so viel Genuß zu bereiten, wie sie empfingen, doch gelernt, behutsam miteinander umzugehen. Er konnte sie in der Dunkelheit nicht sehen, und draußen heulte der Schneesturm noch immer seine Wut hinaus. Toby entdeckte sie an der Zartheit ihrer Haut wieder, an der Seidigkeit ihrer Haare an seinem Gesicht, an den Rundungen ihrer Brust und ihres Gesäßes, an dem blumigen Duft, den sie verströmte, der bald von einem anderen, schweren, süßen Geruch überlagert werden würde. Die Lust löschte ihn beinahe aus, er fiel in die Kissen zurück, rang nach Luft, stöhnte. Ihr Mund liebkoste ihn, ihre Fingerspitzen berührten ihn, weckten sein Verlangen nach ihr wieder und wieder. Ohne etwas zu sehen, wußte er, daß er endlich nach Hause gefunden hatte.

Martin kehrte auf Umwegen zu seinem Geburtsort zurück. Nachdem er Italien im Herbst 1513 verlassen hatte, reiste er nordwärts durch die Territorien des Heiligen Römischen Kaisers, wobei er sich jedweder verläßlich wirkenden Gruppe von Pilgern oder Kaufleuten anschloß, die in einer Richtung unterwegs waren, die ihm zupaß kam. Er war ein paar Monate in Heidelberg geblieben, ein paar in Amsterdam. Aber irgendwann, als er auf die graue Nordsee hinausblickte, erwachte der Wunsch in ihm, heimzukehren. Er ging an Bord eines Schiffes, das Wolle geladen hatte und auf dem Weg zur englischen Ostküste war, erduldete Seekrankheit und Kälte, ungesundes Essen und unsauberes Wasser. In England angekommen, machte er sich sofort auf den Weg nach London, das sich in den zehn Jahren seiner Abwesenheit sehr verändert hatte: Es war heller, lauter, streitsüchtiger geworden. Er suchte sich eine Unterkunft und schlief, mit kurzen Unterbrechungen, eine ganze Woche lang.

Nachdem er sich von seiner Reise erholt hatte, schrieb er einen Brief, in dem er sich Thomas Linacre vorstellte, dem Arzt, der einst der Lehrer des jungen Prinzen Arthur gewesen war. Kurz darauf verbrachte er einige erfreuliche Wochen mit Master Linacre, in deren Verlauf sie Themen diskutierten wie die korrekte Übersetzung des Anatomen Galen und die Möglichkeit, daß Henry VIII. vielleicht eine medizinische Fakultät einrichten würde. Martin stellte fest, daß er ohne jede Schwierigkeit wieder in England akzeptiert wurde und daß seine Reiselust völlig erloschen war. Die Jahre seiner Wanderschaft und seiner Reisen durch Europa begannen in den Hintergrund zu treten. Sie waren, erkannte er, eine notwendige Vorbereitung für das Leben gewesen, das er eines Tages zu führen gedachte, aber nicht sein Lebensinhalt. Im Geiste nahm er Abschied von den Männern und Frauen, mit denen er unterwegs zusammengetroffen war, von Joanna, Toby, Guillaume du Chantonnay, Hamon de Bohun – mit unterschiedlichen Gefühlen von Erleichterung oder Bedauern. Er hielt diesen Teil seines Lebens für abgeschlossen, beendet durch einen Schlußstrich mit einem abschließenden Schnörkel.

Als er erfuhr, daß er beobachtet wurde, begriff er, daß der Schlußstrich nicht ganz so abschließend war, wie er es gerne gehabt hätte. Der Junge des Apothekers erzählte es ihm, ein aufgeweckter, zutraulicher Bursche. Martin hätte selbst niemals bemerkt, daß der Mann, der an der Straßenecke stand, etwas anderes war als ein Besucher der Stadt, der zu viel Zeit zur Verfügung hatte.

»Er redet komisch«, berichtete der Junge. Eine kalte Hand griff nach Martins Herz, als er in seinen Taschen nach einer Münze für den Jungen des Apothekers kramte. Und er beschloß, nach Oxford zu gehen – in seinen Geburtsort.

Als Joanna bei Tagesanbruch erwachte, lag Toby, auf einen Ellbogen gestützt, neben ihr auf der Seite und betrachtete sie. Etwas von der alten Angst, der alten Abwehr, war in seine Augen zurückgekehrt.

»Was nun?« fragte er.

Sie verstand, was er meinte: Ein Kapitel hatte geendet – oder begonnen. »Das liegt bei dir«, antwortete sie langsam. »Das hat es immer getan. Es kommt nur vor, daß andere Ereignisse uns ein wenig ... ablenken.«

Er zog mit der Fingerspitze die Konturen ihres Gesichts nach. »Welche Zuversicht«, sagte er leise. »Wie weit bist du seit deiner Geburt gereist, Joanna?«

»Sehr, sehr weit.«
Sie dachte an die Jahre ihrer Kindheit, an Sanchia, die gestorben war, an Donato, der sie im Stich gelassen hatte; an die Zeit in Venedig, in deren Verlauf sie im Atelier ihres Onkels eine gewisse Zufriedenheit empfunden hatte; an die Katastrophe ihrer Ehe – eine Katastrophe, die ihr nach wie vor nachhing, ihr den Zutritt zu Wegen verwehrte, die sie vielleicht gerne einschlagen würde.
»Und du glaubst noch immer, daß der Mensch die Macht der *Entscheidung* besitzt?«
»Natürlich.« Ihre Hände glitten zu seinen Schultern und liebkosten ihn. In diesem Moment war sie vollkommen glücklich. »Natürlich tue ich das. Ich habe entschieden, Italien zu verlassen. Ich habe entschieden, bei Guillaume zu leben. Ich habe entschieden, den Garten in Marigny anzulegen – und hierherzukommen – mit dir. Wir machen nur manchmal Fehler – das ist alles.«
»Ich für meinen Teil habe eine *Menge* Fehler gemacht.« Toby schüttelte den Kopf, ließ sie jedoch nicht aus den Augen. »Bei Eleanor ... bei Agnès ... bei dir ...«
»Ich bin noch da«, sagte sie. »Nicht wahr, Toby?«
Der Hauch eines Lächelns erschien in seinen Mundwinkeln. »Ja, Gott weiß, warum. Du bist eine dickköpfige Frau, Joanna.«
Sie hob ihm ihr Gesicht entgegen, damit er sie küßte. Draußen fiel der Schnee von den Ästen, wurde vom Wind gegen das Haus getrieben. Sie war froh über den Schnee: Er gab ihr das Gefühl, in Sicherheit zu sein, geschützt gegen den Rest der Welt. Für eine kleine Weile konnten sie beide die Vergangenheit und die Zukunft vergessen.
Einst, weit weg in einem anderen Land, waren Rosenblätter von den Zweigen gefallen, und die Luft hatte nach Jasmin geduftet. Es spielte keine Rolle, es machte keinen Unterschied.

Martin erhielt Joannas Brief in Oxford, kurz vor Weihnachten. Er bewohnte zwei Zimmer in einem Logierhaus in der Catte Street. Die Hausbesitzerin wohnte im Erdgeschoß. Sie hatte eine Tochter, ein pummeliges, intelligentes Mädchen Anfang Zwanzig. Manchmal, wenn Martin nach einem Patientenbesuch nach Hause kam, lief Lucy hinter ihm her, sammelte die Papiere ein, die er fallen lassen hatte, oder lud ihn auf ein gewürztes Bier in den Salon ein. Sie war – wie ihre Mutter – eine gute Köchin, und er wußte, daß sie schreiben konnte und ihre Schrift deutlich war. Vor kurzem hatte Martin sich gefragt, ob ein ordentliches, nettes Mädchen wie Lucy jemals ein Auge auf einen ungepflegten, besessenen Arzt wie ihn werfen würde. Er hoffte, daß es so wäre.

Er war dabei, das Durcheinander in seinem Zimmer nach ein paar fehlenden Notizen zu durchforsten, als es klopfte. Lucy streckte ihm einen Brief hin. »Ein Seemann hat ihn gebracht«, sagte sie. »Aus Frankreich.«

Die Adresse war kaum zu lesen, das Siegel wies keine Prägung auf. Mit leicht zitternden Händen erbrach er es und faltete den Brief auseinander.

Entgegen seiner Erwartung war er nicht von Toby. Als er Joanna Zulians Unterschrift am Ende des Textes sah, schlug sein Herz schneller. Er sank so unvermittelt auf die Bettkante, als trügen seine Beine ihn nicht mehr.

»Geht es Ihnen gut, Master Gefroy?« fragte Lucy besorgt. »Haben Sie schlechte Nachrichten bekommen?«

Sie mußte die Frage zweimal wiederholen, ehe er sie hörte. Dann, nachdem er den Inhalt von Joannas Brief überflogen hatte, lächelte er und sagte: »Nein, nein – die Nachrichten sind ganz und gar nicht schlecht. Und es geht mir sehr gut.«

Er hörte, wie die Tür sich hinter ihr schloß, und nahm sich das engbeschriebene Blatt nun gründlich vor.

Er neigte dazu, sich Tobys Meinung anzuschließen, daß man

gewisse Dinge am besten ruhen lassen sollte, daß die Gewalttätigkeit und Habsucht, die die Vergangenheit charakterisiert hatten, nicht wieder zum Leben erweckt werden sollten. Es war besser, sich nicht einzumischen, nicht die Vergeltungsmaßnahmen heraufzubeschwören, deren Hamon de Bohun fähig war. Martin versprach sich nichts von dem Besuch in Lydney Mandeville, um den Joanna ihn bat. Toby vor Augen, wie er mit von Erschöpfung gezeichnetem Gesicht in Italien an seinem Schreibtisch saß, fand er, daß man die Dämonen in der Flasche lassen sollte, in die sie Toby gesperrt hatte. Toby war stark; Toby konnte mit einem solchen Wissen leben. Seine Dämonen kamen nur nachts für kurze Zeit zum Vorschein.

Martin warf noch einen Blick auf den Brief, bevor er aufstand und sich für die Arbeit vorbereitete, Heiltränke und Instrumente zusammenpackte. Joannas Unterschrift, ein schwarzer Tintenschnörkel, starrte ihn an. Er erinnerte sich jetzt sehr lebhaft an sie, mit großer Zuneigung, mit der Achtung, die er einem Menschen schuldete, der ihm ein wenig die Augen geöffnet hatte. Das Verlangen war gottlob erloschen – und mit ihm die Eifersucht.

Er schob den unangenehmen Gedanken beiseite, daß es sein Widerwillen dagegen, wieder einbezogen zu werden, seine eigene, noch sehr deutlich in seinem Gedächtnis haftende Angst war, die ihn zögern ließ, Joannas Bitte nachzukommen.

An jenem Abend machte Martin sich, nachdem er sein Antwortschreiben verfaßt hatte, an die Arbeit. Er war dabei, ein Kräuterbuch zu schreiben. Wahrend seiner Jahre auf dem Festland war er auf viele Pflanzen gestoßen, die nicht in England beheimatet waren. Er hatte ihre Anwendungsmöglichkeiten erforscht, indem er alte Schriften studierte und mit den Bauern sprach, die mit derlei Pflanzen umgingen. Einige der Pflanzen hatte er an sich selbst ausprobiert, ein paar Tropfen Saft auf seine

Haut geschmiert oder an einer Beere geknabbert – und sich damit mehr als einmal ziemlich krank gemacht.
Jetzt versuchte er seine Erkenntnisse zu ordnen. Tagsüber praktizierte er als Arzt, behandelte die verschiedenen Leiden der Bürger von Oxford, nachts saß er bis in die frühen Morgenstunden an seinem Tisch, durchforschte seine Erinnerung und die zahlreichen Notizen und Anmerkungen, die er über die Jahre hinweg gesammelt hatte.
Er hörte die Glocke der Allerheiligenkirche Mitternacht schlagen, als er das Tintenfaß verschloß. Seine Kerze war weit heruntergebrannt, begann zu tropfen. Er gähnte und streckte sich – und stieß dabei ein paar Papiere zu Boden. Er kroch gerade unter den Tisch, um sie aufzuheben, als er den Lärm hörte.
Es war eigentlich kein Lärm – eher ein leises Geräusch: das Quietschen einer hölzernen Treppenstufe. Aber es war ein Geräusch, das es nicht hätte geben dürfen, denn Lucy und ihre Mutter gingen stets kurz nach Einbruch der Dunkelheit zu Bett, und die beiden jungen Herren, die das mittlere Stockwerk bewohnten, waren wegen Weihnachten zu ihren Familien zurückgekehrt. Ein kalter Schauer lief an Martins Rückgrat hinab. Die Kerze flackerte und erlosch. Martin blieb unter dem Tisch, mit hämmerndem Herzen, unfähig, sich zu rühren. Noch ein Quietschen, dann ein Schritt auf dem obersten Treppenabsatz, *seinem* Treppenabsatz.
Er hatte die Tür nicht abgeschlossen – er schloß die Tür niemals ab. Übelkeit stieg in ihm auf, Schweiß rann ihm über das Gesicht wie Tränen. Natürlich trug er kein Schwert, und seine Hilfeschreie würden niemals bis ins Erdgeschoß dringen. Außerdem hatte er nicht den Wunsch, Lucy oder ihre Mutter in sein wirres Privatleben hineinzuziehen.
Er hörte, wie der Knauf der Außentür gedreht wurde. Er dachte an Lucy, die ihn am Morgen mit eingeschlagenem Schädel

vorfinden würde – oder mit einem Messer in der Brust. Er dachte an François du Chantonnay, dem er vor Jahren unwissentlich geschadet hatte. Er dachte an Hamon de Bohun, der glaubte, daß man alles mit Geld erreichen konnte – oder mit Gewalt. Martins Hand machte sich selbständig, streckte sich aus und berührte etwas. Einen Zinnkrug. Die Reste des gewürzten Bieres waren schon lange kalt: Wie so oft war er derart in seine Arbeit vertieft gewesen, daß er vergessen hatte, zu essen oder zu trinken. Martins Finger zitterten leicht, als sie sich um den Henkel des Kruges schlossen. Dann kroch er vorsichtig rückwärts unter dem Tisch hervor, stand auf – und stolperte dieses eine Mal nicht über den Saum seiner Robe.

Als sich die Tür des äußeren Zimmers öffnete, stand Martin, den Zinnkrug fest in der Hand, neben dem Türrahmen. Der Schein der Kerze des Mordbuben beleuchtete den Schreibtisch mit den Papieren darauf, die umfangreiche Sammlung von Samen und Schädeln, Phiolen und Pulvern. Als Martin den Krug zum Zuschlagen hob, empfand er einen schrecklichen, überwältigenden Zorn. Als er seine Waffe auf den ungeschützten Kopf des Eindringlings herunterkrachen ließ, hätte er am liebsten gerufen: »Für François, für Mistress Mandeville, für Toby!«

Das Geräusch, mit dem der Krug auf den Schädel traf, war entsetzlich. Der Mann schlug dumpf auf dem Boden auf. Martins Arm schmerzte von der Wucht des Schlages. Nach Luft ringend, wartete er darauf, daß sein ungebetener Gast aufstünde. Aber der Mann, der in einem Durcheinander aus Bier, Zimtstangen und Muskatnußstückchen lag, rührte sich nicht. Der Zinnkrug entglitt Martins plötzlich kraftlosen Fingern, landete mit einem Klappern auf dem Boden. Martin sank auf die Bettkante, unfähig, etwas zu tun.

Als er aufblickte, sah er Lucy mit einer Kerze in der Hand in der Tür stehen. »Ich habe ein Geräusch gehört«, flüsterte sie. Und dann, mit weitaufgerissenen Augen den Körper auf dem Boden anstarrend, kaum hörbar: *»Master Gefroy!«*

Martin rutschte vom Bett und kniete sich neben die ausgestreckte Gestalt, tastete am Hals nach dem Puls.

»Er ist nicht tot«, sagte er.

Blut sickerte aus der Kopfwunde.

»Ein Dieb?« fragte Lucy.

»So etwas Ähnliches.«

Martin stand auf. Er hatte keinen Zweifel daran, dachte er grimmig, daß dieser Mann, wenn er das Bewußtsein wiedererlangte, bretonisch sprechen würde – nicht englisch. Und er hatte auch keinen Zweifel daran, daß bei der Erwähnung des Namens de Bohun ein verräterisches Flackern in den Augen des Mannes aufzucken würde.

Sein Blick wanderte zu dem Antwortschreiben an Joanna auf dem Tisch. Er hatte sich geirrt, und Joanna hatte recht gehabt. Es war nicht alles vorbei – diese Dinge waren nie ganz vorbei. Er knüllte den Brief zu einer kleinen Kugel zusammen. Seine Augen waren hart vor Zorn.

»Ich muß verreisen«, erklärte er. »Morgen früh, sobald ich diesen Burschen den Behörden übergeben habe.«

Überrascht sah er die Enttäuschung in Lucys Augen. Er beugte sich vor und küßte sie leicht auf die Wange.

»Nicht für lange«, tröstete er sie. »Es gibt da nur eine unerledigte Angelegenheit, das ist alles.« Er begann, Kleidungsstücke in eine Tasche zu stopfen.

»Lassen Sie mich das machen«, sagte sie. Ihr Gesicht war rosig überhaucht, als sie zerknitterte Hemden und Wamse vom Bett nahm, vom Boden aufsammelte und unter dem Schreibtisch hervorholte.

Zu beobachten, wie Lucys geübte Hände Wollstoff und Leinen glattstrichen und die ramponierten Kleidungsstücke ordentlich zusammenfalteten, lenkte ihn momentan sogar von der unmittelbaren Zukunft ab. Der Mann auf dem Fußboden stöhnte, öffnete die Augen kurz und schloß sie dann wieder. Stirnrunzelnd begann Martin über die Schwierigkeiten nachzudenken, die es ihm bereiten könnte, vor Jahresende nach Lydney Mandeville zu gelangen.

Er verirrte sich kein einziges Mal: In jeder Hütte, in jeder Taverne fragte er nach dem Weg und befolgte die Anweisungen gewissenhaft. Die Aufgabe, mit der Joanna ihn betraut hatte, behandelte er mit der gleichen Sorgfalt wie die schlimmste Infektion, das geheimnisvollste Fieber.

Der Ort war klein, nur ein Dörfchen, das Mandeville-Haus eines der wenigen Gebäude von nennenswerter Größe. Der Himmel war schneeschwer und grau. Reif zierte die Ränder der Blätter des Efeus, der sich an die gelben Steinmauern klammerte wie Spitzenborte, ließ die immergrünen Buchsbäume grau schimmern. Die Schilfgräser und Binsen im Bach waren in dem eisigen Wasser erfroren.

Martin ließ sein Pferd bei den Stallungen nahe dem Haus stehen. Nach oben schauend, sah er die verwitterten Schornsteine und die Grotesken, die auf dem Dach hockten. Die Kanten der Kamine und die Gesichter der steinernen Affen und Löwen hatten abzubröckeln begonnen.

Er ging um das Haus herum, blieb ab und zu stehen, um durch die Fenster zu spähen und zu versuchen, die Türen zu öffnen. Doch die Türen waren allesamt abgeschlossen, und die Spinnweben an den Scheiben ermöglichten nur einen undeutlichen Eindruck von dem Hausinneren. Es begann zu schneien, vereinzelte Flocken. Martin sah, was Toby vier Jahre zuvor gesehen hatte: Melancholie und eine Atmosphäre der Vernachlässigung, als geistere Izabel Mandeville noch immer hier herum, durch ihr Leiden und ihren Verlust an die Erde gefesselt. Martin schauderte und kehrte zu seinem Pferd zurück.

Er wußte, daß er beobachtet wurde – aber nicht von Hamons

Mann, denn der schmachtete mit brummendem Schädel im Gefängnis von Oxford, wohin ihn eine Anklage wegen Einbruchs gebracht hatte, die doppelt schwer wog, weil er Ausländer war. Nein – hier waren seine Beobachter die Dorfbewohner, die hinter vorgehaltener Hand tuschelten, mit zusammengekniffenen Augen das fremde Gesicht musterten. Er lächelte, als er sein Pferd zum Anger zurückführte. Schließlich befand er sich in seinem Heimatland. Und dann sprach er mit der ihm eigenen Gründlichkeit mit jedem einzelnen Bewohner von Lydney Mandeville.

Sie wußten beide, daß ihre gemeinsame Zeit begrenzt war, doch Toby fragte nicht wieder, wie schon einmal: »Was nun?« Sie konzentrierten sich auf die Gegenwart. Die drei – Toby, Joanna und Sanchia – feierten Weihnachten allein, froh über den Schnee, der sie gegen den Rest der Bretagne abschirmte. Es war, als gestatte ihnen das Leben eine Atempause.

Nie war ihnen die Gegenwart so kostbar erschienen. Wenn Joanna beobachtete, wie ihre Tochter die Rotkehlchen mit Brotkrümeln fütterte, wenn sie Toby beim Holzhacken zuschaute, dann wußte sie, daß sie ihr Leben gegen kein anderes hätte eintauschen mögen, daß dies das Glück war: eine tiefe Zufriedenheit, geschöpft aus den kleinen Dingen des Lebens, die Fähigkeit, alle kleineren Probleme und Ärgernisse beiseite zu schieben. Sie erkannte, daß sie Toby ebenso brauchte wie er sie.

Sie bauten für Sanchia einen Schneemann im Garten, setzten ihm einen verbeulten Hut auf den Kopf, und Joanna arbeitete sorgfältig seine Gesichtszüge aus. Die Eiszapfen an den Regenrinnen wurden mit jedem Tag länger. Toby warf Schneebälle auf die oberen Äste der Bäume, und Pulverschnee sank zu Boden wie Puderzucker. Schnee hüllte die Bögen der Pergola ein, so daß sie sich wie Konstruktionen aus weißer Spitze gegen den farblosen Hintergrund abhoben.

Nachdem Martin in Lydney Mandeville erfahren hatte, was er wissen wollte, reiste er weiter. Er hatte – Joannas Bitte entsprechend – versucht, die Namen der Bediensteten herauszubekommen, die zu Zeiten von Izabel Mandeville in dem Herrenhaus gearbeitet hatten.

An Türen klopfend, an jeden der mißtrauischen Dörfler herantretend, hatte er die Information erhalten, daß der Name von Izabel Mandevilles Köchin Dorothy Fisher lautete und daß sie im nahe gelegenen Stroud wohnte.

In Stroud lag eine dünne Schneeschicht auf den Dächern, und auf den Pflastersteinen glitzerte Eis. Martin übernachtete in einem Gasthaus in der High Street, stand früh auf und erkundigte sich bei dem Wirt nach der Gesuchten. Der Wirt schickte ihn zu der Bäckerei, die auf halbem Weg die Straße hinunter lag. Es hatte zu schneien aufgehört, und eine schwache Sonne versuchte tapfer, ein wenig Wärme zu spenden.

Die Tür der Bäckerei stand halb offen, Boden und Regale waren weiß bestäubt, als habe das Winterwetter den Weg ins Haus gefunden. Die Hitze, die der Backofen verströmte, traf Martin wie ein Schlag.

Der Bäcker führte ihn durch den Verkaufsraum ins Hinterzimmer. Es war groß, durch die Hitze des Feuers und der Öfen jedoch beklemmend stickig. Martin sah sich mit einem bunt zusammengewürfelten Mobiliar und einer Schar von Menschen konfrontiert. Ein Baby, mit einem Band an einem Tischbein festgebunden, krabbelte auf dem Boden herum; bei der Tür stritten sich Kinder um einen Korb mit Wäscheklammern und ein Stück Kreide; alle Bänke und Stühle waren von jungen und alten Erwachsenen besetzt. Einige standen an einem großen Tisch, rollten Teig aus oder mischten Füllungen für Pasteten und Kuchen. Der Duft von Hammelpasteten, Makronen und Fleischpudding tat ein übriges, das Atmen zu erschweren.

Der Bäcker führte Martin zu einer alten Frau, die am Kamin saß.

Schichten von Unterröcken, Überröcken, Oberteilen und Umschlagtüchern ließen die stämmige Gestalt unförmig erscheinen, eine Haube mit herabhängenden Seitenteilen verbarg fast zur Gänze ihre grauen Haare. Martin beugte sich zu ihr hinunter, um direkt in ihr Ohr zu sprechen. Sie winkte ihn fröhlich weg.

»Ich bin noch nicht taub, junger Mann, und auch nicht vertrottelt. Natürlich erinnere ich mich an Izabel Mandeville. Ich stand in ihren Diensten – oh, etwa zwei Jahre lang.«

Sie war in den Sechzigern, schätzte er, rund und freundlich. Sie lächelte. »Es war nicht schwierig, für sie zu kochen – obwohl sie Ausländerin war. Zu Anfang befürchtete ich, sie würde lauter fremdartige Gerichte verlangen, aber sie war mit dem zufrieden, was ich für sie zubereitete.«

Das Baby war über seine Leine gefallen und begann zu greinen, und Dorothy Fisher rief einem der Kinder, die mit Kreide die Steinfliesen bemalten, zu: »Heb ihn auf, Emmie! Nimm ihn in den Arm!«

»Ja, Tante Doll«, antwortete das älteste Mädchen gehorsam, ließ die Kreide fallen und nahm sich des Kleinen an. Aus dem Verkaufsraum verlangte eine laute Stimme ein Dutzend weiterer Pasteten.

»Ruhig heute«, meinte Mistress Fisher, ihre Röcke zurechtzupfend. »Kein Wunder bei dem Wetter.«

Martin verspürte den Wunsch, zu lachen. Der Lärm und die Hitze waren qualvoll. Er zerrte am Kragen seines Wamses und ließ seinen Umhang von den Schultern gleiten.

Er formulierte seine Frage mit Bedacht. »Haben Sie vor oder nach dem Tod ihres Gatten für Mistress Mandeville gearbeitet, Mistress Fisher?«

Ein scharfer Blick traf ihn. »Beides«, antwortete sie dann. »Ich wurde als Köchin angestellt, als sie heiratete. Aber sie wurde sehr jung Witwe, die arme Lady. Ich verließ sie – oh, etwa ein Jahr nach dem Tod des Herrn.«

Das Baby weinte immer noch. »Gib ihn her, Emmie«, befahl die alte Frau. Das heulende Kind wurde auf Dorothy Fishers Schoß gesetzt. Es hatte eine Beule von der Größe eines Pennys auf der Stirn.

»Psch, psch, Toby«, sagte die alte Frau. »Still jetzt. Nanny ist ja da.«

Martin erstarrte. »Ein kalter Umschlag«, sagte er, selbst dann noch Arzt, wenn er eigentlich gar nicht bei der Sache war. »Eine Handvoll Schnee vielleicht – in einem Tuch.« Seine Finger berührten sanft die Schwellung auf der Stirn des Kindes.

»*Toby*«, sagte er, zu Izabel Mandevilles Köchin aufblickend. »Ist das ein Familienname?«

Emmie war hinausgeeilt, die Tür schlug zu, ein kalter Luftzug wehte durch den Raum.

Mistress Fisher schüttelte den Kopf. »Nein. Es war der Name eines meiner Kinder, das starb. Das Baby meiner Tochter erinnerte mich an ihn.«

Das Baby auf Dorothy Fishers Schoß hatte dunkle Augen. Es war der Name eines meiner Kinder, das starb; nicht »es war der Name meines Sohnes«. Emmie kam zurück, einen Schneeball in der Hand. Martin wickelte ihn in sein Taschentuch und legte den Eisbeutel auf die geschwollene Stirn des Kindes.

Das Heulen des Kleinen steigerte sich zum Brüllen, aber es gelang Martin trotzdem, sich verständlich zu machen: »Das *starb,* Mistress – oder das Ihnen *weggenommen wurde?*«

Die alte Frau starrte ihn an, erwiderte nichts. Loyalität über den Tod hinaus, dachte Martin gerührt.

»Er starb«, sagte die alte Frau schließlich.

Der Schnee hatte begonnen zu schmelzen. Martin nahm das Taschentuch vom Gesicht des Babys. Die Beule war ein wenig flacher geworden und das Schreien des Babys hatte nachgelassen.

»Ich glaube nicht«, sagte Martin. »Ich glaube, er ist noch am

Leben. Ich lernte ihn in Italien kennen, wissen Sie, Mistress. Toby, meine ich, Izabel Mandevilles Sohn.«
»Wer sind Sie?« flüsterte sie.
»Ein Arzt«, antwortete er schlicht. »Und Toby Crows Freund. Es liegt nicht in meiner Absicht, ihm oder Ihnen in irgendeiner Weise zu schaden. Toby hat vor ein paar Jahren erfahren, was es mit seiner Herkunft auf sich hat – es sind nur ein paar Einzelheiten unklar geblieben. Sie haben sich um Toby gekümmert, nicht wahr, Mistress Fisher? Sie haben ihn aufgezogen?«
Nach einer Weile nickte sie. »Eine Lady wie Mistress Mandeville durfte doch nicht mit einem unehelichen Kind gesehen werden«, sagte sie stolz.
»Sie hielt ihre Schwangerschaft also geheim?«
»Die Mistress entließ die meisten ihrer Bediensteten, behielt nur eine Handvoll Leute, denen sie wirklich vertrauen konnte. Sie ließ verlauten, daß sie krank sei, und blieb zu Hause. Ich habe das Kind entbunden, als ihre Zeit kam.«
Martins Gedanken überschlugen sich. »Und dann nahmen Sie das Baby mit hierher und sorgten dafür.«
Dorothy Fisher neigte den Kopf und küßte den kleinen Jungen auf ihrem Schoß. »Aber ich brachte ihn oft nach Lydney Mandeville zurück – etwa einmal im Monat. Die Mistress liebte ihn, wissen Sie.«
Er brachte es nicht über sich, die Fragen zu stellen, die er hatte stellen wollen – sie erschienen ihm plötzlich unangemessen und unwichtig. Daß Izabel Mandeville ihr Kind geliebt hatte – trotz des Entsetzens, das sie bei seiner Zeugung empfunden haben mußte –, das war das einzige, was zählte, dachte Martin.
»Wir waren gerade einmal wieder dort, als *er* zurückkam.« Dorothy Fisher sprach so leise, daß er sie kaum verstand, er sah Furcht in den Augen der alten Frau. Überflüssig, zu fragen, wer »er« war.
»Hamon de Bohun«, sagte er leise.
»Er war ein Teufel. Ein Teufel.«

Sie bekreuzigte sich. Das Baby schlief jetzt friedlich. Dorothy Fishers alte Augen starrten an Martin vorbei in die Flammen, die scharlachrot über dem Feuerholz hochzüngelten.
»Ich versuchte es ihm zu sagen«, murmelte sie. »Aber er wollte nicht zuhören. Sie schlugen mich. Die Mistress weinte so schrecklich – sie schrie wie eine Wahnsinnige. Ich dachte, sie hätte den Verstand verloren. Sein bloßer Anblick ...«
Sie brach ab. Martin erkannte, daß sie ihn vergessen hatte, daß sie nur noch ihre furchtbaren Erinnerungen sah, widergespiegelt in den Flammen. Er mußte sich vorbeugen, um ihr Murmeln zu verstehen.
»Er sagte, er sei gekommen, um seinen Sohn zu holen. Ich dachte, wenn ich ihm die Wahrheit erzählte, würde er das Kind in Ruhe lassen – aber ich konnte sie nicht dazu bringen, mir zuzuhören. Sie konnten nicht englisch – nur irgendeine ausländische Sprache, und sie taten mir weh. Ich versuchte, es ihnen zu sagen, wissen Sie.«
Ein kalter Schauer überlief Martin. Eine böse Vorahnung, ein Anflug von Unbehagen stieg in ihm auf. Er beugte sich noch weiter vor. »Was meinten Sie, als Sie sagten, daß Sie glaubten, wenn Sie ihm die Wahrheit erzählten, würde er den Jungen in Ruhe lassen, Mistress Fisher?«
Eine einzelne Träne rollte eine der Furchen entlang, die das Alter in ihr Gesicht gegraben hatte. »Ich dachte immer, es wäre meine Schuld, wissen Sie. Nicht, daß sie mich beschuldigt hätte – ich gab mir nur selbst die Schuld. Sie starb kurze Zeit später, das arme Ding. Aber ich dachte immer, wenn ich mich ihnen nur hätte verständlich machen können ... doch ich konnte nicht die richtigen Worte finden. Ich konnte einfach nicht die richtigen Worte finden.«

Als von dem Schneemann nur noch der verbeulte Hut übrig war und die Eiszapfen schon längst am Boden zerschellt waren, kam

Sturm auf, der der Bretagne nicht einmal einen flüchtigen Eindruck von Frühling gestattete. Im Wald knickten hohe Bäume um wie Kegel, und das Schmelzwasser ließ die Bäche anschwellen und schneller fließen.
Der Besucher kam in einer Atempause des Sturms an. Als Joanna aus dem Fenster schaute, erkannte sie an dem zerfledderten Umhang und dem unansehnlichen Pferd, daß es nicht Guillaume war.
»Vielleicht ein Hausierer«, meinte Toby. »Ich werde nachsehen.«
Als er sich zum Gehen wandte, streckte sie die Hand aus und hielt ihn am Ärmel fest.
»Nein, Toby – *schau!*«
Toby schaute – und dann sagte er: *»Martin!«*

Er wurde geherzt und geküßt, bekam etwas zu essen und zu trinken und trockene Kleider. Die Geschichte, die er zu erzählen hatte, kochte ständig in ihm hoch, aber er wußte, daß er warten mußte, bis sie allein und ungestört wären. Jetzt waren Joannas Tochter da und die Kinderfrau von Joannas Tochter, und Bedienstete flatterten um ihn herum, brachten ihm heißes Wasser, Kaninchenpastete, warmes Bier ...
Später, als Sanchia im Bett war und sie zu dritt im Wohnraum saßen, schaute er Joanna an. Er hatte sie bisher noch gar nicht richtig angeschaut. Was sagte man zu einem Menschen, den man fünf Jahre nicht gesehen hatte? Zu einem Menschen, den man einst so inbrünstig, so eifersüchtig geliebt hatte? Er sah, daß sie sich verändert hatte, daß die Schönheit, die sie bereits mit achtzehn besaß, zu etwas Außergewöhnlichem erblüht war und daß ihre Kleidung, ihr Schmuck, ihr Auftreten die ihr von der Natur gegebenen Gaben zur Vollkommenheit ergänzten. Er liebte sie noch immer, dachte er. Alle Ereignisse, die Zeit und die lange Trennung hatten nicht vermocht, seine Liebe zu töten.
Sein Blick wanderte zu Toby. Die beiden saßen nebeneinander

auf der Bank, Tobys Arm lag um Joannas Schultern – und in diesem Augenblick gestand Martin sich endlich ein, was er tief im Innern schon immer gewußt hatte: daß sie zwei Hälften eines Ganzen waren. Sein Leben war für eine Weile mit ihnen verbunden gewesen, doch diese Bänder waren nun durchgeschnitten. Er stellte fest, daß er sich um sie sorgte.

Er erzählte seine Geschichte, wählte Worte dafür, die gleichermaßen schonend und ehrlich waren – er kannte sie gut genug, um zu wissen, wie leicht falsche Worte sie verletzen konnten. Er erzählte ihnen von Oxford und Lucy und dem Eintreffen von Joannas Brief. Er erzählte ihnen von seiner Reise nach Lydney Mandeville und nach Stroud. Von Dorothy Fisher und dem dicken, dunkelhaarigen Baby namens Toby. Er ging weit in die Vergangenheit zurück und erzählte ihnen von Hamon de Bohuns zweitem Besuch bei Izabel Mandeville.

Und zum Schluß gab er wieder, was Dorothy Fisher ihm offenbart hatte – die Worte, die ihn veranlaßt hatten, sich einzuschiffen und nach Frankreich zu kommen, obwohl er dieses Land fürchtete.

»Der Kammerdiener der Mistress hieß Toby. Nun – sie war nicht die erste Lady, die sich ihr Bett von einem gutaussehenden Diener anwärmen ließ, nicht wahr? Sie war einsam, die arme Lady.«

Joanna fand Toby im Garten. Er war aus dem Wohnraum gestolpert, und Joanna war ihm nach ein paar Worten mit Martin gefolgt.

Er stand am Rand der Rasenfläche. Der Sturm hatte ein wenig nachgelassen, und die Sonne spähte zwischen dunkelgrauen Wolkenbänken hervor, warf auf die kahlen Äste der Bäume ihr blasses Licht. Joanna trat zu ihm und hakte sich bei ihm unter.

Er schaute sie nicht an, sagte nur: »Ich werde es nie wissen, nicht wahr, Joanna? Nicht mit Sicherheit.«

»Spielt das eine Rolle?« fragte sie sanft.
Er schüttelte den Kopf. »Vielleicht nicht.«
»Deine Mutter glaubte jedenfalls, daß du das Kind ihres Geliebten warst«, sagte Joanna entschieden, »und nicht das von Hamon de Bohun. Deshalb gab sie dir den Namen Toby; deshalb beschützte sie dich, deshalb liebte sie dich.«
Sie blickte zum Wald hinüber. Ihr Profil zeichnete sich klar gegen den Hintergrund ab.
»Ich muß bald nach Italien zurück«, sagte Toby. »Ich kann nicht hierbleiben. Komm mit mir, Joanna, bitte.«
Ein langes Schweigen folgte. Dann flüsterte sie: »Nein.«
Er hatte ihre Antwort vorausgeahnt – aber trotzdem empfand er sie wie einen körperlichen Schmerz, wie einen Stich in die Brust.
Sie wandte sich ihm zu. »Ich kann nicht«, erklärte sie leise. »Ich könnte Guillaume Sanchia niemals wegnehmen – und ich könnte sie niemals verlassen. Und außerdem bin ich noch immer verheiratet – vergiß das nicht, Toby, ich bin noch immer Gaetanos Frau.«
Er fühlte sich, als habe ihm jemand das Herz aus der Brust gerissen.
Die Seen aus Tränen, in denen ihre Augen schwammen, traten über die Ufer, als sie weitersprach. »Es würde alles wieder anfangen, nicht wahr, Toby? Wenn ich mit dir käme, meine ich: die Mißgunst und die Rache und die Zerstörung. Ich könnte das nicht ertragen. Ich *könnte* es nicht.«
Toby wußte, daß sie recht hatte. Er wischte sich mit dem Handrücken über die Augen, und dann hielt er Joanna lange, lange Zeit im Arm.

Später aßen sie zusammen, sprachen kaum. Irgendwann legte Martin das Messer auf den Tisch und runzelte die Stirn, als habe er sich gerade an etwas erinnert. »Da ist noch etwas«, sagte er. »Ich denke, ich sollte euch lieber warnen. Irgend so ein Strolch

brach in Oxford in mein Zimmer ein – mit einem Messer in der Hand. Ich schlug ihn mit einem Zinnkrug nieder.«
Tobys Augen weiteten sich, und Joanna rief: *»Martin!«*
»Ich weiß«, sagte Martin beschämt, »ich habe die Beherrschung verloren. Jedenfalls war er Bretone – einer von Hamon de Bohuns Männern. Er sprach nicht gut englisch, und ich beherrsche das Bretonische nur sehr begrenzt, und so hatten wir einander nicht viel zu sagen – aber als ich den Namen seines Herrn aussprach, sah ich es in seinen Augen blitzen.«
Joannas Finger umkrampften den Stiel ihres Glases. Wut flackerte in Tobys Augen, als er fragte: »Haben Sie ihn getötet, Martin?«
Martin schüttelte den Kopf. »Ich behauptete, keine Ahnung zu haben, was er bei mir gewollt hatte, und begleitete ihn als gewöhnlichen Dieb zum Gefängnis. In England ist man auf uneingeladene Ausländer nicht eben gut zu sprechen.«
Martin atmete tief durch. Er sah seine Zukunft jetzt ganz deutlich vor sich – und was er sah, gefiel ihm: seine Arbeit, sein Heim und Lucy. *Seine* Zukunft mochte überschaubar sein – für Toby und Joanna war sie es wohl nicht, nahm er an.
»Ich bleibe eine Weile hier, wenn Sie wollen. Ich gehe zum König und erzähle die Wahrheit – über François du Chantonnay, meine ich.« Er bereute seine Worte nicht. »Man kann sich nicht ewig verstecken, nicht wahr? Und er hat mich immer gestört – mein Mangel an Mut.«
Toby sagte nichts. Joanna beugte sich vor und streckte die Hand aus.
»Lieber Martin.« Ihre Fingerspitzen berührten sein Gesicht. »Sie gehen in pestverseuchte Dörfer, sie behandeln Pockenkranke – und *Sie* sagen, es mangele Ihnen an Mut?« Sie lächelte ihn an, und dann stand sie auf, ging zu ihm hin und küßte ihn auf den Mund. Zum ersten Mal – und zum letzten Mal.
»Gehen Sie zurück nach Oxford«, flüsterte sie. »Heiraten Sie Ihre kleine Engländerin, die sie offenbar von Herzen liebt. Bekom-

men Sie ein halbes Dutzend Kinder – und ich hoffe, daß sie als Erwachsene alle genau so mutig sein werden, wie Sie es sind.«

Zwei Tage danach nahmen Toby und Martin Abschied von Joanna. Auf dem Weg nach Roscoff, wohin Toby Martin begleitete, hatte er ständig Joannas Gesicht vor Augen, spürte die Liebe, die ihre letzte Umarmung bedeutet hatte. Er empfand einen Schmerz, den nicht einmal der lange, anstrengende Ritt vertreiben konnte. Der Wunsch, umzukehren und die Trennung rückgängig zu machen, die so schrecklich falsch war, hätte ihn beinahe überwältigt. Doch er blieb fest, ritt nicht zu dem Haus in Finistère zurück, sondern, nachdem er Martin sicher zum Hafen gebracht hatte, weiter nach Bourges.
Es regnete, als er das Dorf erreichte. Der Trennungsschmerz war noch immer da, aber sein Kopf war jetzt klar, und er war von einer tiefen Ruhe erfüllt. Sein Leben hatte endlich eine gewisse Ordnung bekommen. Er glaubte, daß er nur warten müßte, vielleicht jahrelang – aber er hatte sie nicht für immer verloren. Irgendwann wurde ihm bewußt, daß er den Schotterweg zum Haus des Schulmeisters entlangritt. Er dachte, wie leer es Agnès jetzt erscheinen mußte, die Paul ebenso geliebt hatte, wie er Joanna liebte. Toby hoffte, er könnte die Trostlosigkeit ein wenig lindern.
Sie war in der Küche beim Brotbacken. Sie bemerkte ihn nicht gleich, was ihm Zeit gab, sie zu betrachten: Ihr Haar war völlig grau, und die ehemals feinen Fältchen an Mund und Augen hatten sich vertieft. Dann sprach er sie an.
Sie blickte auf. Ihr Ausdruck wechselte in rascher Folge von Schrecken zu Furcht und schließlich zu Hoffnung. Er blieb in der Tür stehen und wartete: auf Verzeihen, auf Vergebung.
»Mein Lieber«, sagte Agnès mit zitternder Stimme. »Fünf Jahre waren es diesmal, zu lange. Du hattest es *versprochen.*«
Sie streckte ihm die Arme entgegen.

Achtzehntes Kapitel

Als der Bote den Namen von Joanna Zulians Besucher nannte, hatte Hamon de Bohun ihm seine Pferdepeitsche über das Gesicht gezogen.

Er war, aus Paris kommend, nach Marigny zurückgeritten, und der Kurier holte ihn mit im Sturm flatterndem Umhang und einem in Schweiß gebadeten Pferd am Tor ein. Er übergab seine Nachricht, und Hamon de Bohun hob seine Peitsche und schlug ihn damit ins Gesicht, verletzte ihn an einem Auge und am Mund. Hamon hatte gehofft, daß er ihn geblendet hätte, mit Taubheit geschlagen.

Jetzt, drei Monate später, stand derselbe Bote jedoch in der Empfangshalle in unterwürfiger Pose vor ihm. Die Verletzungen waren noch immer zu erkennen. Vom Kamin her blickten Joannas schöne Augen ruhig auf ihn herab. Der Kurier sprudelte seine Neuigkeit heraus.

»Der Mann – Crow – ist fort, Seigneur. Ich weiß aber nicht, wohin. Ich hielt es für das beste, hierherzukommen.«

Hamon erhob sich aus seinem Sessel. Der Bote wich ein paar Schritte zurück. »Keine Angst«, sagte Hamon besänftigend. »Ich habe nicht die Absicht, Ihnen weh zu tun. Hier – ein Zeichen meiner Zufriedenheit mit Ihrer Arbeit.«

Er drückte dem Mann eine Goldmünze in die Hand. Der Kurier war jung und hatte ein hübsches Gesicht – wenn man über die Narben an Mund und Lidern hinwegsah. Hamon berührte kurz die von ihm entstellten Züge.

»Sie haben Ihre Sache gut gemacht, mein Bester«, flüsterte er.

»Kehren Sie jetzt in die Bretagne zurück. Beobachten Sie und warten Sie ab.«

Der Mann eilte hinaus und schloß die Tür hinter sich. Hamon de Bohun schaute zu dem Bildnis von Joanna Zulian hinauf.

Was immer sein unehelicher Sohn ihr angetragen hatte – es war nicht genug gewesen, dachte er. Nur er, der Seigneur de Marigny, konnte ihr genug bieten. Joanna war für Marigny geschaffen – und Marigny war für sie beide geschaffen. Macht und Schönheit – nur sie paßten zu Marigny.

Er würde nach Finistère reiten, dachte er, sobald sich das Wetter besserte. Im Augenblick fegten Stürme über die Halbinsel hinweg, machten den Wald unpassierbar. Als er aus einem Fenster schaute, gewann er den Eindruck, als ließe der Wind bereits nach.

Und Guillaume du Chantonnay war noch immer in Blois, hofierte den neuen König. Hamon lachte laut auf, als er daran dachte, wie das Schicksal ihm geholfen hatte. Louis XII. war nach knapp zwei Monaten Ehe gestorben – ausgelaugt durch die Anforderungen, die seine junge und schöne Braut an ihn stellte, sagten manche. Und François d'Angoulême – der ehrgeizige, habgierige, von Manneskraft strotzende François d'Angoulême – hatte seine Nachfolge angetreten. François wollte Mailand und Italien haben – die Eigentumsverhältnisse auf Marigny scherten ihn keinen Deut.

Hamon blickte wieder zu dem Gemälde hinauf. Das Messer und den abgetrennten Kopf betrachtend, dachte er, wie unpassend das Motiv war, zu dessen Verkörperung der inzwischen verstorbene Maler Joanna ausersehen hatte: Die Schicksalswinde, die bewirkt hatten, daß die Prophetin Judith zur Mörderin wurde, wehten weit entfernt von Joanna Zulians kastanienbraunen Haaren und gelassenen, grauen Augen.

Ihre Liebe zu Sanchia befähigte Joanna dazu, die Trennung von Toby zu ertragen. Sie zwang sich, zu ihrem normalen Tages-

ablauf zurückzukehren, ihr Kind zu füttern und anzuziehen, die Schätze einzusammeln, die der Wald für sie bereithielt ... Doch was sie einst mit Befriedigung erfüllt hatte, befriedigte sie nun nicht mehr. Es fehlte etwas – etwas Wichtiges.
Sanchia war dabei, den Inhalt des Nähkorbes ihrer Mutter zu erforschen, die vorsorglich alle Nadeln, Stecknadeln und kleinen Knöpfe daraus entfernt und außerhalb der Reichweite der kleinen Hände geräumt hatte. Joanna sah zu, wie ihre Tochter die bunten Zwirne ordnete. Sie kannte den Grund für ihren Schmerz. *Sie* hatte ihn allein fortgehen lassen – und das war ihr unerträglich. Wegen Guillaume und wegen Sanchia hatte sie keine andere Möglichkeit gehabt – aber diese Tatsache linderte ihren Kummer nicht.
Wollknäuel und Seidenfadenstränge lagen auf dem Boden verstreut. Sanchia hatte ein Band auseinandergewickelt und versuchte sich die Haare damit zusammenzubinden.
Joanna stand auf und trat ans Fenster. Der Winter war noch nicht zu Ende, dachte sie. Obwohl der Sturm, der Äste von den Bäumen abgebrochen und zu Boden geschleudert hatte, sich gelegt hatte, war es nach wie vor kalt, ließ sich noch kein Blatt an den Bäumen sehen. Nur die Schneeglöckchen, die mit ihren hellen Köpfen den Blattmulch durchstießen, tanzten in der schwachen Brise. Der Rest des Gartens war zerstört, ein Opfer der Stürme. Die Bögen der Pergola waren zu Feuerholz zerschmettert, das Sitzpolster aus Kamille und der Kräutergarten war mit Zweigen und welken Blättern übersät.
Es war kein Muster mehr zu erkennen, dachte sie. Der kalte Wind hatte ihre Werk zerstört, die Linien verwischt, die sie so sorgfältig gezogen hatte, die Ordnung, die sie der Wildnis abgerungen hatte, in ein Chaos verwandelt. Nichts paßte mehr zusammen. Und doch beflügelte dieses Bild der Vernichtung sie, von vorne zu beginnen, aufzuräumen, die Reste der Pergola zu einem Haufen zusammenzufegen und anzuzünden, die letztjäh-

rigen Blätter wegzurechen, damit die winzigen neuen Blumen den Weg ans Sonnenlicht finden könnten. Das war alles, was sie tun konnte – im Augenblick.

Toby erreichte Italien im Frühling. Mit dem Tod des alten französischen Königs hatte die Geschichte wiederum einen Wandel erfahren.

»Bei seiner Krönung nahm König François den Titel ›Herzog von Mailand‹ an«, sagte Andrea Gritti. »Er hat einen ungeheuren Appetit, finden Sie nicht, Toby?«

Gritti war zu dem Lager vor Padua geritten gekommen, in dem sich Söldner zu sammeln begannen, da die Zeit der Schlachten näher rückte.

Toby grinste. »Auf Italien, Andrea?«

»Und auf die Frauen«, erwiderte der Proveditor trocken. Der Hunger von François de Valois nach Frauen war allgemein bekannt.

Sie wanderten nebeneinander her um das Lager herum. Sonnenlicht drang durch die Wolken; Soldaten stritten sich in den Scheunen und Nebengebäuden oder schliefen die Räusche der vergangenen Nacht aus.

»Die Welt wird bald von jungen Männern regiert werden«, sagte Gritti nachdenklich. »Der König von England und der König von Frankreich starren einander bereits wie Kampfhähne an. Kaiser Maximilian wird allmählich alt, und sein Enkel, Karl, wartet zweifellos schon ungeduldig darauf, den Thron zu besteigen. Junge Männer sind neidisch, habgierig. Sie glauben, es gebe keine Grenzen für das, was sie tun und was sie besitzen können. Sie liegen gerne mit einer Frau im Bett – und sie führen gerne Krieg.«

Er blieb in der Mitte der Grasfläche zwischen dem Bauernhaus und den Nebengebäuden stehen. Falten hatten sich in Andrea Grittis gutgeschnittenes Gesicht gegraben, das Blau seiner

Augen war ein wenig verblaßt. Um sie herum zeugten Piken und Hellebarden, die an den Wänden lehnten, von dem Handwerk, das die hier kampierenden Männer ausübten, Streitrösser scharrten ungeduldig mit den Hufen.

»Und Venedig?« fragte Toby leise.

»Ach ja – Venedig.« Andrea Grittis Stimme klang traurig. »Venedig wird ebenfalls alt. Manchmal glaube ich, daß seine ruhmreichen Tage schon fast vorüber sind.«

Sie verfielen beide in Schweigen. Tobys Gedanken wanderten, wie dieser Tage häufig, zu jenen anderen Männern, die sich einst um Land gestritten hatten, um Macht, um Frauen. Reynaud du Chantonnay war jetzt tot, und Hamon de Bohun wurde auch alt. Eine neue Generation drängte sie mit Ellbogengewalt zur Seite. Toby hoffte, sie würden nicht die gleichen Fehler machen.

Gritti schlug ihm auf den Rücken, und sie setzten ihren Weg fort.

»Aber ich denke«, Gritti ließ seinen Blick über die Männer und ihre Waffen gleiten, »daß wir in diesem Jahr trotzdem ein wenig Ruhm einheimsen werden. Der Vertrag von Blois ist erneuert worden, Frankreich und Venedig sind noch einmal Verbündete. François wird vor Jahresende gegen Mailand ziehen, und mit einem jungen Mann als Anführer – wie können wir da verlieren?«

Als Hamon de Bohun das Haus in Finistère erreichte, saß Joanna im Wohnraum. Sanchia spielte zu ihren Füßen, holte kleine, glatte Kiesel, Muschelschalen und Tannenzapfen aus einem Korb. Joanna trennte in dem Licht, das durch das Fenster hereinfiel, winzige Stiche auf, um den Saum eines der Kleider ihrer Tochter herauszulassen.

Sie hörte das Trappeln der Hufe, bevor sie die Reiter sah. Einen kurzen, köstlichen Augenblick lang dachte sie: *Toby* – aber gleich

darauf brach die Wirklichkeit sich wieder Bahn: Toby hatte fortgehen müssen, und die Rücksicht auf Guillaume und die Liebe zu Sanchia hatten ihr nicht erlaubt, ihn zu begleiten. Sie stand auf und schaute aus dem Fenster.
Entgegen ihrer Erwartung war es nicht Guillaume. Goldgestickte, bösartig die Zähne bleckende Hechte leuchteten ihr von schwarzen Bannern entgegen. Ein halbes Dutzend bewaffneter Gefolgsleute umringten Hamon de Bohun. Joanna rief nach der Kinderfrau und ließ Sanchia mit ihrem Korb voller Tannenzapfen und Muschelschalen hinausbringen: Sie hätte es nicht ertragen, wenn de Bohun ihre Tochter auch nur angesehen hätte. Sanchias Protestgeschrei verlor sich in der Ferne, als die Kinderfrau mit ihr davoneilte.
»Seigneur«, begrüßte Joanna ihren ungebetenen Gast, als er ins Zimmer geführt wurde.
Er umfaßte ihren Ellbogen, zog sie aus ihrem Knicks hoch. Die Berührung erfüllte sie mit Ekel.
»Können wir unter vier Augen sprechen, Madame?«
Sie entließ ihre Zofe. Es war ihr zutiefst zuwider, mit Hamon de Bohun allein zu sein. *Guillaume,* dachte sie. Guillaume war krank – *sterbens*krank ...
»Haben Sie Neuigkeiten für mich, Seigneur?« Joanna bot ihm Platz an. »Neuigkeiten über Monsieur du Chantonnay?«
Sie erkannte an seinem Stirnrunzeln, daß er nicht gekommen war, um sie von Guillaumes Ableben zu unterrichten.
»Meine liebe Joanna«, sagte Hamon de Bohun, »ich muß mich dafür entschuldigen, Sie beunruhigt zu haben. Ich sah den Sieur du Chantonnay zuletzt vor ein paar Monaten, bei der Beerdigung unseres verstorbenen Königs.«
Joannas Herz hörte auf zu hämmern. »Warum sind Sie dann hier?«
»Um Sie zu bitten, mich zu heiraten.«
Sie schnappte verblüfft nach Luft. Ein kleines Lächeln umspielte

de Bohuns Lippen, seine langen, weißen Finger hatten sich um die Armlehne seines Sessels gelegt.

»Sie wissen, daß das nicht möglich ist«, erwiderte sie mit schwacher Stimme. »Sie wissen, daß ich bereits verheiratet *bin* – mit dem Maler ...«

»Gaetano Cavazza – der vor fünf Jahren starb. An der Pest. In Venedig.«

Belustigung blitzte in seinen dunklen Augen auf. Er betrachtete sie, dachte Joanna, als besitze er sie bereits, als habe er ihren Körper und ihre Seele bereits gekauft.

Sie wandte sich von ihm ab, konnte das gierige Glitzern seiner Augen nicht ertragen, den Gedanken daran, daß diese langen, bleichen Finger ihre Haut liebkosten ... Sie legte die Hände auf das Fensterbrett und schaute hinaus. Doch sie sah nicht ihren Garten, sondern Gaetano und Venedig: all die Bilder aus ihren früheren Jahren. Nur seinen Namen zu hören, hatte das Gefühl des Eingesperrtseins in ihr wiedererweckt, den Gram über den Verlust ihres erstgeborenen Kindes, die überwältigende Sehnsucht danach, wieder sie selbst zu sein, niemandes Eigentum.

Gaetano war also tot. Sie konnte nicht um ihn trauern – aber sie trauerte, wie sie feststellte, um die Bilder, die er nicht gemalt, die Farbe und das Licht, die auf Leinwand zu bannen er nicht die Zeit gehabt hatte. Auch er hatte sie benutzt und versucht, sie einzusperren, er war unfähig gewesen, ihr die Art Liebe zu geben, auf die sie Wert legte – aber wenigstens hatte er etwas Wertvolles hinterlassen, etwas Schönes. Und nun war er tot, vor fünf Jahren an einer tückischen, unheilbaren, erniedrigenden Krankheit gestorben. Und sie hatte es nicht gewußt.

»Ich entschuldige mich ein weiteres Mal«, sagte Hamon de Bohun hinter ihr. »Ich hatte nicht gedacht, daß sein Tod Sie grämen würde.«

Sie drehte sich zu ihm um. »Das tut er nicht – aber er hat ein

Ende gefunden, das keiner von uns sich aussuchen würde, nicht wahr, votre seigneurie? Armer Gaetano.«

»Mein Kurier berichtete mir, daß der Künstler Padua wegen des Krieges verließ und nach Venedig floh. Er kehrte nicht nach Padua zurück – wahrscheinlich hielt er Venedig für sicherer: wegen des Meeres, wegen des Wassers, das es vom Festland trennte. Aber Venedig ist eine übervölkerte Stadt – und gegen die Konsequenzen dieser Gegebenheit konnte Signor Cavazza sich nicht absichern.«

Seine dunklen Augen fixierten sie unverwandt. Sie spürte den Blick, mit dem er ihr Gesicht und ihren Körper musterte, wie eine Berührung.

»Sie haben noch nicht auf meinen Antrag geantwortet, Joanna«, sagte Hamon de Bohun sanft.

Sie wäre am liebsten geflohen: durch den Wald, über das offene Land, zum Meer. Statt dessen zwang sie sich zu einer Entgegnung, die allerdings kaum hörbar ausfiel: »Nein. Ich kann Sie nicht heiraten, Seigneur.«

Fassungslosigkeit huschte über sein Gesicht. »Wegen Ihrer Herkunft, Joanna? Wegen des Fehlens einer Mitgift?«

»Ich schäme mich meiner Herkunft nicht«, erwiderte sie stolz. »Mein Vater war ein Heilpraktiker aus Venedig, meine Mutter die Tochter eines kastilischen Kaufmanns. Ich wurde ehelich geboren. Ich trage den Namen meines Vaters. Und ich habe sehr wohl eine Mitgift. Mein Vater sorgte dafür, daß ich eine Mitgift hatte.«

»Aber vielleicht keine besonders große Mitgift, Joanna – sonst wären Sie nicht hier, bei Guillaume du Chantonnay.«

Er schätzte sie ab, dachte sie. Er betrachtete sie, rechnete ihren Wert aus. Er legte sie auf eine Waagschale und häufte Geld, Schmuck und Grundbesitz auf die andere.

»Ich werde Sie nicht heiraten, Seigneur«, sagte sie mit jetzt fester Stimme. »Ich möchte Sie bitten, zu gehen.«

Zu ihrer Überraschung sah sie so etwas wie Schmerz in seinen Augen aufzucken – und gleich darauf verstehen.
»Der Söldner Toby Crow«, sagte er, ohne Anstalten zu machen, ihrer Aufforderung nachzukommen, sich zu entfernen. »Er ist der Grund für Ihre Weigerung, das Bett mit mir zu teilen, nicht wahr?« Seine Stimme klang nüchtern und kalt.
Im ersten Moment brachte Joanna kein Wort heraus. Sie schüttelte langsam den Kopf, wünschte sich inbrünstig, er würde ihr glauben, wünschte sich inbrünstig, er würde die Furcht in ihren Augen nicht sehen. »Sie haben mich beobachtet«, flüsterte sie schließlich.
Er neigte den Kopf. »Nur … meinen Besitz beschützt. Das beschützt, wovon ich glaube, daß es eines Tages mein Besitz sein wird. Ich hätte etwas dagegen, wenn Sie sich für die falsche Gesellschaft entschieden. Dem jungen Mann ist nicht zu trauen, Joanna.«
Sie wollte sagen, Toby ist nicht Ihr Sohn, Sie haben ihn nicht gezeugt, das Schicksal hat sich einen Scherz mit Ihnen erlaubt, aber sie hatte das Gefühl, auf Messers Schneide zu balancieren, witterte rund um sich Gefahr. Sie dankte Gott, daß Toby nach Italien zurückgekehrt war.
»Ich werde mich immer für die Gesellschaft entscheiden, die mir gefällt«, sagte sie. »Das war ein Bestandteil meiner Vereinbarung mit Guillaume.« Ihre Stimme zitterte ein wenig, aber sie zwang sich, seinem Blick standzuhalten.
»Dann ist Guillaume ein noch größerer Narr, als ich angenommen hatte. Was ist Toby Crow für Sie, Joanna? Ist er ihr Liebhaber?«
Sie verkrampfte die Hände ineinander, die Fingernägel gruben sich in ihr Fleisch. »Toby ist mein Freund«, erwiderte sie. »Der Grund dafür, daß ich Sie nicht heiraten werde, ist Guillaume.«
Die folgende Stille wurde nur von de Bohuns Fingern unterbrochen, die gegen die Armlehne seines Sessels trommelten. »Ah«, sagte er. »Sie sind in ihn verliebt.«

Es war ihr nicht möglich, zu lügen. »Nein – ich stehe in seiner Schuld.«
»Schulden kann man zurückzahlen«, sagte er leise. »Guillaume steht vor dem Ruin. Er vernachlässigt das Wenige, was ihm gehört, und er hat sich übernommen. Ihretwegen, meine Liebe.«
»Man kann Menschen kaufen – meinen Sie das?« flüsterte sie.
Er war aufgestanden. »Nun – es ist doch so. Schließlich hat Guillaume Sie auch gekauft.«
Er legte die Hände auf ihre Schultern und drehte Joanna zum Fenster, stellte sich hinter sie. Seine Fingerspitzen waren kalt, seine Stimme war leise und sanft.
»Schauen Sie sich an, was Guillaume du Chantonnay besitzt, was Guillaume darstellt, was er Ihnen gegeben hat. Was sehen Sie, Joanna? Ein heruntergekommenes Haus in einer gottverlassenen Wildnis. Vor Ihrer Tür heulen Wölfe, Haustiere beschmutzen den Hof und den Garten. Jedes Jahr rückte der Wald näher. Das Stroh auf ihrem Dach modert, es zieht durch die Ritzen der Fensterrahmen herein. Sie sind schutzlos den Unbilden des Wetters ausgeliefert, Krankheiten, marodierenden Räuberbanden, die zufällig durch den Wald kommen ... *Das* ist es, was Guillaume Ihnen gegeben hat. Sie haben gesehen, was *ich* Ihnen geben kann.«
Für einen kurzen Moment sah sie, aus dem Fenster blickend, was seine Augen sahen: den schmalen Streifen Garten, die ständige Bemühung, ihn davor zu bewahren, vom Wald verschlungen zu werden, die Unsicherheit ihrer Situation, all die schrecklichen Gefahren, die ihr von der Außenwelt drohten.
Dann hörte sie ein Weinen aus dem Kinderzimmer. Sie fuhr herum, seine Hände glitten von ihren Schultern.
»Wir leben nicht in derselben Welt, Seigneur«, sagte sie heftig. »Ich will nicht in Ihrer Welt leben, ich würde Sie nie heiraten. Niemals. Gehen Sie.«

Für einen kurzen Augenblick dachte sie, er würde über sie herfallen, wie er über Izabel Mandeville hergefallen war.
Aber er tat es nicht. Statt dessen verbeugte er sich. »Aber Sie kommen doch wieder nach Marigny, nicht wahr, Joanna? Wegen des Gartens, meine ich. Ich weiß, wieviel der Garten Ihnen bedeutet.«
Damit machte er auf dem Absatz kehrt und verließ das Zimmer.

In Amboise, seiner Lieblingsresidenz, bat König François I. den Sieur du Chantonnay, mit der französischen Armee nach Italien zu reiten. Barhäuptig und mit ehrerbietig gesenktem Kopf stimmte Guillaume mit einer Dankbarkeit zu, die nur teilweise geheuchelt war.
Dann traf er in Nantes seine Vorbereitungen, veräußerte Parzellen seines Grundbesitzes, um seine Schulden begleichen zu können, kaufte neue Pferde, ließ seine Rüstung instand setzen und polieren und sammelte so viele Männer um sich, wie er bekommen konnte. Anschließend ritt er nach Finistère, um Abschied von seiner Mätresse und seiner Tochter zu nehmen.
Sanchia war jetzt drei Jahre alt – ein blonder Schatz mit blauen Augen und einem Grübchenlächeln. Sie begrüßte ihren Vater mit einem Knicks, hielt angestrengt die Balance, als sie zu Boden sank.
»Ich bringe ihr das Tanzen bei«, erzählte Joanna, Guillaume mit einem Kuß auf die Wange empfangend. »Sie ist sehr leichtfüßig.«
»Wie ihre Mutter.« Guillaume schloß seine Tochter in die Arme.
Später an jenem Abend, nachdem Sanchia zu Bett gebracht worden war, aßen sie miteinander. Auch Guillaume waren Gerüchte und Bruchstücke von Gesprächen zu Ohren gekommen.
»Ich hörte, Toby Crow war hier«, sagte er.

Joanna blickte auf. »Er ist nach Italien zurückgegangen, Guillaume«, erklärte sie.
Ihre Blicke trafen sich. Wie ihr Verhältnis sich im Lauf der Jahre verändert hatte, dachte er. In jüngster Zeit schlief er nur sehr selten mit ihr, es würde keinen Bruder und keine Schwester für Sanchia geben. Er wollte keine Kinder mehr, denn man konnte Vollkommenheit nicht übertreffen.
Guillaume entließ die Bediensteten. Als sie gegangen waren, sagte Guillaume. »Mit wem du zusammen bist, welche Orte du aufsuchst, das geht mich nichts an, Joanna. Du hast meine Erwartungen in dich mehr als erfüllt. Aber ich lasse mir Sanchia nicht wegnehmen. Ich bin nicht bereit, meine Tochter herzugeben. Wenn du dich entschließen solltest, mich zu verlassen, dann bleibt dir das unbenommen, aber du wirst sie nicht mitnehmen.«
Sie senkte die Lider, das Kerzenlicht malte Schatten auf ihr Gesicht.
»Vor Toby brauchst du keine Angst zu haben, Guillaume.«
»Ich habe keine Angst«, sagte er ruhig, sie aufmerksam musternd.
Er begriff, daß sie Toby Crow geliebt hatte. Auf der Reise von Padua nach Frankreich, in der Gesellschaft von Reynauds ehemaligem Kurier und dem englischen Arzt, hatte immer die Möglichkeit bestanden, daß es dazu käme. Das hatte er gewußt, seit er sie in Mailand kennengelernt hatte. Er fragte sich, ob es ihm etwas ausmachte, und spürte, daß es das tat – ein wenig. Er trank einen Schluck Wein und dachte über ihren letzten Satz nach. *Vor Toby brauchst du keine Angst zu haben, Guillaume.*
Seine nächste Frage war das Ergebnis einer Kombination aus Intuition und Kalkül: »Und Hamon de Bohun – muß ich vor dem Seigneur de Marigny Angst haben?«
»Er war hier.«
Er sah sie schaudern und war gleichermaßen verblüfft und

erschrocken: Er hatte Joanna Zulian bisher niemals ängstlich erlebt.
»Er bat mich, ihn zu heiraten.«
Die Erde schien sich plötzlich rasend schnell zu drehen.
»Und deine Antwort?« fragte Guillaume sehr vorsichtig.
»Ich habe natürlich abgelehnt. Er widert mich an.«
Er konnte sich nicht beherrschen: Sein schallendes Gelächter wurde von der niedrigen Decke und den kleinen, dicken Glasscheiben zurückgeworfen. Doch als er ihren Gesichtsausdruck sah, wurde er unvermittelt wieder ernst.
»Entschuldige Joanna – mein Heiterkeitsausbruch galt nicht *dir.*«
Er wischte sich die Lachtränen mit seiner Serviette ab. Fast hätte er erneut angefangen zu lachen. Die Vorstellung, wie Hamon vor Joanna kniete und sie seinen Antrag zurückwies, das war zu köstlich! Er hätte beinahe alles dafür gegeben, wenn er de Bohuns Miene in diesem Augenblick hätte sehen können.
»Ich gehe nicht mehr nach Marigny«, hörte er sie sagen. »Weder dir noch sonst jemandem zuliebe.«
Dieser Satz machte ihm klar, wie zornig sie war. Er stand auf und nahm ihre Hand. »Marigny wird noch dieses Jahr mir gehören, Joanna. Ich weiß es, ich habe mit dem König gesprochen. Er weiß, daß es rechtmäßig mir zusteht. Ich genieße seine Gunst. Wenn wir uns in Italien bewähren ...«
Sie hatte ihm ihre Hand entzogen und schaute ihn an. Traurigkeit und Verzweiflung standen in ihren Augen. »Du gehst nach Italien, Guillaume?«
Er konnte ihren Blick nicht ertragen, wich ihm aus. »Es ist meine Pflicht – die Pflicht aller in meiner Gesellschaftsschicht. Du kennst das nicht, Joanna, du verstehst das nicht.«
»Ich bitte dich, nicht zu gehen. Ich habe dich noch nie um etwas gebeten.«
»Ich *muß* gehen, Joanna«, erklärte er geduldig. »Aber es wird das

letzte Mal sein. Sobald ich Marigny habe, werde ich meinen schlechten Gesundheitszustand anführen, mein fortgeschrittenes Alter – was immer du möchtest. Ich werde Marigny nie mehr verlassen. Ich werde Marigny nie mehr verlassen *wollen.*«

»Und was ist mit Sanchia?«

»Sobald ich Marigny habe, ist Sanchia in Sicherheit. Es ist eine Festung, Joanna, das weißt du doch.«

»Ja, das weiß ich.« Ihre Stimme klang aufgebracht. Er wagte nicht, sie zu berühren. »Glaubst du, daß Hamon de Bohun jemals klein beigeben wird? Du bringst dich in Gefahr, indem du Anspruch auf Marigny erhebst. Du bringst mich in Gefahr, und du bringst Sanchia in Gefahr.«

Jetzt war es an ihm, zornig zu sein – darüber, daß diese Frau, die er heimat- und mittellos zu sich genommen, aus der er etwas gemacht hatte, es wagte, ihn zu kritisieren. »Wenn du dich fürchtest, werde ich zusätzliche Männer zu deinem Schutz schicken, die dich auf deinen Reisen begleiten«, meinte er kühl. »Du könntest natürlich auch sicherheitshalber zu Hause bleiben und den Wald meiden. Außerdem könntest du mit Sanchia in mein Haus in Nantes umziehen, wenn du das möchtest.«

Doch er wußte, daß Hamon de Bohun Joanna nicht anzurühren wagen würde, so lange er, Guillaume, am Leben war. Zu viele Gerüchte rankten sich um den Namen de Bohun. Guillaumes Jahre des Wartens gingen ihrem Ende entgegen.

»Ich werde mich deinetwegen nicht selbst einsperren, Guillaume, und auch nicht wegen Hamon de Bohun.«

Er starrte sie an. Der Schmerz in seinem Leib flackerte auf, aber er ignorierte ihn. »Du brauchst mich, Joanna«, sagte er. »Du brauchst das, was ich dir zu geben vermag.« Ihr Zorn hatte sich gelegt, aber ihr Gesicht drückte eine Entschlossenheit und einen Stolz aus, die ihn fast erschreckten.

»Vielleicht«, meinte sie. »Vielleicht habe ich dich ebenso benutzt, wie du mich benutzt hast – aber ich gehe nicht mehr nach

Marigny, Guillaume. Nicht dir zuliebe und nicht Hamon de Bohun zuliebe. Niemals.«

Am zwölften August setzte sich die französische Armee von Embrun im Dauphiné in Richtung Alpen in Marsch. François hatte den Zeitpunkt gut gewählt: Spanier und Papsttum waren damit beschäftigt, Venedig zu bekämpfen. Venedig und der Stadtstaat Genua hatten Frankreich gebeten, ihnen zu Hilfe zu kommen. Erzherzog Karl hatte zugestimmt, seinem Großvater, Ferdinand von Spanien, nicht zu helfen, und nicht einmal der kriegsdurstige Henry VIII., der ungeduldig und eifersüchtig in England saß, konnte ohne Verbündete Krieg führen.

Vier Armeen sammelten sich gegen den Invasor Frankreich: die Armee des Papstes unter Führung von Giuliano de Medici; die spanische Armee unter General Cardona; die Mailänder Truppen von Massimiliano Sforza und die wilden Schweizer Söldner, die einen Teil von Massimilianos Herzogtum annektiert hatten. Heere bewegten sich durch Norditalien wie Spielfiguren auf einem Schachbrett: die Schweizer und die Mailänder, um die Hauptwege durch die Alpen zu überwachen; die Spanier nach Verona, um die Venetianer daran zu hindern, zu ihren französischen Verbündeten zu gelangen; die päpstliche Armee am Po entlang, um Piacenza zu schützen.

Doch der französische Generalfeldmarschall Trivulzio war ein gebürtiger Mailänder. Während die Schweizer sich bei Suza sammelten, um die Durchgangswege des Mont Cenis und Mont Genevra zu bewachen, sprach Trivulzio auf der anderen Seite der Berge mit Schafhirten und Jägern. Der Weg, den die französische Armee für ihre Kanonen, ihre Pferde, ihre Feldgeschütze und ihren Versorgungstransport wählte, war kaum mehr als eine schlecht miteinander verbundene Reihe von Pfaden und Engpässen.

Und diese würden François den Überraschungsangriff ermöglichen, der für einen Sieg nötig war.

Anfangs war er sicher, daß sie kommen würde. Der Blumengarten, im vorangegangenen Jahr entworfen und angepflanzt, wartete auf sie. Die winzigen Lavendelsträucher sprossen, die Buchshecken verströmten ihren Duft in die warme Luft. Hamon ließ sie von seinen Gärtnern zurechtstutzen. Ein Heer von Männern arbeitete Tag und Nacht an Joannas Werk. Wasser wurde aus dem Bach in den Garten hinaufgepumpt; Fontänen sprudelten in den Springbrunnen, glitzerten im Sonnenlicht wie Brillanten. Seerosen schwammen auf den Teichen; Libellen schossen wie winzige, goldene Pfeile darüber hinweg. Die Samen im Küchengarten hatten Wurzeln geschlagen und trieben aus, ließen die leuchtendbunten Muster des Vorjahres wiedererstehen. Große, ins Auge fallende Quadrate aus Blättern und Blüten spiegelten die perfekte Symmetrie Marignys wieder. Der Frühling ging in den Sommer über. Geißblatt und Nelken blühten, berauschend hing ihr Duft in der windstillen Luft. An den Weinstöcken reiften die Trauben; Pfirsiche und Aprikosen schwollen mit samtiger Haut in der Sonne. Rosen kletterten an den Bogengängen empor, und in Terrakottatöpfen wuchsen an den Quittenbäumchen die Früchte heran.

Als die Knospen der Damaszenerrosen sich öffneten, begriff er, daß sie nicht kommen würde. In der großen Empfangshalle blickte Judith mit ihrem kleinen, triumphierenden Lächeln von der Leinwand auf ihn herab, als er auf den leeren Weg hinausstarrte, auf die menschenleere Wiese.

Sie war nicht mehr gekommen. Er wußte, wie sehr sie den Garten geliebt hatte, wie sehr sie sich den Garten gewünscht hatte. Zu ihrem Portrait aufblickend, erinnerte Hamon sich an sein letztes Gespräch mit Joanna Zulian. Damals waren ihre Augen Judiths Augen gewesen: Haß und Zorn hatten ihm daraus entgegengelodert, durch ihre Schönheit nur mangelhaft gemildert.

Die Angst, die ihn durch den Winter begleitet hatte, kehrte

zurück – daß Joanna Toby Crow liebte, seinen eigenen, unehelichen Sohn. Hätte er nicht gegen den Schmerz ankämpfen müssen, hätte er über die Ironie gelacht, die darin lag, daß sein eigener Bastard, den er gewaltsam gezeugt hatte, den er aus seinem Heim gerissen und in *dieses* Haus geschickt hatte, ihn nun um die Frau bringen sollte, die Hamons Erbe vollkommen gemacht hätte. Der Gedanke war unerträglich. Der Schmerz und der Zorn, die ihn jetzt quälten, erinnerten Hamon an die Wochen nach Reynauds Hochzeit mit Blanche – an das Gefühl, um etwas unvorstellbar Kostbares gebracht worden zu sein; das Gefühl, daß ihm etwas vorenthalten wurde, das ihm von Rechts wegen zustand.

Und Eleanors Stimme verfolgte ihn durch die Gänge, verspottete ihn: »Du bist in Cousin Guillaumes Dirne verliebt ... eine solch primitive Leidenschaft ...«

Liebe. Wohl wissend, wie sie Männer schwächte, hatte er die Liebe sein ganzes Leben lang gemieden. Und nun hatte ihn eine Landstreicherin mit ihren kalten, grauen Augen verhext, sogar Marigny wertlos werden lassen, auf einen Haufen von Mörtel zusammengehaltener Steine reduziert. Liebe, dachte er, war die Schwester des Hasses. Er haßte Joanna dafür, daß sie ihn so leichten Herzens hatte abblitzen lassen, für die Art und Weise, wie sie das Gefühl in ihm erweckt hatte, daß sein Leben ohne sie unvollkommen sei. Sie war ein Nichts – eine Dirne, wie Eleanor gesagt hatte. Und doch hatte er ihr Marigny zu Füßen legen wollen, und sie hatte seinen unvergleichlichen Schatz zurückgewiesen, als handle es sich um eine Schäferhütte. Eleanor hatte recht gehabt: Die Liebe entwürdigte ihn.

Aber er würde sie noch bekommen. Ein Jahr zuvor hatte er Pläne geschmiedet, um sich in den Besitz von Marigny zu bringen – und nun war es wieder an der Zeit, Pläne zu schmieden. Joanna Zulian hatte ihn mit Haß in den Augen angeblickt – also, schloß er nüchtern, wußte sie über Tobys

Herkunft Bescheid; denn bevor sie jene Wochen in der Gesellschaft von Izabel Mandevilles Sohn verbracht hatte, hatte sie ihn nicht gehaßt.
Und dies bedeutete natürlich, daß sie eine Liebesbeziehung gehabt hatten: Man offenbart eine solche Geschichte keinem Menschen, mit dem einen nur eine lockere Freundschaft verbindet. Und Joanna hatte in Finistère nicht geleugnet, Toby zu lieben. Sie hatte nur bestritten, Guillaume zu lieben, der mit dem König nach Italien geritten war.
Aber es gab Möglichkeiten, diese Angelegenheit zu regeln. Wäre alles seinen normalen Gang gegangen, wäre Toby Crow ja schließlich gar nicht auf der Welt. Er hatte einem Zweck dienen sollen, und diesen Zweck hatte er schon vor langer Zeit erfüllt. Er, Hamon, konnte ihm das Leben ebenso einfach wieder nehmen, wie er es ihm gegeben hatte. Zeugung und Mord – zwei simple Handlungen.

Auf ihrem beschwerlichen Weg durch die Alpen sprengte die französische Armee mit Schießpulver Felsen und räumte dann die großen und kleinen Brocken zur Seite, damit die Feldgeschütze und Karren durch den Engpaß gezogen werden konnten.
Je höher sie in die Berge hinaufkamen, um so tiefer sank Guillaume du Chantonnays Optimismus, sein halbherziger Glaube, daß sein Problem sich von selbst lösen würde. Wie jeder andere Soldat des französischen Heeres – einschließlich des Königs selbst –, mußte er zu Fuß gehen, sein Pferd am Zügel hinter sich her ziehen, während sie im Gänsemarsch zwischen den hohen Steinwänden dahinmarschierten. Zitternd beobachtete er, wie Felsspalten mit dünnen Holzbrettern überbrückt und Geschütze und Versorgungskarren mit Seilen über Schluchten gezogen wurden.
Die Felsebenen, rutschig durch den schmelzenden Schnee des

Gebirgssommers, flößten Guillaume Angst ein. Wenn er zu den hoch aufragenden Bergen hinaufschaute oder hinunter in die schrecklichen Abgründe, war ihm klar, daß er ein Nichts war. Er wußte jetzt, daß seine Ziele und seine Hoffnungen von vornherein lächerlich gewesen waren. Wenn es einen Gott gab, dann verspottete dieser Gott ihn, als er sich, fast zusammenbrechend unter dem Gewicht seiner Rüstung und mit schweißüberströmtem Gesicht, endlose, schreckliche Felspfade entlangschleppte.

Als seine Leibschmerzen am zweiten Tag wieder anfingen, wußte Guillaume, daß er diesem Gefängnis aus Stein und Schnee nicht mehr entrinnen würde. Der Schmerz hatte sich zu einem brennend heißen Kreis verdichtet – zu etwas Unausweichlichem, etwas Endgültigem. Die französische Armee stieg höher und höher hinauf, dem Col d'Argentinière entgegen. Pferde glitten auf dem Eis aus und stürzten eine halbe Meile tief ihrem Tod entgegen. Wenn François' Soldaten sprachen, wurden ihre Stimmen von den Felswänden zurückgeworfen, die ihnen als schwaches Echo Wortfetzen entgegenschleuderten.

Schließlich brach Guillaume zusammen, sank, seinen Leib umklammernd, im Schnee auf die Knie. Er nahm die große Armee Frankreichs nicht mehr wahr, die an ihm vorbeizog. Der Schmerz sammelte sich und loderte auf, und Guillaume erbrach sich. Als er die Augen öffnete, sah er, daß der weiße Schnee mit dunkelroten Blutstropfen gesprenkelt war. Nur sein Gefolgsmann und einer der Führer waren bei ihm geblieben. Sie schafften ihn in den Schutz eines Felsens. Sein Bursche befeuchtete sein Taschentuch mit Schnee und legte es seinem Herrn auf die Stirn, starrte ihn mit jungen, ängstlichen Augen an. Dann wickelten sie ihn in seine Satteldecke und sein Cape.

Guillaume blickte zu den Bergen hinauf. Ihre Gipfel kreisten über ihm, grau gegen den saphirblauen Himmel. Er glaubte, wieder in Marigny zu sein, auf dem Rücken auf der Blumenwiese zu liegen und zu den Zinnen und Türmen hinaufzuschauen.

Seine eigenen Banner flatterten in Blau und Silber im Sonnenlicht. Er konnte den Duft der Nelken und Rosen riechen, er konnte das weiche Gras unter seinem Kopf spüren, er konnte das leise Rascheln der Blätter an den Bäumen hören und das Murmeln des Baches, dort, wo er sich in den Burggraben ergoß. Die Sonne schaute freundlich auf ihn herab, wärmte sein Gesicht.

Der Schmerz in seinem Leib steigerte sich zu unvorstellbarer Qual – und dann war er ebenso plötzlich vorüber. Guillaume lächelte. Neben ihm spielte seine Tochter Sanchia. Guillaume rief ihren Namen.

Dann schloß er die Augen und schlief ein.

Sorgfältig den Spaniern aus dem Wege gehend, erreichte die venetianische Armee unter dem Kommando von Bartolomeo d'Alviano das zehn Meilen vor Mailand gelegene Lodi.

Der Sommer 1515 war für Venedig mit einer Reihe von Scharmützeln vergangen, in denen sie die konstante Bedrohung durch das Papsttum und die spanischen Armeen abwehrten. Für die Soldaten war die Schlacht die übliche Mischung aus Langeweile und Erschöpfung, stand die Erregung, die sie während der Kämpfe erfüllte, den Unbilden unzureichender Nahrung und schlechter Unterkünfte entgegen – und dem langen Warten auf einen neuen Einsatz.

Auch jetzt warteten sie, als sie sich während einer kurzen, von Nervosität beeinträchtigten Atempause von dem Gewaltmarsch durch Norditalien auf Mailand zu erholten. Zwölftausend Mann lagerten auf den abgebrannten Feldern vor Lodi, bereiteten ihre Waffen vor, stärkten sich mit dem wenigen, das ihnen zur Verfügung stand. Ihre Gereiztheit drückte sich in kurzen Streitereien aus oder indem sie sich von Unterhaltungen und Gesellschaft absonderten. Schwerter wurden geschärft, Gebete gemurmelt, Pulverhörner gefüllt.

Penniless schluckte die letzten Krümel eines Brotlaibs hinunter. Sein Kiefer war geschwollen und verbunden. Gilles war dabei, scharlachrote Federn an einer Hutkrempe zu befestigen. An seine Satteltasche gelehnt, die Beine weit von sich gestreckt, schimpfte er über das Mädchen, das er in Verona zurückgelassen hatte.

»Eine Bäckerei, Toby! Sie wollte, daß ich sie heirate und in der verdammten Bäckerei ihres Vaters arbeite!« Er stach eine Nadel durch den Kiel der Feder und blickte auf. Entsetzen stand in seinen Augen. »Kannst du dir das vorstellen? Überall Mehl, und ein Dutzend Gören, die mir zwischen den Beinen herumlaufen!«

Toby, der mit den Fersen auf den staubigen Boden einschlug, grinste. »Ein regelmäßiges Einkommen, Gilles, viel zuverlässiger als im Soldatenberuf.«

Gilles spuckte aus und rückte die Federn zurecht.

Penniless schaute auf. »Gibt es Neuigkeiten, Toby?« fragte er, den Mund wegen seines schmerzenden Kiefers nur einen Spalt öffnend.

Es war später Nachmittag. Heiß brannte die Sonne auf das venetianische Lager herab. Voller Unruhe und Erwartung wandten die Soldaten Toby ihre Gesichter zu.

Toby schüttelte den Kopf. »Noch nicht. Was machen deine Zahnschmerzen, Penniless?«

Penniless' Antwort erschöpfte sich in einem finsteren Blick.

»Ich habe ihm angeboten, ihm das Ding rauszuholen«, berichtete Gilles eifrig. »Ein Stück Zwirn, fest darumgebunden, und dann ein kurzer Ruck . . .«

Hufschlag ertönte. Überall um sie herum sprangen die Männer auf die Füße, griffen sich ihre Waffen und richteten den Blick auf die kleine Staubwolke, die über die Ebene auf sie zurollte. Toby packte den Zügel seines Pferdes und schwang sich in den Sattel.

Indem sie einen versteckten Weg durch die Alpen gewählt hatten, gelang es den Franzosen, die Schweizer zu überrumpeln und siebenhundert Mann sowie ihren tüchtigen Kommandeur, Prospero Colonna, gefangenzunehmen. Nach einiger Zeit des Feilschens, der Bestechung und der Verräterei lehnten die Schweizer das Angebot des französischen Königs ab, sie aus Mailand herauszukaufen. Und am dreizehnten September war die schweizerische Armee, fünfzehntausend Mann stark, Richtung Marignano marschiert, nachdem sie geschworen hatten, keine Gefangenen – außer dem König – zu machen. François hatte dem venetianischen General Bartolomeo d'Alviano eiligst eine Nachricht nach Lodi geschickt, damit dieser mit der Vorhut dem eingeschlossenen Constable de Bourbon zu Hilfe kommen konnte. So begann die Schlacht von Marignano.
Die Sonne brannte unbarmherzig auf die Ebene herunter. Edelleute kochten regelrecht in ihren Rüstungen. Schweizer Pikeniere prallten auf deutsche Landsknechte. In quadratischer Formation aufgestellt, erinnerten beide Seiten an riesige Stachelschweine. Als François auf einem Streitroß mit einer Schabracke aus himmelblauem, mit goldenen Lilien besticktem Samt auf das Schlachtfeld geritten kam, faßten die Landsknechte, die für Frankreich kämpften, Mut und hackten mit neu erwachtem Elan auf die Schweizer mit ihren Piken und Äxten ein. Französische Kanonen bombardierten die schweizerischen Stellungen, und die Kavallerie – mit den schimmernden Rüstungen und farbenprächtigen Symbolen ein eindrucksvoller Anblick – preschte über die Ebene.
Sie kämpften immer noch, als die Nacht hereinbrach und Mondlicht das Schlachtfeld überflutete. Die Frontlinie der schweizerischen Soldaten blieb stets geschlossen. Schreckliche Verluste erleidend, marschierten sie vorwärts, drängten die Franzosen zurück. Staub brannte in ihren Augen, verstopfte die Visiere ihrer Helme. Rebstöcke ließen sie straucheln, und sie

wateten, bis zu den Knöcheln einsinkend, durch die sumpfigen Reisfelder. Irgendwann sanken beide Armeen erschöpft zu Boden, schliefen die Soldaten, an ihre Piken oder Schilde gelehnt, dort ein, wo sie gerade standen.

Bei Tagesanbruch wurden sie von Alphörnern und französischen Trompeten geweckt. Die Kämpfe nahmen an Heftigkeit zu, wuchsen sich zu einem üblen Handgemenge aus, bei dem selbst der König mit einer Pike in der Hand zu Fuß kämpfte. Die französischen Kanonen und die Artillerie dröhnten wie Donner in der Hitze, als die Schweizer einen neuen Vorstoß wagten. Ein paar furchtbare Stunden lang bestand die Möglichkeit, daß das Desaster von Novara eine Wiederholung erfahren könnte. Daß François und die Überreste der französischen Armee noch einmal vernichtend geschlagen über die Alpen gen Heimat ziehen müßten.

Rote Staubwolken wiesen auf die Lage des Schlachtfeldes bei Marignano hin. Toby, der sich mit dem Rest der venetianischen leichten Kavallerie im gestreckten Galopp von Lodi her näherte, hörte zuerst den Kanonendonner, und dann, als sie näher herankamen, die Schreie von Menschen und Pferden, das metallische Klirren, mit dem Schwerter auf Schwerter trafen. Mit wehenden Haaren trieb Toby sein Pferd zu noch größerer Schnelligkeit an, und »Marco!«, »Marco!« ertönte es aus vielen Kehlen um ihn herum, als die erste Kompanie der venetianischen Kavallerie sich ins Getümmel stürzte.

Drei Stunden später traf die restliche Armee d'Alvianos ein. Toby, Gilles und Penniless neben sich, steckte mitten im Gewühl, kämpfte mit den anderen gegen eine Truppe von vierhundert Zürichern. Die Hitze des Tages war derart in seinen Körper gedrungen, daß dieser sich – durch einen leichten Brustharnisch geschützt – anfühlte, als würde er bei lebendigem Leib gekocht.

Von der venetianischen Kavallerie über die Reis- und Weinfelder zurückgedrängt, zogen die Schweizer sich auf einen verlassenen Bauernhof zurück. Sich der unausweichlichen Niederlage bewußt, kämpften sie wie Wahnsinnige. Daß die Schweizer, die erfolgreichste Söldnernation der Welt, in der Schlacht von Marignano unterliegen sollten, war unfaßbar. Toby – in einer Hand das Schwert, in der anderen die Zügel – sah die Verzweiflung und die Ungläubigkeit in ihren Augen. Eine schweizerische Pike stach nach seinem Oberschenkel, und er schlug sie mit der Klinge seines Schwertes beiseite. Blut lief über sein Bein, aber er spürte keinen Schmerz. Von Armbrüsten abgeschossene Pfeile zischten um ihn herum durch die Luft, Hakenbüchsen, deren Treffsicherheit durch den Staub erheblich gelitten hatte, spuckten Feuer. Um sich her sah er seine Männer fallen – Männer, die er bezahlt und ausgebildet hatte, mit denen er diskutiert und getrunken hatte und die jetzt von ihren Pferden auf den staubigen, blutigen Boden sanken.
Ein paar hundert Züricher erreichten den Bauernhof und verteilten sich auf die Scheunen und Nebengebäude. Die Ebene war übersät mit Männern, die sowohl die Schweizer als auch die venetianischen Abzeichen trugen. Der Großteil der schweizerischen Armee hatte die Verwundeten eingesammelt und sich nach Mailand zurückgezogen.
Toby suchte seine Männer zusammen, während die Franzosen ihre schweren Kanonen in Position brachten, sah zu, wie die großen Bronzegeschütze, von französischen Artilleristen über die Alpen gezogen, ihre Geschosse gegen das Bauernhaus schleuderten. Feuer flammten zwischen dem alten Stroh und Mobiliar auf. Kanonenkugeln durchschlugen das Dach, zerschmetterten die Terrakottafliesen und die verwitterten Mauern. Er verließ den Schauplatz der Zerstörung, als das Dach einstürzte und das Haus nur noch ein mit einigen Piken und Schwertern

gespickter Steinhaufen war. Staub sank auf die ausgestreckten Leichen der Schweizer herab, und endlich senkte sich Stille über die Ebene von Marignano.

Zu dritt ritten sie vom Schlachtfeld zurück. Gilles hatte eine Flasche aus der Satteltasche geholt. Sie waren allesamt betrunken – von Aquavit und von der Freude, noch am Leben zu sein. Toby hatte einen provisorischen Verband um seinen Schenkel geschlungen. Penniless hatte einen harten Schlag gegen den Kopf bekommen. Vorsichtig berührte er die blutige Beule und stocherte dann mit einem schmutzigen Finger in seinem Mund herum.

»Meine Zahnschmerzen haben aufgehört.«

Gilles, der zwischen Toby und Penniless ritt, sagte: »Drei Töchter. Marietta, Marta und ... noch irgendwas. Töchter eines Seidenhändlers in Mailand. Verdammt hübsche Mädchen.«

Toby setzte die Flasche an und nahm einen großen Schluck. »Und welche davon wirst du bekommen, Gilles?«

»Oh – alle drei. Ich wette, Crow – alle drei innerhalb einer Woche.«

»Nicht auf einmal? Und Penniless?«

Gilles wurde von einem Schluckauf erschüttert. »Da gibt es eine Frau außerhalb von Padua, die sich Schweine hält. Schläft auch mit ihnen, habe ich gehört – also wird ihr der Unterschied vielleicht nicht auffallen.«

Mit einem empörten Aufschrei gab Penniless ihm eine Kopfnuß. Toby griff in sein Wams.

»Fünf Dukaten, Gilles, ich setze fünf Dukaten. Keine achtbare Tochter eines achtbaren Kaufmanns würde dich auch nur eines Blickes würdigen.«

»Warum nicht?« Gilles war außer sich. Er blickte an sich herunter, auf sein mit Bändern besetztes Hemd mit den Schlitzärmeln, das jetzt staub- und blutverschmiert war, auf seine

zweifarbigen Hosen. »Was ist denn los? Die habe ich in Schio einem Spanier abgenommen.«
»Dieser Hut«, sagte Toby.
»Oh – der.« Gilles beugte sich gefährlich weit herüber, nahm Toby den Schallern ab und ersetzte ihn durch seinen Straußenfederhut. »Ein unauffälliger Bürger«, meinte er und stülpte sich Tobys Helm auf die blonden Locken. Grinsend musterte er Toby. »Na also – jetzt siehst du nicht mehr ganz so sauertöpfisch aus.«
Toby rückte den Hut so zurecht, daß er unter der breiten Krempe hervorschauen konnte. »Ich bin ein anderer Mensch geworden. Ich werde in den Straßen lachen und tanzen. Ich werde gestreifte Beinkleider tragen und Wamse aus Goldbrokat.«
Gilles wollte Penniless die Flasche entreißen, der sie gerade zu leeren drohte. Penniless versuchte ihn mit einer seiner großen Fäuste abzuwehren. Ein Zischen – kaum mehr als ein Flüstern –, und Gilles sackte im Sattel zusammen. Dann rutschte er wie betrunken seitwärts, die Zügel entglitten seinen Fingern.
»Um Himmels willen, Gilles«, sagte Toby ungeduldig. Penniless leckte den Rand der leeren Flasche ab und schleuderte sie ins Gebüsch.
Gilles reagierte nicht, er glitt er langsam zu Boden, blieb mit einem Fuß im Steigbügel hängen. Toby packte Gilles' Zügel.
Penniless starrte ihn an. *»Gilles!«* schrie er ihn an. Und dann fügte er verwirrt hinzu: »Er ist verletzt.«
Toby kniete sich neben Gilles auf den Boden. Wäre er nicht so benebelt von Alkohol und Erschöpfung gewesen, hätte er früher begriffen. Gilles' leuchtendblaue Augen starrten blicklos gen Himmel.
»Gilles?« sagte Toby unsicher.
Er drehte Gilles auf den Bauch – und da sah er, warum Gilles sich weder bewegte noch sprach: Ein Armbrustpfeil ragte aus einem kleinen, roten Loch in seinem Rückgrat hervor.

Toby stand auf. Mehrere hundert Soldaten schleppten sich langsam von der Ebene bei Marignano zurück. Manche waren betrunken, viele waren verwundet. Einige trugen gefallene Kameraden auf dem Rücken, andere trugen Kriegsbeute – Waffen, Kleider und Stiefel von Toten. Tobys Blick huschte von Gesicht zu Gesicht, von Hand zu Hand – aber niemand hatte eine Armbrust im Anschlag.

Toby strich sich mit der Hand über das Gesicht. Noch immer beschattete der scharlachrote Hut seine Augen, die extravaganten Federn hingen reglos in der windstillen Luft. Er drehte sich langsam wieder zu Penniless um, der inzwischen neben Gilles auf dem Boden kniete.

Sein ältester Freund, dachte Toby wie betäubt. Mit sechzehn Jahren hatte Toby das Haus der Dubretons verlassen, die Alpen überquert und war irgendwann in Mailand gelandet. Er war ein grüner Junge gewesen, ohne Lebenserfahrung, unfähig, sich zu verteidigen – geschweige denn jemand anderen. Er hatte Gilles und Penniless kennengelernt, und sie hatten einander in zahllosen Schlachten und Scharmützeln am Leben erhalten, in hundert vergessenen Tavernen und Lagern gestritten und gezecht.

Penniless hatte Gilles' Kopf auf seinen Schoß gebettet und umfaßt. Tränen strömten, von ihm unbemerkt, über das Gesicht des Engländers, große, unbeholfene Hände schlossen behutsam Gilles' Augen. Penniless blickte zu Toby auf, wie er während der vergangenen zwölf Jahre immer und immer wieder zu ihm aufgeblickt hatte: um Unterstützung bittend, um Trost, um von einem Menschen, der mehr Intelligenz und einen beweglicheren Verstand besaß als er, zu hören: »Ist schon gut – ich kümmere mich um alles.«

Toby schaute auf die beiden hinunter. Er war unfähig, etwas zu sagen.

Als Guillaumes Bursche Joanna die Nachricht vom Tod seines Herrn überbrachte, begann Joanna sich darauf vorzubereiten, Finistère zu verlassen. Sie packte eine Tasche mit Kleidern für sich und Sanchia und versteckte ihre Mitgift unter den Sachen. An jenem Abend berichtete sie den Bediensteten vom Ableben ihres Herrn, und am nächsten Morgen brachen einige von ihnen auf, weil sie daran zweifelten, daß Joanna sie bezahlen könnte. Sie hatte sich gefragt, wie sie auf Guillaumes Tod reagieren würde, und stellte jetzt fest, daß sie sich nicht fürchtete. Während sie auf die unvermeidlichen Folgen wartete, war sie ruhig: Sie war schon einmal mittellos in die Welt hinausgegangen – wenn nötig, würde sie es wieder tun.
Mit der gleichen Ruhe wartete sie auf Neuigkeiten über Toby. Anfang Oktober erreichten die ersten Gerüchte über die große Schlacht, die bei Mailand stattgefunden hatte, die Bretagne. Joanna war in Morlaix, wo sie getrocknete Kräuter und in kleine Seidenbeutel verpackte Heilmittel verkaufte. Die Franzosen hätten einen großen Sieg errungen, sagte jemand; die schweizerische Armee sei vernichtend geschlagen worden, in Stücke gehackt, sagte ein anderer. Niemand äußerte sich über das Schicksal der Venetianer.
Wieder zu Hause, erntete sie die letzten Früchte ihres Gartens, band Kräuter zu Sträußen zusammen und hängte sie in den Vorratsraum zum Trocknen, bereitete Marmeladen und Gelees aus dem Obst. Sanchia im Arm haltend, brachte sie es nicht über sich, ihrer Tochter vom Tod des Vaters zu erzählen oder von den Veränderungen, die ihr Leben nun zwangsläufig erfahren würde. Sie fand die Worte dafür nicht. Statt dessen sang sie ihr Lieder vor und herzte und küßte ihr kleines Mädchen. Sanchias Fingerspitzen tapsten sanft in die Tränen, die über Joannas Wangen liefen.
In jener Nacht hatte Joanna einen Traum. Sie war wieder ein kleines Kind, nicht viel älter als ihre eigene Tochter. Sie ritt mit

ihrer Mutter auf dem Maultier, klammerte sich an die struppige, graue Mähne. Die Arme ihrer Mutter umfingen sie, ihre Hände hielten die Zügel. Donato hielt den Führstrick, während sie sich gegen Regen und Wind um einen See herum kämpften. Purpurrote Wolken jagten über den Himmel, das Wasser war trübe. Donatos kräftige Stimme übertönte mit ihrem Lied den Sturm und das Prasseln des Regens.

Am nächsten Morgen ging sie schon früh in den Wald. Sie merkte an der veränderten Luft, daß über Nacht der Sommer in den Herbst übergegangen war. Die Blätter an den Bäumen begannen sich gelb zu färben; und in den Baumwipfeln bereiteten sich Scharen von Vögeln auf den weiten Flug in den Süden vor. Während Joanna die Wege entlangwanderte, vorbei an den Teichen und Grotten, wurde ihre Unruhe beinahe unerträglich. Sie wartete auf das Ereignis, das wie ein Donnerschlag ihr Leben verändern würde. Sie wußte, sie wartete auf Toby.

Am Nachmittag kehrte sie zum Haus zurück. Es hatte zu regnen begonnen, und die Tropfen malten dunkle Flecken auf die Felsbrocken am Wegesrand, brachten die Oberfläche der Teiche in Aufruhr, wie sie es in ihrem Traum gesehen hatte. Sie hatte nur eine Handvoll Pilze und ein paar Haselnüsse in ihrem Korb – ein mageres Ergebnis für einen Tag Arbeit.

Zurück in ihrem Garten, blieb sie einen Moment stehen und ließ den Blick langsam über die Herbst-Damaszener und die Birnbäume gleiten. Sie nahm Abschied. Von Guillaume, der so weit von zu Hause gestorben war; von diesem Haus und diesem Garten, die ihr für eine Weile Zuflucht gewährt hatten. Sie pflückte eine Rose, umschloß sie vorsichtig mit den Händen. Die mit Regenperlen besetzten Blütenblätter fielen bereits ab. Joanna legte die Rose in ihren Korb und ging, nachdem sie ihre schlammigen Stiefel ausgezogen hatte, barfuß ins Haus.

Es war die Stille, die ihr zuerst auffiel, als sie die Tür hinter sich schloß und sich anschickte, die Treppe hinaufzusteigen. Nichts

rührte sich. Es waren keine Stimmen zu hören, keine Schritte, keine noch so leise Bewegung. Kein Kinderweinen. Der Korb entglitt ihren Fingern, Pilze und Nüsse hüpften die schmalen, gewundenen Stufen hinunter. Joanna raffte die Röcke und hetzte zum Kinderzimmer.
Es war leer. Ein Stickrahmen und eine Handvoll Seidengarn lagen neben dem Fenstersitz auf dem Boden. Kein Kind schlief in der geschnitzten Wiege oder spielte mit den herumliegenden Spielsachen. Sie lief von Zimmer zu Zimmer, stieß Türen auf, rief den Namen ihrer Tochter – doch alles, was ihr antwortete, war diese schreckliche Stille.
Dann ging sie zum Wohnraum. Die Tür stand einen Spalt offen, sie konnte seine Gestalt sehen, die sich hochgewachsen und kräftig gegen das Erkerfenster abzeichnete. *»Toby!«* schrie sie.
Der Mann drehte sich zu ihr um – und sie erkannte ihren Irrtum sofort. Sie konnte nicht sprechen, konnte sich nicht rühren. Hamon de Bohun kam auf sie zu, nahm ihre Hände und zog sie ins Zimmer.

In Venedig erhielt Toby für seine Verdienste in der Schlacht bei Marignano von Andrea Gritti Dank, Geld und das Angebot einer gesellschaftlichen Position und einer Anstellung. Und wieder streifte er durch die Stadt, wie er es schon einmal zuvor getan hatte – vor über einem Jahr, nachdem er von Eleanors Tod erfahren hatte. Gritti bot ihm an, wonach er sein Leben lang gestrebt hatte: einen Namen, eine Zukunft, die Möglichkeit, in dieser stolzen, exquisiten Stadt akzeptiert zu werden. Sein Gefühl, etwas erreicht zu haben, war mit einem Gefühl des Verlustes vermischt. Es war nicht genug, es war nicht vollkommen.
Er fuhr mit Gondeln, wanderte über Piazzas und durch Gassen. Venedig atmete Erinnerung: an Arlotto, an Gilles, an Joanna. Vor *allem* an Joanna. Er steckte die Hände in die Taschen – der

Wind, der von der Adria hereinwehte, war ungewöhnlich frisch für einen Frühherbst. Er erinnerte sich an den Tag, als er Joanna zum ersten Mal gesehen hatte – in der Werkstätte ihres Onkels. Als er jetzt hochschaute, sah er, daß er sich auf der Piazza di San Giovanni e San Paolo befand. Prächtig und schön ragte die Kirche vor ihm auf. Wenn er sich umdrehte, wäre er nur einen Steinwurf von Taddeo Zulians Atelier entfernt.
Er ging die paar Meter und klopfte an die Tür. Ein Junge von zwölf oder dreizehn Jahren machte ihm auf, bat ihn herein. Er hatte Farbe am Hemd, und seine Finger wiesen rote, blaue und grüne Flecken auf. Toby folgte ihm die Treppe hinauf zur Werkstätte.
Als er eintrat, erwartete Toby beinahe, Joanna dort zu sehen, in ihrer Ecke, mit gerunzelter Stirn konzentriert auf ihr Gemälde starrend. Aber natürlich war sie nicht da. Joanna Zulian war in der Bretagne – bei Guillaume du Chantonnay.
Er nannte seinen Namen. Taddeo Zulians Gesicht zeigte kein Zeichen des Erkennens. Taddeo war gealtert: Seine Haltung war gebückt und sein Haar so schütter, daß Toby die Kopfhaut durch die grauen Strähnen schimmern sah.
Taddeo brachte ächzend eine Verbeugung zustande. »Signor Crow? Womit kann ich Ihnen dienen?«
In dem Atelier herrschte ein heilloses Durcheinander aus halbfertigen Aussteuertruhen, Bannern und Portraits. Die Lehrlinge schauten neugierig zu Taddeos Besucher herüber.
»Vielleicht mit einer Aussteuertruhe? Stehen Sie vor Ihrer Verehelichung?«
Toby schüttelte den Kopf. »Ich möchte mich nach dem Maler Gaetano Cavazza erkundigen. Ich glaube, Sie sind mit Signor Cavazza verwandt. Ich würde ihn gerne bitten, ein Portrait für mich anzufertigen. Ich habe ein Gemälde von ihm gesehen – eine Darstellung von Judith und Holofernes – das mir sehr gefiel.«

»Ja – das war wirklich schön«, stimmte Taddeo eifrig zu. »Danach hat er leider nichts Besonderes mehr zustande gebracht. Was für eine Enttäuschung. Ich hatte beabsichtigt, ihm mein Atelier zu hinterlassen. Er war mein Schwager, wissen Sie. Und nun ...« Taddeo zuckte verstimmt die Schultern.

Tobys Herz begann ein wenig schneller zu schlagen. »Gaetano Cavazza ist *tot?*«

Taddeo nickte und gab einem der faulenzenden Lehrlinge eine Kopfnuß. »Seit fünf Jahren. Das war eine große Enttäuschung, wie ich schon sagte. Es haben sich viele Leute für ihn interessiert – mehr als zu seinen Lebzeiten«, setzte er hinzu. Sein Gesicht verzog sich verärgert. »Ein Herr wie Sie. Auch er erwähnte ›Judith und Holofernes‹.«

Taddeo machte sich daran, seinen Schreibtisch aufzuräumen, Papiere zu sortieren, Pinsel und Lappen wegzuräumen. Sonnenlicht drang durch die staubigen Fenster herein, in einer Ecke der hohen Decke summte in einer Spinnwebe gefangen eine Fliege. »Noch ein Bild wie das, und unsere Zukunft wäre gesichert gewesen. Ich selbst kann nicht mehr viel tun. Meine Sehkraft hat zu sehr nachgelassen. Aber nachdem meine Nichte ihn verlassen hatte ... das dumme Mädchen ... Donatos Tochter ...« Taddeo murmelte in seine Robe Unverständliches über vergangene Enttäuschungen.

»Welcher Herr?« fragte Toby.

Taddeo schaute ihn verständnislos an. Dann klärte sich seine Miene. »Oh – ein Franzose wie Sie. Sie sind doch Franzose, nicht wahr, Signor Crow? Auch er sagte, er wolle ein zweites Bild in Auftrag geben – ein anderes biblisches Motiv, glaube ich – als Ergänzung zu ›Judith und Holofernes‹. Ja, so war es.« Taddeo nahm ein Bündel Papiere und verschnürte sie mit einem Band. »So war es: Er sagte, sein Herr *besitze* das Gemälde von Judith und Holofernes.«

»Wann war er hier?« fragte Toby heiser.

Die Fliege summte noch immer hoch über ihren Köpfen, während die Lehrlinge und der Gehilfe fortfuhren, Leinwände zu beschmieren. Als Taddeo Zulian ihm antwortete, erschien vor Tobys geistigem Auge plötzlich ein Bild, das sie drei – ihn, Gilles und Penniless – zeigte, wie sie nebeneinander von der Schlacht bei Marignano zurückritten. Von hinten mußten sie für jeden Meuchelmörder beinahe gleich ausgesehen haben – abgesehen von ihren Köpfen: Toby mit seinem Schallern, Penniless mit seinem kahlen Schädel und dem räudigen Pferdeschwanz, Gilles mit seinem breitkrempigen Hut mit den leuchtend roten Federn daran ...

»Im letzten Winter, Signor Crow«, sagte Taddeo Zulian. »Ja – das stimmt. Im letzten Winter.«

»Meine Tochter?« brachte Joanna mühsam hervor, als sie ihre Sprache wiederfand.

»Ihre Tochter ist auf dem Weg nach Marigny«, erklärte Hamon de Bohun gelassen. »In Begleitung ihrer Kinderfrau.«

Sie starrte ihn an. Dann griff sie in ihren Ärmel, doch ihre Finger zitterten zu stark: Hamon de Bohun packte blitzschnell ihr Handgelenk, während er mit der anderen Hand das Messer aus seinem Versteck holte.

»Liebe Joanna«, sagte er, »ich würde eine solche Verletzung beinahe begrüßen. Schmerz und Genuß liegen sehr nah beieinander, finden Sie nicht?«

Er ergriff ihren langen Zopf und zog sie zu sich heran, hielt den kleinen Dolch hoch, so daß sich das Sonnenlicht in der schmalen Klinge fing. Joanna schloß die Augen.

»Ich möchte Ihnen nicht weh tun, Liebste«, flüsterte Hamon de Bohun. »Ich möchte Ihr Gesicht nicht zerstören. Ich schätze Schönheit, wissen Sie – bei Häusern, Gärten, Gemälden, Frauen ... Außerdem wird es nicht nötig sein, nicht wahr? Immerhin habe ich Ihr Kind.«

Sie machte die Augen wieder auf. Ihr Atem ging stoßweise. Seine freie Hand glitt über ihren Ärmel, ihr Mieder, ihren Rock.
»Sehr gut – keine weiteren kleinen Überraschungen«, sagte er. »Jetzt können wir uns unterhalten.«
Er ließ sie so plötzlich los, daß sie rückwärts gegen die Wand taumelte. Mit wildem Blick starrte sie zur Tür hinaus, lauschte nach einem Geräusch, irgendeinem Geräusch.
»Ihre Diener haben sich in die Büsche geschlagen«, sagte Hamon de Bohun. »Soviel zum Thema Loyalität.« Er lächelte. »Loyalität muß man sich *erkaufen,* wissen Sie, Joanna. Sie besitzen nur Ihr Gesicht, Ihren Körper – das ist nicht die geeignete Währung für einen solchen Handel.«
Nach einer kleinen Pause fügte er hinzu: »Guillaume du Chantonnay ist tot – aber das wissen Sie sicher bereits. Und auch Ihr Ehemann steht nicht mehr im Wege. Deshalb werden Sie mit mir nach Marigny kommen. Ich werde etwas aus Ihnen machen.«
»Niemals!« flüsterte Joanna. »Niemals. Toby . . .«
»Ach ja – Toby.«
De Bohun ließ sich in einem Sessel nieder, stützte das Kinn auf die aneinandergelegten Fingerspitzen und musterte sie nachdenklich.
»Sie waren ein Liebespaar, nicht wahr? Sie haben Ihre Gunst bisher recht willkürlich verteilt, meine liebe Joanna. Ich werde ein bedeutend größeres Maß an Umsicht verlangen, wenn Sie meine Frau sind.«
Sie konnte nicht sprechen, schüttelte nur stumm den Kopf.
»Doch«, korrigierte de Bohun. »Denken Sie an das Kind. Guillaumes Bastard.«
Ohne nachzudenken, stürzte sie durch den Raum auf ihn zu, die zu Klauen gekrümmten Hunde zielten auf sein Gesicht. Er packte ihre Handgelenke, kraftvoll zog er sie zu sich heran. Blut sickerte aus dem Kratzer, der von seinem Auge bis zu seinem Kinn reichte. »Toby wird Sie umbringen!« zischte sie.

»Nein, das wird er nicht.« Amüsement blitzte in de Bohuns dunklen Augen auf. »Toby Crow ist tot.«
Sie kämpfte wie eine Wilde, um sich zu befreien, aber er hielt ihre beiden Handgelenke mit einer Hand fest.
»Ich glaube Ihnen nicht.«
»Ein verirrter Armbrustpfeil, meine Liebe, nach der Schlacht bei Marignano.«
Sie starrte ihn an. *»Danach?«*
»Danach.« Er lächelte. »Mein Kurier brachte mir die Nachricht heute morgen.«
Sie hörte auf, sich zu wehren, die Muskeln in ihren Armen entspannten sich. De Bohun ließ sie los, und ihre Hände fielen kraftlos und zitternd herab. Sie hatte ihr ganzes Leben lang gekämpft, dachte sie, doch plötzlich, innerhalb eines Augenblicks, war ihr Kampfgeist erloschen.
»Kommen Sie mit nach Marigny«, sagte de Bohun.
Er umfaßte ihr Gesicht und hob es an, um sie zu küssen. Sie leistete keinen Widerstand. Als er sie schließlich freigab, blickte er auf sie hinunter.
»Izabel«, sagte er. Seine Stimme war trocken wie welke Blätter, rauh. Sie zitterte.
Er schüttelte den Kopf. »Wir werden in der Kapelle von Marigny heiraten, Joanna, das steht dir zu. Du wirst an meiner Seite stehen, du wirst Goldbrokat und Perlen tragen. Ich werde dir meinen Ring an den Finger stecken, ich werde dich in mein Bett holen. Am Morgen, wenn du aufstehst, wirst du aus deinem Fenster schauen und deinen Garten sehen. Marigny wird dein sein – und du wirst es niemals wieder verlassen.«

Er führte sie aus dem Haus und zu ihrem Pferd. Sie nahm nur die Tasche mit, die sie für sich und Sanchia gepackt hatte, preßte sie an sich, als sei sie das Kind, das er entführt und nach Marigny hatte bringen lassen. Später erinnerte sie sich nur sehr vage an den langen Ritt. In den Gasthäusern, wo sie Quartier nahmen, schlief sie nicht, sondern kauerte am Fußende des Bettes und wartete darauf, daß er käme. Aber er kam nicht: Er hatte vor, sie zu heiraten, ihr seinen Ring an den Finger zu stecken, sie für immer in Marigny festzuhalten.

Gesichter huschten durch ihren Kopf, während sie die vertrauten Wege entlangritten. Sanchia, Guillaume, Guy, Eleanor du Chantonnay und Martin in England. Und Toby.

Wenn sie an Toby dachte, blieben ihre Augen trocken. Sie hatte nicht um ihren Vater geweint, und sie würde nicht um ihren Geliebten weinen. Andere Frauen weinten: Frauen wie Eleanor, und Izabel Mandeville, die wie Handelsobjekte gekauft und verkauft wurden, um die Macht von Männern zu vergrößern. Sie war nie ein Pfand in dieser Art von Spiel gewesen. Sie war Joanna Zulian, die aus Blumen Bilder schuf, die mit Gärten Geschichten erzählte. Sie war nicht für Dächer und Wände geschaffen. Sie war nicht für die Goldketten geschaffen, die Hamon de Bohun ihr um den Hals winden, die Ringe, mit denen er sie fesseln würde.

Sie erreichten Marigny. Das Tor fiel hinter ihr zu, der Wald mit seinem Gewirr aus Blättern und Zweigen umfing sie. Äste trafen sich über dem Weg, sperrten den Himmel aus. Sie überquerten die Wiese und den Burggraben. Ketten klirrten, Zahnräder knackten, als die Zugbrücke hochgezogen wurde.

Im Schloß zeigte Hamon ihr das friedlich in seiner Wiege schlafende Kind. Die Kinderfrau blickte mit ängstlichen Augen zu ihr auf. Joanna wußte nicht, was sie sagen sollte. Als er sie aus dem Kinderzimmer fortbrachte, glaubte sie Schritte zu hören, Schritte eines kleinen Kindes, doch als sie sich umdrehte, konnte sie niemanden entdecken. Er führte sie in ein Schlafzimmer, wo Näherinnen ihr ein Hochzeitskleid aus schimmerndem Stoff, Spitze und Juwelen anpaßten. Als sie fertig waren, ging sie zum Fenster.

Sie schaute auf ihren Garten hinunter. Hamon de Bohun war neben sie getreten. »Schau ihn dir an«, flüsterte er. »Du willst ihn doch, oder?«
»Ja«, sagte sie. »O ja.« Ihre Stimme klang wie eingerostet – sie hatte sie lange nicht benutzt.
»Wir sind aus demselben Holz geschnitzt, Joanna«, sagte er lächelnd.
Sie ließ es zu, daß er sie in die Arme nahm und liebkoste, aber ihr Blick blieb unverwandt auf die vier Quadrate ihres Gartens gerichtet, der so vollkommen und prächtig war wie ein Wandteppich. Der Garten der Eifersüchtigen Liebe, der Garten der Leidenschaftlichen Liebe, der Garten der Zärtlichen Liebe, der Garten der Besessenen Liebe. In die Mitte des Gartens der Besessenen Liebe hatte sie Gefleckten Schierling und Wasserschierling, Stechapfel und Nachtschatten gepflanzt. Zerstörerische Pflanzen, die für eine zerstörerische Leidenschaft standen. Sie hatte ein von vielen Veränderungen geprägtes, riskantes Leben geführt – aber sie hatte schon vor langer Zeit gelernt, worauf es im Leben ankam. Donato mit seinen Kräutern und Arzneien hatte es ihr beigebracht. Sie hatte die Lektionen niemals vergessen, die Donato und Sanchia sie gelehrt hatten. Lektionen über das Leben, Lektionen über den Tod. Man plante stets für das Schlimmste, beschützte, was einem gehörte. Es gab im Grunde niemals Sicherheit. Man kämpfte sich allein voran, den Kopf gegen den Wind gesenkt. Man übte seine eigene Gerechtigkeit. Jetzt war nur noch sie übrig, um Gerechtigkeit zu üben, und sie hatte sich niemals an anderer Leute Gesetze gebunden gefühlt.
»Ich gehe in den Garten«, erklärte sie. »Allein.«
Er versuchte nicht, sie aufzuhalten. Sie wanderte durch die zahllosen Gänge Marignys. Man ließ die Zugbrücke für sie herunter, und sie ging um das Château herum, um zum Garten zu gelangen.

Es war später Abend. Mondlicht streichelte die geschlossenen Blüten, vereinheitlichte die mannigfaltigen Farben ihres Gartens zu Grautönen. Die Muster und die Geschichten, die sie erzählten, waren jetzt nicht erkennbar – aber am Morgen würden sie wieder deutlich vor aller Augen liegen. Sie waren die Rechtsprechung, die sie selbst geschaffen hatte.

Im Garten der Besessenen Liebe pflückte sie ihre bitteren Früchte. Für Toby, flüsterte sie. Für Eleanor. Für François. Für Izabel. Beeren, schwarz und glänzend, stachelig und grün, fielen in ihre Handflächen. In der Dunkelheit wirkte das Château de Marigny, als sei es kleiner geworden, als habe es seine Kraft verloren. Der Mond leuchtete nur auf den Garten und die Frau darin, inmitten von Blumen.

Neunzehntes Kapitel

Gelb ist die Farbe des Gartens der Eifersüchtigen Liebe. Gelb ist die Farbe des Neides, des Mißtrauens. Buchsbäume bilden die Hörner, die der eifersüchtige Liebhaber stets fürchtet. Die Hörner sind häßlich, unangenehm, die Farbe wirkt bedrückend.
Der Garten der Leidenschaftlichen Liebe ist rot. Hier bilden die Buchshecken einen Irrgarten, tanzen einen komplizierten, wilden, immer wieder unterbrochenen, verrückten Tanz. Die Farben der Blumen beißen sich: Scharlachroter Klatschmohn und Rosen in einem blaustichigen Rot mit scharfen Dornen, die Wunden reißen.
Im Garten der Besessenen Liebe formen die Buchshecken Schwerter und Dolche. Diese Art der Liebe – ob zu einem Haus, zu einer Frau oder zu einem Land – ist stets zerstörerisch. Es ist eine Liebe, die nur sich selbst sieht, die alles einsaugt, die die Jungen vernichtet, die Machtlosen, jene, die nicht auf eigenen Füßen stehen können. Die roten Blumen symbolisieren das Blut, das im Krieg vergossen wird, die weißen die Unschuldigen, die zerstört werden. Die giftigen Pflanzen in der Mitte des Gartens sind häßlich, stören die Symmetrie. Die Beeren der Tollkirsche sind schwarz und glitzern, die Früchte des Stechapfels sind ein mißglücktes Kuriosum. Der Gefleckte Schierling und der Wasserschierling wachsen hoch hinauf und sind spindeldürr, ihre Schirme sehen aus wie gierig ausgestreckte Hände.
Mit dem Garten in Marigny hatte sie die Geschichte der de Bohuns und der du Chantonnays gemalt – und die Geschichte ihres eigenen Lebens. Nicht mit Öl oder Tempera, sondern mit

Lilien und Jasmin, Levkojen und Buchs. Den Garten der Eifersüchtigen Liebe für Gaetano, der Garten der Leidenschaftlichen Liebe für Eleanor, den Garten der Besessenen Liebe für Hamon, den Garten der Zärtlichen Liebe für Toby und die Kinder. Sie waren alle da: eine rote Rose für Guy, rosa für Sanchia, weiß für Paolo. Die aus Buchs geformten Herzen enthielten alle Farben des italienischen Gartens: Steinklee, Nelken und Tränende Herzen.

Joanna heiratete Hamon de Bohun in der Kapelle von Marigny. Sie trug seinen Goldbrokat am Leib, seine Perlen im Haar. Sie küßte ihn. Nach der Trauung nahm sie ihre Tochter in den Arm und drückte Hamons kleinen, verstörten Sohn an sich. Sie ging mit Hamon ins Schlafzimmer, legte das Gold, die Perlen, den Schmuck und das Hochzeitskleid ab. Sie behielt nur seinen Ring an. Dann brachte sie ihm den Trank, den sie vorbereitet hatte, und sagte: »Trink, Hamon – trink.«

Als seine Augen sich geschlossen hatten und sein Atem schwächer wurde, kleidete sie sich wieder an – aber nicht in Goldbrokat und Seide, sondern in schwarzen Samt, das Kleid, das Isotta einst für sie geschneidert hatte.

Marigny zu verlassen, war kein Problem: Sie war die Frau des Seigneurs. »Ich reite mit den Kindern zur Wiese hinüber«, erklärte sie. Sanchia hockte, von Joannas Armen umfangen, auf dem Sattelbaum, und Guy klammerte sich hinter ihr an ihren Röcken fest. In den Falten ihres Umhangs waren ein paar Kleidungsstücke verborgen – und ihre Mitgift: eine Jadekette, ein Exemplar von »Dioscorides' Kräuterbuch« und ein paar Münzen in einer alten Seidenbörse.

Sie fand ihren Vater in einem kleinen baskischen Dorf an der spanischen Grenze: Er lag neben Sanchia Zulian, ohne die er nicht hatte leben können. Der Grabstein war von Flechten überzogen und mit Efeu überwuchert. Den Efeu abreißend, erfuhr Joanna, daß Donato Zulian nicht mehr bis Valladolid gekommen war: Er war in dem Winter gestorben, der der Trennung von seiner Tochter folgte.

Sie verkaufte ihr Pferd und kaufte ein Maultier, fertigte ein Zelt aus dem Segeltuch, das sie einem Seemann an den Docks abgeschmeichelt hatte. Es war ein unsicheres Leben, das sie ihren Kindern zu bieten hatte. An den Straßen, die sie entlangzogen, sammelten sie Pflanzen und Wurzeln, trockneten sie in der Sonne und zerstießen sie mit einem Stein zu Pulver. Joanna lehrte Sanchia und Guy die Namen der Pflanzen und ihre Verwendungszwecke. Sie zeigte ihnen die Pflanzen in ihrem Kräuterbuch und las ihnen die landeseigenen Bezeichnungen vor, die sie selbst in ihrer ordentlichen Schrift hinzugefügt hatte. Ihre Pulver und getrockneten Blätter verkauften sie auf Marktplätzen und Jahrmärkten. Einmal, in Spanien, bat ein vornehmer Herr sie, seine Frau zu besuchen. Du bekommst nicht genug Sonne, dachte sie, als sie die bleiche, junge Frau betrachtete, die vor ihr im Bett lag. Aber sie mischte einen Heiltrank, und der vornehme Herr belohnte sie mit einem Umhang für sie und einem Paar Ärmel für Sanchia.

In mageren Zeiten – während des Winters oder einer Hungersnot – verdiente sie den Lebensunterhalt damit, daß sie Näharbeiten verrichtete und für Analphabeten Briefe schrieb. Sie brachte ihren Kindern das Schreiben bei, wofür sie die Kiele von Gänsefedern anspitzte, die sie auf einem Bauernhof entwendet hatte, und in Muschelschalen Farben anmischte. Manchmal, wenn sie Guy beobachtete, wie er sorgfältig Buchstaben auf ein Stück Pergament malte, erwachte die Angst um ihn in ihr: wegen seiner Herkunft; wegen seines Erbes; wegen der frühen Jahre, die ihn geprägt hatten; wegen der Zukunft, für die sie ihn wappnen mußte.

Um Sanchia war ihr niemals bange. Sie war ihre Tochter – fröhlich, glücklich und temperamentvoll. Im Sommer tanzten

sie auf dem Marktplatz, Sanchia und sie. Sanchias blaßgoldenes Haar wirbelte um sie herum, und die Leute warfen Münzen in ihren Rock, den sie dafür aufhielt.
Die Jahreszeiten vergingen in einer endlosen Folge von Landstraßen und Dörfern, Hügeln und Flüssen. Frankreich und Savoyen, Aragon und Portugal, Navarra und Kastilien, Lombardei und Dauphiné. Sie würden erst anhalten, wenn sie in Sicherheit wären, dachte sie. Sie glaubte nicht, daß ihre Reise jemals enden würde.

Er kam natürlich zu spät: Als Toby Crow Marigny erreichte, war Hamon de Bohun tot und begraben und Joanna fort.
Sie hat ihn vergiftet, erzählten sie ihm, als er zum Haus kam. Die Tore standen weit offen, die Zugbrücke war heruntergelassen, die Bediensteten wirkten wie betäubt und verwirrt. Niemand trauerte. Die Beerdigung war den Berichten nach eine scheinheilige Angelegenheit ohne jeden Pomp gewesen. Die Geschichte der Hochzeit, die Toby von Sanchias Kinderfrau hörte, ließ ihn schaudern.
Er hatte den Garten noch nie gesehen. Nun wanderte er zwischen den Hecken und herbstlich welken Blumen dahin. Auf dem Teich trieben ein paar Lilienblätter; eine späte Libelle, ein unwirklich anmutendes, irisierendes, blaues Flackern schoß über das Wasser dahin. Die winzigen Buchshecken bildeten Fächer, Karos, Herzen und Sicheln – und jede Form bildete den Rahmen für verschiedenfarbige Blumen. Ein paar Schmetterlinge, die den Sommer überlebt hatten, flatterten in der abgekühlten Luft, hier und da summten Wespen über Fallobst. Blütenblätter fielen, schwer vom Regen, zu Boden. Als Toby die losen Triebe der Kletterrose beiseite schob, die vom Dach der Pergola herabhingen, wurde er von duftenden Wassertropfen bespritzt – und er begriff, daß sie etwas für ihn zurückgelassen hatte: eine Erinnerung, einen Hinweis auf etwas Reales, etwas Kostbares, ein Mittel gegen Verzweiflung.

Mit Penniless an seiner Seite ritt Toby zuerst zu dem Haus in Finistère – doch es war still, leer und kalt, wie er befürchtet hatte. Der Wind hatte Blätter durch die offene Haustür hineingeweht, die beinahe den Zugang zur Treppe blockierten. Dornensträucher und Efeu waren aus dem Wald herangekrochen, um sich den Garten einzuverleiben. Die Fensterläden schlugen im Wind auf und zu. Penniless blickte finster drein und bekreuzigte sich.
Toby verbrachte den Winter damit, durch Frankreich und die Bretagne zu reisen, sie zu suchen – doch er fand nichts, keine Spur von ihr. Manchmal, wenn er in einer Taverne vor sich hin döste, hörte er den Rhythmus von Tamburin und Querpfeife und das Tappen tanzender Füße. Dann blickte er auf, erwartete, sie zu sehen, mit wirbelnden Röcken, von ihren Haaren umhüllt wie von einem Schleier …

Die Jahreszeiten bekamen einen anderen Rhythmus. Es gab immer Arbeit für einen Mann wie ihn, denn es gab immer irgendwo Krieg. Er ernährte sich vom Krieg, pickte an seinen Knochen herum, schüttelte seine schwarzen Federn aus, blickte sich um, immer auf der Hut. Im Sommer kämpfte er, stellte sich und seine Begleitung in den Dienst von Königen und Kaisern. Im Winter suchte er mit Penniless an seiner Seite unermüdlich nach einer Frau mit rostroten Haaren und zwei Kindern – einem Mädchen und einem Jungen. Er besaß ein Haus in Venedig, in dem er niemals wohnte, er hatte – und der Gedanke machte ihn lachen – Ehren, Orden, Vermögen und die Aussicht auf einen Titel erworben.
Im Sommer 1517 ritt Toby Crow mit Seiner mächtigsten Majestät, François I., als Mitglied des Begleitschutzes der riesigen Kavalkade des königlichen Haushalts, die sich die staubigen Straßen Frankreichs entlangwälzte. Achtzehntausend Männer und Frauen, zwölftausend davon zu Pferde, zogen in

einer langsamen, prächtigen Karawane die staubigen Straßen von Languedoc entlang. Die Kleider der Edelleute und hohen Beamten des Königreichs glänzten, die Topase, Achate, Smaragde und Karneole in ihren Haaren und an ihren Hälsen versuchten mit ihrem Leuchten die Sonne zu übertrumpfen.

Schließlich machten sie in einem Wald Rast. Lange Tische wurden unter den Bäumen aufgestellt; Diener und Bedienungen eilten geschäftig in dem Blättermulch hin und her, stellten silberne Teller und edelsteingeschmückte Becher auf Damasttischtücher. Die hohen Herren und Damen Frankreichs schwatzten und streckten ihre Glieder. Die Offiziere der königlichen Leibgarde gesellten sich, für eine Weile ihrer Pflichten enthoben, zu ihren Leuten, die es sich nahebei auf dem Waldboden bequem gemacht hatten.

Penniless umklammerte mit bleichem Gesicht seinen Kiefer. »Schlag mich auf den Kopf, Toby«, stöhnte er. »Das letzte Mal hat es gewirkt.«

Toby hockte sich neben ihm ins Gras. »Auf dem Jahrmarkt, an dem wir vorbeigekommen sind, habe ich eine Zahnarztbude gesehen. Der Zahn macht dir jetzt schon seit zwei Jahren Ärger – immer mal wieder, Penniless.«

Der Engländer schüttelte mit Entsetzen in den Augen den Kopf und kniff den Mund zu.

Jemand rief herüber: »Da ist eine Frau auf dem Jahrmarkt, die alle möglichen Pulver verkauft. Sie hat Jehan etwas für seinen Magen gegeben, und innerhalb einer Stunde hörte er auf zu spucken.«

Ein anderer murmelte: »Um Himmels willen, Toby, hol ihm was. Sonst hält er uns die ganze Nacht mit seinem Gejammer wach.«

Penniless schaute mit hoffnungsvollen Augen vertrauensvoll zu ihm auf. Toby fluchte und schwang sich in den Sattel.

Sie waren am Morgen an dem Jahrmarkt vorbeigekommen,

einer armseligen Ansammlung geflickter Zelte. Kinder rauften in der Gosse, ein Mann flehte sie beschwörend an, die Meerjungfrau mit dem Fischschwanz und den schuppigen Armen zu besichtigen. Zerfledderte Mohnblumen, reglos in der frühmorgendlichen Hitze, säumten den Platz.

Eine Frau, die alle möglichen Pulver verkauft, echote es durch seinen Kopf. In den Wochen, die sie in der Bretagne zusammen verbrachten, hatte Joanna ihm Hoffnung gegeben, etwas, das die trostlosen Philosophien seiner Kindheit ersetzte. Und so suchte er sie – stets von Hoffnung getrieben – alle auf: die alten Weiber mit ihren fragwürdigen Mittelchen und ihren verrückten, erschöpften Augen; die Hexen, die ihm Liebestränke anboten und Geheimmedizinen für unaussprechliche Leiden. Er suchte sie auf, bezahlte, was er schuldig war – und warf ihre Arzneien in den ersten Graben oder Teich, an dem er vorüberkam.

Der Weg durch den Wald war leicht zu finden. Äste von Eukalyptus- und Olivenbäumen mit staubschweren Blättern streiften ihn. Die Stute trottete vorsichtig zwischen Kaninchenlöchern und Baumwurzeln dahin. Er fürchtete sich jetzt nur noch vor den alltäglichen Dingen: vor Krankheit, Einsamkeit und Tod, und er war von Hoffnung erfüllt. Als er an den Rand des Waldes kam, hörte er Musik.

Er hielt unter den letzten Bäumen an und stieg vom Pferd. Es war ein Fiedler da und ein Drehleierspieler. Auf dem festgetretenen Boden jenseits der Bäume sah er ein kleines Mädchen tanzen. Ein Junge spielte Tamburin. Der Junge hatte dunkle Haare und dunkle Augen. Mit konzentriertem Gesicht schlug er auf die pergamentene Trommelfläche des Tamburins. Die langen, goldenen Haare des kleinen Mädchens flogen in der staubigen Hitze um sie herum, ihre leuchtendbunten Röcke schwangen im Rhythmus ihrer Tanzschritte hin und her.

Eine Frau stand neben ihnen. Ihre Kleider waren armselig, geflickt und mit Borte besetzt. Sie hatte ein Panier entrollt. Das

Panier klärte über ihr Gewerbe auf und verriet ihren Namen. Tausend Blumen schmückten den Stoff – rot und purpur, gelb, grün und blau. Toby brauchte den Namen auf dem Panier nicht zu lesen, aber er betrachtete eine Weile die Frau, studierte ihre Züge, ihre Gesten, das Lächeln, das er bereits so gut kannte. Und dann schlang er seine Zügel um den Ast eines Baumes, klopfte sich den Staub von den Kleidern und trat ins Sonnenlicht hinaus.